Herzen im Herbst

MIRA® TASCHENBUCH
Band 25615
1. Auflage: September 2012

MIRA® TASCHENBÜCHER
erscheinen in der Harlequin Enterprises GmbH,
Valentinskamp 24, 20354 Hamburg
Geschäftsführer: Thomas Beckmann

Konzeption/Reihengestaltung: fredebold&partner gmbh, Köln
Umschlaggestaltung: pecher und soiron, Köln
Redaktion: Mareike Müller
Titelabbildung: Getty Images, München
Satz: GGP Media GmbH, Pößneck
Druck und Bindearbeiten: CPI – Ebner & Spiegel, Ulm
Printed in Germany
Dieses Buch wurde auf FSC®-zertifiziertem Papier gedruckt.
ISBN 978-3-86278-351-9

www.mira-taschenbuch.de

Werden Sie Fan von MIRA Taschenbuch auf Facebook!

Roxanne St. Claire

Liebe – heiß und himmlisch!

Roman

Aus dem Amerikanischen von
Brigitte Bumke

MIRA®

1. KAPITEL

*I*ch will keine Preise gewinnen, Mann. Ich will kleine rote Sportflitzer an sexy junge Frauen verkaufen. Wo liegt das Problem?" Bedächtig ging Jackson Locke die auf Hochglanz polierten Stufen der schmalen Holztreppe hinunter, den Blick fest auf seine nackten Füße gerichtet. Ihm fielen sofort verschiedene Slogans ein, aber er verwarf sie ebenso schnell.

„Was soll ich denn dem Kunden sagen?", jammerte der Leiter der Kundenbetreuung am anderen Ende der Leitung. „Es ist Freitagabend acht Uhr, und er sitzt immer noch im Konferenzraum und weigert sich zu gehen, ehe er nicht mit dir oder Reggie Wilding selbst über diesen Werbespot gesprochen hat."

„Vergiss Reggie. Er sollte bereits im Flieger hierher nach Nantucket sitzen", erwiderte Jack. „Das heißt, falls bei diesem Unwetter überhaupt jemand fliegen kann."

„Er ist um fünf gegangen, ist also ziemlich spät dran."

„Kein Wunder." Reggie Wilding war für seine langen Arbeitszeiten bekannt. Morgens erschien er als Erster im Büro von Wild Marketing, und abends ging er normalerweise als Letzter.

„Hör zu", fuhr Jack fort. „Sag dem Kunden, dass du mit dem Kreativdirektor Rücksprache genommen hast, und der sagt, dass der Schluss bleibt, dass die Blondine bleibt, dass der Hund bleibt, dass der Slogan bleibt, und glaub mir, die sexy Häschen …" Er erstarrte, als in diesem Moment sein Blick in die Eingangshalle fiel. Leise pfiff er durch die Zähne. „… tauchen auf, wenn man sie am wenigsten erwartet."

„Was?" Der Mann am anderen Ende der Leitung klang irritiert. „Ist das nun doch ein neuer Slogan oder wie?"

„Nein. Du kriegst das schon hin. Ich muss los."

Er klappte sein Handy zu und steckte es in die Tasche seiner Jeans, während er den Blick über die Rückseite einer vom Regen völlig durchnässten Frau gleiten ließ und einen nicht gerade kleinen Koffer. Die Frau bezahlte einen Taxifahrer, der genauso nass war, sie aber anstrahlte, als sei sie eine Art Meerjungfrau, die soeben dem Nantucket-Sund entstiegen war.

Es war nicht ungewöhnlich für Wild Marketing, den ein oder anderen Außenstehenden zu einem Kreativ-Wochenende in Reggies Ferienhaus auf Nantucket Island einzuladen. Doch normalerweise gab Reggie Jack vorher Bescheid, wenn jemand, der nicht zu ihrem kleinen, aber ideenreichen Team gehörte, teilnahm.

Und er hatte ihm ganz bestimmt nichts von diesem zusätzlichen Gast gesagt. Vielmehr hatte sich Reggie ungewöhnlich bedeckt gehalten, was den Ablauf des Wochenendes betraf.

War diese Frau der Grund dafür?

Er strich sich eine Haarsträhne aus dem Gesicht und ging weiter die Treppe hinunter, jedoch so langsam, dass er die letzte Stufe erst erreichen würde, wenn die Frau sich umdrehte.

Ihr pechschwarzes Haar fiel ihr klitschnass über die gestrafften schmalen Schultern bis auf den Rücken. Das einstmals vermutlich hübsche wollweiße Kleid war durch das Regenwasser ganz grau geworden und klebte an ihrem schlanken und höchst kurvigen Körper. Durch den nassen, praktisch durchsichtigen Stoff konnte er genau erkennen, dass sie einen Tanga trug ... oder auch nicht. Egal ...

Ein greller Blitz erhellte das dunkle Wasser im Hafen von Nantucket, der durch die offene Haustür in der Ferne zu sehen war.

Was für eine Werbekampagne brüteten sie an diesem Wochenende eigentlich aus? Hatte Reggie nicht etwas von einer Firma für Sportbekleidung gesagt?

Oh, natürlich. Sie war ein Model. Und ihrer Figur nach sogar ein Model für Bademode.

Er widerstand der Versuchung, dankbar Richtung Himmel zu blicken. Manchmal meinten die Werbegötter es einfach zu gut mit ihm.

Als Jack die letzte Treppenstufe erreichte, schloss sie die Tür hinter dem Taxifahrer, drehte sich um und begegnete seinem Blick. Dabei war sie offensichtlich ebenso überrascht wie Jack.

Ja, sie war unbedingt ein Model. Und ein Geschenk der Götter mit ihren eleganten Wangenknochen, ihrer hellen zarten Haut und einem Mund, der wie geschaffen dafür war, in eine Kamera zu lächeln. Der Regen hatte ihr Augen-Make-up ein wenig verschmiert, was ihr etwas Mysteriöses gab. Jack ließ den Blick über ihr enthüllendes nasses Kleid gleiten und stellte sich bereits den Werbespot vor … Sie würde am Strand stehen, im knappen Bikini, der gerade eben ihre schönen festen Brüste bedeckte, ihre Augen dunkel vor Sehnsucht. Der Slogan: Bademode, die verführt.

Okay, vielleicht musste das Ganze ein wenig überarbeitet werden.

„Sind Sie hier, um sich um mein Gepäck zu kümmern?", riss sie ihn unvermittelt aus seiner kreativen Träumerei.

„Nur, wenn ich es in mein Zimmer tragen darf."

In ihren kobaltblauen Augen blitzte es auf, und für den Bruchteil einer Sekunde dachte er, sie würde zustimmen.

Sie strich sich eine Haarsträhne hinters Ohr, offenbar ohne dabei den kleinsten Gedanken an ihr Aussehen zu verschwenden.

„Lassen Sie mich raten", sagte sie mit ihrer tiefen, sinnlichen Stimme, und wenn man bedachte, wie durchnässt die schöne Fremde war, klang es verdammt zuversichtlich. „Sie …" Sie zeigte mit dem Finger auf ihn. „Sie sind nicht die Haushälterin."

Jack lachte und betrachtete erneut wohlwollend ihre Figur. Ja, unbedingt eine Bikinifigur. „Würden Sie mir den Pool-Boy abnehmen?"

Nach einem skeptischen Blick lächelte sie kaum merklich. „Sie machen Witze."

„Meistens." Er verließ die letzte Treppenstufe und streckte die Hand aus. „Aber ich kann Mrs Slattery, die die Haushälterin *ist*, bestechen, damit Sie Ihnen das Zimmer neben meinem gibt."

Er hielt ihre kalte, regenfeuchte Hand absichtlich so lange fest, bis der nächste Donnerschlag vorbei war.

„Sind Sie sicher, dass Mrs Slattery sich bestechen lässt?" Sie sah sich um und ergänzte im Flüsterton: „Ich habe vom Flughafen aus angerufen, und sie kam mir etwas steif und neuenglandmäßig vor, wenn Sie wissen, was ich meine."

Er tat gekränkt. „Ich bin auch aus Neuengland und alles an-

11

dere als steif." Ein Regentropfen rann über ihr Brustbein direkt in ihr Dekolleté. „Zumindest nicht immer."

Sie trat einen Schritt zurück. „Sie machen schon wieder Witze."

„Nein, keineswegs. Ich wurde nur dreißig Meilen von hier auf der anderen Seite des Sunds geboren." Er machte eine Handbewegung Richtung Haustür und Hafen. „Aufgewachsen dort drüben auf Cape Cod."

Sie nickte. „Ah, jetzt erkenne ich Ihren Akzent."

„Model *und* Sprachforscherin?"

Nun musste sie doch lachen. „Weder noch. Ich bin Lily Harper, und ich bin auf Einladung von Mr Wilding hier."

Als er sie erneut eingehend betrachtete, zuckte sie mit keiner Wimper, obwohl ihr Make-up verlaufen war und ihr das Haar am Kopf klebte wie ein Wischmopp. Wer war diese Frau? „Reggie hat nichts von einer Lily Harper gesagt."

„Vielleicht macht Mr Wilding ein Geheimnis aus mir." Sie zuckte mit den Schultern. „Das wäre nicht das erste Mal."

Das erste Mal? „Sie sind bestimmt kein Model?"

„Sie sind bestimmt nicht der Pool-Boy?"

Lachend trat er näher, um noch intensiver wahrzunehmen, wie sie nach Regen duftete und nach irgendetwas Herb-Würzigem. „Also, was führt Sie zu diesem Brainstorming-Wochenende, Lily Harper? Kommen Sie von einem Institut für Marktforschung? Einem Verbraucherverband? Sind Sie eine mögliche Kundin?"

„Nein, nichts dergleichen. Und Sie?"

„Ich bin der Kreativdirektor von Wild Marketing. Ohne mich gibt es kein Brainstorming."

„Aha." Sie begutachtete ihn eingehend und mit einem gewissen Wohlwollen, das ihm ganz anders werden ließ. „Sie sind also der berüchtigte Jackson Locke."

„*Legendär* wäre mir lieber."

Sie lachte erneut, diesmal jedoch herzlich. Es klang unglaublich sexy. Ihre weißen Zähne schimmerten, und zwei entzückende Grübchen kamen zum Vorschein.

„Vielleicht wird es diesmal gar kein Brainstorming geben", meinte sie und ließ dann unvermittelt den Blick über die hohe Decke der Eingangshalle schweifen, das elegant im Nantucket-Stil eingerichtete Wohnzimmer rechts von ihr und das Esszimmer auf der linken Seite des Foyers. „Ein schönes Haus, nicht wahr?"

„Natürlich wird es ein Brainstorming geben."

Es war wirklich egal, warum sie eingeladen worden war. Was immer Reggie vorhatte, es würde sich schon noch zeigen. Bis dahin ... konnte Jack spielen.

Er nahm Lilys Koffer und legte ihr besitzergreifend eine Hand auf den Rücken. „Warum sehen wir nicht nach, wo Sie untergebracht sind, damit wir Sie aus diesen Sachen herausbekommen?"

Abrupt blieb sie stehen und bedachte ihn mit einem vernichtenden Blick.

„Und in trockene hinein", ergänzte er.

„Sie sind ganz schön cool, Jackson Locke. Ich bezweifle, dass Sie meine Dienste wirklich brauchen."

Er überlegte fieberhaft, was ihre Dienste sein könnten, und er kam auf ... nichts, was Reggie an einem der Arbeit gewidmeten Wochenende stillschweigend dulden würde.

„Cool, hm?" Er beugte sich vor, um ihr ins Ohr zu flüstern: „Natürlich kann ich auch heiß sein, wenn ich dadurch in den Genuss Ihrer Dienste komme."

„Darauf würde ich wetten. Aber Mr Wilding hat wahrscheinlich etwas anderes im Sinn."

Reggie Wilding war der Boss, durch und durch konservativ und ein so treuer Freund, wie ihn sich ein Mann nur wünschen konnte. Reg musste einen verdammt guten Grund haben, die schlagfertige, fantastisch aussehende, verführerisch duftende Lily Harper einzuladen. Und Jack hatte nicht vor, die Motive seines Mentors anzuzweifeln.

In diesem Moment kam Dorothea Slattery aus der Küche gestürzt. „Miss Harper! Entschuldigen Sie, dass ich Sie habe warten lassen."

„Sie brauchen sich nicht zu entschuldigen", erwiderte Lily lächelnd. „Ich bin doch eben erst angekommen."

Die Haushälterin, deren stahlgraue Augen perfekt zu ihrem grau melierten Haar passten, strahlte Jack an. „Oh vielen Dank, Mr Jack, dass Sie sich um sie gekümmert haben. Ich fürchte, ich habe sehr schlechte Nachrichten für Sie."

„Was gibt's denn?"

Sie seufzte tief. „Mr Wilding hat angerufen, weil der Flughafen von Nantucket inzwischen ganz geschlossen wurde. Dieses Unwetter soll noch schlimmer werden, und er wird nicht vor morgen hier sein."

„Das ist aber schade", sagte Lily.

„Das ist nicht so schlimm", erwiderte Jack im selben Augenblick.

Sie wechselten einen kurzen Blick, doch die Haushälterin fuhr fort: „Es tut mir sehr leid, dass ich nicht bleiben kann, um Ihnen das Abendessen zu servieren. Am anderen Ende der Insel ist der Strom ausgefallen, und ich muss zu meinem kranken Vater, um dessen Generator in Gang zu setzen."

„Natürlich." Lily streckte Mrs Slattery die Hand hin. „Gehen Sie nur. Wir kommen schon zurecht."

„Soll ich Sie hinfahren, Mrs S.?"

„Vielen Dank, das ist nicht nötig, Mr Jack. Es macht mir nichts aus, bei Regen zu fahren."

„Sind die anderen Teilnehmer schon da?", erkundigte sich Jack. „Ich kann mit dem Meeting ja anfangen, selbst wenn Reggie erst morgen kommen kann."

Mrs Slattery wirkte verunsichert. „An diesem Wochenende ist sonst niemand hier, Mr Jack. Hat Mr Wilding Ihnen das nicht gesagt?"

„Nein, hat er nicht."

Lily dagegen schien überhaupt nicht überrascht, wie Jack feststellte.

„Ich habe verschiedene Sachen fürs Abendessen in der Küche bereitgestellt", erklärte Mrs Slattery. „Und auch Wein und Dessert und …"

„Gehen Sie ruhig, um sich um Ihren Vater zu kümmern", unterbrach Lily sie. „Wir kommen zurecht."

„Auf jeden Fall", versicherte Jack. „Machen Sie sich keine Sorgen um uns. Sagen Sie mir nur, wohin ich diesen Koffer tragen soll."

Mrs Slattery zeigte nach oben. „Sie hat das Zimmer Ihrem Zimmer gegenüber, Mr Jack."

Am liebsten hätte er seine Lieblingshaushälterin geküsst. Sie hatte ihm eben bestätigt, was *nie* selbstverständlich für ihn war: Jackson Locke war ein Glückskind.

Er wusste es nicht.

Lily schloss die Tür des Gästezimmers, machte die Augen zu und lehnte sich dagegen. Jackson Locke hatte keine Ahnung, warum sie hier war. Sonst hätte er anders reagiert, als sie von ihren Diensten gesprochen hatte.

Offenbar setzte Reggie Wilding auf den Überraschungseffekt.

Sie dachte kurz daran, die Tür abzuschließen, doch das war verrückt. Jack war zwar ein ausgemachter Charmeur. Aber sie glaubte nicht, dass er mit seinen knapp eins neunzig an Charme und Sex-Appeal ungebeten in ihre Privatsphäre eindringen würde. Ganz zu schweigen von seinem zerzausten honigblonden Haar, das ihm fast bis zum Kinn reichte, und seinen faszinierenden grünen Augen.

Lily atmete tief ein.

Der Mann stellte jedes Quäntchen Selbstbewusstsein, das sie sich je erworben hatte, auf eine harte Probe. Es hatte sie wirklich einiges gekostet, sich selbstbewusst zu geben, wenn sie aussah wie eine gebadete Maus.

Aber das war nicht der Grund, warum sie sich fassen musste. War es möglich, dass Reggie Wilding es nicht für nötig gehalten hatte, den Mann, der seine rechte Hand und sein Kreativdirektor war, darüber zu informieren, dass die Werbeagentur verkauft werden sollte? Und dass der Käufer zur Unterschrift bereit war … sobald eine kleine Veränderung vorgenommen worden war?

Obwohl sie nicht begriff, wie man eine komplette Persönlichkeitsveränderung von Jackson Locke eine *kleine* Veränderung nennen konnte.

Er war ein Mann, der so wenig für eine persönliche und berufsbezogene Veränderung infrage kam, dass es geradezu lachhaft war, dass jemand das auch nur versuchen wollte. Trotzdem wollte Reggie Wilding genau das. Und mit dem Honorar, das er geboten hatte, konnte Lily drei Monate lang die Miete für ihr Büro bezahlen … und der Erfüllung ihrer Träume drei Monate näher kommen.

Kopfschüttelnd öffnete Lily ihren Koffer, während sie sich daran erinnerte, wie Reggie in ihr Büro gekommen war und ihr gesagt hatte, sie sei ihm von einer sehr glücklichen Kundin empfohlen worden.

Als er sie fragte, ob sie das Projekt auf Nantucket Island übernehmen wolle, hatte sie nicht einmal daran gedacht, nein zu sagen. Obwohl die Verwandlung eines Top-Werbemanns in einen klassischen, biederen Angestellten ihre Fähigkeiten als Image-Coach auf eine harte Probe stellen würde. Bisher waren ihre Kunden eher junge Collegeabsolventen gewesen, die sich um einen bestimmten Job bewerben wollten, sowie einige ehrgeizige Angestellte aus der Verwaltung, die ins Management aufsteigen wollten.

Aber dieser Auftrag konnte „The Change Agency" bekannt machen, und besser noch, er konnte Lily den Weg in die ersehnte Freiheit und Sicherheit ebnen.

Trotzdem … was konnte sie tun, um einen Mann wie Jackson Locke positiv zu verändern?

Okay, ein Haarschnitt. Obwohl sie sein dunkelblondes Haar mochte, das ihm ins Gesicht fiel, wenn er sich vorbeugte. Vielleicht eine gründlichere Rasur. Aber sein stoppeliges Kinn sah so … verführerisch aus.

Schuhe.

Ja. Sie konnten mit den Schuhen anfangen. Doch was Reggie vorschwebte … oje, das würde nie zum *Pool-Boy* passen.

Sie hatte also diesen Abend, um ihn kennenzulernen, um sich

zu überlegen, wie sie Erfolg haben könnte. Um herauszufinden, was ihm wichtig war, und um ihn zu überzeugen, dass eine kleine persönliche Veränderung das Beste war, wenn er seine Ziele erreichen wollte. Sicher hatte er doch berufliche Ziele. Wer hatte die nicht?

Sie nahm ihr Handy aus ihrer Handtasche, um Reggie anzurufen, damit sie in Erfahrung brachte, was genau Jack wusste.

Kein Netz.

Natürlich nicht, bei diesem Unwetter. Na gut, bis Reggie hier auftauchte, würde sie sich eben in der Kunst üben, nichts Verräterisches zu sagen, und irgendwie mit Jack klarkommen müssen.

Als ob das so unangenehm wäre.

Unvermittelt wurde sie von einem heftigen erotischen Prickeln erfasst. Sie ignorierte es, nahm ihre Kosmetiktasche und ging ins Bad. Einen Blick in den Spiegel wagte sie allerdings nicht.

Doch egal, wie schrecklich sie auch aussah, Jack hatte sie sich … gut fühlen lassen. Wirklich gut. Mit einem erneuten wohligen Kribbeln zog sie sich aus und trat dann unter den heißen Wasserstrahl der Dusche. Das Gel duftete wunderbar nach Meer.

Plötzlich leuchtete ein greller Blitz auf, und der fast gleichzeitig folgende Donnerschlag ließ die Glastür der Duschkabine erbeben. Erschreckt wollte Lily das Wasser abstellen und aus der Duschkabine gehen, als das Licht zu flackern begann, und … im nächsten Moment war es stockfinster im Bad.

Mit klopfendem Herzen tastete sie nach den Wasserhähnen und drehte sie zu.

Sie konnte absolut nichts sehen, nur den Regen aufs Dach und gegen die Fenster prasseln hören. Sie blinzelte, doch ihre Augen hatten sich noch nicht an die Dunkelheit gewöhnt.

Verdammt. Warum hatte sie kein Handtuch oder einen Bademantel bereitgelegt? Sie versuchte, sich an Einzelheiten des Badezimmers zu erinnern. Lagen Handtücher in dem Regal neben dem Waschbecken? In dem Schränkchen darunter?

Gerade, als sie die Schiebetür der Duschkabine zur Seite schob, hörte sie die Tür des Gästezimmers aufgehen.

„Lily? Alles okay?"

Jack.

„Ja, alles in Ordnung." Sie war nackt, nass und unfähig, etwas zu sehen, aber okay. Und sie hatte die Badtür offen gelassen. Nicht, dass er sie hätte sehen können, aber trotzdem …

„Der Strom ist ausgefallen."

„Das habe ich mir schon gedacht." Von der Dusche aus tastete sie nach einem Regal. Ihre Hand glitt über den Wasserkasten der Toilette.

„Ich wollte mich vergewissern, dass Ihnen nichts passiert ist. Der Blitz hat in unmittelbarer Nähe eingeschlagen."

„Ich bin … in der Dusche. Und mir geht's gut." Sie ertastete etwas Hartes, Rundes, doch es fiel mit einem Klirren, das nach zerspringendem Glas klang, zu Boden. Lily fluchte leise.

„Was war das denn?" Jacks Stimme klang lauter. Er war im Schlafzimmer.

„Ich habe etwas umgeworfen. Wahrscheinlich ist der Fußboden von Scherben übersät."

„Bleiben Sie, wo Sie sind, sonst schneiden Sie sich noch. Ich hole eine Taschenlampe."

Frustriert seufzte sie auf. Sie fühlte sich plötzlich ungewohnt hilflos. „Seien auch Sie vorsichtig. Sind Sie immer noch barfuß?"

War das ein Donnern oder lachte Jack? „Ihnen entgeht nichts, oder?"

Nein. Und dafür wurde sie bezahlt. „Beeilen Sie sich, Jack. Mir wird langsam kalt." Sie machte die Tür der Duschkabine wieder zu.

„Sekunde. Ich habe eine Idee." Im nächsten Moment hörte Lily ein gedämpftes Aufschlagen auf dem Fliesenboden. „Okay, Sweetheart. Es ist jetzt sicher, herauszukommen."

Sie fuhr zurück, weil Jack direkt vor der Dusche stand. „Sicher?"

„Ich habe eine kleine Brücke aus dem Schlafzimmer auf den Fußboden gelegt. Und darauf ist kein Glas."

„Das war ein guter Einfall."

„Schließlich bin ich Kreativdirektor, schon vergessen? Fantasie ist meine … zweitbeste Eigenschaft."

Sie lachte. „Und Ihre beste ist Bescheidenheit?"

„Die Drittbeste."

Immer noch lächelnd schüttelte sie den Kopf. „Gehen Sie jetzt weg, damit ich hier raus kann und mir ein Handtuch suchen kann."

„Ich soll weggehen?" Das klang geradezu gekränkt.

„Ja, bitte. Ich habe nichts an."

„Also auch keine Schuhe. Ich werde Sie ins Schlafzimmer führen, damit Sie nicht versehentlich neben den Teppich treten und in die Scherben. Ich kann zwar auch nichts sehen, weiß aber, wie groß dieser Teppich ist und wo ich ihn hingelegt habe."

„Mit anderen Worten, das ist kein fauler Trick von Ihnen, um mich nackt zu sehen."

„Der kommt später."

Lily verspürte ein erregendes Prickeln. Sie legte die Hand auf den Knauf der Kabinentür. „Ich würde Sie ja bitten, die Augen zu schließen, aber …"

„Sie wissen genau, dass ich das nicht tun werde."

Langsam schob sie die Glastür auf. Es war immer noch stockfinster, und Lily konnte absolut nichts sehen. „Okay. Wo sind Sie?"

„Hier." Er ergriff ihre Hand. Konnte er sie etwa sehen?

Lily raubte es den Atem, als sie die Wärme spürte, die er ausstrahlte. Gleichzeitig nahm sie einen herben, männlichen Duft wahr, der irgendwie perfekt zu dem Meeresduft des Duschgels passte.

Ein einziger Schritt, und sie könnte ihren nackten Körper an diese breite Männerbrust schmiegen. Könnte ihre vom Duschen noch feuchten Finger durch sein blondes Haar gleiten lassen. Eine Welle heißen Begehrens durchflutete sie und schien sich in ihren Brustspitzen zu sammeln. Während sie sich vorstellte, dass er sie sehen und berühren könnte … Lilys Herz schlug schneller.

„Steigen Sie heraus, Sweetheart." Er zog sanft an ihrer Hand. „Es sei denn, Sie wollen, dass ich zu Ihnen unter die Dusche komme."

„Sie sind grundverdorben, Jack Locke."

„Ich bin vielmehr sehr, sehr …" In diesem Moment blitzte es. Sekundenlang war es so hell, dass Lily leise aufschrie. In diesem ihr endlos erscheinenden Augenblick, in dem sie hell erleuchtet dastanden, konnte Lily nur sehen, wie Jack die Augen aufriss. Der Blick, den er über ihren Körper gleiten ließ, war genauso intensiv wie das Licht des Blitzes. Jack umfasste ihre Hand fester.

Und dann war es wieder stockfinster.

Während draußen lauter Donner ertönte, wartete sie auf eine freche Bemerkung. Einen Scherz, den Jack ständig parat zu haben schien.

Aber er holte nur tief Luft, als müsse er sich fassen.

„Lily", flüsterte er, als der Donner verhallt war. „Du bist bildschön."

Nichts hätte sie stärker aufwühlen können. Und es hatte nichts damit zu tun, dass er sie unversehens duzte.

Ihr Herz begann wie wild zu klopfen, und sie atmete tief durch, um sich zusammenzureißen. Dann trat sie auf die improvisierte Sicherheitsmatte.

„Bleib stehen", wies er sie an, „sonst trittst du womöglich doch noch in Scherben. Ich sehe im Schränkchen unter dem Waschbecken nach einem Handtuch."

Als hätte sie eine Wahl gehabt.

„Bitte sehr", sagte er nach einem Moment.

Sie griff nach dem Handtuch, doch ihre Hände landeten auf seiner Brust, als er das Badelaken um sie schlang und dabei die Arme um sie legte.

Vor ihrer Brust hielt er die Handtuchenden zusammen und zog Lily mitsamt dem Stoff näher an sich.

Lily konnte jetzt die Konturen seines Gesichts ausmachen, seinen Mund, sein Haar, das in sanften Wellen sein Gesicht umrahmte.

Er suchte ihren Blick und zog noch einmal an dem Handtuch.

Als er leicht den Mund öffnete, glaubte Lily, ihr wild pochendes Herz würde gleich zerspringen.

„Weißt du nicht, dass es gefährlich ist, während eines Gewitters zu duschen?", fragte er mit herausfordernd dunkler Stimme.

„Du hättest einen elektrischen Schlag bekommen können."

Der hätte sie kaum mehr beeindruckt als seine Worte, seine Berührung und seine Nähe, die sie in seinen Bann zogen. „Ich bin ein Risiko eingegangen, stimmt."

„Riskierst du gern etwas, Lily?" Die Frage klang derart doppeldeutig, dass Lily fast in Gelächter ausgebrochen wäre.

„Nein, ich habe lieber alles unter Kontrolle." *Genau.* Warum stand sie dann da und ließ ihn die Situation im wahrsten Sinne des Wortes im Griff halten? Er brauchte nur die Zipfel loszulassen, und Lily würde splitternackt dem Blick seiner seegrünen Augen ausgesetzt sein.

Bei dieser Vorstellung wurde ihr wieder heiß vor Sehnsucht, und ihre Knie schienen nachgeben zu wollen. Sie hob Jack das Gesicht entgegen, verzehrte sich danach, seine Lippen auf ihren zu spüren.

Doch er drückte ihr lediglich die Enden des Tuchs in die Hand. Sich zu bedecken war nun ihr Job, nicht mehr seiner.

„Bitte sehr. Jetzt hast du wieder die Kontrolle."

Nicht unbedingt.

„Eine Sekunde lang habe ich geglaubt, du würdest mich küssen."

Leise lachend verschwand er in der Dunkelheit, obwohl er sich kaum zwei Schritte entfernte. „Jetzt kennst du also meine Geheimwaffe. Ich tue nie, was man von mir erwartet."

Und genau deshalb würde es eine Riesenherausforderung sein, Jack Locke zu verändern.

Das und die Tatsache, dass sie, wenn er ihr nicht die Kontrolle zurückgegeben, sondern sich vorgebeugt und sie geküsst hätte, nichts unternommen hätte, um ihn aufzuhalten.

2. KAPITEL

*J*ack brauchte etwa sechs Minuten, um neben der Spüle in der Küche eine Taschenlampe zu finden. Würde die Zeit für Lily reichen, um im Dunkeln etwas zum Anziehen aus ihrem Koffer zu ziehen?

Er hoffte inständig, dass dem nicht so war.

Im Schein der Taschenlampe eilte er die schmale gewundene Treppe nach oben. Als es erneut heftig blitzte, blieb Jack wie angewurzelt stehen. Beim nachfolgenden Donner fiel ihm sofort wieder ein, welchen Anblick ihm der letzte grelle Blitz im Badezimmer beschert hatte.

Er war nie um eine passende Bemerkung verlegen. Schließlich war es seine persönliche Stärke, mit Worten umzugehen. Und er benutzte sie, um zu überreden, zu beeindrucken, einzuschüchtern und zu amüsieren. Aber der Anblick dieser Frau – nackt, nass, übergossen vom urtümlichsten Licht der Natur – hatte ihn sprachlos gemacht.

Sie in einem durchnässten Leinenkleid zu sehen war eine Sache. Aber ihre festen runden Brüste, über deren rosige Knospen Wassertropfen rannen, direkt vor seiner Nase – fast hätte sie ihn in die Knie gezwungen. Es war gerade lange genug hell gewesen, um die Tröpfchen über ihren Bauch fließen und in den Löckchen zwischen ihren Beinen verschwinden zu sehen.

Wenn ihm kein Witz und keine passende Bemerkung einfielen, dann sagte Jack einfach die Wahrheit. Und genau das hatte er vorhin im Bad getan. Lily *war* bildschön.

Leise aufstöhnend erreichte er das Ende der Treppe und richtete seine Jeans, um seine Erregung zu verbergen, die ihn lange vor der unerwarteten Peepshow erfasst hatte. Lily hatte sein Blut in dem Moment in Wallung gebracht, als er sie triefend im Foyer hatte stehen sehen.

Wenn er es recht bedachte, er hatte sie eigentlich noch nie … trocken gesehen.

„Bist du das?", rief sie aus dem Gästezimmer.

„Ja, der Pool-Boy, der deinetwegen mit seiner Taschenlampe

um die Wette brennt."

Lachend trat sie in den Lichtkegel im Flur.

Sechs Minuten hatten ihr gereicht, um eine dunkle, ihre Hüften betonende Jogginghose in ihrem Koffer zu finden, ein pinkfarbenes T-Shirt, das nur knapp ihren Bauch bedeckte, und ein Paar Flip-Flops.

„Du bist nicht noch einmal ins Bad gegangen, oder?"

Sie schüttelte den Kopf. „Sobald es wieder Strom gibt, mache ich mich ans Aufräumen. Bis dahin bleibe ich von den Scherben weg. Es muss eine Schale mit getrockneten Blüten gewesen sein oder …" Sie warf ihm einen skeptischen Blick zu. „… eine Kerze, die wir gut gebrauchen könnten."

Er hielt die Taschenlampe etwas höher, um Lily besser sehen zu können. „Ich kenne dich zwar erst seit etwa einer Stunde, aber ist dir bewusst, dass ich dich bisher nur pudelnass gesehen habe?"

„Das Schicksal eines Pool-Boys. Hast du nur eine Taschenlampe gefunden?"

Jack nickte. „Aber bestimmt gibt es unten ein paar Kerzen. Und wir könnten bald wieder Strom haben, falls die Stromgötter uns heute Nacht wohlgesinnt sind."

Falls sie ihnen nicht *wirklich* wohlgesinnt waren und sie beide die ganze Nacht im Dunkeln allein ließen.

„Die Stromgötter?" Sie zog die Brauen hoch. „Hast du irgendeinen Einfluss auf die Dinnergötter? Ich bin nämlich am Verhungern."

„Keine Sorge. Dorothea Slattery würde eher ihre Seele verkaufen, als mich hungern zu lassen." Er ergriff ihre Hand und richtete den Lichtstrahl auf die Treppe. „Bleib dicht bei mir. Diese enge Treppe kann gefährlich sein."

„Geh voran, denn du scheinst dich ja gut hier auszukennen. Ich nehme an, du bist regelmäßig hier Gast?"

Er hielt den Blick auf den Lichtkegel gerichtet, der ihnen den Weg wies, und genoss es, ihre weiche, schlanke Hand in seiner viel Größeren zu spüren. „Oh ja. Ich komme oft zum reinen Vergnügen her und dann natürlich zu diesen speziellen Wochenenden."

„Was für spezielle Wochenenden?"

„Zum Brainstorming. Das machen wir zwei- oder dreimal im Jahr. Wir laden verschiedene brillante Leute ein und konzentrieren uns ganz auf das ein oder andere Kundenproblem. Deshalb bist du doch hier, oder nicht?"

Ein kleines, geheimnisvolles Lächeln umspielte ihre Lippen. „Ja, so könnte man es nennen."

Jack blieb stehen. „Wie würdest du es denn nennen?"

„Reggie hat mich einfach gebeten, nach Nantucket zu kommen und ..." Sie hob eine Schulter, als sei ihr das alles gleichgültig.

„... und sein Management-Team kennenzulernen."

Seine Gedanken überschlugen sich. „Und dann hat er nur uns beide eingeladen?"

„Sieht so aus."

In diesem Moment, so als ob er sich mit einem kreativen Puzzle abgemüht und endlich die Lösung gefunden hatte, passte alles zusammen und ergab ein Bild.

Der Grund für Lilys Anwesenheit war plötzlich derart klar, dass er es nicht fassen konnte, nicht früher darauf gekommen zu sein.

Vielleicht macht Mr Wilding ein Geheimnis aus mir.

An diesem Wochenende ist sonst niemand hier.

Sie sind also der berüchtigte Jackson Locke.

Wie hatte er all diese Hinweise überhören können? Reggie hatte sich nicht klar zur Tagesordnung geäußert, aber darauf bestanden, dass Jack an diesem Wochenende herkam. Und dann war er selbst wegen des Wetters verhindert. Und Mrs S. musste weg und ließ sie allein, ohne sein Angebot anzunehmen, sie zu fahren – etwas, was er schon sehr oft getan hatte.

Ja, das war eine Verkupplung wie aus dem Bilderbuch. Reggie und Samantha Wilding wünschten sich nichts sehnlicher für Jack, als dass er eine Frau fand und glücklich mit ihr im Hafen der Ehe landete, wie sie selbst vor Jahrzehnten.

Und etwas an Lily Harpers vagen Antworten sagte ihm, dass sie mit von der Partie war.

Aber wie lange würde es dauern, bis sie die Wahrheit eingestand? Sanft zog er sie Richtung Treppe.

„Woher kennst du Reg?", fragte er so beiläufig, wie sie vorhin ihn gefragt hatte. „Oder bist du mit Sam befreundet?"

„Sam?"

Sie kannte Samantha Wilding nicht? „Reggies Frau."

„Ich bin ihr nie begegnet." Das klang durch und durch ehrlich.

Reggie hatte also dieses Prachtweib selbst ausgewählt? Wow. Jacks Hochachtung vor seinem älteren Freund, die ohnehin schon riesengroß war, stieg ins Gigantische.

„Sie ist ein Schatz", erklärte er Lily, als sie den Fuß der Treppe erreichten. „Sie hätte ein Dutzend Kinder bekommen sollen, hat jedoch keine. Wohl deshalb behandelt sie mich wie ihren eigenen Sohn. So, jetzt gehen wir nach hinten in die Küche."

Auf ihrem Weg in den hinteren Teil des geräumigen Hauses war es immer noch gespenstisch finster, doch es blitzte immer seltener, und auch der heftige Regen hatte nachgelassen.

„Wenn du also keine Freundin von Sam und nicht geschäftlich hier bist, woher kennst du dann Reggie?"

„Eine Kundenempfehlung."

Aber er kannte jeden Kunden von Wild Marketing. „Von wem denn?"

„Ehrlich gesagt weiß ich nicht genau, wer mich empfohlen hat."

Na schön, sie war also mit von der Partie bei dieser Verkupplung und spielte die Ahnungslose. Dennoch hatte sie ihre Sachen gepackt, ein Flugzeug bestiegen, dem Wetter getrotzt und hatte sich darauf eingelassen, ihn kennenzulernen. War sie auf der Suche nach Mr Right? Pech für sie, falls sie es war.

Wenn sie jedoch auf eine kleine Affäre an einem verregneten Wochenende aus war, dann hatte sie den richtigen Mann gefunden.

Er betrachtete sie im Schein der Lampe und merkte, dass die Batterie immer schwächer wurde.

In Kürze würde es wieder dunkel sein. Aber was machte das schon? Es gab nichts Geschäftliches, worum er sich sorgen musste, kein Brainstorming, das sie ablenken würde, nur dieses arrangierte *Blind Date*. Es stand ihm also frei zu flirten, herumzualbern und so weit zu gehen, wie sie es ihm gestatten würde.

Die Götter meinten es derart gut mit ihm, dass er hätte heulen können.

„Aha, hier ist der Wein, den Mrs S. erwähnt hat." Er richtete den schwächer gewordenen Lichtstrahl auf eine Flasche ausgezeichneten Château de La Tour, zwei funkelnde Kristallgläser und einen bereitgelegten Korkenzieher. „Ich bin mir nicht sicher, aber das sieht nach einem guten Tropfen aus."

Lily warf einen Blick auf das Flaschenetikett. „Das kann man wohl sagen."

„Reggie will offenbar, dass wir uns besonders, äh, wohlfühlen."

„Ich weiß nicht recht. Ich glaube eher, Mrs Slattery ist heimlich in dich verliebt und hat den besten Wein, den sie finden konnte, aus dem Weinkeller geholt."

„Meinst du?"

Lily lachte und sah sich in der Küche um. „Sie wäre dir fast um den Hals gefallen, als du ihr angeboten hast, sie zum Haus ihres Vaters zu fahren."

Genau. Und dann musste sie praktischerweise weg. Jack stellte die Taschenlampe auf den Küchentresen, sodass sie die Decke anstrahlte und es dadurch heller war.

„Keine Bange. Sie ist nicht mein Typ."

„Ich bin nicht bange."

Er machte sich daran, die Weinflasche zu entkorken. „Kannst du genug sehen, um das Essen zu finden, das sie für uns vorbereitet hat?"

„Vielleicht." Sie ging zum Kühlschrank und öffnete die Tür. Doch da der Innenraum natürlich nicht beleuchtet war, machte sie sie wieder zu. „Ich brauche die Lampe. Ich möchte die Tür nicht lange offen lassen, damit die Kälte nicht entweicht. Wir wissen ja nicht, wie lange wir keinen Strom haben."

Mit einem Plopp kam der Korken aus der Flasche. „Lass uns erst den Wein probieren, danach suchen wir das Essen." Sicher würde ein Schluck La Tour helfen, die Wahrheit aus Lily herauszubekommen. Sie würde eingestehen, Reggies Nichte zu sein oder eine Nachbarin oder die Tochter eines Bekannten aus dem Country Klub, die für ein romantisches Wochenende hergeschickt worden war.

„Ich trinke einen Schluck", sagte sie und nahm die Lampe vom Tresen. „Aber zum Essen."

Diese Lady hatte gern das Sagen, zweifellos. „Wie du willst." Ohne viel zu sehen, schenkte er zwei Gläser ein.

Sie leuchtete in den Kühlschrank. „Oh, ein herrlicher Tomaten-Mozzarella-Salat."

„Mrs S. ist ein Genie."

„Und ein Shrimp-Cocktail."

„Ihre Spezialität."

Sie nahm die Taschenlampe zwischen die Zähne, damit sie ein Tablett aus dem Kühlschrank nehmen konnte. Gleich darauf entdeckte sie auch noch einen Nudelsalat.

Jack, der ihr die Lampe abgenommen hatte und hinter sie getreten war, um ihr bei ihrer weiteren Suche im Kühlschrank zu leuchten, war hingerissen von ihrem süßen kleinen Po. Ihr T-Shirt war hochgerutscht und entblößte zarte, weiche Haut und eine entzückende Stelle am Ende ihrer Wirbelsäule. Ihm wurde der Mund trocken bei dem verführerischen Anblick, den sie ihm unwissentlich bot.

Dann richtete sie sich auf und wandte sich zu ihm um. Es raubte ihm den Atem, wie hübsch sie im schwachen Licht der Taschenlampe aussah. Ihr langes dunkles Haar umspielte in feuchten Locken ihr Gesicht, das ohne jedes Make-up war.

Bildschön. Natürlich. Selbstbewusst.

Woher wusste Reggie so genau, was ihm, Jack, an einer Frau gefiel? Und wieso hatte sein Boss nicht die kleinste Andeutung gemacht? Er hatte wohl geahnt, dass der glückliche Single Jack eine hochkreative Ausrede gefunden hätte, um wegzubleiben.

Manchmal kannte Reggie ihn wirklich besser als er sich selbst.

Er trat beiseite, um Lily in der immer dunkler werdenden Küche nach Tellern, Besteck und Servietten suchen zu lassen.

„Die Batterie der Taschenlampe ist gleich leer", bemerkte er, während er selbst ein paar Schubladen durchsuchte. „Und ich kann weder Kerzen noch Streichhölzer finden."

„Okay. Wir können schnell essen. Ich decke eben auf." Damit legte sie zwei Platzsets auf den Tresen aus Granit, der die Kochinsel umgab.

„Brauchen wir wirklich Sets?", fragte er ungläubig. „Ich meine, das Ganze ist doch wohl eine Notsituation, findest du nicht?"

„Ich esse nie, ohne richtig gedeckt zu haben." Sie warf ihm einen kühlen Blick zu.

Vornehm geht die Welt zugrunde. „Ich glaube nicht, dass das von Bedeutung ist, wenn die Lampe gleich ausgeht. Aber wie du willst. Und hier." Er drückte ihr ein Weinglas in die Hand. „Du hast noch keinen Schluck getrunken. Lass uns anstoßen."

Lächelnd hielt sie ihm ihr Glas entgegen. „Danke. Auf …"

„Gewitter."

„Und die Macht der elektrischen Energie."

Er hielt inne. „Macht? Ja, ich wette, die willst du in einer Beziehung haben."

Sie sah ihn über den Rand ihres Glases hinweg an. „Ich habe eher die Macht gemeint, die die Elektrik über uns hat."

„Oh, Sweetheart, zur Not haben wir doch selbst genug elektrische Energie." Er stieß mit ihr an und wartete, bis das Glas fast ihre Lippen berührte, ehe er sagte: „Du kannst jetzt mit der Charade aufhören, Lily. Wir wissen beide genau, warum du hier bist."

Sie verschluckte sich, ohne auch nur genippt zu haben. „Wirklich?"

Er trank von seinem Wein, wie hypnotisiert von ihrer fassungslosen Miene. Dann stellte er sein Glas auf den Tresen und ihres daneben. „Und möchtest du wissen, was ich davon halte?"

Sie schluckte. „Ich kann mir vorstellen, was du davon hältst."

Da legte er ihr die Hände auf die Schultern und rieb sanft mit den Daumen über ihr dünnes T-Shirt. „Ich weiß nicht, warum du nicht von Anfang an ehrlich mit mir warst."

Sie sah ihn mit ihren tiefblauen Augen skeptisch an. „Ich glaube, Reggie möchte dir selbst die Wahrheit sagen, Jack. Er war sich nicht sicher, ob dir die Idee gefallen würde."

Während sie sprach, schob er seine Finger in ihr immer noch feuchtes Haar im Nacken und beobachtete fasziniert, wie Lily ihn ansah, als er sie langsam an sich zog.

„Die Idee gefällt mir, weil du mir gefällst." Er kam ihrem Gesicht immer näher. „Morgen früh, wenn wir zusammen aufwachen, nachdem wir ein paar Stunden unglaublichen Sex miteinander gehabt haben, sollten wir Reggie anrufen und ihm sagen, wie genial er ist."

Ehe sie sich fassen konnte, senkte er den Mund auf ihre Lippen und schloss die Augen, um den süßesten Geschmack, den er je genossen hatte, in vollen Zügen zu genießen.

Als er die Augen wieder öffnete, war die Taschenlampe erloschen.

Die Zeit schien stehen zu bleiben. Ihr Herz beinah auch.

Aber nichts – und niemand – stoppte diesen Kuss.

Weil Lily zu weit vom Tresen entfernt war, um sich Halt suchend dagegenzulehnen, schlang sie Jack die Arme um die Schultern und hielt sich an ihm fest.

Sie fühlte sich seltsam benommen, ihre Beine zitterten, und glühende Hitze breitete sich langsam in ihr aus.

Er durchwühlte ihr Haar mit den Fingern, bog ihren Kopf weiter zurück und eroberte ihren Mund mit einem zweiten atemberaubenden Kuss.

Instinktiv stellte sie sich auf die Zehenspitzen und schmiegte sich seufzend an ihn. Dabei entging ihr nicht, wie erregt er war. Wild und ungestüm erkundete er ihren Mund, während er sich leise stöhnend an sie drängte.

„Lily." Es war kaum mehr als ein Flüstern. Suchend ließ er die Hände über ihren Rücken gleiten, bis er ihre bloße Taille berührte.

Endlich öffnete sie die Augen. Es war stockfinster.

„Oje", murmelte sie, unfähig, sich von ihm zu lösen, weil

der enge Körperkontakt so wundervoll, so berauschend sinnlich war. „Unsere Batterie ist alle."

Er bewegte die Hände etwas tiefer bis auf ihren Po und drückte sie dabei noch ein wenig näher an sich. „Aber wir haben doch unsere eigene Energie, Sweetheart." Federleicht küsste er ihre Wange und ihr Ohr. „Wir brauchen keine blöde Taschenlampe."

Unweigerlich musste sie lachen. „Wie kannst du in so einer Situation Witze machen?", beschwerte sie sich leise. „Um uns herum ist es völlig dunkel. Wir sind den Elementen ausgeliefert und können uns höchstens mit Herumtasten orientieren."

„Genau." Genussvoll streichelte er ihre Taille und hielt nur wenige Zentimeter neben ihren Brüsten inne. „Und es fühlt sich gut an." Ohne zu zögern, führte er sie zu der Küchentheke und bereitete Lily weitere süße Qualen, indem er sich dicht an sie schmiegte.

„Jack …" Sie lehnte den Kopf zurück, damit er ihren Hals küssen konnte. Mit jeder aufreizenden Berührung seiner Lippen, seiner Zunge und seiner Hüften fiel es ihr schwerer, ihn zu bremsen. „Es ist vielleicht keine besonders gute Idee …"

„Ich hab dir doch gesagt, Baby, es ist eine großartige Idee."

Bewusst kostete sie aus, wie er eine Spur heißer Küsse über ihre Kehle abwärts und über ihr T-Shirt zog. Durch den dünnen Stoff spürte sie seine warmen Lippen, und ihre Brüste schienen zu prickeln. Sie sehnte sich danach, dass er sie endlich berührte.

Dennoch zwang sie sich, ihren Verstand zu gebrauchen. Sie meinten nicht dieselbe Idee, oder? Er redete nicht von ihrem Auftrag, ihn … in den konservativen Chef einer Werbeagentur zu verwandeln, oder doch?

Irritiert legte sie ihm die Hände auf die Brust und schob ihn von sich. Es war immer noch so dunkel, dass Lily ihn kaum erkennen konnte. „Jack, hör mir zu."

Er seufzte enttäuscht und löste sich ein wenig von ihr.

„Weißt du wirklich, warum Reggie mich hergeschickt hat?"

Er lachte leise. „Wie lange hast du geglaubt, würde ich brauchen, um das herauszufinden, Lily? Es ist niemand sonst hier, es stehen keine Kreativprobleme eines Werbespots auf der Tages-

ordnung. Himmel, es gibt gar keine Tagesordnung. Nur dich."
Wieder strich er verlangend über ihren Körper. „Und mich."
Wie zufällig streifte er seitlich ihre Brüste und regte damit augenblicklich ihre Fantasie an.

„Und du findest die Idee nicht schrecklich? Ich meine, Reggie war sich nicht sicher, ob du einverstanden wärst, und nachdem ich dich jetzt kennengelernt habe, verstehe ich, warum er annahm, du wärst … schwer zu überzeugen."

Das Vibrieren seines Lachens übertrug sich auf sie. „Du solltest mehr Selbstvertrauen haben, Sweetheart. Ich finde dich fantastisch."

„Aber … was ist mit dem ganzen Konzept – dich zu verändern? Du bist damit einverstanden?"

Er versteifte sich ein wenig, und Lily erkannte, dass es kein leichtes Unterfangen werden würde. Dann entspannte er sich wieder und drängte sich ihr sanft entgegen.

„Lass uns morgen über all das nachdenken, okay? Wir haben reichlich Zeit, um über … die Zukunft zu reden. Ich bin mehr an heute Nacht interessiert. Daran." Er rieb sich aufreizend an ihr, erregt, wie er war, und Lily verspürte in sich ein süßes Ziehen. „Am Hier und Jetzt."

Ihre Augen hatten sich inzwischen so weit an die Dunkelheit gewöhnt, dass sie ihm forschend ins Gesicht sehen konnte. Meinte er es ernst? War ihm ihr Auftrag wirklich egal?

Im nächsten Moment küsste er sie so voller Hingabe, dass sie jeden vernünftigen Gedanken beiseiteschob und nicht anders konnte, als den Kuss zu erwidern.

„Die Natur spielt mit uns, Lily", flüsterte er. „Erst hat sie das Licht ausgedreht." Träge umrundete er mit den Händen ihre Brüste, ehe er sie auf die empfindsamen Brustspitzen legte. „Dann gab sie uns den Regen als Musik."

Zärtlich reizte er sie mit den Fingerspitzen und steigerte damit ihr Verlangen. „Und alles, was wir zu tun brauchen …" Wieder rieb er sich an ihr, langsam, hart und drängend. „… ist, im Dunkeln zu tanzen."

Sie erschauerte. Das war Verführung pur … und die Wirkung

war schwindelerregend. So schnell und zielsicher wie ein Blitz hatte Jack ihre grauen Zellen ausgeschaltet, ihren Verstand sich verflüchtigen lassen und ihr jede Fähigkeit geraubt, über die nächsten paar Stunden hinaus zu denken.

„Gefällt dir das, Lily?", fragte er und schob eine Hand unter ihr T-Shirt. „Gefällt es dir, wenn ich dich berühre?"

Sie brachte nur ein bedauernswertes Seufzen zustande, weil er mit einem Finger am Gummiband ihrer Yogahose entlangfuhr und die Hand schließlich besitzergreifend auf ihren Po legte.

„Möchtest du im Dunkeln mit mir tanzen, Lily?" Seine Stimme klang so sicher und so sexy, dass Lily einfach nur wohlig erbebte. „Ich verspreche dir, dass es dir gefallen wird."

„So hatte ich mir … den ersten Abend nicht vorgestellt." Ihr Einwand hörte sich genauso schwach an, wie ihre Knie sich anfühlten.

„Manchmal, wenn die Chemie stimmt, geht es eben schnell." Federleicht strich er über eine ihrer Knospen. „Oder langsam." Er streichelte ihre Brust. „Heute Nacht hast du die Wahl."

Morgen würde ihr geschäftlicher Auftrag wieder im Vordergrund stehen. Aber …

„Heute Nacht", murmelte sie gegen seinen Mund, als Jack sie küsste, und sie spürte, wie er lächelte.

„Jetzt", ergänzte er, hob sie unversehens hoch und wirbelte sie in einem Halbkreis herum. „Welche Tanzfläche soll es sein, Baby?" Er küsste sie sanft und verführerisch. „Hier in der Küche? Drüben im Wohnzimmer? Auf dem Billardtisch? Im Fitnessraum?"

Sie wäre fast in Ohnmacht gefallen. „Ich nehme an, ein Schlafzimmer ist für einen Typen wie dich viel zu konventionell."

„Ich bin durchaus für konventionell. Bei besonderen Gelegenheiten. Im Flügel hinter der Küche gibt es ein Gästezimmer." Er legte die Arme fester um sie. „Ich habe dort schon übernachtet. Wir finden den Weg im Dunkeln. Das wird ein Abenteuer."

„Der Begriff *Blind Date* bekommt eine völlig neue Bedeutung."

Diese trockene Bemerkung brachte ihr herzliches Gelächter und eine innige Umarmung ein. „Ich begreife, warum Reggie der Meinung ist, dass wir gut zusammenarbeiten können."

Erleichtert seufzte sie – und dankbar, weil er offenbar verstand, dass ihre Rolle als Coach nichts mit ihrer Rolle als seine Geliebte zu tun hatte.

Und sie *würden* morgen darüber reden. Jetzt schlang sie ihm einfach einen Arm um die Taille, schmiegte sich an seinen faszinierenden Körper und passte sich seinen Schritten in die unausweichliche Liebesnacht an.

Als sie am Ende eines Korridors anlangten, blieb Jack stehen und tastete mit einer Hand die Wand entlang. „Ah. Wir sind da." Langsam drehte er am Türknauf, die Gästezimmertür ging auf. „Lass uns tanzen."

Sie erschauerte vor Vorfreude. Sobald sie im Zimmer waren, schloss er sie in die Arme und drückte sie fest an seine breite Brust. Sein Herz klopfte genauso heftig wie ihres.

„Es könnte eine Kerze hier drinnen geben. Soll ich nachsehen?"

„Nein."

Mehr brauchte er nicht zu hören. Ehe sie einen klaren Gedanken hätte fassen können, zog er sie weiter ins Zimmer. Er war sich ziemlich sicher, dass das Bett unter einem der großen Fenster stand. Ein Blitz leuchtete in der Ferne auf und bewies, dass ihn seine Erinnerung nicht täuschte.

Es war lange genug hell, sodass er das Verlangen und die Erregung in Lilys Augen sah. Als sie mit den Knien gegen die Bettkante stieß, drängte er die fantastische Frau vor sich auf die Matratze.

Zum Teufel mit der ganzen Finesse. Er war derart erregt, dass es schmerzte, und sie war so heiß, dass es noch größere Qualen bedeutete. Im Handumdrehen hatte er ihr das knappe T-Shirt über den Kopf gezogen und kam zu ihr, um die Spitzen ihrer Brüste zu erkunden. Seit dem ersten Blitz im Bad waren sie ihm nicht aus dem Sinn gegangen.

Mit einem Griff zog er ihr den seidigen BH aus. Dann streichelte er bewundernd eine Brust, die andere erkundete er mit dem Mund.

Sie schmeckte verführerisch nach Wind und Meer, und ihre Knospe wurde in seinem Mund härter, fachte seine Erregung noch mehr an. Er umrundete sie mit der Zungenspitze und saugte vorsichtig.

Vor Lust stöhnte sie leise, griff in sein Haar und zog sein Gesicht an ihre Brüste.

Was für ein herrlich sinnlicher Moment! Seinen Namen flüsternd, drängte sie sich gegen seine Hüften. Und als sie seinen Schultern dann einen leichten Stoß versetzte, wusste er genau, was sie wollte.

Vorfreudig verteilte er unzählige kleine Küsse auf ihrem flachen Bauch, liebkoste ihren Nabel zärtlich mit der Zungenspitze. Verlangend hob sie ihm die Hüften entgegen. Geschickt streifte er ihr die Jogginghose über die Beine, und ihr winziger weißer Spitzenslip folgte ebenso schnell.

Ihr Anblick raubte ihm den Atem. Er konnte es kaum erwarten, sie ausgiebig mit der Zunge zu erforschen.

„Jack." Sie setzte sich auf und griff nach seinem Hemd. „Ich will dich sehen. Ich will dich berühren."

Da kniete er sich vor sie hin, zog sich hastig das Poloshirt aus und löste den Gürtel seiner Jeans. Beim Reißverschluss kam sie ihm zuvor. „Lass mich das machen. Bitte."

Ergeben hob er die Hände. „Ich gehöre ganz dir, Baby. Lass mich nur noch schnell etwas aus meiner Brieftasche nehmen."

Nachdem er ein Kondom aufs Bett gelegt hatte, zog sie ihn ungeduldig bis auf seine Boxershorts aus. Als er diese selbst abstreifen wollte, hinderte sie ihn daran.

„Ich möchte dich ausziehen."

Er lachte leise. „Du bist der Boss, Sweetheart." Wieder kniete er sich aufs Bett.

Sacht saugte sie an seiner Brustwarze, sodass er erregt den Atem anhielt.

Sie streichelte seine Brust, spielte mit den Härchen, strich über seine Muskeln und stieß einen leisen bewundernden Laut aus, ehe sie spielerisch mit den Fingernägeln über seinen Bauch glitt und endlich die Stelle erreichte, nach deren Berührung er sich verzehrte.

Langsam zog sie ihm die Shorts aus. Sobald sie ihn endlich vollständig entkleidet hatte, stieg sein Begehren allein dadurch, dass er ihrem verlangenden Blick begegnete.

Mit geschlossenen Augen beugte sie sich vor und liebkoste ihn mit der Zunge.

Ihn durchzuckte eine Welle heißer Lust. Irgendwie schaffte er es, sich vorzunehmen, unbedingt herauszufinden, woher Reggie *wusste*, dass diese Frau wie für ihn gemacht war.

Sie streichelte und küsste ihn und nahm ihn ganz in den Mund. Weil er es vor Sehnsucht nicht mehr aushielt, rutschte er in die entgegengesetzte Richtung und zog eine Spur warmer Küsse über ihren Bauch und tiefer. Er begann, sie begierig mit der Zunge zu verwöhnen. Aufstöhnend kam sie ihm entgegen.

Ihr intensives Vorspiel war fast zu viel für ihn. Ihr Mund und ihr Körper waren so süß und heiß, dass er nur noch lustvoll stöhnen und sie nach allen Regeln der Kunst lieben wollte. Und dabei genoss er den sinnlichen Duft einer Frau, die genau wusste, was sie wollte. Und es sich nahm.

Allein dieser Gedanke hätte ihm fast auf den Gipfel geführt.

Doch er wollte die herrlichen Momente so lange wie möglich auskosten. Deshalb konzentrierte er sich auf sie, streichelte ihre Oberschenkel, ihre Hüfte und schob sich schließlich über sie.

Schnell griff sie nach dem Folienpäckchen, riss es geschickt mit den Zähnen auf und reichte ihm das Kondom. „Beeil dich."

„Ja, Ma'am." Er lachte leise, und in zwei Sekunden hatte er den Schutz übergezogen, legte sich wieder auf sie und stützte sich auf die Arme.

Er zwinkerte ihr zu. „Sag bloß, du möchtest oben sein."

Amüsiert schüttelte sie den Kopf und hob ihm einladend die Hüften entgegen. „Ich möchte dich nur endlich in mir haben."

Das ließ er sich nicht zweimal sagen. Langsam und behutsam drang er in sie ein. Die Empfindungen, die ihn überwältigten, raubten ihm fast den Verstand. Mit einem kräftigen Stoß genoss er es, sich endlich fallen zu lassen, dann noch einmal, und er stöhnte heiser auf vor Erregung.

Gleichzeitig wurde ihm bewusst, dass er sich zurückhalten musste. Einen Weg finden musste, damit es möglichst lange dauerte.

„Ja, genau", flüsterte er rau, als sie sich gemeinsam bewegten. Sie schienen füreinander geschaffen zu sein. Er glitt tiefer in sie hinein, zog sich zurück und stieß wieder vor. „Ganz genau so."

Halt suchend klammerte sie sich an seine Oberarme. Sie liebten sich in absoluter Harmonie.

Als er wieder in sie eindrang, suchte sie seinen Blick. Ihre Augen waren unglaublich – wunderschön und dunkel vor Verlangen und Sehnsucht. Fasziniert betrachtete er sie.

„Wir werden gut zusammen sein, Jack", flüsterte sie und strich ihm eine Haarsträhne aus dem Gesicht. „Ganz bestimmt. Du wirst sehen."

Weil sie auf eine langfristige Beziehung anspielte, stockte ihm der Atem. Aber in diesem Augenblick fand er es unpassend, über Reggies abgekartetes Spiel einen Witz zu machen.

„Wir *sind* gut zusammen, Lily", erwiderte er und erhöhte das Tempo, als könne er so das eben Gesagte beweisen. „Das spüre ich."

Genussvoll gab sie sich dem Liebesspiel hin. Sie hob sich ihm entgegen, nahm ihn auf und hielt ihn sanft. Er musste sich auf die Lippe beißen, um nicht völlig außer Kontrolle zu geraten.

Stöhnend schloss sie die Augen und kam ihm drängend entgegen, wie um den wilden Rhythmus noch zu steigern.

Irgendwann gab es für ihn kein Halten mehr, und er liebte sie entfesselt und hungrig. Wieder und wieder drang er in sie ein, bis sie heftig erschauerte, sich hemmungslos in ihre Empfindungen fallen ließ, seinen Namen flüsterte und ihn keuchend bat, ihr zu folgen.

Im nächsten Moment war es auch um ihn geschehen, als er einen unglaublich intensiven Höhepunkt erreichte und sich ihr ergab. Einer süßen, sexy, schönen Frau, mit der er – welch Glück! – auf sehr originelle Weise verkuppelt worden war.

3. KAPITEL

*E*in mechanisches Stottern. Das Summen eines Ventilators. Das Knacken einer Lampe im Flur.
Strom.

Hinter Lily bewegte sich ein kräftiger Körper. Eine große Hand umfasste ihre Brust. Etwas drängte erregend gegen ihren Po. Eine völlig andere Art von elektrischer Energie.

Lily schloss die Augen und seufzte tief zufrieden. Durch die Vorhänge drang das fahle Licht der Morgendämmerung ins Zimmer. Es konnte noch nicht einmal sechs Uhr sein.

„Hast du süß geträumt, Lily?" Jacks Frage, begleitet von einem zärtlichen Kuss auf ihre Schulter, ließ Lily wohlig erschauern.

Erneut zufrieden aufseufzend, schmiegte sie sich an Jack. „Ich habe von Essen geträumt."

Er beugte sich vor, um ihre Wange zu küssen. „Ich habe dir doch versprochen, ich würde uns ein Picknick besorgen. Ich mag Shrimps im Bett."

Das war nicht ganz nach Lilys Geschmack, sie rümpfte die Nase.

„Stimmt, das habe ich ja ganz vergessen: kein Essen ohne Serviette und Platzset."

„Ein Tisch wäre auch nicht schlecht. Ich bringe dir all die guten Manieren noch bei."

Jack zog seine Hand zurück und rückte kaum merklich von ihr ab. Aber Lily war vertraut mit der Körpersprache und erkannte die Anzeichen von Unbehagen. Nein, sie hatte nicht erwartet, dass die Veränderung von Jackson Locke leicht sein würde.

„Weißt du was?" Er setzte sich auf. „Ich werde jetzt mal eine Runde laufen."

„Laufen?" Sie drehte sich um, und beim Anblick seines zerzausten dunkelblonden Haars und seiner Bartstoppeln verschlug es ihr den Atem. Lieber Himmel, wie konnte sie auch nur im Entferntesten daran denken, Jack in einen konservativen und angepassten Menschen zu verwandeln?

Weil Reggie Wilding sie dafür bezahlte, zum einen. Und wenn sie Erfolg damit hatte, könnte sie noch mehr solcher Aufträge bekommen. Sehr viel mehr. Dann würde sie sich nicht mehr um ihre Miete sorgen müssen, sondern um eine Hypothek. Doch im Moment war es schwer, an ihre Träume von Sicherheit zu denken, wenn sie einen Mann vor sich hatte, der sie an … Sex denken ließ.

„Ja, normalerweise gehe ich morgens ins Fitnessstudio, aber hier jogge ich gern am Strand. Willst du mitkommen?"

Für einen Moment zog sie es in Erwägung. Einfach, um bei ihm zu sein, einfach, um ihn sich bewegen zu sehen. Aber das Unwetter war vorbei, und die Normalität würde nach Nantucket zurückkehren. Zusammen mit Reggie, zweifellos.

Sie schüttelte den Kopf. „Ich passe. Aber würdest du vorher schnell in die Küche laufen und Kaffee machen?"

„Wenn du warten kannst, würde ich dir sogar einen richtigen Designer-Kaffee von unterwegs mitbringen."

„Hm. Kaffee mit Karamellgeschmack und einer dicken Sahnehaube." Diesen Luxus gönnte sie sich selten.

Er grinste. „Mit der Sahne würde uns bestimmt etwas sehr Kreatives einfallen."

„Sprach der Kreativdirektor." Sie erwiderte sein Grinsen. „Tut mir leid, aber ich gebe nichts von meiner Schlagsahne ab. Dazu esse ich sie zu gern."

Lachend zog er sie an sich und strich ihr mit einer Hand über Hüfte und Oberschenkel. „Wie gut, dass du kein Model für Bademode bist."

„Warum um alles in der Welt sagst du das?"

„Ich dachte, du wärst eins, als ich dich gestern im Foyer sah." Er kniff sie spielerisch ins Bein. „Du hast die Figur dazu."

„Danke. Aber wie kommst du auf die Idee, Reggie würde an diesem Wochenende ein Model für Bademode einladen?"

„Na ja, bei Reggie weiß ich nie so genau, was ich zu erwarten habe." Dann blitzten seine smaragdgrünen Augen auf. „Aber mit deiner Wahl hat er mich wirklich umgehauen."

Lily lachte, weil sie das Kompliment freute. Doch sie war sich sicher, dass Jack nicht mehr so angetan sein würde, wenn sie erst darangingen, ihn zu einem perfekten, bodenständigen Angestellten zu stylen. „Wir werden sehen, wie sich die Dinge entwickeln."

Irgendwie wirkte Jack jetzt erleichtert. „Was machst du eigentlich? Welchen Job hast du?"

Welchen Job? „Es ist mein …" Weil plötzlich eine Tür zugeschlagen wurde und Schritte im Flur zu hören waren, verstummte Lily. „Reggie!", flüsterte sie in gelinder Panik. Es machte ihr nichts aus, mit Jack im selben Zimmer überrascht zu werden, aber was würde Reggie davon halten?

Jemand klopfte an die Tür. „Miss Harper? Sind Sie da drinnen?"

Zu ihrer Erleichterung war es Mrs Slattery. Dennoch legte Lily Jack automatisch eine Hand auf den Mund und bedachte Jack mit einem warnenden Blick. „Einen Moment!" Sie sprang aus dem Bett.

Er betrachtete ihren nackten Körper mit einer Mischung aus Belustigung und heißem Verlangen. „Soll ich mich verstecken?"

Sie legte einen Finger auf ihren Mund. „Bitte. Wir haben uns gestern erst kennengelernt. Ich möchte nicht, dass sie denkt …" Sie zeigte auf das angrenzende Bad. „Geh bitte dort hinein."

Nachsichtig verdrehte er die Augen und stand auf, während Lily hastig ihre Yogahose und ihr T-Shirt anzog.

Als Jack im Badezimmer verschwunden war, öffnete sie einen Spaltbreit die Tür. Mrs Slattery wartete geduldig davor.

„Miss Harper, ich habe gesehen, dass in Ihrem Bad Glasscherben liegen! Aber sie waren ja so schlau, hier unten zu schlafen."

Lily nickte, froh, dass sie nicht lügen musste. „Mitten in der Nacht war der Strom weg, und ich habe versehentlich etwas zerbrochen."

„Kein Problem. Ich habe mich schon um die Scherben gekümmert. Waren Sie gerade beim Essen, als der Strom ausfiel? Das ganze Essen steht noch in der Küche."

„Äh, ja. Jack stellte gerade alles bereit, als das Licht ausging. Wir wollten nicht im Dunkeln in der Küche herumhantieren." Lily öffnete die Tür keineswegs weiter, weil sie halb damit rechnete, dass Jack jeden Moment aus dem Bad kam. „Haben Sie etwas von Reggie gehört?"

„Er ist auf dem Weg hierher. Ich wollte Mr Jack Bescheid sagen, aber seine Schlafzimmertür ist noch zu." Ihre silbergrauen Augen verrieten, wie sehr sie Jack mochte. „Er schläft gern."

Unter anderem. „Ich ziehe jetzt wieder in das obere Gästezimmer um, Mrs Slattery. Danke, dass Sie sich um mich gesorgt haben und dass Sie die Scherben weggeräumt haben."

„Keine Ursache, meine Liebe. Möchten Sie, dass ich Kaffee koche und etwas zu essen mache, vielleicht ein Omelett? Mr Wilding sagte, er würde rechtzeitig zum Frühstück hier sein."

„Ja, bitte. Ich bin am Verhungern." Sie ergriff die Hand der Haushälterin und drückte sie. „Ist mit Ihrem Vater alles in Ordnung?"

„Ja, danke."

„Das freut mich. Ich bin in Kürze fertig."

Gerade als Lily die Tür zumachte, kam Jack aus dem Bad. Er hatte den Reißverschluss seiner Jeans geschlossen, aber den Knopf nicht. Zu schade, dass Mrs Slattery zurückgekommen war, ehe sie, Lily, die Chance hatte, jeden Zentimeter dieses attraktiven Mannes noch einmal gründlich zu erforschen.

„Glaubst du, sie hat nichts gemerkt?", fragte er.

Lily hob ihre Unterwäsche vom Fußboden auf. „Lass mir ein wenig Würde, okay? Ich möchte nicht, dass sie denkt, ich steige regelmäßig mit mir völlig fremden Männern ins Bett."

„Tust du das denn?"

Weil das so ernst klang, sah sie hoch. „Nein, Jack. Und du? Schläfst du mit Frauen, die du nicht kennst?"

„Gelegentlich." Weil er sie nicht direkt ansah, wusste sie, dass das die Wahrheit war. „Aber wir beide sind uns nicht mehr fremd."

„Nein, bestimmt nicht. Und ich hoffe, du tust mir den Gefallen und hältst diesen Aspekt unserer Beziehung vor Reggie geheim, wenn er heute herkommt. Beim Du können wir ja bleiben."

Jack blinzelte. „Heute? Er kommt heute hierher?"

„Natürlich." Sie faltete ihre Wäsche zusammen, um sie in das für sie vorgesehene Gästezimmer mit hinaufzunehmen.

„Warum?"

Sie runzelte die Stirn. „Ich nehme an, er will die Dinge anschieben. Uns einander offiziell vorstellen und erklären, was ich für dich tun kann."

„Ich glaube, die Einführung ist uns bestens gelungen und ..." Sein Lächeln war lüstern und lieb zugleich. „Und du hast mir ausgiebig bewiesen, was du für mich tun kannst."

Sie machte eine Kopfbewegung Richtung Bett. „Weißt du, Jack, ich habe mich gestern Nacht ein wenig hinreißen lassen. Sex sollte nicht dazugehören. Es ist einfach ... passiert."

Er betrachtete sie einen Moment eingehend, teils amüsiert, teils ein wenig fragend. „Für gewöhnlich gefällt es mir, wenn Sex dazugehört. So bin ich eben."

„Also, für mich gehört Sex nicht dazu."

„Okay", sagte er leise. „Es liegt ganz bei dir. Obwohl wir uns vielleicht langweilen, wenn wir die ganze Zeit, die wir hier sind, am Strand spazieren gehen und fernsehen."

„Wir werden uns nicht langweilen. Ich habe eine Menge vor. Wir werden einkaufen gehen, in verschiedene Salons, und ich würde gern mindestens dreimal in einem Restaurant essen, um ..."

„Ich soll also in Boutiquen geschleppt werden, in Friseur- und Kosmetiksalons und zum Essen außer Haus, aber Sex ist tabu?" Er schüttelte ungläubig den Kopf. „Das erscheint mir nicht sehr fair. Ich meine, gestern Nacht ist es *einfach passiert* – könnte es heute Nacht nicht auch *einfach passieren*?"

In den zwei Jahren, die sie ihre Agentur jetzt hatte, war so etwas mit einem Kunden noch nie vorgekommen. „Vielleicht wenn wir fertig sind."

„Ist das dein Ernst?"

„Hör zu, Jack, ich bin geschäftlich hier. Aber mit dir zu

schlafen, schreit nicht gerade nach ‚Anstand', oder?"

„Schön, du bist also geschäftlich hier, aber …" Er ging zu ihr hinüber. „Möchtest du wissen, was ich von Anstand halte, Lily?", fragte er mit einem frechen Grinsen.

„Lass mich raten. Wir brauchen keinen blöden Anstand?"

Er lachte auf. „Fast. Normalerweise sage ich *scheiß auf den Anstand.*" Und genau deshalb würde er keinen braven Angestellten wie aus dem Bilderbuch abgeben. „Aber wenn du lieber shoppen gehst statt mit mir ins Bett, tu dir keinen Zwang an. Ich bin unten am Strand."

Glaubte er, sie konnte ihn zum erfolgreichen Geschäftsmann stylen, ohne dass er selbst einen Laden betrat? „Das kann ich unmöglich ohne dich."

Er wirkte bestürzt. „Nein?"

Natürlich, die meisten Männer schreckten davor zurück, Kleidung zu kaufen. Und einige fanden das sogar absolut grauenvoll.

„Es kann Spaß machen. Solange du mich machen lässt, verspreche ich dir, wenn wir es durchgestanden haben, werden dir die Veränderungen gefallen."

Er zog die Brauen zusammen. „Du bist nicht die Erste, die es versucht hat und gescheitert ist."

„Reggie baut auf mich, und ich bin da ganz pragmatisch. Ich glaube, das Ganze hat gute Aussichten auf Erfolg."

„Ich sollte dich besser im Auge behalten. Du bist … unerbittlich."

„Das stimmt. Aber keine Bange. Es tut nicht allzu weh."

Er schüttelte den Kopf, während er erneut den Blick aufreizend langsam über sie gleiten ließ. „Wir gehen Schritt für Schritt voran, okay?"

„Einverstanden." Lily ging zur Tür. „Und mach dir keine Sorgen um den Kaffee. Mrs S. kocht welchen. Viel Spaß beim Joggen. Wir sehen uns, sobald Reggie zum Frühstück hier ist."

Er salutierte spielerisch. „Ja, Ma'am."

„Wenn du so weitermachst, könnte das wirklich eine Erfahrung werden, die Vergnügen macht, Jack." Sie öffnete die Tür und sah verstohlen auf den Flur hinaus.

„Gut. Ich mag Vergnügen, vor allem sinnliches."

Sie warf ihm eine Kusshand zu. „Das habe ich gemerkt."

Jack reduzierte sein Tempo erst, als er sechs Meilen gelaufen war und die schmale Straße eingeschlagen hatte, die zu Reggies Haus zurückführte. Da er für Lily keinen Kaffee zu besorgen brauchte, war er an der Südküste der Insel entlanggelaufen, wo die Brandung des Atlantiks heftiger war, statt am ruhigeren Nantucket-Sund im Norden.

Er hatte tief die salzhaltige, reine Luft eingeatmet, die Septembersonne genossen, und war gelaufen, bis ihm der Schweiß übers Gesicht rann.

Und trotzdem konnte er das Gefühl nicht loswerden, dass etwas nicht stimmte.

Und das ergab überhaupt keinen Sinn, denn alles schien zusammenzupassen: Er hatte eine außergewöhnliche Frau kennengelernt, hatte unglaublichen Sex mit ihr gehabt und konnte sich auf mindestens zwei weitere Tage – oder Nächte – an ihrer Gesellschaft erfreuen. Sie wollte die Zeit zum Shoppen und Verschönern nutzen. Das war doch wunderbar. Und abends wusste er genau, was *einfach passieren* würde. Also, wo war der Haken?

Er lief langsamer, wischte sich mit dem T-Shirt den Schweiß vom Gesicht und sah zu Reggies Ferienhaus mit dem Spitzgiebel hinüber, das idyllisch auf einem Hügel lag. Und auf dessen Auffahrt Reggies Wagen stand.

Genau *das* war nicht in Ordnung. Wenn Reggie wollte, dass er diese Frau kennenlernte und herausfand, ob sie sich verstanden, schön. Und er hatte nichts gesagt, weil er wusste, dass er, Jack, gekniffen hätte, ja, das machte Sinn. Aber warum hielt Reg es dann für nötig, extra von Manhattan hierherzufliegen und zu stören?

Tief durchatmend machte er ein paar Dehnübungen.

Lily hatte kein Wort darüber verloren, womit sie ihr Geld verdiente, hatte ausweichend geantwortet, woher sie Reggie kannte, und hatte nicht einmal erzählt, wo sie wohnte. Ehrlich gesagt wusste er nichts von ihr außer ihrem Namen.

Und welche Vorlieben sie beim Sex hatte.

Als er gleich darauf durch die hintere Küchentür das Haus betrat, wurde er von einer freundlichen Dorothea Slattery begrüßt, die am Herd der Kochinsel stand.

„Hallo, Dots." Er schmunzelte, weil er wusste, dass dieser Spitzname sie immer erröten ließ. „Wie geht's denn so?"

„Hallo, Mr Jack." Sie warf ihm einen prüfenden Blick zu, weil sie offenbar nicht begeistert war, dass er völlig durchgeschwitzt in ihrer Küche erschien. Oder vielleicht war es der alten Kupplerin nicht entgangen, dass sein Bett die ganze Nacht nicht benutzt worden war.

„Wie geht's Ihrem Dad?"

„Gut. Der Strom war bei ihm nur ein paar Stunden weg. Aber ich wollte bei ihm bleiben für den Fall, dass der Strom erneut ausfiel."

„Wir sind zurechtgekommen. Auch wenn wir hier alles in Unordnung gebracht haben."

Sie winkte ab. „Es tut mir leid, dass Mr Wilding keinen Generator hat. Ich habe ihn wieder und wieder gebeten, einen anzuschaffen, aber er hat immer so viel zu tun."

Jack lehnte sich gegen den Küchentresen und sah zu, wie Mrs S. Zwiebeln briet. „Wird das etwa ein Omelett für mich?"

„Leider nein, es ist für Miss Harper. Sie frühstückt gerade im Esszimmer mit Mr Wilding. Aber wenn Sie duschen, ehe sie auf einem der weiß bezogenen Stühle von Mrs Wilding Platz nehmen, dann mache ich Ihnen auch eins."

„Muss ich wirklich vorher duschen?"

„Ja. Sie wollen sich doch wohl für das Meeting frisch machen, Mr Jack."

„Das Meeting?" Er sah sie mit gerunzelter Stirn an, ehe er sich einen Zwiebelstreifen aus der Bratpfanne mopste. „Sie machen Witze, oder? Was steht denn auf der Tagesordnung? Das zweite Date?"

Sie schlug ein Ei in die Pfanne. „Über Werbung weiß ich nun wirklich nicht Bescheid, Mr Jack. Aber Mr Wilding sagte etwas von einem Meeting mit Miss Harper, das fast den ganzen Tag dauern würde."

Was zum Teufel ging hier vor?

„Entschuldigen Sie mich einen Moment, Dots." Er ging geradewegs zum Esszimmer hinüber und hörte Lily lachen, als er den schmalen Vorraum betrat. Wie beim ersten Mal erregte ihn ihr leicht heiseres Lachen ein wenig.

Für den Bruchteil einer Sekunde war er versucht, stehen zu bleiben und zu lauschen. Was sagte sie über ihn? Dass sie ihn mochte? Tja, dafür hatte er schon gesorgt, als er ihr ihren vierten Höhepunkt verschaffte. Schnurstracks ging er ins Esszimmer weiter.

„Was ist das für ein Gerede von einem Meeting?"

Reggie, der am Kopfende des langen Rosenholztisches saß, schaute auf. „Da bist du ja!"

Neben ihm saß Lily in kerzengerader Haltung, ihr wunderschönes schwarzes Haar hatte sie aufgesteckt und die Hände im Schoß gefaltet.

Der Inbegriff von ... *Anstand.*

Er ließ den Blick zwischen Lily und Reggie hin und her wandern. Sie nickte ihm kühl zu.

Was zum ...? Er wischte sich erneut das Gesicht mit seinem T-Shirt ab und ließ Lily dabei seinen nackten Bauch sehen.

„Tut mir leid, dass ich verschwitzt bin, Reg. Ich bin eben sechs Meilen gelaufen."

„Kein Problem." Reggie lächelte Lily an. „Beim Texten geraten wir auch manchmal ins Schwitzen."

Jack erwiderte nichts, sondern betrachtete erneut Lily. Endlich, mit Make-up und Frisur, sah er sie einmal in trockenem Zustand.

„Guten Morgen, Lily", begrüßte er sie übertrieben galant mit angedeuteter Verbeugung. „Und wie hast du geschlafen?"

Nur ihr flüchtiges Lächeln verriet sie. „Guten Morgen, Jackson."

Jackson? Was sollte das denn?

Er trat näher und wandte sich an Reggie. „Ich habe eben gehört, dass ein Meeting stattfindet, und ich möchte wissen, worum es geht."

„Also, es geht um dich, Jack. Und die Agentur."

Reggie hatte eine so ernste Miene aufgesetzt, dass es Jack plötzlich höchst unbehaglich zumute war.

„Die Agentur?" Was zum Teufel hatte Lily mit ihm und Wild Marketing zu tun?

Er rückte sich den Stuhl neben Lily zurecht und setzte sich. „Sieht aus, als würde das Licht wieder brennen, aber ich tappe immer noch im Dunkeln."

Lily nahm ihre Serviette vom Schoß und machte Anstalten aufzustehen. „Mr Wilding, warum besprechen Sie das Ganze nicht erst mit Jack unter vier Augen und …"

So nicht! Energisch packte Jack sie am Handgelenk. „Wow und nochmals wow. Bleib bitte hier."

Sie sah ihn flehentlich an, aber sie brauchte sich keine Sorgen zu machen. Er würde sie nicht bloßstellen. Doch irgendetwas – genau, wie er es seit etwa einer Stunde vermutete – *irgendetwas* stimmte nicht. „Ich habe das Gefühl, du weißt mehr, als du sagst, Lily."

Sie warf Reggie einen entschuldigenden Blick zu. „Ich muss da etwas missverstanden haben. Jack machte den Eindruck, als wisse er über unsere geschäftliche Vereinbarung Bescheid."

Ihre geschäftliche Vereinbarung? Er betrachtete Lilys konservative Bluse, die bis oben zugeknöpft war und jeden kleinsten Blick auf ihr Dekolleté verwehrte, das er letzte Nacht so gründlich liebkost hatte. Wer bezeichnete eine Verkupplung denn als *geschäftliche Vereinbarung*?

Eine Frau, die eine solche Hemdbluse trug, ganz klar.

Reggie runzelte so sehr die Stirn, wie Jack es selten bei ihm gesehen hatte. Und seine Augen hinter seiner Designerbrille wirkten … müde.

„Jack, ich wollte es dir gestern Abend sagen. Deshalb solltest du frühzeitig hier sein, und ich hatte unbedingt vor, dieses Programm persönlich anzuschieben und unsere Erfolgsstrategie mit dir zu besprechen."

Dieses Programm anzuschieben? Erfolgsstrategie? Warum redete sein Freund, Chef und Mentor mit ihm wie mit seinen Kunden?

„Sprich Klartext, Reg. Ich verstehe kein Wort."

Da lehnte sich Reggie zurück, fuhr sich mit einer Hand durch das dichte, fast graue Haar und seufzte tief. In diesem Moment sah er genau aus wie sechsundfünfzig, wenn nicht sogar ein paar Jahre älter.

„Na schön, Jack. Hier kommt die große Neuigkeit. Ich habe beschlossen, die Agentur zu verkaufen."

Jack starrte ihn entgeistert an. „Du verkaufst Wild Marketing?"

Reggie nickte. „Ich habe einen triftigen Grund dafür."

Plötzlich kam Jack ein Verdacht, und er warf Lily einen grimmigen Blick zu. „An sie? Du verkauft an sie?"

Reggie lachte. „Nein, nein. Hast du das etwa geglaubt?"

„Ich weiß nicht, was ich geglaubt habe." Er bedachte Lily mit einem langen Blick. Aber was auch immer er geglaubt hatte, mit einer eingefädelten Romanze hatte das nichts zu tun. Warum hatte Lily ihm nicht die Wahrheit gesagt? Warum hatte sie ihn an der Nase herumgeführt?

„Allerdings hat Lily etwas mit dem Verkauf zu tun, Jack", fuhr Reggie fort. „Der Vertrag hat einen kleinen Haken, und ich denke, sie kann uns helfen, aus dem Dilemma herauszukommen."

Jack gab sich geschlagen. „Du solltest besser ganz vorne anfangen, Reg, weil ich offensichtlich das Opfer eines ernsthaften Missverständnisses bin."

Lily schüttelte den Kopf, ohne seinem Blick auszuweichen. „Nein, Jack. Ich habe dich missverstanden. Als du sagtest, du wüsstest, warum ich hier sei, habe ich angenommen, dass das stimme."

„Und warum *bist* du hier?"

Lily schaute Reggie an, damit er den Sachverhalt erklärte.

„Jack, die Firma, die Wild Marketing kaufen will, ist Anderson, Sturgeon und Noble."

„Ein Haufen verklemmter Arm... Typen, die einen Besenstil verschluckt haben." Lily zeigte keine Regung. „Nicht, dass ich sie nicht mag." Plötzlich begriff er die Tragweite dessen, was Reggie gesagt hatte. „Die wollen Wild kaufen? Diese Londoner Agentur? Im Ernst?"

„Ihr Hauptsitz ist London, aber sie haben Agenturen rund um den Globus. Ihr Kundenkreis ist Weltklasse und ..."

Jack unterbrach ihn mit einer wegwerfenden Handbewegung. „Hör auf, Reg. Ich weiß, wer sie sind. Warum willst du Wild Marketing verkaufen? An wen auch immer?"

Reggie stützte sich mit verschränkten Armen auf den Esstisch. „Ich kann dieses Angebot nicht ablehnen."

Verständnislose Enttäuschung machte sich in Jack breit. Reggie war einer der Cleversten der Werbebranche, ein begnadeter Verkäufer, unerreicht mit seiner Fähigkeit, Kunden zu umwerben und eine Werbeidee umzusetzen.

„Warum willst du verkaufen?", wiederholte Jack in der Hoffnung auf eine andere Antwort, denn er mochte einfach nicht annehmen, dass es lediglich um Geld ging.

„Ich habe meine Gründe, Jack. Und du – du würdest sie verstehen."

„Schön. Dann nenn mir deine Gründe."

Schweigend betrachtete Reggie seine Hände, eine Reaktion, die Jack tausendmal beobachtet hatte, wenn sein Chef Zeit gewinnen wollte und sich die perfekte Antwort überlegte. Er wartete ab.

Als Reggie ihm schließlich in die Augen sah, konnte er darin lesen, dass er ihn um sein Vertrauen bat. „Ich habe einen zwingenden Grund."

Jack hatte die Frau, die neben ihm saß, längst vergessen. Er hatte vor zehn Jahren bei Wild Marketing angefangen, und in diesem Jahrzehnt waren er und Reggie ein unglaubliches Team geworden und hatten Wild zu einer der führenden Werbeagenturen in Manhattan gemacht. Warum wollte er ihre außergewöhnliche kleine Agentur von einem internationalen Werberiesen schlucken lassen, der pfiffige, kreative Werbung nicht von … von stinklangweiliger unterscheiden konnte? Nein. Nein. Ein *zwingender Grund* reichte ihm nicht.

„Dir ist klar, dass Anderson, Sturgeon und Noble das Aus von Jack Locke und deiner Firma bedeuten." Jack sprach betont gelassen.

„Mir war klar, dass du zunächst so reagieren würdest. Aber ich habe eine spezielle Vereinbarung im Vertrag vorgesehen. Sie können Wild Marketing nur kaufen, wenn sie dich zum Geschäftsführer und Leiter ihrer New Yorker Filiale ernennen." Er sah Jack erwartungsvoll an. Ha, als ob er gleich einen Freudentanz aufführen würde, weil er Chef von Anderson, Sturgeon und *Ignoble* werden sollte. „Und deshalb ist Lily hier", endete Reggie und bedeutete ihr, dass sie das Wort ergreifen solle.

Sie sah Jack direkt an. „Meine Agentur heißt ‚The Change Agency'", erklärte sie. „Reggie hat mich beauftragt, mit dir zusammen dein berufliches und persönliches Image komplett zu überarbeiten, um dich auf die Stellung als Boss und die damit verbundene Rolle des Managers vorzubereiten."

Für einen Moment glaubte Jack tatsächlich, das Blut würde in seinen Adern zu Eis gefrieren. Er öffnete den Mund, doch nichts kam heraus. Keine Antwort. Kein Witz. Kein Laut.

„Dazu gehört eine äußere Veränderung und ein Benimmtraining", ergänzte sie. „Ich habe ein bestimmtes Programm entwickelt und hatte damit Erfolg bei …"

Das wurde ja immer besser. Und Jack wurde immer wütender. Image überarbeiten, und dann auch noch komplett! Er schlug so fest mit der Faust auf den Tisch, dass die Kaffeetassen klirrten. Lily riss die Augen auf, ließ sich jedoch nicht beirren.

„… einer Reihe von Personen", beendete sie ihren Satz. Als sie einander unverwandt anstarrten, fügte sie hinzu: „Ich habe dir doch gesagt, dass es nicht wehtun muss."

Finster sah Jack sie an, dann Reggie, bemüht, seine Wut im Zaum zu halten.

„Nein, danke", erklärte er ruhig. „Mein Benehmen braucht nicht trainiert zu werden." Er beugte sich zu Lily hinunter und durchbohrte sie mit einem Blick, der, wie er hoffte, bis tief in ihre Seele drang. „Sicher hast du das letzte Nacht bemerkt."

Sie wurde ein wenig blass, aber auch diesmal war nicht die kleinste Gefühlsregung in ihren Augen. Oh ja, sie war hart im Nehmen, diese Lily Harper. Diese Veränderungsagentin.

Langsam stand Jack auf. „Viel Glück bei deinem Vorhaben, Reg."

„Jack, ich brauche dich."

Jack erstarrte, als er diesen Unterton hörte. Was war das? Verzweiflung? Jedenfalls etwas, was er nie zuvor aus Reggies Stimme herausgehört hatte.

„Ich *muss* die Firma verlassen."

Jack traute seinen Ohren nicht. Stumm betrachtete er seinen Freund, weil er immer noch wütend war und daher lieber nichts erwiderte.

„Die Übernahme der Agentur durch Anderson hängt davon ab, dass es einen Geschäftsführer gibt, der die Geschäfte und Kunden kennt." Reggie klang bedrückt, und auch Jack hatte das Gefühl, ein Stahlband umspanne seine Brust.

„Dann hoffe ich, dass du jemanden findest, Reg. Aber ich werde es nicht sein, der im dunkelblauen Anzug zu den P&L-Meetings nach London fliegt. Falscher Typ. Falscher Anzug." Er wandte sich Lily zu. „Insgesamt falscher Ansatz."

Damit verließ er das Esszimmer, doch er war noch nicht halb die Treppe hinauf, als Reggie ihm nachkam. „Warte."

Er erstarrte, und dann drehte er sich um. „Ich gehe, Reg. Ich weiß nicht, warum du das alles tust oder warum du mich erst mit einem sexy Häschen ködern musstest, aber ich gehe."

Reggie nahm die wenigen Treppenstufen, die zwischen ihnen lagen, und legte Jack eine Hand auf den Arm. „Hör mir zu." Wieder entdeckte Jack Anzeichen von einem Schmerz in Reggies Miene, wie er es nie zuvor gesehen hatte. „Samantha stirbt."

Zum zweiten Mal an diesem Morgen glaubte Jack, einen Schlag versetzt bekommen zu haben. „Was?"

„Sie hat einen Gehirntumor, der nicht operiert werden kann." Reg traten Tränen in die dunklen Augen, und Jacks Kehle war wie zugeschnürt. „Jetzt möchte ich ihr das eine geben, das ich ihr in den fünfundzwanzig Jahren, während ich hinter meinem Traum und meinen Kunden und meinem Erfolg herlief, nicht gegeben habe."

Jack sah ihn noch immer sprachlos an.

„Ich möchte ihr Zeit geben, Jack. Jede Minute, die ich erübrigen kann, möchte ich mit ihr verbringen."

„Ist es sicher?" Das konnte nicht sein. Diese sanfte Frau, die in ihrem Leben nie ein gemeines Wort gesagt hatte, die so gern Kinder gehabt hätte und keine bekommen hatte, konnte nicht unheilbar krank sein. „Hast du eine zweite Diagnose eingeholt? Eine dritte?"

„Das ist das andere, was ich ihr geben kann. Es gibt eine Chance, eine mögliche Operation, aber die Kosten sind astronomisch und die Ärzte in Europa."

„Du hast das Geld, Reg." Er machte eine umfassende Handbewegung. „Verkauf dieses Haus."

„Das habe ich vor. Aber falls es gelingt, möchte ich das Programm finanzieren, das diese Operationstechnik in die USA bringen kann. Falls es nicht gelingt, möchte ich Millionen für die Forschung stiften. Millionen ..." Er umfasste Jacks Arm fester. „... die ich durch den Verkauf von Wild Marketing erlösen werde."

Wie viele Schläge konnte ein Mann pro Tag ertragen?

„Aber Anderson möchte einen erfahrenen Mitarbeiter auf der Kommandobrücke, Jack. Sie wollen den Mann, der seit zehn Jahren mit mir arbeitet. Denjenigen, der den Ruf unserer Agentur durch das kreativste Talent in der Branche begründet hat."

Jack hielt Reggies Blick stand. „Doch sie wollen ihn mit Bürstenhaarschnitt und gestutzten Flügeln."

Reggie lächelte. „So schlimm ist es nicht. Ich möchte nur, dass du mit Lily arbeitest, um ... ein wenig aufpoliert zu werden. Nur um die Käufer zu beeindrucken. Sie ist erstaunlich gut, Jack. Du solltest sehen, was sie mit einer Person anstellen kann."

„Das habe ich bereits."

Reggie zog eine Braue hoch. „Hast dich ködern lassen, hm?"

51

Jack lächelte gequält. „Tut mir leid. Ich möchte das nicht tun."

„Auch nicht für Samantha?"

„Das ist unfair, Mann."

„Tu es für mich. Arbeite mit Lily Harper, beeindrucke die Typen bei Anderson, behalte den Job für ein Jahr, und dann kannst du machen, was immer du willst, und ich werde dich unterstützen." Er drückte noch einmal mit einem Anflug von Verzweiflung Jacks Arm. „Bitte. Hilf mir aus der Klemme."

Lily erschien unter dem Durchgang zum Esszimmer. Selbst mit ihrer Aufsteckfrisur und ihrer konservativen Kleidung war sie bildhübsch. Mit ihren blauen Augen suchte sie seinen Blick, und es war eine einzige Herausforderung.

Oh Mann. Wie zum Teufel war er bloß in diese Situation geraten?

Es spielte keine Rolle, wie es passiert war. Weil sie ihm das Haar schneiden und ihm Socken anziehen und ihm beibringen konnte, die richtige Gabel zu benutzen, aber *ändern* konnte sie ihn nicht.

„Wie lange brauchst du durchschnittlich für eine Renovierung, Lil?"

Sie lächelte. „Höchstens eine Woche."

„Na schön." Er bedachte sie mit einem langen Blick. „Dann lass es uns machen."

Und das würden sie. Jede Nacht.

4. KAPITEL

Einen Moment stand Lily schweigend da, als Jack in die obere Etage ging, dann sah sie Reggie an.

„So", sagte er mit einem angedeuteten Lächeln, „das wäre geschafft."

Sie ging zu ihm hinüber. „Es tut mir sehr leid, dass Ihre Frau so krank ist, Reggie. Ich hatte keine Ahnung, dass Ihr Wunsch, die Firma zu verkaufen, derart persönlicher Natur ist."

„So ist es nun mal. Aber es tut mir auch leid, dass Jack meinem Vorhaben nicht so positiv gegenübersteht, wie ich gehofft hatte."

„Ich glaube, am schwierigsten wird sein, dass er sich anpasst, ohne dass er sich verraten und verkauft fühlt."

Seufzend nahm Reggie seine Brille ab, um sich die Nasenwurzel zu reiben. „Haben Sie je mit jemandem arbeiten müssen, der Ihre Dienste eigentlich nicht wollte, Lily?"

Sie sah die Treppe hinauf, immer noch Jacks Ablehnung und Verstimmung vor Augen. Und auch eine andere Gefühlsregung. Angst? Ärger? Trotz?

Lily kannte diese starken Emotionen durchaus. „Die meisten Leute haben mich beauftragt, weil sie ihr Image wirklich verbessern wollten. Sie waren also durchaus einverstanden. Und Jack weiß jetzt, wie wichtig seine Veränderung für Sie und die Agentur ist."

„Ich muss diesen Vertrag abschließen", sagte er. „Und man wird Jack nicht so, wie er sich zurzeit präsentiert, auf der Kommandobrücke der New Yorker Agentur akzeptieren. Ohne ihn wird der Verkauf nicht zustande kommen, weil unsere Werbekunden Jack folgen werden, wohin er auch geht. Ohne ihn gibt es demzufolge kaum noch Kunden, und eine Agentur ohne Kunden ist für einen Käufer wertlos."

„Ich kann ihm zu einem seriösen Image verhelfen, Reggie", versicherte sie ihm. „Können Sie ein paar Tage hierbleiben, um mir zu helfen, ihn ein wenig zu motivieren?"

„Tut mir leid, Lily. Ich muss zurück zu Samantha. Jede Minute ist kostbar."

„Ich verstehe."

„Sagen Sie Jack einen schönen Gruß von mir? Normalerweise schmollt er nur ein paar Minuten."

„Das mache ich." Einerseits war es besser, mit Jack allein zu sein. Bestimmt würde sie sich bei ihrer Arbeit und den zwangsläufigen Schwierigkeiten dabei wohler fühlen. Andererseits war sie ohne Reggie viel stärker Jacks Charme und dem erotischen Knistern zwischen ihnen beiden ausgeliefert.

Na ja, dem erotischen Knistern von letzter Nacht. Er war sicher nicht mehr an ihr interessiert.

Reggie nahm seine Jacke von der Garderobe im Foyer. „Wissen Sie, Lily, ich habe Sie für diesen Job ausgesucht, weil ich eine innere Stärke bei Ihnen gespürt habe und ein bestimmtes Maß an Selbstbeherrschung, die ein Persönlichkeitstrainer für Jack haben sollte. Aber geben Sie diese Selbstbeherrschung bloß nicht auf."

„Das werde ich nicht. So ein genialer Überredungskünstler ist er nun auch wieder nicht." Es sei denn, der Strom ist weg, und niemand sonst ist im Haus.

Reggie lachte. „Doch, das ist er. Aber lassen Sie mich noch eines sagen, ehe ich aufbreche."

Erwartungsvoll sah sie ihn an. Wollte er sie davor warnen, mit Jack ins Bett zu gehen? Vermutete er – zu Recht –, dass *das Ködern*, von dem Jack gesprochen hatte, Sex einschloss?

„Wenn Sie mit Ihrer Arbeit Erfolg haben, springt ein Bonus für Sie heraus."

Damit hatte sie ganz und gar nicht gerechnet. „Es ist okay, Reggie. Der Betrag, den wir vereinbart haben, ist mehr als fair."

„Es geht nicht direkt um Geld. Wenn es Ihnen gelingt, Jack in einen Manager wie aus dem Bilderbuch zu verwandeln, der die Engländer so beeindruckt, dass sie meine Agentur kaufen, dann garantiere ich Ihnen, dass Sie exklusiv für das gesamte Imperium von Anderson, Sturgeon und Noble arbeiten können. Ich weiß zufällig, dass sie einen professionellen Persönlichkeitstrainer suchen, der mit ihren leitenden Angestellten in allen sechsundzwanzig Filialen weltweit arbeitet."

Lily fasste es nicht. *Sechsundzwanzig Filialen weltweit?* Alle leitenden Angestellten?

„Über so eine Chance würde ich mich sehr freuen, Reggie." Diese Untertreibung brachte sie fast zum Lachen. Sie konnte sich nicht einmal vorstellen, so viel Arbeit zu haben, so viel Einkommen, so viel Sicherheit.

Er zog seine Jacke an. „Und mich würde es sehr freuen, sie Ihnen zu geben. Aber Ihr Job hier wird nicht leicht sein. Es genügt nicht, Jack oberflächlich zu verändern. Sie werden ihn dazu bringen müssen, sich komplett wie ein anderer Mensch zu verhalten und dementsprechend auch anders zu denken, sonst werden die Engländer das Ganze durchschauen. Sie werden also alle Hände voll zu tun haben, Lily." Er lächelte ihr zu und öffnete die Haustür. „Ich melde mich. Mrs Slattery hat Anweisung, Ihnen jeden Wunsch zu erfüllen. Ich zähle auf Sie."

„Ich werde Sie nicht im Stich lassen", versprach Lily und ergriff seine ausgestreckte Hand.

„Viel Glück, Lily." Er war schon zu seinem auf der Auffahrt geparkten Wagen unterwegs, als er sich noch einmal umdrehte. „Und übrigens …" Er hob warnend den Zeigefinger. „… er ist ein Werbegenie. Er wird alles nur Erdenkliche unternehmen, um Sie davon zu überzeugen, dass er recht hat und Sie unrecht." Bedeutungsvoll zog er eine Braue hoch. „*Alles* Erdenkliche."

„Ich weiß Ihren Rat zu schätzen." Er winkte ihr kurz zu, und während sie ihm nachschaute, dachte sie über das Gespräch nach.

Sie hatte so viel zu verlieren und konnte *alles* gewinnen mit diesem Projekt. Sie wusste Reggies Warnung wirklich zu schätzen, aber sie würde nicht so dumm sein, sich von Jack mit Sex ablenken zu lassen. Ihre Liebesnacht war fantastisch gewesen, war es jedoch nicht wert, den Erfolg dieses Auftrags zu riskieren.

Das war ihre große Chance. Nach all den Jahren des Lernens, der Gelegenheitsjobs, der Abendkurse und dem ständigen Streben nach etwas Besserem. Da würde sie doch nicht die Chance verspielen, exklusive Persönlichkeitstrainerin für ein riesiges Imperium zu werden. Niemals würde sie die Chance auf die von ihr heiß ersehnte Sicherheit vertun.

Als sie sich umdrehte, stieß sie gegen eine nackte, breite Männerbrust.

Jack zog einen Mundwinkel hoch, der Blick seiner grünen Augen durchbohrte sie regelrecht. „Jetzt gibt es hier nur noch mich, dich und die Haushälterin", sagte er. „Du weißt, was das bedeutet, oder?"

„Nein. Was bedeutet es denn?"

„Dass du zahlenmäßig den Leuten unterlegen bist, die mich so mögen, wie ich bin."

„Ach, ich weiß nicht, Jack. Ich glaube, Mrs Slattery würde dich sogar mit Schuhen mögen." Sie zeigte auf seine Füße. „Wir werden da unten anfangen und uns nach oben vorarbeiten, okay?"

Er wippte, barfuß, wie er war, hin und her und lenkte so ihre Aufmerksamkeit auf die Tatsache, dass er sich nicht die Mühe gemacht hatte, den Druckknopf seiner Jeans zu schließen. „Weißt du was, Lil? Einen Moment habe ich heute Morgen gedacht, dass du mit dem Shoppen gemeint hast, wir sollten Ringe kaufen gehen."

Sie verdrehte die Augen. „Ach woher. Kleidung. Für dich."

„Ich dachte, du bist auf der Suche nach einem Ehemann."

„Einen Ehemann?" Sie tippte mit einem Finger auf seine Brust. „Ich brauche keinen blöden Ehemann."

„Dann sind wir quitt, Miss Manners." Er nahm ihre Hand und presste sie auf seine Brust. „Denn ich brauche keine blöde Veränderung."

Sie zog ihre Hand nicht weg, sondern genoss es, seine Härchen zu spüren und seine warme Haut. „Zu dumm. Du bekommst nämlich eine. Wir treffen uns in fünf Minuten in der Bibliothek, um die Tagesordnung zu besprechen."

„Wir arbeiten unten am Strand."

Und so fing der Machtkampf an. „Unmöglich. Ich brauche meinen Laptop, um mir Notizen zu machen und das Programm mit dir durchzugehen." Sie versuchte vergeblich, sich ihm zu entziehen.

„Geh mit mir durch die Wellen. In der Bibliothek fühle ich mich eingeengt."

„Wir haben September. Das Wasser ist eiskalt."

„Wir könnten warm werden. Und nass."

Sein Ton und sein Herzschlag, der sich unter ihrer Hand deutlich beschleunigte, weckten brennendes Verlangen in Lily, und ihr fielen Reggies Worte zum Abschied ein. Jack würde alles versuchen, um sie umzustimmen und abzulenken.

„In der Bibliothek", wiederholte sie. „Mit Hemd."

„Einverstanden mit der Bibliothek." Er schob ihre Hand ein Stückchen tiefer. „Nicht einverstanden mit dem Hemd."

„Das ist kein Tauziehen, Jack." Langsam und mit so festem Druck bewegte er ihre Hand über seinen Waschbrettbauch, dass sie seine Muskeln fast zählen konnte.

Am geöffneten Knopf seiner Jeans hielt er inne. „Vielleicht ist es eher ein Hauen und Stechen."

„Wir treffen uns in der Bibliothek." Mit einem schnellen Handgriff schloss sie den Druckknopf an seinem Jeansbund. „Zieh an, was du willst."

Als sie an ihm vorbei ins Haus eilte, hörte sie ihn etwas murmeln. Oder war es der Jeansknopf – der wieder aufging?

„Ich habe einen Plan."

Lily, die hinter Reggies riesigem Mahagonischreibtisch Platz genommen hatte, sah hoch. Sie konnte es sich gerade noch verkneifen, erleichtert und siegesbewusst dreinzuschauen, denn Jack trug ein Hemd. Ein enges schwarzes T-Shirt mit einem knallroten Logo, aber immerhin. Ein Punkt für sie. Sie fühlte sich fast wie Miss Manners, die amerikanische Königin der Etikette, die Inkarnation des erhobenen Zeigefingers. Zwei Punkte, wenn sie mitzählte, dass sie Jacks Einladung zum Schwimmen widerstanden hatte.

„Eigentlich", sagte sie und klappte den Bildschirm ihres Laptops zu, damit Jack ihr Programm nicht las, „bin ich diejenige, die einen Plan hat."

„Meiner ist besser." Er stellte eine Tasse mit dampfendem

Kaffee vor sie auf den Tisch wie ein Friedensangebot. Dann schlenderte er zu einer Ledercouch, die an der gegenüberliegenden Wand stand. „Himmel, wie ich diesen Raum hasse."

Er streckte sich auf der Couch aus, legte die nackten Füße auf ein Kissen auf der Armlehne und stellte sich seinen Thermo-Kaffeebecher auf den Bauch.

„Was gefällt dir denn an diesem Raum nicht?" Sie ließ den Blick über die Bücherregale aus dunklem Holz schweifen und die sorgsam ausgewählten Kunstdrucke. „Er hat eine sehr maskuline Atmosphäre, und es gibt eine Menge wunderbarer Bücher."

„Es gibt zu viele Wände."

„Ich zähle vier. Wie es üblich ist."

„Du solltest mein Loft in Soho sehen." Er setzte sich auf und nippte an seinem Becher. „Zwei Wände in der ganzen Wohnung. Sonst gibt es nur Fenster mit Blick auf New York. Jeder Raum ist offen, keine Jalousien, keine Barrieren."

„Und keine Privatsphäre."

„Ich schalte das Licht aus, wenn ich ungestört sein will. Und ich finde mich gut im Dunkeln zurecht, schon vergessen?"

Als ob sie das vergessen könnte. „Zwei Wände und sonst nur Glas, hm? Also, das sagt mir, dass du ein Mann bist, der keine Einschränkungen oder Hindernisse mag."

Er lachte leise.

„Als ob du meine Wohnung sehen müsstest, um das herauszufinden."

Nachdem er noch einen Schluck getrunken hatte, stellte er seinen Becher auf den Boden. Dann drehte er sich auf die Seite und stützte den Kopf in eine Hand. Dabei fiel ihm eine seiner blonden Locken ins Gesicht. Entspannt und attraktiv, wie er da ausgestreckt auf dem Sofa lag, war er die reinste Verlockung für eine verruchte Liebesstunde auf der Couch.

„Also, Miss Manners", sagte er, und der Spitzname klang irgendwie provozierend. „Wie wär's, wenn du mir dein Programm vorstellst und ich dir anschließend meins?"

Ein verlockendes Angebot. Lily klappte ihren Laptop auf und

räusperte sich. „In Ordnung." Einen Moment lang schaute sie auf ihren Bildschirm, dann wieder zu Jack hinüber. Sie konnte sich nicht helfen. Er sah einfach viel besser aus als ihr Power-Point-Bild. „Speziell für Topmanager und leitende Angestellte habe ich ein Programm in fünf Schritten entwickelt. Soll ich es dir erläutern?"

„Unbedingt."

„Es umfasst die folgenden Schwerpunkte – Erscheinungs-bild, Umgangsformen, Körpersprache, verbale und nicht verbale Kommunikations- und schließlich Organisationsfähigkeiten."

„Lass mich sehen, ob ich das richtig verstanden habe. Wir gehen ein paar Krawatten kaufen und zum Haareschneiden – das sollte den Punkt ,Erscheinungsbild' abdecken. Dann dinie-ren wir in einem Restaurant, wo ich die jeweils richtige Gabel für einen Gang wählen muss, um die ,Umgangsformen' abzu-haken. Ein Telefonspiel sollte verbale und nicht verbale Kom-munikationsfähigkeiten trainieren. Bleiben die Organisations-fähigkeiten. Wie wär's, wenn ich deine Kleidung falte, nachdem ich sie dir ausgezogen habe?" Er grinste frech. „Gute Idee, oder?"

„Du hast Körpersprache vergessen."

Er zwinkerte. „Von wegen. Die folgt, nachdem die Klamotten ausgezogen sind."

„Jack", sagte sie und setzte sich in Reggies überdimensio-nalem Schreibtischsessel aufrechter hin, „das Ganze ist etwas komplizierter und ernsthafter als das. Nach einer kompletten Veränderung des Äußeren helfe ich den Kunden auch dabei, sich selbst zu entdecken. Zu erkennen, wer sie sind, ihre Fehler zu verstehen sowie ihre Schwächen und wunden Punkte, hilft uns, einen Weg zu finden, um …"

„Reine Zeitverschwendung. Ich kenne meine Schwächen." Geistesabwesend spielte er mit der ihm ins Gesicht gefallenen Haarsträhne herum. „Ich schlafe gern lang, esse gern Schokolade und mein wunder Punkt? Sweetheart, den hast du heute Morgen gegen halb vier mit der Zunge erkundet."

Lily durchzog schlagartig ein Schauer, als sie sich an halb

vier erinnerte. Sie wusste genau, welche Stelle Jack meinte. Direkt unterhalb …

„Ich spreche von Problemen, die sich auf dein Berufsleben auswirken und darauf, wie du deine Arbeit erledigst."

„Ich erledige meine Arbeit genau so, wie ich es will." Er drehte sich auf den Rücken.

„Anschließend", fuhr sie fort, ohne auf seine Bemerkung einzugehen, „fassen wir alles für eine Abschlussprüfung zusammen."

Er sah sie an. „Hier ist etwas für deine Selbstfindung. Ich bin ein kreativer Typ, und ich hasse Tests. Wenn ich nicht unverdientermaßen ein Baseball-Stipendium bekommen hätte, wäre ich nicht einmal auf dem zweitklassigen College gelandet, auf dem ich war."

Das klang fast, als müsse er sich rechtfertigen, und das ging ihr nah. Himmel, wie gut sie dieses Gefühl kannte.

„Es wird eine positive Erfahrung, Jack, versprochen. Ich weiß, dass du ungern mitmachst, dass du keinerlei persönliche oder berufliche Veränderung willst, aber ich glaube, du wirst einen Nutzen aus der ganzen Prozedur ziehen. Und Reggie auch."

„Du investierst völlig sinnlos deine Zeit, ich meine Mühe und Reggie sein Geld, aber was soll's? Tu dir keinen Zwang an." Er zuckte mit der Schulter. „Möchtest du jetzt hören, welches Programm ich für dich habe?"

„Ich bin der Coach, Jack. Du bist der Trainee."

Er grinste vielsagend. „Wie lange sitzen wir hier auf der Insel fest? Sechs Tage, fünf Nächte?"

„Nachts brauchen wir doch nicht zu arbeiten." Sie klickte einen grob skizzierten Plan an, den sie erstellt hatte. „Wenn alles glattgeht, brauchen wir noch ein wenig freie Zeit für gutes Benehmen."

Wie in Zeitlupe erhob sich Jack. „Die freie Zeit *ist* das gute Benehmen." Er lächelte verschmitzt. „Bereit für meinen Plan?"

Er kam um den Schreibtisch herum und lehnte sich lässig dagegen. Instinktiv wich Lily ein Stückchen zurück. „Ich bin mir nicht sicher."

„Tagsüber bin ich ganz dein wissenschaftliches Versuchskaninchen. Verändere mich, poliere mich auf, mache mich zu dem Mann, den die Engländer auf der anderen Seite des Konferenztisches sehen wollen. Das ist dein Job, und du kannst ihn den ganzen Tag lang ausüben."

Argwöhnisch sah sie ihn an. „Wo ist der Haken?"

Er legte die Hände auf die Rückenlehne des Schreibtischsessels. „Bei Sonnenuntergang …" Er wirbelte den Stuhl zu sich herum. „… ändert sich alles."

„Wie das?"

„Du bist für das Programm am Tag zuständig …" Er kippte ihren Stuhl so weit zurück, dass sie das Gefühl hatte, gleich auf dem Fußboden zu liegen. „Ich für das Programm in der Nacht."

„Was genau heißt das?" Es gelang ihr nur mit Mühe, gelassen zu klingen.

„Was auch immer du tagsüber mit mir anstellst, werde ich nachts mit dir anstellen."

„Ich muss darüber nachdenken."

„Dann denk auch darüber nach." Ehe sie sich versah, küsste er sie so ungestüm, dass es Lily heiß wurde und das Blut in ihren Ohren rauschte. Sie tat das Einzige, was sie in dieser Situation tun konnte – sie packte ihn an den Schultern und erwiderte seinen Kuss mit der gleichen wilden Leidenschaft.

„Also, Lil", flüsterte er gegen ihre Lippen. „Abgemacht oder nicht?"

„Jack, ich …"

„Sag abgemacht, und ich verspreche", unterbrach er sie, indem er zärtlich mit der Zungenspitze über ihre Unterlippe strich, „dass ich dein ganzes blödes Programm vom Shoppen bis zu den Gabeln mitmache."

„Du meinst Erscheinungsbild und Umgangsformen."

„Nenn es, wie du willst, Baby. Ich werde dir trotzdem beweisen, dass du mich nicht ändern kannst." Spielerisch knabberte er an ihrem Kinn. „Du bekommst die Tage und ich die Nächte."

Sie schloss die Augen, weil sie nachzudenken versuchte. Doch wer konnte in Gegenwart dieses unglaublich sinnlichen Mannes mit seiner noch unglaublicheren Überredungskunst schon nachdenken?

„Ach komm, Lily. Was hast du denn zu verlieren?"

Ihren Verstand. Ihren Kunden. „Mein Gleichgewicht."

„Das macht doch Spaß." Damit kippte er sie mitsamt dem Sessel noch etwas weiter nach hinten und drängte sich dabei herausfordernd an sie. „Abgemacht oder nicht?"

Sie spürte seine Kraft, seine Hitze und elektrisierende Sinnlichkeit. Sein Haar kitzelte ihr Gesicht, mit seinem Körper hielt er sie regelrecht gefangen, während er sie hielt und sie seine wachsende Erregung spüren ließ. Das alles machte sie ganz schwindelig, verrückt, wild und hilflos.

„Abgemacht."

Mit geschlossenen Augen erwartete sie seinen Kuss, um die Abmachung zu besiegeln. Sie wollte, dass Jack sie küsste, verzehrte sich danach.

Doch er richtete den Schreibtischsessel auf und trat beiseite. Plötzlich fühlte sie sich kalt und in höchstem Maß frustriert.

„In Ordnung, lass uns einkaufen gehen."

„Einkaufen?"

„Erscheinungsbild kommt als Erstes dran, richtig?"

„Ja, genau." Sie strich über ihren Rock, der hochgerutscht war, als Jack sie nach hinten gekippt hatte. „Wir fangen mit deiner neuen Garderobe an."

„Und etwas Neuem für dich für heute Nacht." Er machte eine Kopfbewegung Richtung Tür. „Wir treffen uns in fünf Minuten in der Küche. Ich fahre."

Womit um alles in der Welt hatte sie sich da eben einverstanden erklärt?

5. KAPITEL

*I*n der Küche nahm Jack die Schlüssel für den Jeep vom Haken und dachte nicht einmal an den Mercedes-Zweisitzer, den Reggie in der Garage stehen hatte. Er war eher der Typ für den roten Wrangler, den er am liebsten offen und mit lauter Musik fuhr. Besonders an einem strahlenden Herbsttag, mit einer hübschen Frau an der Seite und nichts zu tun, außer … zu shoppen.

Abgesehen von Letzterem gefiel es ihm, wie der Nachmittag sich gestaltete. Er hatte genug Zeit zum Nachdenken gehabt und hatte sich eine eigene Strategie zurechtgelegt. Er würde Reggies Vorhaben nicht sabotieren, sondern tun, was zu tun war, vor allem für Samantha. Wenn Reggie Wild Marketing verkaufen musste, dann würde er ihm nicht im Weg stehen. Danach würde er die Engländer überzeugen, dass er gut war, so, wie er nun einmal war, oder er würde ihnen helfen, Ersatz für ihn zu finden.

Alles andere ergab überhaupt keinen Sinn, und offenbar war Reggie nicht ganz bei Verstand, als er etwas derart Idiotisches wie eine Imageveränderung für Jackson Locke vorschlug.

Er, Jack, würde also einfach die Zeit nutzen, die er in einem wunderschönen Haus mit einer heißen, willigen Frau verbringen durfte. Auf keinen Fall würde er Reggies Chancen gefährden, Sam zu helfen, einer Frau, die er so sehr mochte und bewunderte, dass er sich glatt weigerte, auch nur daran zu denken, dass sie todkrank war.

Er würde Lily Harpers Spiel mitspielen. Und sie seins. Und letzten Endes würde ihr sein Spiel besser gefallen.

Gleich darauf sagte er der Haushälterin Bescheid, dass er und Lily in die Stadt fahren würden, und fragte, ob sie irgendetwas brauche.

„Nein, danke, ich brauche nichts." Mrs Slattery war dabei, Wäsche im angrenzenden Hauswirtschaftsraum zu falten. „Ich soll mich vielmehr um *Ihre* Bedürfnisse kümmern, Mr Jack, und überlege gerade, ob ich Muschelsuppe für Sie kochen soll oder vielleicht gedünsteten Kabeljau wie bei Ihrem letzten Besuch. Was wäre Ihnen denn lieber, Mr Jack?"

„Machen Sie die Suppe, und ich werde Sie auf der Stelle heiraten, Dots."

Sie lachte. „Wenn ich vierzig Jahre jünger und dreißig Pfund leichter wäre, würde ich das machen."

Lily kam in die Küche, eine Tasche über der Schulter und eine leichte Jacke über dem Arm. Statt ihres strengen Kostüms hatte sie jetzt eine Leinenhose und einen Pullover an. Sie sah gut aus, aber längst nicht so gut wie am Vorabend, als sie klitschnass aus der Dusche gestiegen war.

„Was würden Sie machen, Mrs Slattery?", fragte sie.

„Ich würde gern beides, den Kabeljau und die Suppe, zum Abendessen machen."

„Das wäre sehr schön, aber ich hatte etwas Formelleres im Sinn. Können Sie mir das beste Restaurant in der Stadt empfehlen?"

Mrs S. wirkte enttäuscht. „Sie befinden sich mittendrin, aber wenn Sie darauf bestehen auszugehen, dann könnten Sie das Sconset Café probieren. Vielleicht nicht ganz billig, aber es ist gar nicht nötig, sich mit den Touristen um einen Tisch zu schlagen, wenn ich Ihnen alles kochen könnte, was die auf der Karte haben."

„Und noch viel besser", ergänzte Jack.

Aber Lily ließ sich nicht beirren. „Ich brauche Damasttischdecken und jede Menge Besteck."

„Weil wir", mischte sich Jack erneut ein, „die Suppe schlürfen und den Kabeljau mit den Fingern essen würden, wenn wir hier blieben."

Lily warf ihm einen tadelnden Blick zu, während Dots vom Hauswirtschaftsraum in die Küche trat. „Wozu brauchen Sie denn jede Menge Besteck?"

„Ich bekomme Nachhilfe in Benimm", erklärte Jack. „Anscheinend sind Lily und Reggie der Meinung, dass ich eine komplette Überarbeitung brauche." Er strich sich einige Haarsträhnen aus dem Gesicht. „Und einen Haarschnitt."

„Einen Haarschnitt!" Entsetzt riss Mrs Slattery die Augen auf. „Ihre Frisur ist perfekt!"

Leise lachend zuckte er mit den Schultern. „Da siehst du es, Lil. Mrs Slattery spricht offen aus, was sie denkt."

Unbeeindruckt zog Lily ihre Jacke an. „Wir wollen Jack lediglich ein klein wenig verändern, Mrs Slattery, um ihn auf seine Rolle als Chef einer Werbeagentur vorzubereiten."

„Müssen die kurze Haare haben?"

„Die brauchen ein bestimmtes Aussehen. Und es werden bestimmte Umgangsformen und das Einhalten von Benimmregeln erwartet. Wir wollen nichts weiter, als ihm ein paar Nachhilfestunden geben. Nichts, was seine *Vollkommenheit* beschädigen würde."

Sie hätte das kaum spöttischer aussprechen können. Doch Jack unterließ es, sie daran zu erinnern, dass sie ihn letzte Nacht durchaus für den vollkommenen Liebhaber gehalten hatte.

„Also, bitte, lassen Sie die Hände von seinem Haar", murmelte Mrs S. auf dem Weg zurück in den Hauswirtschaftsraum.

„He, he, Dots. Keine Panik." Jack zwinkerte Lily zu. „Sie kann sich gern an meinem Haar zu schaffen machen, wenn sie möchte. Sie soll nur die Schere aus dem Spiel lassen."

Die Haushälterin blieb an der Tür stehen und sah von einem zum anderen. „Ohne Jackett und Krawatte werden Sie in keines der besseren Restaurants kommen, Mr Jack. Also vielleicht doch …"

„Er wird schon sehr bald mehrere Jacketts und Krawatten besitzen", versicherte Lily ihr.

Er wirbelte den Wagenschlüssel an seinem Zeigefinger herum. „Der Spaß hört nie auf. Gehen wir, Miss Manners. Dots, versuchen Sie bitte, im Topper's einen Tisch zu reservieren. Falls es heute am Sonnabend nicht klappt, dann für morgen, und heute Abend gibt es Kabeljau und Muschelsuppe."

Sie strahlte. „Ich habe schon frischen Thymian aus meinem Garten mitgebracht."

Er warf ihr eine Kusshand zu und machte dann eine ausladende Handbewegung Richtung Hintertür. „Miss Harper, Ihr

Wagen wartet. Ich hoffe, Vierradantrieb und Überrollbügel machen Ihnen nichts aus."

Lily folgte ihm in die Garage, wo sie innehielt, um den SLR McLaren zu bewundern, den Reggie dort für besondere Gelegenheiten stehen hatte.

„Wow."

„Tja, so etwas bekommt man, wenn man vierhunderttausend Dollar hinblättert."

„So viel kostet dieser Wagen?"

„Ich glaube, Reggie hat ihn für dreihundertfünfundachtzig abgestaubt."

Schnell hatte er das Verdeck des Jeeps zurückgeschlagen und hielt Lily die Tür auf. „Wir nehmen die Panoramastraße in die Stadt."

„Auf Nantucket ist doch jede Straße malerisch." Sie stieg ein und schnallte sich an.

„Die Farben im September sind herrlich, aber im Oktober würde es dir glatt die Sprache verschlagen."

Sie ließ den Blick erneut bewundernd über den Mercedes schweifen. „Dieser Wagen verschlägt mir die Sprache."

Er warf ihr einen überraschten Seitenblick zu, während er den Jeep anließ. „Ich hätte gar nicht gedacht, dass dir ein Statussymbol so wichtig ist, Lil." Er hob ihre Tasche hoch, um zu sehen, von welchem Designer sie war. „Weder Fendi noch Kate Spade, wie ich sehe."

„Noch nicht." Ihr Unterton erregte Jacks Aufmerksamkeit.

„Das ist es also? Du bist hinter dem schnöden Mammon her?"

Sie antwortete nicht, während er aus der Garage fuhr und die Auffahrt hinunter.

„Ich finde nicht, dass es anstößig ist, sich etwas Luxus im Leben zu wünschen", meinte sie schließlich, als er zur Hammock Pond Road hinauffuhr. „Erzähl mir nicht, dass es dir keinen Spaß machen würde, einen solchen Wagen zu besitzen, wenn du es dir leisten könntest."

Das könnte er. Aber das brauchte sie nicht zu wissen. „Genieß die Aussicht." Er zeigte auf die mit verwitterten grauen Häusern übersäten Hügel, die in Rotbraun und Gelb leuchtenden Bäume, die weißen Schaumkronen auf dem Nantucket-Sund in der Ferne. „All das nenne ich *Luxus* im Leben. Was spielt es schon für eine Rolle, ob du ihn von einem Jeep oder einem Benz aus zu sehen bekommst? Die Aussicht ist die gleiche." Er schaltete und fuhr auf den Highway. „Aber deine Motive zu kennen, macht die ganze Sache für mich leichter."

Jack konnte regelrecht spüren, wie sich Lily versteifte. „Um meine Motive geht es gar nicht."

„Trotzdem, es ist gut zu wissen, was dich antreibt." Innerlich war er enttäuscht. Lily Harper war also auf der Jagd nach Gold. Wie schade.

„Geld treibt mich nicht an", verteidigte sie sich. „Aber ich weiß schöne Dinge zu schätzen und den Komfort und die Freiheit, die ein gutes Einkommen mit sich bringen. Ist das moralisch verwerflich?"

Er warf ihr einen Seitenblick zu und lachte. „He, mit moralisch verwerflich kenne ich mich aus. Nein, Geld haben zu wollen ist nicht schlimm. Aber Gier."

„Gier?" Sie wandte sich ihm zu. „Es hat doch nichts mit Geldgier zu tun, wenn man sein Auskommen haben möchte, Sicherheit und einen gewissen Komfort. Und wenn dann noch ein nettes Auto und eine anständige Garderobe dazukommen, ist das doch nicht schlecht."

Offenbar hatte er einen wunden Punkt bei Lily getroffen, auf den er zu einem späteren Zeitpunkt noch zurückkommen würde.

„So, und wie wird man eigentlich Persönlichkeitstrainer?", fragte er nach einem Moment. Falls sie den Themenwechsel begrüßte, ließ sie es sich nicht anmerken. Sie sah geradeaus auf die Straße. „Hattest du eine spezielle Ausbildung, oder denkst du dir deine Strategien so nebenbei aus?"

„Ich hatte verschiedene Arten von Ausbildung", antwortete sie vage, während sie weiterhin durch die Windschutzscheibe schaute. „Aber es ist interessant, wie du die Frage formuliert hast. Denkst du dir deine Strategien nebenbei aus? Ist das dein Stil im Beruf?"

Er lachte leise. „Wenn ich einen beruflichen Stil hätte, wärst du wohl nicht hier. Und natürlich denke ich mir die Dinge aus. Ich bin der Kreativdirektor. So jedenfalls definiert sich mein Job."

„Wie bist du denn zur Werbung gekommen?"

„Auf die gleiche Art und Weise, wie ich überallhin komme – durch die Hintertür. Ich kann skizzieren. Ich kann schreiben. Ich hielt diese Branche für die einzige, die einen unkonventionellen Typen wie mich akzeptieren würde." Für einen Moment schloss er die Augen. „Vor Jahren jedenfalls."

„Du brauchst dich nicht zu unterwerfen. Beachte nur ein paar Spielregeln. Ist das so schwer?"

Er nahm die Hand vom Schalthebel und legte sie ihr auf den Schenkel. Durch den Stoff ihrer Hose hindurch spürte er, wie angespannt Lily war. „Regeln und ich, das passt nicht besonders gut zusammen."

Sie machte keine Anstalten, sich ihm zu entziehen. „Betrachte es als Spiel, Jack. Du spielst doch gern. Lass die Engländer denken, du entsprichst ihren Anforderungen. Der Verkauf geht über die Bühne, und alle sind glücklich, aber du machst weiterhin die Arbeit, für die deine Kunden dich engagieren."

„Wie du das sagst, klingt alles so einfach und vernünftig."

„Das ist *mein* Job. Und denk immer daran, du tust es für einen guten Zweck."

Er warf ihr einen Seitenblick zu und sah, dass der Fahrtwind gerade einige Strähnen ihres dunklen Haars aus ihrer Aufsteckfrisur löste. Eine blieb an ihrem Lipgloss kleben, und er streckte die Hand aus, um sie ihr hinters Ohr zu streichen. „Glaub mir, wenn es nicht um einen guten Zweck ginge, würde ich augenblicklich umkehren, und wir würden uns das Wochenende über mit etwas völlig anderem beschäftigen."

„Lass mich raten. In der Horizontalen?"

Er zuckte mit den Schultern. „Oder stehend auf der Dachterrasse und dabei den Sonnenuntergang über dem Meer beobachten. Oder vielleicht gleich hier im Jeep." Er zeigte auf den

Rücksitz und merkte, dass sie sich ein Grinsen kaum verkneifen konnte. „Dann wäre da natürlich noch das Segelboot, das Reggie unten im Hafen liegen hat. Wir könnten es also auch auf dem Wasser schaukelnd tun."

„Oh, ich war noch nie segeln."

„Schön, dann werden wir nächste Woche nach Cape Cod hinübersegeln."

„Cape Cod? Schaffen wir es denn an einem Tag hin und zurück?"

Er überlegte. „Die Überfahrt dauert etwa vier Stunden, selbst gegen den Wind. Aber wir können bei meiner Schwester in Rockingham übernachten. Vorausgesetzt, sie ist nicht im Krankenhaus, um ihr Baby zu bekommen."

„Sie bekommt ein Kind?"

„Ja. Ein Mädchen. Möchtest du Kinder, Lil?"

Falls der abrupte Themenwechsel sie überraschte, ließ sie es sich nicht anmerken. „Ich bin viel zu beschäftigt damit, mich selbst über Wasser zu halten, um an Kinder zu denken."

Im Klartext, zu beschäftigt, um Karriere zu machen, um das große Geld zu verdienen. „Verstehe."

„Und du?"

Im Gegensatz zu ihr wich er nicht aus. „Ich stehe morgens gern auf und entscheide spontan, was ich mache. Kinder und eine Frau würden mich wahrscheinlich daran hindern."

Jack bog auf die Hauptstraße von Nantuckets schönem Hauptort ab und hielt nach einem Parkplatz in der schmalen Straße Ausschau. Während er noch suchte, fuhr ein SUV keine fünfzig Meter vor ihm weg und hinterließ eine geräumige Parklücke.

„Oh, die Parkgötter sind mir wohlgesinnt."

„Wunderbar. Wie steht's mit den Shoppinggöttern?"

„Ich wende mich nicht allzu oft an sie. Aber dort drüben ist Toggery." Er zeigte zu dem einzigen Geschäft für gehobene Männermode hinüber, das er auf Nantucket kannte. „Natürlich war ich noch nie drinnen, aber ich glaube, hier gibt es genug Anzüge und Krawatten, um dein kleines konservatives Herz höherschlagen zu lassen."

Lily sah ihn mit einem strahlenden Lächeln an. „Perfekt. Und danke, dass du so bereitwillig mit zum Einkaufen kommst."

„Ich komme nicht bereitwillig mit. Vielmehr habe ich so meine Gründe."

„Nämlich welche?", fragte sie beim Aussteigen.

„Ich habe gehört, dass sie besonders geräumige Umkleidekabinen haben." Er zwinkerte ihr zu. „Du kannst bei meiner Verwandlung also direkt Hand anlegen."

Sie lachte, doch er hätte gewettet, dass sie sich nicht sicher war, ob er es ernst meinte oder nicht.

Das Geschäft gefiel Lily auf Anhieb. Sie mochte den Geruch hochwertiger Stoffe, die behagliche Ausstrahlung des alten Holzfußbodens, die Zurückhaltung der Verkäufer und sogar die Jazzmusik, die leise im Hintergrund spielte. Hier konnte sie Jackson Locke wunderbar einkleiden.

Sie warf einen Blick auf die Umkleidekabinen. Sie waren relativ klein und nicht sehr privat. Sie war erleichtert und enttäuscht zugleich. Nicht, dass er tatsächlich … oh doch, das würde er tun.

Sie widmete ihre ganze Aufmerksamkeit den Ständern und Regalen, prüfte eingehend Qualität, Schnitte und Größen, während Jack hinter ihr herging und die eine oder andere spöttische Bemerkung machte. Aber im Großen und Ganzen half er mit.

„Es macht dir Spaß, stimmt's?", fragte er, während sie sorgfältig eine Garderobe zusammenstellte, wie sie ihr passend für den Geschäftsführer einer Werbeagentur erschien.

„Ich war früher einmal Profi-Einkäuferin", antwortete sie geistesabwesend, denn sie betrachtete gerade prüfend den Kragen eines Hemdes, dann ihn, und entschied sich dann gegen das Hemd.

„*Früher* einmal?" Er blieb dicht hinter ihr, als sie an einer Reihe Anzüge entlangging, Stoffe prüfte, Farben begutachtete.

„Für *andere* Leute", ergänzte sie, weil er offenbar annahm, sie sei es gewohnt gewesen, für sich selbst im großen Stil einzukaufen. Vielleicht irgendwann einmal. „Das war mein Job."

„Hast du dich damit durchs College gebracht?"

Sie konnte nicht verhindern, dass sie automatisch errötete. Ihre Kunden hatten alle studiert, stammten alle aus besseren Familien. Sie dagegen ... nicht. Und sosehr sie sich auch bemühte, ihren Lebensweg zu korrigieren, so manches Schamgefühl blieb.

„Nein." Sie hielt ein hellblaues Hemd vor ihn, hoch genug, um ihr Gesicht zu verdecken. „Das könnte dir stehen."

Er schob das Hemd beiseite. „Wo warst du denn auf dem College?"

„Auf gar keinem. Nein. Dieses Blau ist zu rotstichig. Das passt nicht zu deinen Augen."

Leicht genervt folgte er ihr zum nächsten Hemd. „Wo lebst du eigentlich, Lil?"

„In einem Vorort von Boston."

„Boston? Bist du dort aufgewachsen?"

Sie wurde noch verlegener. „Ja, in der Gegend."

„Du hast nicht den kleinsten Bostoner Akzent."

Sie wählte ein anderes Hemd aus und reichte es ihm. „Hier. Ich habe mich bemüht, ihn loszuwerden."

Er legte das Hemd zurück. „Keinen Tab-Kragen bitte. Warum wolltest du einen Neuengland-Staaten-Akzent loswerden?"

Weil er so nach Unterschicht klang. „Es ist besser für meinen Job, einen ‚TV-Akzent' zu haben. Also gar keinen."

„Und wie wurde die Profi-Einkäuferin zur Imageberaterin für leitende Angestellte?"

Da sie nicht mehr von ihrer Kindheit redeten, fühlte sich Lily sicherer. „Es hat sich irgendwie daraus ergeben." Sie trat an einen Ständer mit Krawatten und hielt die ausgesuchten Anzugjacken dagegen. „Ich habe schon immer gern Leute beobachtet und an einigen Workshops zur Typveränderung teilgenommen, jede Menge Bücher zu diesem Thema gelesen und schließlich beschlossen, daraus einen Beruf zu machen." Sie reichte ihm einen Stapel Kleidungsstücke und zeigte Richtung Umkleidekabinen. „Los geht's, Jackson."

„Du möchtest mich nicht ausziehen?"

Liebend gern. „Zieh dich einfach um, damit ich beurteilen kann, wie die Sachen an dir aussehen."

Als Jack ein paar Minuten später aus der Anprobe kam, war Lily sprachlos. Der Dreitausenddollaranzug passte ihm, als habe der Designer ihn für Jack maßgeschneidert. Das dunkle Jackett hatte er nicht zugeknöpft, den obersten Knopf des blütenweißen Hemdes auch nicht, und Socken trug er natürlich keine.

Selbst mit der ihm ins Gesicht fallenden Haarsträhne und dem angedeuteten Grinsen verwandelte der Anzug einen großen Jungen mit Sex-Appeal in einen großen Jungen mit einer Ausstrahlung, die Macht signalisierte.

„Wow. Wer auch immer gesagt hat, Kleider machen Leute, der war …"

„… vermutlich nackt." Er trat vor einen dreiteiligen Spiegel und warf einen kurzen Blick hinein. „Ja. Schön. Sind wir fertig?"

„Halt. Stopp." Mit zwei Krawatten in der Hand ging sie zu ihm hinüber. „Du solltest dich entspannen und das Ganze genießen."

„Das sagt mein Zahnarzt auch."

Sie hielt ihm einen Schlips vor, dann den anderen. „Gelb ist konservativ", meinte sie und tauschte die Krawatten erneut. „Aber dieses Pink hier hat etwas. Du hast doch nichts gegen Pink, oder?"

„Ich habe etwas gegen Schlipse." Er nahm einen und schlang ihn ihr ums Handgelenk. „Es sei denn, es ist ein Bett in der Nähe, an dessen Kopfteil man ihn festknoten kann."

Wortlos, aber unfähig, ein Lächeln zu unterdrücken, legte sie ihm die pinkfarbene Krawatte um den Hals.

„Weil Pink", erklärte sie, während sie seinen Hemdknopf schloss, „viel über den Mann aussagt, der genug Selbstvertrauen besitzt, diese Farbe zu tragen."

„Es sagt aus, dass er ein Idiot ist, weil er eine Schlinge um den Hals trägt." Er tat, als sei er am Ersticken. „Warum bindet sich jemand ein solches Ding um? Wozu soll das gut sein?"

„Neben dem ursprünglichen Zweck, Hemdknöpfe zu verbergen und einem Anzug den letzten Schliff zu geben, signalisiert die richtige Krawatte auch Macht und hat Auswirkung darauf, wie andere dich und dein Ego wahrnehmen."

Er zog erneut an seinem Kragen und hätte fast ihren perfekten halben Windsorknoten ruiniert. „Du meinst, je größer die Krawatte, desto größer das Ding, auf das sie zeigt?"

Ungerührt band sie den Knoten fertig. „Sexualität gehört mit zur Gesamtaura, ja." Sie trat einen Schritt zurück, um ihn zu betrachten. „Die passt sehr gut", erklärte sie und drehte ihn erneut zum Spiegel um. „Sieh dich an. Du wirst die Engländer beeindrucken."

„Ich würde sie lieber mit einem guten TV-Spot für ihren besten Kunden beeindrucken", murmelte er und wollte das Jackett ablegen. „Das sollte ihnen wichtig sein. Lass die Sachen einpacken und uns dann gehen. Ich möchte noch woanders hin."

Lily zog ihm die Jacke wieder an. „Wir sind noch nicht fertig. Du brauchst noch ein paar andere Anzüge, mehrere Hemden und Krawatten. Und Schuhe."

„Ich habe Schuhe. Schließlich bin ich nicht barfuß hergekommen."

„Du brauchst eine komplette Garderobe, Jack, und im Moment trägst du Slipper, die mindestens fünf Jahre alt sind."

„Sechs." Im Handumdrehen hatte er das Jackett abgelegt, den Schlips gelöst und ging in die Umkleidekabine zurück.

Zwei Minuten später kam er in Jeans, dem schwarzen T-Shirt und den uralten Slippern wieder heraus. Er übergab ihr die verschiedenen Kleidungsstücke. „Ich habe Schuhgröße zwölf. Ich verlasse mich auf deinen Geschmack, aber bitte keine allzu spitzen Modelle. Wir sehen uns bei Sonnenuntergang."

Für einen Moment war sie sprachlos. „Wohin willst du?"

„Irgendwohin, wo ich atmen kann." Er legte die Wagenschlüssel auf den Stapel Kleidung. „Ich komme schon nach Hause. Wir haben deinen Programmpunkt für heute erledigt – neue Garderobe. Wenn ich noch eine Minute in diesem Laden sein muss, werde ich verrückt."

Ehe sie etwas erwidern konnte, war er zur Tür hinaus, und sie stand mit einem Arm voller Kleider da und der Gewissheit, dass Jack Locke ein Mann war, den keine Frau je wirklich haben und halten konnte. Und aus irgendeinem Grund wurde es ihr schwer ums Herz.

6. KAPITEL

*J*ack klopfte einmal kurz an Lilys Schlafzimmertür, dann öffnete er sie langsam. „Bist du angezogen, Miss Manners?"

„Ja."

„Zu schade."

In Baumwollhose und pastellfarbenem Pullover stand sie vor der Frisierkommode und bürstete ihr langes Haar.

„Du hattest recht. Wir konnten keinen Tisch in dem Restaurant bekommen."

Sie legte die Bürste beiseite und drehte sich um. Ihr Pullover hatte einen dezenten V-Ausschnitt und betonte ihre schmale Taille. Sexy, klassisch und vollkommen falsch für das, was er im Sinn hatte.

„Ich habe eine viel bessere Idee."

„Wo warst du den ganzen Tag?"

Herausfordernd lächelnd präsentierte er eine große, mit Seidenpapier abgedeckte Einkaufstüte, die er hinter sich gehalten hatte. „Einige Dinge einkaufen, die du heute Abend brauchen wirst."

Auf der Tüte prangte das Logo Ladybird. Sie hatte das Geschäft am Nachmittag gesehen … und war versucht gewesen hineinzugehen. „Reizwäsche?"

Er hob die Schultern. „Was sonst würdest du von mir erwarten?"

Sie nahm eine Jacke und ihre Handtasche vom Bett. „Ich dachte, etwas Unerwartetes zu tun sei deine Geheimwaffe. Hast du mir das nicht gesagt?"

Er ging mit ihr zur Treppe.

„Also, was hast du heute Abend vor?", fragte sie mit einem kessen Seitenblick auf die Einkaufstüte.

„Eine Überraschung."

Darauf erwiderte sie nichts, und als sie zum Wagen gingen, erzählte er ihr von Cape Cod, von Rockingham, der kleinen Stadt, in der er aufgewachsen war und seine Schwester heute noch lebte, verheiratet mit seinem besten Freund aus der Highschool. Sie erkundigte sich nach seinen Eltern, die jetzt in Florida im Ruhestand waren, aber ihm fiel auf, dass sie nur ausweichend antwortete, als er etwas über ihre Kindheit erfahren wollte. Nicht zum ersten Mal vermutete er, dass Lily Harper ein paar Geheimnisse hatte.

„Weißt du, was mir an Nantucket am besten gefällt?", fragte er, als sie über eine kurvenreiche Straße in die wilderen, weniger besiedelten Hügel im Südosten der Insel fuhren.

„Alles." Sie atmete tief die frische Herbstluft ein. „Sieh dir nur diese Aussicht auf das Meer an."

Unter ihnen wurde der Atlantik mit hereinbrechender Nacht immer dunkler, das Gold und Rotbraun der Bäume leuchtete weniger intensiv, und der Himmel wechselte innerhalb kürzester Zeit von Violett zu Dunkelblau.

„Ich mag die gefluteten Cranberryfelder."

„Die gefluteten Cranberryfelder? Ich habe noch nie eins gesehen."

„Hast du nicht gesagt, du seist in der Gegend von Boston aufgewachsen?", erwiderte er überrascht. „Du warst noch nie segeln und hast nie ein Cranberryfeld gesehen? Was für eine Neuengländerin bist du denn?"

Da sie nicht antwortete, machte er eine Kopfbewegung nach vorn durch die Windschutzscheibe. „Sieh dort hinunter. Im September ist das Feld komplett geflutet, ein Meer aus Cranberrys, bereit zur Ernte."

In einer Senke gingen die Grün- und Goldtöne der Landschaft plötzlich in eine riesige, tief rubinrote Fläche über, die sich unter einem Hauch von Nebel auf geheimnisvolle Art und Weise zu bewegen schien.

„Ist das ein geflutetes Feld?"

„Ich kann gar nicht glauben, dass du noch nie in einem warst."

Sie lachte auf. „*In* einem? Ich dachte, nur den Farmern wäre es erlaubt, da hineinzugehen."

„Die besten Dinge im Leben, Lil, sind die, die nicht *erlaubt* sind."

Langsam fuhr Jack die Straße hinunter, dann bog er in einer Lücke der Straßenbäume auf einen Weg ab, den nur wenige Leute kannten.

„Ich habe dieses Feld entdeckt, als ich vor etwa acht Jahren zum ersten Mal in Reggies Haus war. Der Strand ist herrlich, die Hügellandschaft wunderschön, aber diese Cranberryfelder sind wie das Herz der Insel."

Große Eichen und immergrüne Bäume absorbierten das verbleibende Tageslicht, als sie weiter in die Senke fuhren, der Nebel wurde dichter, je näher sie dem gefluteten Feld kamen.

Weil der Feldweg ziemlich uneben war, schaukelte der Jeep hin und her, und Lily klammerte sich an der Tür fest. Sie warf Jack einen verunsicherten Blick zu. Doch er lächelte nur und hielt dann hinter der nächsten Biegung an.

„Meine Güte!" Langsam erhob sich Lily, um über die Windschutzscheibe zu schauen und den Anblick, der sich ihr bot, in sich aufzunehmen. „So etwas habe ich noch nie gesehen."

So weit das Auge reichte, erstreckte sich ein Meer aus erntereifen scharlachroten Beeren. Darüber schwebten feine Nebelschwaden wie weiße Gespenster, und ein aufgehender Dreiviertelmond tauchte die ganze Szenerie in ein unheimliches Licht. Es duftete derart intensiv nach süßen Cranberrys, dass Jack das Gefühl hatte, den Geschmack mit jedem Atemzug praktisch zu trinken.

„Einen Moment noch", sagte er und zog sie wieder auf ihren Sitz. „Wir fahren jetzt um das Feld herum."

„Es duftet wundervoll", sagte Lily, als sie gleich darauf auf dem Feldweg weiterfuhren, und atmete tief ein.

„Und jetzt zum lustigen Teil des Abends." Damit schaltete Jack die Scheinwerfer aus, und um sie herum war es dunkel.

Lily schrie vor Überraschung leise auf. Doch er kannte den Weg – gut genug jedenfalls –, und er gab Gas.

Instinktiv griff sie nach seiner Hand.

„Du brauchst keine Angst zu haben, Lil", versicherte er ihr. „Ich würde nicht zulassen, dass dir etwas passiert."

Sie antwortete nicht, sondern drückte nur fest seine Hand,

und er spürte, wie ihr Puls raste.

Das Mondlicht erhellte ihren Weg, und Jack fuhr sicher durch die Bäume um das geflutete Feld herum, wich Zweigen und Ästen geschickt aus und, was ihn nicht überraschte, lachte mit ihr, weil die Fahrt so viel Spaß machte.

An einer Stelle, die wie eine kleine Halbinsel in das geflutete Feld ragte, hielt er an.

Als er den Motor abstellte, herrschte absolute Stille ringsum.

„Das hier, Lily", sagte er voller Ehrfurcht, „ist Leben ohne Wände."

Sie ließ den Blick umherschweifen, um das Gemälde der Natur in sich aufzunehmen. „Es ist unglaublich schön. Ich habe noch nie etwas gesehen, was derart überirdisch, gespenstisch und überwältigend zugleich ist."

Er lächelte, zufrieden, dass sie den besonderen Reiz eines seiner Lieblingsplätze erfasste. Außer dem Schwirren von Insekten, dem Rascheln der Blätter und dem Schrei einer Eule war kein Laut zu hören.

„Weißt du, was an einem gefluteten Cranberryfeld so kurz vor der Ernte interessant ist? Die Brücken unter Wasser."

„Wofür sind die gut?"

„Das Wasser ist zwischen sechzig und einhundertachtzig Zentimeter tief", erklärte er, während er die Einkaufstüte, die er ihr vor ihrer Abfahrt gezeigt hatte, vom Rücksitz nahm. „Obenauf schwimmen Abermillionen von Beeren."

„Und?"

„Und um die abzufischen, ohne ein Boot einzusetzen, was früher nicht alle Arbeiter hatten, muss man ins Wasser steigen und die Brücken und Stege unter Wasser finden. Was wir gleich machen werden."

Sie wich zurück. „Wir werden *was*?"

Er hielt ihr die Tüte entgegen. „Bitte sehr."

„Du möchtest, dass ich im gefluteten Cranberryfeld Reizwäsche trage?"

Er lachte. „Das ist nur eine Tüte, Sweetheart. Die einzige, die ich finden konnte, um darin Wathosen mit Stahlkappen an den Stiefelspitzen zu verstauen."

„Wie bitte?"

„Komm schon, Lil. Der Mond scheint, die Beeren sind süß, es ist unheimlich und abenteuerlich und ..." Er beugte sich zu ihr hinüber, um ihr ins Ohr zu flüstern. „... und ich bin an der Reihe, um dir etwas Neues zu zeigen."

Sie musste lachen. „Du meinst, durch geflutete Cranberryfelder zu gehen?"

„Zu waten", verbesserte er sie. „Ich habe dir doch gesagt, dass ich Überraschungen mag." Er nahm die Wathosen aus der Einkaufstüte. „Du dachtest, ich hätte ein Spitzenhemdchen und einen Tanga hier drinnen, nicht wahr?" Amüsiert schüttelte er den Kopf. „Was für ein Klischee wäre das."

„Bei dir weiß ich nie, was ich denken soll."

Er grinste. „Also, Lil, ein größeres Kompliment hättest du mir nicht machen können."

Zwei Stunden später lachte Lily immer noch. Als sie vom Cranberryfeld wegfuhren, schaltete Jack diesmal jedoch die Scheinwerfer ein.

Das Licht reichte, um die roten Flecken an ihren Händen zu begutachten. Allerdings war sie nur mit den Händen direkt mit den Beeren in Berührung gekommen, weil er daran gedacht hatte, Wathosen mitzubringen – und dank seiner erstaunlichen Fähigkeit, die Brücken unter Wasser zu finden.

Sie waren nicht einmal ins Wasser gefallen – auch wenn mehrmals nicht viel gefehlt hätte. Halt suchend hatte sie sich an ihn geklammert, und sein herzliches Lachen hatte über der unter Wasser gesetzten Beerenplantage widergehallt. Kein einziges Mal hatte er versucht, sie draußen zu küssen, eine Geste, die ihr vielleicht gutgetan hätte. Und sie merkte einmal mehr, wie gern sie ihn geküsst und die süßen Beeren auf seinen Lippen geschmeckt hätte.

„Woher weißt du eigentlich so viel über Cranberrys?", fragte sie.

„Ich habe dir ja erzählt, dass ich auf Cape Cod aufgewachsen bin. Ich mag die gefluteten Felder. Ab meinem fünfzehnten Lebensjahr habe ich nach der Schule bei den Ernten geholfen, um mir zusätzlich etwas Geld zu verdienen."

War es möglich, dass er wusste, wie es war, kein Geld zu haben? „Wozu hast du welches gebraucht?"

„Das Übliche. Benzin für meinen Camaro, damit ich mit hübschen Mädchen ausgehen konnte." Er sah sie an. „Was ist? Bist du eifersüchtig?"

Vielleicht neidisch, dass er ein Auto gehabt hatte. *Benzin für meinen Camaro* war etwas ganz anderes als Essensmarken und Geld, um Schuhe im Secondhandladen zu kaufen. „Aber nein."

„Mein Kumpel Deuce und ich haben viel zu viel Geld für Spiele der Red Sox ausgegeben, und es war nicht gerade billig, zum Fenway Park zu kommen und zurück."

Lily zupfte einige Cranberryzweige aus ihrem Haar. „Ihr wart also Baseball-Fans." Nicht arm. Nicht mittellos. Einfach *normal.*

„Deuce war weit mehr als ein Fan. Er hat bis letztes Jahr als Profi bei den Las Vegas Snake Eyes gespielt. Aber dann ist das Unmögliche passiert, und jetzt ist er Coach an der Highschool von Rockingham und kann es kaum abwarten, dass seine kleine Tochter in zwei Wochen zur Welt kommt."

„Das Unmögliche? Warte, er ist mit deiner Schwester verheiratet, richtig?"

„Genau. Was beweist, dass die Liebesgötter die unglaublichsten Wunder zustande bringen."

„Wie meinst du das?"

„Kendra und Deuce gehören zusammen, aber sie hatten eine so düstere Vergangenheit, dass ich nie gedacht hätte, dass einer von beiden das Licht am Ende des Tunnels sehen könnte. Dann haben die Götter und Deuces Vater eingegriffen. Bereit, meinen absoluten Lieblingsplatz auf Nantucket zu sehen?"

Jack bog auf eine Seitenstraße ab und fuhr steil bergauf.

„Sicher. Wo ist er?"

„Auf dem Dach der Welt, Baby." Er legte eine Hand auf ihr Bein. „Und Dots hat uns unser Essen eingepackt und ich eine Decke. Keine Wände, wie ich es mag." Er tätschelte ihr Bein.

„Morgen verspreche ich dir gedeckte Tische, Servietten, jede Menge Besteck. Heute Abend bin ich für ein Picknick oben auf einem Hügel, mit Blick auf das Meer und das Cranberryfeld, unter einer Decke."

„Du meinst auf einer Decke."

„Darunter."

Leise lachend schüttelte Lily den Kopf. „Warum nicht? Das ist bereits das merkwürdigste Date, das ich je hatte."

„Verabredest du dich oft?"

„Nein. Ich arbeite viel."

„Ein Workaholic, hm?"

„Eigentlich nicht." Sie sah zu den Sternen hinauf und überlegte, wie viel sie ihm sagen sollte. „Wie die meisten Leute arbeite ich, um genug Geld zum Leben zu verdienen."

„Was ist genug?"

Sie seufzte. „Über der Armutsgrenze, unterhalb der Forbesliste der einhundert Reichsten."

„Ich arbeite nicht des Geldes wegen. Deshalb kann ich mich so schwer mit der Vorstellung anfreunden, dass die Agentur verkauft werden soll."

„Aber du verstehst, warum Reggie es tun muss."

„Ja." Schweigend fuhr er weiter den Hügel hinauf. „Wir befinden uns jetzt fast in der Mitte der Insel. Von dort oben kann man Hyannis und Martha's Vineyard sehen und an klaren Tagen Wale im Atlantik. Und im Südwesten siehst du das Cranberryfeld, durch das wir gerade gewatet sind."

Nachdem Jack geparkt hatte, stieg Lily aus und drehte sich um sich selbst, um die Aussicht in sich aufzunehmen. „Wow. Unglaublich. Wem gehört dieses Stück Land?"

„Irgend so einem Kerl, der mehr Geld als Zeit hat", erwiderte er trocken. „Aber es macht ihm nichts aus, wenn wir heraufkommen."

Er breitete die Decke aus, zündete eine kleine Laterne an und stellte das Essen aus der Kühltasche bereit, während sie auf der Hügelkuppe umherging und zu den Lichtern von Cape Cod in dreißig Meilen Entfernung hinübersah.

„Ich habe Besteck vergessen."

Sie lachte nur. „Warum überrascht mich das nicht?"

„Komm her, Lil." Er klopfte auf die Decke neben sich und hielt ihr eine Thermoskanne hin. „Ich habe dir ja gesagt, dass wir die Muschelsuppe trinken und den Kabeljau mit den Fingern essen würden."

„Stimmt." Sie setzte sich zu ihm, und der Schauer, der sie erfasste, hatte nichts mit der frühherbstlichen Nachtluft zu tun.

„Wir brauchen kein blödes Besteck." Weil sie das wie aus einem Mund sagten, mussten sie lachen.

Er reichte ihr die offene Thermoskanne, und Lily trank einen Schluck von der heißen, wohlschmeckenden Suppe. „Hm." Automatisch griff sie nach einer Serviette, doch er fuhr mit einem Finger über ihren Mundwinkel und leckte den Tropfen Suppe dann ab.

Danach war die Reihe an ihm. „Dots ist die Frau, die ich glatt heiraten würde. Sie liebt mich bedingungslos und kocht eine himmlische Muschelsuppe."

„Das sind deine Bedingungen für eine Ehe?", wollte sie wissen, während sie auf einen weiteren Schluck der wirklich köstlichen Suppe wartete.

„Ich habe keine Bedingungen für eine Ehe, weil ich nicht daran glaube."

„Grundsätzlich nicht? Oder in Bezug auf dich?"

„Beides. Was bedeutet schon dieses Stück Papier? Es ist eine Wand aus Papier, mehr nicht, leicht niederzureißen und wegzuwerfen. Der Bund fürs Leben hat etwas so … Einengendes."

Sie betrachtete ihn. Das Mondlicht betonte die Konturen seines markanten Gesichts, die Bartstoppeln auf seinen Wangen. „Und doch schließen die Menschen ihn ständig", sagte sie und hoffte, dass ihr die Traurigkeit in ihrem Herzen nicht anzuhören war. „Selbst Papierwände können lange halten, wenn sie mit genügend Liebe errichtet werden."

„Eine sehr idealisierte Vorstellung, Lil. Aber wenn du heiraten willst, dann ist es okay." Er öffnete einen Behälter, der knusprig gebratenen Kabeljau enthielt. „Und ich vermute, du bist eine Frau, die bekommt, was sie will."

Was sie wollte, war vielmehr ein Themenwechsel. Statt über die Ehe wollte sie lieber über die Arbeit reden. Dabei fühlte sie sich sehr viel wohler. „Wie kommst du zu diesem Eindruck? Durch meine Art einzukaufen?"

„Nein." Er brach ein Stück Fisch ab und schob es ihr in den Mund, ohne erst auf ihr Einverständnis zu warten. „Durch deine Art, wie du Liebe machst."

Jack Locke verstand es wirklich, einem angenehmen Thema auszuweichen. „Wie das?"

„Du nimmst dir, was du willst."

Mit der Thermoskanne in der Hand sah sie ihn eindringlich an. „Hast du mich letzte Nacht egoistisch gefunden?"

„Im Gegenteil. Du warst verwegen. Selbstsicher. Aggressiv. Alles wirklich gewinnende Eigenschaften, wie ich hinzufügen möchte."

„Zumindest im Bett."

„Im Leben überhaupt. Hier." Er hielt ihr noch ein Stückchen Kabeljau vor den Mund. „Lass mich dich füttern."

Einen Moment lang sah Lily Jack schweigend an, dann kam sie seiner Bitte nach.

„So ist ein Essen doch am schönsten, findest du nicht?" Er schob ihr einen weiteren Bissen in den Mund. „Im Freien, unter dem Sternenhimmel, mit geteilten Leckerbissen."

„Du verstehst es wirklich, ganz alltägliche Dinge richtig ... sexy ... interessant zu machen."

Er lächelte kaum merklich. „Noch ein perfektes Kompliment, Lil. Danke."

Schweigend ließ sie sich mit dem restlichen Fisch füttern, bewunderte zwischendurch die Lichter von Cape Cod und die weißen Schaumkronen, die auf dem Meer tanzten.

Als sie zu Ende gegessen hatten, öffnete er eine Flasche Wasser, die sie ebenfalls teilten. Dann legte er sich auf die Decke, um in den Sternenhimmel zu sehen, während sie neben ihm saß. Als sie sich rückwärts auf die Hände stützte, um mit ihm zusammen die Sterne zu betrachten, spielte er mit ihren Haarspitzen, als sei das das Natürlichste auf der Welt. Seine beiläufige Berührung weckte augenblicklich heftiges Verlangen in ihr.

„Du bist ein Meister der Verführung, Jackson Locke", sagte sie und schaute ihn an.

„Ich will dich gar nicht verführen. Ich möchte nur dein Geheimnis erfahren."

„Mein Geheimnis?" Ihr Herz setzte einen Schlag lang aus, und das nicht nur, weil er hinreißend aussah, wie er so auf dem Rücken ausgestreckt dalag. „Mein Geheimnis, das zum Erfolg führt?"

„Nein."

„Meine Geheimwaffe?"

Er zog sacht an einer Strähne ihres Haars. „Dein Geheimnis. Ich weiß, dass du eins hast."

Sie räusperte sich, weil sie plötzlich etwas im Hals zu haben schien. „Jeder hat Geheimnisse, Jack. Warte ... ich lese in der Zeitung zuerst die Comics. Zählt das als Geheimnis?"

Er stützte sich auf einen Ellbogen. „Ich meine das Geheimnis, das du so angestrengt zu verbergen versuchst."

„Ich weiß nicht, wovon du redest."

„Lüg mich nicht an, Lily. In deiner Vergangenheit gibt es etwas, das dich immer wieder ausweichen lässt. Du hast ein Geheimnis. Und heute Abend wirst du es mir erzählen. Am besten jetzt gleich."

Sie konnte ihn nur sprachlos anstarren.

Denn wenn sie jetzt den Mund aufmachte, würde die Wahrheit herauskommen, und sie würde Jack das absolut Einzige aus ihrem Leben erzählen, das sie noch nie jemandem eingestanden hatte.

Und das, erkannte sie mit klopfendem Herzen, war seine *wirkliche* Geheimwaffe.

*E*ine Sekunde lang dachte Lily daran, Jack mit Sex vom Thema Vergangenheit abzulenken.

Stattdessen nahm sie ihm die Wasserflasche aus der Hand und trank einen Schluck. „Ich weiß nicht, was du mit Geheimnis meinst."

„Na das, was du verbergen willst. Deine Vergangenheit. Die Wahrheit. Dein wahres Ich. Erzähl mir davon, Lil."

„Ich verberge gar nichts." Ihr Blick und Tonfall waren etwas zu angespannt, etwas zu schroff. Aber woher *wusste* er das bloß?

Jack setzte sich auf und durchwühlte sacht mit einer Hand ihr Haar. „Warum bist du dann rot geworden, als ich dich fragte, wo du auf dem College warst?"

„Weil ich keinen College-Abschluss habe, und einige Leute, besonders einige Kunden, halten das für ein Manko."

Er lachte leise. „Glaubst du wirklich, dass ich Wert auf etwas derart Konventionelles wie ein Studium legen würde? Ausgerechnet ich?"

„Na ja, du nicht. Du bist anders. Ich kenne niemanden wie dich."

Inzwischen streichelte er ihren Nacken. „Du bringst mich noch um mit deinen Komplimenten. Aber warum weichst du aus, wenn ich nach deiner Kindheit frage?"

Sie entzog sich seiner Liebkosung und winkelte die Knie an. „Weil meine Kindheit nicht zur Debatte steht. Diese Woche geht es um dich, um deine Veränderung. Du bist dabei, dich selbst zu entdecken, nicht ich."

„Ich brauche keine …"

„Keine blöde Selbstfindung."

„So ist es, Sweetheart. Aber du."

„Nein, brauche ich nicht."

„He", sagte er leise und schmiegte sich an sie. „Du warst einverstanden. Du machst tagsüber mit mir, was du willst, und ich mache nachts mit dir, was ich will."

„Ich dachte, das beziehe sich auf Sex."

„Heute Nacht bedeutet es, deine Geheimnisse zu ergründen."

Sie versteifte sich, und ihr war bewusst, dass er das spürte. „Sex wäre mir lieber."

„Dazu kommen wir noch." Er legte einen Arm um sie und zog sie behutsam näher an sich. „Also, fang an."

Nein, er würde ihr auf keinen Fall diese Dinge entlocken. Auf gar keinen Fall.

Vielleicht ja doch …

Himmel, wenn irgendjemand auf der Welt Mitgefühl und Verständnis hätte, dann Jack Locke.

Unfassbar, aber plötzlich wollte Lily es Jack erzählen. *Alles.*

„Ich verberge eigentlich gar nichts. Ich bin nur ein wenig beschämt wegen meiner …" Sie erwartete, dass er ihren Satz vervollständigte, doch er tat es nicht. „… bescheidenen frühen Jahre."

„Deine Eltern waren arm?"

„Meine Eltern?" Ihr blieb fast das Wort im Hals stecken, als sie ihn ansah. „Mein Dad verschwand, als ich zwei war. Meine Mom zog mich allein groß, und wir waren nicht arm. Ich glaube, treffender ist …"

„Mittellos."

Sie biss sich auf die Lippe, holte tief Atem und schaute ihm fest in die Augen. „Treffender ist obdachlos."

Er bewegte sich nicht, zog sich nicht vor Entsetzen oder Mitleid oder Schock zurück.

„Tatsache ist", fuhr sie fort und kämpfte gegen den Kloß in ihrem Hals an, „ich weiß aus erster Hand, welche Schande es ist, in einem Auto zu leben, einem Obdachlosenheim und, in einem besonders schlimmen Jahr, in einem Geräteschuppen."

Fast unmerklich zog er sie enger an sich. „Wie lange hast du so gelebt?"

„Die längste Zeit? Ein Jahr. Als ich ungefähr elf war, bekamen wir endlich eine kleine Wohnung in Waltham, und meine Mutter fand Putzjobs bei reichen Leuten." Sie hob die Schultern. „Du würdest sie vielleicht nicht reich finden, aber mir kamen sie wie Millionäre vor. Sie starb, als ich siebzehn war."

„Kein Wunder, dass dir Geld wichtig ist."

„Nein, Sicherheit. Ich will nie wieder unter solchen Umständen leben. Aber ich habe viel gelernt."

„Über das Leben auf der Straße?"

Sie lächelte. „Nein. Über reiche Leute. Als meine Mutter noch lebte, und auch nach ihrem Tod, war ich oft nach der Schule oder in den Ferien bei diesen Leuten zu Hause. Ich half, den Tisch für Dinnerpartys zu decken. Ich unterhielt mich mit dem Dienstmädchen. Ich sah mir an, wie sie lebten, was sie anhatten, wie sie redeten. Als ich dann auf eigenen Beinen stand, versuchte ich, ihren Lebensstil nachzuahmen."

„Offenbar hast du viel gelernt, denn du kleidest dich, sprichst und siehst so gepflegt und wohlerzogen aus wie kaum eine andere Frau, die ich kenne."

Mit einem Seufzer ließ sie die Schultern, die sie unbemerkt verspannt hatte, nach vorn fallen. „Danke."

„Lily." Federleicht strich er mit den Fingerspitzen über ihre Wange. „Du solltest stolz sein, nicht beschämt."

Ja, genau. „Ich trainiere viele Leute, denen es an nichts fehlte und die aufs College gingen. Ich nicht, denn ich musste mit sechzehn die Highschool verlassen, um zu arbeiten. Ich war Serviererin und Friseurin, und dann bekam ich bei Bloomie's einen Job als persönliche Einkäuferin." Ohne auf einen Kommentar zu warten, redete sie weiter, als sei ein Damm gebrochen und die ganze Wahrheit breche sich Bahn. „Ich belegte Abendkurse, doch ich musste immer nebenbei arbeiten, um mein Auskommen zu haben. Auch jetzt arbeite ich viel. Diese Chance, internationale Kunden für meine kleine Agentur zu bekommen, also, Jack, das ist eine Chance, die man nur einmal im Leben bekommt."

Jetzt löste er sich ein wenig von ihr. „Kein Wunder, dass das so wichtig für dich ist."

„Natürlich. Ich kann endlich, *endlich* …" Sie lächelte ihn an. „Ich möchte ein Haus kaufen. Das ist mein allergrößter Traum. Ich möchte ein Haus mein Eigen nennen. Nichts Großartiges, nichts Besonderes, aber ich möchte es besitzen."

„Das macht Sinn."

„Natürlich tut es das. Und nicht nur wegen meiner Herkunft. Ich glaube, ein Zuhause zu haben, ein richtiges Zuhause, ist für jeden wichtig. Doch für die meisten Menschen ist das selbstverständlich."

„Für mich ist es unwichtig. Häuser bedeuten Mauern."

„Tja, dann sind wir hier verschiedener Meinung. Aber dieser Job ist wirklich wichtig für mich, Jack. In deinem Fall Erfolg zu haben und mich Reggie zu beweisen, kann den Durchbruch bedeuten, den ich mir mein Leben lang gewünscht habe."

„Verstehe." Er nickte langsam. „Wie es scheint, habt ihr beide zwingende Gründe, damit dieser Vertrag, und damit meine Veränderung, über die Bühne geht."

„Und es ist süß von dir, dass du mitmachst." Sie strich ihm die einzelne Haarsträhne, die immer über sein eines Auge fiel, zurück. Diese spezielle Locke mochte sie besonders. Mochte es, sie sich um den Finger zu wickeln. „Ich habe das alles noch nie jemandem erzählt, weißt du. Alles über meine Vergangenheit und meine Träume."

„Also, das ...", er umschloss ihre Hand und führte sie an seine Lippen, „... das ist das größte Kompliment von allen."

Eine Weile schwiegen sie beide. Sie saßen eng beieinander, während ihr Herz immer noch heftig klopfte, ihre Augen brannten, obwohl sie gar keine Tränen vergossen hatte, und ihre Hand sicher in seiner lag.

Schließlich brach Lily das Schweigen. „Tja, Jack, du hast mich dazu gebracht, mit den Fingern zu essen, auf eine Serviette zu verzichten und meine finsterste Geschichte zu erzählen. Du hast meine erste Lektion in Sachen Umgangsformen glatt ruiniert."

Er küsste sie auf die Wange. „Warte, bis du erlebst, was ich mit Körpersprache mache."

„Ich kann nicht warten." Sie wandte ihm das Gesicht zu. „Fang jetzt damit an", flüsterte sie, ehe sie ihn küsste.

Seine Reaktion war überaus zärtlich. Als sie den Kuss vertiefte und er die Hände aufreizend über ihren Pullover gleiten ließ, stöhnte sie wohlig, um ihm zu zeigen, wie sehr sie sich nach seinen Liebkosungen sehnte.

Nach einem Augenblick drückte er sie behutsam auf die Decke und schob sich über sie.

„Wir werden noch einmal miteinander schlafen." Liebevoll strich sie durch sein wunderschönes Haar.

Leise lachend zog er ihr den Pullover über den Kopf, um sich ihren Brüsten zu widmen. „Sieht so aus."

„Obwohl ... du ... jetzt über mich Bescheid weißt."

„Du glaubst doch nicht wirklich, dass das meine Gefühle für dich ändern würde."

„Und welche Gefühle hast du für mich?"

Er drängte sich an sie, als würde seine Erregung die Frage beantworten.

„Ich weiß, welche Gefühle du für meinen Körper hast, Jack. Ich habe mich als Person gemeint. Eine Frau, die so arm war, dass sie praktisch in einem Pappkarton gelebt hat."

Er zögerte keine Sekunde. „Ich habe dir doch gesagt, dass Wände keinen Reiz für mich haben. Du warst damals noch klein, Lily. Ein Kind, das die ihm vom Schicksal zugeteilten schlechten Karten genutzt hat, sich ein sinnvolles Leben aufzubauen, und dabei anderen Menschen hilft, ihre Probleme in den Griff zu bekommen. Das ist erstaunlich, wirklich. Und bewundernswert." Er grinste. „Zumindest wäre es das, wenn du dieses Talent nicht gerade auf mich anwenden würdest, aber da du das tust ..."

Er drückte sich erneut gegen sie. „Und da wir nun einmal hier sind ..." Sanft küsste er sie auf die Schläfe. „Und da ich dich zufällig verdammt gern mag ..."

„Lass uns miteinander schlafen."

Leise lachte er auf, bevor er sie nun innig küsste. „Genau. Jetzt sofort. Hier auf dem Hügel, unter dem Sternenzelt. Lass uns miteinander schlafen."

Getrieben von der Erregung, die nun an die Oberfläche brach, begannen sie, sich im zeitlosen, natürlichen Rhythmus der Liebe zu bewegen.

Eine prickelnde Hitze stieg in ihr auf, sammelte sich zwischen ihren Beinen, und Lily schlang ein Bein um seine Hüften, während ihre Küsse immer ungezügelter wurden.

Er berührte sie überall, entkleidete sie, liebkoste ihre Haut mit der Zunge, erkundete ihre intimen Zonen und schürte ihr Verlangen derart, dass sie den Verstand zu verlieren glaubte.

Sie versuchte zu überlegen, was das bedeutete. Dass sie zum ersten Mal im Leben mit einem Mann schlafen würde, der die Wahrheit über sie kannte, der wusste, woher sie kam.

Diese Überlegungen verfolgte sie nicht weiter.

Viel stärker wirkte auf sie, wie er sich in ihrer Hand anfühlte, bereit, in ihr zu versinken. Wie sie ihn begierig in sich aufnahm und er mit dem ersten Stoß tief in sie eindrang. Wie sie ihn in die Schulter biss und er ihren Namen flüsterte, als sie von solcher Lust durchflutet wurde, dass es eine süße Qual war, und sie höher und höher gewirbelt wurde.

Sie konnte an gar nichts denken, als sie schließlich vom urgewaltigen Beben ihres Höhepunkts erfasst wurde, das tief in ihr begann und jede Zelle ihres Körpers erfasste. Einen Moment später erbebte auch Jack, und seine Erfüllung war genauso großartig und vollkommen wie ihre.

Auch danach war sie immer noch nicht fähig zu denken. Denn sie musste sich an Jack festhalten, weil sie das Gefühl hatte, ins Bodenlose zu stürzen, wenn sie losließ.

Wie an jedem Morgen der vergangenen fünf Tage erwachte Jack mit Sonnenstrahlen auf dem Gesicht, einer Frau in den Armen und tief erregt. Manchmal hatte er es geschafft, in diesen Momenten seine Lust zu ignorieren.

Heute war *kein* solcher Tag. Er drängte sich gegen Lilys Rücken. Sie bewegte sich in genau die erhoffte Richtung, sodass er mit einer geschmeidigen Bewegung in sie eindringen könnte.

Ohne sich umzudrehen, griff er über seine Schulter nach dem Kondom, das noch auf dem Nachttisch lag. Doch ehe er es nehmen konnte, fuhr Lily hoch.

„Morgen ist unser letzter Tag."

„Auf Nantucket. Nicht auf Erden." Er reichte ihr das Folienpäckchen. „Zeig mir dein Kunststück mit den Zähnen, Lil."

Sie schüttelte den Kopf. „Du musst dir die Haare schneiden

lassen. Das ist das Einzige, was wir noch nicht erledigt haben, und Reggie kann jederzeit anrufen."

„Ich kann es zurückbinden."

Sie schaute ihn entgeistert an.

„Hör zu." Er bemühte sich um vernünftige Argumente, während sein Körper im Moment gar nichts von Vernunft hielt. „Ich habe die letzten fünf Tage dein gesamtes Schulungsprogramm mitgemacht. Dank deiner kann ich jetzt wie ein Oberbefehlshaber delegieren, präzise kommunizieren, erstklassige Meetings abhalten, feindselige Verbalattacken abwehren und Kritik entschärfen. Zudem weiß ich, wie man Autorität ausstrahlt, welche Gabel ich für meinen Shrimp-Cocktail benutze, und einen Windsorknoten kann ich im Schlaf binden. Ich besitze sogar ein Paar Manschettenknöpfe. Du bist *fertig*. Lass also meine Haare in Ruhe."

Sie strich ihm eine der „anstößigen" Strähnen aus dem Gesicht. „Das ist gut, Jack. Du kannst immer einfallsreicher auf Kritik reagieren."

Statt weiterzudiskutieren, zeigte er ihr, wie erregt er war, und hielt ihr das Kondom hin. „Zähne. Öffnen. Überziehen. Jetzt."

„Haarschnitt. Salon. Zehn Uhr. Heute." Sie sprang aus dem Bett. „Siehst du? Ich kann auch Gorilla sprechen."

Er ließ das Folienpäckchen auf ihr Kissen fallen. Wenn er Lily nicht mit Sex ablenken konnte, womit dann? „Ich lasse mir die Haare morgen schneiden. Heute gehen wir segeln."

Auf halbem Weg zum Bad blieb sie stehen und drehte sich langsam um. „Segeln?"

Ihr Lächeln war so charmant, dass es fast schmerzte, sie anzuschauen. Das galt allerdings auch für ihre verführerischen Kurven, ihre helle seidige Haut, das verführerische Dreieck zwischen ihren Beinen und ihre Brustspitzen, die ihn lockten wie saftige Himbeeren. Lily war so sexy und süß und hinreißend, dass es ihm jedes Mal einen Stich versetzte, wenn er sie betrachtete, ob nun mit oder ohne Kleider.

„Später." Er klopfte auf das Bett neben sich. „Komm wieder ins Bett und lass mich dich lieben, Lil."

Ihm entging der kaum merkliche Glanz in ihren Augen nicht, und er bekam ein schlechtes Gewissen. Er meinte *lieben* natürlich im rein körperlichen Sinn. Aber während der vergangenen Woche waren sie so vertraut miteinander geworden, einander so zugetan, beinah wie ein Liebespaar. Sein Unmut über ihr Veränderungsprogramm war durch den Sex mit ihr völlig verflogen, und mit ihr zu schlafen wurde von Mal zu Mal schöner und aufregender. Es machte so viel Spaß, dass er nicht einmal daran denken mochte, dass ihre gemeinsame Woche zu Ende ging. Selbst wenn das große Finale einschloss, dass sein Haar auf dem Fußboden irgendeines Friseursalons landete.

„Hast du nicht gesagt, es würde vier Stunden dauern?" Sie kam noch immer nicht zum Bett zurück.

Einladend strich er über die Laken. „Ich halte vier Stunden durch. Du auch?"

„Ich meine, nach Cape Cod zu segeln."

Er spähte zum Fenster hinaus, um an den Bewegungen der Bäume abzuschätzen, wie windig es war. „Es weht ein leichter Wind. Wenn er aus der richtigen Richtung kommt und das Wetter gut bleibt, könnten wir spätestens um drei dort sein, wenn wir um zehn aufbrechen."

„Und wir würden dort übernachten?"

„Sie haben genügend Platz. Deuce hat seine Villa am Strand gebaut." Wieder sah Jack etwas in Lilys Augen aufblitzen. Geld. Villa. War es Neid oder Angst, dass das Geheimnis ihrer Kindheit enthüllt werden könnte? Vielleicht aber wollte sie den nächsten Schritt gar nicht machen und seine Familie kennenlernen? Vielleicht war das zu viel für sie.

Komisch, ihm war das nicht zu viel. Obwohl es das sein sollte. Er wollte, dass sie Kendra kennenlernte, und er wollte sie unbedingt Deuce vorstellen.

„Müssen wir auf Cape Cod bleiben?"

„Warum nicht?" Er stützte sich auf einen Ellbogen. „Sieh es doch als Test deiner Fähigkeiten."

„Meiner Fähigkeiten?"

„Ja, deine Fähigkeiten als Imageberaterin. Wenn ich mich

wirklich verändert habe, wenn du mich erfolgreich in einen Donald Trump der Werbebranche verwandelt hast, dann kann dir das niemand so gut bestätigen wie mein bester Freund und meine Schwester. Lass uns einen Testballon starten, ehe wir die Engländer zu überlisten versuchen."

„Wir werden niemanden überlisten. Du *hast* dich verändert."

Auch wenn er es nicht wahrhaben wollte, es stimmte. Zumindest hatte sie ihm aufgezeigt, wie man Autorität und Kreativität miteinander verband. Und ihm missfiel keineswegs, wie er in ihren schicken Anzügen aussah – wenigstens dann nicht, wenn sie sie ihm auszog …

„Ich habe mich eigentlich gar nicht verändert." Doch selbst ihm fiel die Unsicherheit in seiner Stimme auf.

Ihr Blick wurde schmal. „Schön. Wir werden dich bei deiner Schwester einem Test unterziehen. Und morgen Vormittag gehen wir dann zum Friseur, um dir die Haare schneiden zu lassen."

„Kürzen zu lassen."

„Dir eine richtige Frisur verpassen zu lassen."

Jack verdrehte die Augen. Er hatte noch einen Tag. Und eine Nacht. Er würde sich etwas überlegen müssen. Statt weiter zu streiten, salutierte er frech, dann wedelte er mit dem Kondompäckchen wie mit einer weißen Flagge. „Wirst du mir dein Kunststück mit den Zähnen zeigen?"

„Aber natürlich." Damit drehte sie sich um, und er bekam ihr hinreißendes Hinterteil zu sehen, als sie ins Bad marschierte. „Wenigstens noch ein Mal, ehe ich zurück nach Boston gehe."

Jack ließ sich in die Kissen fallen, das Kondom glitt ihm aus der Hand. Warum zog sich ihm bei dieser Vorstellung genauso der Magen zusammen wie bei dem Gedanken, dass seine Visitenkarten ihn demnächst als Geschäftsführer der Werbeagentur ausweisen würden?

Visitenkarten? Er besaß gar keine. Obwohl er darauf gewettet hätte, dass in genau diesem Moment welche für ihn gedruckt wurden.

Tief aufseufzend wartete er darauf, dass seine Erregung – und auch sein Kopfschmerz – abklingen würde.

Er wollte eben nicht, dass sie abreiste, das war alles. So etwas war ihm doch schon früher passiert, oder nicht? Über die Jahre hatte er viele Frauen gemocht. Einige sogar so sehr, dass er sich länger als ein paar Wochen mit ihnen verabredet hatte.

Doch dann fühlte er sich immer wieder eingeengt, und die Forderungen wurden lauter – sie wollten ... ein Arrangement. Sie wollten etwas aufbauen, ihn einschränken, womöglich heiraten. Spätestens dann verlor er das Interesse.

Aber bei Lily hatte er das verrückte Gefühl, dass nicht nur Interesse im Spiel war. Er wollte mehr. Mehr von ihrem Körper. Mehr von ihrem Lachen. Mehr von ihrem Herzen.

Was war los mit ihm? Hatte er vergessen, dass ihre Vorstellung vom perfekten Leben genau dem entsprach, was er *Eingesperrtsein* nannte?

Sich in sie zu verlieben, zuzulassen, dass sie ihm etwas bedeutete, war absolut idiotisch. Der Frau ging Sicherheit über alles, du lieber Himmel. Sie wollte ein Haus, Beständigkeit und Stabilität. Daran gab es nicht den kleinsten Zweifel, denn wenn sie nicht gerade atemberaubenden Sex hatten oder sich mit unsinnigem Persönlichkeitstraining befassten, unterhielten sie sich. Ständig.

Beim Essen, am Strand, in der Badewanne, am Küchentresen morgens um drei, wenn sie Dots Essensreste vertilgten, um für die nächste Liebesrunde gerüstet zu sein. Sie hatte einen solchen Appetit – auf alles.

Er wusste genau, was sie vom Leben erwartete. Genau, wie sie wusste, dass er seine Freiheit und ein Leben ohne Beschränkungen so sehr brauchte wie die Luft zum Atmen.

Warum ging ihm dann die Vorstellung, dass ihre Affäre bald zu Ende war, so zu Herzen? Lily hatte es doch wohl nicht geschafft, ihn *derart* zu verändern, oder?

Er fuhr sich mit den Fingern durchs Haar und entwirrte leise fluchend einige verknotete Haarsträhnen.

Das Ganze war Wahnsinn. Er würde sich *nicht* die Haare schneiden lassen. Genauso wenig wie er ein Haus kaufen und darin mit derselben Frau leben würde ... für immer.

Bestimmte Dinge ändern sich einfach nicht – *niemals*.

8. KAPITEL

*L*ilys erster Segeltörn war wie alles, was sie mit Jack unternahm: richtig aufregend. Mit hellwachen Sinnen hielt sie sich an der Reling von Reggies 29-Fuß-Sloop fest, das Segel im Wind gebläht, der sie über den Nantucket-Sund beförderte. Die Strahlen der Septembersonne wärmten ihr Gesicht, der belebende Geruch von Salzwasser und Meer verscheuchte alle trüben Gedanken aus ihrem Kopf.

Der Anblick, der sich ihr bot, war ebenfalls aufregend: ein Hüne von Mann am Ruder, angetan mit legerem Poloshirt und Kakihosen, der geschickt mit den Segeln hantierte wie jemand, der am Meer geboren und aufgewachsen war. Sein Muskelspiel war faszinierend, als er das Vorsegel einholte und das Großsegel setzte. Bereitwillig erklärte Jack ihr die Segelbegriffe und ging mit ihr Schritt für Schritt des Manövers durch, den Kurs zu ändern und in einen gleichmäßigen Wind aus Norden zu kreuzen.

„Es wäre doch viel leichter, wenn der Wind von hinten käme", rief sie ihm zu und hätte beinah das Gleichgewicht verloren, weil sie in eine gefährliche Schräglage gerieten.

„Das wäre der Weg des geringsten Widerstands", rief er gegen eine heftige Windbö zurück, die ihm das Haar straff nach hinten aus dem Gesicht wehte. „Ist doch langweilig." Er lachte, weil ihm das Segelmanöver großen Spaß machte. „Achtung, Halse! Kopf einziehen!"

Lily duckte sich, als der Baum über das Deck schwang und das Boot zum Schaukeln brachte, ehe es Fahrt in die neue Richtung aufnahm.

„Ist sie nicht bildschön?", fragte Jack und strich liebevoll über das Ruder der *Lady Sam*. „Reggie segelt viel zu wenig mit ihr."

„Warum?"

„Er ist ein Workaholic. Selbst wenn er nach Nantucket kommt, veranstaltet er entweder ein Brainstorming oder er arbeitet mit einem Kunden, oder er vergräbt sich in einem Berg Akten."

„Das wird sich ja jetzt ändern", erwiderte Lily leise, nicht sicher, ob Jack ihre Bemerkung bei dem Gegenwind gehört hatte.

Doch seiner Miene nach hatte er sie verstanden. Ehe er antwortete, spritzte Gischt über den Bootsrand auf seine Schultern und Haare. Laut lachend schüttelte er den Kopf, um das Wasser abzuschütteln.

Lily beobachtete ihn gebannt. Er sah aus wie die Reklame für einen Mann in der Blüte seiner Jahre, der es mit den Elementen aufnahm und siegte, der die Herausforderung liebte und über eine kalte Dusche herzlich lachte.

Sie verspürte einen Stich in der Brust, ein seltsames, beängstigendes und dennoch schönes Gefühl, eine Mischung aus Ehrfurcht, Staunen und panischer Angst.

Jackson Locke mit seiner Verachtung für Widerstände und seiner Freiheitsliebe, mit seinem Witz und frechen Mundwerk, mit all seiner Respektlosigkeit und seinem Talent und seiner Kreativität, seinem weichen Herz und seinem ungezügelten sexuellen Appetit war der faszinierendste Mensch, den sie je getroffen hatte.

Und das war es, was ihr zu schaffen machte, was ihr in der letzten Woche fast die Luft zum Atmen genommen hatte. Liebe.

Sie könnte sich in ihn verlieben.

Das Boot schoss über eine Welle, schlug hart auf dem Wasser auf, und Lily wurde regelrecht durchgerüttelt.

„Achtung!"

Sie könnte sich in ihn verlieben. Leicht sogar, um ehrlich zu sein …

„Lily! Duck dich!"

Sie riss die Augen auf, als der Baum so schnell auf sie zukam, dass sie keine Zeit zum Nachdenken hatte. Instinktiv zog sie den Kopf ein und vermied so in allerletzter Sekunde, dass sie einen gefährlichen Schlag abbekam. Sie konnte das Knattern des Segels über ihrem Kopf beinah spüren. Verlegen und wie betäubt blieb sie in der Hocke. Ihre Gedanken überschlugen sich, und das Blut rauschte in ihren Adern wie der Wind im Segel über ihr.

Was war los mit ihr? In ihn *verlieben*? Von allen törichten Wahlmöglichkeiten auf der Welt war das die törichtste.

„He."

Lily hatte gar nicht gemerkt, dass Jack das Ruder verlassen hatte und vor ihr kniete. „Bist du okay?"

Sie nickte nur.

„Du wärst beinah getroffen worden."

„Ich bin okay." Ansehen konnte sie ihn immer noch nicht. Er würde es merken. Er würde es in ihren Augen lesen und ihr ein weiteres Geheimnis entlocken.

„Ist dir schlecht, Lil?"

„Nein." Langsam setzte sie sich auf. „Ich habe bloß dein Kommando überhört, und … mir geht's gut."

Er hatte seine Sonnenbrille hochgeschoben und betrachtete Lily aufmerksam. „Du sieht ein wenig blass aus. Bist du sicher, dass du nicht seekrank bist? Falls du spucken musst, beugst du dich einfach über die Reling."

Beinah hätte sie lachen müssen. „Nein, ich muss nicht spucken, Jack."

„Was ist dann los mit dir?"

Los? Wie wär's, dass sie eben festgestellt hatte, dass sie dabei war, sich in den absolut falschen Mann zu verlieben? Einen Mann, der nichts mit dem anfangen konnte, was sie ersehnte, einen Mann, auf dem ein Verfallsdatum in Bezug auf Beziehungen stehen sollte? Einen Mann, der …

„Nichts. Wirklich, es hat mich nur ein wenig aus der Fassung gebracht. Ich werde vorsichtiger sein."

Er zwinkerte ihr zu. „Wir können den Anker werfen und nach unten gehen, wenn du dich dadurch besser fühlst."

„Sex ist nicht die Antwort auf alles, Jack." Der Wind blies ihm eine Haarsträhne ins Gesicht, und sie strich sie ihm automatisch zurück. Dabei wartete sie auf seinen unvermeidlichen Witz, dass Sex sehr wohl die Antwort auf das war, was sie plagte.

Doch er kam ihrem Gesicht nur ganz nah. „Du hast mir Angst gemacht, Lil. Ich dachte schon, ich hätte dich verloren."

Letzten Endes würde er sie verlieren. Er würde das Interesse an ihr verlieren und zum nächsten Abenteuer weiterziehen, zur nächsten unverbindlichen Beziehung, zur nächsten Herausforderung. Sie würde nichts weiter sein als die Frau, die versucht hatte, ihn zu verändern. Und gescheitert war.

Das Boot krängte, und Jack eilte ans Ruder, um es aufzurichten, ehe er Lily einen kurzen Blick zuwarf.

„Bist du sicher, dass alles in Ordnung ist, Sweetheart?"

Bei der nächsten Welle krampfte sich ihr der Magen zusammen. Ja, sie konnte es vor ihm verbergen. Er brauchte nicht zu wissen, dass sie sich rettungslos in ihn verliebt hatte. *Dieses* Geheimnis würde er ihr niemals entlocken.

„Ich bin sicher", erwiderte sie lächelnd. „Ich bin einer Katastrophe doch entgangen."

Und das würde sie noch einmal tun.

„In Ordnung", rief er über erneut hoch aufspritzende Gischt hinweg. „Fertig? Achtung, Lil!"

Diesmal wich sie dem herumschwingenden Baum mit Leichtigkeit aus und nutzte die Gelegenheit, ihr Gesicht abzuwenden und die Worte zu flüstern, die sie niemals zu ihm sagen würde. Einfach, weil sie das Hochgefühl erleben wollte, sie auf ihren Lippen zu spüren.

Ich liebe dich, Jackson Locke.

„Also, das nenne ich groß, dunkel und attraktiv."

Jack brauchte nicht einmal von der Leine hochzusehen, mit der er gerade beschäftigt war, um zu wissen, wer da über den Kai auf sie zugeschlendert kam. Nur ein einziger Mann, den er kannte, entlockte den Frauen diese allgemein gebräuchliche Beschreibung.

„Ja? Ich nenne ihn schnell, wild und mit meiner Schwester verheiratet."

„Das ist also Deuce Monroe."

„Genau der. Ich habe ihn gebeten, uns hier am Anleger abzuholen und nach Rockingham zu fahren." Jack belegte eine Klampe mit der Leine, dann richtete er sich auf und folgte Lilys Blick. „Wow, sieh ihn dir an."

„Okay. Wenn ich muss."

„Ich meine, für einen Exprofispieler sieht er doch verdammt … glücklich aus."

Als Deuce vor zwei Jahren nach Rockingham zurückgekehrt war, nachdem die Las Vegas Snake Eyes ihn wegen eines Fehlers in einem wichtigen Spiel aus ihrem Baseballteam geworfen hatten, hatte er keineswegs über das ganze Gesicht gestrahlt. Aber das hatte sich offenbar geändert, und Jack wusste genau, wer das zustande gebracht hatte.

Seine Schwester Kendra.

Deuces Lächeln vertiefte sich noch, als er mit einem geschmeidigen Sprung an Bord des Segelbootes kam.

„Sie müssen Lily sein." Er streckte die Hand aus, um Lily von ihrem Sitzkissen hochzuziehen und gleichzeitig zu begrüßen. „Ich bin Deuce, der Schwager."

Dass er das so voller Stolz sagte, überraschte Jack. Er hatte sich daran gewöhnt, dass Kendra seinen besten Freund geheiratet hatte, in den sie schon als kleines Mädchen vernarrt gewesen war. Selbst als er ihr das Herz gebrochen hatte, war sie nie über ihn hinweggekommen. Doch als er dann zehn Jahre später wieder in Rockingham auftauchte, rauften sich die beiden zusammen, Kendra vergab ihm, und inzwischen waren sie seit gut einem Jahr verheiratet.

Lily erwiderte den Gruß mit einem strahlenden Lächeln ihrerseits, und dann begrüßten sich die beiden Freunde herzlich.

„Wie geht's Kendra?"

„Fantastisch." Wieder war Deuce anzumerken, wie stolz er war. „Sie wird eine wunderbare Mutter werden. Natürlich hat sie alles gut organisiert und vorbereitet, an jede Einzelheit gedacht. Sie hat sogar …"

„Sie fühlt sich also wohl? Und mit dem Baby ist auch alles okay?"

„Bestens. Man kann sehen, wie die Kleine strampelt. Das ist so süß. Und warte, bis du das Kinderzimmer gesehen hast, Mann. Alles in Rosa."

Jack warf Lily einen bedeutungsvollen Blick zu. „Das habe

ich befürchtet. Die Außerirdischen waren schneller und haben Deuce entführt." Er runzelte die Stirn. „Und wer sind Sie?"

Deuce lachte. „Der Mann deiner Schwester. Der Vater deiner Nichte. Der Trainer des alten Rock-High-Teams."

„Sie hören sich an wie ein sehr glücklicher, sehr aufgeregter, sehr stolzer Papa", sagte Lily. „Ich freue mich darauf, Ihre Frau kennenzulernen."

„Gut, denn ich lasse sie momentan nicht gern länger allein. Lasst uns fahren."

Nachdem Jack Lily von Bord geholfen hatte, schlenderte sie ein Stückchen am Kai entlang, um einen Blick auf die anderen dort liegenden Segelboote und die alten Gebäude des Hafens zu werfen. Ihm war klar, dass sie ihm einen Moment mit Deuce allein ermöglichen wollte. Bewundernd blickte er ihr nach und fragte sich dabei, wie ihr wohl seine Heimatstadt gefiel. Dann ging er an Bord zurück, um die Kajüte abzuschließen.

Deuce nahm eine einzelne Reisetasche, die auf dem Deck stand, an sich. „Das ist das ganze Gepäck? Ihr beide teilt euch eine Tasche?"

„Und ein Zimmer."

Deuce zog eine Braue hoch. „Ich dachte, das sei eine berufliche Angelegenheit. Ist sie nicht so etwas wie ein Persönlichkeitscoach?"

„Was soll ich sagen? Die Sexgötter verwöhnen mich. Und sie mich auch."

„Du mit deinen Göttern." Deuce verdrehte die Augen und warf sich die Tasche über die Schulter. „Wirst du es nicht müde, von einem Bett ins andere zu springen?"

„Als ob du Mr Enthaltsam gewesen wärst, als du noch Single warst."

„Vielleicht nicht. Aber jetzt bin ich Mr Treu, und eines Tages wirst du auch noch Licht am Ende des Tunnels sehen."

Jack tat, als versetze er Deuce einen Fausthieb gegen die Schulter. „Ich sehe jedenfalls, dass das Licht dich geblendet hat, Mann. Was natürlich gut ist, da du ja meine Schwester geheiratet hast."

„Die Liebe hat mich geblendet. Warte, bis es dir passiert."

„Ich kann warten."

Deuce machte eine Kopfbewegung zu Lily hinüber. „Sie ist nett."

„Sie ist mehr als nett", erwiderte er, während er Lily gemeinsam mit Deuce betrachtete. „Sie ist … sie ist …" Er schüttelte den Kopf. Er würde sich blamieren, wenn er anfing aufzuzählen, wie Lily wirklich war.

„Wow, das ist ja noch nie da gewesen. Jackson Locke fehlen die Worte."

Jack steckte die Schlüssel ein und kletterte von Bord. „Halt den Mund, Monroe."

„Und etwas anderes fällt ihm nicht ein." Deuce ahmte den Tonfall eines Stadionsprechers nach. „Es könnte ernst sein, Leute. Es könnte bedeuten, das Spiel ist ein für alle Mal … aus. Könnte es sein, dass es nur noch ein einziger Schritt bis zum Ende einer einmaligen Karriere als einer der größten Spieler der Rockingham High ist?"

Jack warf ihm einen warnenden Blick zu. „Würdest du damit aufhören?"

Deuce lachte nur und verließ ebenfalls das Boot. „Warte ab, bis Kendra dahinterkommt."

„Wohinter?"

„Dass du verliebt bist."

Jack machte Anstalten zu widersprechen, dann ließ er es. Nicht, weil ihm die Worte fehlten, sondern weil er dem nicht traute, was er womöglich sagen würde.

Kendra Monroe schloss die Augen und strich mit einem tiefen, glücklichen Seufzer über ihren Babybauch. Lily war bisher keiner ihrer vielen Seufzer entgangen oder einer der liebevollen Blicke, die die werdenden Eltern einander zuwarfen. Das ganze wunderschöne Haus direkt am Wasser, das Deuce und Kendra bewohnten, war regelrecht von Glückseligkeit durchdrungen. Und Sicherheit und Liebe und Beständigkeit.

Lily konnte die Zufriedenheit, die in der Luft lag, fast mit

Händen greifen, als die vier auf der großen Terrasse mit Blick auf den Nantucket-Sund ihr Abendessen beendeten.

„Das war wunderbar, Honey", sagte Kendra zu ihrem Mann und tätschelte ihren Bauch. „Jackie mag dein gegrilltes Hühnchen zu gern."

„*Jackie?*" Jack fuhr herum und blinzelte ungläubig. „Ihr nennt die Kleine nach mir?"

„Wir nennen sie nach Jackie Mitchell", stellte Deuce richtig. „Eine der ersten Profibaseballspielerinnen, die 1931 bei den Chattanooga Lookouts unterschrieb."

Wenig überzeugt sah Jack Lily an. „Sie nennen sie nach mir."

„Dein Ego kennt keine Grenzen, Bruderherz." Kendra lachte leise. „Ich wusste, dass du das glauben würdest, deshalb habe ich es dir nicht gesagt."

„Ich freue mich, dass ihr sie nach mir nennt", fuhr er unbeirrt fort. „Ich werde der beste Patenonkel der Welt sein. Der Kleinen wird es an nichts fehlen."

Lily nahm ihr Glas zur Hand und hoffte, ein Schluck Wasser würde die Wirkung mildern, die seine Bemerkung auf sie hatte. Natürlich würde Jack ein fantastischer Onkel sein, der das Baby mit verrückten Geschenken und seiner Liebe überschütten würde.

Weil es bei einer Nichte keine Wände, keine Regeln, keine Einschränkungen geben würde. Nicht so jedenfalls, wie bei seinem eigenen Kind. Der Gedanke versetzte ihr einen Stich, und sie trank noch einen Schluck.

„Finden Sie nicht, Lily?", fragte Kendra. „Ich meine, Sie kennen Jack jetzt besser als irgendjemand sonst, nachdem Sie sein Coach waren."

Langsam stellte Lily ihr Glas ab. Was war sie gefragt worden? „Tut mir leid …"

„Es tut ihr leid, sie kann keine Berufsgeheimnisse verraten, indem sie diese Frage beantwortet", sagte Jack und gab ihr mit einem Blick zu verstehen, dass er gemerkt hatte, dass sie den Gesprächsfaden verloren hatte. Sie hätte sich gern das Verdienst zugerechnet, ihm dieses zuvorkommende Verhalten beigebracht zu haben, doch sie wusste es besser. Er verstand es schon immer viel zu gut, ihre Körpersprache zu lesen … und manchmal ihre Gedanken, wie sie sich einbildete.

„Stimmt", erwiderte sie schnell und lächelte ihn dankbar an. „Aber sagen Sie mir, bedeutet der Name, dass Sie von Ihrer Tochter erwarten, dass sie Baseball spielt?"

Kendra lachte. „Offenbar haben Sie das Kinderzimmer mit seiner verrückten Ausstattung noch nicht gesehen. Wer hätte schon gedacht, dass man rosa Kissen in Form eines Fängerhandschuhs bekommen kann?"

„Komm mit." Deuce stand auf und nahm eine leere Servierplatte, um sie in die Küche zu bringen. „Ich zeige dir mein Meisterwerk."

„Das muss ich unbedingt sehen", erwiderte Jack und nahm ebenfalls ein paar Teller. „Kommst du auch, Lil?"

„Ich komme nach." Sie war nicht unbedingt darauf erpicht, das Kinderzimmer mit Jack zu besichtigen und sich Bemerkungen darüber anzuhören, wie sehr Deuce *doch* in der Falle saß.

Nicht, dass er bis jetzt etwas Derartiges gesagt hätte, aber sie kannte Jack. „Ich glaube, ich genieße mit Kendra noch ein wenig den Sonnenuntergang und räume dann erst einmal ab."

„Danke, Lily", meinte Kendra. „Deuce lässt mich keinen Finger mehr rühren, wie Sie ja gemerkt haben."

Deuce beugte sich über seine Frau und drückte ihr einen zärtlichen Kuss ins Haar. „Du bist in der achtunddreißigsten Woche schwanger, meine Süße. Da sollst du nichts weiter tun, als dieses Baby austragen."

Sie lächelte ihn an und strich erneut über ihren Bauch. „Uns geht's gut, Honey. Mach dir keine Sorgen um deine beiden Mädchen."

Seiner Miene nach tat er es doch, aber er küsste Kendra nur noch einmal, ehe er sich an Lily wandte. „Rufen Sie mich, falls ihre Fruchtblase platzt."

Jack, der hinter Deuce stand, verdrehte die Augen. „Ruf mich, wenn mein Handy klingelt", spottete er.

Sobald die beiden weg waren, lehnte Lily sich zurück, um

noch ein wenig mit Kendra zu plaudern. Sie sah ihrem älteren Bruder sehr ähnlich, auch wenn sie blaue Augen und viel helleres Haar hatte.

Es wäre leicht gewesen, auf eine Frau wie Kendra Monroe neidisch zu sein. Sie hatte alles – Liebe, einen Ehemann, demnächst ein Baby und ein Haus, das so einladend und voller Wärme war, dass es Lily schwer ums Herz geworden war, als sie es betreten hatte.

Doch Lily war nicht neidisch oder eifersüchtig – sie sehnte sich schon so lange nach all den Dingen, die Kendra hatte, dass ihr dieses Gefühl ganz normal vorkam. Nein, das, was sie empfand, war neu, und es ängstigte sie. Diesmal hatte ihre Sehnsucht sozusagen ein Gesicht. Einen Namen. Einen Körper. Wundervolles Haar, ein Herz aus Gold und eine so tief gehende Abneigung gegen eine feste Beziehung, dass sie in seinen Genen verankert sein musste.

„Ich glaube, Sie haben es geschafft, Lily." Kendras Bemerkung riss Lily erneut aus ihren Gedanken, doch diesmal tat sie nicht so, als wisse sie, was ihre Gastgeberin meinte.

„Was soll ich geschafft haben?"

Kendra blinzelte in die letzten Strahlen der untergehenden Sonne. „Also, zum einen hat Jack seine Serviette über seinen Schoß gelegt, ehe wir zu essen anfingen, und ich könnte schwören, dass er zwischen Salat und Hauptgericht die Gabeln gewechselt hat."

Lily lächelte. „Ein kleiner Sieg, aber er sollte der Sache dienlich sein." Sie hatten Deuce und Kendra während des Essens ausführlich erklärt, warum sie, Lily, auf der Insel war, und warum Jack dem Persönlichkeitstraining zugestimmt hatte.

„Und", fuhr Kendra fort, „ich kann mit Sicherheit sagen, dass ich noch nie erlebt habe, dass Jack sich mit Deuce nicht über Baseball und die Highschool unterhalten hat, sondern über Dinge, die alle am Tisch interessierten."

Lily nickte. „Es war leicht, ihm gewisse Verhaltensregeln beizubringen."

„Er wird einen exzellenten Chef für die Werbeagentur abgeben, und, glauben Sie mir, es gab einmal eine Zeit, da dachte ich, Jack würde als hungernder Künstler enden."

„Er wird die Engländer jedenfalls an der Nase herumführen. Falls ich ihn dazu bewegen kann, vernünftige Schuhe zu tragen und sich die Haare schneiden zu lassen."

„Dann viel Glück. Er hat es bisher nur während der Baseballsaison kurz getragen, als er noch auf der Highschool war, und auch da nur, weil Deuce seinen besten Freund im Team haben wollte und Jack anflehte, sich an die Regeln zu halten."

„Er hasst Regeln."

„Aus tiefstem Herzen. So war Jack schon immer. Er hasst Einschränkungen, jede Art von Struktur, Richtlinien und die Politik."

„Sogar Wände", ergänzte Lily lachend.

Kendra beugte sich vor. „Aber Sie mag er mit Sicherheit."

Die Bemerkung versetzte Lily einen Stich. „Ja, na ja, wir haben … Wir kommen miteinander aus – wir sind irgendwie … kompatibel."

„Sie meinen wohl eher, ihr beide seid irgendwie verrückt nacheinander."

Die Vorstellung, dass sie und Jack eine so offene Beziehung hatten, dass sie seiner Schwester nicht verborgen geblieben war, freute Lily sehr. Und dann wurde ihr das Herz schwer. „Es hat Spaß gemacht."

„Hat?" Kendra riss die Augen auf. „Es ist schon vorbei?"

„Na ja, sobald er nach New York zurückkehrt, gehe ich nach Boston. Und mit etwas Glück in die sechsundzwanzig Städte, in denen Anderson, Sturgeon und Noble ein Büro unterhält."

„Dann werden sich eure Wege kreuzen", meinte Kendra hoffnungsvoll. „Sie werden Jack treffen. Wenn Sie den Auftrag bekommen, werden Sie Beraterin seiner Firma sein."

Lily hatte darüber nachgedacht. Unzählige Male. „Ja, natürlich. Allerdings …" Sie beide erwarteten so unterschiedliche Dinge vom Leben, dass es Lily niemals reichen würde, wenn sich gelegentlich ihre Wege kreuzten. Auch wenn das Jack bestens passen mochte. „Wir werden sehen. Es hängt ganz davon ab, wie gut er sein neues Image als leitender Angestellter verkauft."

Kendra sah Lily über den Tisch hinweg nachdenklich an. „Er wird sich auf keinen Fall die Haare schneiden lassen. Dazu reicht selbst der Einfluss nicht, den Sie auf ihn haben."

„Er muss es tun. Er hat es versprochen. Alles andere wäre sonst reine Zeitverschwendung gewesen, wenn er am Ende mit zu langen Haaren in das Meeting mit den Briten geht."

Kendra zuckte mit den Schultern. „Also, wenn Sie es schaffen, dass er sich die Haare schneiden lässt, dann, liebe Lily, muss er Sie wirklich lieben."

Plötzlich vibrierte die Glasplatte des Tisches, weil Jacks Handy klingelte.

„Was sagt man dazu?" Kendra lächelte. „Meine Fruchtblase ist nicht geplatzt, aber sein Handy klingelt tatsächlich."

Lily sah auf das Display. *Reggie Wilding. 911.*

„Es ist sein Boss. Es scheint wichtig zu sein."

„Gehen Sie ran. Jack hätte nichts dagegen."

Kendra hatte recht. Jack würde nicht denken, sie sei in seine Privatsphäre eingedrungen – 911 konnte alles bedeuten. Vielleicht war etwas mit Samantha passiert. Sie meldete sich.

„Lily? Sind Sie das?"

„Was ist los, Reggie?"

„Nichts. Zumindest hoffe ich das. Robert Anderson und Russell Sturgeon kommen morgen in die Agentur. Sie wollen Jack treffen."

Sie sank in ihren Stuhl zurück. „Morgen?"

„Ist alles okay? Sie haben sich ein paar Tage nicht gemeldet. Ich dachte schon, dass die Dinge vielleicht nicht laufen wie geplant."

Lily dachte an ihre Erkenntnis auf dem Boot. In der Tat, die Dinge liefen *nicht* wie geplant. „Um welche Uhrzeit morgen?"

„Sie werden um vierzehn Uhr hier sein. Jack muss morgen früh den ersten Flieger nehmen. Es geht auch noch ein Flug heute Abend ab Nantucket, wenn ich nicht irre. In einer Stunde oder so. Sie müssen sich beeilen."

Lieber Himmel. „Wir sind nicht auf Nantucket, Reggie. Wir sind nach Cape Cod gesegelt."

„Cape Cod?"

„Machen Sie sich keine Sorgen." Obwohl sie selbst sehr besorgt war, würde sie das ihren Kunden nicht wissen lassen. „Er kann morgen früh ab Boston fliegen." Und … *was* anziehen? Sie suchte Kendras Blick. Deuce besaß doch sicher einen schicken Anzug.

Oh ja, sie sah es genau vor sich. In einem schlecht sitzenden Anzug, in Turnschuhen und ohne Socken, das Haar in totaler Unordnung, weil er durch verschiedene Flughäfen gehetzt war, schlenderte Jack in das alles entscheidende Meeting.

Egal, sie musste dafür sorgen, dass es klappte. Jack musste zusehen, dass es klappte.

„Lily, ich möchte, dass er morgen in die Agentur kommt, in einem beeindruckenden Outfit und tipptopp gestylt. Die Engländer bringen den Vertrag mit, und ich habe vor zu unterschreiben."

Die Schiebetür hinter Kendra ging auf, und Jack und Deuce kamen lachend auf die Terrasse zurück.

„Er wird da sein." Lily klappte das Handy zu und schaute Jack an. „Die Engländer kommen. Und du wirst morgen in New York erwartet, in voller Kampfausrüstung. Wir könnten jetzt sofort zurücksegeln, deine Sachen holen und versuchen, einen Frühflug von Nantucket nach Manhattan zu bekommen."

„Das ist verrückt", mischte sich Deuce ein. „Ich habe jede Menge Anzüge."

Jack sagte nichts, sondern sah Lily nur lange in die Augen, ehe er sich an seine Schwester wandte. „Kendra, hast du irgendeine Schere im Haus?"

„Natürlich. Willst du etwa einen von Deuces Anzügen kürzen, damit er passt?"

„Nein. Lily soll mir die Haare schneiden."

Kendra warf Lily einen sehr beeindruckten Blick zu. „Wirklich?"

„Wirklich", erwiderte er mit einem Zwinkern. „Die Show beginnt."

9. KAPITEL

*I*ch kann das nicht." Lily warf die Schere auf den Frisiertisch im Gästebadezimmer, und Jack öffnete die Augen. Im Spiegel sah er, wie verwirrt sie war.

„Doch, du kannst es. Du hast doch als Friseurin gearbeitet, das hast du mir jedenfalls erzählt."

„Ich wusste nicht, dass du zugehört hast."

„Ich registriere alles, was du sagst, und so manches, was du nicht sagst." Als sie ihn skeptisch anschaute, hob er die Schultern. „He, du bist doch diejenige, die mir beigebracht hat, wie man Körpersprache interpretiert." Als sie nichts erwiderte, drehte er sich auf dem kleinen Stuhl zu ihr um. „Du kannst das, Lil."

Tief durchatmend schüttelte sie den Kopf. „Es ist ein Verbrechen. Dein Haar … es ist …" Sie fuhr ihm mit den Fingern durchs Haar, wie sie es immer tat, wickelte sich eine Stirnlocke um den Zeigefinger und zwirbelte sie hingebungsvoll. Er liebte diese Geste.

„Es sind doch bloß Haare."

„Aber *deine.*" Sie legte ihm eine Hand in den Nacken. „Vielleicht könnten wir etwas mit einem Pferdeschwanz machen?"

„Ich glaube, die Außerirdischen haben dich auch entführt."

Sie lächelte schwach. „Eine Perücke?"

„Ich mache es selbst." Er griff nach der Schere, aber Lily war schneller.

„Du kannst dir nicht selbst die Haare schneiden."

„Ich kann alles."

Das brachte sie zum Lachen. „Ehrlich, ich fasse es nicht, dass wir darüber diskutieren. Es sollte umgekehrt sein. Du solltest dagegen sein, ich sollte dich anflehen."

„Anflehen wirst du mich später noch, wetten?" Er hob ihr Kinn mit einem Finger an. „He. Wir können jetzt nicht abspringen. Deuce hat mir einen Nadelstreifenanzug von Armani aufgedrängt und eine Krawatte in Pink – deiner Lieblingsfarbe. Ich passe sogar in seine schicken schwarzen Schuhe. Wir geben doch jetzt nicht klein bei, nur weil wir zufällig am falschen Ort sind, oder?"

„Du hast recht. Und Kendra hat mir erzählt, dass du dir früher die Haare geschnitten hast, damit du auf der Highschool in Deuces Baseballteam spielen konntest."

„So ist es. Und ich habe ein Ritual daraus gemacht."

„Wie das?"

„Ich bin zu einer bestimmten Stelle an den Strand gegangen und habe den Haargöttern ein Opfer gebracht."

Lachend schüttelte sie erneut den Kopf. „Du bist unglaublich."

„Es ist mein Ernst. Ich nahm die Schere meiner Mom mit und zwei Bier von meinem Dad – die ich trinken musste, ehe ich mit dem Schneiden anfing. Die Haargötter forderten das, sonst würde einem das Haar nie wieder nachwachsen. Dann nahm ich die abgeschnittenen Strähnen, ließ sie vom Wind wegwehen und spülte den Rest splitternackt im Meer ab." Er zog eine Braue hoch. „Und das war im März."

Da nahm Lily einen Waschlappen aus einem Körbchen und wickelte die Schere darin ein. „Hol das Bier und lass uns gehen."

Jack blieb der Mund offen stehen. „Jetzt, um Mitternacht? Du willst an den Strand, um mir die Haare zu schneiden?"

„Sitz nicht herum und stell keine dummen Fragen, Jack Locke. Die Haargötter warten."

Aber er war wie betäubt von … von ihr. Von dieser perfekten, unwiderstehlichen, abenteuerlichen Frau, die so absolut auf seiner *Wellenlänge* war.

„Worauf wartest du noch?"

„Darauf." Er zog sie auf seinen Schoß. Dann küsste er sie mit all der wilden Leidenschaft, zu der er fähig war, schmiegte sie an sich und nahm von ihrem Mund Besitz, genau, wie sie Besitz von seinem Herzen genommen hatte.

Als er sie freigab, öffnete Lily die Augen und blinzelte. „Und jetzt vergiss das Bier nicht. Wir wollen die Haargötter doch nicht erzürnen."

Sein Lächeln kam aus seinem tiefsten Inneren, seiner Seele.

Doch dann verflog es. Wie konnte er sie jemals gehen lassen?

Eine halbe Stunde später holte er eine Decke und vier Flaschen des besten Importbiers, das Deuce hatte, aus dem nagelneuen familienfreundlichen SUV der Monroes und brachte alles an die Stelle des Strandes, die Lily „den geheiligten Salon" getauft hatte.

Während er die Decke ausbreitete, öffnete sie eine Bierflasche und ließ den Blick über den einsamen Strand und die natürliche Felsmole schweifen, die wie ein langer Finger aufs Wasser hinausragte.

„Wie lange glaubst du denn schon an all diese Götter? Die Werbegötter. Die Parkgötter. Die Haargötter. Du hast für alles eine Gottheit parat."

„Sie leben in mir. Sie sind die Quelle meiner Kraft. Damit ich gute Anzeigen entwerfe. Damit ich den letzten Parkplatz finde. Damit ich selbstbewusst mein Haar genau so trage, wie ich es will. Damit ich es immer wieder schaffe aufzubegehren. Sie haben alle hier ihren Sitz", er klopfte an seinen Kopf und dann auf seine Brust, „und hier."

Lily öffnete eine weitere Flasche und reichte sie Jack. „Und was ist mit den Beziehungsgöttern?"

Bedächtig trank er einen Schluck Bier. „Das sind alles Teufel", meinte er schließlich. „Aber die Sexgötter waren wohlwollend."

Über ihr Gesicht huschte ein Ausdruck von … Enttäuschung? Überraschung? Verachtung? „Diese Woche jedenfalls."

Er nahm noch einen Schluck und sah sie über die Flasche hinweg an. „Es ging nicht nur um Sex, Lil. Ich musste die Veränderungsgötter kennenlernen. Ich wusste gar nicht, dass es die gibt."

„Der Veränderungs*gott*", sagte sie und hielt ihre Flasche hoch, um ihm zuzuprosten, „ist eine Göttin."

Er stieß mit ihr an. „So ist es."

Sie freute sich über das Kompliment. „Dann also los. Wie geht die Zeremonie?"

„Zuerst ziehe ich mich aus."

„Das hätte ich mir denken können."

„Alle schönen heidnischen Rituale werden nackt ausgeübt."

Nachdem sie einen kräftigen Schluck von ihrem Bier getrunken hatte, drehte sie die Flasche in einen Sandhaufen, damit sie aufrecht stand. Dann zog sie die in den Waschlappen gewickelte Schere aus ihrer Jackentasche.

„Okay. Fangen wir mit der Zeremonie an." Sie räusperte sich. „Stell dich direkt vor mich, Heide. Ich muss dich entkleiden."

„Die Götter sind mir *wirklich* wohlgesinnt."

Sie legte die Schere in den Sand, dann öffnete sie den Reißverschluss seiner Jacke und schob sie ihm über die Schultern. „Jeder mag dich, Jack. Das ist deine besondere Gabe."

„Du auch?" Er wusste, dass sie ihn mochte. Aber er wollte es hören, wollte erleben, wie weit sie gehen würde, um ihre Gefühle einzugestehen.

„Tja, ich weiß nicht recht." Er half ihr, ihm das T-Shirt über den Kopf zu ziehen. Auch wenn die Herbstluft kühl war, seine langsam wachsende Erregung kühlte sie nicht ab. Lily begann, mit beiden Händen seine Brust zu streicheln. „Ich weiß nicht, ob ich es ‚mögen' nennen würde. Vielleicht tolerieren."

„Du *tolerierst* mich?"

Langsam öffnete sie seine Jeans. „Ich habe auch Lust auf dich. Ja, genau, das ist es. Lust."

„Es ist mehr als Lust", erwiderte er heiser.

„Du hast recht. Es ist Lust plus." Sie sah auf seine Füße hinunter. „Du trägst keine Schuhe."

„Ich brauche keine …"

„… blöden Schuhe", beendeten sie den Satz gemeinsam und lachten, als sie ihm die Hose über die Hüften zog.

„Und auch keine blöde Unterwäsche, wie ich sehe." Als sie ihn in seiner ganzen Erregung betrachtete, erinnerte er sich an ihre erste Liebesstunde, daran, wie sie ihn erforscht hatte, wie es augenblicklich zwischen ihnen gefunkt hatte. In der vergangenen Woche war das Knistern nur noch intensiver geworden.

Sie zog die Jeans ganz hinunter, und einen Moment lang dachte – hoffte – er, sie würde sich hinknien und ihn mit dem Mund verwöhnen. Stattdessen hob sie die Schere auf.

Dann legte sie ihm beide Hände auf die Schultern. „Knie dich hin."

Er tat es und war versucht, den Reißverschluss ihres Sweatshirts mit den Zähnen aufzuziehen. Doch er ließ es.

Lily hob eine Strähne seines Haars hoch, die, die ihm ständig ins Gesicht fiel, die, die sie am liebsten mochte.

„Mach die Augen zu."

Im nächsten Moment hörte er das metallische Geräusch der sich öffnenden Schere.

„Hört her, ihr Götter des Haares. Götter der Schönheit. Götter der unglaublich sexy, heißen, attraktiven, langhaarigen Männer, die verboten werden müssten, aber auf der Erde sind, um Frauen schwach und hilflos zu machen und süchtig nach mehr."

Jack unterdrückte ein Lachen. „Du solltest in die Werbebranche wechseln."

„Pst. Das ist eine ernste Angelegenheit."

„Werbung auch." Vorsichtig öffnete er ein Auge, und sah direkt auf ihren Reißverschluss.

„Wir opfern hiermit diese Haare, damit die verklemmten, ultrakonservativen, farblosen Inhaber von Anderson, Sturgeon und *Ignoble* den Vertrag unterzeichnen, um Reggie Wilding glücklich zu machen und Sam eine Heilbehandlung zu ermöglichen und die wohl größte Schöpfung der Haargötter, Jackson Locke, in einen Werbeagentur-Boss wie aus dem Bilderbuch zu verwandeln."

Die Schere machte schnipp, und eine einzelne blonde Haarsträhne landete auf Lilys Busen. Jack öffnete die Augen und griff danach, doch statt die Strähne zu entfernen, zog er ihr Sweatshirt auf. Sie ließ ihn gewähren, und einen Moment später lag ihr Shirt im Sand.

Sie schnitt weiter, diesmal ohne komischen Spruch, sondern ganz darauf bedacht, ihren Job gut zu machen. Unterdessen knöpfte Jack ihre Bluse auf. Lily machte nun an der anderen Seite weiter und hielt nur kurz inne, damit er ihr die Bluse ausziehen konnte.

Vorsichtig schnitt sie um seine Ohren herum.

Er streifte ihr den BH ab.

Sie kürzte seine Haare seitlich.

Er öffnete ihre Jeans und zog sie über ihre Beine.

Sie passte die andere Seite an.

Er streifte ihr den Slip ab.

Und gerade als sie mit dem Haarschnitt vorn und an den Seiten fertig war, kam der Mond hinter einer Wolke hervor. Hell angestrahlt stand sie da, genau wie vor einer Woche, als sie vom Blitz erleuchtet aus der Dusche getreten war.

„Lily", flüsterte Jack und umrundete mit einem Finger langsam ihre Brustspitze. „Du bist einfach hinreißend."

„Dreh dich um."

„Bestimmt nicht." Sanft umschloss er mit der Hand ihre eine Brust, beugte sich vor, um die andere mit dem Mund zu liebkosen.

Sie entzog sich ihm. „Ich muss noch hinten schneiden."

Ergeben seufzend kam er ihrer Aufforderung nach und ließ sie mit schnellen, sicheren Schnitten ihr Werk zu Ende bringen, bis die Decke, auf der er kniete, mit blonden Haaren übersät war.

„Okay, du kannst dich wieder umdrehen."

Er tat es, und ihr stockte der Atem. „Oh."

„Oh, schrecklich oder oh, okay?"

Wortlos kniete sie sich vor ihn und warf die Schere beiseite. „Oh ... perfekt."

Dann fuhr sie ihm mit beiden Händen durch das verbliebene Haar. „Du bist immer noch der bestaussehende Mann der Welt, Jack."

Ihre Augen waren dunkel vor Erregung, ihre Wangen gerötet, ihre Lippen leicht geöffnet. Sie atmete ebenso schnell wie er.

„Komm her." Er zog sie in die Arme und spürte, dass ihr Herz genauso heftig klopfte wie seins. Zärtlich küsste er sie auf die Stirn und Lider, bevor er ihr ins Ohr flüsterte: „Liebe mich, Lil."

Sie schloss die Augen, und ehe er sie küsste, sagte sie leise: „Das tue ich, Jack. Das tue ich."

Diese Worte versetzten ihm einen Stich, doch im nächsten

Moment sanken beide auf die Decke und verloren sich augenblicklich in wilder Leidenschaft.

Wie von Zauberhand zog sie eines seiner Kondome hervor. Als sie es zwischen die Zähne nahm, hörte er immer noch das Echo ihrer letzten drei Worte.

Das tue ich.

Was genau meinte sie damit?

„Lily." Er drehte sie noch einmal herum, sodass er nun auf ihr lag. Einige seiner abgeschnittenen Haare hatten sich in ihren schwarzen Locken verfangen.

Sie riss das Folienpäckchen auf. Prickelnde Erregung ergriff ihn, als er daran dachte, was als Nächstes geschehen würde.

„Warte."

Überrascht hielt sie inne, und er entfernte ein einzelnes blondes Haar von ihren Wimpern. „Das wäre dir fast ins Auge geraten."

„Setz dich auf." Sobald er kniete, beugte sie sich vor und streifte ihm sinnlich das Kondom über.

Er musste lächeln und fragte sich, ob dies das letzte Mal war, von dem sie am Morgen gesprochen hatte. Das letzte Mal.

War das nicht unvermeidlich?

War das nicht der Fluch der Beziehungsgötter – falls es diese gab?

Jetzt lehnte sie sich zurück und sah ihn fest an. „Bitte, Jack, liebe mich."

Die Antwort lag ihm auf der Zunge, sie schrie geradezu aus seinem Herzen.

Das tue ich. Himmel, das tue ich.

„Lily", sagte er stattdessen leise, und seine Stimme klang heiser vor Verlangen und viel zu viel Gefühl.

Lächelnd streichelte sie seine Arme und Schultern, strich federleicht mit den Fingern über sein kurz geschnittenes Haar.

„Es ist okay", flüsterte sie, als könne sie seine Gedanken lesen und seine Qual spüren. „Das hier reicht."

Wirklich?

Langsam glitt er in sie hinein und küsste sie zärtlich.

Er sah sich in ihren dunklen Augen, einen Mann mit befremdlichem Haarschnitt und einem noch ungewohnteren Gefühl tief im Herzen.

Und die anderen, weitaus vertrauteren Empfindungen stiegen in ihm auf. Ohne jede Hast, ohne die Wildheit, die sie beide sonst zum Höhepunkt brachte, liebten sie sich. Heute Nacht verwöhnten sie sich in verhaltenem Rhythmus, küssten sich innig und leidenschaftlich, um die gemeinsame Lust in vollen Zügen zu genießen.

Er spürte, wie sie sich anspannte, als sie sich an seinen Armen festhielt und ihm einen sehnsüchtigen Blick zuwarf.

„Jetzt, Jack, jetzt. Liebe mich jetzt."

Ihr Flehen brachte ihn an den Rand der Ekstase. Die Flut der lustvollen Gefühle, die ihn überschwemmte, nahm so tief in ihm ihren Anfang, dass sie sein ganzes Sein zu erschüttern schien. Heftig erschauerte er, bis er sich nur noch an Lily klammerte und vor höchster Befriedigung und Liebe stöhnte.

Hauptsächlich vor Liebe.

Überwältigt ließ er den Kopf auf ihre Brust sinken, spürte, wie ihr Herz raste und wie sie keuchend nach Atem rang.

Liebe?

Mann, das musste er ihr lassen. Die Verwandlungsexpertin hatte ihren Job wirklich gründlich gemacht.

Lily schüttelte kurz den Schirm aus, ehe sie und Jack ins Foyer eilten und den strömenden Regen, der über Manhattan niederging, hinter sich ließen. Kritisch begutachtete sie seinen Anzug. Er spannte ein wenig über dem Rücken, aber trotzdem sah Jack in dem Designeranzug genauso aus wie der Agenturchef, den zu spielen sie ihn gestylt hatte.

Er führte sie zu den Aufzügen älteren Baujahrs hinüber.

„Ich komme mir vor, als hätten wir uns für Halloween als Deuce und Kendra verkleidet", sagte er und drückte auf den Knopf. „Reggie schuldet uns einiges."

Lily strich über Kendras dunklen Rock und sah auf die zehenfreien Pumps hinunter, in die sie sich nur mit Mühe gezwängt hatte. „Reggie schuldet dir etwas. Mich hat er bereits bezahlt."

„Du bekommst eine Prämie, weil du mich nach New York begleitest." Die Aufzugtüren öffneten sich.

Sie hatte nicht lange überredet werden müssen. Es war ein Leichtes gewesen, sich ein paar Sachen von Kendra zu leihen und in Boston den Flieger nach New York zu besteigen, weil sie ihren Job perfekt zu Ende bringen wollte.

Die Wahrheit war jedoch, dass sie ihren Abschied von Jack so lange wie nur irgend möglich aufschieben wollte. Insgeheim hoffte sie sogar, dass sie sich gar nicht würden verabschieden müssen. Dass es irgendeinen Weg gab, damit er frei sein und sie selbst Sicherheit haben konnte. Zusammen.

Im kalten Neonlicht eines altersschwachen Fahrstuhls schien dieser Traum unmöglich zu sein. Doch letzte Nacht, im Mondschein unter dem Sternenhimmel, draußen am weitläufigen Strand, in Jacks starken Armen, war ihr absolut alles möglich erschienen.

Seufzend fuhr sich Jack erneut mit der Hand über sein kurz geschnittenes Haar.

„Du wirst deine Sache gut machen", versuchte sie ihn zu beruhigen.

Er sah sie überrascht an. „Ich bin nicht wegen des Meetings besorgt."

„Weswegen dann?"

Für einen Moment schloss er die Augen. „Wenn es klappt, bekommst du etwas, was du dir wünschst. Viel sogar. Und Reggie auch. Das ist gut. Leute, die … Leute, die mir etwas bedeuten, sind dann glücklich."

Forschend blickte sie in sein Gesicht, wartete auf das „Aber", das kommen würde. Stattdessen drückte Jack schweigend noch einmal auf den Knopf für die neunte Etage.

„Aber du hast dann einen Job, den du gar nicht willst", ergänzte sie für ihn.

Der Fahrstuhl hielt.

„Ja", erwiderte Jack leise, ehe er ihr liebevoll über die Wange strich. „Doch das ist nicht dein Problem, Lil. Du hast deinen

116

Job gemacht. Jetzt komm, ich will dir Wild Marketing zeigen."

Am Ende eines schmalen Korridors führte eine Glastür, auf der ein *W* und daneben *wild* in kleinen Buchstaben eingraviert war, in ein cool eingerichtetes Foyer. Hinter einem schicken Tresen aus Eiche und Rauchglas saß eine junge Frau mit Headset und gab etwas in einen Computer ein. Sie wandte den Kopf, als Jack die Tür öffnete, und ihr blieb der Mund offen stehen.

„Meine Güte! Ich habe dich erst gar nicht erkannt, Jack!" Sie erhob sich, offenbar völlig geschockt, und sagte in ihr Mikrofon: „Wartet, bis ihr Jack Locke seht. Es wird euch umhauen."

Lily wurde ganz flau.

Doch Jack lächelte nur. „Verlange nicht, dass ich dir mein Tattoo zeige zum Beweis, dass ich es bin, Ev."

Auf diese freche Bemerkung hin wirkte sie etwas erleichtert, als beweise sein Spruch, dass er kein Schwindler war.

„Lily, das ist Evelyn Simons, unsere unvergleichliche Büroleiterin." Er spähte über ihren Schreibtisch und nahm einen Stapel Unterlagen an sich, ehe er Lily vorstellte. „Ev, das ist Lily Harper, Beraterin ohnegleichen."

Die Frauen begrüßten einander, dann führte Jack Lily durch eine Doppeltür in ein Großraumbüro mit vielen abgetrennten Arbeitsplätzen und einigen Einzelbüros hinter einer Glaswand.

„Das hier ist die Buchhaltung", erklärte er.

Nach und nach standen alle Mitarbeiter auf, um entgeistert über ihre Trennwände zu sehen, man hörte Ausrufe der Verwunderung, und es war, als würde eine Art Schockwelle durch die Agentur schwappen.

Jack schien davon völlig unbeeindruckt zu sein, er begrüßte einige Leute per Handschlag, nickte nur, als man sein verändertes Aussehen zur Kenntnis nahm, und verlangsamte seinen Schritt, als sie zu einer weiteren Doppeltür kamen. Erwartungsvoll schaute er Lily an.

„Reggies Büro?"

„Die Kreativabteilung. Mach dich auf einiges gefasst."

Er öffnete die Tür, und augenblicklich war alles anders. Nichts mehr zu spüren von gepflegter, sachlicher Arbeitsatmosphäre.

Nichts mehr zu sehen von abgetrennten Arbeitsplätzen und akkurat aufgestellten Schreibtischen und weißen Hemden.

Alles war grell, laut, chaotisch und, na ja, wild. Aus einem Radio dröhnte Musik, überall lagen künstlerische Entwürfe und Farbmuster herum. Eine junge Frau Anfang zwanzig, die blaue Strähnen im Haar hatte, sah von ihrem Zeichentisch hoch und blinzelte ungläubig.

„Ach du Sch…"

„Schande", beendete er ihren Satz, einen Finger auf dem Mund.

Nach weiteren Begrüßungen und schlechten Scherzen, und nachdem er sie einem Team von neun Leuten vorgestellt hatte, die zusammen ungefähr sechzig Piercings trugen – an unterschiedlichen Stellen –, führte Jack Lily einen weiteren Korridor entlang.

„Jetzt wird es ernst", sagte er, als die hell gestrichenen Wände in holzvertäfelte übergingen, und die Schritte durch einen dicken beigen Teppichboden gedämpft wurden. „Das Mahagoni-Reich."

Hier gab es außer Wänden jede Menge Türen. Geschlossene Türen. Messingschilder mit Titeln wie *Leiter Finanzen* oder *Stellvertretender Leiter Personal*. Und ganz hinten an einem großen Eckbüro *Geschäftsführung*.

Lily wäre fast gestolpert, als sie den Blick über die gediegene Einrichtung schweifen ließ. Die elegante, ernsthafte Atmosphäre war fast ein Schock nach dem Chaos der Kreativabteilung.

Niemals konnte Jack hier arbeiten. Er gehörte in diesen Zoo voller Musik und Farben.

Aber er würde hier arbeiten. Und Reggie würde glücklich sein. Und sie, Lily, würde weitere Aufträge bekommen. Und Samantha Wilding würde mehr von ihrem Mann haben und eine Chance auf eine spezielle Behandlung.

Jack dagegen würde für mindestens ein Jahr eingesperrt sein. Und für diese Gefangenschaft war zum Teil sie verantwortlich. Lily schluckte und vermied es, ihn anzuschauen, weil sie fürchtete, ihn anzuflehen, die Sache abzublasen.

In Reggies Vorzimmer saß eine ernst dreinsehende Assistentin, doch ehe Jack sie einander vorstellen konnte, ging Reggies Bürotür auf.

„Jack!" Reggie betrachtete Jack mit offensichtlichem Wohlwollen. „Ich bin von der Buchhaltung und der Kreativabteilung schon vorgewarnt worden. Es stimmt. Du bist ein neuer Mann."

„Nein, das ist er nicht." Auf Lilys mit Nachdruck vorgebrachten Einwand hin sahen alle sie fragend an.

„Ich meine, äußerlich ist er verändert und ...", erklärte sie schnell, denn ihr war klar, dass ein einträglicher Beratervertrag auch davon abhing, wie sie mit diesem Aspekt ihres Jobs umging. „Er ist neu gestylt, ja." Sie reichte Reggie zur Begrüßung die Hand. „Aber es ist nach wie vor Jack."

„Sie ist allzu bescheiden." Jack ging in Reggies Büro. „Bring die Engländer herein, Reg. Sie werden sich wegstaunen."

Reggie schüttelte Lily die Hand. „Gut gemacht, Miss Harper. Wirklich gut."

Gerade als sie am runden Konferenztisch Platz nahmen, meldete Reggies Assistentin, dass die Herren aus England eingetroffen seien.

„Danke, Jennifer." Überrascht wandte sich Reggie an Jack. „Sie sind eine Stunde zu früh."

Jack zuckte nur mit den Schultern. „Ein Trick, um uns unvorbereitet anzutreffen. Bleib du hier, Lil, und halte den Champagner zum Anstoßen bereit, wenn sie wieder weg sind. Ich werde sie im Foyer in Empfang nehmen und in den großen Konferenzraum führen. Reggie, du solltest sie dort erwarten." Er sah Reggie an, der beunruhigt die Stirn runzelte. „Das gehört zu den Spielregeln, Reg."

Lily ging das Herz über. Jack tat das alles für sie. Für Reggie. Für Sam. Er war so absolut selbstlos und stellte alles zurück, was er selbst eigentlich wollte. Doch er war zu diesem Opfer für die Menschen bereit, die ihm etwas bedeuteten.

Er machte Anstalten aufzustehen, hielt jedoch inne, um sich an Lily zu wenden, die neben ihm saß. „Es geht los, Lil."

Sie konnte ihm nicht in die Augen sehen. Er würde sofort

merken, wie sehr sie ihn liebte. Himmel, womöglich würde sie es ihm sogar sagen. Langsam hob sie den Kopf.

„Komm her." Er wollte sie an sich ziehen. „Wünsch mir Glück mit einem Küsschen."

Sie wich zurück, entschlossen, ihre aufsteigenden Tränen zurückzuhalten. „Du brauchst kein blödes Glück, Jackson Locke. Jeder Gott, den es je gegeben hat oder auch nicht, steht dir zur Seite."

Einen Moment verharrte er reglos, dann küsste er sie in aller Unschuld. „Nicht jeder", sagte er leise.

Dann stand er auf und verließ das Büro, dicht gefolgt von Reggie. Eine ganze Weile starrte Lily blicklos zu dem großen Schreibtisch hinüber, an dem der Chef der Werbeagentur arbeitete, und versuchte, sich Jack dahinter vorzustellen.

Sie konnte es nicht. Sie stützte den Kopf in die Hände und flüsterte die Worte vor sich hin, die ihr schon den ganzen Morgen im Kopf herumspukten.

„Was habe ich da gemacht?"

10. KAPITEL

*E*inen fantastischen Job haben Sie gemacht."
Lily fuhr herum, als sie eine Stimme hinter sich hörte, und erblickte eine ältere Frau mit glattem silbernem Haar in einem eleganten grauen Kostüm an der Bürotür.

„Sehen Sie es doch einfach so", ergänzte sie. „Dieser riesige Mahagonitisch wird seine nackten Füße verdecken."

Langsam stand Lily auf und überlegte dabei fieberhaft, ob und woher sie die Dame kannte. „Sind wir uns schon einmal begegnet?"

Die Frau kam ganz in Reggies Büro.

„Ein Mal. Aber ich glaube nicht, dass wir einander offiziell vorgestellt wurden. Sie haben meiner Nichte geholfen, sich auf ein Bewerbungsgespräch bei einer Anwaltskanzlei in Boston vorzubereiten. Ich habe sie damals zu Ihrer Agentur gefahren." Sie streckte die Hand aus. „Samantha Wilding."

„Sam?" Überrascht schüttelte Lily ihr die Hand. „Jack schwärmt in den höchsten Tönen von Ihnen."

Samanthas Lächeln war herzlich, ihre hellblauen Augen blitzten. „Meine Nichte heißt Deborah Morris. Erinnern Sie sich jetzt?"

„Natürlich!" Wie hatte sie die schüchterne Jurastudentin mit den langen dünnen Haaren vergessen können, aus der sie eine selbstsichere Anwärterin auf eine freie Stelle als Anwältin gemacht hatte? „Ja, ich erinnere mich an Sie. Es war letztes Jahr im Frühling, richtig? Kurz vor Deborahs Abschluss."

„Genau. Letzten März."

„Was für ein erstaunlicher Zufall, dass wir uns schon einmal in Boston getroffen haben."

„Viel erstaunlicher ist die Verwandlung, die Ihnen gelungen ist. Ich bin Jack eben auf dem Flur begegnet und hätte ihn fast nicht erkannt."

„Ja, er sieht anders aus."

„Ich meine nicht seinen Haarschnitt und den teuren Anzug." Samantha rückte sich einen Stuhl zurecht, setzte sich und bedeutete Lily, ebenfalls Platz zu nehmen. „Er ist verliebt."

Lily verbarg ihr Erstaunen hinter einem Lachen. „Davon weiß ich gar nichts."

„Ich schon. Und Dorothea ist der gleichen Meinung."

Mit gerunzelter Stirn bemühte sich Lily, einer Unterhaltung zu folgen, die immer verwirrender und verblüffender wurde. „Sie meinen Mrs Slattery?"

„Ohne sie wäre ich natürlich verloren", erklärte Samantha, während sie den Diamantring an ihrer Hand zurechtrückte, um Lily nicht ansehen zu müssen. Nur ein ganz leichtes Zittern verriet, dass Sam mit einer lebensbedrohenden Krankheit kämpfte. „Sie hat die ganze Woche über Augen und Ohren für mich offen gehalten."

Augen und Ohren? Lily errötete. Was genau hatten diese Augen und Ohren mitbekommen? Sie und Jack hatten sich keine Mühe gegeben, ihre Zuneigung zueinander zu verbergen … oder die Tatsache, dass sie jede Nacht im selben Bett verbracht hatten.

„Dann wissen Sie ja, dass unsere Beziehung nicht nur beruflich bedingt, sondern auch persönlich ist, Mrs Wilding."

„Nennen Sie mich doch Sam." Sie legte ihre Hand auf Lilys. „Und ich bin begeistert, dass dieses Arrangement ein solcher Erfolg war."

Lily öffnete den Mund, um zu antworten, doch stattdessen sah sie die charmante Frau, in deren Augen der Schalk aufblitzte, nur prüfend an.

Und dann war plötzlich alles glasklar.

„Sie sind die Kundin, die mich Reggie empfohlen hat, nicht wahr?"

„Schuldig."

„Und Sie hatten mehr als ein berufliches Styling im Sinn, oder?"

Sam lächelte verschmitzt. „Wieder schuldig."

„Jack dachte, Reggie wolle uns verkuppeln, aber das waren Sie." Lily konnte kaum sprechen, als die Wahrheit auf sie einstürzte. „Und es war eine Verkupplung."

„Es ist nicht allein mein Verdienst." Sam drückte Lily die

Hand. „Dorothea hat mitgeholfen. Aber ich wusste in dem Moment, als ich Sie traf, dass Sie die perfekte Frau für ihn sein würden. Und ich hatte recht, nicht wahr?"

Lily wurde richtig schwindelig, und sie musste sich an der Tischkante festhalten. Sie waren verkuppelt worden. Das Ganze war geplant worden, um einen Mann in die Falle zu locken, der sonst nie in diese Falle geraten wäre.

Nervös rutschte Lily auf ihrem Stuhl herum. Ihr fehlten noch immer die passenden Worte.

„Bitte, Lily. Es war wirklich ein rechtmäßiger Job und ein wichtiger Auftrag", versicherte Sam ihr, weil sie offenbar spürte, dass ihre Eröffnung nicht gut ankam. „Als Reggie mir erzählte, dass mit Jack etwas passieren müsse, um die neuen Inhaber zu beeindrucken, dachte ich sofort an Sie. Bei meiner Nichte haben Sie das reinste Wunder vollbracht. Und Jack hätte nie und nimmer einem herkömmlichen Blind Date zugestimmt."

Lily wurde langsam ärgerlich. „Nein, das hätte er nicht."

„Aber ich hatte recht, nicht wahr?", beharrte Sam. „Sie beide sind absolut perfekt füreinander."

Perfekt? Sie waren wie zwei Züge, die in die entgegengesetzte Richtung fuhren, und drauf und dran waren, auf demselben Gleis zusammenzustoßen.

„Nein", erwiderte Lily ruhig. „Ich glaube nicht, dass Sie zwei Menschen mit unterschiedlicheren Zielen im Leben hätten finden können, selbst wenn Sie es versucht hätten."

Sam runzelte die Stirn. „Manchmal ziehen Gegensätze sich an."

„Manchmal schon." Und dann lagen sie im Dauerstreit, während der eine Teil eine feste Beziehung anstrebte und der andere seine Freiheit. „In diesem Fall …" Wie sollte sie beschreiben, wie unterschiedlich sie die Zukunft sahen? „Wir wollen verschiedene Dinge im Leben."

„Aber wenn Jack seinen neuen Job hat …" Sam machte eine Handbewegung über den Schreibtisch hinweg. „Er wird hier angebunden sein. Sie können nach New York ziehen, für die Werbeagentur arbeiten. Sie beide werden unzertrennlich sein."

Entsetzt riss Lily die Augen auf. „Ich will Jack nirgends angebunden sehen. Ich will ihn nicht einfangen. Ich will keine Wände um einen Mann herum errichten, der sich nach Freiheit sehnt und offenen Räumen und einem Leben ohne Regeln."

Sie stand auf. Sie zitterte regelrecht, weil das Gefühl, manipuliert und missbraucht worden zu sein, sie zutiefst schockierte.

„Lieben Sie ihn denn nicht?"

Lily hätte sich fast verschluckt. „Doch, ich liebe ihn."

„Ich auch. Und ich möchte, dass er glücklich ist."

„Glücklich? Sie machen einen Mann nicht glücklich, indem Sie ihn in eine Situation zwingen, die er nicht will."

„Also, ich …"

Frustriert und wütend sah sie Samantha Wilding an. Vielleicht war die Frau sehr krank, vielleicht waren ihre Absichten nobel, und vielleicht liebte sie Jack auf ihre Art. Aber all das gab ihr nicht das Recht, sein Leben zu *manipulieren* – und ihres.

„Er hat das für Sie getan." Ihre Stimme war so gefühlsgeladen, dass sie kaum zu sprechen vermochte. „Er hat dieses ganze Projekt für Sie ertragen. Und so danken Sie es ihm? Indem Sie versuchen, ihn für ein Leben einzufangen, das er nicht will? Für einen Job, der … der seinen Geist abtöten könnte und seine Kreativität und das ganze Wesen, das Jackson Locke so bemerkenswert und besonders macht? Genau das, weswegen ich ihn so sehr liebe?"

Das Blut rauschte Lily in den Ohren, sodass sie kaum etwas um sich herum wahrnahm. Deshalb hätte sie auch fast überhört, dass sich jemand hinter ihr diskret räusperte. Als sich das Räuspern wiederholte, blickte Samantha erstaunt zur Tür.

Lily brauchte sich nicht umzudrehen. Sie wusste, wer hinter ihr stand. Und sie wusste, dass er jedes Wort gehört hatte.

Lily liebte ihn.

Diese Erkenntnis traf Jack wie ein Schlag, und sein Herz begann so heftig zu klopfen, dass er sich im Moment wirklich nur zu räuspern vermochte.

„Reggie hat den Vertrag auf seinem Schreibtisch liegen lassen", sagte er schließlich, immer noch unfähig, den Blick von Lily zu wenden.

„Jack." Sie sah so unglücklich und geschockt aus, wie er selbst sich fühlte, und sie war ganz blass geworden. „Du hattest vom ersten Abend an recht. Es war ein abgekartetes Spiel."

„Dann muss ich mich also bei Sam bedanken statt bei Reggie." Seine Stimme klang erstaunlich ruhig und gelassen, gemessen an dem Tornado, der in seinem Inneren tobte. „Ausgezeichnete Wahl der Mitspieler, Sammy. Entschuldigt mich, Ladies. Ich wollte nur ein paar Unterlagen holen."

„Jack, hör mir zu." Lily konnte ihren Anflug von Verzweiflung kaum unterdrücken. „Du brauchst nicht mitzuspielen."

„Das weiß ich." Trotzdem ging er zum Schreibtisch und dem Stapel Papier, der seine Zukunft beinhaltete.

Samantha stand auf und streckte die Hand nach ihm aus. „Du bist mir nicht böse, Jack, oder? Lily ist außer sich."

Er übersah ihre ausgestreckte Hand. „Es ist ja nichts weiter passiert, Sam", sagte er, ohne sie auch nur anzusehen. „Wir hatten unseren Spaß, nicht wahr, Lil?"

Dieser Satz klang hohl und abgedroschen, aber Jacks Aufmerksamkeit galt im Moment ganz den offiziellen Dokumenten. Er überflog die oberste Seite. Das Kleingedruckte war Fachchinesisch, aber das Wichtigste stand in Großbuchstaben als Überschrift darüber.

Die Übernahme von Wild Marketing durch Anderson, Sturgeon und Noble …

Hinter sich hörte er vage das Rücken eines Stuhls und dass jemand tief Atem holte.

„*Spaß?*" Dieses einzige kleine Wort, das Lily sagte, hatte die Wirkung eines Fausthiebs.

Jack sah von dem lästigen Text des Vertrags hoch. „Hattest du keinen Spaß?"

Sie wirkte verblüfft. „Natürlich. Spaß. Nur darum geht es, Jack, richtig? Unverbindlicher Spaß, dann weiter zum nächsten Vergnügen." Sie nickte Sam zu, die dem Wortwechsel sprachlos folgte. „Nett, Sie kennengelernt zu haben, Mrs Wilding. Würden

Sie bitte dafür sorgen, dass Mrs Slattery meine Sachen in mein Büro in Boston schickt? Mr Wilding hat die Adresse."

Mit dem Vertrag in der Hand sah Jack zu, wie Lily zur Tür eilte. Wusste sie nicht, dass er bis zum Hals in diesem verhassten Geschäftsabschluss steckte und Sam nicht für etwas zur Rede stellen konnte, was vermutlich das größte Geschenk war, das er je erhalten hatte?

„Lily?"

Sie drehte sich zu ihm um, und ihre Miene spiegelte den gleichen Ausdruck wider wie in dem Moment, als sie beim Segeln fast den Baum an den Kopf bekommen hatte. „Adieu, Jack. Es hat ... Spaß gemacht." Das klang endgültig.

„Nein, warte!" Jack wollte ihr nachlaufen, genau wie Sam, und er musste ihr ausweichen, damit er nicht mit ihr zusammenstieß. Dutzende Blätter offizieller Papiere wirbelten durchs Büro wie in einem Schneesturm.

„Oh Jack, das tut mir leid!" Sam streckte die Arme aus, als wolle sie die herumfliegenden Seiten einfangen.

Er unterdrückte einen Fluch und sah hilflos zu, wie die Seiten mit seiner Zukunft auf dem Boden landeten und die Frau seiner Träume aus seinem Blickfeld verschwand.

Samantha stand ebenfalls wie angewurzelt da und schaute ihn entsetzt an. „Das hätte ich nicht tun sollen."

„Nein, Sam, das hättest du nicht tun sollen."

„Was ist los, Jack? Wir warten ..." Reggie erschien an der Bürotür. „Ach du lieber Himmel. Ist das der Vertrag?"

„Honey, ich habe wirklich ein Schlamassel angerichtet", seufzte Sam.

Das kann man wohl sagen, dachte Jack bitter.

Reggie kniete sich auf den Fußboden. „Jennifer! Bitte helfen Sie uns, den Vertrag neu zu ordnen." Er begann, die Seiten aufzusammeln, aber Jack verharrte reglos – und Sam auch.

„Jack, geh und halte sie fest."

Er wollte es. Sein ganzes Wesen schrie danach, auf den Korridor hinauszurennen und sie festzuhalten, ehe sie den Fahrstuhl erreichte.

„Bitte." Reggie sah von seiner Papierflut mit juristischem Fachchinesisch hoch. „Ich brauche deine Hilfe. Du warst doch einverstanden. Sie wollen diesen Vertrag abschließen, Jack." Reggies Miene wurde noch schmerzlicher, als er seine Frau anschaute. „Sam und ich brauchen diese Zeit miteinander."

„Nein", mischte Sam sich ein. „Reggie, du nimmst Jack die Freiheit, um dir deine zu erkaufen. Das ist nicht richtig."

Das Zittern in ihrer Stimme brach Jack fast das Herz.

„Und", ergänzte sie mit Tränen in den Augen, „es war auch nicht richtig zu versuchen, die Kupplerin zu spielen."

„Eigentlich", sagte Jack, „hast du den Nagel auf den Kopf getroffen, Sammy. Sie ist die Richtige für mich." Es auch nur auszusprechen, tat gut. „Ich habe mich in sie verliebt."

Langsam stand Reggie auf, und Sam wich zurück. „Wirklich?", fragten sie wie aus einem Mund.

„Ja."

Sie strahlten einander an, und Jack musste trotz seines Kummers lächeln. „Ihr zwei seid ein großartiges Team."

„Man nennt das Ehe", erwiderte Sam leise. „Du solltest eines Tages auch einen Versuch damit wagen."

„Also, was machst du noch hier?" Reggie versetzte Jack einen kleinen Schubs.

Sam nickte. „Lauf los, Jack."

Schnell gab Jack Sam ein Küsschen auf die Wange. „Ich bin dir etwas schuldig, Sammy." Dann wandte er sich an Reggie. „Halte die Engländer hin. Ich bin gleich zurück."

„Nein." Reggie schüttelte den Kopf. „Ich werde ihnen die Wahrheit sagen."

„Dass ich kündige?"

„Dass das einzig Wichtige in einer Werbeagentur die Qualität der Kreativabteilung ist. Und diese Bedingung erfüllen wir. Mit dem besten Kreativdirektor der Branche." Reggie gab ihm erneut einen Schubs. „Geh endlich!"

Eine weitere Aufforderung brauchte Jack nicht. Er rannte den Korridor entlang und durch alle Abteilungen von Wild Marketing, ohne die seltsamen Blicke seiner Kollegen zu beachten.

Er musste Lily zu fassen kriegen.

Der Aufzug war weg, der Korridor leer. Er wollte schon die Treppe nehmen, aber dann wartete er doch auf den Fahrstuhl.

Sie hatte ihn missverstanden, das war alles. Ungeduldig drückte er wieder und wieder auf den Knopf hinunter ins Foyer. Ja, sie hatte ihn vollkommen missverstanden.

In Gedanken war er so mit dem Meeting, dem Vertrag und der Rolle, die er spielte, beschäftigt gewesen, dass er gar nicht über seine Bemerkung nachgedacht hatte.

Es hat Spaß gemacht.

Wie *idiotisch.*

Als er endlich im Foyer ankam, schaute er sich suchend um. Durch die Glastüren sah er, dass es in Strömen regnete und praktisch keine Fußgänger unterwegs waren.

War Lily schon in ein Taxi gestiegen?

Er lief auf den Bürgersteig hinaus und blickte sich erneut suchend um. Im strömenden Regen sah er in einiger Entfernung eine Frau. War sie das?

Mit einer stummen Entschuldigung an Deuce, weil er dessen Zweitausenddollaranzug ruinierte, hastete er los, übersprang ein paar Pfützen, wich an der Ecke einem vorbeifahrenden Taxi aus und ließ dabei die dunkle Gestalt nicht aus den Augen, die langsam durch den Regen ging.

Als er sah, wie sie eine nasse Haarsträhne zurückwarf, machte sein Herz einen Freudensprung. Das war sie. Das war *sie.*

„Lily!"

Sie stolperte fast, dann ging sie weiter, in schnellerem Tempo. Wollte sie wirklich auf diese Art und Weise vor ihm weglaufen?

„Lily!" Er begann zu laufen und hatte sie schnell eingeholt.

Endlich blieb sie stehen, drehte sich langsam zu ihm um, und ihr Anblick versetzte ihm regelrecht einen Schlag.

„Du siehst genauso aus wie bei unserer ersten Begegnung", sagte er. „Völlig durchnässt und atemberaubend schön."

Sie strich sich ihr nasses Haar aus dem Gesicht. „Dann kannst du mich ja so in Erinnerung behalten."

„Lily, bist du verrückt?" Er konnte sich nicht bremsen. Er

legte ihr eine Hand auf die Schulter. „Wie kannst du vor alledem weglaufen?"

Sie blinzelte, und ihr verlaufenes Make-up ließ sie noch elender aussehen. Himmel, er hoffte, der Regen hatte es ruiniert. Er würde es nicht ertragen, wenn sie seinetwegen geweint hätte.

„Es tut mir sehr leid, Lil. Was ich vorhin in Reggies Büro gesagt habe, habe ich wirklich nicht so gemeint."

„Nicht, Jack. Du trägst schon genug Handschellen. Und ich habe meinen Teil dazu beigetragen, sie dir anzulegen. Ich bin diejenige, die sich entschuldigen muss. Irgendwie habe ich die Beherrschung verloren. Ich war so fassungslos über das, was Sam gesagt hat, und dann …"

„Hör zu." Er umfasste ihre Schulter fester, zog Lily näher. „Ich habe Reggie eben abgesagt. Der Vertrag ist geplatzt. Oder vielleicht auch nicht. Keine Ahnung. Aber ich werde nicht als Geschäftsführer zur Verfügung stehen. Damit bin ich durch."

Sie versuchte, sich ihm zu entziehen, doch er gab sie nicht frei. „Schön, das ist wunderbar. Das ist richtig. Jetzt brauche ich ein Taxi zum Flughafen." Lily blickte sich um, aber ausnahmsweise war auf dieser New Yorker Straße kein Taxi unterwegs. Die Götter waren auf Jacks Seite. Im Moment jedenfalls.

„Ich komme mit", sagte er schnell. „Ich bin hier fertig. Lass uns über Boston zurück nach Nantucket fliegen und eine Lösung finden."

Endlich schaffte sie es, sich zu befreien. „Eine Lösung wofür?"

„Lily." Keineswegs entmutigt schob er die Hände in ihr Haar. „Ich liebe dich. Und ich habe gehört, was du zu Sam gesagt hast. Du liebst mich auch."

Geschockt machte sie den Mund auf, um etwas zu erwidern, doch dann schaffte sie es nur, sich erneut seinem Griff zu entziehen. „Nein, Jack."

„Du liebst mich nicht?"

„Doch. Ja, ich liebe dich. Und genau das tut so weh. Dich zu lieben kann nur Kummer bedeuten. Du kannst nicht auf ewig mit einer Frau zusammen sein."

„Wir werden eine Lösung finden", beharrte er. „Wir können alles gemeinsam tun. Sieh doch nur, was wir in dieser einen Woche geschafft haben. Du bestimmst die Tage, ich die Nächte. Wir werden …"

Sie legte ihm eine Hand auf den Mund. „Wir werden Sex und Spaß haben, wir werden lachen und Spritztouren durch die überfluteten Cranberryfelder machen und deinen Göttern opfern. Wir werden ein Abenteuer nach dem anderen haben. Aber nicht, was ich will, selbst wenn du mit einer einzigen Frau zusammenleben könntest. Schließlich wäre da noch das kleine Problem, dass du keine Grenzen akzeptierst, keine Wände, keine Einschränkungen bei deinem Lebensstil. So kann ich nicht leben. Ich kann es einfach nicht. Und das weißt du."

Ein vorbeifahrender Wagen bespritzte sie mit Regenwasser.

„Was wir haben würden", fuhr Lily fort, „ist eine schöne Zeit. Nur darum dreht es sich bei dir, Jack. Das habe ich von Anfang an gewusst, und trotzdem …" Sie kämpfte gegen das Zittern in ihrer Stimme an, und ihre Augen waren nicht vom Regen feucht. „Ich habe mich in dich verliebt. Obwohl mir klar war, dass du letzten Endes einer festen Beziehung würdest entfliehen müssen. Obwohl mir voll bewusst war, dass du dich nach Unabhängigkeit sehnst, nach Freiheit und einem Leben ohne Wände. Trotzdem habe ich mich Hals über Kopf in dich verliebt."

Jack hätte am liebsten die Arme hochgerissen und vor Glück gejubelt. „Lily, Honey, das ist alles, was wir brauchen. Wir können eine Lösung für uns finden."

„Nein, Jack. Du weißt, was ich mir wünsche, und du weißt, warum ich es mir wünsche. Ich will Wände, die nie einstürzen. Ich will so viele Grenzzäune, dass ich mich mein Leben lang sicher fühle. Ich will ein Zuhause, das viele Generationen hält, einen Garten voller Kinder und Zimmer voller *Sachen*, von denen ich mich nie trennen muss."

Welche Kompromisse könnte er vorschlagen? Er würde absolut alles tun, um mit Lily zusammenzubleiben. „Ich könnte genau so leben, wie du es willst, solange ich nur bei dir bin."

„Nein, das kannst du *nicht*." Das klang verdächtig nach einem

Aufschluchzen. „Das sagst du jetzt, Jack. Du glaubst es, weil du denkst, du seist verliebt. Doch ich kenne dich. Du wirst zappeln wie ein Fisch an der Angel, und mir wird bewusst sein, dass ich diejenige war, die dich gefangen hat. Dass ich dir dein Leben in Freiheit gestohlen habe. Ich könnte niemals glücklich sein, wenn du unglücklich bist. Oben im Büro wurde mir das alles klar." Tief Atem holend, wischte sie ihm den Regen von den frisch rasierten Wangen. „Ich liebe dich viel zu sehr, um dich zu etwas zu zwingen, das du nicht willst."

Da zog er sie an sich und versuchte, den Kloß in seinem Hals hinunterzuschlucken. Er vermochte es nicht. Deshalb küsste er sie – um die Worte zurückzuhalten, die schmerzten ... weil sie wahr waren.

„Im Grunde weißt du, dass ich recht habe, nicht wahr?"

Hatte sie recht? Machte er sich nur etwas vor, wenn er glaubte, dass eine Frau – eine vom Regen durchnässte, faszinierende und bildhübsche Frau – Jack Locke wirklich ändern konnte?

Forschend betrachtete er ihr Gesicht, überlegte, was er antworten sollte. Doch es gab absolut keine passende Antwort. Keinen Witz, keine scherzhafte Gegenfrage, keine noch so kleine Rechtfertigung. Denn Lily hatte recht. Er würde sich nie ändern.

Und das würde ihn die wunderbarste Frau der Welt kosten.

Sie stellte sich auf die Zehenspitzen und küsste ihn auf die Wange. „Leb wohl." Ein Taxi hielt neben ihnen, und eine Frau stieg aus.

Lily gab dem Fahrer ein Zeichen. Jack ergriff ihre ausgestreckte Hand, als könne er sie so festhalten, doch sie entzog sich ihm und nahm hastig auf dem Rücksitz Platz. Ehe sie die Tür zuschlug, warf sie ihm eine Kusshand zu. „Ich werde dich nie vergessen."

Der Taxifahrer fuhr so schnell davon, dass Jacks Anzug einen Schwall Spritzwasser abbekam. Aber Jack verharrte reglos.

Im strömenden Regen stand er da, sah dem gelben Taxi im New Yorker Verkehr nach, bis es schließlich abbog und aus seinem Blickfeld verschwand.

Jackson Locke war ein vollkommen freier Mann. Keine Grenzen, keine Regeln, kein Job, den er nicht wollte, keine Frau, die ihn festhielt, kein Stück Papier, das ihn rechtlich oder sonst wie an irgendjemanden band.

Die Götter hatten ihm wieder einmal genau das gegeben, was er haben wollte.

Und es tat verdammt weh.

11. KAPITEL

Als Lily ihre Bürotür aufschloss, hörte sie schon das Telefon klingeln, und das machte ihr Hoffnung. Himmel, sie konnte einen neuen Auftrag gut gebrauchen. Nach einem regen Winter liefen die Geschäfte im März schleppender, und sie verdiente kaum die Miete für ihr kleines Büro in einem Lagerhaus in Walton.

Träume von mehr Platz in der Innenstadt von Boston oder sogar in einem schicken Vorort rückten in weitere Ferne. Und ihre Frustration war noch gestiegen, als sie sich am Sonnabend ein kleines Haus in Framingham angesehen hatte. Sicher, sie könnte die Anzahlung aufbringen, aber die Hypothek? Die Vorstellung, dass die Wölfe der Bank womöglich vor ihrer Tür heulten, drehte ihr den Magen um.

Sie griff nach dem Telefon und verfiel automatisch in den Tonfall ihrer erfundenen Assistentin. „Guten Morgen. The Change Agency. Nan am Apparat. Was kann ich für Sie tun?"

Nan. Von Nantucket, natürlich. Einige Träume, so schien es, verblassten weniger schnell als andere.

„Könnte ich bitte Lily Harper sprechen?"

Es überraschte sie überhaupt nicht, dass der Anrufer sie verlangte – sie war die einzige Mitarbeiterin. Aber der starke britische Akzent irritierte sie doch.

„Natürlich, Sir. Dürfte ich Miss Harper sagen, wer sie sprechen möchte?"

„Bryce Noble. Aus London."

Lily ließ sich auf ihren Schreibtischstuhl fallen und umfasste den Hörer fester. Bryce Noble? Von Anderson, Sturgeon und *I*gnoble?

„Dürfte ich ihr sagen, worum es sich handelt?"

„Es geht um neue Geschäfte. Nimmt sie im Moment neue Kunden an?"

Mit Sicherheit wies sie keine ab. „Einen Augenblick, Mr Noble. Ich verbinde Sie mit Ms Harper."

Nachdem sie den Warteknopf gedrückt hatte, ließ sie den

Hörer auf den Tisch fallen. Neue Geschäfte? Sie hatte auf Reggies Anrufe hin nie zurückgerufen, nachdem sie New York vor sechs Monaten verlassen hatte. Einmal hatte er es Samantha versuchen lassen. Danach hatte sie „Nan" engagiert, um Anrufe zu filtern. Nicht, dass sie *alle* gefiltert hätte. Aber eigentlich war sie nicht überrascht, dass Jack kein einziges Mal angerufen hatte.

Nach kurzem Räuspern war Lily wieder Lily.

„Lily Harper am Apparat."

„Ms Harper, mein Name ist Bryce Noble, und ich bin der global zuständige Kreativdirektor von Anderson, Sturgeon und Noble." Ja, es war *Ignoble* selbst.

„Wie kann ich Ihnen helfen, Mr Noble?"

„Ich habe gehört, dass Sie eine außergewöhnliche Persönlichkeitstrainerin sind, die einige beachtliche Erfolge aufzuweisen hat. Mehrere Ihrer Kunden haben Ihre Dienste sehr empfohlen."

Mehrere waren ohne Zweifel Sam und Reggie Wilding, die vermutlich immer noch Schuldgefühle hatten, weil sie ihr Kummer bereitet und Geschäfte versprochen hatten, die sie zu stolz war wahrzunehmen.

„Warum rufen Sie mich an?" Eine sehr direkte Frage, aber zum Teufel mit dem korrekten Benehmen am Telefon. Selbst diese entfernte Verbindung mit Jack Locke verursachte ihr unangenehmes Herzklopfen.

„Ich rufe an, um Ihnen einen umfangreichen Auftrag anzubieten."

Lily holte tief Atem, versuchte, an ihrem Entschluss festzuhalten, der sie über die ersten schrecklichen Monate gerettet hatte, nachdem sie sich an einem verregneten Nachmittag in New York von Jack verabschiedet hatte.

Sie hatte sich geschworen, niemals für diese Agentur zu arbeiten – vielleicht sogar für überhaupt keine Werbeagentur –, weil die Gefahr, Jack zu treffen, allzu groß war. Ein Moment, ein Kuss, eine Berührung seines inzwischen zweifellos nachgewachsenen Haars würde reichen, und sie würde dahinschmelzen und nachgeben. Dann würde sie sich auf ein gebrochenes Herz gefasst machen können oder auf ein ungebundenes Leben, das das genaue Gegenteil von dem war, was sie sich je erträumt hatte.

Jack würde sich nicht ändern … und sie sich auch nicht.

„Meine Agentur hat momentan sehr viel zu tun", sagte sie mit Blick auf eine vollkommen leere Kalenderseite. Sie nahm einen Stift, um irgendetwas einzutragen.

„Kaffeemaschine reinigen", schrieb sie neben das heutige Datum.

„Tut mir leid", fuhr sie fort. „The Change Agency ist zurzeit komplett ausgebucht. Ich bezweifle, dass ich Ihnen bei einem größeren Auftrag behilflich sein kann."

„Es würde ein Verhaltenstraining leitender Angestellter einschließen." Ihre Absage schien ihn nicht zu entmutigen. „In allen unseren siebenundzwanzig Büros."

„Sechsundzwanzig", korrigierte sie ihn geistesabwesend, während sie eine vierstellige Zahl aufschrieb und mit sechsundzwanzig multiplizierte.

„Nach unserem Neuerwerb in New York sind es insgesamt siebenundzwanzig."

Sie strich ihre Berechnung durch. „Ja, Wild Marketing." Ausgeschlossen, sie konnte diesen Job nicht in Betracht ziehen. Nicht, wenn Jack noch in irgendeiner Weise mit dieser Firma zu tun hatte. Aber falls nicht …

„Wie entwickelt sich Ihre neue Agentur denn eigentlich so, Mr Noble?"

„Ausgezeichnet, danke. Wir haben sie gut integriert und inzwischen eine Anzahl neuer Kunden gewonnen."

„Und der Geschäftsführer in New York …" Sie brach ab. Warum tat sie sich das an? Wenn sie wissen wollte, was passiert war, brauchte sie nur im Internet zu recherchieren. Und dieser Versuchung hatte sie widerstanden. Jeden Tag.

„Wir haben ein neues Management-Team eingesetzt, und einer unserer britischen Mitarbeiter leitet jetzt das Büro."

Hatte Jack wirklich gekündigt? „Und haben Sie auch das Kreativteam ausgetauscht?"

„Einer der künstlerischen Leiter wurde zum Kreativdirektor

befördert, um Jackson Locke zu ersetzen, als der die Agentur verließ."

Erleichtert atmete Lily auf. Er war weg. Vielleicht hatte er sein eigenes Geschäft eröffnet oder eine andere Agentur gefunden, in der er er selbst sein konnte. Wo auch immer er war, er war frei, unbelastet und, wie sie sehr hoffte, glücklich.

Sie schrieb erneut die vierstellige Zahl auf, multiplizierte sie mit siebenundzwanzig und dachte an das Haus in Framingham.

„Was genau haben sie sich denn für das Verhaltenstraining vorgestellt, Mr Noble? Vielleicht kann ich doch etwas Zeit für Sie erübrigen."

„Sie müssten schon ein ganzes Jahr einplanen."

„Ein Jahr? Das klingt ja nach einem Großprojekt."

„Das ist es, Miss Harper, und ich würde Sie gern nach London kommen lassen, damit Sie mein Team kennenlernen und wir unsere Anforderungen besprechen können. Alle Kosten werden natürlich übernommen. Sobald wir uns auf ein Honorar und einen Zeitplan geeinigt haben, würden Sie ein Jahr lang jeweils zwei Wochen in jedem unserer Büros verbringen. Ich fürchte, das bedeutet ein Leben in Hotels für diese Zeit, aber ich versichere Ihnen, es soll Ihr Schaden nicht sein."

Ein Jahr lang unterwegs. Kein Zuhause. Kein Büro. Keine anderen Aufträge. Aber am Ende hätte sie Geld für eine so große Anzahlung, dass die Raten ihrer Hypothek für das Häuschen sehr viel niedriger als ihre jetzige Miete wären.

„Wann möchten Sie, dass wir uns treffen, Mr Noble?"

„Heißt das, Sie können Ihren Terminkalender freimachen?"

„Ich werde Nan bitten, gleich mit den erforderlichen Anrufen anzufangen."

„Ausgezeichnet. Können Sie am Mittwochnachmittag dieser Woche in unser Büro nach London kommen? Wir werden uns um Ihren Flug und Ihr Hotel kümmern."

„Ich denke, das lässt sich einrichten. Und vielen Dank, Mr Noble."

„Nennen Sie mich ruhig Bryce." Er lachte. „In der Kreativabteilung geht es ziemlich locker zu."

„Ja. Ich erinnere mich."

Ich erinnere mich an alles, dachte sie, während sie auflegte.

Obwohl sie inzwischen täglich weniger als eine Stunde ihren Erinnerungen nachhing. Würde die Arbeit in der Werbebranche sie erneut drei bis vier Stunden unglücklich machen und sie Jack nachtrauern lassen?

Egal. In einem Jahr würde sie genug Geld haben, um ein Haus zu kaufen. Wenn nicht das vom Wochenende, dann ein anderes. Sie würde einen Zaun um den Garten herum ziehen, sich einen Hund anschaffen, eine Katze oder auch zwei, und sie würde alle Wände in einer schönen Farbe streichen.

Und dann würde ihr die Decke auf den Kopf fallen.

Nein, schalt sie sich, während sie aufstand, um ihr neues Leben in Angriff zu nehmen. Sobald sie ihr Zuhause hatte, ihren Garten, ihre Sicherheit, würde ihre Einsamkeit verfliegen. Oder nicht?

Über diese Frage grübelte sie die nächsten zwei Tage pausenlos nach. Als sie ihre Reise nach London vorbereitete, ihre Koffer packte, ein Taxi zum Flughafen nahm, bequem in der ersten Klasse über den Atlantik flog, überlegte sie, wann sie sich nicht mehr einsam fühlen würde.

Je näher sie ihrem Ziel kam, desto häufiger dachte sie an Jack, der als Geschäftsführer auch die Londoner Agentur besucht hätte. Wenn ihr Schmerz zu groß wurde, sagte sie sich, dass er wenigstens nicht dort sein würde. Sie war sich dessen ganz sicher, denn als Vorbereitung auf das Meeting hatte sie im Internet recherchiert und keinen Mitarbeiter namens Jackson Locke im Londoner Büro gefunden.

Auf der Fahrt in ein teures, elegantes Hotel unweit dem Stammsitz der Agentur sah Lily auf die Londoner Straßen hinaus und fragte sich unwillkürlich, was wäre, wenn sie damals nicht das Taxi bestiegen hätte und von dem einzigen Mann, den sie je geliebt hatte, weggefahren wäre.

Entweder wäre sie jetzt die glücklichste Frau auf Erden oder noch niedergeschlagener. Sie wettete, Letzteres. Sechs Monate hätte er eine Beziehung nicht ertragen, und ihre Affäre wäre genauso schnell und heftig zu Ende gegangen, wie sie begonnen hatte. Oder sie würde sich nach Beständigkeit sehnen und Sicherheit und Wänden … und er würde davon nichts wissen wollen.

Nein, es gab keine Zukunft mit Jack.

Als sie vor dem Hotel vorfuhr, löste sich Lily von ihren letzten Zweifeln und trüben Gedanken. Vor ihr lag ein völlig neues Leben. Sie hatte den sechsstelligen Auftrag bekommen, von dem sie geträumt hatte, als sie zum ersten Mal Reggies Ferienhaus auf Nantucket betreten hatte und beim Anblick des „Pool-Boys" fast dahingeschmolzen wäre.

Wenig später betrat sie das grandiose Büro von Anderson, Sturgeon und Noble, stellte sich vor und wartete auf Bryce Noble.

Als die Tür aufging, war sie sehr überrascht. Sie hatte jemanden um die fünfzig erwartet, grauhaarig und geschäftsmäßig gekleidet. Aber vor ihr stand ein Mann um die fünfunddreißig, mit kahl rasiertem Kopf und in knallrotem T-Shirt und Jeans. Er sah aus, als käme er geradewegs aus der Kreativabteilung von Wild Marketing.

Vielleicht war Jack zu voreilig gewesen.

„Lily, willkommen in London." Bryce begrüßte sie herzlich und führte sie dann einen Korridor entlang. „Lassen Sie uns in den Konferenzraum gehen. Hatten Sie einen guten Flug? Ist das Hotel okay?"

„Alles bestens, danke." Sie sah sich um. „Ist die Kreativabteilung in der Nähe? Ich würde sie mir gern ansehen."

„Ich führe Sie später herum. Sie ist in jeder Agentur die interessanteste Abteilung."

Als sie vor der Tür des Konferenzraums standen, fiel ihr auf, dass Bryce keine Socken trug und abgetretene Slipper.

Jack hätte es hier doch nicht so schrecklich gefunden.

Dieser Gedanke machte ihr das Herz schwer, und sie schob ihn beiseite.

„Ich hoffe, es stört Sie nicht, dass ich noch einen anderen Berater eingeladen habe", sagte Bryce, als er die Tür öffnete.

Sie hörte kaum hin. Sie *musste* aufhören, an Jack zu denken. Jack war weg. Jack war vorbei. Jack war gleichbedeutend mit einem verrückten, unvergesslichen nächtlichen Ausflug in ein geflutetes Cranberryfeld. Jack war ...

Jack war *da*.

„Oh."

Diese eine Silbe sagte Jack alles, was er wissen musste.

Die Götter liebten ihn immer noch und Lily Harper auch.

„Hallo, Lil."

Wie angewurzelt stand sie in der Tür, die Augen weit aufgerissen.

Und er liebte sie auch.

„Was machst du denn hier?", brachte sie gerade noch hervor.

Er warf Bryce einen Blick zu. „Das ist ein amerikanischer Ausdruck für ‚es ist schön, dich zu sehen.'"

Bryce lachte nur, wie Jack es erwartet hatte. Wenn Bryce Noble nicht gewesen wäre, ein Mann mit einem noch spöttischeren Humor als seinem eigenen, dann hätte er die neu gestaltete Agentur an dem Tag verlassen, an dem Reggie seinen Kaufvertrag unterschrieben hatte. Aber Bryce hatte einen Weg gefunden, ihn zu behalten.

„Ich bin Berater", erklärte er und musste sich beherrschen, sie nicht in die Arme zu reißen, damit sie spürte, wie sein Herz raste, weil er so glücklich war, sie wiederzusehen. „Genau wie du."

„Ich bin noch nicht engagiert", sagte sie schnell und wich einen Schritt zurück.

Jack musste grinsen. „Weißt du, wenn ich meine Lektionen in Körpersprache nicht von einer Expertin erteilt bekommen hätte, dann würde mir vielleicht nicht auffallen, dass du am liebsten weglaufen würdest." Er deutete auf den Stuhl, der seinem Stuhl am Konferenztisch gegenüberstand. „Ich denke, du solltest bleiben und uns anhören."

„Uns?" Zum Glück kam sie wieder näher. „Du wusstest also, dass ich heute hier sein würde?"

Bryce geleitete sie an den Tisch. „Natürlich wusste er es. Jack ist die treibende Kraft hinter den Veränderungen, die wir mit Ihnen besprechen wollen, und besteht darauf, dass außer Ihnen niemand für diese Aufgabe qualifiziert ist. Wie ich höre, haben Sie Ihre Sache bei ihm großartig gemacht."

Sie betrachtete ihn erneut eingehend, ließ den Blick auf seinem Haar verweilen, das seine Ohren bedeckte und ihm wieder bis zum Kinn reichte. „Und warte, bis du mein neues Tattoo siehst."

„Bitte nehmen Sie Platz, Lily." Bryce rückte ihr den Stuhl zurecht.

„Ich dachte, du würdest das hassen." Lily machte eine Handbewegung durch den Raum. „Alles an einer Agentur wie dieser hassen."

„Das dachte ich auch." Jack grinste Bryce an. „Und um ehrlich zu sein, Anderson ist steif und Sturgeon langweilig."

„So ist es."

„Aber Bryce hier entpuppte sich als ziemlich cooler Typ."

„Danke, Kumpel."

„Und noch besser, Bryce gefällt, was ich vorzuschlagen habe."

„Jacks Vorschlag", ergriff Bryce das Wort, als er sich setzte, „betrifft eine ausgesprochen unkonventionelle Veränderung von siebenundzwanzig Kreativdirektoren und ihren Teams."

Jack lächelte sie liebevoll an und wurde mit einem Anflug von Lächeln belohnt. Einem Anflug. Damit konnte er umgehen. „Und hier kommst du, Lily Harper, Expertin für Veränderung, ins Spiel."

„Unser Problem ist, dass wir sehr traditionelle Vorstellungen in unseren Kreativabteilungen rund um den Globus haben. Ich würde das gern ändern. Sobald ich Jack kennenlernte und wir anfingen, gemeinsam eine Werbeidee zu entwickeln …"

„Ich dachte, du hättest gekündigt", sagte sie unvermittelt, weil sie offenbar immer noch versuchte, eine Situation zu begreifen, die sie nie erwartet hätte. „Ich dachte, du hättest die Agentur verlassen, als sie Wild aufkaufte."

„Das habe ich."

„Aber ich habe ihn überredet, uns zu beraten." Bryce lächelte.

„Zu einem absurd hohen Preis, möchte ich ergänzen."

„Warum hast du dann nicht ..."

Angerufen.

Er wusste, auch ohne dass sie es aussprach, was sie meinte.

„Ich hatte sehr viel zu tun." Das stimmte wirklich. Und er wollte nicht anrufen, schreiben oder sie besuchen, bis er nicht alles fertig hatte und den Beweis in der Hand, dass er sich geändert hatte.

Und jetzt war er so weit.

Ehe er etwas sagen konnte, wandte sich Bryce an Lily.

„Wir erwarten von Ihnen, dass Sie unsere Kreativen ein klein wenig anders trainieren, als Sie das normalerweise tun", erklärte Bryce ihr, während er so tat, als merke er nichts von der Spannung zwischen ihnen. „Wir möchten, dass sie etwas lockerer werden. Nicht mehr unbedingt in Anzug und Krawatte herumlaufen, verstehen Sie?"

„Normalerweise gehen meine Bemühungen in die andere Richtung. Ich versuche, Leute zu disziplinieren, nicht, sie lockerer zu machen."

„Du *veränderst* Leute", sagte Jack leise. „Ich bin der lebende Beweis dafür."

Ehe sie widersprechen konnte, stand Bryce vom Konferenztisch auf.

„Ich gebe Ihnen Zeit zum Überlegen, Lily. Besprechen Sie sich ein paar Minuten mit Jack. Ich gehe einige Unterlagen holen, Honorarlisten und andere Details, die Sie bedenken sollten."

Als Bryce den Raum verlassen hatte, verlor Jack keine Sekunde und legte die Hände auf ihre Hände, die sie vor sich auf dem Tisch ineinander verschränkt hatte. Der erste Körperkontakt mit ihr seit sechs Monaten ließ ihn erbeben.

„Du siehst fantastisch aus, Lily. Ich vermisse dich."

Sie ignorierte sein Kompliment. „Lebst du jetzt hier, in London?"

„Ich habe keinen festen Wohnsitz. Zumindest noch nicht."

„Natürlich." Sie entzog ihm ihre Hände. „Dieses Leben ist perfekt für dich."

141

„Perfekt würde ich es nicht nennen", antwortete er mit leisem Lachen. „Es gibt reichlich Spielraum für Verbesserungen."

Sie nickte, als verstehe sie. „Also, ich freue mich wirklich, dass für dich letzten Endes alles gut geworden ist." Einen Moment lang sah sie ihn wie gebannt an und musste schlucken.

„Für mich ist gar nichts gut geworden. Und zu Ende ist auch noch nichts."

„Aber ja. Du hast einen Beraterjob, reist durch die Welt, kommst mit anderen coolen kreativen Typen zusammen. Du hast keine tägliche Verantwortung in einem Büro, keine Angestellten, keine Sorgen, kein Zuhause, keine Probleme."

„Ich habe jede Menge Probleme."

Sie erhob sich.

Sie hatte ihm nicht zugehört. Und falls doch, dann begriff sie rein gar nichts.

„Lily", auch er stand auf, „ich muss dir etwas zeigen."

„Nein, danke." Ihre Stimme klang vor Emotion ganz belegt, und er sah, wie sie eine Hand zur Faust ballte und wieder löste. Hatte sie ihm nicht beigebracht, dass das ein Anzeichen für Selbstschutz war?

„Ich glaube, es ist an der Zeit, meine Trumpfkarte zu ziehen."

„Lass deine Trumpfkarte stecken, Jack. Es hat sich nichts geändert."

„Alles hat sich geändert." Er kam um den Tisch herum, um ihr den Weg zur Tür zu versperren, und ergriff erneut ihre Hand. „Komm mit mir, Lily. Ich möchte dir etwas zeigen."

„Nein, danke."

„Vielleicht interessiert dich das hier." Er legte eine Hand auf den Verschluss seiner Jeans, und sie fuhr geschockt zurück.

„Behalt deine Trumpfkarte in deiner Hose, Jack. Ich bin nicht interessiert."

Er musste schmunzeln. „Ich will dir nur mein neues Tattoo zeigen."

Beinah hätte sie laut gelacht. „Sicher. Ich lasse es darauf ankommen. Zeig es mir."

Da zog er ein Stückchen seinen Reißverschluss auf und schlug die Jeans über seinem Bauch zurück, um seinen neuen Schmuck zu enthüllen. „Wie findest du es?"

Wie gebannt starrte Lily auf das Design. „Es ist eine Lilie."

„Genau. Und sie bleibt für immer." Er schloss seine Jeans, ehe sein Körper auf die Nähe und den Duft und den bewundernden Blick der Frau reagierte, die er liebte.

„Das ist alles? Du glaubst, du kannst mich hierbehalten, weil du dir eine Lilie hast tätowieren lassen? Das ist deine Trumpfkarte?"

„Nein." Er zog einen Schlüssel aus seiner Hosentasche und ließ ihn vor ihrem Gesicht hin und her baumeln. „Das ist sie."

12. KAPITEL

Wohin gehen wir?"

Lily schob ihre Hand in Jacks Hand, weil die Londoner Straßen so voller Menschen und ihr unbekannt waren, und nicht, weil er immer schneller ging, seit sie den Konferenzraum vor zehn Minuten verlassen hatten. Nicht, weil es so schön war, wieder seine Hand zu halten.

„Wir gehen zur Bank."

„Zur Bank?" Warum um alles in der Welt gingen sie zur Bank? Sie fragte jedoch nicht. Stattdessen genoss sie die Atmosphäre einer fremden Stadt, während sie an den luxuriösen Apartments und teuren Boutiquen von Knightsbridge vorbeieilte.

Jack strebte seinem Ziel zu wie ein Mann, der eine Mission zu erfüllen hatte, und er ließ Lily nicht das kleinste Stückchen von seiner Seite weichen.

Egal, dass das Ganze falsch und absolut verwirrend war, es fühlte sich so gut und richtig an, bei Jack zu sein. Am liebsten hätte Lily ihn umarmt und mit ihm getanzt, weil es solchen Spaß machte, wieder eine Spritztour mit ihm zu unternehmen.

Als sie die Moneycorp Bank erreicht hatten, hielt er ihr die schwere Glastür auf. „Nach dir, Lil."

Niemand sonst nannte sie *Lil*. Bei diesem Kosenamen bekam sie immer noch weiche Knie.

„Legen wir Spargeld an oder heben welches ab?"

„Weder noch."

„Was machen wir dann hier?"

Vor einem Informationstresen blieb er stehen. „Zu den Schließfächern bitte."

„Einen Moment, Sir", erwiderte der Bedienstete mit breitem britischem Akzent.

Während sie warteten, ergriff Jack auch ihre andere Hand und zog Lily näher an sich.

„Mach dich auf einiges gefasst", flüsterte er ihr zu.

Ihr lief ein Schauer über den Rücken.

Gleich darauf geleitete der Mitarbeiter sie in einen anderen

Teil der Bank, überprüfte Jacks Identität, und dann waren sie allein in einem kleinen Raum mit Schließfächern und einem großen Tisch in der Mitte.

Jack öffnete mit seinem Schlüssel eines der Fächer und nahm eine lange, dicke Dokumentenrolle heraus, die von einem Gummiband zusammengehalten war.

„Ich habe dir ja gesagt, dass ich viel zu tun hatte."

„Was hast du gemacht?"

Er breitete einen großen Papierbogen auf dem Tisch aus und lenkte ihre Aufmerksamkeit auf die blauen Linien und die eckigen Druckbuchstaben.

Eine Blaupause.

„Was ist das für ein Bauplan?"

„Der, meine Liebste, ist für ein Zuhause."

„Ein Zuhause?" *Meine Liebste.* Ein Schauer nach dem anderen lief Lily nun über den ganzen Körper. „Wessen Zuhause?"

Da sah er von der Blaupause hoch, und der Ausdruck in seinen smaragdgrünen Augen war sehr ernst. „Unseres."

Sie konnte ihn nur sprachlos anstarren.

Dann ließ sie sich von ihm um den Tisch herumführen, um neben ihm stehend die Bauzeichnungen zu betrachten. Von einem Haus.

Unseres.

„Das hier ist die Frontansicht."

Giebelfenster, ein Satteldach und eine herrliche Dachterrasse war alles, was sie auf den ersten Blick erfassen konnte. „Es ist … schön." Ganz schön erstaunlich.

„Finde ich auch." Er schlug die nächste Seite auf. „Das ist das Erdgeschoss. Hier das Wohnzimmer mit Essbereich, sehr geräumig, wie du sehen kannst. Und die Küche, und die Veranda führt um das ganze Haus herum. Siehst du?"

Lily spürte, dass Jack den Blick von den Zeichnungen zu ihrem Gesicht wandern ließ, ihre Reaktion abschätzte und auf ihren Kommentar wartete. Doch sie war nur imstande, mit dem Finger die dünnen blauen Umrisse des Hauses nachzufahren.

Unseres.

Sie blinzelte, um sich auf die Beschriftung zu konzentrieren. Salon. Büro. Bibliothek. Fernsehzimmer.

Er blätterte weiter. „Das hier ist die erste Etage." Die Aufregung in seiner Stimme war nicht zu überhören. „Sieh dir das große Schlafzimmer an. Wirklich riesig, hm? Und diese kleinen Schlafzimmer hier liegen alle in Hörweite zum großen ... für den Fall, dass jemand ... jemand Kleines ... nachts etwas braucht."

Der Kloß in Lilys Hals wurde immer größer, die Blaupausen verschwammen vor ihren Augen, als ihr die Tränen kamen.

„Und das ist das Beste am ganzen Haus." Er präsentierte die letzte Seite. „Die zweite Etage besteht fast komplett aus Glas. Das ist ein Studio. Und Büro und Konferenzraum in einem, falls ich Kunden zu Hause empfange."

„Jede Menge Fenster", sagte sie heiser. „Keine Wände."

„Und das hier ist die Aussicht", fuhr er fort, als könne er ihre Gedanken lesen. „Eigentlich hat man diese Aussicht von überall im Haus."

Die letzte Seite der Bauunterlagen bestand aus einer Fotomontage. Zunächst konnte Lily nur Rot, Burgunderrot und leuchtendes Rotbraun ausmachen.

Einen Moment lang glaubte sie, das Wasser auf den Bildern würde sich bewegen, aber das tat es nur, weil sie das geflutete Cranberryfeld mit Tränen in den Augen betrachtete.

„Das ist der Blick von dem Hügel", sagte sie und sah Jack endlich an. „Über das Cranberryfeld. Wo wir unser erstes Picknick bei Nacht hatten."

„Und genau dort werden wir unser Haus bauen."

Unser Haus.

„Aber du hast doch gesagt, es gehöre jemandem ..." Sie stockte. „Jemandem, der mehr Geld als Zeit hat. Wer ... Wie hast du ...?"

Seine Miene beantwortete ihre Frage. *Er* war dieser Jemand.

„Ich habe dieses Stück Land gekauft, als Reggie sein Haus auf Nantucket kaufte, vor etwa acht Jahren. Als Berater habe ich jetzt genügend Zeit. Und ..." Er nahm ihre Hand in beide Hände. „Ich möchte dieses Zuhause für dich bauen. Für uns."

Lily wusste, dass, wenn sie blinzelte, ihr die Tränen übers Gesicht laufen würden. Deshalb sah sie auf die Fotomontage, und die erste Träne tropfte mitten auf eines der Fotos. Jack wischte sie weg.

„Lily", flüsterte er. „Selbst Tränen können Wände aus Papier nicht zerstören, wenn die Liebe, die sie errichtet hat, stark genug ist."

Von Emotionen überwältigt, wurden Lily die Knie weich, doch Jack fing sie augenblicklich in seinen Armen auf und zog sie so fest an seine Brust, dass sie spürte, dass sein Herz genauso raste wie ihr eigenes.

„Bitte sag Ja, Lil."

„Es hängt davon ab, worum du bittest." Mit geschlossenen Augen atmete sie Jacks wundervollen Duft ein. Hing Träumen nach. Träumen von immer und ewig.

„Ich bitte dich, dein Leben mit mir zu verbringen." Er hob ihr Kinn an, damit sie ihm in die Augen sah. „Ich liebe dich, Lily. Ich liebe dich so sehr. Ich möchte, dass du meine Frau wirst und meine Partnerin und meine Geliebte und meine beste Freundin und die Mutter meiner Kinder." Bei Letzterem versagte ihm die Stimme, und es war um Lily geschehen.

„Jack." Ungläubig stellte sie fest, dass die Tränen, gegen die er ankämpfte, genauso echt waren wie ihre eigenen. „Ich liebe dich auch."

Er küsste sie, zunächst sanft, dann immer leidenschaftlicher, als ihr Kummer, der sie beide sechs Monate lang gequält hatte, sich in Luft auflöste.

„Wir haben ein Jahr, um gemeinsam diese Werbeagentur in Form zu bringen", erklärte er. „Während dieser Zeit werden wir unser Haus bauen, um die Welt reisen, unsere Zukunft planen, uns Namen für unsere Babys ausdenken, unsere Träume umsetzen und uns immer wieder ineinander verlieben."

Grenzenlose Freude stieg in ihr auf, Lily schmiegte sich an den Mann, den sie liebte. „Bist du sicher, Jack? Bist du dir ganz sicher, dass du das willst?"

„Lily, ich war mir noch nie im Leben einer Sache so sicher."

Er küsste ihr eine Träne von der Wange. „Für diesen Moment habe ich gelebt, seit du in New York gegangen bist. Ich habe mein Herz gründlich geprüft und mir jede Menge Zeit für diese Entdeckung meines Ichs genommen, die du mir seinerzeit empfohlen hast."

„Und was hast du entdeckt?" Ohne nachzudenken, spielte sie mit dieser einen Haarsträhne, die ihm immer über die Augen fiel.

„Dass ich mich mehr als Ganzes fühle, glücklicher und freier mit dir bin als ohne dich. Ich möchte Wände haben, Lil. Wenn du mit mir hinter diesen Wänden lebst, kann ich damit umgehen. Das ist die wirkliche Freiheit im Leben. Vollkommen man selbst zu sein mit dem einen Menschen, der einen liebt, und den man selbst auch liebt."

„Ach, Jack." Sie umarmte ihn fest. „Ich kann nicht glauben, dass du all das gemacht hast."

„Ich habe mich geändert, Lily."

Sie sah ihm tief in die Augen. „Nein. Nein, das hast du nicht. Und ich will das auch nicht. Ich liebe dich genau so, wie du warst und bist und sein wirst. Ändere bloß nichts daran."

„Ich liebe dich auch." Er küsste sie zärtlich, ehe die Leidenschaft sie wieder mitriss.

Lily unterbrach den Kuss, runzelte die Stirn. „All die Dinge in einem Jahr? Ein Haus bauen, diesen Beraterauftrag ausführen, ein Leben planen und unsere Liebe leben? Wie können wir das schaffen?"

„Ganz leicht." Spielerisch knabberte er an ihrem Hals und kehrte dann zu ihrem Mund zurück, während er sie rückwärts auf den Tisch drängte. „Du bist für die Tage zuständig, ich für die Nächte."

„Schön zu wissen …" Sie küsste ihn liebevoll und fuhr mit einer Hand durch sein Haar. „… dass einige Dinge sich nie ändern."

Jack ließ den Blick über die Farbenpracht gleiten, die sich hinter der Veranda erstreckte, die leuchtenden Rot- und Goldtöne eines frühen Herbstes in Neuengland. Über allem stand eine ungewöhnlich strahlende Septembersonne.

Er atmete tief den süßen Duft des gefluteten Cranberryfeldes ein, der sich mit dem Salzgeruch des nicht allzu fernen Meeres mischte und dem Duft der einzelnen Lilie, die Dots ihm eben mit Tränen in den Augen ans Revers gesteckt hatte.

Die ersten leisen Takte eines Klavierstücks erklangen, und Jack drehte sich zu den Stuhlreihen um.

„Nervös?"

Jack sah Deuce zu seiner Linken an. „Warst du denn aufgeregt?"

„Machst du Witze? Ich hatte fürchterliche Angst, dass deine Schwester ihre Meinung ändern würde. Sie ist die hübscheste Frau der Welt."

Jack lächelte. „Eine davon."

„Und es gibt noch eine." Lächelnd deutete Deuce ans Ende des Gangs.

Beide Männer strahlten beim Anblick der kleinsten Hochzeitsteilnehmerin, der zweijährigen Jacquie Monroe, die in ihrem langen goldenen Kleidchen mit sehr ernster Miene den Gang herunterkam. Schritt für Schritt ging sie voran, wie sie es am Vorabend geübt hatten, und streute ihre Blütenblätter mit großer Sorgfalt.

Deuce und Jack tauschten einen Blick, mit dem sie sich einen weiteren schönen Moment in ihrer lebenslangen Freundschaft bestätigten, dann sahen sie wieder dem kleinen Mädchen entgegen.

Als Jacquie Deuce erblickte, rannte sie geradewegs auf ihn zu. „Daddy!"

„He." Unter dem Gelächter der Hochzeitsgäste fing er sie auf. „Das haben wir aber nicht so geprobt."

Beschämt verzog die Kleine das Gesichtchen, aber Deuce setzte sie ab. „Es ist okay, meine Süße. Du hast das prima gemacht."

Nach dem kleinen Zwischenfall kam die nächste schöne Frau den Gang herunter. Kendra sah hinreißend in ihrem schimmernden goldenen Kleid aus. Wie ihr Töchterchen richtete auch sie ihren Blick auf Deuce. Als sie sich dem blumengeschmückten Altar näherte, wo Jack getraut werden würde, schaute sie ihren älteren Bruder an.

„Werde glücklich", sagte sie leise.

„Das bin ich", erwiderte er ebenso leise, als Kendra ihren Platz neben Jacquie einnahm und ihrer Tochter aufmunternd zulächelte.

Unvermittelt verstummte das Klavierspiel und setzte dann erneut mit einem Lied ein, das Jackson Locke eigentlich nie geglaubt hätte, einmal zu hören. Zumindest nicht gespielt für ihn.

Wie konnte er nur solches Glück haben?

Sie erschien, ein Traumanblick in cremefarbenem Satin. Eine Hand hatte sie Reggie auf den Arm gelegt, lächelte ihn an, sagte etwas zu ihm, das Reggie schmunzeln ließ.

Dann wandte sie sich der Frau zu ihrer Linken zu. Samantha Wilding war schmal und blass, aber die Behandlung in der Schweiz hatte Wunder bewirkt. Als Lily die Wildings gebeten hatte, dass beide sie zum Altar führten, hatte Sam vor Freude geweint. Sie waren ein unkonventionelles kleines Trio, als sie jetzt den Gang herunterkamen, aber genau das gefiel Jack an dieser Idee.

Schließlich würden sie ohne Sam jetzt nicht hier versammelt sein.

„Danke, Reg." Jack schüttelte seinem Freund und einstigen Chef die Hand, als sie den Geistlichen erreichten. „Und, Sammy, wie kann ich dir nur danken? Die ganze Zeit über dachte ich, die Götter würden mich lieben, aber in Wahrheit warst du es."

Mit feuchten Augen ergriff Sam seine Hand. „Du brauchst diese Götter nicht mehr, Jack, denn jetzt …" Sie nahm seine Hand, legte sie in Lilys Hand und drückte sie beide fest. „… hast du einen Engel direkt hier auf Erden."

– ENDE –

Barbara Delinsky

Der Herzenswunsch

Roman

Aus dem Amerikanischen von
Yolanda Bertolaso

1. KAPITEL

*E*s war bestimmt die Narbe an seinem Kinn, die ihn so unwiderstehlich machte.

Aber nein, es musste sein Haar sein. Dunkel und windzerzaust verlieh es ihm das Aussehen eines verwegenen Abenteurers.

Unsinn. Es waren die Augen. Sie strahlten den Betrachter des Fotos silberblau und elektrisierend an. Seltsam, denn es war nur eine Schwarz-Weiß-Fotografie auf der Rückseite eines Buches. Doch Jenna McCue kannte den Mann, zu dem diese Augen gehörten, persönlich. Und wer einmal in diese Augen geschaut hatte, konnte sie nicht mehr vergessen.

Sogar jetzt ließen sie sie nicht los, und sie musste immer wieder auf das Buch neben sich auf dem Beifahrersitz schauen. Jenna drehte es mit dem Titel nach oben. „Grünes Gold" hieß das Buch. Es handelte von der Smaragdsuche in den Minen Südafrikas. Die Geschichte war nicht erfunden. Trevor Smith hatte dieses Abenteuer wirklich erlebt und darüber geschrieben, ebenso wie über seine Schatzsuche im Schatten der ägyptischen Pyramiden, in den peruanischen Anden und in den Piratenschlupfwinkeln in der Südsee. Seine Bücher waren allerdings keine Bestseller; sie boten weder Melodramatik noch Sex. Seine Geschichten waren vielmehr gut geschriebene Dokumentationen, die jeden abenteuerlustigen Menschen fesselten.

Jenna betrachtete sich zwar keineswegs als abenteuerlustig, in ihrem Leben herrschte hauptsächlich der Alltagstrott, aber Trevor Smith war der Bruder ihrer ältesten und besten Freundin. Doch nicht allein aus Freundschaft zu Caroline und deren Familie kaufte sie die Bücher, sie fand sie auch spannend und unterhaltsam und hing an jedem Einzelnen. Im Laufe der Zeit war sie zu einer Art inoffizieller, natürlich voreingenommener Kritikerin von Trevors Büchern geworden, wenn sie die Smith' besuchte.

Doch ihr heutiger Besuch hatte einen anderen Hintergrund. Sicher, sie hatte „Grünes Gold" gelesen und fand es hervorragend, und ganz bestimmt wollte sie um nichts in der Welt die goldene Hochzeit der alten Smith' verpassen, dennoch ging es ihr in diesem Fall um viel mehr als nur darum, Champagner zu trinken, Hummer zu essen und den verschiedenen Tanzaufforderungen zu folgen.

Sie wollte Trevor Smith um etwas bitten. Eine Art Gefallen. Eine Art Geschäft, wenn man so wollte. Es handelte sich jedenfalls um eine sehr persönliche und ganz besondere Bitte. Und mit Sicherheit um eine ungewöhnliche Bitte.

Möglicherweise würde er skeptisch reagieren oder sich über sie lustig machen, vielleicht würde die Angelegenheit ihn auch sehr interessieren, oder aber er wollte mit dem Ganzen nichts zu tun haben. Caroline hatte die unterschiedlichsten Reaktionen in Erwägung gezogen, um sie, Jenna, auf das Schlimmste vorzubereiten, unabhängig davon, dass sie mit der Idee einverstanden war. Es war ja auch eine gute Idee. Schon in dem Moment, als ihr diese Idee gekommen war, hatte sie gewusst, das würde die Lösung all ihrer Probleme bedeuten. Eine Reihe von Leuten wäre endlich aus verschiedenen Gründen zufriedengestellt. Jetzt musste es ihr nur noch gelingen, Trevor zu überzeugen.

Jenna fuhr in die Privateinfahrt, die zu dem Anwesen der Smith' in Newport führte, und parkte in Reihe hinter dem letzten Auto. Dann stieg sie aus und ging Richtung Haus. Ihre hochhackigen zartgelben Wildlederpumps waren sicher nicht für den Fußmarsch über einen erdigen Parkweg gedacht, aber sie passten nun einmal vorzüglich zu ihrem kurzen Seidenkleid und dem Bolero. Ihre feminine Aufmachung wurde noch durch die Frisur betont. In weichen, großen Locken umrahmte ihr Haar das Gesicht. Normalerweise trug sie es hochgesteckt und kleidete sich strenger, eben, wie es sich für die Chefin eines Topunternehmens gehörte. Aber auch unabhängig davon, dass Freunde heute ein Fest feierten, fühlte sie sich an diesem Tag entspannter und ausgeglichener als sonst.

Das lag an ihrer augenblicklichen Lebenssituation – und an ihren Zukunftsplänen. Und damit kam Trevor ins Spiel. Jenna versuchte, das leichte Kribbeln im Magen zu ignorieren, und ging weiter.

Sie sah die ersten Gäste, und je näher sie zum Haus kam, desto mehr wurden es. Einige kannte sie und begrüßte sie freundlich, anderen wurde sie sofort vorgestellt. Wer sie nicht persönlich kannte, der kannte zumindest ihren Namen. Der Name McCue war hoch angesehen in der Einzelhandelsbranche von New England. Die Warenhauskette der McCues bot nur Artikel bester Qualität und hatte jede Wirtschaftsflaute überstanden. Von Poloshirts und Jeans bis zu Wildlederkleidern, schlichten Bilderrahmen und Designer-Bettbezügen, das Sortiment umfasste alles. Jenna, das letzte lebende Mitglied der Familie McCue, war Direktorin und Aufsichtsratsvorsitzende des Imperiums. Mit ihren vierunddreißig Jahren war sie eine fähige und weitsichtige Chefin. Sie folgte dem Beispiel ihres Vaters und ihres Großvaters und achtete darauf, dass das Unternehmen stets mit der Zeit ging und im Trend lag. Deshalb erfreuten sich die McCueschen Warenhäuser auch einer so großen Beliebtheit und Finanzstärke; während andere schon einmal rote Zahlen schrieben. Jenna sah Probleme voraus und entschärfte sie, bevor sie in irgendeiner Weise Schaden anrichten konnten.

Genauso verhielt sie sich auch in ihrem Privatleben. Und deshalb musste sie unbedingt mit Trevor reden.

Trevor war weder im Foyer, als Jenna das Haus betrat, noch im Wohnzimmer und auch nicht auf der Veranda. Doch dort traf sie zumindest auf Joe und Abby Smith, die die Glückwünsche ihrer Gäste entgegennahmen. Sie umarmte sie liebevoll, und sie plauderten ein paar Minuten miteinander, bevor sich die beiden wieder ihren anderen Gästen zuwandten. Jenna nahm sich ein Glas Wein von einem Tablett, da tauchte plötzlich Caroline neben ihr auf.

„Du siehst umwerfend aus", sagte sie und schaute Jenna bewundernd an. „Sollte ich das Kleid in deinem Angebot übersehen haben?"

Jenna blickte sich unauffällig um, ob jemand in der Nähe

war und sie hörte. Als Unternehmerin genoss sie gewisse Privilegien, aber sie gehörte nicht zu den Leuten, die sich damit brüsteten. Sie senkte die Stimme. „Wir haben einige Modelle bei der Modenschau in Paris bestellt, sind dann aber zu dem Entschluss gekommen, dass die Kleider für unsere Häuser zu teuer sind. Eins aus der Kollektion habe ich allerdings behalten. Gefällt es dir?"

„Das weißt du doch genau. Aber ich bin mir nicht ganz sicher, worum ich dich mehr beneide, um das Kleid oder um deine Figur. Du bist so schlank. Was würde ich darum geben, wenn ich auch Größe sechsunddreißig tragen könnte!"

Jenna sah sie bedeutungsvoll an. „Und was würde ich darum geben, wenn ich drei Kinder hätte." Sie blickte suchend über die Menge. „Wo sind sie eigentlich?"

„Irgendwo draußen. Ich habe Annie gesagt, sie soll auf Wes aufpassen, und Wes, er soll Nathan im Auge behalten. Theoretisch müssten die drei auf die Art den ganzen Nachmittag hintereinander her sein. Ich schätze, irgendjemand wird schon merken, wenn einer von ihnen in den Swimmingpool fällt."

„Du hast wirklich großartige Kinder", sagte Jenna aufrichtig. Aber ihr Blick war nicht auf Kinderhöhe, als sie sich weiter umsah.

„Er ist noch gar nicht da", klärte Caroline sie auf. „Er hat vorhin angerufen und gesagt, dass er über Washington in ein Gewitter geraten sei und über Pittsburgh fliegen müsste, um zu tanken. Von dort würde er direkt nach Newport fliegen. Es würde mich nicht wundern, wenn er hier am Strand landete, das hätte mir noch gefehlt."

„Keine Angst, das macht er schon nicht."

Aber Carolines Gesichtsausdruck sagte ihr, dass er so etwas sehr wohl machen würde. Und als Jenna noch einmal darüber nachdachte, musste sie ihr recht geben. Für jeden anderen außer Trevor Smith wäre es glatter Selbstmord, einen Landeversuch in der felsigen Bucht von Rhode Island zu wagen. Doch Trevor schaffte es, gleichzeitig Gefahren heraufzubeschwören und dennoch immer wieder mit heiler Haut davonzukommen. Ja, er würde es sogar schaffen, seine Cessna ohne Schwierigkeiten auf dem schmalen Sandstreifen zu landen, sie bis zum Kai rollen zu lassen und dort völlig unversehrt aussteigen.

Dieser Mann war stark. Und er war geschickt. Er besaß eine fast kindliche Neugier und fürchtete sich nicht davor, unbequeme Fragen zu stellen oder sich auf unbekanntes Terrain zu begeben. Gewisse Personen nannten ihn – meist aus Neid – einen Narren, weil er sich oft in halsbrecherische und riskante Abenteuer stürzte. Aber Jenna wusste es besser, denn sie hatte seine Bücher gelesen. So planlos seine Touren auf den ersten Blick auch wirken mochten, nie handelte er unüberlegt oder gar voreilig, er überließ nichts dem Zufall. In dieser Hinsicht war er schlau wie ein Fuchs.

Intelligenz und Stärke, Neugier und Mut und Umsicht. All das waren Eigenschaften, die Jenna bewunderte, Eigenschaften, die ihr Kind auch haben würde, wenn es nach ihr ging.

„Er wird schon noch kommen", meinte Caroline und drückte ihr zuversichtlich den Arm.

„Die Frage ist nur, ob er auch lange genug bleibt. Ich muss in Ruhe mit ihm reden. Das ist wirklich keine Angelegenheit, die man im Trubel einer Party bespricht."

„Er sagte, er wollte übers Wochenende bleiben."

„Das kennen wir doch. Neulich hat er das auch gesagt und ist trotzdem früher weggeflogen. Ihn hält es eben nirgendwo lange."

„Er hält es nur nicht lange bei seiner Familie aus. Setz ihn am Ufer von Loch Ness aus, und er wird tagelang regungslos dort verharren und warten, ob das Ungeheuer auftaucht. Newport macht ihn einfach nervös. Wir sind es, die ihn nervös machen. Er ist der festen Überzeugung, wir wollen ihn mit Gewalt sesshaft machen." Caroline lachte. „Als ob das irgendjemand schaffen könnte!" Ihr Lachen wurde zu einem Seufzer. „Was war das denn eben?"

Jenna hatte es auch gesehen. Ein dreijähriges Kind war durch die Menge der plaudernden Gäste gehuscht. „Sah aus wie Nathan."

„Sah aus wie die Festtorte", schimpfte Caroline. „Na warte!"
Mit dem entschlossenen Gang einer Raubtierdompteuse rauschte
sie davon.

Jenna blickte ihr nach, hin- und hergerissen zwischen Zuneigung und Neid. Dann atmete sie tief durch und schüttelte diese
Gefühle ab. Trevor war nicht da. Und er würde sicher auch noch
auf sich warten lassen. Sie hatte also Zeit, sich entspannt zu unterhalten.

Während der nächsten zwei Stunden konzentrierte sich Jenna
ganz auf das Partygeschehen. Sie mochte die Freunde der Smith',
mit vielen war sie selbst befreundet. Von Kindheit an daran gewöhnt, war es ihr selbstverständlich, sich auf großen Gesell-
schaften zu bewegen. Sie war, genau wie Caroline, in Reichtum
und Luxus aufgewachsen. Ihre Eltern hatten sich fast alles
leisten können. Mehr noch als Reisen, Essengehen und großzü-
gige Spenden an Krankenhäuser hatten sie Partys geliebt, waren
ständig eingeladen worden oder hatten selbst eingeladen. So
hatte sie aus reiner Notwendigkeit gelernt, sich entsprechend zu
verhalten. Auch wenn sie die Liebe ihrer Eltern zu lauten, pom-
pösen Festen nicht teilte, so wusste sie sich doch zu arrangieren.
Die Grundregeln waren, nach ihrer Erfahrung, zu lächeln, sich
auf liebenswürdiges Geplauder einzulassen und sich in andere
Menschen einzufühlen. Dann konnte man je nach Bedarf zuhören oder antworten – ohne das alles allzu ernst zu nehmen.
Getratsche hatte ihr noch nie etwas ausgemacht. Im Innersten
stand sie diesen Dingen völlig distanziert gegenüber und war so
davor geschützt.

Sie aß Häppchen, die auf Silbertabletts gereicht wurden, und
bediente sich dann später an dem – wie man es erwartete – über-
reichlichen, delikaten Buffet. Sie unterhielt sich und lachte. Sie
erhob ihr Glas, als Carolines Mann, ein redegewandter Politiker,
einen Toast auf seine Schwiegereltern aussprach. Das wäre eigentlich Trevors Aufgabe gewesen, aber so etwas konnte man
von ihm nicht erwarten. Selbst wenn er pünktlich da gewesen
wäre, hätte er es nicht getan. So abenteuerlustig und faszinierend

er auch war, er war nicht der Typ, der sich gern in Szene setzte. Er scheute das Rampenlicht. Andere Männer hätten sich wahrscheinlich bei solch spektakulären Expeditionen, wie er sie unternahm, filmen lassen. Trevor lehnte so etwas ab. Er wollte das Abenteuer um des Abenteuers willen erleben. Wenn sich später ein Buch daraus machen ließ, auch gut. Und wenn dann für jemanden noch ein Film herauskam, um so besser. Als technischer Berater stellte er sich gern zur Verfügung, aber damit war auch Schluss.

Niemand vermisste Trevors Trinkspruch. Dafür hielten Freunde und Verwandte der Smith' ununterbrochen kleine Reden zu Ehren der Jubilare. Das ging so weit, dass sich die Gäste zwischen den einzelnen Toasts schon gar nicht mehr hinsetzten. Trotzdem bemerkte Jenna es sofort, als Trevor am Rande der Menschenmenge erschien. Er gehörte zu den Männern, die man einfach nicht übersehen konnte. Mit seinen einsfünfundneunzig war er größer als die meisten Gäste, aber weniger das war es, was ihn so auffallend und anders machte. Neben seinem männlichen verwegenen Äußeren und seiner selbstbewussten Körperhaltung strahlte er Unabhängigkeit und etwas Geheimnisvolles, Verschlossenes aus. Außerdem merkte man ihm sofort an, dass er, wenn auch nicht Verachtung, so doch starke Abneigung gegen jegliche Unternehmung hegte, die nicht nach seinen Spielregeln ablief.

Jenna hatte Trevor seit sechs Jahren nicht gesehen. Dennoch spürte sie sofort die Kraft und die Energie, die von ihm ausging. Das Buch bot nur einen Abglanz dieser Ausstrahlung, und selbst das hatte sie immer wieder anschauen müssen. Für einen Moment fühlte sie sich außer Gefecht gesetzt. Sie war verunsichert und wusste nicht mehr, ob sie sich überhaupt an ihn wenden sollte. Er war so … so überlegen. Sie war noch nie besonders gut mit Männern zurechtgekommen, außer im geschäftlichen Bereich.

Aber, hier geht es ja um ein Geschäft, hielt sie sich vor Augen und versuchte so, ihr wild klopfendes Herz zu beruhigen. Sie konnte den Blick trotzdem nicht von ihm wenden. Sie sah, wie er die Lage peilte und sich dann etwas zurückzog. Vermutlich wollte er warten, bis alle ihre Reden beendet und sich wieder zerstreut hatten, um erst dann zu seinen Eltern zu gehen.

Und so geschah es auch. Trotzdem sprach es sich schnell herum, dass Trevor da war, und obwohl niemand sich traute, das Glas auf den Erfolg von „Grünes Gold" zu erheben – schließlich war der Anlass der Feier ein anderer –, ließen es sich die engsten Freunde und Verwandten nicht nehmen, dem Autor zu gratulieren. Die übrigen Gäste hielten sich zurück, und das war auch gut so. Trevor war alles andere als ein charmanter Partylöwe. Er war berüchtigt dafür, dumme Schwätzer mit einem einzigen Blick seiner silbergrauen Augen zum Schweigen zu bringen.

Jenna hielt sich ebenfalls zurück, wenn auch nicht aus Furcht vor eben diesem Blick. Als Carolines Freundin besaß sie Vorrechte und genoss eine Sonderbehandlung. Trevor war stets nett zu ihr, begegnete ihr mit ebenso viel Zartgefühl wie seiner Schwester. Er hatte zwar manchmal Differenzen mit seinen Eltern, doch das änderte nichts an seinem innigen Verhältnis zu Caroline. Er vergaß nie, sie an ihrem Geburtstag anzurufen oder ihren Kindern an deren Geburtstagen Geschenke zu schicken. Jenna rechnete ihm das hoch an. Seine Aufmerksamkeit war ein weiterer Hinweis für seinen guten Charakter, den allerdings nur wenige wahrnahmen. Sie jedoch – zumindest hoffte sie das sehr – täuschte sich nicht in ihm.

Nein, es war bestimmt nicht Furcht vor Trevor, die sie davon abhielt, auf ihn loszustürmen. Sie wollte nur so behutsam wie möglich vorgehen, immerhin war ihr Vorhaben mehr als heikel. Ihre Erfolgschancen sollten nicht durch einen unbedachten Patzer schrumpfen. Nur darum übte sie Zurückhaltung. Aber auch noch lange, nachdem die Band angefangen hatte zu spielen und alles auf die Tanzfläche strömte, hielt sie sich abseits. Sie verwickelte Leute, die am weitesten von Trevor entfernt standen, in Gespräche. Sie ging mit Annie, Wes und Nathan zum Strand, als sie sicher war, dass Trevor von irgendwelchen Bekannten im Gartenhaus in Beschlag genommen wurde. Schließlich ließ sie sich von einem alten Freund der Familie zum Charleston bitten, tauchte nach dem Tanz aber rasch wieder in der Anonymität der Menge unter. Als dann der Kaffee serviert und die mehrstöckige Festtagstorte auf die Terrasse gefahren wurde, stand Jenna bewusst wieder am Rand der Menschenmenge. Lächelnd bemerkte sie, dass einige der Zuckergussrosen wohl einem kleinen Dieb zum Opfer gefallen waren.

Sie, Jenna, konnte warten. Irgendwann würde sich schon ein günstiger Zeitpunkt ergeben. Wenn erst einmal alle Gäste fort waren und sich alles beruhigt hatte, dann würde auch Trevor entspannter sein. Und ein entspannter Trevor war allemal umgänglicher als einer, der glaubte, sich nach allen Seiten hin verteidigen zu müssen. Ein entspannter Trevor würde auch eher geneigt sein, über ihren Vorschlag nachzudenken. Und er würde ihn auch eher annehmen.

Aber Jenna hatte es keineswegs mit einem entspannten Trevor zu tun, als sie auf dem Höhepunkt der Party eine energisch zugreifende Hand auf ihrem Arm spürte. Es blieb ihr kaum Zeit, sich umzusehen, da sprach Trevor auch schon mit seiner tiefen, keinen Widerspruch duldenden Stimme die Leute an, mit denen sie sich gerade noch unterhalten hatte. „Wenn Sie Jenna kurz entschuldigen wollen. Ich benötige einen Augenblick ihre Hilfe."

Er wartete erst gar nicht auf eine Antwort oder ihre Zustimmung, sondern zog sie kommentarlos von den anderen fort. Seine große Hand um ihr zierliches Handgelenk gelegt, bahnte er ihnen einen Weg durch die Menge.

„Trevor?"

Doch er war voll und ganz damit beschäftigt, sich an den Leuten vorbeizuarbeiten, und achtete nicht auf ihre Frage. „Entschuldigt uns bitte", sagte er, schlüpfte durch eine schmale Gasse und schlängelte sich die nächsten Zentimeter weiter. „Verzeihung. Bitte entschuldigen Sie uns. Vielen Dank."

Jenna hütete sich, ihn noch einmal anzusprechen. Seine verkrampften Gesichtsmuskeln sprachen Bände. Sie wollte ihn nicht unnötig reizen, jetzt, wo sie vorhatte, ihn um einen so ungewöhnlichen Gefallen zu bitten. Also folgte sie ihm einfach. Er würde ihr schon sagen, was er von ihr wollte.

„Komm mit. Ich brauche dringend Ruhe und frische Luft", waren vorerst jedoch seine einzigen Worte, als sie endlich die Terrasse hinter sich gelassen hatten.

Froh, dass er überhaupt etwas sagte, ging sie mit ihm. Zwischendurch lief sie immer ein paar Schritte, um mit seinem rasanten Tempo mitzuhalten. Als sie schließlich am Ende des Parks angelangt waren, dort, wo eine Treppe zum Strand führte, blieb er endlich einmal stehen.

„Kannst du mit diesen Schuhen überhaupt durch den Sand gehen?", fragte er und betrachtete skeptisch ihre Lederpumps.

Jenna hielt sich an seinem Arm fest und zog sich die empfindlichen Schuhe aus. Er nahm sie ihr ab und steckte sie wortlos in die Taschen seines Jacketts, bevor sie auch nur einen Ton gegen die rüde Behandlung des edlen Leinensakkos sagen konnte. Im nächsten Augenblick hatte er seine Krawatte zu einem der Schuhe gestopft. Er machte sich wirklich nichts aus Äußerlichkeiten.

„Ich hoffe, du weißt, wie schwer es mir fällt, so etwas mitanzusehen", neckte sie ihn und hielt ihr Haar zurück, damit der frische Seewind es ihr nicht ins Gesicht blies.

Trevor sah sie finster, aber auch nachsichtig an. „Du bist doch Carolines Freundin. Da wirst du mir schon verzeihen."

Trevor nahm Jenna erneut bei der Hand und führte sie die Treppe hinunter zum Strand. Holzplanken als Ersatz für den weit entfernten Kai bildeten auf einem langen Gerüst einen Weg hinaus aufs Wasser. Erst am äußersten Ende blieb Trevor stehen. Er schlüpfte aus seinen Schuhen, und es wunderte Jenna schon gar nicht mehr, dass er keine Strümpfe trug. Dann setzte er sich auf die Planken und wollte Jenna neben sich ziehen.

Für den Bruchteil einer Sekunde sperrte sich Jenna, sicher, dass ihr herrliches Seidenkleid aus der Begegnung mit dem feuchten Holz keinerlei Gewinn zöge. Doch dann setzte sie sich. Was war schon ein Stück Seide gegen den freundschaftlichen Dienst, den Trevor ihr erweisen sollte. Was war ein Stück Stoff verglichen mit ihrer Zukunft.

Sie wusste zwar nicht, warum, aber er hielt immer noch ihre Hand fest. Und da ihr das keineswegs unangenehm war, ließ sie sie ihm.

Es war gerade Ebbe, und ihre Füße baumelten gut zwei Meter über dem Wasser. Leise plätscherte hinter ihnen Wasser an den Strand, und aus der Ferne erklang das Klingeln einer Warnboje. Die Geräusche waren sanft und zart. Im Gegensatz zu Trevors Gesichtsausdruck.

„So etwas macht mich einfach rasend", sagte er nach einer Weile und starrte in Richtung Boje.

„Meinst du Partys?"

„Ich finde das alles schrecklich übertrieben."

„Aber wenn es deinen Eltern nun einmal Spaß macht."

„Und du findest, das würde diese unglaubliche Verschwendung rechtfertigen?", meinte er missbilligend.

Seufzend schaute Jenna aufs Meer. Sie hatte keine Lust, mit Trevor zu streiten.

„Ist das wirklich dein Ernst?", fragte er herausfordernd.

Sie blieb ruhig. „Nein. Mir persönlich liegen solche Partys auch nicht. Aber das muss ja noch lange nicht für alle anderen maßgebend sein. Meine Eltern waren genauso wie deine. Sie brauchten das Bad in der Menge und liebten es, sich darzustellen. Außerdem war es ihr Geld, das sie ausgaben. Wenn Sie unbedingt eine Party geben wollten, war das ihre Sache. Solange sie sich nicht in meine Angelegenheiten einmischten, konnten sie von mir aus machen, was sie wollten."

Trevor legte ihre Hand auf seinen Oberschenkel, bevor er sie zögernd losließ. Er betrachtete ihre Finger, die im Vergleich zu seinen tief gebräunten zart und durchscheinend wirkten.

„Keine Angst, ich laufe schon nicht weg", sagte sie gelassen.

Er warf ihr einen ernsten und eindringlichen Blick zu, seine silberblauen Augen blitzten. „Da bin ich mir nicht so sicher. Du hast dir alle Mühe gegeben, mich den ganzen Nachmittag zu meiden."

„Den ganzen Nachmittag?" Sie strich sich eine Haarsträhne vom Mund. „Als du kamst, war der Nachmittag schon halb vorbei."

„Ja, und das war auch verdammt gut so", murrte er. Dann öffnete er noch einen Hemdknopf – mittlerweile den Dritten – und sog die salzige, würzige Seeluft ein. Es schien Jenna, als würde er beim Ausatmen einen großen Teil seiner inneren Anspannung verlieren. „Ich habe schon Ärger genug mit meinen Eltern allein. Seine Stimme klang tief wie immer, aber weniger nervös. Doch dazu noch zweihundert ihrer Freunde, das gibt mir den Rest."

„Und das aus dem Mund eines Mannes, der schon einmal an einen Pfahl gefesselt, umringt von einer Horde Kannibalen, darauf gewartet hat, in einen Topf mit kochendem Wasser geworfen zu werden!"

„Du liest zu viel", murmelte er.

„Ich mag deine Bücher eben."

„Genau wie die Leute in Hollywood. ,Grünes Gold' soll zu so einer Art Indiana-Jones-Verschnitt verfilmt werden."

„Das ist doch großartig!"

„Meine Begeisterung hält sich in Grenzen. Ich will meine Glaubwürdigkeit nicht verspielen. Schatzsuche ist ein ernsthaftes Metier."

„Ja", entgegnete Jenna, „das habe ich beim Lesen deiner Bücher gespürt."

Trevor sah sie an.

„Wirklich." Und Jenna meinte es auch so.

Ohne den Blick von Jenna zu wenden, sagte Trevor: „Caroline meinte, du wolltest dringend mit mir sprechen."

Jenna zuckte merklich zusammen. Zu dumm, dass Caroline nicht den Mund gehalten hatte. Sie wollte den Zeitpunkt, mit Trevor zu reden, doch selbst bestimmen. Und jetzt war es denkbar ungünstig. Wenn er sich auf der Party eingeengt gefühlt hatte, war das eine absolut schlechte Voraussetzung für ein so schwieriges Gespräch. Sie wollte, dass er dabei locker und aufgeschlossen war, um ihre Bitte wohlwollend aufzunehmen und möglichst zu erfüllen.

„Das hat Zeit", erwiderte sie leichthin.

„Caroline meinte aber, es wäre wichtig. Das hat sie mir sogar zwei Mal gesagt."

„Das wäre nicht nötig gewesen."

„Ist es denn nicht wichtig?"

„Wichtig schon, aber nicht dringend. Wir sollten jetzt sowieso lieber zur Party zurückgehen."

„Ich denke nicht daran, mich wieder in dieses schreckliche Gewühl zu begeben."

„Aber es ist die goldene Hochzeit deiner Eltern. Das ist eine wichtige Station in ihrem Leben, und bestimmt möchten sie dich dabeihaben."

„Ach, komm. Ich habe sie eingeladen, mit mir in den Keys zu feiern. Doch davon wollten sie nichts wissen.

„Sie sind eben Stadtmenschen und lieben es, große Feste zu geben. Sag mal, was machst du eigentlich in den Keys?", schob sie, neugierig geworden, nach. Genauso wie er hier saß, mit seinem windzerzausten Haar und der Narbe am Kinn, dem halb offenen Hemd, genauso hatte sie sich immer einen Piraten vorgestellt.

„Ich warte auf eine richterliche Entscheidung. Ich will endlich wissen, ob ich die Bergungs- und Auswertungsrechte für eine spanische Galeone aus dem achtzehnten Jahrhundert bekomme, die dort gesunken ist."

Jenna bekam große Augen. „Du hast die Galeone schon gefunden?"

Trevor nickte. „Ja, und einer meiner Mitarbeiter ist jetzt über alle Berge. Er hatte sich eine eigene Bergungsmannschaft zusammengetrommelt und behauptet nun, die Auswertungsrechte würden ihm gehören. Fazit: Keiner von uns kann mit der Arbeit anfangen, bis das Gericht gesprochen hat. Und das Gericht ist bemerkenswert träge. Noch weitere sechs Wochen unnützen Wartens, und wir kommen in die Unwetterperiode. Dann fällt das Ganze erst einmal bis zum Spätherbst flach."

„Willst du dein nächstes Buch darüber schreiben?"

„Wenn das Gericht zu meinen Gunsten urteilen sollte, dann schon. Wenn nicht, muss ich die Sache leider aufgeben."

„Du wirst sicher etwas Neues finden. Das ist bei dir doch immer so. Wie machst du das eigentlich?"

„Ich habe Freunde an den entlegensten Orten der Welt. Sie geben mir gute Tipps."

„Du unterhältst also einen Informantenring", neckte sie ihn.

„Sieht so aus." Er nahm wieder ihre Hand, legte sie sich wieder auf den Oberschenkel und hielt sie dort fest. „Was wolltest du mich denn nun fragen?"

„Später." Jenna spürte die Wärme und die Härte seiner muskulösen Schenkel und versuchte, ihre Hand fortzuziehen. Doch Trevor gab sie nicht frei.

„Später bin ich vielleicht nicht mehr hier."

„Oh, Trevor. Du hast Caroline doch versprochen, dass du noch bis morgen bleibst." Erneut unternahm sie einen Versuch, ihre Hand zu befreien, diesmal, um ihren Vorwurf zu unterstreichen. Nichts zu machen. Er hielt sie fest.

„Das war, bevor ich hier ankam."

„Du bist doch erst seit zwei Stunden da."

„Und ich fühle mich schon, als würde mir die Luft knapp werden."

„Du liebes bisschen!" Wenn er sich jetzt bereits so eingeengt fühlte, dann konnte sie unmöglich ihre delikate Bitte vortragen.

„Du solltest die Gelegenheit also lieber beim Schopf ergreifen", warnte er sie.

„Warum denn nicht, wenn die Party zu Ende ist? Dann ist es doch viel ruhiger."

Er schaute sich um. „Ich finde es hier und jetzt ruhig genug."

Sie ließ ihre freie Hand auf den Schoß sinken. Sofort wehte der Wind ihr das Haar ins Gesicht, und ihre dunklen Locken schützten sie vor Trevors Blick. Doch plötzlich spürte sie, wie Trevor ihre Haare hinter den Ohren zusammenfasste und sie mit etwas festband, das sich verdächtig nach einer Krawatte anfühlte. Nun konnte sie sich nicht mehr verstecken und schaute zu ihm empor. Er sah sie so eindringlich an, und seine blauen

Augen funkelten dabei, dass sie für einen Moment lang die Orientierung verlor. „Jetzt schieß endlich los", sagte er und griff wieder nach ihrer Hand. „Ich höre."

Jenna glaubte, ihr Herzschlag würde aussetzen, so wie Trevor sie ansah und festhielt. Der Zeitpunkt ist so ungünstig wie der Ort. Bestimmt hält er mich für verrückt und sagt nein, dachte sie.

Doch ob sie wollte oder nicht, sie konnte seinem Blick nicht ausweichen. „Jetzt raus mit der Sprache, Jenna. Sag mir endlich, was du willst." Auch seine Stimme half ihr nicht, sich in weitere Ausflüchte zu retten. Sie klang tief und männlich, teils befehlend, teils ermutigend.

„Ein Baby!", brach es aus Jenna heraus. „Ich will ein Baby!"

*J*enna hatte eigentlich nicht so mit der Tür ins Haus fallen wollen, aber jetzt war es zu spät, sich zu drücken oder lange um den heißen Brei herumzureden. Wenn sie Trevors Hilfe gewinnen und ihre Sache so gut wie möglich machen wollte, musste sie klar und offen mit ihm reden.

Deshalb setzte sie sich kerzengerade hin, und ruhig, mit einer Spur Stolz in der Stimme, begann sie zu sprechen. „Ich möchte ein Baby. Im Grunde habe ich mir schon seit Längerem eins gewünscht, aber mittlerweile bin ich vierunddreißig und habe immer mehr das Gefühl, dass mir die Zeit wegläuft. Das eigentliche Problem besteht darin, dass ich keinen Ehemann habe – und auch gar keinen möchte", fügte sie hastig hinzu. Am Ende würde Trevor noch auf die Idee kommen, er sollte sie heiraten! „Ich lebe allein, und das, weil ich es so will. Ich denke nicht im Traum daran zu heiraten, nur weil ich mir ein Kind wünsche. Das könnte alle Beteiligten ins Unglück stürzen."

Trevor wirkte völlig verwirrt. So hatte sie ihn noch nie gesehen. Wenn die Situation nicht so ernst gewesen wäre, hätte sie laut über seinen bühnenreifen Gesichtsausdruck gelacht. Sie entzog ihm ihre Hand und schob sie zwischen ihre Knie. Dann räusperte sie sich und fuhr fort.

„Ich zerbreche mir schon seit einer Ewigkeit den Kopf über eine Lösung. Ich habe die Sache von allen Seiten betrachtet, alle Möglichkeiten in Erwägung gezogen …"

„Du möchtest also, dass ich dir helfe, ein Kind zu finden. Ich weiß, dass es gerade Mode ist, ausländische Kinder zu adoptieren, aber dass ist nicht mein Gebiet. Stimmt, ich komme viel herum, aber dort wo ich mich herumtreibe, gibt es nicht viele Babys."

„Das ist es auch nicht, was ich meine."

Er runzelte die Stirn. „Was ist es denn dann?"

Sie hatte diese Rede so oft eingeübt, dass sie sie längst auswendig konnte. Selbstverständlich konnten Trevors Zwischenbemerkungen die Reihenfolge durcheinanderbringen. Doch Reihenfolge hin oder her, sie war fest entschlossen, ihr Anliegen ein für alle Mal vorzutragen. „Adoption ist eine wunderbare Angelegenheit für Leute, die selbst keine Kinder bekommen können. Aber ich bin völlig gesund, ich kann selbst Kinder bekommen. Ich war bei einem Arzt, der meinte, eine Schwangerschaft wäre kein Problem für mich."

„Und er will dir helfen, schwanger zu werden?"

„Ja", entgegnete sie und dachte dabei an den medizinischen Aspekt. Doch Trevors vielsagender Blick riss sie aus ihrem Gedankengang. „Nicht so, wie du meinst. Er hilft mir bei dem Vornehmen einer künstlichen Befruchtung. Ich halte das für einen passablen Ausweg aus meiner Situation."

„Künstliche Befruchtung?"

„Du weißt schon, dabei werden …"

„Ich weiß, was das ist. Ich kann nur einfach nicht glauben, dass du allen Ernstes an so etwas denkst. Um ehrlich zu sein, es will mir nicht in den Kopf, dass du so etwas überhaupt nötig hast. Es sind doch bestimmt Legionen von Männern hinter dir her, die dich vom Fleck weg heiraten würden."

„Natürlich", erwiderte sie und reckte das Kinn.

„Aber?"

„Das habe ich doch eben schon gesagt. Es kommt für mich nicht infrage zu heiraten, bloß weil ich ein Kind haben möchte. Ich würde nur aus Liebe heiraten. Da mir der Richtige aber noch nicht über den Weg gelaufen ist …"

„Triffst du dich denn nie mit Männern?"

„Manchmal."

„Und keiner von den Jungs hat mit sich reden lassen, mit dir zusammen ein Kind zu haben?"

„Sie entsprechen allesamt nicht den Vorstellungen, die ich von dem Vater meines Kindes habe."

„Du suchst also nach einem Supermann?"

„Supermann?" Jenna schaute an ihm vorbei. „Kann schon sein. Ich müsste verrückt sein, wenn ich nicht das Beste für mein Kind wollte. Welche Frau würde sich nicht wünschen, dass der Vater ihres Kindes hochbegabt und attraktiv ist, gesund, groß und gut gebaut?"

„Ich habe verstanden", warf Trevor trocken ein.

„Mmm." Sie atmete tief durch und schaute auf die Bucht hinaus. Das war wesentlich beruhigender, als Trevors forschendem Blick standzuhalten. „Es ist doch nicht vermessen, sich ideale Voraussetzungen zu schaffen. Die Kinder haben es heutzutage schon schwer genug, da sollte man alle vermeidbaren Risiken von Anfang an ausschalten. Ich habe bereits mit dem Gedanken gespielt, auf eine Samenbank zurückzugreifen."

„Eine Samenbank."

Ihr Blick ruhte weiterhin auf dem Wasser. „Theoretisch könnte ich dort einen Spender finden, der all die Voraussetzungen erfüllt, die ich mir für mein Kind wünsche."

„Eine Samenbank", wiederholte Trevor. Ein unüberhörbares Vibrieren in seiner Stimme ließ Jenna herumfahren.

„Ich habe mir gedacht, dass du meine Idee lächerlich finden würdest. Caroline hat mich schon vorgewarnt. Aber so etwas ist heute nichts Besonderes mehr. Es gibt immer mehr Frauen, denen es so geht wie mir. Sie wollen zwar Kinder, möchten jedoch aus irgendwelchen Gründen lieber ohne Mann leben."

Er sah sie an, als würde er jeden Moment anfangen zu lachen, schien sich aber beherrschen zu wollen. „Das ist ja alles gut und schön, aber ich kann mir immer noch nicht vorstellen, dass du auf derartige Methoden angewiesen bist. Und wenn ich so richtig darüber nachdenke, dann begreife ich schon gar nicht, dass du nicht bereits seit Jahren verheiratet bist. Schließlich bist du bildhübsch, charmant und vermögend."

„Ganz genau", sagte Jenna gedehnt. „Ich bin vermögend. Das bedeutet, dass mich manche Männer nur deswegen heiraten wollen. Ich war mit Männern zusammen, die behauptet haben, mich zu lieben. In Wirklichkeit liebten sie nur mein Geld."

„Aber es sind doch nicht alle so. Einige werden es schon ernst meinen. Du siehst wirklich sehr gut aus, Jenna. Und es macht Spaß, sich mit dir zu unterhalten. Du hast einem Mann viel zu bieten. Wenn ich lange genug hierbleiben würde, könnte ich mich selbst in dich verlieben."

Sie nahm diese Bemerkung so locker, wie sie gemeint war. „Aber du bleibst nun einmal nicht lange genug, und genau deshalb bist du der richtige Mann für mein Vorhaben."

Trevor wurde kreidebleich. Einige Augenblicke lang hörte man nur die Brandung, das Klingeln der Boje und den Schrei einer Möwe. Dann hatte er sich wieder gefangen. „Vergiss es. Da mache ich nicht mit." Jenna ärgerte sich, unklugerweise schon jetzt auf den springenden Punkt gekommen zu sein. „Du urteilst nur deshalb so vorschnell, weil du mich nicht ausreden lässt. Darf ich dir nun einmal in aller Ruhe und der Reihe nach erklären, worum es mir geht? Dir mein Anliegen schildern?"

„Okay." Trevor richtete sich auf. „Dann schildere mir dein Anliegen."

Wie Trevor so hoch aufgerichtet neben ihr saß, kam er Jenna auf einmal viel größer vor als vorher. Sie war verunsichert, und ihr Vorhaben erschien ihr nun albern und unangemessen. Trevor würde das niemals tun, worum sie ihn bitten wollte. Er lebte sein eigenes Leben. Wenn er unbedingt ein Kind haben wollte, würde er sicher selbst einen Weg finden, diesen Wunsch in die Tat umzusetzen. Er steckte ja auch sonst voller Ideen.

Ideenreichtum. Noch eine Eigenschaft, die sie bewunderte und gerne auch bei ihrem Kind sehen würde.

Dieser Gedanke gab Jenna neuen Auftrieb. „Wie gesagt, habe ich mich entschlossen, durch einen medizinischen Eingriff schwanger zu werden. Aber das eigentliche Problem ist, dass ich kein großes Vertrauen in die Samenbanken habe. Irgendwelche Zahlen in irgendwelchen Listen sagen alles und nichts, und es ist mir gleichgültig, wie viele angebliche Sicherheitsvorkehrungen getroffen wurden. Ich kann nie ganz sicher sein, dass ich nicht doch einen falschen Spender bekomme. Außerdem könnte es auch sein, dass der Spender lügt und in Wahrheit keineswegs über die Voraussetzungen verfügt, die er angegeben hat."

„Willst du einen Einstein?"

„Trevor, bitte."

„Entschuldige." Er sah sie so kritisch an, dass sie fortgelaufen wäre, wenn sie sich nicht fest vorgenommen hätte, einen zuversichtlichen Eindruck zu machen. Aber schließlich war auch seine Kritikfähigkeit etwas, das ihr an ihm gefiel. Daher fuhr sie fort mit ihrer Erklärung.

„Künstliche Befruchtung ja, aber Samenbank nein. Jetzt muss ich nur noch jemanden finden, den ich gut kenne und der bereit ist, seinen Samen zu spenden. Die meisten Männer in meinem Bekanntenkreis sind absolut ungeeignet. Einige von ihnen würden mich unter Garantie heiraten wollen. Dazu habe ich aber keine Lust. Andere würden sich mit Sicherheit in die Erziehung des Kindes einmischen, und das passt mir auch nicht. Und wieder andere würden versuchen, ihr Besuchsrecht einzuklagen. Doch wenn ich mir vorstelle, dass mein Kind sich bei wildfremden Großeltern herumtreibt, dann graust es mir. Ich weiß keinen einzigen Mann hier in meiner Umgebung, dessen Familie ich genügend schätzen würde, um das zu ertragen. Keinen einzigen – außer dir."

Trevor starrte sie an. Nach einer Weile forderte er sie auf: „Erzähl weiter."

„Ich brauche deinen Samen."

Sein Gesichtsausdruck wurde noch ungläubiger. „Das soll wohl ein Scherz sein."

Jenna schüttelte den Kopf. „Es ist mir absolut ernst." Sie wagte kaum zu atmen, während sie seine weitere Reaktion abwartete.

Er sah sie an, und der Blick seiner wunderbaren blauen Augen jagte ihr einen Schauer durch den Körper. „Jetzt sag mir eins: Warum ausgerechnet ich, Jenna?"

Sie straffte die Schultern. Was nun kam, war der leichtere Teil ihrer wohlüberlegten Rede. Nicht etwa, weil sie ihm schmeicheln wollte, sondern weil sie jedes Wort mit ganzem Herzen auch so meinte. Sie sah ihm offen ins Gesicht. „Ganz einfach, weil du von den Erbanlagen her tadellos bist. Du bist groß, siehst blendend aus, bist gesund und intelligent. Kurz, du hast alles, was ich mir für mein Kind nur wünschen kann. Bei einem anonymen Samenspender könnte ich bei diesen Punkten nicht so sicher sein. Darüber hinaus bist du temperamentvoll, aber dennoch klug und umsichtig. Und an Abenteuerlust kann dir niemand das Wasser reichen. Außerdem kenne ich deine Familie und liebe jeden Einzelnen von ihnen …" Sie unterbrach ihren Redefluss nur, um Atem zu holen. Danach ging es sofort weiter.

„Versteh mich doch, Trevor. Hinzu kommt, dass alles andere bei uns auch stimmt. Ich will keinen Mann – und du willst nicht heiraten. Ich möchte allein leben – und du bist nie da. Du willst keine Vaterpflichten übernehmen – und ich will mein Kind nicht teilen. Wir sind beide reich, so wird keiner den anderen ausnutzen. Du solltest darüber nachdenken. Dein Problem könnte auf die Art übrigens gleich mit gelöst werden."

„Welches Problem?"

„Na, deine Eltern. Sie wünschen sich doch nichts sehnlicher als ein weiteres Enkelkind. Sie erwarten, dass du auch endlich für Nachwuchs sorgst." Wie gut, dass sie über die älteren Smith' so genau Bescheid wusste! „Und ich wette, dass sie es dir sogar heute schon, in der kurzen Zeit, die du hier bist, unter die Nase gerieben haben."

Jenna wusste, dass sie ins Schwarze getroffen hatte, denn Trevors Blick sprach Bände. Sie versuchte, diesen kleinen Sieg auszubauen. „Ständig liegen sie dir doch damit in den Ohren, dass du heiraten und Kinder haben sollst. Aber du willst weder das eine noch das andere. Du möchtest dich eben nicht an die Leine legen lassen. Wenn du meinem Vorschlag zustimmen würdest, könntest du zwei Fliegen mit einer Klappe schlagen. Du hättest das Kind, deine Eltern würden Ruhe geben, und du müsstest trotzdem deine kostbare Freizeit nicht opfern."

Trevor starrte sie wieder eine Zeit lang an. Dann fuhr er sich durchs Haar, das ständig vom Wind durcheinandergewirbelt wurde. Schließlich erhob er sich.

„Wo willst du hin?", rief Jenna. Sie wollte ihm doch noch viel mehr sagen. Hastig stand sie auf. „Ich brauche etwas Bewegung."

Entschlossen, den Fisch nicht vom Haken zu lassen, folgte Jenna Trevor. „Du hast noch nicht nein gesagt. Denkst du darüber nach, ob du mir helfen willst?"

„Ich überlege gerade, ob ich überhaupt darüber nachdenken sollte." Versonnen schlenderte Trevor den Weg über die Planken zurück, in jeder Hand einen seiner Mokassins. „Ziemlich grotesk, was du mir da unterbreitest."

„Nicht grotesk, nur ungewöhnlich."

„Es gibt bestimmt viele Männer, die dich deswegen für vollkommen verrückt und übergeschnappt halten würden."

„Aber du doch nicht! Schließlich kennst du mich schon ewig." Geschickt leitete Jenna zu ihrem nächsten Argument über. „Und das ist ein großes Plus für dich. Sicher, ich weiß, dass du kein Kind willst. Und ich weiß auch, dass du – solltest du doch einmal eins wollen – durchaus in der Lage wärst, dir die Mutter deines Kindes selbst auszusuchen. Aber ich habe einige Merkmale zu bieten, die viele Frauen nicht haben, Trevor. Schönes Haar, eine makellose Haut und eine sehr gute Figur."

„Du bist zu klein."

„Eins fünfundfünfzig ist nicht zu klein."

„Du bist mehr als einen Kopf kleiner als ich."

„Das ist eine schöne Größe für eine Frau. Hättest du etwas dagegen, wenn deine Tochter klein und zierlich wäre?"

„Und wenn nun mein Sohn klein und zierlich würde?", hielt er ihr entgegen und sprang von den Planken auf den Strand.

„Ein Sohn würde natürlich deine Größe und Statur erben." Sie ging etwas schneller, um mit ihm Schritt zu halten, aber die spitzen Steine behinderten sie. Besonders gefährlichen Stellen wich sie mit einem Sprung aus. „Ich bin völlig gesund, und wenn meine Eltern nicht bei dem Flugzeugabsturz ums Leben gekommen wären, hätten sie auch über achtzig werden können, genau wie meine Großeltern."

Trevor vergrößerte den Abstand zwischen ihnen. Jenna musste fast schreien, damit er sie noch hören konnte. „Ich habe auf der Highschool viel Volleyball und Tennis gespielt. Ich bin wirklich sportlich!"

„Wenn du so sportlich bist, wieso bleibst du dann so weit hinter mir zurück?"

Sie blieb wie angewurzelt stehen. „Weil ich zwar sportlich bin, meine Fußsohlen aber nicht mit Hufeisen beschlagen sind! Ich bin es nicht gewohnt, gleich einem Fakir über Nägel und Glasscherben zu laufen so wie du! Außerdem hast du meine Schuhe, Trevor!"

Er drehte sich unmerklich nach ihr um. „Sehr schön! Dann kannst du dich wenigstens nicht von der Stelle rühren, und ich habe meine Ruhe!"

Verärgert schaute sie ihm nach, wie er weiter den Strand entlangging. Dennoch konnte sie nicht verhehlen, dass er dabei bewundernswert gut aussah. Er war ein Mann, der jedem sofort auffiel. Sein Körper war schlank und kräftig, und er bewegte sich mit der Geschmeidigkeit eines Tigers. Ein Bündel an Energie und Männlichkeit. Jetzt blieb er stehen und schaute aufs Meer hinaus. Gedankenverloren senkte er den Kopf. Dann wandte er sich um und sah sie an.

Sie hielt seinem Blick lange stand. Sogar auf diese meterweise Distanz spürte sie Trevors enorme Ausstrahlung. Nach einer Weile gab Jenna sich einen Ruck und ging zu den Planken zurück, um dort auf ihn zu warten. Einige Minuten später kam Trevor wieder zu ihr. Aber ehe er auch nur ein Wort herausbringen konnte, nahm sie ihr Plädoyer wieder auf. Obwohl ihre Stimme ruhiger klang, hatte sie nichts an Überzeugungskraft verloren.

„Es gibt da noch ein paar andere Gründe, die für mich als Mutter deines Kindes sprechen würden. Ich bin ganz schön clever, und mit uns als Eltern würde das Kind sicher nicht an Intelligenzmangel leiden. Außerdem bin ich geduldig, warmherzig und ausgeglichen."

„Ja, und außerdem bist du die Chefin einer einflussreichen Aktiengesellschaft, die dich von morgens bis abends beansprucht. Kannst du mir verraten, wie zum Teufel du dich bei all der Arbeit noch um dein Kind kümmern sollst? Willst du das arme Wesen etwa dauernd einem Kindermädchen überlassen?"

Jenna war verletzt. „Wo denkst du hin? Ich möchte kein Kind haben, nur damit ich meinen Lebenslauf ausschmücken kann. Ich möchte es, weil ich es gerne selbst erziehen will. Und ich kann mir das leisten, eben weil ich die Chefin einer einflussreichen Aktiengesellschaft bin. Ich verfüge über fähige Mitarbeiter, die durchaus in der Lage sind, die tägliche Routinearbeit selbstständig zu erledigen. Ich habe mir daheim auch schon ein Büro mit Faxgerät und Computer eingerichtet. Wenn ich arbeiten möchte, dann kann ich das tun, wenn das Baby schläft, ohne es allein lassen zu müssen. Und wenn ich nicht arbeiten möchte, dann lasse ich es eben. Im Übrigen kann ich auch im Verwaltungsgebäude der McCue-Gesellschaft ein Kinderbettchen aufstellen, wenn mir danach ist. Ich bin der Boss. Doch unabhängig davon denke ich gar nicht daran, ein Kindermädchen einzustellen. Ich werde mir ab und zu einen Babysitter nehmen, wenn wichtige Konferenzen anstehen. Aber ich allein werde die vorrangige Bezugsperson meines Kindes sein."

Jenna sah Trevor fest in die Augen. Jetzt wollte sie ihr stärkstes Argument vorbringen. „Ich werde sicher eine gute Mutter sein, weil ich mir dieses Baby von ganzem Herzen wünsche. Ich bin kein Teenager, der aus einer Laune heraus handelt. Ich bin eine erwachsene Frau, die jeden Punkt genau bedacht hat. Ich kann es mir leisten, ein Baby zu haben. Und ich kann ihm alles bieten, was ein Kind sich wünscht und was es braucht. Ich werde gut als alleinerziehende Mutter zurechtkommen. Es wird sicherlich nicht leicht sein, aber was wirklich Wichtiges ist das schon? Auf jeden Fall will ich dieses Kind, ernsthaft und wahrhaftig. Und das ist die Hauptsache."

Trevor und Jenna kehrten zu der Treppe in den Park zurück, und da Trevor sein Schritttempo diesmal etwas verlangsamte, keimte in Jenna die Hoffnung, er würde beginnen, die Vorzüge ihres Plans zu erkennen.

„Ich gehe davon aus, dass du bereits mit Caroline über die ganze Angelegenheit gesprochen hast", sagte er.

„Ich habe doch keine Angehörigen mehr, und sie ist meine

beste Freundin", rechtfertigte sich Jenna. „Sie weiß schon seit Jahren, dass ich mir ein Kind wünsche. Ich habe jedes Detail mit ihr besprochen. Als mir dann die Idee mit dir kam, habe ich ihr die natürlich erzählt. Sie ist auch der Ansicht, dass der Plan gut ist."

„Natürlich. Haben meine Eltern eine Ahnung von eurem Komplott, den ihr so sorgfältig geschmiedet habt?"

„Nein. Wofür hältst du mich eigentlich? Das geht nur dich und mich etwas an." Sie sah zu Trevor hoch. Er war sehr nachdenklich, und sein ausgeprägtes männliches Profil erschien ihr in diesem Moment noch klassischer. „An meinen Beweggründen und meinen Zielen gibt es nichts auszusetzen. Und das weißt du auch."

„Das Ganze geht nur ein bisschen zu weit. Du hast ein paar entscheidende Dinge einfach außer Acht gelassen."

„Zum Beispiel?", wollte Jenna erstaunt wissen. Sie hatte geglaubt, alle möglichen Einwände in Betracht gezogen zu haben. In den letzten Monaten hatte sie fast über nichts anderes nachgedacht.

„Zum Beispiel die moralischen Bedenken meinerseits. Ich bin wahrhaftig nicht auf ein Kind versessen. Aber nehmen wir einmal an, ich würde dir helfen. Dann wäre das Kind doch auch mein Kind. Du bist vielleicht gut. Du sagst einfach, du willst gar nicht, dass ich mich um mein Kind kümmere. Glaubst du denn im Ernst, ich würde mir keine Gedanken um das Kind machen? Meinst du wirklich, ich würde mich nicht verantwortlich fühlen für ein kleines Wesen, das ich mit in die Welt gesetzt habe?"

„Ich spreche dich von jeglicher Verantwortung frei. Ich lasse einen entsprechenden Vertrag aufsetzen, wenn dir das lieber ist."

„Du verstehst mich nicht. Es geht dabei um mich." Er pochte sich mit einem seiner Schuhe, die er immer noch in den Händen hielt, auf die Brust. „Es geht um das, was ich empfinde. Ich bin kein gefühlloser Holzklotz. Ein Grund dafür, dass ich keine Kinder möchte, ist der, dass ich wohl kaum einen guten Vater abgeben würde. Meine Arbeit verschlägt mich in alle möglichen Winkel der Welt. Ich bleibe nie länger als ein paar Monate am gleichen Ort. Ich gehe, wenn es mir passt und wohin es mir passt. Und ich liebe diese Art zu leben. Wenn ich Kinder hätte, würde ich mich deswegen schuldig fühlen."

„Du bräuchtest keine Schuldgefühle zu haben. In diesem Fall ist alles anders. Du tust, was du versprochen hast, und dann ist die Sache für dich erledigt, du hast deinen Teil erfüllt."

„Jetzt reicht es aber, Jenna!", fuhr er sie an und ging wieder schneller. „Und was ist mit Krankheiten? Was ist, wenn dem Kind etwas passiert? Meinst du, mir wäre das alles gleichgültig und es würde mich überhaupt nicht mehr interessieren, was meinen Nachkommen betrifft? Und außerdem gibt es da noch ein Problem: Wer garantiert mir denn, dass es gleich beim ersten Mal klappt?"

„Niemand. Es kann schon sein, dass es zwei, drei Monate dauert", meinte Jenna vorsichtig und war froh, als die ersten Partygäste wieder in Sicht kamen.

„Und ich soll dann jedes Mal aus Florida herfliegen und meine Schuldigkeit tun? Wie stellst du dir das eigentlich vor?"

„Ich bitte dich um einen persönlichen Gefallen, Trevor. Einen Gefallen, hörst du?"

„Hallo, ihr beiden!", rief Caroline, die Trevor und Jenna auf dem Rasen entgegenkam. „Wir haben schon gedacht, ihr wärt ertrunken. Ich hätte fast schon eine Suchmannschaft nach euch ausgeschickt."

Trevor brummte eine spöttische Bemerkung vor sich hin, ließ aber zu, dass seine Schwester ihm den Arm um die Hüfte legte. Doch so völlig ungeschoren wollte er sie nicht davonkommen lassen. „Hast du etwa ernsthaft geglaubt, ich würde so einen Unsinn mitmachen, Caroline?", fragte er sie barsch.

Caroline warf Jenna einen besorgten Blick zu. „Ist er sauer?"

„Das kann man so nicht sagen", entgegnete Jenna und hakte sich bei ihr unter. „Er ist nur noch nicht ganz überzeugt."

„Ich halte es für eine großartige Idee, Trevor", erklärte Caroline ihm unumwunden. „Mom und Dad sind nicht die Einzigen, die sich wünschten, du hättest ein Kind. Mir geht es genauso. Ich vermisse dich immer sehr, wenn du fort bist. Und du bist ständig fort. Wenn ich aber einen kleinen Trevor als Neffen hätte, wäre ich überglücklich. Und wenn dann auch noch meine beste Freundin die Mutter dieses Kindes wäre, das wäre zu schön! Mir würde das außerordentlich gut gefallen, Mom und Dad wären begeistert."

„Ach. Und du bist so naiv zu glauben, unsere Eltern würden es dabei belassen? Sie würden mich unter Druck setzen und verlangen, dass ich Jenna heirate und dem Kind unseren Namen gebe."

„Das kommt gar nicht infrage", sagte Jenna so energisch und bestimmt, dass die beiden sie verblüfft anschauten. „Ich habe dir von Anfang an gesagt, dass ich nicht heiraten will, und dabei bleibt es auch, Trevor. Ich bin nicht scharf auf einen Ehemann, und schon gar nicht auf Schwiegereltern oder Großeltern und Tanten für mein Kind. Ich bin auch nicht an Geld interessiert. Und außerdem wird das Kind den Namen meiner Familie bekommen. So sehr ich eure Eltern auch schätze, sobald sie anfangen sollten, sich in irgendeiner Form einzumischen, werde ich heftiger zurückschlagen, als sie es von euch gewohnt sind."

„Das würdest du wirklich tun?", fragte Caroline mit offensichtlicher Enttäuschung. „Das hätte ich nicht gedacht."

„Daraus habe ich nie einen Hehl gemacht, Caroline. Das war das Erste, was ich dir überhaupt gesagt habe. Das ist eine der wichtigsten Grundvoraussetzung. Ein für alle Mal: Ich – will – nicht – heiraten. Alles, was ich will, ist das Baby!"

„Damit wären wir wieder bei dem, was ich eben sagen wollte", bemerkte Trevor. „Und wenn es nicht gleich beim ersten Mal klappt? Ich kann doch nicht dauernd hin- und herfliegen, nur um wieder bei deinem Arzt anzutanzen und …"

Caroline unterbrach ihn. „Eh, ich glaube, Annie hat eben nach mir gerufen." Sie ließ Trevor los und beugte sich zu Jenna. „Hübsche Haarschleife, die du da hast. Sicher ein Modell aus Mailand." Sie zwinkerte Jenna zu und verschwand in der Menge.

Vorsichtig löste Jenna die Krawatte aus ihrem Haar und gab

sie Trevor zurück. „Hier ist es nicht mehr so windig. Danke."

„Du hättest sie anbehalten sollen. Sah richtig gewagt aus. Aber andererseits" – er schaute ihr in die Augen – „andererseits bist du nicht der Typ, der etwas wagt. Du bist eher hundertfünfzig-prozentig, konservativ und untadelig. Ich kann es immer noch nicht glauben, dass ausgerechnet du ein uneheliches Kind haben willst."

„Was für ein altmodischer Ausdruck!"

„Es trifft aber genau das, was du vorhast."

„Viele Frauen machen genau das Gleiche."

„Auch Frauen, die in der Öffentlichkeit stehen?"

„Einige schon."

„Das ist ja richtig wagemutig."

Jenna verzog keine Miene. „Gut, dann bin ich eben wage-mutig. Wenn du es unbedingt so bezeichnen möchtest, warum nicht."

„Das hätte ich dir überhaupt nicht zugetraut."

„Die meisten Leute würden mir so etwas nicht zutrauen, aber das ist mir vollkommen egal. Ich will ein Kind. Und meinet-wegen bin ich auch wagemutig, um eins zu bekommen. Wirst du mir jetzt helfen oder nicht?"

Trevor verdrehte die Augen. „Verdammt, Jenna, ich habe den Eindruck, du weißt gar nicht, was du da von mir verlangst."

„Natürlich weiß ich das. Ich …"

Trevor und Jenna wurden von Joe Smith, Trevors Vater, unter-brochen, der noch nicht ganz bei ihnen war, da begann er bereits auf seinen Sohn einzureden. „Komm, geh mal eben zu den Wat-sons, Trevor. Sie fragen schon den ganzen Nachmittag nach dir und müssen bald wieder heimfahren." Er legte einen Arm um Trevors Schultern, was für Joe Smith kein Problem war, denn er war ebenso groß wie sein Sohn. Auch hatte Trevor die blauen Augen von seinem Vater geerbt, doch bei diesem waren sie alters-bedingt nicht mehr ganz so strahlend. „Die Watsons waren nicht hier, als du das letzte Mal zu Hause warst, und beim nächsten Mal werden sie womöglich auch nicht hier sein. Also, was ist?"

„Klar, ich komme mit", sagte Trevor.

„Feigling!", zischte Jenna und funkelte ihn an.

Er rächte sich auf seine Weise. „Hättest du nicht auch Lust, die Watsons zu begrüßen?"

Jenna hatte die Watsons bereits vorher genossen. Die beiden waren schon etwas älter und ziemlich schwerhörig. Jede Unterhaltung mit ihnen war eine Zerreißprobe für die Nerven. Alles, was man tun konnte, war, höflich lächeln, nicken oder beifällig lachen. Jenna malte sich bereits aus, wie sie lautstark und auffällig gestikulierend die falschen Schlüsse ziehen würden, wenn sie Trevor und sie gemeinsam sähen. Und das musste ja nun wirklich nicht sein.

„Danke", erwiderte sie und lächelte zuckersüß, „aber ich muss mich erst einmal frisch machen. Meine Frisur ist völlig hinüber."

„Dann komm zu uns, wenn du fertig bist", bot ihr Trevors Vater an. „Du und Trevor, ihr seid wirklich ein so hübsches Paar."

Jenna hätte sich beinahe verschluckt und wandte sich hastig ab. Doch Trevors finsteren Blick hatte sie noch bemerkt. Sie war gerade zwei Schritte gegangen, da fiel ihr ein, dass Trevor immer noch ihre Schuhe hatte. Als sie sich umdrehte, holte er die Wildlederpumps gerade aus seinen Taschen hervor. Er kehrte seinem Vater einen Moment den Rücken zu und gab sie ihr zurück.

„Er hat schon Lunte gerochen", murmelte er verdrossen.

„Ich habe kein Wort gesagt."

„Ist es möglich, dass Caroline etwas ausgeplaudert hat?"

„Sie hat mir versprochen, den Mund zu halten."

„Wenn er anfangt, mir Vorhaltungen zu machen, bin ich über alle Berge."

„Wenn er anfängt, dir Vorhaltungen zu machen, dann sag ihm, er soll sich um seine eigenen Angelegenheiten kümmern."

Trevor schnaubte und trat wieder zu seinem Vater.

Ohne dass jemand sie aufhielt, ging Jenna weiter zum Haus. Aber erst oben, in einem der Bäder, fühlte sie sich wirklich unbeobachtet. Sie lehnte sich gegen die Tür und schloss die Augen. Sie wusste immer noch nicht, woran sie bei ihm eigentlich war.

Er hatte nicht ja und nicht nein gesagt.

Jenna legte die Hand auf den Bauch. Oh, wie sehr sie sich nach einem Kind sehnte! Sie empfand diese Sehnsucht fast als schmerzhaft und stellte sich vor wie glücklich und aufgeregt sie erst sein würde, wenn sie schwanger war.

Wenn es wirklich sein musste, würde sie auch einen anonymen Vater in Betracht ziehen. Aber die Wärme, die sich in ihrem Inneren ausbreitete, wurde noch wohltuender bei dem Gedanken, dass ihr Kind auch Trevors Kind sein würde.

3. KAPITEL

*U*m zwei Uhr morgens klingelte Jennas Telefon. Obwohl sie nicht geschlafen hatte, fuhr sie bei dem schrillen Ton zusammen, der die Stille der Nacht zerriss. Ihr Herz pochte wie wild, als sie die Zeitschriften von der Bettdecke schob und den Hörer abnahm.

„Ja, bitte?"

„Habe ich dich etwa geweckt?"

Die Stimme am anderen Ende der Leitung war tief und umwerfend männlich. Sie war absolut nicht geeignet, Jennas Puls zu beruhigen. „Nein, ich habe noch gelesen." Nach kaum merklichem Zögern fragte sie: „Wo bist du jetzt?"

„In Newport. Bei meinen Eltern."

Jenna hatte ihr Haus in Little Compton auf der anderen Seite des Seekonk Rivers, an dem das Anwesen der Smith' lag. „Wir haben alle gedacht, du wärst gleich nach der Party nach Florida zurückgeflogen." Das hätte ihm wirklich ähnlich gesehen. „Ich habe in Newport auf dich gewartet. Ich hatte die leise Hoffnung, dass du zu mir zurückkommen und mit mir reden würdest. Als dann nach und nach alle zu Bett gingen, fiel mir natürlich keine Ausrede mehr ein, warum ich noch bleiben wollte." Schließlich hatte sie kein Interesse daran, Trevors Eltern auch nur den geringsten Anlass zu irgendwelchen Spekulationen über die Beziehung zwischen ihr und ihm zu geben.

„Ich habe einen Freund besucht", sagte Trevor. „Wir haben uns schon seit Jahren nicht mehr gesehen. Auf der Party erzählte mir jemand, er sei krank gewesen. Wir haben uns ewig unterhalten."

„Du bist mir keine Rechenschaft schuldig."

„Nein, aber ich möchte trotzdem, dass du das weißt. Ich bin nicht herzlos und habe gemerkt, dass dir der Gefallen, um den du mich gebeten hast, sehr viel bedeutet. Ich wäre nie einfach so fortgegangen, ohne dir wenigstens eine Art Antwort zu geben."

Jenna hielt den Atem an.

„Das Problem bei dieser Sache ist zunächst einmal", fuhr er

183

fort, „dass ich so gut wie gar nichts über die ganze Prozedur weiß. Deshalb kann ich dir auch noch nicht antworten."

Ihre Hoffnung lebte wieder auf. „Du ziehst es also in Betracht, mir zu helfen?"

„So ausgedrückt ist das nicht richtig. Ich halte das alles immer noch für mehr als absurd."

Sie musste daran denken, welche Heldensagen man sich über Trevors Unternehmungen erzählte. „Das musst du gerade sagen. Was du tust, ist doch auch reichlich absurd."

„Was ich tue, ist riskant", verbesserte er sie. „Und das tue ich auch erst, wenn ich das ganze Vorhaben eingehend geprüft habe."

Er hatte nicht nein gesagt. Er hatte wirklich noch nicht nein gesagt. „Ich habe mein Vorhaben ebenfalls eingehend geprüft", erklärte sie. „Du kannst mich alles fragen. Los fang schon an. Ich sage dir alles, was du wissen willst."

„Ich würde gern etwas genauer wissen, warum du so etwas eigentlich tun willst."

„Ganz einfach. Weil ich ein Baby möchte."

„Aber warum möchtest du unbedingt ein Baby?"

Jenna war irritiert. Die Antwort lag doch wohl auf der Hand.

Trevor verstand ihr Schweigen offensichtlich als Kritik an seiner Frage. „Ich finde, ich habe ein Recht, das zu wissen", ergänzte er. „Immerhin willst du ein Kind von mir, egal auf welchem Weg. Und dann möchtest du es für dich allein haben. Damit käme dir in dieser Angelegenheit die weitaus bedeutendere und ernstere Rolle zu. Wenn es allerdings nur eine fixe Idee von dir sein sollte, unbedingt Mutter sein zu wollen, dann würde das Kind sicher darunter leiden. Und ich möchte nicht mitverantwortlich für die Zeugung eines Kindes sein, das von einer Besessenen erzogen wird."

„Ich mag einen starken Willen haben, vielleicht bin ich auch stur, aber doch nicht besessen."

„Dann sag mir jetzt bitte, warum du dieses Kind haben möchtest."

Jenna rutschte ein Stückchen zurück und machte es sich etwas bequemer. Dann zog sie die Bettdecke bis zur Taille und zupfte an dem Laken herum. Schließlich presste sie den Hörer dichter ans Ohr.

„Also? Was ist nun?", ließ Trevor sich wieder vernehmen.

„Ich muss erst einmal meine Gedanken ordnen. Ich möchte schon seit so langer Zeit ein Kind haben, dass ich die vielen Gründe dafür zunächst einmal wieder trennen muss. Hast du es dir gemütlich gemacht? Das könnte jetzt eine Weile dauern."

„Das Gedankenordnen?"

„Nein. Das Aufzählen der Gründe."

„Macht nichts. Ich habe Zeit."

„Bist du im Herrenzimmer?" Sie stellte sich den Raum vor. Er lag im Erdgeschoss und war mit Mahagoni getäfelt. An den Wänden zwischen Bücherregalen und Sideboards hingen schwere, düstere Ölgemälde. Es war ein ausgesprochen dunkles, typisches Männerzimmer. Im Geist sah sie Trevor in einem der ledernen Klubsessel sitzen.

„Ich bin in meinem Schlafzimmer."

Das war natürlich etwas ganz anderes. Ihn sich dort vorzustellen fiel ihr merkwürdigerweise viel schwerer. Sein Zimmer war unverändert seit der Zeit, als er seinen Collegeabschluss gemacht hatte. An den Wänden hingen bunte Wimpel, auf den Regalen standen überall Pokale und andere Sporttrophäen. Es war ein richtiges Jungenzimmer. Aber Trevor war kein Schuljunge mehr. Er war ein erfahrener Mann von siebenunddreißig Jahren. Seine ausgeprägten Gesichtszüge und sein muskulöser, durchtrainierter Körper verrieten, dass er sein Leben nicht wohlbehütet und gefahrlos verbrachte und viel herumgekommen war.

„Du sagst ja gar nichts dazu."

„Nein."

„Interessiert es dich denn nicht, was ich gerade anhabe?"

„Nein."

„Da habe ich aber Glück gehabt. Das würde mich jetzt nämlich in arge Verlegenheit bringen."

Jenna wusste, dass er sie nur auf die Probe stellen wollte. Er wollte testen, ob sie zimperlich war. Das könnte eventuell problematisch werden bei der Erziehung eines Sohnes oder einer Tochter. „Du wirst doch nicht etwa nackt herumliegen?", flötete sie. „Ist dir denn nicht zu kalt?" Ihre Wangen brannten, und bei dem Gedanken, wie Trevor sich nackt auf seinem Bett rekelte, wurde ihr heiß. Sie konnte plötzlich an nichts anderes mehr denken.

„Und was ist mit dir? Ist dir kalt?", fragte er mit tiefer, samtweicher Stimme.

„Ich habe etwas an."

„Um diese Zeit hast du noch etwas an?"

„Ein Nachthemd. Ich friere leicht."

„Dir fehlt eindeutig ein Mann, der dich wärmt."

Diese Bemerkung war ziemlich unverschämt. Wenn sie sie nicht an ihr Vorhaben erinnert hätte, dann hätte sie ihm gehörig die Meinung gesagt. „Ich besitze eine herrliche Daunendecke. Die ziehe ich mir über, wenn ich friere, und lege sie zur Seite, wenn mir warm genug ist. Oft liegt sie unter Bergen von Bügelwäsche und Büchern begraben, und manchmal stelle ich mich auch selbst darauf, wenn ich den Deckenventilator abstaube. Diese Decke macht alles mit, ohne sich zu beklagen, und stellt keine Ansprüche. Welcher Mann könnte mir schon solchen Komfort bieten?"

Trevor schwieg einen Moment. Als er das Gespräch dann fortsetzte, klang er ernst und nachdenklich. „Und wenn das Baby auf deine schöne Decke spuckt? Und wenn du die ganze Nacht aufbleiben musst, weil es Fieber hat? Und wenn du am nächsten Tag stundenlang im Wartezimmer eines Arztes sitzen musst? Es kann auch gut sein, dass es immer anfängt zu weinen, wenn du es in sein Bettchen legen willst. Wie würdest du dich in so einer Situation fühlen?"

„Ziemlich schlecht, wenn das Kind krank wäre. Hilflos, wenn ich nichts tun könnte, als zu warten, bis das Fieber sinkt. Außerdem wäre es mir geradezu ein Bedürfnis, das Kleine zu halten und zu wiegen, wenn ich ihm damit helfen kann."

„Aber warum willst du das alles auf dich nehmen?", kam Trevor auf seine ursprüngliche Frage zurück. „Du führst ein völlig geregeltes Leben. Ein Baby würde das alles innerhalb weniger Tage durcheinanderbringen. Und dann müsstest du dich achtzehn lange Jahre damit abfinden. Hast du überhaupt schon einmal darüber nachgedacht?"

„Natürlich."

„Und das alles schreckt dich nicht ab?"

„Natürlich nicht."

„Aber warum nicht?"

Er schien sie nicht zu verstehen, ihren Wunsch, ein so angenehmes Leben wissentlich umzuwerfen, nicht zu begreifen. Er provozierte sie und verlangte, dass sie ihm endlich ihre Beweggründe plausibel machte. Instinktiv spürte sie, dass er auch für sich nach einer Rechtfertigung suchte, so mir nichts dir nichts ein Kind in die Welt zu setzen.

Nach kurzem Nachdenken versuchte Jenna erneut, Trevor zu erklären, was in ihr vorging. „Ich glaube, es ist das Beste, wenn ich alles einmal der Reihe nach erzähle." Ihr Blick streifte das gerahmte Foto, das auf ihrer Kommode stand. „Es ist jetzt schon acht Jahre her, seit meine Eltern mit dem Flugzeug abgestürzt sind. Ich war damals gerade sechsundzwanzig, und in den folgenden vier Jahren hat mich die naheliegende Zukunft viel zu sehr in Anspruch genommen, als dass ich mir über das, was danach käme, Gedanken gemacht hätte. Dann wurde ich dreißig. Der McCuesche Warenhauskonzern florierte, und ihn zu managen strengte mich nicht besonders an. Ich hatte genügend Zeit, über den Tod meiner Eltern nachzudenken, über mein weiteres Leben und darüber, dass ich die letzte unserer Familie bin. Mit mir würde unser Familienname aussterben, der gesamte Besitz müsste verkauft werden. Ich habe keine Erben. Diese Vorstellung ist ziemlich traurig."

„Und wenn dein Kind nun überhaupt kein Interesse an dem Familienunternehmen hat?"

„Sicher, das kann passieren. Aber wenigstens hätte mein Kind durch das Vermögen die Möglichkeit, sein Leben sinnvoll und lebenswert zu gestalten. Damit wäre ich schon vollauf zufrieden. Ich möchte, dass unsere Familie weiter besteht."

Trevor zögerte. „Okay, das leuchtet mir ein. Und weiter?"

„Das ist eigentlich schon alles. Die Idee, dass meine Familie fortgeführt werden sollte, ließ mich nicht mehr los. Die Frage war jetzt nur, wie sollte das geschehen." Jenna machte eine kurze Pause. „Und notgedrungen kam ich da auf deinen Körper."

Jenna hatte ihre Haare oben auf dem Kopf zu einem Pferdeschwanz gebunden, damit sie sie beim Schlafen nicht störten. Nun, da sie versuchte, sich Trevor verständlich zu machen, kämmte sie mit den Fingern durch die seidige Lockenpracht. Gewöhnlich tat sie das immer dann, wenn sie entweder tief in Gedanken oder nervös war. Im Augenblick traf beides ein bisschen zu.

„Ich höre", meldete sich Trevor.

„Ich weiß." Ihre Stimme klang heiser. „Dieser Teil meiner Geschichte ist schwieriger zu erklären."

„Lass dir ruhig Zeit."

Sie atmete tief durch. Alle Zeit der Welt würde ihr nicht helfen. Sie war schon immer gehemmt gewesen, wenn es um intime Dinge ging. Und jetzt musste sie auch noch ständig daran denken, dass Trevor nackt in seinem Bett lag … „Ich wurde mir meines Körpers bewusst", begann sie widerstrebend. „Es musste ja seine Gründe haben, warum mein Körper nun einmal so ist, wie er eben ist. Aber ich wurde diesen Gründen nicht gerecht."

„Was willst du damit sagen?"

Das Bewusstsein seiner ungeheuren Männlichkeit machte es ihr schwer, ihm zu antworten. Er war in körperlichen Dingen sehr erfahren, etwas, worin sie nicht mithalten konnte. „Du weißt genau, was ich damit sagen will."

„Ich bestehe darauf, dass du es mir erklärst."

Sie schloss die Augen. Dann öffnete sie sie langsam und richtete den Blick auf eine aus Treibholz geschnitzte Figur. Sie hatte sie sich vor einigen Jahren von den Bahamas mitgebracht und ebenfalls auf die Kommode gestellt. Die Schnitzerei erinnerte sie an Sonne und Sand. Sie war völlig geschlechtsneutral und lenkte sie von dem Bild des nackten Trevors in ihrem Kopf ab. „Ich verfüge über alle notwendigen weiblichen Organe, um ein Kind zu empfangen, auszutragen und zu stillen. Aber ich benutze sie nicht. Das ist doch die reinste Verschwendung, findest du nicht?"

„Das kommt darauf an, was du sonst noch so damit anstellst. Kinder sind nicht die Einzigen, die von deiner Weiblichkeit profitieren. Das können Männer auch."

Die Holzfigur war vergessen, eine Welle lief Jenna heiß und prickelnd über den Rücken, und unruhig hob sie die Hüften an und legte eine Hand zwischen ihre Brüste. Auf keinen Fall wollte sie sich von Trevor in eine Grundsatzdiskussion über Männer und Frauen hineinziehen lassen. Sie seufzte. „Schön. Ich habe gerade von meinem Körper erzählt und von der Bestimmung, die er meiner Ansicht nach hat. Und jedes Mal, wenn ich daran denke, fühle ich mich schrecklich leer und unerfüllt."

„Um es auf den Punkt zu bringen: Du fühlst dich ebenso leer und unerfüllt, was Männer angeht."

„Wie kommst du denn darauf?", fuhr sie ihn beleidigt an.

„Weil du schon jeden dahergelaufenen Mann anbettelst, dir nach deinen Vorstellungen zu helfen."

Mit einem Ruck setzte sie sich auf. „Ich bettle niemanden an. Du bist der Einzige, den ich gefragt habe. Und das hat seinen Grund. Nur weil ich keinen anderen Mann kenne, dessen Erbanlagen infrage kommen, heißt das noch lange nicht, dass ich keine Affären habe."

„Hast du denn welche?"

„Das geht dich nichts an!"

„Und ob mich das etwas angeht", sagte er aufreizend sanft. „Immerhin steht die Gesundheit des Kindes auf dem Spiel. Du hast zwar gesagt, du wolltest allein leben, aber wenn du dich ständig wechselnden Kerlen an den Hals wirfst, nur weil dir gerade danach ist, könntest du dir leicht eine Krankheit eingefangen haben. Ich benutze Kondome schon lange, bevor sie in Mode kamen. Das Risiko einer ungewollten Schwangerschaft war mir immer zu hoch. Aber es gibt ja Burschen, die sind da weniger zimperlich."

„Ich habe dir doch bereits gesagt, dass ich vollkommen gesund bin."

„Okay. Dann bleibt da immer noch der Punkt, dass das Kind, das du dir wünschst, dauernd mit anderen Männern konfrontiert wird. Es würde mir gar nicht gefallen, wenn mein Kind einer Flut von ‚Onkeln' ausgesetzt ist, die heute in und morgen passé sind. Genauso wenig würde ich davon halten, wenn du das Kind bei einem Babysitter lassen und dich vier, fünf Nächte pro Woche mit Männern amüsieren würdest. Also, jetzt bitte im Klartext: Hast du im Moment sexuellen Kontakt zu irgendwelchen Männern oder nicht?"

„Nein", gestand sie ihm. Der Wunsch nach einem Kind war stärker als ihr Stolz. Wenn Trevor Smith es zur Bedingung für seine Hilfe machte, über ihr mehr als dürftiges Intimleben informiert zu werden – schön, das konnte er haben.

„Wann hast du zuletzt mit einem Mann geschlafen?"

Sie schluckte. „Vor drei Jahren."

„Was war das für ein Mann?"

„Ein Journalist aus New York. Ich habe ihn in Paris auf einer Modenschau kennengelernt. Wir waren dort zusammen. Und dann noch einmal kurz, nachdem wir wieder zurück waren."

„Und was war vor ihm?"

Sie zupfte nervös am Bettlaken. „Ein paar Jahre davor hatte ich etwas mit einem Buchhalter."

„Ein paar Jahre?", bohrte er weiter.

„Genaugenommen vier. Die Geschichte dauerte einen Monat." Jenna trieb sich selbst an weiterzureden, doch sie war wütend und den Tränen nahe. „Vor ihm gab es noch einen Jungen, als ich auf der Handelsschule war. Das war's dann auch schon. Keine Orgien. Keine nymphomanischen Exzesse. Nichts, wofür sich ein Kind schämen müsste. Wenn ich mir eine Krankheit eingefangen hätte, wäre sie schon längst ausgebrochen. Du kannst meinen Arzt anrufen, wenn du willst. Er wird dir bestätigen, dass ich kerngesund bin."

Jenna presste eine Hand auf ihre bebende Unterlippe und war so damit beschäftigt, wieder ruhiger zu werden, dass sie gar nicht bemerkte, wie schweigsam Trevor geworden war. Endlich antwortete er ihr.

„Das wird nicht nötig sein. Ich vertraue dir."

„Na, Gott sei Dank."

„Aber du musst zugeben, ich hatte ein Recht, danach zu fragen."

Es hatte Jenna sehr weh getan, ihre wenig erfüllenden Beziehungen so einfach vor einem anderen Menschen auszubreiten. Aber sie wusste, warum Trevor sie so hartnäckig befragt hatte. Denn sie selbst hatte fast die gleichen Fragen an Caroline gerichtet, um etwas über sein Liebesleben zu erfahren. Und Caroline wusste mehr darüber als irgendjemand anders. Trevors Bemerkung hinsichtlich seiner Einstellung zu Kondomen bestätigte nur das, was Caroline ihr bereits gesagt hatte.

„So …" Trevors Stimme klang merklich freundlicher. „ … du möchtest also ein Baby – erstens, damit der Name McCue weitergeführt wird, und zweitens, damit die mütterlichen Funktionen deines Körpers nicht brachliegen. Habe ich das richtig verstanden?"

„Nein, das ist noch nicht das Eigentliche. Die Hauptsache habe ich noch gar nicht erwähnt." Jenna sprach nicht sofort weiter. Sie benötigte eine Minute, um erneut ihre Gedanken zu ordnen und sich voll und ganz auf die Zukunft zu konzentrieren. Sie wollte so ausgeglichen und überzeugend wie möglich darüber sprechen.

Als sie so lange schwieg, fragte Trevor sanft: „Du wirst mir hier doch nicht einschlafen?"

„Keine Angst. Ich muss nur erst nachdenken. Bei dem, was ich dir sagen möchte, geht es um Gefühle. Das ist der wichtigste Teil meiner Geschichte. Aber ich weiß nicht genau, wo ich anfangen soll."

„Fang einfach irgendwo an. Ich melde mich schon, wenn mir etwas unklar ist."

Jenna riss sich zusammen und versuchte, ganz locker zu sein. Eine Hand ruhig zwischen den Knien, nahm sie Trevor beim

Wort und ließ ihren Gedanken freien Lauf. „Ich möchte ein Baby, das immer bei mir ist, das ich nicht abends wieder hergeben muss. Ich möchte es behüten und wissen, was es gern isst und wie es isst. Bei jedem kleinen Laut von ihm möchte ich sofort erkennen können, was es von mir will. Ich möchte es lieb haben und wieder geliebt werden. Ich erlebe oft, wie Caroline mit ihren Kindern zusammen ist, und es ist einfach wundervoll, wenn sie klein sind und ihre winzigen Ärmchen fest um deinen Hals legen. Ich möchte das auch erleben."

„Sie bleiben aber nicht sehr lange klein", gab Trevor zu bedenken.

„Das weiß ich ebenso gut wie du. Ich kenne auch das Sprichwort: je größer die Kinder, desto größer die Probleme. Aber mit Problemen werde ich schon fertig. Mit Liebe schafft man alles – oder doch fast alles. Das Verhältnis zu den Kindern ändert sich natürlich, wenn sie heranwachsen – das war bei meinen Eltern und mir sicher nicht anders – aber die Liebe bleibt. Ich will nicht darauf verzichten müssen." Jenna hatte plötzlich alles vor Augen und wurde ganz aufgeregt. „Ich will Leben in diesem Haus, Spielzeug in den Fluren. Ich will, dass mein Leben einen Sinn hat, der über die Arbeit in meinem Unternehmen hinausgeht. Ich brauche jemanden, den ich froh machen, mit dem ich ins Kino oder zu Disneyland gehen kann. Ich sehne mich nach einem Menschen, über den ich mir Gedanken und Sorgen machen muss."

Sie rang nach Luft und sprach langsamer weiter. „Das mag sich in deinen Ohren wieder wie Besessenheit anhören, aber glaube mir, das ist es nicht. Trotz allem bin und bleibe ich auch Geschäftsfrau. Ich liebe meine Arbeit und kann sie mir einteilen, wie ich will. Ich kann viel oder wenig arbeiten, aber ich werde nie ganz damit aufhören. Das heißt, ich werde nicht ohne Beschäftigung sein, wenn das Kind in die Grundschule oder ins College kommt. Meine geschäftlichen Verpflichtungen werden schon dafür sorgen, dass ich mich nicht zur Glucke entwickle."

Sie dachte einen Moment nach, bevor sie fortfuhr. „Aber das

Geschäft allein ist mir einfach nicht genug. Nachdem meine Eltern gestorben waren, habe ich mich Hals über Kopf in die Arbeit gestürzt. Doch dann wurde ich immer routinierter, und auf einmal bemerkte ich diese Leere in meinem Leben. Ich möchte ein Kind, das mich erfüllt, ein eigenes Kind, jemanden, der zu mir gehört. Ich habe doch sonst niemanden auf der Welt." Jenna ballte die Faust. Ihre Stimme klang plötzlich viel leiser, fast scheu. „Manchmal …"

„Manchmal was?"

„Manchmal fühle ich mich einsam, so allein gelassen. Und manchmal …" Sie kämpfte gegen ihre übermächtigen Gefühle an. Trevor schien das zu spüren und drängte sie nicht. „Manchmal weiß ich gar nicht wohin mit all der Liebe und Zärtlichkeit, die in mir sind. Mir ist dann fast so, als würde ich platzen." Sie hielt erneut inne und seufzte. „Verstehst du, was ich meine?"

Er schwieg.

„Wahrscheinlich nicht. Du hast ja auch eine Familie. Du hast Großeltern, Eltern, Tanten, Onkel, eine Schwester und zwei Neffen und eine Nichte. Weißt du überhaupt, was für ein Glück du hast, Trevor?"

Er schwieg noch immer.

„Bitte versteh mich nicht falsch", versuchte sie ihm klarzumachen. „Ich will ja gar nicht sagen, dass du das alles nicht schätzt. Und ich möchte dich auch keineswegs kritisieren. Du hast dich nun einmal dafür entschieden, frei und ungebunden zu leben. Das ist dein gutes Recht. Du liebst dieses Leben. Es ist aufregend, abwechslungsreich, und es befriedigt dich. Du leidest nicht darunter, so viel allein zu sein. Ich glaube, das ist bei Männern sowieso anders. Ihr ruht eher in euch selbst. Wir Frauen dagegen brauchen wohl die Wärme und die Geborgenheit der Familie." Sie sank zurück in die Kissen. „Wenn ich ein Mann wäre, dann könnte es mir jetzt gar nicht besser gehen."

„Ich bin froh, dass du kein Mann bist", ließ sich die tiefe Stimme am anderen Ende der Leitung vernehmen. Jetzt hatte Jenna schon geglaubt gehabt, Trevor wäre eingeschlafen. „Dazu bist du viel zu hübsch."

Hübsch? Jenna wusste nicht, was sie darauf antworten sollte. Trevor hatte ihr noch nie ein Kompliment gemacht. Sie war stets nur eine Freundin seiner kleinen Schwester gewesen. Auch Caroline wurde von ihm nicht mit Schmeicheleien überhäuft. Ihn interessierte lediglich, was sie und die Kinder gerade machten. Und dazu gehörte irgendwie auch sie, Jenna.

Das Kompliment tat ihr gut, aber sie machte sich nichts vor. Zweifellos hatte er sich nichts Besonderes dabei gedacht. Sie hatte ihm gerade erklärt, wie einsam sie war, und da wollte er sie natürlich trösten.

Jenna war seltsam verlegen und um so dankbarer, dass sie nur miteinander telefonierten und sich nicht persönlich gegenübersaßen. Ruhig fuhr sie fort: „Nun ja, darum geht es jetzt aber. Meinst du denn, ich wäre eine gute Mutter für dein Kind?"

„Wenn ich ein Kind haben wollte, dann wärst du die ideale Mutter."

Sie setzte sich wieder kerzengerade auf. „Das heißt also, du willst mir helfen?"

„Ich weiß doch noch gar nicht, ob ich überhaupt ein Kind haben möchte. Das habe ich dir doch schon gestern gesagt. Ich brauche noch Bedenkzeit."

„Aber ich will die Sache so schnell wie möglich in Angriff nehmen."

„Wie schnell?"

„Innerhalb der nächsten vierzehn Tage. Du hast mir versprochen, du würdest mir eine Antwort geben, bevor du wieder fortgehst."

„Stimmt. Dann habe ich noch zwölf Stunden Zeit, um mich zu entscheiden."

„Ist das denn so schwierig, Trevor?", fragte sie fast flehend. „Du brauchst mir doch nur diesen und vielleicht auch noch nächsten Monat ein paar Minuten deiner Zeit zur Verfügung zu stellen. Danach werde ich dich nie mehr um etwas bitten. Ich würde dir auch vertraglich zusichern, dass du von allen weiteren Verpflichtungen befreit bist.

„Ich hatte eigentlich nicht vor, ein Kind in die Welt zu setzen."

„Für dich wird es auch so sein, als hättest du es nicht getan. Du wirst nichts davon merken. Nur deine Eltern werden glücklich sein."

Er schnaubte verächtlich. „Ja, und dann werden sie mich weichklopfen, dass ich zum Geburtstag des Kindes und zu Weihnachten nach Hause kommen soll. Sie werden keine Ruhe geben …"

„Keine Sorge", unterbrach sie ihn und war sich ihrer Sache völlig sicher. „Wenn du mir hilfst und ich schwanger werde, dann sage ich ihnen die Wahrheit. Sie sollen wissen, dass das Ganze nur von mir ausging und dass du mir nur einen Gefallen getan hast. Ich werde ihnen erklären, dass ich das alleinige Sorgerecht habe. Darüber habe ich schon ausführlich mit Caroline gesprochen. Sie ist überzeugt, dass sie dich in Ruhe lassen werden, wenn ich sie vor die Wahl stelle, entweder meine Spielregeln zu akzeptieren oder das Kind nicht zu sehen."

„Eigentlich brauche ich gar kein Kind."

„Aber ich!"

Sekundenlanges drückendes Schweigen herrschte zwischen ihnen. Schließlich ertrug Jenna das laute Klopfen ihres eigenen Herzschlags nicht länger. „Trevor? Hilfst du mir?"

„Du hast vielleicht Nerven." Der Tonfall seiner Stimme ließ nicht erkennen, ob er sie für extrem mutig oder für extrem verrückt hielt. „Ich glaube, es gibt auf der ganzen Welt keine zweite Frau, die mich um das bitten würde, was du von mir willst."

„Ich bin verzweifelt. Ich möchte, dass mein Baby die allerbesten Erbanlagen hat. Um das sicherzustellen, brauche ich den allerbesten Mann. Und du bist der allerbeste Mann."

„Ich bitte dich!"

„Das ist einfach die Wahrheit. Hilfst du mir jetzt, ja oder nein?"

„Ich will nicht."

„Ich weiß, aber du denkst trotzdem darüber nach, nicht wahr?" Sie hielt den Atem an.

Trevor fluchte leise vor sich hin. Sie stellte sich vor, wie er sich durch die Haare fuhr, wie er es am Nachmittag am Strand getan hatte. „Hör zu", begann er und seufzte gequält. „Ich kann dir jetzt nicht mehr sagen, als dass ich noch einmal darüber nachdenke. Können wir uns treffen?"

„Sag mir wann und wo, und ich werde dort sein."

Eine Minute verging. „Verdammt, ich weiß nicht, wann und wo. Ich rufe dich im Laufe des Tages wieder an. Bist du zu Hause?", knurrte er missmutig.

„Den ganzen Tag. Ich werde nirgendwo hingehen und nur auf deinen Anruf warten. Danke, Trevor. Allein, dass du mich anrufen willst, rechne ich dir schon hoch an."

„Ich habe nicht gesagt, dass ich zu irgendetwas bereit bin."

„Aber du hast auch nicht nein gesagt. Du denkst darüber nach, und mehr kann ich nicht verlangen. Wenn du zu dem Entschluss kommen solltest, dass es nicht geht, wäre ich zwar sehr enttäuscht, doch ich hätte Verständnis dafür. Ich möchte dich nicht zu etwas zwingen, das gegen deine moralischen oder ..."

„Schlaf jetzt endlich, Jenna", fiel Trevor ihr unsanft ins Wort. „Ich kann nicht ordentlich nachdenken, wenn du immer dazwischenplapperst. Gute Nacht. Ich werde mich bei dir melden."

4. KAPITEL

Trevor hätte Caroline umbringen können. Es war jetzt drei Uhr morgens, und er lag verdrossen in seinem Bett und zermarterte sich das Hirn. Wenn er nicht so sehr an seiner Schwester hängen würde, wäre er bestimmt zum Mörder geworden, dessen war er sich ganz sicher. Aber sie hatte immer schon eine Sonderstellung bei ihm gehabt. Seit ihrer Kindheit bewunderte sie ihn, liebte ihn bedingungsloser, als seine Eltern das taten. Dafür hatte er, der Ältere, sie beschützt, wann immer er konnte. Mit der Zeit hatten sie zwar einige unterschiedliche Interessen entwickelt, die sie etwas voneinander entfernten, aber auch von der erwachsenen Caroline ließ er es sich gefallen, dass sie manchmal sein Nomadenleben kritisierte. Denn trotz allem war sie stets nachsichtiger und verständnisvoller ihm gegenüber als seine Eltern. An ihr lag es, dass er Newport nicht nur als eine Art Käfig empfand.

Das war jedenfalls üblicherweise so.

Doch diesmal konnte davon keine Rede sein. Sie hatte Jenna schon so gut wie zugesichert, dass er ihr helfen würde. Und obwohl ihn niemand drängte, obwohl ihm niemand die Pistole auf die Brust setzte, fühlte er sich wie eine Fliege im Spinnennetz, und das machte ihn wütend.

Jenna war hübsch, und sie war aufrichtig. Sie war eine dunkelhaarige, schwarzäugige Schönheit mit der samtigsten Haut, die er je gesehen hatte. Sie war eine kultivierte, überaus attraktive Frau. Gleichzeitig war sie auch eine kultivierte Geschäftsfrau. Er war überzeugt, dass sie eine gute Mutter sein würde. Und er war ebenso überzeugt, dass sie trotz gegenteiliger Behauptung fest damit rechnete, er täte ihr den Gefallen. Deshalb wäre sie sicher am Boden zerstört, wenn er ablehnte.

Aber er wollte doch gar kein Kind und die damit verbundene Verantwortung. Es stimmte, was er Jenna gesagt hatte: Sein Verantwortungsbewusstsein würde sich immer bei ihm melden, gleichgültig, wie sehr sie ihn von allen Verpflichtungen freisprach. Er könnte nicht mehr fröhlich in der Welt herumreisen, wenn er wüsste, dass irgendwo sein Kind aufwuchs. Natürlich waren seine Expeditionen keine Vergnügungsreisen. Er lebte von dem, was er damit verdiente. Und wenn er überschlug, was seine Bücher und die Filmrechte einbrachten, dann machte er sogar noch einen ganz ansehnlichen Gewinn. Aber das Wichtigste an seinen Unternehmungen war, dass sie ihm Spaß machten.

Wenn Caroline Jenna diese Wahnsinnsidee doch bloß ausgeredet hätte. Aber das hatte sie nun einmal nicht getan. Und Jenna hatte ihn um Hilfe gebeten. Dabei waren ihre Motive so stichhaltig und ihr Auftreten so überzeugend gewesen, dass es ihm sehr, sehr schwerfallen würde, ihr eine negative Antwort zu geben. Sie hatte nichts dem Zufall überlassen und konnte einem Kind in jeder Hinsicht alles bieten. Sie hatte auch recht mit dem, was sie über seine Eltern gesagt hatte. Die würden mit Sicherheit überglücklich sein und beruhigt, dass er endlich einen Erben hätte. Gerade über diesen Punkt musste er immer wieder nachdenken. Sein Vermögen war ebenso groß wie das von Jenna, und genau wie sie hatte auch er keinen direkten Erben. Ganz zu schweigen von der Tatsache, dass er ebenfalls der Überzeugung war, sie und er würden ein wunderbares Kind zusammen haben.

So weit, so gut. Doch was sollte er jetzt tun? Ihr Vorschlag hatte durchaus seine Vorzüge, und wenn er nein sagte, würde er vielleicht leichtfertig eine unwiederbringliche Chance verspielen und es später bereuen. Und wenn seinen Eltern, Gott behüte, Ähnliches passieren sollte wie Jennas Eltern, würde er sich dann nicht lebenslänglich Vorwürfe machen, sie um ein Enkelkind gebracht zu haben? Und wäre es nicht auch schön, ein Wesen aus Fleisch und Blut zu hinterlassen, in dem er selbst ein klein bisschen weiterlebte?

Trevor stieß laute Verwünschungen aus und drehte sich auf die andere Seite, weg vom hellen Mondlicht, das in sein Zimmer schien. Jenna hatte ihm einen Köder hingelegt, aus irgendwelchen Gründen schaffte er es nicht, die Finger davon zu lassen. Ein innere Stimme hielt ihn davon ab, einfach nach Florida zurückzufliegen.

Er hatte bei seinen Forschungsreisen schon eine Menge heikler Situationen erlebt, und wenn er eins wusste, dann, dass er sich auf seinen Instinkt verlassen konnte.

Auch Jenna konnte nicht einschlafen. Sie wusste nicht, ob Trevors Anruf ihr Hoffnung machen sollte oder nicht. Es war ihr selbst nicht klar gewesen, wie sehr sie schon mit seiner Zusage rechnete, bis sie sich vor Augen gehalten hatte, dass er bereits in wenigen Stunden ablehnen könnte. Wenn er allerdings ja sagte, würde sie das wundervollste Kind haben, das man sich vorstellen konnte. Allein der Gedanke wühlte sie so sehr auf, dass er sie stundenlang wachhielt.

Erst kurz vor Sonnenaufgang schlief sie ein, und als es dann an der Tür klingelte, hörte sie es nicht. Das Klingeln wurde immer stürmischer, und selbst dann dauerte es noch eine Weile, bis sie das Geräusch einordnen konnte. Sie stolperte aus dem Bett und war bereits an der Schlafzimmertür, als ihr einfiel, dass sie kaum etwas anhatte. Sie hastete zurück und griff nach dem dekorativen Überwurf, der auf einem Korbstuhl lag, hüllte sich darin ein und lief barfuß die Treppe hinunter.

Sie spähte aus dem Seitenfenster, und Panik überkam sie. Draußen stand Trevor. Er war frisch geduscht, seine Haare waren noch etwas feucht, und er wirkte so ausgeruht, dass sie sich dagegen wie ein Nachtgespenst vorkam. Ihre Haare waren zerzaust, sie konnte kaum die Augen offenhalten und war sicher, dass sie sich Falten ins Gesicht geschlafen hatte.

Mit einer Hand raffte Jenna ihren Umhang, mit der anderen öffnete sie die Tür. Die Sonne schien ihr voll ins Gesicht. Sie ging einen Schritt zur Seite und nutzte Trevors große Gestalt als Sonnenschirm.

„Wie spät ist es denn?", fragte sie mit verschlafener, kratziger Stimme.

„Zwanzig vor neun", entgegnete er und klang völlig unbefangen, während er ihr zerrupftes Äußeres betrachtete.

Jenna fragte sich, wie man nach so wenig Schlaf so blendend aussehen konnte. Sie schluckte und strich sich ein paar lose Haarsträhnen aus dem Gesicht. „Möchtest du nicht hereinkommen? Ich ziehe mir nur rasch etwas über."

„Meinetwegen brauchst du dir keine Umstände zu machen."

Das hieß wohl, dass er sowieso nicht lange bleiben würde, und sie war furchtbar enttäuscht. „Du willst mir also nicht helfen?" Ihre Augen füllten sich mit Tränen. „Oh, Trevor."

„Das habe ich nicht gesagt." Trevor ertrug es nicht, wenn sie weinte. „Ich möchte nur in Ruhe mit dir sprechen."

„Oh. Okay." Jenna schaute sich um, unschlüssig, ob sie ihn ins Wohnzimmer oder in die Küche bitten sollte. Sie wünschte, einen klaren Gedanken fassen zu können, doch Trevor hatte sie zum denkbar ungünstigsten Zeitpunkt überrascht. Sie war nun einmal keine Frühaufsteherin. „Eh, ich mache uns jetzt erst mal einen ordentlichen Kaffee." Jenna wollte Zeit gewinnen.

Den Umhang fest um die Schultern gezogen, ging Jenna in die Küche. Obwohl sie spürte, dass Trevor ihr folgte, drehte sie sich nicht zu ihm um. Sie konzentrierte sich allein darauf, die Kaffeemaschine startklar zu machen, was einhändig zwar etwas schwierig war, doch sie wagte es nicht, den Sesselüberwurf auch nur eine Sekunde loszulassen. Sie fürchtete, er könne herunterfallen. Ihr Nachthemd war aus feinem, fast durchsichtigem Batist, und sie trug nichts darunter.

Als sie endlich die Kaffeemaschine gefüllt und eingeschaltet hatte, sagte sie: „Ich laufe nur schnell nach oben. In zwei Minuten bin ich wieder hier."

„Setz dich", befahl Trevor.

„Aber ich bin ja noch gar nicht angezogen", protestierte sie und schaute ihn nun doch an. Das war ein Fehler. Sein Gesichtsausdruck war entschlossen, der Blick seiner leuchtend blauen Augen ließ keinen Widerspruch zu und ging ihr durch Mark und Bein.

„Unser Gesprächsthema ist äußerst vertraulich. Du bist dafür gerade richtig angezogen."

Sie wollte etwas einwenden, hatte aber Angst, ihn zu verärgern. So setzte sie sich in einen der beiden Sessel, die neben einem kleinen Glastisch standen, und bemühte sich, Haltung zu bewahren. Der Umhang verhüllte sie, die Beine hatte sie zusammengepresst, die Füße gekreuzt und unter den Sessel geschoben.

Trevor lehnte mit verschränkten Armen am Küchenschrank. Er trug eine enge schwarze Hose und ein großzügig geschnittenes schwarzes Hemd. Seine Haare waren zur Seite gekämmt, doch auch seine Frisur zeigte die ersten Auflösungserscheinungen. Er sah sie scharf an.

„Ich tue es."

Ihr Herz begann zu rasen. „Du tust es?" Er nickte.

Mit noch ungläubigem Lächeln erhob Jenna sich. „Du willst mir wirklich helfen?" Sie presste die Hände auf die bebenden Lippen und sah Trevor glücklich mit von Tränen verschleiertem Blick an.

Er brummte ungehalten über diesen Gefühlsausbruch und schaute ihr dann fest in die Augen. „Unter einer Bedingung", sagte er.

„Ich tue alles, was du willst." Sie strahlte und fühlte sich auf einmal viel leichter und heiterer. „Ich bin dir ja so unendlich dankbar, Trevor! So dankbar und unsagbar erleichtert. Ich hatte schon geglaubt, du würdest nein sagen. Dann hätte ich auf eine Samenbank zurückgreifen müssen. Aber so werde ich das wundervollste Kind haben, das man sich denken kann!"

„Keine künstliche Befruchtung."

Ihr Atem stockte, ihr Lächeln verschwand. „Bitte, was?"

„Keine künstliche Befruchtung", wiederholte er. „Entweder richtig oder gar nicht."

„Richtig?"

Er sah sie an, als könnte er nur mit Mühe ein Lachen zurückhalten. „Wir beide werden richtig zusammen schlafen."

Jenna bekam plötzlich Puddingknie. Sie ließ sich wieder in den Sessel fallen und klammerte sich an den Umhang. „Das geht doch nicht", murmelte sie bestürzt. „Wir haben doch gar keine richtige Beziehung!"

„Das geht schon, wenn du ein Kind von mir willst."

„Sicher will ich das Kind", erklärte sie hastig und war dabei völlig hilflos. „Aber ich glaube, du weißt nicht, was du da sagst!"

„Da irrst du dich. Ich weiß sehr genau, was ich sage. Schließlich habe ich die ganze Nacht darüber nachgedacht. Und ich sage, dass das Kind, das du von mir haben möchtest, auf normalem Weg entstehen wird oder gar nicht."

„Aber du bist doch Carolines Bruder!"

„Na und?"

„Na, und da bin ich doch fast wie eine Schwester für dich." Langsam, sehr langsam schüttelte er den Kopf.

„Aber ich habe keine große Begabung auf sexuellem Gebiet!", wandte sie ein. So demütigend es auch sein mochte, sie musste ihm die Wahrheit gestehen. „Keiner meiner drei Liebhaber ist in Jubel ausgebrochen, nachdem er mit mir geschlafen hatte. Ich glaube, dass ich dich nicht einmal ansatzweise in die nötige Stimmung versetzen könnte."

„Oh doch, das könntest du", versicherte er ihr, und seine Stimme klang plötzlich heiser. „Ich zeige dir dann schon, wie es weitergeht."

„Du hast schon so viele Frauen gehabt! Du bist so erfahren! Und du bist so groß!" Sie klammerte sich an diesen Strohhalm. „Du hast selber gesagt, ich sei zu klein. Du bist einen guten Kopf größer als ich."

„Das hat dir aber doch gefallen, als du daran dachtest, das Kind könnte ein Junge werden."

„Sicher, aber da war ich in dem Glauben, wir würden die Sache getrennt beim Arzt erledigen. Wirklich, Trevor, es wäre viel besser so."

„Für dich vielleicht, aber nicht für mich. Und da ich nun einmal derjenige bin, von dem hier alles abhängt …" Er ließ die Arme sinken und stieß sich vom Küchenschrank ab. „Brauchst du Zeit zum Nachdenken, Jenna? Dann lasse ich dir Zeit." Trevor schlenderte zur Tür. „Nimm dir so viel Zeit, wie du willst. In den nächsten sechs Monaten bin ich in Florida, danach kann ich allerdings überall sein. Aber Caroline hat meine Telefonnummer in den Keys. Du könntest jederzeit auf Band sprechen, und wenn ich dann zurückkomme …"

„Warte!", rief Jenna, als Trevor den Fuß über die Schwelle setzte. Sie konnte ihn doch jetzt nicht einfach fortlassen. Jetzt, wo sie so nahe am Ziel ihrer Wünsche war. „Okay." Sie stand auf und war fest entschlossen zu handeln, bevor ihre Schüchternheit wieder die Oberhand gewann. „Okay, wir machen es so, wie du willst." Das würde sie auch noch überstehen, bestimmt. „Genauso machen wir es."

Ein kaum merkliches Lächeln umspielte Trevors Lippen. „Gut."

„Aber dafür musst du mir auch etwas versprechen", bat sie ihn. „Wenn es nicht so richtig klappt – ich meine, wenn ich nichts – wenn ich nichts bei dir bewirke", sie atmete tief ein. „Wenn also das Ganze eine einzige Katastrophe werden sollte, machen wir es dann so, wie ich vorgeschlagen habe?" Die Worte kamen stoßweise, ihre Wangen glühten, aber sie sagte, was sie ihm sagen wollte.

„Es wird keine Katastrophe werden."

„Ich wäre mir da nicht so sicher. Ich bin wirklich nicht besonders talentiert in dieser Hinsicht."

Er runzelte die Stirn. „Hast du Angst, ich könnte bei dir nichts empfinden?"

„Das soll doch vorkommen."

„Das kann ich mir bei dir kaum vorstellen."

„Um ehrlich zu sein: Es ist vorgekommen." Er stand nun genau vor ihr. „Bei allen drei Männern?"

„Bei dem letzten."

„Dann muss es eindeutig an ihm gelegen haben. Mir wird das garantiert nicht passieren."

„Woher willst du das wissen? Wir stehen hier völlig bekleidet – du zumindest. Woher weißt du, was geschehen wird, wenn wir zusammen im Bett sind? Das hier ist immer noch eine geschäftliche Angelegenheit. Meinst du wirklich, ich könnte dich so erregen, dass …"

„Ja, das meine ich", sagte Trevor und fuhr mit dem Handrücken über ihre Brüste.

Jenna schnappte erstaunt nach Luft. Zuerst wollte sie instinktiv ausweichen, aber die Zartheit seiner Berührung und der Gedanke daran, wer es war und was sie von ihm wollte, ließen sie still stehen bleiben. Innerhalb von Sekunden erzitterte sie am ganzen Körper. Ihr Blick hing an Trevors Gesicht, und sie bemerkte eine leichte wie unbeabsichtigte Bewegung seines Kopfes und ein schwaches Beben seiner Nasenflügel. Mehr geschah nicht. Er hatte nur ungefähr zehn Sekunden lang sanft über ihre Brüste gestreichelt, dabei hatte er noch nicht einmal ihre Haut berührt. Ihr Nachthemd und der Umhang waren dazwischen gewesen. Nun streifte er über ihre Taille, und dann ließ er die Hand sinken. Er schaute an sich herab. Sie folgte seinem Blick und sah die Ausbuchtung in seiner Hose, das deutliche Zeichen seiner Erregung.

„Wie gesagt, mir passiert so etwas nicht", bemerkte er trocken.

Im Grunde war es schon lächerlich, wenn man sich die Umstände vor Augen hielt, Jenna empfand das auch so, aber dennoch fühlte sie sich unwohl bei dieser Szene, so als habe sie ihn unfreiwillig bei etwas überrascht. Sie konnte Trevor nicht in die Augen schauen und ließ sich zurück in den Sessel fallen.

„Möchtest du sonst noch irgendetwas testen?", fragte Trevor. Sie betrachtete eingehend ihre Hände. „Nein."

„Oder möchtest du es dir vielleicht lieber anders überlegen und mir den Auftrag entziehen?" Jenna schaute ihn an. „Nein."

Trevor lachte leise vor sich hin und deutete auf die Kaffeemaschine. „Das riecht wirklich verlockend. Eine Tasse Kaffee würde mir jetzt guttun. Möchtest du auch eine?"

„Eh, gern", stotterte Jenna, ohne sich von der Stelle zu rühren.

Jenna überließ es Trevor, den Kaffee einzuschenken, sie war einfach zu sehr damit beschäftigt, ihr inneres Gleichgewicht wiederzuerlangen. Einerseits war sie wie berauscht vor Freude, weil sie endlich ein Kind bekommen würde. Andererseits war sie völlig verwirrt bei dem Gedanken, auf welchem Weg sie zu diesem Kind kommen sollte.

Sie nahm die Tasse und die Untertasse, die Trevor ihr reichte, und stellte beides rasch auf dem Glastisch ab, damit Trevor das

Zittern ihrer Hände nicht bemerkte. Dann wartete sie, bis er sich ihr gegenüber hinsetzte.

„Okay", meinte er und streckte die Beine aus. „Gibt es sonst noch etwas, das dich bedrückt?"

„Das alles macht mich sehr nervös", begann sie zögernd, „und es ist mir irgendwie unangenehm. Du bist schließlich Carolines Bruder. Ich wäre von alleine nie auf die Idee gekommen, mit dir zu schlafen."

„Ich auch nicht, aber ich habe die ganze letzte Nacht darüber nachgedacht. Und schon bei der bloßen Vorstellung hat sich ein Körperteil von mir selbstständig gemacht."

„Das sagst du jetzt nur so."

„Nein, es ist die Wahrheit."

„Du hättest doch nicht mal im Traum daran gedacht, wenn ich dich nicht um diesen Gefallen gebeten hätte."

„Mag sein", räumte er ein. „Aber das liegt wohl nur daran, dass ich nie lange genug hier sein kann, um auf solche hervorragenden Ideen zu kommen. Damit erhebt sich jetzt allerdings ein anderes Problem. Wo sollen wir es eigentlich machen? Die Arztpraxis scheidet ja nun aus."

Jenna sah ihn flehend an. „Du könntest dir das Ganze doch noch einmal durch den Kopf gehen lassen. Mir wäre so viel wohler, wenn wir es nach meinem Plan ablaufen ließen." Sie beobachtete, wie er seinen Schluck Kaffee trank und die Tasse wieder absetzte. Seine Hand zitterte nicht im geringsten. Er sah aus, als würde ihm diese Diskussion auch noch Spaß bereiten. Von Befangenheit keine Spur.

„Ich mag es nicht, wenn alles nach Plan abläuft", sagte er. „Nicht, wenn es um Sex geht. So. Also, wo soll es denn jetzt passieren? Bei dir oder bei mir?

Wir könnten natürlich auch in ein Hotel gehen, aber das ist ziemlich unpersönlich, findest du nicht?"

„Unpersönlich ist gerade gut. Du darfst nicht vergessen, das Ganze ist eine geschäftliche Angelegenheit, weiter nichts. Kein romantisches Stelldichein oder so. Wir würden uns ja auch nur einmal dort treffen."

„Nur ein Mal? Ich denke, es könnte sein, dass es nicht gleich beim ersten Versuch klappt?"

„Es wird schon klappen."

„Nichts da. Wenn wir schon so etwas beginnen, dann machen wir es auch gleich richtig. Keine Widerrede. Um alle günstigen Zeitpunkte abzudecken, müssten wir also an den zwölf infrage kommenden Tagen mindestens einmal miteinander schlafen. Ist das richtig?"

Ihr Magen krampfte sich zusammen. Das Baby. Denk an das Baby, redete sie sich ein. „Zwölf Tage, ja, richtig."

„Es sei denn, du willst dir noch ein paar Monate Zeit lassen, um dich mit dem Gedanken vertraut zu machen."

Jenna war felsenfest davon überzeugt, dass ihr selbst die längste Eiszeit nicht helfen würde, sich mit dem Gedanken anzufreunden, mit Trevor zu schlafen. Also wollte sie es so schnell wie möglich hinter sich bringen. „Ich will, so bald es geht, schwanger werden. Wenn alles klappt, kommt das Kind im April nächsten Jahres zur Welt."

„Du bist vielleicht gut. Möchtest du nicht schon mal die Hebamme anrufen?"

„Ich hatte eben wochenlang Zeit, es immer wieder auszurechnen. Schließlich ist das ja wichtig, damit der Plan auch gelingt."

Er trank seinen Kaffee aus. „Das heißt also, ich müsste am sechsten Juli wieder herfliegen, oder?"

„Wenn du es dir einrichten könntest." Sie hatte diesen Termin schon lange vor Augen gehabt, allerdings bis vor ein paar Minuten unter anderen Voraussetzungen. „Ich hatte mir alles so schön ausgedacht. Mein Plan war perfekt." Sie verzog das Gesicht. „Und jetzt ist alles so kompliziert."

„Wieso denn das?", wollte Trevor wissen. Er rutschte tiefer in den Sessel und streckte seine langen Beine noch weiter von sich. „Ich sehe da keine Probleme. Ich bleibe einfach hier. Du hast doch genügend Platz."

„Hier?"

„Es gibt schnell Ärger, wenn ich mit meinen Eltern unter

einem Dach lebe. Ich glaube, ich sage ihnen besser gar nicht, dass ich überhaupt in der Stadt bin."

„Aber sie möchten dich doch sicher gern sehen."

„Wenn sie nicht wissen, dass ich hier bin, werden sie mich auch nicht vermissen. Das ist doch ganz einfach."

„Und wenn dich in der Stadt jemand sieht."

„Mich wird schon keiner sehen. Ich werde die ganze Zeit hierbleiben."

Vor Jennas geistigem Auge tauchten Schreckensbilder auf. Sicher würde sie sich bei dem Versuch, Trevor zu unterhalten, genauso ungeschickt anstellen wie beim Sex. Er war immerhin daran gewöhnt, dass sich in seiner Umgebung ständig aufregende Dinge abspielten. Dergleichen konnte sie ihm in ihrer altehrwürdigen Villa wohl kaum bieten. „Du lieber Himmel, Trevor. Du wirst dich erbärmlich langweilen. Ganz nebenbei hatte ich eigentlich auch vor zu arbeiten."

„Nur keine Panik. Du kannst ruhig arbeiten. Du brauchst nicht einmal einen normalen Arbeitstag zu opfern. Für unser Vorhaben können wir auch nachts aktiv werden."

Nachts. Natürlich. Er ging sicher davon aus, dass es ihr im Dunkeln leichter fallen würde. Doch dann erschien ihr auch das als unzureichender Schutz. Allein der Gedanke, nackt neben Trevor zu liegen … nackt neben dem nackten Trevor Smith, dem Buchautor, Abenteurer und Frauenexperten! Es war ziemlich entmutigend.

Aber sie wollte dieses Baby.

„Wir können nicht zusammen schlafen", erklärte sie und startete einen verzweifelten Versuch, einige Regeln aufzustellen, um wenigstens etwas Halt zu haben. „Ich meine, wir können nicht die ganze Nacht zusammen verbringen."

Er zog die Augenbrauen hoch. „Warum nicht?"

„Weil es sich um eine geschäftliche Zusammenkunft handelt. Es wäre einfach nicht korrekt."

Er sah sie missbilligend an. „Ich habe mich aber schon so darauf gefreut, einen warmen Körper neben mir zu haben. Und was ist, wenn wir es mehr als einmal machen wollen? Soll ich etwa die ganze Nacht den Flur auf und ab laufen?"

„Wir können es nicht mehr als einmal pro Nacht machen. Es soll auch nicht gut sein, habe ich gelesen, denn dann wärst du völlig erschöpft."

Trevor wirkte belustigt. „Das mag vielleicht auf andere Männer zutreffen. Aber wenn ich erst einmal so richtig in Fahrt komme …"

Sie unterbrach ihn. „Trevor, bitte! Ich versuche mit Müh und Not, mich an den Gedanken zu gewöhnen. Ich kann nicht gerade behaupten, dass du mir dabei eine große Hilfe bist."

„Du würdest auch keine große Hilfe dabei nötig haben", bemerkte er ärgerlich. „Wenn du dich nur ein bisschen fallen lassen könntest, dann wäre das für alle Beteiligten weniger anstrengend."

„Aber es ist nun einmal anstrengend. Wir schlafen doch nur zusammen, weil ich ein Kind möchte. Es ist doch nicht so, als ob wir etwas füreinander empfinden würden."

„Das ist auch gar nicht notwendig. Wir können unsere Körper auch ohne große Gefühlsduselei genießen. Ich fand es sehr erregend, deine Brüste zu berühren, und kann mir gut vorstellen, dass es mir bei dem Rest deines Körpers ebenso gehen wird. Vielleicht beruht das ja sogar auf Gegenseitigkeit. Man hat mir bisher immer gesagt, ich wäre ein recht fantasievoller Liebhaber."

„Das will ich ja gern glauben, aber ich kann mir nun einmal nichts vormachen." Sie fühlte sich klein und verletzlich, als sie flüsternd fortfuhr: „Bitte, Trevor! Ich habe eingewilligt, es nach deinem Plan zu machen, weil ich dieses Kind mehr möchte als alles andere in der Welt. Aber ich kann einfach nicht so tun, als würde mir das alles darüber hinaus etwas bedeuten. Ich möchte, dass wir stets aufrichtig zueinander sind. Bitte!"

Trevor schaute Jenna lange an. Schließlich erhob er sich. Er wirkte unverändert entschlossen, fast trotzig. „Ich werde am Sechsten hier sein. Wenn sich irgendetwas an unserem Plan ändern sollte, weißt du ja, wie du mich erreichen kannst." Dann verließ er wortlos das Haus.

5. KAPITEL

*D*er sechste Juli war ein Samstag. Ein normaler Arbeitstag wäre Jenna lieber gewesen, dann hätte sie wenigstens die Möglichkeit gehabt, sich mit Büroarbeit abzulenken. So – mit Trevor in ihrer Nähe – würde sie wahrscheinlich jede Minute daran denken müssen, was ihr an diesem Abend mit ihm bevorstand.

Am Freitagmorgen rief Trevor sie an.

„Ich wollte nur sichergehen, dass es bei unserem Rendezvous bleibt", meinte er.

„Das ist kein Rendezvous", protestierte sie gereizt. „Es ist ein Treffen." Sie wollte unbedingt verhindern, dass ihr die Dinge aus der Hand glitten. Deswegen war es wichtig, sich stets den wahren Charakter ihrer Verbindung vor Augen zu halten. Trevor war schließlich nicht freiwillig und aus Interesse an ihrer Person auf sie zugegangen, da machte sie sich nichts vor. Und ebenso wenig wollte sie ihm etwas vormachen, denn ihr ging es nur um das Kind. Alles andere wäre gelogen und demütigend. Das Ganze war schon verzwickt genug.

„Dann eben Verabredung", sagte er gelassen. Seine Stimme klang tief und mehr als angenehm. „Sonst läuft alles wie geplant?"

„Klar."

„Sehr schön." Und lässig fügte er hinzu: „Ich habe morgen übrigens am Flughafen von Norwood einen Termin, um ein paar kleinere Schäden an meinem Flugzeug beheben zu lassen. Das ist ungefähr eine Autostunde von dir entfernt. Hättest du etwas dagegen, mich am Nachmittag dort abzuholen?"

„Tja, warum sollte ich?"

„Dann können wir uns noch ein bisschen unterhalten, ehe wir … also, wir können uns unterhalten."

Den Bruchteil einer Sekunde glaubte Jenna, Trevor wäre ebenfalls ein wenig verlegen. Aber dann verwarf sie diesen Gedanken wieder. Wenn es darum ging, mit einer Frau zu schlafen, geriet Trevor sicher nicht in Verlegenheit. Dazu war er viel zu erfahren.

„Ich freue mich schon", sagte sie und schaffte es sogar, völlig locker zu klingen: „Wann soll ich ungefähr bei dir sein?"

„Ich komme erst am Nachmittag hier weg. Für früher habe ich keine Starterlaubnis bekommen, und dann muss ich dem Burschen aus der Werkstatt noch klarmachen, was genau repariert werden soll. Wäre dir halb sieben zu spät?"

Jenna fiel ein Stein vom Herzen. „Halb sieben ist mir sehr recht." Sie hatte also doch den ganzen Tag Zeit, sich anderweitig zu beschäftigen. Den Sonntag würde sie schon irgendwie bewältigen, und Montag wäre sie dann wieder im Büro.

„Fahr direkt durch zu Hangar C", wies Trevor sie an. „Dann hupst du am besten ein paarmal, damit ich weiß, dass du da bist. Bis dann."

„Okay, bye."

Trevor sah einfach blendend aus, als Jenna ihn am nächsten Tag abholte. Er trug ein marineblaues Hemd, die Ärmel waren hochgekrempelt. Das Hemd hing über kakifarbenen Shorts, die die Länge seiner durchtrainierten Beine betonten. Seine Leinenschuhe wirkten ebenso lässig wie der Trenchcoat, der über seiner Schulter lag. Trevor hatte sich eine ausgebeulte Aktenmappe unter den Arm geklemmt, und man hätte ihn leicht für einen Yuppie auf Wochenendurlaub halten können, wenn da nicht diese unverwechselbaren Mimikfalten in seinem Gesicht gewesen wären. Sie verliehen ihm das Aussehen eines unzähmbaren Vagabunden. Den gleichen Effekt hatten seine Narbe, sein brauner, windgegerbter Teint und das zerzauste Haar. Und dann waren da noch seine Augen. Vor allem diese Augen.

Jenna seufzte hilflos und versuchte, ihre innere Erregung zu bekämpfen. Sie winkte ihm zu und wartete, während er über den Asphalt ging und auf ihren Jaguar zusteuerte. Sie wäre nicht verwundert gewesen, wenn er sie auf den Beifahrersitz gescheucht und sich ans Steuer gesetzt hätte. Doch er stieg auf der Beifahrerseite ein und warf sein Gepäck nach hinten.

„Zu dumm", murmelte er und schaute durch die Windschutzscheibe. „Dieser verfluchte Mechaniker hat meinen Termin vergessen und ist übers Wochenende weggefahren. Sein Kollege ist zwar da, aber der kann nicht mal ein Auto von einem Fahrrad unterscheiden. So einer bekommt mein Flugzeug nicht in die Finger."

„Und was hast du jetzt vor?"

„Am Montag ist Mac wieder da, und dann soll er gefälligst mein Flugzeug reparieren." Er sah sie an. „Wartest du schon lange?"

„Fünf Minuten. Nicht der Rede wert." Sie schaute wie gebannt in seine Augen. Sein Blick war eindringlich wie immer, dennoch wirkte Trevor etwas zerstreut. „Du siehst müde aus. War der Flug so anstrengend?"

„Der Flug war bestens. Nur davor war einiges, womit ich mich herumschlagen musste. Mein Verleger ist nicht ganz einverstanden mit meinem neuesten Manuskript und verlangt eine umfassende Überarbeitung. Die frohe Botschaft kam gestern mit der Post. Es wäre ja auch zu viel gewesen, mich persönlich anzusprechen. Ich habe gestern fast den ganzen Nachmittag damit zugebracht, mich am Telefon mit dem Kerl herumzuschlagen. Es sind zwar ein paar Kompromisse dabei herausgekommen, aber mir bleibt immer noch jede Menge zu tun. Ich muss bei dir zu Hause also arbeiten."

Jenna konnte ihr Glück gar nicht fassen. Nun brauchte sie doch nicht in die Unterhaltungsbranche einzusteigen. Trevor würde auch so vollauf beschäftigt sein. „Gut. Du kannst in meinem Büro daheim arbeiten. Da steht ein riesiger Schreibtisch, und die Lichtverhältnisse sind auch bestens." Sie lehnte sich entspannt zurück. „Brauchst du einen Computer?"

Er stieß einen verächtlichen Laut aus. „Ich kann kaum Schreibmaschine schreiben, geschweige denn mit einem Computer umgehen."

Sie war erstaunt. Trevor wirkte immer so überlegen, in allen Bereichen versiert, dass sie stets davon ausgegangen war, es würde nichts geben, was er nicht könnte.

„Sieh mich doch nicht so an", sagte er ihr. „Ich bin seit meinem zweiundzwanzigsten Lebensjahr auf Achse. Wann habe ich schon mal die Ruhe, mich mit so einem Gerät auseinander-zusetzen? Ich bin bisher immer ganz gut damit gefahren, eine Schreibkraft zu engagieren." Er sah finster vor sich hin. „Ich kann dir sagen, Überarbeitungen sind fast schlimmer als Partys."

„Bis wann musst du denn damit fertig sein?"

„Bis letzte Woche."

„Oh!"

„Ja, wirklich ,Oh'." Er lächelte schief und sah sie dann wieder an. Sein Blick veränderte sich, wurde wärmer und tiefer, bis sie eindeutiges Begehren darin erkannte.

Sie zwang sich, woanders hinzuschauen, doch dieses wo-anders waren seine Beine, deren Anblick ihr ebenso unter die Haut ging.

„Hast du Probleme mit meinen Shorts?", erkundigte er sich scheinheilig. „Weißt du, mitten in dem ganzen Ärger mit meinem Verleger quälte mich auch noch die Frage, was ich heute anziehen sollte. Unabhängig davon, dass Sommer ist und es im Flugzeug oft warm werden kann, dachte ich mir, es wäre vielleicht ganz gut, wenn du dich schon einmal an meine Beine gewöhnst, dann gerätst du nachher nicht in Panik."

Jenna gab sich Mühe, weniger verkrampft auf den Gegen-stand seiner Anspielung zu schauen. Seine Beine waren schlank und kräftig, lang, behaart und ebenso gebräunt wie sein Gesicht. „Ich weiß, wie Männerbeine aussehen. Deine kenne ich übri-gens schon länger."

Er runzelte die Stirn. „Woher?"

„Aus den Ferien zwischen College und Handelsschule. Weißt du nicht mehr? Caroline und ich haben Inselhüpfen in der Ägäis gemacht. Wir haben dich auf Kreta getroffen."

„Ach ja. Richtig", meinte er und lächelte. „Ich habe euch als Erstes dazu verdonnert, zu Hause anzurufen. Von euch beiden war natürlich keiner auf diese Idee gekommen – und die Eltern waren schon auf hundertachtzig. Ich wusste das, weil ich vorher aus einem völlig anderen Grund daheim angerufen hatte. Und dann habe ich Pechvogel natürlich eine Standpauke bekommen, als ob ich derjenige gewesen wäre, der verschollen war!"

Jenna erwiderte sein Lächeln. „Jedenfalls warst du ein paar Tage mit uns zusammen, meistens am Strand. Und da habe ich deine Beine gesehen."

„Du müsstest eigentlich noch viel mehr gesehen haben, wenn du mit mir am Strand warst."

„Du hattest eine Badehose an."

„Das wird aber nicht gerade ein Umhang gewesen sein, wenn ich mich recht erinnere."

Er hatte recht. Sein Badehose war winzig und eng anliegend gewesen. Sie hatte ihn damals bewundernd betrachtet, aber dabei war es dann auch geblieben. Trevor war schließlich Carolines älterer Bruder, für sie schon fast eine Respektsperson. Sie hatte nie daran gedacht, dass zwischen ihnen einmal etwas sein könnte. Außerdem unterschied sich seine Art zu leben auch viel zu sehr von ihrer.

Aber heute war heute, und je länger sie auf seine athletischen Beine schaute, desto intensiver dachte sie daran, dass sie sie schon bald nicht mehr nur ansehen würde. Jenna hoffte inständig, das Autofahren würde sie von Trevors eindrucksvoller Erscheinung ablenken, und ließ den Motor an. „Musst du auf der Rückfahrt noch etwas erledigen?"

„Nein, aber ich würde jetzt gern etwas essen. Ich komme um vor Hunger." Trevor überlegte kurz. „Hier in der Nähe war doch früher so ein tolles Steak-Restaurant Terry's, Carrie's …"

„Corey's?"

„Genau. Existiert das noch?"

„Ja. Möchtest du dorthin?"

„Auf dem schnellsten Weg."

Es dauerte kaum zehn Minuten, da waren Jenna und Trevor auch schon im Restaurant. Aber erst nach zwanzig Minuten wurde ein Tisch frei, und sie wurden darauf hingewiesen, sich eine weitere Dreiviertelstunde gedulden zu müssen, bis das Essen serviert werden würde. Jenna rechnete damit, dass Trevor sich wahnsinnig über die lange Wartezeit aufregen würde, aber er blieb ruhig und beschwerte sich nicht. Er vertilgte derweil zwei

Körbe mit warmen Brötchen, unterhielt sich mit ihr über den Warenhauskonzern, über gemeinsame Bekannte und natürlich über Caroline und die Kinder.

Als dann endlich das Essen auf dem Tisch stand, aß er erst seine Portion, danach die Hälfte von ihrer. „Ich muss so viel Energie aufnehmen, wie ich kann. Ich werde sie noch bitter nötig haben", erklärte er mit dreistem Grinsen.

„Trevor, bitte", sagte sie ungehalten.

„Was ist denn?"

„Das ist mir peinlich."

„Entschuldigung. Das ist mir so herausgerutscht."

Sein selbstgefälliges Grinsen verschwand, und er aß fertig. Ein Dessert wollte er erstaunlicherweise nicht mehr, sondern wie sie nur Kaffee. Schließlich brachte ihnen die Serviererin die Rechnung, und schnell griff sie danach.

Aber Trevor hielt ihre Hand fest und nahm ihr die Rechnung wieder ab. „Ich bezahle."

„Das will ich nicht. Du bist doch meinetwegen hier. Ich möchte zahlen."

„Ich sagte, ich bezahle", wiederholte er so gebieterisch, dass sie zurückwich. Dann holte er seine Kreditkarte hervor und fügte freundlicher, fast sogar sanft hinzu: „Ich habe ja auch mehr als doppelt so viel gegessen."

Um keiner weiteren Erklärung für seinen ungeheuren Appetit ausgeliefert zu sein, verkniff sie sich jeglichen Kommentar, während er die Rechnung beglich. Als sie zum Wagen zurückgingen, war es draußen bereits dunkel.

Doch die Dunkelheit vermochte Jenna schon gar nicht zu beruhigen. Nachts sollte es geschehen, hatte Trevor gesagt, und jetzt war es Nacht. Und während der ganzen Fahrt nach Little Compton umklammerte sie krampfhaft das Lenkrad und dachte dabei an ihr Haus, an das Bett, das sie für Trevor hergerichtet hatte, und an ihr eigenes. Sie fragte sich, in welchem Bett es geschehen würde.

Auch Trevor wirkte abwesend. Im Licht der Straßenlaternen sah sie, dass er den Ellbogen auf die Tür gelegt und den Kopf aufgestützt hatte. Überlegte er es sich vielleicht doch noch anders?

„Alles in Ordnung?", erkundigte sie sich.

„Ja, ja."

Sie zögerte. „Du klingst, als seist du wütend."

„Nicht wütend." Er schwieg eine Weile. Dann seufzte er, ließ die Hand sinken und schaute aus dem Fenster. „Nur unsicher."

Ihr Herz pochte schlagartig heftiger. „Unsicher, ob du überhaupt den nächsten Schritt wagen möchtest?"

„Nein, unsicher, wie ich den nächsten Schritt machen soll. Ich habe schon oft Frauen verführt, aber du willst ja nicht verführt werden. Du willst, dass es wie eine geschäftliche Konferenz abläuft. Auf die Art ist es bei mir aber noch nie abgelaufen."

Sollte sie sich doch noch Hoffnungen machen können? „Du weißt, dass ich jederzeit bereit bin, es doch noch nach meinem Plan zu machen. Ich bin sicher, dass der Arzt uns morgen einen Termin einrichten könnte …"

„Vergiss es", unterbrach er sie. Mehr brauchte er ihr nicht zu sagen, sein Tonfall sagte alles.

Sie hütete sich, ihn unnötig zu reizen. Natürlich wäre es ihr tausendmal lieber gewesen, ihren Vorschlag durchzusetzen, doch es war Trevor, der ihr einen riesigen Gefallen tun wollte. Und das war es, was sie nicht vergessen durfte.

„So schwierig kann das doch nicht sein", versuchte sie, ihn zu beschwichtigen. Wenn er schon nicht weiter wusste, das konnte ja heiter werden! „Wir beide wissen doch, wie es geht. Findest du nicht, dass das reicht?"

Er blieb ihr die Antwort schuldig. Überhaupt sprach er den Rest der Fahrt kein Wort mehr mit ihr. Das machte sie traurig. Früher war es immer ein Kinderspiel gewesen, sich mit Trevor zu unterhalten. Sie konnte ihm stundenlang zuhören, wenn er von seinen Reisen, Abenteuern und Büchern sprach. Und er hatte ihr lebhaftes Interesse immer gespürt und ihr alles ungezwungen erzählt. Doch jetzt herrschte eine Spannung zwischen ihnen, eine belastende Spannung. Jenna kam die grässliche Befürchtung, dass ihre Beziehung für immer zerstört sein könnte, und sie hoffte sehr, dass es nicht so war.

Als Jenna in ihrer Einfahrt hielt und ausstieg, holte Trevor sein Gepäck vom Rücksitz und folgte ihr ins Haus. Im Flur blieb Jenna kurz stehen. „Eh, ich zeige dir jetzt erst einmal dein Zimmer. Du möchtest sicher auspacken." Sie führte ihn die Treppe hinauf über den Korridor an ihrem Schlafzimmer vorbei in den anderen Flügel des Hauses. Vor der Tür trat sie zur Seite, um ihn ins Zimmer zu lassen.

Er ging hinein und warf seine Sachen aufs Bett. Dann stand er dort regungslos, die Hände auf die Hüfte gelegt, mit dem Rücken zu ihr. Man merkte ihm seine Anspannung und sein Unbehagen an.

„Falls dir dieses Zimmer nicht zusagt …", begann sie, stockte aber, als er sich plötzlich zu ihr drehte. Sein Gesichtsausdruck war verschlossen, seine Augen glitzerten, während er sie ansah und mit seinem Blick festhielt.

„Ich halte es für das Beste, wenn wir es jetzt sofort hinter uns bringen. Keiner von uns beiden hat eine ruhige Minute, bis es endlich geschehen ist. In zehn Minuten, wenn ich geduscht habe, komme ich in dein Zimmer, okay?"

Er hatte recht. Je länger sie es aufschoben, desto nervöser würden sie sie werden. Sie war jetzt schon ein nervliches Wrack und hatte bei seinen Worten zu zittern begonnen. Jenna bemühte sich, so gut es ging, ihre Aufregung zu verbergen.

„Eine Viertelstunde", feilschte sie und schluckte. „Ich brauche etwas länger beim Duschen."

„Einverstanden." Trevor schaute sie noch einmal eindringlich an und schloss dann die Tür.

Entgegen seiner Ankündigung ließ Trevor sich Zeit unter der Dusche. Nachdem er sich eingeseift hatte, richtete er den heißen Wasserstrahl ausgiebig auf seine Nackenmuskeln. Sicher, die Sache mit dem Manuskript behagte ihm gar nicht, aber das hätte er noch verkraftet. Was ihm wirklich zusetzte, war das, was Jenna von ihm wollte.

Verschwunden war seine Selbstsicherheit, das Gefühl seiner männlichen Überlegenheit, die ihm noch vor ein paar Tagen den

Rücken gestärkt hatte. Erst jetzt kam es ihm wahrhaft zu Bewusstsein, worauf er sich da überhaupt eingelassen hatte – nicht nur auf ein Kind, sondern auch auf Jenna. Sie war Carolines beste Freundin, und er hatte sie schon immer gemocht. Sie war freundlich und verständnisvoll. Sie akzeptierte seinen Lebensstil. Und sie tat das trotz ihres wunden Punktes: Männer. Aber von dem hatte er erst bei ihrem nächtlichen Telefonat erfahren.

Eine Frau wie Jenna war für ihn völliges Neuland. Die Frauen, die er kannte, waren selbstbewusst, körperlich eher üppig als zierlich, und sie gingen mit der gleichen Zielstrebigkeit und fordernden Lust auf ihn zu wie er auf sie.

Jenna hatte nichts mit diesen Frauen gemeinsam, aber gerade deshalb fühlte er sich für Jenna verantwortlich. Doch es verunsicherte ihn, wie er ihr gerecht werden sollte. Sie wollte aus ihrem Liebesspiel eine Art Konferenz zur Schaffung neuen Lebens machen, sein Körper aber verlangte nach mehr.

Trevor reckte sich unter der Dusche. Vielleicht würde es ihm gelingen, einen Weg zu finden, der sie beide zufriedenstellte. Er würde sanft sein, ohne auf ein langes Vorspiel zu drängen. Er könnte es für sie dennoch zum Erlebnis machen. Die Frage war nur, ob sie ihn lassen würde.

Er drehte den Hahn zu und griff nach dem Handtuch, trocknete sich ab und kämmte sich dann die Haare und putzte sich die Zähne. Er stellte sich vor, wie Jenna jetzt genau das Gleiche in ihrem Badezimmer tat, und eine starke Hitze breitete sich in seinen Lenden aus.

Nein, für ihn würde es keine Probleme geben. Das Problem war viel eher, Jenna dahin zu bekommen mitzumachen.

Er schaute auf seine Uhr. Es war so weit. Er machte sich aus einem Handtuch einen Lendenschurz, verließ das Bad und ging den Korridor entlang. Jennas Zimmer war der einzige Raum, in dem noch Licht brannte. Als er eintrat, sah er sie neben einem großen französischen Bett stehen. Sie trug einen langen weißen Morgenmantel und schien etwas eingehend zu betrachten, das sie in der Hand hielt.

„Was hast du denn da?", fragte er sanft.

Sie zeigte ihm ein winziges Armband, das aus Glasperlen gemacht war. Zwischen die Glasperlen waren kleine Elfenbeinkugeln geknüpft.

„Das haben meine Eltern für mich anfertigen lassen, als ich ein Baby war. Wenn ich ein kleines Mädchen bekommen sollte, möchte ich ihm auch so eins schenken."

Trevor schaute eine Weile auf das Armband, und dann blickte er auf Jenna. Ihr Haar war dunkel wie die Nacht und umspielte in seidig schimmernden Locken ihr Gesicht. Der Schein der Nachttischlampe fiel warm auf die Wangen, ihre Haut war blassrosé. Sie duftete verlockend nach Frühlingsblumen und wirkte unglaublich zart und zerbrechlich.

Er berührte ihr Haar. „Das ist eine schöne Idee." Hingerissen spielte er mit ihren schulterlangen Locken.

Dann nahm er ihr vorsichtig das Kinderarmband ab, legte es auf den Nachttisch und löschte dabei das Licht. „Wenn es nach mir ginge, würde ich es anlassen", sagte er und richtete sich wieder auf. „Aber ich schätze, du fühlst dich im Dunkeln wohler."

„Ja", hauchte sie. „Danke."

Er zupfte am Ärmel ihres Morgenmantels. „Trägst du noch ein Nachthemd darunter?", fragte er zärtlich.

Sie nickte.

„Wie wäre es, wenn du den Morgenmantel denn schon mal ausziehen würdest?"

Den Kopf gesenkt, ließ sie den seidenen Stoff zu Boden gleiten. „Ist unter dem Nachthemd noch etwas, das du ausziehen müsstest?" Seine Stimme klang eine Spur tiefer und heiser.

Jenna schüttelte den Kopf.

Dieser kleine Hinweis auf ihren nackten Po versetzte seinen ganzen Körper in Aufruhr. Trevor verspürte den Drang, Jenna zu berühren, und legte eine Hand um ihren Nacken. Er beugte sich über sie und atmete den Duft ihres Haars ein.

Jenna entwich ihm und schlüpfte ins Bett. Sie legte sich auf die entferntere Seite und verkroch sich unter den Decken.

Es war zwar dunkel im Zimmer, aber Trevors Augen hatten sich an die Dunkelheit gewöhnt. So sah er, dass Jenna völlig verkrampft dalag, während sie auf ihn wartete. Auch er war angespannt, doch nur, weil er bereits vollkommen erregt war.

Er kniete sich auf das Bett und schob sich langsam vorwärts, bis seine Oberschenkel ihre Hüfte berührten. Er streichelte ihr Gesicht. „Du brauchst keine Angst zu haben."

„Ich habe keine Angst."

Er fuhr über ihre Lippen. „Du brauchst auch nicht verkrampft zu sein."

„Ich möchte einfach unbedingt, dass es klappt."

„Es klappt auch, wenn du dich etwas entspannst. Ich kann dir dabei helfen." Seine Hand glitt über ihren Hals bis zur Halsbeuge.

Ihre Pupillen weiteten sich. „Das ist nicht nötig, Trevor. Wirklich nicht. Es ist schon gut so. Ehrlich."

„Aber nicht für mich", sagte er und probierte es mit einer anderen Strategie. Er schlüpfte unter die Decke, und auf die Seite gestützt, sah er Jenna an. „Ich will dich spüren und berühren. Ich halte es nicht mehr aus."

„Du brauchst mir nichts vorzuspielen."

„Es ist die Wahrheit." Um sie vollends zu überzeugen, rollte er sich auf sie und drängte sich fest gegen ihren Körper. Und schon atmete sie rasch und heftig ein. „Glaubst du mir jetzt?"

„Ich glaube dir."

„Meinst du, ich werde deswegen so schnell erregt, weil du nicht mein Typ bist? Und außerdem, woher willst du wissen, wer mein Typ ist?"

„Von Caroline."

„Ach, was weiß denn Caroline schon." Aber er fragte sich langsam, was er selbst eigentlich über sich wusste. Immerhin kannte er Jenna schon jahrelang, ohne jemals an Liebe oder Sex mit ihr gedacht zu haben. Und nun presste er sich hart vor Erregung an sie. Sachte hob er seinen Oberkörper an, um sie nicht zu erdrücken. „Ich habe Angst, dir wehzutun, wenn ich in dich eindringe. Deswegen werde ich dich jetzt ein wenig streicheln,

Jenna. Nur ein bisschen. Ich weiß, dass du am liebsten alles nüchtern und sachlich erledigen würdest, aber wenn ich dir Schmerzen bereiten würde, könnte ich nicht mehr weitermachen. Ich möchte, dass du auch etwas davon hast."

„Das ist nicht nötig."

„Da bin ich anderer Ansicht." Er beugte den Kopf und küsste die warme, weiche Haut ihres Halses, erst nur ganz leicht und zart. Dann wurden seine Küsse heftiger und begehrlicher, ohne dass er es steuern konnte. Doch der Duft ihres Körpers machte ihn rasend. So rasend, dass er sich vor sich selbst erschrak, und seine Muskeln zitterten leicht, als er den Kopf hob. „Himmel."

Sofort wurde sie unruhig. „Ist irgendetwas?"

Er lachte tief und heiser. „Nichts ist." Und rastlos drängte er das Gesicht wieder an ihre Halsbeuge und rieb sich an ihr. Er verstand ja selbst nicht, was mit ihm los war. Vermutlich lag es nur daran, dass er einige Zeit keine Frau gehabt hatte, aber er hatte solche Durststrecken doch schon gehabt, ohne danach eine so heftige Erregung zu verspüren. Immer noch das Gesicht an ihrem Hals, warnte er sie: „Ich weiß nicht, wie lange ich mich noch beherrschen kann."

Sie legte die Arme, die sie bis dahin nicht gerührt hatte, um seinen Rücken und krallte sich an ihm fest. „Du brauchst nicht zu warten. Mach schon. Komm, mach schon."

Doch er wollte sich vergewissern, ob sie auch schon bereit war. Er strich über ihren Körper und fasste unter das Nachthemd. Als er die weiche, samtige Haut ihrer Schenkel spürte, glaubte er zu verbrennen. Sie atmete rascher und unregelmäßiger bei seiner Berührung, und es steigerte noch sein Verlangen.

„Bist du okay?"

„Ja", flüsterte sie atemlos.

Er tastete sich vor, bis er ihr zart gekräuseltes Vlies fühlte. Und noch ein Stückchen weiter. „Du bist wundervoll", murmelte er. „Einfach wundervoll." Er streichelte sie, und seine Finger schlüpften tiefer zu den geheimsten Stellen ihres Körpers. Nachdem er die Antwort hatte, die er gesucht hatte, fuhr er unaufhörlich fort, sie zu reiben. Jenna stieß einen kehligen Laut aus. „Ich möchte dich küssen, Jenna."

„Nein!"

„Nur ein Kuss!" Er wollte gerade ihre Lippen berühren, da schrie sie leise und gequält auf.

„Nicht, Trevor! Bitte, lass das. Küsse würden der Sache eine Bedeutung geben, die sie nun einmal nicht hat." Sie schwieg und rutschte unruhig unter ihm hin und her. Dann presste sie ihr Becken gegen seine Hand.

Er wollte noch etwas einwenden, aber Jenna wollte ihn jetzt. Und er wollte sie auch, musste sie spüren. Er ließ nur kurz von ihr ab, um sich das Handtuch wegzuzerren, spreizte dann ihre Schenkel weit auseinander und legte sich dazwischen. Er fasste sie um die Hüften, und vorsichtig drang er in sie ein.

Sie war eng, wunderbar eng. Er seufzte genüsslich und sah sie an. „Na, wie fühlt sich das an?"

„Toll."

„Es ist toll." Und von Lust getrieben, begann er sich immer auf und ab zu bewegen. Er stöhnte auf, und seine Stöße wurden schneller und heftiger. „Jenna, oh, Jenna …" Er wollte ihr Nachthemd wieder hochschieben, sie überall berühren und an sich pressen, doch er konnte sich nicht von ihren Hüften lösen. „Das tut so gut …"

„Bin ich nicht zu klein?"

Er lachte leise und rauchig auf. „Ach was. Wir passen", er atmete zitternd ein, „großartig zusammen." Und um es ihr zu beweisen, glitt er langsam und tief in sie hinein und dann langsam wieder heraus.

„Schön", keuchte sie unterdrückt und berührte seine Brust. Ihre Handballen rieben über seine Brustwarzen. Voller Erwartung hielt er den Atem an, doch schon lagen ihre Hände wieder auf seinem Rücken. „Ich möchte so gern ein Baby, Trevor!", rief sie. „Bitte mach mir eins! Bitte komm!"

Dass sie ihn gerade jetzt, wo sie ihn das erste Mal zögernd gestreichelt hatte, daran erinnerte, warum sie ihn wollte, hätte ihn eigentlich abkühlen müssen. Doch keine Spur davon. Im Gegen-

221

teil. Eine solche glühende Hitze schoss durch seine Lenden, dass er beinahe unkontrolliert gekommen wäre. Er drang wieder tief in sie ein, und dann überließ er sich seiner Lust. Jennas Hüften an seine pressend, bewegte er sich immer wieder, kraftvoll und ungezügelt, bis er sich aufbäumte und sich auf dem Gipfel der Ekstase in sie ergoss.

Er zuckte im Rausch eines fast endlosen Höhepunkts und sank schließlich erschöpft auf sie, völlig außer Atem und schweißnass. Doch er zog sich nicht zurück, sondern kostete bis zum Schluss aus, wie er heiß in ihr pulsierte. Erst dann rollte sich Trevor befriedigt zur Seite und ließ Jenna los.

Jenna lag auf dem Rücken und schaute zu Trevor herüber. Sogar im Dunkeln konnte er ihren erwartungsvollen Gesichtsausdruck erkennen. Sie dachte sicher an das Baby, und das versetzte ihm einen feinen Stich. Er war etwas enttäuscht und sein Selbstbewusstsein leicht angeknackst. Offenbar war es ihm nicht gelungen, sie mit seiner Leidenschaft mitzureißen – so sehr, dass sie alles andere vergaß.

Andererseits hätte es ihr wahrscheinlich schwer zu schaffen gemacht, ihren eigentlichen Grund aus den Augen verloren zu haben. Vielleicht war es besser so, wie es war.

In einer zärtlichen Geste zog er ihr das Nachthemd wieder über die Schenkel. Danach legte er die Fingerspitzen auf ihre Lippen. „So." Er räusperte sich. „Siehst du, so schlimm, war es doch gar nicht, oder? Spürst du schon einen Unterschied?"

„Ich weiß nicht so recht."

„Was heißt das?"

Sie bewegte sich nicht. „Das heißt, dass ich mich schon anders fühle, aber ich weiß nicht, ob das etwas mit dem Baby zu tun hat."

„Womit denn sonst?"

Es dauerte eine Weile, bevor sie scheu weitersprach. „Mit dem, was wir gerade gemacht haben."

Trevor zuckte zusammen. Er legte sich auf den Bauch und stützte die Ellbogen auf. „War es denn nicht auch irgendwie schön?"

„Es war großartig", entgegnete sie enthusiastisch. „Du warst einfach fantastisch. Also, wenn irgendein Mann mich schwanger machen kann, dann bist du …"

„Das meine ich nicht", unterbrach er sie und legte eine Hand auf ihren Bauch. „War es schön für dich? Hast du hier etwas empfunden?" Seine Hand glitt tiefer, aber Jenna hielt ihn auf.

„Ich fühle mich gut." Sie schwieg einen Augenblick. „Besser, als ich dachte."

„Du hast also etwas davon gehabt? Ich meine ganz für dich?"

„Ja", sagte sie schlicht.

Trevor war erleichtert. Sein Lustgefühl war so überwältigend gewesen, dass er sich schon fast egoistisch vorgekommen war.

„Schade, dass es für dich nicht mehr war. Soll ich dich jetzt noch ein bisschen streicheln?" Er versuchte, seine Hand weiter hinabzubewegen, doch Jenna hielt sie nur noch fester.

„Nein. Es ist schon gut so, Trevor. Ehrlich."

„Ich würde aber gerne."

Sie schüttelte energisch den Kopf.

„Dann lass mich dich wenigstens noch etwas halten", bat er und wollte sie in seine Arme ziehen. Aber sie sperrte sich dagegen.

„Ich muss jetzt noch ein paar Minuten flach auf dem Rücken liegen bleiben. Je weniger ich mich bewege, desto größer sind meine Chancen, dass es klappt."

Das leuchtete Trevor ein, aber er konnte einfach nicht von ihr lassen. „Okay", meinte er und rutschte ein Stück höher. Er zerrte und drückte die Kissen, bis sie endlich so lagen, wie er sie haben wollte. Dann schlängelte er sich vorsichtig an Jenna heran, schob einen Arm unter sie und zog sie behutsam zu sich, ohne dabei ihren Unterleib zu bewegen. „Wenn der Prophet nicht zum Berg kommt …", murmelte er seufzend.

„Das muss wirklich nicht sein, Trevor. Das gehört nicht zu unserer Abmachung. Du hast doch jede Menge Arbeit mit deinem Manuskript. Fühl dich bloß nicht verpflichtet, hier zu liegen und …"

Er legte ihr eine Hand auf den Mund. „Wenn ich arbeiten

wollte, würde ich schon arbeiten. Wenn ich aufstehen wollte, würde ich jetzt aufstehen. Hab Vertrauen zu mir, Jenna." Er nahm die Hand weg.

„Aber …"

Schnell verschloss er ihr den Mund wieder. „Du liebes bisschen, du bist wie ein Endlostonband! Ja, verdammt noch mal, ich weiß, dass ich nur hier bin, um dir zu helfen, ein Kind zu bekommen. Ja, ich weiß, dass alles, was darüber hinaus geht, überflüssig ist. Aber ich möchte dich nun einmal im Arm halten – einfach nur halten. Außer, du willst es wirklich nicht. Dann würde ich mich auf meine Seite schleppen und dort liegen bleiben, bis ich wieder genug Kraft habe, in mein Zimmer zu gehen. Denn falls du das vergessen haben solltest, ich habe dir eben all meine Kraft zur Verfügung gestellt!"

Jenna entspannte sich in seinem Arm. „Das stimmt nicht", versuchte sie ihn zu necken. „Du scheinst noch genug Kraft zu haben, große Plädoyers zu halten."

„Dafür reicht es gerade eben."

Sie seufzte unterdrückt an seiner Brust. Er spürte, wie ihr Atem dabei seine Brusthaare bewegte, und war überrascht, dass sich auch in seinem Innersten etwas regte. Und nicht nur dort.

„Jenna?"

„Ja?"

„Bist du immer noch so verlegen?"

„Etwas schon."

„Dazu hast du gar keinen Grund."

„Du hast gut reden. Natürlich habe ich einen Grund dazu. Für euch Männer ist so etwas natürlich nichts Besonderes."

„Kinder zu haben soll nichts Besonderes sein? Du machst wohl Witze!"

„Ich meine, mit einer Frau zu schlafen. Du kannst morgen die Treppe hinuntergehen und mit mir frühstücken, als ob nichts geschehen wäre. Für mich ist das nicht so einfach."

„Es ist ja auch etwas zwischen uns geschehen. Aber das heißt doch noch lange nicht, dass man sich nicht mehr in die Augen sehen kann."

Sie atmete tief ein und dann langsam, sehr langsam wieder aus. Ein Schauer lief über seinen Rücken. „Wenn du das noch mal machst", sagte er scherzhaft und warnend zugleich, „dann muss ich an all das denken, was unter deinem Nachthemd verborgen ist und was ich so gerne ohne Hindernis berühren würde." Er presste sich an sie, damit sie spüren konnte, was allein der Gedanke bei ihm anrichtete. „Wie lange musst du denn noch so liegen bleiben?", fragte er dicht an ihrem Ohr.

„Noch ein Weilchen."

„Meinst du, wir könnten es danach noch einmal machen?"

„Nein. Wir müssen bis Montag warten."

„Aber ich will dich jetzt spüren."

„Trevor!"

„Jetzt sofort. Merkst du das nicht?" Dabei wusste er genau, dass sie seine Erregung fühlte, denn er pochte heiß und hart gegen ihren Schoß. „Wir müssen bis Montag warten, Trevor, damit die Chancen für eine Schwangerschaft optimal sind."

Sie verstand ihn also absichtlich falsch. Jede seiner Andeutungen, dass er sie begehrte, weil er sie als Frau attraktiv fand. Am liebsten hätte er sie geschüttelt und ihr gezeigt, was sie mit ihm machte. Sicher, es ging ihm auch darum, einfach nur noch einmal mit ihr zu schlafen, noch einmal diesen erregenden Gipfel zu besteigen. Aber diesmal sollte sie genauso viel davon haben wie er.

Gleichzeitig sah Trevor ein, dass es für Jenna wichtig war, ruhig zu liegen, und da beides auf einmal nicht möglich war, gab er es auf. Er würde es überleben. Wenigstens bis Montag.

6. KAPITEL

*A*ls Jenna am Sonntagmorgen aufwachte, war ihr, als wäre sie immer noch in den Duft von Trevors Körper eingehüllt. Sie vergrub das Gesicht in seinem Kopfkissen und atmete tief ein. Dann rollte sie sich mit dem Kissen auf den Rücken und drückte es fest an sich. Die Augen geschlossen und noch etwas benommen, dachte sie an die Ereignisse der vergangenen Nacht.

Ein unbekanntes Prickeln in ihrem Inneren versetzte sie in Unruhe. Sie legte eine Hand auf ihren Bauch und fragte sich, ob dort jetzt vielleicht schon ein Baby entstehen würde. Bei dem Gedanken wurde sie schlagartig wach und nüchtern, griff nach dem Thermometer auf dem Nachttisch und steckte es unter die Zunge. Fünf Minuten später legte sie es zufrieden zurück.

Der Zeitpunkt war ideal, ihr Arzt würde erfreut sein.

Mit einem sanften Lächeln sank sie in die Kissen und fühlte sich in diesem Moment so wohl wie noch nie. Im nächsten Augenblick verspürte sie einen regelrechten Energieschub. Sie warf die Laken beiseite, stand auf und eilte ins Bad.

Frisch geduscht, geschminkt und das Haar zu einem Knoten gesteckt, kam sie Minuten später zurück. So sorgfältig machte sie sich sonntags normalerweise nie zurecht. Aber heute war kein normaler Sonntag mit Faulenzen daheim, denn schließlich hatte sie einen Gast, den sie beeindrucken wollte mit ihrer Gelassenheit, ihrer Reife und ihrem Talent als Gastgeberin. Deshalb verzichtete sie auf ihre heiß geliebten Shorts und das bequeme T-Shirt und wählte eine etwas damenhaftere Garderobe. Und gekleidet in eine enge weiße Hose, eine türkisfarbene, weichfließende lange Bluse, die in der Taille mit einem aufwendigen Gürtel zusammengehalten wurde, und flachen Wildlederslippern an den Füßen, ging sie dann zu Trevor hinunter.

Sie horchte an der Tür, vernahm aber kein Geräusch. Er war gestern bis spät in die Nacht hinein aufgeblieben – sie hatte ihn noch lange im Haus gehört – und schlief sich jetzt sicherlich aus. Erleichtert schlich sie auf Zehenspitzen die Treppe hinunter in die Küche. Dort machte sie sich so leise wie möglich einen Kaffee. Sie hatte gerade den Deckel der Kaffeedose geschlossen und wollte sie wieder in den Schrank stellen, da stand plötzlich, ohne dass sie ihn hereinkommen gehört hatte, Trevor in der Küche.

Jenna schrak zusammen. „Ich habe dich gar nicht bemerkt."

Er war barfuß und trug ein altes Sweatshirt und eine Hose aus dem gleichen Stoff. Groß und imposant stand er vor ihr, und sein Zweitagebart betonte noch sein verwegenes Aussehen. Trotz seines Schlafmangels wirkte er unerhört männlich – so männlich, dass seine Ausstrahlung sie sofort gefangen nahm, unabhängig davon, dass sie bereits von seinem Duft in ihrem Bett erfüllt war und während des Duschens ständig an ihn gedacht und dass sie gestern mit ihm geschlafen hatte. Zum Glück waren seine Augen halb geschlossen. Der elektrisierende Blick dieser blauen Augen hätte sie auf der Stelle dahinschmelzen lassen. Ihre Wangen brannten jetzt schon.

Um Zeit zu gewinnen, öffnete sie den Kühlschrank und tat so, als würde sie etwas suchen. Sie war am Samstag auf dem Markt gewesen, und der Kühlschrank war dementsprechend wohlbestückt. „Soll ich dir ein Omelett backen? Ich habe herrlichen Cheddar für die Füllung. Oder Schinken? Vielleicht Zwiebeln? Wie wäre es mit allem?" Sie richtete sich auf und trat einen halben Schritt zurück. Dabei stieß sie mit Trevor zusammen. Sie wirbelte herum und murmelte: „Tut mir leid. Ich habe dich wieder nicht gehört." Erneut hockte sie sich vor den Kühlschrank. „Falls dir allerdings Croissants mit Streichkäse lieber wären, kein Problem. Du kannst selbstverständlich auch Croissants und Omelett haben …"

„Jenna."

Sie stellte eine Flasche Orangensaft auf den Kühlschrank. „Hmm?"

„Sieh mich an, Jenna."

Sie schaute kurz zu ihm hinüber, bevor sie die Butter holte. „Oder soll ich dir Pfannkuchen machen?"

Trevor packte sie an den Schultern und drehte sie herum. „Jenna, du sollst mich ansehen."

Doch das war das Letzte, was sie wollte. Schon ohne ihn anzuschauen, musste sie ständig daran denken, dass sie miteinander geschlafen hatten, und das war ihr peinlich. Aber sie war kein Feigling. Darum bemühte sie sich, die gleiche Überlegenheit an den Tag zu legen, mit der sie als Direktorin und Aufsichtsratsvorsitzende ihren Mitarbeitern gegenübertrat. Sie hob das Kinn und stellte sich seinem Blick.

„Du bist ja immer noch verlegen", hielt Trevor ihr vor.

„Ein bisschen schon."

„Aber warum?"

Jenna konnte sich seine Verblüffung gut vorstellen. Was bedeutete es ihm schon, mit einer Frau mehr oder weniger zu schlafen? Er ging einfach freizügiger und selbstbewusster mit seinem Körper um, als es ihr je gelingen würde. Ihre berufliche Selbstsicherheit half ihr in diesem Punkt kein bisschen.

Trevor ließ nicht locker. „Warum? Ich habe doch so gut wie gar nichts gesehen."

„Gesehen nicht, aber berührt."

„Ja, und genossen." Er schüttelte sie leicht. „Du hast überhaupt keinen Grund, wegen irgendetwas verlegen zu sein. Du solltest lieber stolz sein, Jenna. Es war selten so fantastisch wie mit dir!"

Jenna wünschte, Trevor glauben zu können und er würde das alles nicht nur sagen, um ihr Mut zu machen. Doch eben darum ging es ihm wohl. Sie wusste noch gut, wie er Caroline zugeredet hatte, als diese bereits kurz nach ihrer Hochzeit geglaubt hatte, vor den Trümmern ihrer Ehe zu stehen. Damals hatte er eine beeindruckende Rede über Geduld, Verständnis und Kompromissbereitschaft gehalten. Und das, obwohl er für sich selbst eine derartige Partnerschaft ablehnte. Doch Caroline hatte aufmerksam zugehört und seinen Rat befolgt. Und ihre Ehe hatte die schwierige Anfangsphase überstanden und war jetzt durch nichts mehr zu erschüttern.

Oh ja, Trevor wusste, wie man andere überzeugte. Und sie wollte ihm so gern alles glauben, was er eben gesagt hatte. Auch wenn sie instinktiv wusste, dass es nicht klug wäre. Eine Frau konnte leicht süchtig werden nach solchen Komplimenten, und Trevor würde bald über alle Berge sein.

Das sollte sie sich immer vor Augen halten. „Ich bin dir wirklich sehr dankbar für alles, was du für mich tust, Trevor. Ich hoffe, du weißt das. Ich werde ein wundervolles Kind bekommen, und das habe ich allein dir zu verdanken."

Trevor sah Jenna ungehalten an, seine blauen Augen funkelten. Das Thema passte ihm nicht. „Du kannst mir deine Dankbarkeit am besten zeigen, indem du dich endlich einmal entspannst, wenn ich in deiner Nähe bin. Außerdem kannst du dich dann und wann ruhig einmal etwas legerer geben. Du brauchst dich nicht so herauszuputzen."

„Ich habe mich doch gar nicht herausgeputzt."

Er musterte sie von Kopf bis Fuß. „Ach nein? Seidenbluse? Die Haare zum Knoten gesteckt? Make-up?" Er zog herausfordernd eine Augenbraue hoch. „Und das an einem Sonntagmorgen?"

Jenna schwieg betreten.

„Ich weiß genau, was du damit bezweckst, Jenna. Du bemühst dich, dem Ganzen um jeden Preis einen geschäftlichen Charakter zu verleihen. Aber es gibt nun einmal Dinge, die haben absolut nichts mit Geschäften zu tun, und das hier gehört dazu. Ich gebe zu, es ist ziemlich ungewöhnlich, was wir tun. Es ist eine Abmachung, etwas, das wir uns mit Blick auf ein bestimmtes Ziel vorgenommen haben. Doch das heißt noch lange nicht, dass es auf Biegen und Brechen wie eine nüchterne, kühle Verhandlung ablaufen muss. Man kann nicht mehr so tun, als wäre nichts gewesen, wenn man so weit geht wie wir. Hierbei ist doch viel mehr im Spiel." Wieder rüttelte er sie sanft. „Und ich will nicht, dass du so tust, als wäre es das nicht, hörst du?"

„Aber das muss ich doch", erwiderte sie leise.

„Dann will ich wissen, ob du wenigstens bereit bist, dich so zu verhalten, wie ich es gesagt habe."

„Ich werde es versuchen."

Er sah sie noch einmal eindringlich an, dann ließ er sie los.

„Okay. Ich glaube, du meinst es ehrlich."

Jenna hatte nicht erwartet, dass er sie so schnell in Ruhe lassen würde, und bekam wieder etwas Auftrieb. „Also, noch einmal: Was möchtest du zum Frühstück?"

Diesmal kam seine Antwort wie aus der Pistole geschossen. „Ein ordentlich gefülltes Omelett plus ein Croissant. Aber keine Pfannkuchen. Außerdem kann ich mir das Omelett auch selbst zubereiten. Ich koche seit Jahren selbst."

Das wunderte sie nicht im Geringsten. Trevor war der selbstständigste und unabhängigste Mann, der ihr je begegnet war. „Das mag ja alles sein, aber hier bist du mein Gast, der mir obendrein noch einen Riesengefallen tut. Gestern Abend hast du schon mein Essen bezahlt, dann lass mich jetzt wenigstens dein Frühstück machen. Ich habe doch keine Chance, mich auch nur ansatzweise zu revanchieren. Im Übrigen würdest du sonst nie erfahren, wie gut ich als Köchin für dein Kind bin."

Jenna spürte, dass sie Trevor überredet hatte. Kapitulierend hob er die Hände. „Dann mach mir jetzt um des lieben Friedens willen mein Frühstück. Ich dusche mich währenddessen. Sobald ich gegessen habe, mache ich mich an meine Korrekturen."

Jenna wusste selbst nicht genau, womit sie gerechnet hatte, aber bestimmt nicht mit dieser Verbissenheit, mit der Trevor in ihrem Büro an seinem Manuskript arbeitete. Sie war davon ausgegangen, dass er hin und wieder einmal eine Pause einlegen und beobachten würde, womit sie sich beschäftigte. Und dass er den Flur auf und ab gehen würde, während er über eine schwierige Passage nachdachte. Doch er rührte sich nicht vom Fleck, saß den ganzen Tag mit einem Stift in der Hand still über seinen Text gebeugt.

Zuerst hatte sie sich auf die hintere Veranda gesetzt und die Sonntagszeitung gelesen, in Erwartung, dass jede Minute Trevor auftauchen würde. Sie gab sorgsam acht, dass ihre Bluse in der Taille nicht bauschte, dass sie nicht dabei überrascht werden konnte, wie sie gerade die Witzseite las, und dass ihre Beine graziös zur Seite gestreckt waren. Als dann Minute um Minute verging und Stunden daraus wurden, bemerkte sie, dass sie auf diese Art bloß ihre Zeit vergeudete. Schließlich ging sie zu den Tätigkeiten über, die ihren Tagesablauf an normalen Sonntagen bestimmten, zog die Betten ab und steckte die schmutzige Bettwäsche in die Waschmaschine, durchforstete ihren Ankleideraum nach Kleidungsstücken, die in die Reinigung gebracht werden mussten, und nahm dann ihre persönliche Korrespondenz in Angriff.

Als Trevor auch zur Mittagsessenszeit nicht erschienen war, hatte sie ihm ein großes Truthahn-Sandwich und Mineralwasser gebracht. Er vertilgte beides in Rekordzeit, lehnte aber weitere Speisen ab, verließ kurz seinen Arbeitsplatz, um sich im Bad die Hände zu waschen, war aber im nächsten Moment schon wieder am Schreibtisch.

Zum Lunch machte er endlich eine kleine Pause, doch da war es bereits acht Uhr. Immerhin kam er dafür zu ihr in die Küche. Sie wickelte zwei Pizzen aus, die sie telefonisch bestellt hatte. Dabei hätte sie so gerne etwas gekocht, aber Trevor hatte gemeint, er wäre viel zu beschäftigt, um die Mühe für aufwendige Zubereitungen gebührend zu würdigen.

Während sie aßen, unterhielten sie sich über sein Buch, der Beschreibung seiner Expedition durch den Regenwald des Amazonas. Er war auf der Suche nach einem Indianerstamm gewesen, der angeblich bestimmte Heilpflanzen zur Krebsheilung einsetzte. Da die Wirkung dieser Pflanzen noch untersucht wurde, drehte sich sein Bericht hauptsächlich um die Lebensweise dieser Indianer.

„Wann bekomme ich es denn einmal zu lesen?", fragte Jenna.

„Im nächsten Frühjahr, wenn es auf den Markt kommt."

„Nicht vielleicht schon vorher?"

Trevor schüttelte den Kopf. „Niemand darf meine Bücher vorher lesen. Außer meinem Verleger natürlich." Er verzog das Gesicht. „Aber deswegen wird er dieses Buch auch nicht mehr in sein Herz schließen", meinte er missmutig und stapelte seinen leeren Teller in die Spülmaschine. „Ich werde das Gefühl nicht los, dass er es darauf anlegt, mir Steine in den Weg zu werfen. Er wollte unbedingt wieder eine Geschichte über eine Schatzsuche. Und ich habe ihm eine anthropologische Studie geliefert. Er behauptet zwar, dass ihm nur der Aufbau meines Berichts nicht gefällt, aber ich halte das für eine Ausrede."

„Was hat er denn gegen eine anthropologische Studie?"

„Es ist eben kein Protokoll einer Schatzsuche."

„Aber es kann doch auch sehr spannend sein."

„Es ist auch sehr spannend", erklärte Trevor aufgebracht. „Aber ihn davon zu überzeugen ist leider etwas ganz anderes." Er stellte Jennas Teller ebenfalls in den Geschirrspüler und schloss das Gerät. „Okay, ich mache mich jetzt wieder an die Arbeit."

Jenna hätte ihn gern noch mehr gefragt, aber da war er schon wieder in ihrem Büro. So brachte sie ihm Kaffee und achtete darauf, dass seine Tasse nie leer war. Dann buk sie Kekse und reichte ihm welche in einer Schale. Gegen elf Uhr entschloss sie sich, zu Bett zu gehen. Sie konnte jetzt sowieso nichts mehr für Trevor tun. Leise ging sie noch einmal zu ihm und wartete, bis er den Abschnitt beendet hatte und hochblickte. „Ich glaube, ich gehe jetzt schlafen. Soll ich dir noch frischen Kaffee machen?"

Er lehnte sich zurück und sah sie müde an. „Nein, danke. Ich habe schon so viel davon getrunken, dass ich sicher noch eine Weile wach bleibe. Wann gehst du morgen früh aus dem Haus?"

„Um zehn vor acht. Ich habe um acht einen Termin. Arbeitest du morgen den ganzen Tag hier?"

Mit einem verzweifelten Blick auf die Stapel von Manuskriptseiten nickte er. „Wann bist du ungefähr zurück?"

Ein Kribbeln breitete sich in ihrem Magen aus. Morgen Abend war es wieder so weit. „Um halb sechs. Möchtest du lieber hier essen, oder sollen wir ausgehen?"

„Ich bin für Ausgehen. Hier bekomme ich sonst noch den Käfigkoller. Aber ich habe keine Lust, meinen Eltern oder Caroline über den Weg zu laufen …" Er unterbrach sich und sah sie forschend an. „Weiß Caroline eigentlich, dass ich hier bin?"

„Ich habe ihr nichts davon gesagt, weil ich mir dachte, dass du das schon selbst tust, wenn du es für richtig hältst."

„Wenn sie es wüsste, würdest du dich nur noch unwohler fühlen in deiner Haut. Aber hat sie dich nicht gefragt, wie ich mich entschieden habe?"

„Doch, aber ich habe ihr gesagt, wir würden noch darüber reden."

„Wirst du ihr denn die Wahrheit sagen, wenn du erst einmal schwanger bist?"

„Ich weiß noch nicht so recht", begann Jenna zögernd. „Aber wahrscheinlich eher nicht. Das wird die Sache für alle erleichtern." Bevor Trevor etwas einwenden konnte, fuhr sie fort: „Also, wo möchtest du gerne essen?"

„Einfach irgendwo, wo man nicht Gefahr läuft, sich stundenlang mit Leuten unterhalten zu müssen. Und ich will mich nicht großartig umziehen. Kennst du vielleicht etwas in der Richtung?"

„Mir fällt schon etwas ein", versprach Jenna. „Gute Nacht." Sie hob kurz die Hand und verschwand in den Flur.

„Jenna?" Sie schaute noch einmal um die Ecke und bemerkte, dass Trevor viel lebhafter wirkte als eben. Er sah sie direkter und wärmer an, ja, fast sogar zärtlich. Seine Augen glänzten, sein Blick war tief und eindringlich. Ebenso eindringlich wie seine Worte. „Ich freue mich schon darauf."

Jenna gelang es, die Fassung zu bewahren. Sie nickte nur kurz und ging. Doch auf dem Weg zu ihrem Zimmer dachte sie allein daran, was Trevor ihr zuletzt gesagt hatte. Und als sie dann im Bett lag, blieb das Buch auf ihrem Schoß ungelesen, denn immer noch spukten seine Worte durch ihren Kopf. Ihnen galt ihr letzter Gedanke vor dem Einschlafen, und sie waren das Erste, woran sie am nächsten Morgen dachte. Aber dann versuchte sie, sich auf den bevorstehenden Arbeitstag zu konzentrieren.

Jenna war den ganzen Morgen unterwegs von einer Konferenz zur anderen. In der Mittagspause widerstand sie der Versuchung, Trevor anzurufen. Schließlich war ihre Verbindung rein geschäftlicher Art, und man erkundigte sich nicht bei seinem Geschäftspartner, ob er zu Mittag gegessen habe.

So stürzte sie sich wieder in die Arbeit. Doch am Nachmittag schweiften ihre Gedanken immer häufiger ab. Sie kreisten ständig um dasselbe. Sie stellte sich vor, wie Trevor wieder in ihr Bett kommen würde, wie er sie streicheln und begehren würde. Sie dachte an die Wärme und den Duft seiner Haut und an seine leidenschaftliche Art, mit ihr zu schlafen. Ihr wurde heiß, und sie begann innerlich zu zittern. Ihre Unruhe wurde so stark, dass Jenna das Büro früher als geplant verließ und noch eine Stunde planlos herumfuhr, um sich etwas zu entspannen, ehe sie heimkam.

Zu Hause fand sie Trevor schlafend auf der Veranda vor. Er lag bäuchlings im T-Shirt und Shorts auf einem Liegestuhl, seine nackten Beine ragten hinten über. Ein Arm war unter seinem Körper, der andere hing locker hinunter. Die Finger berührten fast die Bodenfliesen. Jenna brachte es nicht übers Herz, ihn zu wecken, und sagte die Tischreservierung kurzerhand ab. Dann zog sie sich ein luftiges Sommerkleid an und machte sich auf den Weg zum Markt, um ein Pfund frische Shrimps zu kaufen. Für den Fall, dass er in der Zwischenzeit aufwachen würde, hatte sie Trevor eine Nachricht hinterlassen.

Aber als sie zurückkam, schlief er immer noch. Sie war ungeheuer froh, dass er doch noch den nötigen Schlaf bekam, und begann fröhlich für sie beide zu kochen. Sie hatte zwar kaum Erfahrung auf diesem Gebiet, aber schließlich besaß sie drei Kochbücher. Jenna machte Shrimps in Currysoße, Safranreis und einen gemischten Salat. Trevor schlief und schlief. Dann rührte sie eine kalte Früchtesuppe, und als sich auf der Veranda immer noch nichts tat, bereitete sie Apfelmus mit Zimt zum Dessert. Mittlerweile war die Sonne schon untergegangen, und Jenna sorgte sich nun doch, ob Trevor etwas fehlte. Sie ging hinaus auf die Veranda und kniete sich neben ihn. Eine dunkle Locke lag über seinen Augen. Die Narbe auf seinem Kinn war in der Dämmerung kaum zu erkennen, und er wirkte weniger einschüchternd als sonst. Er sah regelrecht schutzlos und verletzlich aus.

Jenna war sich nicht sicher, welcher Trevor ihr lieber war, der verletzliche oder der selbstbewusste, siegessichere. Sie strich ihm sanft die Haare aus der Stirn und legte eine Hand auf seinen Rücken. Seine Haut fühlte sich warm an, seine Muskeln unter dem T-Shirt waren hart und durchtrainiert. „Trevor", rief sie leise. „Trevor?"

Er atmete tief ein und aus, rührte sich aber nicht.

Sie rüttelte ihn leicht. „Trevor?"

„Mmm."

Jenna wollte gerade aufstehen, als Trevor erneut tief Atem holte, die Augen zukniff und sie dann einen Spalt öffnete. Sein Blick fiel auf ihre Schulter, und es dauerte eine Weile, bis er überhaupt wusste, was er da anschaute. Langsam wandte er den Kopf und sah Jennas Gesicht über sich.

Er war völlig verwirrt, und Jenna musste lächeln. „Ich dachte schon, du hättest dir im Dschungel die Schlafkrankheit eingefangen."

„Hmm-mm", brummte er.

„Hast du den ganzen Tag gearbeitet?"

„Hmm."

„Und letzte Nacht?"

„Hmm."

„Bist du denn mit deinen Korrekturen fertig geworden?"

„Fast." Er gähnte, schob einen Arm unter den Kopf und sah sie an. „Wie spät ist es denn eigentlich?"

„Fast neun."

Er knurrte unwillig. „Du hättest mich schon viel früher wecken sollen."

„Du warst doch so müde."

„Wir wollten doch essen gehen."

„Kein Problem. Wir können hier essen. Ich habe gekocht."

„Obwohl du den ganzen Tag gearbeitet hast?"

„Ich übe. Für das Kind muss ich auch immer kochen, ob ich nun müde bin oder nicht. Außerdem macht es mir wirklich nichts aus. Es ist eine Abwechslung zu meiner Arbeit. Allerdings übernehme ich keine Haftung für das, was dabei herauskommt."

„Dein Omelett war fantastisch."

„Anfängerglück. Ich hatte nicht viel Gelegenheit, meine Fähigkeiten darin zu erproben."

Trevor lag immer noch ruhig vor ihr und schaute sie unverwandt an. Dennoch fühlte sie sich erstaunlich wohl in seiner Gegenwart. Sie vermutete, weil die Dämmerung die elektrisierende Intensität seines Blickes dämpfte.

„Das Baby wird alles gern essen, was du ihm anbietest", meinte er lächelnd, „dessen bin ich sicher."

„Ich will es hoffen."

„Du wirst sicher eine gute Mutter sein."

Jenna erwiderte sein Lächeln. „Ich will es hoffen." Das Lächeln lag noch auf Jennas Lippen, als Trevor eine Hand auf ihren Hinterkopf legte. Als er eine Haarnadel aus dem Knoten zog, verschwand ihr Lächeln. „Ich mag es, wenn dein Haar offen ist", erklärte er mit tiefer Stimme und löste eine weitere Haarnadel.

Jennas Puls wurde schneller. Sie wollte Trevor sagen, dass er aufhören solle, aber sie brachte kein Wort heraus. Sie wollte aufstehen und in die Küche gehen, aber ihre Beine gehorchten ihr nicht. Trevor zog nach und nach alle Haarnadeln heraus, bis ihr das Haar in weichen Locken auf die Schultern fiel. Er fuhr behutsam durch die seidige Pracht, entwirrte kleine Verheddungen und massierte ihre Kopfhaut, dort, wo der Knoten gesteckt war.

Jenna wurde es warm und wärmer. „Ich sollte vielleicht einmal … eh … nach den Shrimps sehen."

„Das solltest du nicht. Ich will dich und nicht die Shrimps."

„Mich?" Das Herz klopfte ihr bis zum Hals. „Jetzt?"

Er legte eine Hand um ihren Nacken. „Komm her." Durch den leichten Druck seines Griffs verlor sie etwas das Gleichgewicht. Trevor reagierte sofort und zog sie zu sich heran. Und obgleich sie sich aufstützte, um ihre Balance wiederzuerlangen, lag sie, ehe sie sich versah, schon halb unter ihm auf dem Kissen.

„Trevor …"

Er berührte ihre Lippen. „Schsch", flüsterte er und fuhr mit den Fingerspitzen über ihre Halsbeuge bis zum Dekolleté. „Du siehst unglaublich sexy in dem Kleid aus, weißt du das?"

„Das war eigentlich nicht meine Absicht", sagte sie und atmete scharf ein, da er nun ihre Brüste umfasste. „Trevor …"

„Schon gut, Darling, schon gut." In kleinen kreisenden Bewegungen begann er ihre weichen Brüste zu streicheln, und sie atmete immer schneller. Mit dem Daumen reizte er ihre hart aufgerichteten Knospen, bis sie leise aufstöhnte. Wie glühende Blitze zuckte es durch ihren Körper, obwohl sie angezogen war und Trevor nicht einmal ihre Haut berührt hatte. „Das fühlt sich doch gut an, oder?"

Gut? Es war viel mehr! „Es geht nicht."

„Was geht nicht?"

Sie konnte kaum noch einen klaren Gedanken fassen, während seine Hände weiter über ihre Brüste glitten und er mit Daumen und kleinem Finger beide Spitzen gleichzeitig streichelte. Ihr Atem flog, und sie wand sich unruhig hin und her. „Dass wir es hier machen", stieß sie gepresst hervor.

„Natürlich geht das. Uns kann doch kein Mensch sehen. Dein Anwesen ist doch riesig."

„Aber hier auf der Veranda?", rief sie flehend. Trevor strich über ihren Körper. „Hier ist doch gar kein richtiges Bett!"

Er ließ seine Hand unter ihr Kleid gleiten. „Ich schlafe nie mit einer Frau zweimal am gleichen Ort. Habe ich dir das nicht gesagt?"

„Nein." Sie keuchte, als er sich zu ihrer intimsten Stelle vortastete, und sie spürte, dass sie feucht wurde. „Trevor!"

Es war jetzt zwar Nacht und dunkel, doch das Schimmern seiner Zähne verriet ihr, dass er breit lächelte, und sie hörte es auch an seiner Stimme. „Oh, ja, du willst mich. Und wie du mich willst!"

„Alles, was ich will, ist ein Baby."

„Aber jetzt willst du mich. Du kannst mir nichts vormachen." Und er öffnete seine Shorts. „Einen besseren Augenblick hat es nie gegeben."

„So hatte ich das eigentlich nicht geplant."

„Die besten Dinge sind oft, die nicht geplant sind." Nachdem er sich die Shorts ausgezogen hatte, zupfte er an ihrem Slip. „Heb die Hüfte."

„Ich fühle mich gar nicht wohl dabei, es hier zu tun", sagte sie und hob dabei die Hüften an.

Er warf ihren Slip beiseite und legte sich zwischen ihre gespreizten Beine. Dann fasste er unter ihren Po und zog sie fest an sich. „Wenn du erst einmal dein Baby hast und dich an diese Nacht erinnerst, wirst du über deine Worte lachen."

„Ich werde dunkelrot werden. Trevor!"

Er drang in sie ein und stöhnte lustvoll auf. „Das ist gut! So heiß und feucht!"

„Ich kann es immer noch nicht glauben."

„Leg deine Beine um mich, Darling. Mmmh, das ist besser."

„Auf der Veranda …" Doch ihre Stimme war nur noch ein raues Flüstern.

„Ich weiß nicht, wie lange ich mich zurückhalten kann. Sag mir, wenn dir etwas wehtut, ja?"

Jenna hörte nicht, was er zu ihr sagte. Sie wurde von einem so tiefen Lustgefühl erfasst, dass sie sich dicht an ihn presste und ihn mit Armen und Beinen umklammerte.

„Bist du bei mir, ganz bei mir?", fragte er atemlos, und die rhythmischen Bewegungen seiner Hüften wurden schneller. „Ich sollte es nicht sein", sagte sie heiser. „Aber du bist es. Himmel, was war das?"

„Was?"

„Was du da eben gemacht hast."

„Das?" Und sie presste erneut die Muskeln zusammen, dort, wo sie diese unbändige Lust verspürte.

Er stieß einen kehligen Laut aus und drang tief in sie ein. Jenna stöhnte auf. Kein Mann hatte sie jemals so erregt. Sie war erfüllt von dem Duft seiner Haut, seiner Kraft und der Härte seiner Männlichkeit, mit der er sie nahm. Sie rieb sich an seinem Körper und wühlte durch seine Brusthaare. Und hungrig auf mehr, packte sie ihn an den Schultern und begann ihre Hüften zu bewegen.

Die Lippen an ihrem Hals, die Arme aufgestützt, steigerte er noch den Rhythmus seiner Stöße. In dem Verlangen, ihn immer tiefer in sich zu spüren, schlang sie die Beine um seine Taille und hob sich ihm entgegen. Und sie glaubte zu vergehen, als er mit einem heiseren Aufschrei den erlösenden Höhepunkt erreichte.

Sie liebte den rauen, animalischen Schrei seiner Lust, sein schnelles hartes Pulsieren in ihrem Schoß, und hielt ihn an sich gedrückt.

Erst als sein Zittern langsam abebbte, kam ihr zu Bewusstsein, das etwas in ihr noch unerfüllt war. Doch als wisse Trevor darum, glitt seine Hand zwischen ihre Körper, dorthin wo sie beide noch eins waren.

„Trevor", protestierte sie leise.

„Keine Sorge, ich bleibe in dir, und du wirst keinen Tropfen verlieren", flüsterte er zurück.

„Nein", hauchte sie, aber um sie herum begann sich schon alles zu drehen. Sie wollte noch nach seinem Handgelenk greifen, um ihn zu stoppen, aber das Gefühl seiner Finger, die reibend und liebkosend über ihre feuchte, heiße Haut strichen, war stärker als ihr Wille. Die Hitze zwischen ihren Schenkeln wuchs und breitete sich wie ein glühender Strom in ihrem ganzen Körper aus. Ihre Brüste hoben und senkten sich immer schneller, und wie aufgelöst bäumte sie sich auf und drängte sich an ihn. Jenna war sich ihres Stöhnens, ihres gierigen Flehens nicht bewusst. Und dann brach der Damm mit einer so explosiven Kraft, dass sie zuckend vor Lust kam.

Jenna wusste nicht, wie viel Zeit vergangen war, als Trevor sie losließ. Es musste eine lange Weile gewesen sein, denn sie atmete wieder gleichmäßig und zitterte nicht mehr. Sie wusste auch nicht, ob sie eingedämmert oder noch wie betäubt gewesen war von der überwältigenden Lust, die sie eben erlebt hatte. Die Wärme, die Trevors Körper ausstrahlte, ließ sie sich jetzt noch leicht und schwebend fühlen, und als Trevor nun aufstand, war sie ein bisschen enttäuscht.

„Bleib liegen", flüsterte er und bückte sich nach ihrem Slip. Nachdem er ihr beim Anziehen geholfen hatte, streifte er sich seine Shorts über. Bevor sie noch darüber nachdenken konnte, was er wohl als Nächstes vorhatte, hob er sie auf seine Arme und trug sie in die Küche. Sie sagte kein Wort dagegen, unsicher, ob sie überhaupt in der Lage wäre, selbst zu gehen. Außerdem war es ein wundervolles Gefühl, gehalten und getragen zu werden. Viel zu schnell setzte er sie auf einem Küchenstuhl ab.

Trevor wärmte das Essen auf, das sie gekocht hatte, und servierte es. Er sagte, es würde großartig schmecken, und sie stimmte ihm zu, obwohl sie viel zu zerstreut war, um zu bemerken, was sie aß. Sie kämpfte damit, die Lust, die sie eben empfunden hatte, mit dem Baby in einen Zusammenhang zu bringen. Sie hatte diese Lust nicht erwartet, nein, mehr noch, sie hatte sie nicht gewollt. Sie wollte etwas nicht so sehr genießen, dass sie es vermissen würde, wenn es nicht mehr da war. Denn nach alledem würde Trevor wieder gehen.

Gestern hatten sie über sein Manuskript gesprochen. Diese Nacht würde er es fertigbekommen. Sein Flugzeug war repariert und flugtüchtig. Er wollte in New York zwischenlanden, das Manuskript abgeben und dann nach Florida weiterfliegen.

Das Einzige, um sich erkenntlich zu zeigen, war, ihn zum Flughafen zu bringen.

„Es ist doch bloß eine Stunde", erklärte sie, als er über ihr Angebot die Stirn runzelte. „Ich kann mir ein Taxi nehmen."

Er schien es ja gar nicht erwarten zu können, seine Freiheit wiederzuerlangen. Und das versetzte ihr einen schmerzhaften Stich. Aber der Schmerz trieb einen heilsamen Keil zwischen Trevor und sie. Trevor hatte ihr einen Gefallen getan, und nun war ihre Beziehung eben abgeschlossen. Jetzt galt es nur noch, die Zeit, die ihnen gemeinsam verblieb, möglichst anständig herumzubekommen.

„Ich fahre dich", sagte sie bestimmt.

„Du musst doch arbeiten."

„Ich kann nicht in Ruhe arbeiten, bis ich nicht sicher weiß, dass du im Flugzeug sitzt."

„Himmel, du bist ja ganz versessen darauf, mich wieder loszuwerden, was?"

Jenna funkelte ihn wütend an, blieb ihm aber die Antwort schuldig. Selbst wenn man nur das betrachtete, was nichts mit Sex zu tun hatte, war das Zusammensein mit Trevor gar nicht so übel verlaufen, wie sie befürchtet hatte. Doch das Leben ging schließlich weiter, und das hieß, dass sie ihr Arbeitszimmer erweitern, sein Bett abziehen und den Kalender und ihren Körper im Auge behalten musste.

*D*ienstagmorgen saß Jenna am Steuer ihres Jaguars und fuhr zum Flughafen. Trevor saß neben ihr und brütete vor sich hin. „Wann weißt du denn, ob es geklappt hat?", fragte er plötzlich.

Jenna machte sich nichts vor. Das Kind war das Einzige, was sie jetzt noch gemeinsam interessierte. „In dreizehn Tagen."

„Ich dachte, es gibt Tests, bei denen man sofort Bescheid weiß."

Auf die will ich mich lieber nicht verlassen. Ich wäre am Boden zerstört, wenn ich mir unberechtigte Hoffnungen gemacht hätte, bloß weil so ein Test versagt hat."

Er schwieg und starrte aus dem Seitenfenster. Als die ersten Flughafengebäude in Sicht kamen, meinte er: „Ich rufe dich in zwei Wochen an, um zu hören, was Sache ist."

„Du wirst mich nicht erreichen, weil ich dann in Hongkong bin."

Trevor fuhr herum. „In Hongkong?" Seine silberblauen Augen sprühten Blitze. „Was machst du denn um alles in der Welt in Hongkong?"

„Ich besuche die Fabriken, die für unseren Konzern Ware herstellen."

„Fliegst du allein?"

Jenna schüttelte den Kopf. „Mit ein paar von meinen Mitarbeitern. Wir sehen uns gern ein- oder zweimal im Jahr alles persönlich vor Ort an."

„Das solltest du lieber nicht tun."

„Bitte? Warum nicht?"

Irritiert antwortete er: „Weil du vielleicht schwanger bist."

„Selbst wenn ich schwanger wäre, wäre so ein Flug in den ersten Wochen nicht riskant", sagte sie ruhig. „Du kannst mir glauben, ich würde nichts tun, was mein Kind gefährden könnte."

„Ich bin die Strecke selbst schon oft geflogen. Sie ist lang und anstrengend. Und das findest du nicht riskant?"

„Nein. Und mein Arzt ist der gleichen Ansicht. Ich habe ihn

gefragt, und er meinte, die morgendliche Übelkeit würde frühestens in der fünften oder sechsten Woche beginnen. Außerdem würde mich die Reise ablenken." Sie warf Trevor einen raschen Seitenblick zu und bemerkte, dass er immer noch Zweifel hatte. „Ehrlich, Trevor. Es ist ja nicht so, dass ich mir dort die Nächte um die Ohren schlagen würde. Ich werde schon genug Schlaf bekommen."

„Glaubst du wirklich, dass du auch auf dem Flug schlafen kannst?", fragte er sie so eindringlich, dass sie erschauerte. Sie hätte nicht geglaubt, dass er so sehr Anteil nehmen würde an dem, was sie tat.

Jenna hatte die Flughafenabfahrt erreicht. „Ich schlafe immer im Flugzeug. Anders könnte ich Flüge gar nicht mehr überstehen, nachdem meine Eltern bei einem Flugzeugunglück ums Leben gekommen sind. Sie sind zwar mit einem kleinen Privatflugzeug verunglückt, während ich grundsätzlich nur mit großen Linienmaschinen fliege, aber wirklich überwunden habe ich meine Flugangst noch nicht."

„Dann wäre mein Flugzeug ja genau das richtige für dich", meinte Trevor augenzwinkernd.

Keine zehn Pferde würden Jenna in Trevors Flugzeug bringen. Das hatte nichts mit ihm als Pilot zu tun, sie zog nur eben große Flugzeuge vor. Vor Hangar C hielt sie an und schaltete den Motor ab. Dann räusperte sie sich und begann mit der Rede, die sie sich genau zurechtgelegt hatte. „Vielen Dank, Trevor. Ich kann dir gar nicht sagen, wie dankbar ich dir bin für das, was du für mich getan hast. Du hast dir Zeit genommen, obwohl du mehr als genug zu tun hattest. Du warst rücksichtsvoll und feinfühlig. Du hast es sogar geschafft, dass meine Verlegenheit zum größten Teil verschwunden ist. Du hast dich einfach großartig verhalten."

Langsam drehte er sich zu ihr. Sein Blick war vernichtend, die Lippen waren zusammengekniffen. Er wirkte regelrecht Furcht einflößend. Womit nur hatte sie ihn so wütend gemacht?

„Ich meine es ernst", versicherte sie ihm.

„Das ist mir schon klar." Er öffnete die Wagentür und stieg

aus. „Was wir beide am Wochenende erlebt haben, hat mir Spaß gemacht. Es war so, wie es besser nicht sein konnte, und ich habe es wirklich genossen." Er warf die Tür zu, warf sich den Trenchcoat über die Schulter und ging.

Jenna sah blicklos zum Hangar. Sie blinzelte ein paarmal, atmete zitternd ein und seufzte. Regungslos saß sie da und sah dann, dass Trevor den Hangar wieder verließ. Er ging zielstrebig zu einem der Flugzeuge – es war älter und verbeulter als die anderen Maschinen –, öffnete die Tür, warf sein Gepäck hinein und kletterte hinterher. Sie sah, wie er sich noch eine Weile im Cockpit zu schaffen machte, ehe er sich auf dem Pilotensitz niederließ. Es kam ihr wie eine Ewigkeit vor, bis sich die Propeller drehten, erst langsam und dann immer schneller. Das Flugzeug wendete und fuhr auf die Rollbahn. Dort hielt es kurz und startete nach einer Weile erneut. Es beschleunigte, und als es vom Boden abhob, hielt sie die Luft an und schaute ihm so lange nach, bis es nur noch ein winziger Punkt am Horizont war.

Jenna zwang sich, den Blick nach vorn zu richten. Sie ließ den Motor an und fuhr zur Arbeit.

Eine Woche später, nachdem Trevor abgeflogen war, war Jenna in Hongkong. Ein dichter Terminplan hielt sie von morgens bis abends auf Trab. Doch nachts, bevor sie einschlief, grübelte sie ständig darüber nach, ob sie nun schwanger war oder nicht. Meistens war sie optimistisch. Wenn ihr dennoch einmal Zweifel kamen und sie wünschte, in ihrer ruhigen vertrauten Umgebung geblieben zu sein und diese Geschäftsreise nicht gemacht zu haben, dachte sie an die vielen Frauen, die gezwungen waren, auch während ihrer Schwangerschaft schwer zu arbeiten, ohne dabei ihr Kind zu verlieren. Und der Gedanke gab Jenna wieder Mut.

Jeden Morgen maß sie ihre Temperatur, und das Thermometer sagte ihr, dass beide Möglichkeiten offen waren.

Drei Tage vor ihrem Heimflug hatte sie die Gewissheit, im nächsten April kein Baby zu bekommen. In ihrer ersten Enttäuschung brach sie in Tränen aus. Doch schnell fing sie sich wieder.

Sie war zu vernünftig, um sich lange in Selbstmitleid zu ergehen, und tröstete sich mit dem Gedanken, dass sich viele Paare jahrelang bemühten, ehe sich der Erfolg einstellte. Und sie hatte erst zwei Mal mit Trevor geschlafen. Auch ihr Arzt hatte ihr gesagt, dass es eine Zeit lang dauern könnte und sie nicht entmutigt sein sollte, wenn es nicht gleich klappen würde.

Sie müssten es eben noch einmal probieren. Ganz einfach.

Vorausgesetzt, Trevor wäre einverstanden.

Wäre er das? Die Frage ließ sie nicht mehr los. Tag und Nacht verfolgte sie sie, gleichgültig, ob sie arbeitete oder nicht. Trevor war irgendwie nicht gut auf sie zu sprechen gewesen, als er sie verlassen hatte. Er hatte sich wahrscheinlich eingeengt gefühlt, fast ein ganzes Wochenende gekettet an ihr Haus. Vielleicht hatte es auch nur an der unangenehmen Arbeit an seinem Manuskript gelegen und er hätte sich überall unwohlgefühlt. Aber er war nun einmal in ihrem Haus und mit ihr zusammen gewesen, und so nahm sie seine schlechte Laune beim Abschied persönlich.

Er hatte allerdings auch behauptet, es genossen zu haben, mit ihr zu schlafen. Aber würde das ausreichen, ihn zu einem weiteren Versuch zu motivieren? Für sie selbst war es das erotischste Erlebnis ihres Lebens gewesen. Noch nie hatte sie eine so überwältigende Lust empfunden. Und allein die Vorstellung, nochmals mit Trevor zu schlafen, erregte sie maßlos. Aber was wusste sie schon. Trevor war der erfahrenste Mann, mit dem sie je zusammen gewesen war. Und sicher hatte er längst eine andere Frau gefunden.

Jenna wollte trotzdem, dass er zurückkam. Sie wollte dieses Kind. Und er war der einzige Mann, den sie zu diesem Zweck akzeptierte.

Als Jenna wieder in Little Gomptom angekommen war, fühlte sie sich hundemüde und völlig erschöpft. Das wäre ihr kurioserweise nicht so gegangen, wenn sie schwanger gewesen wäre. Aber all ihre Sorgen und Befürchtungen setzten ihr zu, dass sie weder die Nerven hatte, in ihrem Büro anzurufen, noch den Anrufbeantworter abhörte. Schnurstracks ging sie ins Bett. Das war um fünf Uhr nachmittags. Um neun am nächsten Morgen stand sie auf und fühlte sich schon wesentlich besser. Als Erstes fiel ihr ein, dass sie Trevor einen Anruf schuldig war. Und zwar sofort.

Er war nicht daheim. Durch ihren Anrufbeantworter erfuhr sie, dass er gestern versucht hatte, sie zu erreichen. Ihre Sekretärin im Büro sagte das Gleiche. Immer wieder wählte sie seine Nummer, Stunde um Stunde. Und jedes Mal, wenn wieder niemand abhob, hatte sie die abenteuerlichsten Begründungen, warum er nicht ans Telefon ging. Und immer lag es an anderen Frauen.

Um drei Uhr nachmittags meldete er sich endlich.

„Ja?“, ertönte es entnervt aus dem Hörer.

„Trevor?“

Zuerst herrschte Stille, dann kam ein zögerliches: „Bist du das, Jenna?“

„Ja, ja.“

„Um Himmels willen, wo hast du bloß gesteckt?“, polterte er los. „Ich dachte, du wolltest schon gestern zurück sein. Ist dir etwa plötzlich eingefallen, dass du noch gern einen Tag in San Francisco verbringen wolltest? Du wusstest doch genau, dass ich darauf warten würde, von dir zu hören! Das war wirklich eine Glanzleistung. Ich habe mir sagen lassen, dass es auch in San Francisco Telefone geben soll. Du hättest mich ruhig von dort aus mal anrufen können.“ Er rang nach Luft. „Also bist du jetzt schwanger oder nicht?“

„Ich bin es nicht“, antwortete sie unverzüglich. So wie es aussah, konnte er es kaum erwarten zu erfahren, ob sie nun schwanger war. Jenna wusste nur nicht, welche Antwort ihm lieber gewesen wäre.

Er schwieg eine Weile. „Bist du sehr enttäuscht?“

„Natürlich!“ Was für eine Frage! „Ich wollte doch so gern ein Kind. Und du weißt ja, wie schwer es mir gefallen ist, dich überhaupt zu bemühen – und es dann auch noch auf deine Weise zu versuchen.“

Er wollte ihr die Verlegenheit nehmen und erklärte: „Das war alles kein Problem. Immerhin habe ich bei dir meine Korrekturen erledigt und mein Buch nun abgeliefert."

Sie wickelte das Telefonkabel um die Hand. „Na, da bin ich wenigstens ein bisschen beruhigt."

„Fühlst du dich denn so weit gut?"

„Ich habe noch Schwierigkeiten mit der Zeitumstellung, aber morgen früh wird das wohl vorüber sein. Trevor, ich war überhaupt nicht in San Francisco. Ich hatte eine zweistündige Verspätung und habe die Anschlussmaschine verpasst. Als ich dann endlich daheim war, war ich dermaßen erledigt, dass ich die Augen nicht mehr aufhalten konnte."

„Was habe ich dir gesagt? Du hättest auf diese Reise verzichten sollen. Die Route ist viel zu anstrengend."

„Ich habe mich großartig gefühlt, bis ich wusste, dass ich gar nicht schwanger bin", meinte Jenna. Und da weitere Erklärungen wohl keinen Zweck haben würden, drehte sie den Spieß um. „Nebenbei bemerkt versuche ich schon den ganzen Tag, dich zu erreichen. Wenn du wirklich so wild darauf gewesen wärst, von mir zu hören, hättest du eben in der Nähe des Telefons bleiben müssen."

„Ich habe den ganzen Tag in der Kanzlei meiner Anwälte verbracht", erwiderte Trevor und klang nun selbst müde und mitgenommen. „Das Gericht kann sich immer noch nicht entscheiden in der Angelegenheit mit den Bergungs- und Auswertungsrechten der Galeone, und die Zeit läuft mir davon."

„Vielleicht gibt dein ehemaliger Partner ja noch nach."

„Oh, sicher wird er irgendwann aufgeben. Nur leider nicht so schnell, wie es nötig wäre, damit das Unternehmen nicht in Zeit- und Kräfteverschwendung ausartet."

„Und was nun?"

Er seufzte. „Wir müssen warten, bis das Gericht zu einem Urteil gekommen ist."

„Wie viel Zeit bleibt dir denn noch?"

„Bis die Hurrikansaison anbricht. Ein paar Wochen. Sogar wenn sich das Gericht morgen schon zu einer Entscheidung durchringen würde, würde uns nicht genügend Zeit bleiben. Ich schätze, ich werde bis November warten müssen."

„Und was machst du, bis es so weit ist?", wollte sie wissen. Im Grunde konnte es ihm doch nichts ausmachen, ihr noch einmal seine Zeit zu opfern, wenn er sowieso nichts anderes zu tun haben würde.

„Vielleicht fliege ich runter nach Yucatan zu Freunden. Oder ich besuche Freunde in Michigan. Ich weiß noch nicht genau. Diese Warterei ist schon ziemlich ärgerlich."

Jenna wollte die Gelegenheit beim Schopf ergreifen. Eine bessere würde ihr sicher nicht mehr geboten werden. „Meinst du … meinst du, es wäre dir möglich, noch einmal zu mir zu kommen? Natürlich nur, wenn du willst."

„Wegen des Babys? Klar. Ich habe doch versprochen, dir zu helfen."

Das ging ja überraschend leicht! Ihr fiel ein ganzes Gebirge vom Herzen. „Ahh. Ich dachte schon, du hättest nach den ersten Versuchen die Nase voll."

„Ich habe mich schließlich verpflichtet, dir zu helfen. Und dazu stehe ich auch. Nicht, dass ich jetzt auf einmal unbedingt ein Kind haben möchte. Aber wenn es schon sein muss, dann ist es mir lieber, du bist die Mutter dieses Kindes als sonst irgendjemand."

Jenna spürte einen Kloß im Hals, und es dauerte etwas, bis sie wieder sprechen konnte. „Danke. Danke, Trevor. Du wirst es nie bereuen, das verspreche ich dir. Dieses Kind wird es besser haben als alle anderen Kinder."

„Das kann gut oder schlecht für das Kind sein. Doch jetzt sollten wir uns erst einmal darum kümmern, dass dieses Baby überhaupt zustande kommt. Wann muss ich bei dir sein?"

„Eh, in zehn Tagen, glaube ich."

„Du glaubst es?" Er schnalzte mit der Zunge. „Du lässt schwer nach, Jenna", neckte er sie. „Bis vor Kurzem wusstest du doch genau, wann, wo und wie lange."

Jenna fühlte sich irgendwie ertappt. „Ja, schon. Aber ich konnte jetzt an nichts anderes denken als an deine Reaktion, wenn ich dich noch einmal bitten würde. Hast du noch einen Moment Zeit? Dann hole ich eben meinen Kalender."

„Nicht nötig. Ich rufe dich in ein paar Tagen wieder an."

„Aber du willst dir doch sicher deine Zeit einteilen."

„Ja, ich muss wirklich aufpassen, dass mir der ganze Trubel mit der Schatzsuche hier nicht über den Kopf steigt und ich die Bergungstermine noch koordinieren kann."

Jenna merkte, dass er nur seine Frustration überspielen wollte, und dachte, dass ein Flug nach Rhode Island genau das richtige war, um ihn von den Bergungsrechten für seine spanische Galeone abzulenken.

„Hör zu, Jenna", fuhr Trevor heiter fort. „Mach dir keine Sorgen. Diesmal wird es schon klappen. Ich rufe dich demnächst an, um den Termin abzusprechen. Pass auf dich auf."

Trevors Heiterkeit, als er sich von Jenna verabschiedete, war nicht gespielt. Er freute sich wirklich darauf, sie wiederzusehen. Erstens hatte er zu diesem Zeitpunkt sowieso nichts anderes vor, und zweitens war es angenehm, mit ihr zusammen zu sein. Und mit ihr zu schlafen stellte alles in den Schatten, was er bisher erlebt hatte. Das Einzige, was ihn störte, war, dass sie ihm bei ihrem ersten Gespräch vorgeschlagen hatte, einen Vertrag aufsetzen zu lassen, der ihn von allen Pflichten entbinden sollte. Er vertraute ihr auch so. Sie würde bestimmt nicht hingehen und ihn auf Unterhaltszahlungen verklagen. Und wenn schon. Er hatte genug Geld, und er nahm sich vor, in jedem Fall für das Kind einen Treuhandfonds einzurichten. Das würde sein Gewissen beruhigen, wenn er sich wieder in der Weltgeschichte herumtrieb.

Jenna und er harmonisierten wirklich perfekt, was Sex anging. Es war zwar unglaublich, denn er hatte schon viele, attraktive Frauen kennengelernt, die erfahrener, üppiger und anziehender waren als sie, doch unglaublich oder nicht, für ihn zählten allein die Tatsachen.

Und die sprachen nun einmal für Jenna.

Er überlegte schon, wo er das nächste Mal mit ihr schlafen würde. Er liebte die Abwechslung. Abwechslung steigerte den Reiz. Jenna wäre sicher schockiert darüber, aber das stachelte ihn nur noch mehr an. Was Sex betraf, war sie fast so unerfahren wie ein Schulmädchen, doch er spürte das Feuer, das in ihr loderte. Und es war eine Herausforderung für ihn, dieses Feuer so richtig zu entfachen.

Doch dazu musste er sie aus ihrer gewohnten Umgebung locken. Jennas Leben war zu geordnet, ihre Gedanken zu sehr von dem Wunsch blockiert, schwanger zu werden, als dass sie sich zu Hause ungezwungen auf ihn einlassen würde. Sie mussten sich eben auf neutralem Boden treffen. Je mehr Trevor darüber nachdachte, desto mehr gefiel ihm diese Idee. Und vielleicht würden sogar Dinge geschehen, von denen selbst er noch nicht zu träumen gewagt hatte.

Als Trevor Jenna ein paar Tage später anrief, fühlte er sich energiegeladen, leicht erregt und von einer männlichen Kraft wie nie zuvor. „Hi, mein Engel. Wie geht's?"

„Trevor?", fragte Jenna zögernd nach.

„Wer sonst würde denn ‚Engel' zu dir sagen?"

„Ich habe ja nicht einmal damit gerechnet, dass du so etwas zu mir sagst. Bist du ... ist alles in Ordnung?"

„Alles in Ordnung. Das Gericht hat zwar immer noch nicht entschieden, aber was soll's. Hast du dir schon überlegt, wann du mich das nächste Mal brauchst?"

„Tja, am besten wäre es am dritten August. Das ist wieder ein Samstag."

„Das passt mir gut. Was hältst du davon, wenn wir uns in Washington treffen würden?"

„In Washington?"

„Ich meine Washington D.C. – ich muss mich da in einem Forschungsinstitut um ein paar Sachen kümmern." Das waren Recherchen, die er genauso gut ein andermal hätte erledigen können. Aber sie erfüllten den gleichen Zweck wie die Arbeit an seinem Manuskript. Auf die Art hätten sie immer eine Ausweichmöglichkeit, wenn sie es nicht so lange zusammen aushielten. „Du könntest Einkaufsbummel machen oder verschiedene Museen besuchen."

„Es gibt eigentlich kaum etwas, das ich einkaufen müsste."

„Dann könntest du die Konkurrenz unter die Lupe nehmen. Kannst du dir Montag und Dienstag freinehmen?"

„Ich denke schon", entgegnete sie langsam.

„Dann nichts wie los. Wir werden sicher jede Menge Spaß haben."

Er hörte, wie sie seufzte. „Trevor, ich weiß nicht so recht …"

„Möchtest du, dass ich zu dir fliege und dich abhole?"

„Oh nein", sagte sie schnell. „Das ist nicht nötig."

Trevor lachte in sich hinein. „Ich hoffe, du weißt, dass du bei mir besser aufgehoben bist als bei irgendeinem Piloten einer obskuren Fluggesellschaft, oder?"

„Das sagen alle Privatpiloten", meinte Jenna trocken.

„Es stimmt ja auch, vorausgesetzt, der Mann ist sein Geld wert. Der Kerl, der die Maschine mit deinen Eltern geflogen hat, war es jedenfalls nicht. Denn er hat das Flugzeug nicht vorschriftsmäßig durchgecheckt. Hätte er das getan, wäre ihm das Leck sicher aufgefallen. Wäre er bei dem Absturz nicht selbst ums Leben gekommen, hätte man ihn in jeder Hinsicht zur Verantwortung gezogen. Ich dagegen prüfe alles absolut gründlich, bis zur letzten Kleinigkeit. Glaub mir. Ich riskiere doch nicht Kopf und Kragen, dazu hänge ich zu sehr am Leben."

„Da kann ich ja beruhigt sein, dass du sicher in Washington landest. Was mich betrifft, so wartet eine hübsche DC-9 in Providence, die von dort aus zweimal täglich nach Washington fliegt. Ich werde zwei Zimmer im Capital Hilton buchen."

„Nein, das wirst du nicht. Ich wohne nicht in so einem großen, unpersönlichen Kasten." Außerdem war er der Ansicht, dass ein Zimmer völlig ausreiche. „Überlass die Zimmerreservierung mir. Ich rufe dich nächste Woche an und sage dir, wo ich gebucht habe."

„Aber ich bezahle."

„Du bezahlst nicht."

„Es war meine Idee, ein Kind zu bekommen."

„Und es war meine Idee, nach Washington zu fliegen."

„Aber das Baby ist doch der eigentliche Grund für die Reise."

„Das ist nicht wahr. Ein tolles erotisches Erlebnis ist der Grund dafür."

„Unsinn. Hier geht es doch nicht um ein tolles erotisches Erlebnis."

„Mir schon."

„Trevor …"

Es verschlug ihr offensichtlich die Sprache, und er stellte sich vor, wie sie rot wurde. „Jenna", sagte er sanft. „Mach dir jetzt keine Gedanken, okay? Du kriegst dein Baby und ich mein tolles erotisches Erlebnis, und wir beide werden uns sauwohl fühlen."

„Trevor!"

„Entschuldige. Aber es ist die Wahrheit. Wir reden nächste Woche über alles, mein Engel. Tschau."

Am Samstag, dem dritten August, flog Trevor nachmittags den Washington National Airport an. Nachdem er sein Flugzeug im Hangar für Privatmaschinen untergestellt hatte, ging er in die Passagierhalle für Linienflugverkehr. Als die große Maschine mit Jenna an Bord landete, verspürte er eine freudige Erregung und überraschte sich dabei, wie er strahlend auf Jenna zuging.

Sie sah einfach wundervoll aus. Ihr dunkles Haar war zwar hochgesteckt, aber das schob er auf die Sommerhitze. Und ihre sonstige Erscheinung – apricotfarbene Leinenshorts mit passender Baumwollbluse und Wildlederslippern – war so auffallend apart und chic, dass er stolz war, dass sie mit ihm verabredet war und mit keinem anderen.

Er nahm ihr das Gepäck ab. „Du siehst aus", meinte er, als er ihren Gesichtsausdruck bemerkte, „als wüsstest du nicht genau, ob du erleichtert oder bestürzt sein sollst, wieder Boden unter den Füßen zu haben. Was trifft denn nun zu?"

Sie lächelte schief. „Ich glaube, ein bisschen von beidem. Eine innere Stimme sagt mir, dass wir es doch lieber bei mir zu Hause tun sollten."

„Wenn wir auf deine innere Stimme gehört hätten …" Er legte ihr den Arm um ihre Taille und führte sie durch die Menschenmenge. „… und wir uns darauf eingelassen hätten, die Sache beim Arzt zu erledigen, dann hätten wir uns um eine Menge Vergnügen gebracht, oder?"

Jennas Blick klebte am Boden.

Er beugte sich zu ihr. „Kein Kommentar?"

„Kein Kommentar."

Er erhaschte einen Blick in ihr Gesicht und sah, dass sie errötete. Aber: Sie war nicht wütend. Und ihr „kein Kommentar" war ein indirektes Eingeständnis, dass auch sie es genossen hatte, mit ihm zu schlafen. Das war immerhin ein Fortschritt.

Wenn er wollte, könnte er sie vielleicht sogar überreden, länger zu bleiben. Doch er würde nicht wollen. Seiner Erfahrung nach würde er froh sein, sich Dienstagmorgen aus dem Staub machen zu können.

Aber Dienstag war Dienstag, und jetzt war erst Samstag. Und er hatte sich einen Plan ausgedacht. Jenna war in seiner Nähe zwar nicht mehr genauso verkrampft, aber wirklich gelöst war sie auch noch nicht, und um das zu ändern, wollte er sie möglichst viel beschäftigen. Außer seinen Nachforschungen gab es noch andere Dinge, die er in der Stadt erledigen wollte. Er würde Jenna einfach mitnehmen.

Vorerst jedoch waren sie auf dem Weg ins Hotel, und dort galt es, die erste Hürde zu nehmen. Er hatte eine Suite im Loweth Park reserviert, in einem kleinen eleganten Haus, genau richtig für ein romantisches Intermezzo. Jenna musste wohl eine leise Vorahnung haben, denn als sie nun die Empfangshalle betraten und an die Rezeption gingen, umklammerte sie seinen Ellbogen.

„Zwei Zimmer, nicht wahr?", flüsterte sie ihm zu.

Er konzentrierte sich auf die Anmeldung, dann flüsterte er zurück: „Eine Suite."

„Keine Suite. Zwei Einzelzimmer."

„Die Suite hat zwei Zimmer." Er zog seine Brieftasche hervor. „Zwei Schlafzimmer?"

„So groß ist die Suite nun auch wieder nicht."

„Trevor!"

„Ich schlafe auf der Couch." Er lächelte den Hotelangestellten an, legte eine Kreditkarte auf die Reservierungsformulare und schob beides über den Tresen. Dann erkundigte er sich mit normaler Lautstärke: „Die Suite hat ein Doppelbett?" Und musste sich zusammenreißen, um nicht laut loszulachen, als Jenna nach Luft schnappte.

„Das ist richtig, Sir. Genau, wie Sie es gewünscht haben."

Jenna machte ein paar Schritte weg von ihm, und nachdem er die Anmeldung abgewickelt hatte, sah er sie in einem der großen Ohrensessel sitzen. Sie thronte dort wie eine Königin, aber gleichzeitig unglaublich zerbrechlich. Er winkte mit dem Kopf in die Richtung, in die der Page ihr Gepäck trug. Langsam erhob sie sich und folgte den beiden.

„Ich finde das nicht korrekt", meinte sie kraftlos.

Trevor fand das sehr wohl. Denn er würde ihr die lustvollsten Stunden bereiten, die sie je erlebt hatte. Dann würde sie ihre Bedenken schon vergessen.

Die Suite war ein Traum. Sie war im Kolonialstil eingerichtet und in satten Rot- und Grüntönen gehalten. Über dem Doppelbett lag eine schwere Samtdecke. Der Stuhl und das kleine Sofa im Schlafzimmer und die Sitzgruppe und die Ottomane im Salon waren mit dem gleichen Stoff bezogen.

Jenna sagte nichts zu der Einrichtung, aber Trevor merkte, dass sie ihr gefiel. Sie war es zwar gewöhnt, sich mit edlen, eleganten Dingen zu umgeben, doch sie hatte nicht verlernt, sie zu schätzen.

Nachdem sie sich im Zimmer umgesehen hatte, trieb Trevor Jenna zur Eile an. Gemäß seines Plans gab er vor, jede Menge erledigen zu müssen. Trevor hatte allerdings nicht damit gerechnet, dass Jenna über eine so hervorragende Kondition verfügte, und seine angeblich so zahlreichen und dringenden Besorgungen waren schnell getan. Beide kannten die Stadt, und so kamen Besichtigungen nicht infrage.

Sie vertrieben sich die Zeit damit, die Touristen zu beobachten, die zum ersten Mal hier waren, gingen Hand in Hand durch die Straßen, unterhielten sich, wenn sie Lust hatten, und waren überhaupt gut gelaunt. Die Sonne schien, und es war so heiß, dass sie zwischendurch immer wieder eine Pause machten, um einen kühlen Drink zu sich zu nehmen. Am späten Nachmittag besuchten sie ein Kino. Dort lief ein Film; den sie beide noch nicht gesehen hatten. Als der Film zu Ende war, hatten sie enormen Hunger. Also suchten sie ein Restaurant nach ihrem Geschmack und bestellten dort einhellig jeder ein vollständiges Menü.

Danach waren sie dermaßen gesättigt, dass sie unbedingt noch ein paar Schritte gehen mussten. Und so war es bereits nach elf, als sie, wie Trevor fand, endlich wieder im Hotel eintrafen.

8. KAPITEL

Trevor dachte nur noch an das, was Jenna und er diese Nacht in der Suite tun würden. Und als sie dann im Aufzug standen, hielt er ihre Hand fest in seiner. „Du bist doch nicht etwa aufgeregt, weil ich in deiner Nähe bin, oder?"

Jenna tat erst gar nicht, als verstünde sie nicht. „Und ob ich aufgeregt bin. Ich wäre nicht ich, wenn das anders wäre."

„Damit kommst du bei mir nicht mehr durch", warnte er sie. Und sobald sie in ihrer Suite waren, drängte er sie mit dem Rücken an die Tür und stellte sie vor sich. Das Licht ließ er aus und legte die Hände um ihr Gesicht. „Jenna, diesmal werde ich dich küssen."

Sie schüttelte den Kopf. „Bitte tue es nicht."

Mit dem Daumen fuhr er sanft über ihre Lippen. „Kannst du mir einen vernünftigen Grund nennen, warum ich es nicht tun sollte?" Sie nickte. „Weil wir gar kein richtiges Paar sind."

„Aber sicher sind wir das. Ich weiß gar nicht, was du willst." Er streichelte ihre Wangen.

„Ich meine, wir sind kein Paar im üblichen Sinn. Was wir tun, hat rein zweckmäßige Gründe."

Trevor schob sich dichter an sie heran. „Mit der ganzen Zweckmäßigkeit war es doch vorbei, als wir uns auf der Veranda geliebt haben. Vielleicht auch schon früher. Aber das wirst du natürlich nie zugeben."

„Das kann ich nicht."

Er ließ die Finger an ihrem Kinn entlanggleiten. Ihre Haut war zart und samtweich. „Und warum nicht?"

„Weil unsere Beziehung zu Ende ist, sobald ich schwanger bin."

Es schoss Trevor durch den Kopf, dass er und Jenna ja auch darüber hinaus noch zusammenbleiben könnten, wenn sie wollten. Aber dann dachte er an die Komplikationen, die sich daraus ergeben würden. Doch darüber wollte er jetzt nicht nachdenken, und er küsste Jenna.

Bei der Berührung seiner Lippen stockte ihr der Atem, und sie stieß diesen kleinen Laut aus, der Erstaunen und Genießen ausdrückte und den Trevor so gern hörte. Jenna legte eine Hand auf seine Brust, schob ihn aber nicht fort. Einen Atemzug lang hielt er inne, hingerissen und ebenso erregt wie sie von seiner ersten Berührung ihres Mundes, und nun wollte er mehr. Erneut küsste er sie, streichelte ihre Lippen zärtlich mit seinen.

Jennas Atem ging schneller, aber sie bewegte sich nicht. Ihr Mund und ihr Körper waren erstarrt. Trevor vermutete, dass sie ihn aufhalten wollte, gegen ihre aufkeimende Lust aber nicht ankam. Und so tat er alles, diese Lust zu steigern. Das fiel ihm nicht schwer, denn seine eigene wuchs mit jeder Sekunde. Er küsste Jenna lange und fordernd, griff mit beiden Händen in ihr Haar, stieß seine Zunge in ihren Mund und umspielte ihre. Dann zog er sie langsam zurück und bedeckte ihre Wangen und Lider mit brennenden Küssen. Ihre Wimpern strichen über seine Haut so zart und leicht, dass er zu zittern begann und sich nach stärkerer Befriedigung sehnte. Ihre Lippen waren geöffnet, als er sie mit dem nächsten durstigen Kuss nahm, und zaghaft begann sie seine Berührungen zu erwidern.

Diese erste, scheue Antwort auf sein Begehren erregte ihn unendlich. „Ahh, mein Engel", stöhnte er an ihrem duftenden Haar. Dann hob er sie hoch und trug sie ins Schlafzimmer. Dort zog er die Tagesdecke vom Bett und legte Jenna auf die Laken.

Sofort setzte sie sich auf. „Ich ... im Bad ..."

„Nein", flüsterte er, kniete sich aufs Bett und bannte ihre Lippen mit einem verzehrenden Kuss, und während er sie küsste, öffnete er sein Hemd.

„Ich möchte", stieß sie atemlos hervor, „mein Nachthemd anziehen."

Er schleuderte sein Hemd zur Seite und presste das Gesicht an ihren Hals. „Nein, mein Engel. Ich will dich spüren. Überall."

Doch sie entwischte ihm und verschwand ins Bad. Erst wollte er sie zurückholen, aber dann nutzte er den Moment und zog sich seine restlichen Kleider aus. Nackt erwartete er sie vor der Badezimmertür, und als sie in ihrem Nachthemd herauskam, hob er sie schnell auf die Arme.

„Pech gehabt, Macho."

Doch sie hatte die Arme um seinen Hals geschlungen, und sollte sie sich an seiner Nacktheit stören, sie zeigte es nicht. Sie hatte auch nichts dagegen einzuwenden, dass sein Mund wieder auf ihren Lippen lag, bevor sie sich unter die Laken verkriechen konnte, oder dass er sich sofort seinen Platz zwischen ihren Schenkeln suchte. Ebenso wenig, dass er Raum für seine Finger fand und sie reibend und streichelnd zu einem schnellen heißen Höhepunkt brachte.

Alles pochte und pulsierte noch in ihr, als er danach in sie eindrang. Einzig das Nachthemd empfand er als störend. Doch nur einen flüchtigen Moment. Denn wie zur Entschädigung dafür, dass sie es angezogen hatte, begann sie über seinen Körper zu streichen.

So hatte sie ihn noch nie berührt, seine Nähe noch nie so angenommen. Ihre Berührungen waren wie ein Hauch, zart und unendlich sanft. Doch ihre Wirkung war gewaltig. Er kam so schnell und plötzlich, so heiß und heftig wie Sekunden zuvor sie.

Und dann schlief Jenna in seinen Armen ein, als wäre es das Selbstverständlichste der Welt, als wäre nie von getrennten Zimmern die Rede gewesen. Sicher, am Morgen rückte sie dann von ihm weg, doch das verstand er. Sie hatte einen langen Weg hinter sich, und wenn er geduldig war, würde sie einen noch längeren Weg zurücklegen. Und er war geduldig. Für einen Schatz brachte er, Trevor Smith, alle Geduld der Welt auf.

Jenna und Trevor hatten im Bett gefrühstückt. Und während sie entspannt nebeneinandersaßen, traf es Jenna wie ein Blitz: Sie war drauf und dran, sich in Trevor zu verlieben.

Doch nach dem Frühstück hatte er es wieder sehr eilig gehabt und einen Wagen gemietet, weil er unbedingt Freunde in Virginia besuchen wollte. Erst jetzt, auf der Fahrt dorthin, fand sie die Zeit, über ihn und sich nachzudenken. Sie dachte an den gestrigen Tag. Es war wundervoll gewesen. Auch das, was sie zusammen im Bett erlebt hatten. Trevor war ein vollkommener Liebhaber. Er schürte ihr Verlangen wie kein Mann zuvor. Sogar jetzt verspürte sie dieses Begehren, diese Sehnsucht, ihn zu fühlen. Daran änderte sich auch nichts, dass sie beide angeschnallt in ihren Schalensitzen voneinander getrennt waren. Sie spürte seine Anwesenheit so intensiv, als ob sie noch neben ihm im Bett liegen würde, dicht an ihn geschmiegt.

Nein, sie war nicht drauf und dran, sich in ihn zu verlieben – sie war verliebt. Sosehr sie sich auch bemühte, wenigstens ein Paar negative Seiten bei Trevor aufzuspüren, sie fand keine. Sie hielt sich dieses ihrer Urteilskraft zugute, denn schließlich sollte der Vater ihres Kindes so lupenrein wie möglich sein. Aber für ihre eigene, ganz persönliche Zukunft verhieß das alles nichts Gutes. Denn in der sollte Trevor schließlich keine Rolle mehr spielen.

Doch was sollte sie jetzt und heute tun? Ihn wieder zurückstoßen und ihr Zusammensein wie am Anfang auf einer möglichst nüchternen Ebene halten? Keine schlechte Idee. Vorausgesetzt, es gelang ihr, sich immer den Grund für ihre erotischen Abenteuer mit Trevor vor Augen zu halten, würde sie ihre Gefühle für ihn vielleicht sogar in den Griff bekommen. Das Problem bestand nur darin, dass sie in seinen Armen einfach nicht fähig war, klar und präzise zu denken.

Trevor sah kurz zu ihr herüber und nahm ihre Hand. Jenna genoss es, wenn er ihre Hand hielt. Seine Hand war groß und stark und vermittelte ihr ein Gefühl von Geborgenheit. Diesmal legte er ihre kleine Hand auf seinen Schenkel und hielt sie dort fest, bis sie auf der Farm seiner Freunde angekommen waren. Und die ganze Zeit hindurch spürte sie die Kraft und die Härte seiner Muskeln.

Auch dieser Tag war wieder wundervoll.

Trevors Freunde waren ihr auf Anhieb sympathisch. Sie hatten ein Gestüt, und nachdem sie ihnen ihre geliebten Pferde gezeigt hatten, ritten sie alle gemeinsam aus, picknickten und plauderten zusammen.

Es war schon dunkel, als Trevor und Jenna sich auf den Heimweg machten. Obwohl Jenna vom langen Reiten und der vielen frischen Luft todmüde war, hielt sie sich auf der Rückfahrt tapfer und blieb wach. Aber als Trevor die Suite betrat, nachdem er den Wagen zurückgebracht hatte, lag sie schon im Bett und schlief tief und fest. Nachts wachte sie ein paarmal auf, weil die Wärme von Trevors Körper so neu und aufregend für sie war. Und sie dachte gar nicht daran, sich gegen ihre Empfindungen zu wehren. Trevor würde früh genug über alle Berge sein und sein eigenes und abenteuerliches Leben wieder aufnehmen. Aber bevor er ging, wollte sie die Nähe genießen, die er ihr aus freien Stücken anbot.

Und so kuschelte sich Jenna an ihn. Wenn ich ihm schon nichts anderes geben kann, sagte sie sich, dann soll er wenigstens wissen, dass die Mutter seines Kindes eine Frau ist, die seine Wärme und Nähe wert war.

Trevor kämpfte schwer mit sich. Aufstehen und das warme Bett verlassen war wirklich das Letzte, was er jetzt am Montagmorgen mit Vergnügen täte. Das lag weniger an seinem Muskelkater in den Oberschenkeln, den er sich durch das Reiten geholt hatte, sondern daran, was da hart und heiß zwischen seinen Schenkeln pochte. Damit hatte er zwar morgens immer so seine Probleme, aber die verführerische, duftende Jenna neben ihm machte die Sache noch zehnmal schlimmer. Er nahm sie in die Arme und hauchte ihr einen Kuss auf die Stirn. Dann legte er sich ruhig neben sie und überlegte, wie weit er noch gehen könnte. Jenna war nicht der Typ Frau, die tagsüber mit einem Mann schlief. Durch ihn würde sich das sicher nicht ändern, aber er wollte sie auch nicht dazu drängen.

Doch er war sich nicht sicher, wie lange er noch würde warten können. Es dauerte noch ewig, bis es wieder dunkel werden würde. Er schloss die Augen und seufzte gequält.

„Trevor?", flüsterte Jenna an seiner Brust. „Ist irgendetwas?"

„Nein, nein."

„Du klingst so komisch."

Ehe er eine Chance hatte, ihr zu erklären, woran das lag, richtete sie sich auf. Schlaftrunken strich sie sich eine Strähne aus der Stirn und blieb eine Minute versonnen sitzen. Dann schlug sie das Laken zur Seite und schwang die Beine aus dem Bett.

In dem weißen Nachthemd, durch das sich ihre zarte, schlanke Silhouette abzeichnete, und dem dunklen Haar, das einen schimmernden Kontrast zu ihrem elfenbeinfarbenen Teint bildete, wirkte sie so exotisch und geheimnisvoll wie eine Südseeprinzessin. Er hätte alles dafür gegeben, sie wieder zu sich ins Bett zu bekommen.

Und in einer plötzlichen Anwandlung von Aggressivität, die sich sowohl gegen seine eigene mangelnde Selbstdisziplin als auch gegen Jenna richtete, stieß er hervor: „Es ist gar nichts, außer dass ich fast verrückt werde vor … vor Verlangen."

Irritiert schaute sie ihn an, doch als sie das kleine Zelt sah, das das Laken über seinen Hüften bildete, glitt ein leises Lächeln über ihr Gesicht.

Trevor lachte gezwungen und rollte sich zur Seite. „Ich schlage vor", rief er ihr über die Schulter zu, „wir ziehen uns an und machen, dass wir hier so schnell wie möglich rauskommen. Andernfalls kann ich für nichts garantieren." Das Nächste, was er hörte, war das leise Klicken der Badezimmertür.

Nach einer Viertelstunde kam Jenna angezogen aus dem Bad. Als nun er hineinging, hing noch der Duft ihrer Bodylotion in der Luft, und Trevor musste sich zehn Minuten unter den eiskalten Wasserstrahl stellen, bevor er sich wieder in der Gewalt hatte.

So dauerte es eine Weile, bis auch er angezogen war und sie zum Frühstücken kamen. Danach machte sich Trevor auf den Weg zum Forschungsinstitut. Jenna begleitete ihn nicht, sie wollte lieber durch ein Museum streifen, Trevor war das sehr recht. Er brauchte unbedingt eine Atempause, denn Jennas Nähe kam einer permanenten Versuchung gleich. Vielleicht zeigte das Sprichwort „Aus den Augen, aus dem Sinn" ja auch in diesem Fall Wirkung.

Nun, für eine gewisse Zeit hatte er Glück. Er verbrachte Stunden damit, alte Urkunden und Berichte über Segelschiffe zu sichten, die zur gleichen Zeit auf See unterwegs gewesen waren wie seine spanische Galeone. Auf vergilbten Seekarten verfolgte er ihre Routen und machte sich anhand von Forschungsliteratur Notizen über ihre Landung. Doch am Nachmittag ermüdete er, denn die Luft in dem engen Raum war stickig.

Der Raum befand sich im Kellergeschoss des Instituts. Er hatte Jenna die Raum-Nummer gegeben und ihr gesagt, dass er dort mindestens bis sechs Uhr zu tun haben würde. Sie könne ihn ja besuchen, wenn sie schon früher mit ihrem Programm fertig wäre, hatte er vorgeschlagen. Ab halb vier lauschte er immer wieder, ob er nicht ihre Schritte im Gang hörte.

Um kurz vor sechs kam Jenna tatsächlich. Als sie anklopfte und ihren Kopf vorsichtig durch den Türspalt steckte, war Trevors Müdigkeit mit einem Schlag verflogen, und ebenso schlagartig war dieses verzehrende Verlangen wieder da, erfasste jede Faser seines Körpers. Trevor hoffte, es durch Bewegung bannen zu können, stand auf und stapelte rasch alle verwendeten Bücher.

„Mir reicht's für heute", erklärte er, legte seine Notizen zusammen und verstaute sie in seiner Aktentasche, drückte Jenna ein paar Bücher in die Hand und klemmte sich die restlichen unter den Arm. „Komm, wir bringen sie schnell ins Archiv zurück." Er löschte das Licht, verschloss die Tür und ging mit Jenna den Korridor entlang. „Was hast du heute denn so gemacht?"

„Ich war in der Porträt Gallery im Hirschorn Museum. Es war sehr interessant. Und dann habe ich auf der Terrasse des Botanischen Gartens zu Mittag gegessen."

„Was? Du warst ohne mich im Botanischen Garten?" Den Botanischen Garten liebte er am meisten in dieser Stadt. Dort zu sein war für ihn fast genauso schön wie ein Aufenthalt auf einer tropischen Insel.

Jenna lächelte ihn entschuldigend an. „Tut mir leid. Ich konnte einfach nicht widerstehen. Ich bin so gerne dort."

„Wir hätten gemeinsam hingehen sollen. Warum bist du nicht einkaufen gegangen wie andere Frauen auch?" Doch noch während er sie halb lachend, halb erzürnt fragte, wusste er die Antwort. Jenna war nicht wie andere Frauen. Sie strömte nicht mit der Masse, klammerte sich nicht an irgendwelche Konventionen. Sie war offen für neue Erfahrungen, und so war sie auch mit ihm nach Washington gefahren. Sie wollte ein Baby, und sie hatte ihren eigenen Weg gewählt, es zu bekommen. Er respektierte das.

Und nun schaute sie ihn offen an, einen sanften Tadel im Blick. Erneut war er verzaubert von ihrer Schönheit, ihrem dunklen Haar und der hellen, seidigen Haut. Wie süß und unschuldig sie aussah – und wie unglaublich sexy.

„Da wären wir", sagte Trevor, und seine Stimme klang gepresst. Etwas umständlich schloss er das Archiv auf und schaltete das Licht ein. Danach warf er seine Aktentasche auf den Tisch an der Tür, nahm Jenna die Bücher ab und stellte sie mit den anderen in die Regale zurück.

Jenna lehnte an dem Tisch, als er aus den schmalen Gängen zurückkehrte. Ein Lächeln lag in ihren Augen. Ihre Haltung, der Blick, mit dem sie ihn ansah, elektrisierten ihn bis ins Innerste. Nein, sie war keine Frau, die sich auf irgendeinen Typ festlegen ließ, und der Gedanke erregte ihn nur noch mehr.

Mit einer raschen Bewegung machte er das Licht aus, aber danach tastete er nach Jenna, nicht nach der Tür. „Ich habe dich heute vermisst", sagte er und zog sie zu sich. „Hast du mich auch vermisst?" Und noch bevor sie antworten konnte, bedeckte er ihren Mund mit seinem.

Er hatte ihr nur einen schnellen, festen Kuss stehlen wollen im Schutz der Dunkelheit, doch dann brach sein ungestilltes Begehren sich Bahn. Zu lange, schon seit dem Morgen, hatte er es unterdrückt gehabt. Ihre Lippen schmeckten nach Kaffee, und sie duftete nach Blumen, aber am meisten riss es ihn hin, dass sie die Arme um seinen Nacken schlang.

Er küsste sie heiß, die Zunge tief in ihrem Mund, doch das reichte ihm nicht. Er fuhr über ihren Rücken, er strich über ihre Brüste, doch auch das reichte ihm nicht. Und so presste er die Lippen auf ihre Halsbeuge und bedeckte ihre nackten Schultern bis zum Dekolleté mit feuchten lockenden Küssen.

Sie hielt ihn weiter umschlungen, und davon ermutigt, öffnete er den Reißverschluss ihres Kleides.

„Trevor?", flüsterte sie atemlos.

Er hakte ihren BH auf und griff nach ihren Armen. „Wenn ich dich jetzt nicht spüre, komme ich hier nicht mehr lebend raus." Und er entblößte ihre Brüste.

„Hier?", rief sie und schrie leise auf, als er die Hände um ihre warmen Hügel schloss.

„Oh ja, genau hier." Er fühlte Jennas Erregung bei seiner Berührung und wünschte, ihre prallen Brüste auch sehen zu können. Doch dafür war es zu dunkel. Aber nicht, um sich einen anderen Wunsch zu erfüllen, und er beugte sich über sie.

„Es könnte doch jemand kommen, und …"

Seine Lippen berührten ihre Brust. Hingebungsvoll begann er sie zu liebkosen, darauf vorbereitet, jede Sekunde zurückgestoßen zu werden. Schon rief Jenna flehend seinen Namen, doch im nächsten Moment grub sie die Finger in sein Haar, fest und fordernd.

Und dann saugte er an ihren harten, aufgerichteten Knospen, lockte sie mit der Zunge, reizte sie mit sanften Bissen. Mit den Daumen glitt er über die feuchte Haut, und während er fortfuhr, reibend ihre Brüste zu liebkosen, nahm er ihren Mund. Gierig küsste er sie, und sie küsste ihn wieder. Und zum ersten Mal war ihr Kuss von der gleichen Tiefe, von dem gleichen Hunger wie seiner.

Ein Verlangen, so quälend und von einer solchen Wucht, überkam ihn, wie er es nie für möglich gehalten hätte. Noch nie hatte er eine Frau so sehr gewollt.

„Hilf mir, Jenna", flüsterte er und schob ihr Kleid hoch.

„Bist du sicher, dass wir es tun können?", flüsterte sie zurück, doch sie half ihm dabei, ihr den Slip auszuziehen.

„Das Einzige, was ich sicher weiß", er öffnete seine Hose, „ist, dass wir es jetzt nicht lassen können."

Sie umklammerte seine nackten Hüften. „Und wenn nun jemand kommt?"

„Das Risiko nehme ich auf mich." Er fasste sie um ihren sanft gerundeten Po und setzte sie auf den Tisch. Sie schlang die Beine um ihn, und die Lippen verlangend auf ihrem Mund, drang er in sie ein.

Er würde es niemals fassen, wie herrlich eng sie war, wie köstlich sie duftete, wie gut sie sich anfühlte. Sie war wie geschaffen für ihn, ihr Zusammenspiel ideal. Wieder und wieder trieb es ihn in sie hinein, hereingesogen von ihrem Strudel der Lust. Wenn sie in einem solchen Moment einmal käme … nichts wäre schöner. Da schrie Jenna leise auf. Ihr erster kleiner Lustschrei versetzte Trevor in einen solchen Rausch, dass er sich seufzend vor Ekstase sofort in ihrem Schoß ergoss.

Jenna war es, die als Erste wieder sprechen konnte. „Himmel, ich kann es einfach nicht glauben." Und sie klang auch ungläubig, aber ebenso hingerissen.

Trevor atmete noch schwer, als er sie fragte: „Dass wir es hier in diesem Raum gemacht haben?"

„Der Raum, der Tisch – einfach alles …" Sie hielt inne und fuhr dann leiser fort: „Das eben war das erste Mal, dass ich gekommen bin, während ein Mann in mir war."

Er streichelte ihre Beine und löste sich zögernd von ihren Hüften. „Schätze, wir haben uns nicht so ganz an die Missionarsstellung gehalten, was?"

„Sieht so aus", murmelte Jenna und zog sich ihren BH und den Slip wieder an.

„Wirst du mich morgen früh dafür hassen?"

„Natürlich nicht."

Trevor zog seine Hose hoch. „Wollen wir es diese Nacht noch mal tun?"

„Ich weiß nicht. Lieber nicht."

„Ich könnte zu erschöpft sein, meinst du? Irgendwie habe ich nicht den Eindruck, dass es da Probleme gibt. Und das liegt bestimmt nicht an meinem unerschütterlichen Ego." Er fuhr sich durchs Haar. „Du hast eine unglaublich stimulierende Wirkung auf mich, Jenna."

Das Geräusch, das ihm sagte, dass sie gerade ihren Reißver-

schluss hochzog, verstummte abrupt. „Ist das wirklich wahr?",
fragte sie zaghaft.

„Merkst du das denn nicht selbst? Meinst du, ich könnte mich
so mit dir lieben, wie ich es tue, wenn diese Anziehungskraft
nicht da wäre? Und das alles fast ohne Vorspiel!"

Jenna schwieg.

„Nun, was ist?"

„Okay."

„Okay, wir können es heute Nacht noch mal machen?"

„Okay, du fühlst dich zu mir hingezogen."

Er seufzte. „Was für ein Enthusiasmus."

Sie zog ihren Reißverschluss zu. „Es schmeichelt mir natürlich."

„Überschlag dich nicht gleich."

Jetzt seufzte sie. „Enthusiasmus kann gefährlich sein. Wir
reisen morgen nämlich ab."

„Das müssen wir nicht", erklärte Trevor. Der Zeitpunkt,
Jenna darauf hinweisen zu müssen, erschien ihm günstig. „Ich
kann bleiben, solange ich will."

„Ich nicht. Denn ich habe eine Firma."

„Aber du bist die Chefin", er strich über ihre nackten Arme,
„und kannst dir doch freinehmen, wenn du willst." Nur eine
kleine Drehung seines Kopfes, und schon berührten seine
Lippen ihre Schläfe. „Komm schon, mein Engel. Bleib noch
einen Tag mit mir zusammen."

„Oh, Trevor", flüsterte sie und schlang die Arme um seine
Taille.

Früher wäre nur noch eine Staubwolke am Horizont von
ihm zu sehen gewesen, so schnell wäre er gerannt – bei einem
solchen Flüstern, einem solchen Griff. Keine Frau hatte ihn je
halten können. Er hätte es auch nie zugelassen, hatte es nie gewollt. Und er war sich nicht sicher, es jemals zu tun. Aber der
süße Klang von Jennas Stimme, die Wärme, die ihm ihre Arme
gaben, rührte ihn an. Er verstand sich selbst nicht mehr. Aber
was immer mit ihm los war, Tatsache war, er mochte es, mit Jenna
zusammen zu sein.

„Bleib", sagte er rau. „Nur noch einen Tag. Ich werde mich auch benehmen. Von mir aus können wir es auch im Bett machen, obwohl … Na, du weißt ja, zweimal am gleichen Ort …"

„Oh, Trevor, du bist wirklich unmöglich."

„Aber unwiderstehlich. Also, was ist? Bleibst du noch bis Mittwochmorgen?"

„Na gut. Aber dann muss ich wirklich zurück. Am Donnerstag früh ist eine Aufsichtsratsitzung, da kann ich nicht einfach fehlen. Schließlich bin ich die Vorsitzende."

„Keine Angst. Du wirst schon rechtzeitig dort sein." Trevor küsste Jenna fest auf den Mund. „Danke, Jenna. Es wird dir nicht leidtun."

*W*enn Jenna geahnt hätte, was Trevor sich nach ihrer Zusage überlegt hatte, wäre sie wohl nicht länger geblieben.

In dieser Nacht rührte er sie nicht an, und sie geriet leicht aus dem Gleichgewicht. Denn sie wünschte sehr, er würde es tun. Auch als sie sich an ihn schmiegte, unternahm er nichts, sie zu verführen, und irgendwann schlief sie frustriert ein.

Als sie dann Dienstagmorgen in seinen Armen erwachte, spürte sie, dass er unmissverständlich erregt war. Aber anstatt sich mit ihr zu lieben, schwärmte er ihr von seinem Haus in den Keys vor und wie schön es sei, dort aufzuwachen, wenn die Sonnenstrahlen auf dem Meer tanzten.

„Es ist so warm, dass ich das ganze Jahr nackt in meinem Garten herumlaufen kann, wenn ich Lust dazu habe."

„Die armen Nachbarn."

„Die wohnen weit entfernt. Es ist so ähnlich wie auf deiner Veranda. Nur eben wärmer."

Dann stand er auf und ging ins Bad. Sie sah ihn zwar nur von hinten, doch allein das entfachte ihre Fantasie. Seine Hüften waren schmal, sein Po klein und muskulös, beides betonte noch seine breiten Schultern. Beine und Rücken waren tief gebräunt, und sein Gang war federnd und geschmeidig.

Als er kurz darauf in einen Morgenmantel gehüllt zurückkam, änderte das nichts daran, dass sie ständig daran dachte, wie er darunter aussah. Selbst beim Frühstück stand ihr immer wieder dieser Anblick vor Augen, und ihr wurde abwechselnd heiß und kalt.

Trotz aller Abwechslung, die Trevor ihr auch an diesem Tag bot, gelang es ihr nicht, die gemeinsamen Ausflüge richtig zu genießen. Denn mit jeder Stunde, die verging, schob sich immer mehr ein anderes Bild vor das des nackten Trevors. Und sie sah ihn in seinem kleinen Flugzeug am nächsten Morgen nach Süden fliegen. Falls sie schwanger sein sollte, würde es keinen Grund mehr für ein weiteres Treffen geben. Dann würde ihr nur das Kind bleiben.

Es war schon spät, als sie in ihre Suite zurückkehrten. Schweigend schloss Trevor diese auf, und schweigend folgte sie ihm ins Zimmer. Doch plötzlich stand er hinter ihr und nahm sie in die Arme.

„Jenna?"

Sie schloss die Augen und lehnte sich an ihn. „Ja?"

„Ich will dich."

Dicht an ihn gepresst, spürte sie sein Verlangen. „Du hättest mich schon letzte Nacht haben können."

„Ich weiß. Aber ich wollte warten. Ich wollte, dass du mich genauso sehr willst."

Sie drehte sich zu ihm und umfasste sanft sein Handgelenk. „Ich will."

„Würdest du mir dann einen Gefallen tun?"

„Kommt darauf an, was es ist."

„Ich möchte, dass du das Nachthemd im Bad lässt. Das Licht kann meinetwegen ausbleiben, aber ich will dich nackt auf meiner Haut spüren."

Noch vor zwei Tagen hätte sie sich mit Händen und Füßen gegen diese Bitte gewehrt. Aber da wusste sie auch noch nicht, was es bedeutete, vollkommene Lust zu empfinden, vollkommen befriedigt zu werden. Und Trevor war der Mann, der ihr diese Befriedigung bereitet hatte. Er war ihr Liebhaber, und ja, auch sie wollte seine Nacktheit spüren.

„Einverstanden", antwortete sie und hörte ihn schnell und rau atmen.

Trevor zog Jenna in seine Arme und küsste sie mit einer Zärtlichkeit, bei der sie dahingeschmolzen wäre, würde sie innerlich nicht schon brennen, brennen vor Verlangen nach mehr.

Langsam zogen Jenna und Trevor sich aus. Nach und nach fielen ihre Kleidungsstücke zu Boden. Und dann standen sie sich nackt gegenüber.

„Komm zu mir, Jenna."

Lautlos ging sie auf Trevor zu. Ihr Herz klopfte immer

schneller. Und als sie bei ihm war und er sie nicht berührte, legte sie eine Hand auf seine Brust. „Trevor?"

„Das ist es, wovon ich die ganze Zeit geträumt habe", und seine Stimme klang tief und erregt. „Streichle mich, mein Engel. Du weißt gar nicht, was du da mit mir machst."

Erst zögerte sie noch, denn wenn es um Sex ging, hatte sie die Initiative immer lieber den Männern überlassen. Doch bei Trevor war das etwas anderes. Seine Bitte, ihn zu berühren, erschien ihr ganz selbstverständlich. Ja, sie steigerte sogar noch ihr eigenes Begehren in einem Maße, wie sie es nie für möglich gehalten hätte.

Zitternd fuhr sie über seine Brust, über seine Schulter. Seine Haut war weich, und es schien ihr, als vibriere sie unter ihren Fingern. Trevor atmete rau und hastig, und es war wie Öl in den Flammen ihrer Leidenschaft. Mit den Fingerspitzen folgte sie dem schmalen Haarstreifen auf seinem Bauch und glitt kreisend über seine Taille bis zu seinen harten Schenkeln.

Er stöhnte ihren Namen. „Nicht aufhören, mein Engel. Bitte. Mach weiter. Leg deine Hand doch einmal hier unten hin."

Jenna tat es, und sie genoss es, die weiche Haut über dem eindrucksvollen Beweis seiner Erregung in ihrer Hand auf- und abgleiten zu lassen. Aufreizend langsam rieb sie ihn. Dann liebkoste sie die empfindliche Umgebung zwischen seinen Schenkeln, bis ein heiserer Schrei sie daran erinnerte, dass Trevor mehr von ihr wollte. Und sie presste ihren nackten Körper an seinen.

Von dem Moment an, da Trevor Jennas Nacktheit spürte, ihre heiße Haut an seiner, war es um seine Selbstbeherrschung geschehen. Er küsste und streichelte ihren Körper wie im Rausch, und seine Glut heizte Jennas eigene an, bis sie alles um sich herum vergaß. Er brachte sie schon zu einem Höhepunkt, noch bevor sie die Schenkel gespreizt und er sie auch dort berührt hatte. Und dann erklommen sie beide gemeinsam einen Gipfel atemberaubender Ekstase. Doch Trevor zog sich nicht zurück. Sobald er wieder bei Kräften war, begann er erneut mit seinem Liebesspiel, erforschte ihren Körper Zentimeter für Zentimeter mit Zunge und Mund. Gierig nahm er den Geschmack ihrer Haut auf, tauchte die Zunge in die Stelle ihrer tiefsten Lust. Voller entfesselter Leidenschaft rutschte Jenna unter ihm hin und her. Und ein neuer prickelnder Höhepunkt überrollte sie. Danach setzte sie sich auf Trevors Hüften und ließ ihn lustvoll in sich auf- und abgleiten.

Hemmungslos gaben sie sich in dieser Nacht einander hin, und jeder kostete die Lust des anderen aus, die sie sich gegenseitig und gemeinsam verschafften.

Jenna vertraute sich Trevor vollkommen an. Trevor war ihr Liebhaber, der ihr alles gab und ihr jede Scheu nahm.

Als es Morgen wurde, war sie so angenehm erschöpft und entspannt, dass sie gar nicht auf die Idee kam, in sich hineinzuhorchen, ob etwas geschehen war oder nicht. Aber instinktiv fühlte sie, und sie fühlte es genau, dass irgendwann in dieser Nacht ein Kind entstanden war. Jetzt musste sie noch zwei Wochen warten, um den Beweis zu haben.

Ihr Gefühl hatte Jenna nicht getrogen. Nach vierzehn Tagen hatte sie einen Schwangerschaftstest gemacht. Er war positiv.

Sie ging wie auf Wolken, und den ganzen Tag umspielte ein geheimnisvolles Lächeln ihre Lippen. Sie hatte sich entschlossen, vorerst niemanden einzuweihen, bis ihre Schwangerschaft für jeden sichtbar wurde. Aber was sollte sie mit Trevor machen? Sie hatte ihm von ihrem Gefühl nichts erzählt, denn sie wollte wirklich sicher sein, dass sie schwanger war.

Doch nun war sie sich nicht einmal mehr sicher, ob sie es ihm überhaupt sagen wollte. Denn dann würde er sich verabschieden und sie nie wieder anrufen. Und sie wollte noch ein Wochenende mit ihm verbringen. Nur noch ein einziges.

Was war schon dabei? War es denn verwerflich, den Wunsch zu haben, sich noch einmal ganz als Frau zu fühlen? Danach konnte sie sich völlig auf ihre Rolle als Mutter konzentrieren.

Nein, es war nicht verwerflich, und so rief sie Trevor am nächsten Abend an.

„Und? Wie sieht's aus?", erkundigte er sich, nachdem er sie kurz begrüßt hatte.

Sie wusste sofort, was er meinte, und seufzte leise, als sei sie ganz verzweifelt. Dann antwortete sie so zögernd, dass der Eindruck entstehen musste, ihr sei das alles schrecklich unangenehm. „Ich fürchte, wir müssen es noch mal probieren." Sie sparte sich jede weitere Erklärung, denn weniger erklärt war weniger gelogen.

„Aaah, mein Engel, das tut mir wirklich leid. Bist du sehr niedergeschlagen?"

„Ach, es geht."

„Und ich dachte schon, wir hätten es in Washington geschafft. Na ja, dann müssen wir es eben noch mal versuchen."

„Nur, wenn es dir nichts ausmacht."

„Es macht mir nichts aus." Er klang sachlich und ruhig, so, als habe er damit gerechnet.

„Danke, Trevor. Du bist wirklich ein feiner Kerl."

„Ach, komm. Ja, also, ich habe auch schon eine Idee, wo wir diesmal hingehen. Wenn ich richtig mitgerechnet habe, dann ist in zwei Wochen unser nächstes Treffen. Ich wäre allerdings dafür, dass wir uns schon in zehn Tagen verabreden. Du solltest dir dann richtig Urlaub nehmen. Um diese Zeit bin ich in New York. Du kommst einfach zu mir, und dann fliegen wir gemeinsam hierher. Einen besseren Urlaubsort als diese Gegend hier in den Keys kannst du dir einfach nicht vorstellen. Es ist warm und ruhig, eben richtig entspannend. Wenn es einen Ort gibt, wo ein Baby entstehen kann, dann hier."

Daran hatte Jenna keinen Zweifel, aber wann und wo war ja nun nicht mehr das Problem. Sie hatte Angst um ihren inneren Frieden, wenn sie erst einmal Trevors Zuhause gesehen haben würde. Das würde es ihr nicht gerade erleichtern, ihn zu vergessen. Aber andererseits wäre es sehr schön, zu sehen, wie und wo er lebte. „Ich denke, ich kann mir ein paar Tage freinehmen."

„Ich meine nicht nur ein paar Tage, ich dachte eher an zwei Wochen. Dir die zu nehmen dürfte doch nicht schwer sein. In der Woche vor und nach Labour Day ist doch sowieso Saure-Gurken-Zeit. Und falls etwas Wichtiges sein sollte, ich habe sogar Telefon." Er machte eine kleine Pause. „Komm schon, Engel, sei kein Spielverderber."

„Okay", sagte sie schließlich. „Aber wir treffen uns in Florida. Ich nehme einen Flug bis Miami und miete mir dort einen Wagen, um zu dir zu fahren. Dein Flugzeug ist mir zu klein."

„Aber ich kenne es wie meine Westentasche. Ich spüre es schon, wenn etwas nicht stimmt, noch bevor es auf den Instrumenten angezeigt wird."

„War nicht erst kürzlich etwas daran kaputt? Ich habe die Maschine gesehen, der reinste Leukoplastbomber. Sie wird bestimmt nur noch von Isolierband zusammengehalten. Wenn du damit abstürzt, hast du keine Chance."

„Ob Isolierband oder nicht, in den letzten fünfzehn Jahren hat mich dieses Flugzeug fast hundertmal über diesen Kontinent getragen. Es ist ein absolut sicheres Flugzeug, Jenna. Und ich bin ein zuverlässiger Pilot."

„Das mag ja sein. Aber für mich ist es jedes Mal aufs Neue eine Überwindung zu fliegen. Ich würde dich in den Wahnsinn treiben, noch bevor wir abgehoben hätten. Ehrlich, Trevor. Glaub mir, es ist für uns beide besser, wenn wir uns bei dir treffen."

Er schwieg eine Weile, und als er dann wieder sprach, klang er ungewöhnlich niedergeschlagen. „Ich merke schon, du vertraust mir nicht."

„Natürlich vertraue ich dir."

„Dann flieg mit mir."

„Trevor, ich werde umkommen vor Nervosität." Sie hatte wirklich keine große Lust, sich einem Seelenverkäufer anzuvertrauen. Doch sie hatte ein schlechtes Gewissen, weil sie ihn in dem Glauben ließ, sie wäre noch nicht schwanger. Und wenn es schon um Vertrauen ging, es gab keinen Menschen, dem sie mehr vertraute als Trevor.

„Du wirst es bereuen", prophezeite sie ihm. „Ich werde der furchtbarste Passagier sein, den du je gehabt hast. Womöglich wird mir sogar schlecht. Wäre schade um dein schönes Cockpit." Plötzlich fiel ihr ein, dass Flugangst auch eine gute Ausrede wäre, falls ihr morgens tatsächlich schon übel werden sollte.

„Keine Angst, Süße." Alle Niedergeschlagenheit war aus seiner Stimme verschwunden. „Ich habe jede Menge von diesen Tüten. Hey, das ist fantastisch, Jenna. Das wird toll! Ich freue mich schon darauf."

„Oh ja. Ich auch … wenn ich erst einmal da bin. Was soll ich denn mitnehmen?"

Aus Trevors Antwort schloss sie, dass das Leben dort in den Keys recht zwanglos ablief. Er hatte gemeint, ein Badeanzug, Shorts, T-Shirts und ein leichtes Strandkleid würden als Garderobe vollkommen ausreichen. Nicht, dass sie etwas anderes erwartet oder gewollt hätte. Kleidung war unwichtig. Das Einzige, was zählte, war ihr Zusammensein mit Trevor. Am nächsten Morgen schickte Trevor Jenna einen riesigen Strauß gelber Rosen. Auf der beiliegenden Karte stand: „Kopf hoch. Die besten Dinge dauern oft am längsten. Diesmal schaffen wir es. T." Jenna war so gerührt – und schuldbewusst –, dass sie plötzlich zu weinen begann. Zum Glück war sie allein. Das hätte ihr gerade noch gefehlt, in Anwesenheit ihrer Angestellten wegen einem Strauß Rosen in Tränen auszubrechen.

Trevor rief sie die nächsten Tage mehrmals an, um sich zu erkundigen, wie es ihr ginge. Mit seinem letzten Anruf, am Abend vor ihrem Treffen in New York, wollte er sich vergewissern, ob sie morgen auch wirklich käme.

Sie kam.

Jenna hatte einen großen Koffer und eine vollgepackte Reisetasche bei sich, als Trevor sie abholte. „Und das alles für einen Badeanzug, ein paar T-Shirts, Shorts und ein Kleid?", fragte er und betrachtete leicht bestürzt das Gepäck.

Sie hatte keine Lust, mit ihm zu streiten. Er sah so großartig aus, dass sie daran zweifelte, ob sie überhaupt jemals Lust auf einen Streit mit ihm haben würde – außer über sein Flugzeug. „Ich weiß, wie heiß es da unten werden kann, und da habe ich lieber genug Kleider zum wechseln."

„Du bräuchtest dort eigentlich gar nichts anzuziehen, das wäre die einfachste Lösung." Er musste lachen über ihren gespielt strengen Blick und nahm ihr Gepäck. „Komm, wir gehen."

Auf dem Weg zum Rollfeld fühlte sie sich erstaunlich gut, vielleicht, weil sie sich einredete, dass dieser Flug sich in keinster Weise von den Linienflügen unterscheiden würde.

Nachdem Trevor im Flugbüro alles geregelt hatte, gingen sie zu seiner Maschine. Jenna bekam große Augen, als er ihr Gepäck verstaute. Dort war es bereits vollgestopft mit Taschen, Kisten und Kartons. „Was ist das hier alles?"

„Vorräte. Immer wenn ich hier bin, kaufe ich Nachschub." Er half ihr einzusteigen und kletterte auf den Pilotensitz. Sobald sie sich angeschnallt hatten, begann er, bestimmte Hebel und Knöpfe zu bedienen. „Du wirkst überhaupt nicht nervös", meinte er.

„Du hast mir doch versichert, du wärst der beste Pilot weit und breit. Ich nehme dich nur beim Wort, Trevor Smith – und vertraue dir mein Leben an."

Er schien unter der Last seiner Verantwortung nicht gerade zusammenzubrechen. „Du bist eine kluge Frau, Jenna McCue", meinte er zuversichtlich.

Jenna klammerte sich an diese Zuversicht, war aber dennoch erleichtert, dass er ihr jeden Handgriff vor dem Start genau erklärte und ihr versicherte, alles sei völlig normal.

Mit überraschender Leichtigkeit hob das Flugzeug ab. Ihr Herzschlag beschleunigte sich zwar etwas, doch sie geriet nicht in Panik. Trevor bediente die Instrumente in seiner Maschine so routiniert und sicher wie sie das Lenkrad ihres Wagens.

„Du hältst dich ganz schön tapfer", lobte er sie. „Ich bin richtig stolz auf dich." Er nahm ihre Hand, führte sie an die Lippen und küsste sie.

Rasch zog sie sie zurück. „Bitte beide Hände an den Steuerknüppel. Sobald du anfängst, irgendwelche Mätzchen zu veranstalten, nehme ich den ersten Fallschirm nach Hause."

„Ich habe gar keine Fallschirme."

„Was?"

Er grinste. „Kleiner Scherz am Rande. Natürlich habe ich

Fallschirme an Bord. Ich habe sie sogar höchstpersönlich zusammengelegt. Wusstest du denn nicht, dass ich ein erfahrener Sportspringer bin?"

„Nein. Aber es wundert mich nicht im Geringsten, dass du auch diese Kunst beherrschst."

„Wir haben wirklich Glück mit dem Wetter. Letzte Woche wurde diese Route noch durch den Hurrikan Chloe blockiert."

Jenna hatte den Weg des Hurrikans genau verfolgt. Wenn er sich den Keys genähert hatte, hätte sie aus Sorge um Trevor keine ruhige Minute gehabt.

„Noch alles in Ordnung?", fragte er nach einer Weile.

„Alles in Ordnung."

„Dir ist nicht übel?"

„Mir ist nicht übel." Sie rechnete es Trevor hoch an, dass er ihr jetzt nicht unter die Nase rieb, es ja gleich gewusst zu haben.

Jennas Achtung vor Trevor wuchs ständig in den nächsten zwei Stunden. Souverän hatte er seine Maschine im Griff, erweckte nicht eine Sekunde lang den Eindruck von Unsicherheit. Auch als sie in Savannah zwischengelandet waren, um zu tanken, war Jenna zwar nicht gerade begeistert gewesen, hatte aber Ruhe bewahrt.

Nachdem sie zuvor die Küste entlanggeflogen waren, lag jetzt das Meer unter ihnen. Jenna lehnte sich zurück, schloss die Augen und tat das, was ihr immer schon geholfen hatte, solche Situationen zu bestehen: Sie nickte ein. Als sie wieder aufwachte, waren sie gerade über Grand Bahama Island geflogen.

Nicht viel später, da bemerkte sie einen besorgten Ausdruck auf Trevors Gesicht, was sie allerdings nicht sonderlich ängstigte. Vier Stunden Flug mit zwei Starts und zwei Landungen verliehen ihr eine gewisse Sattelfestigkeit. „Stimmt etwas nicht?", fragte sie beiläufig.

„Nein", antwortet er und verfolgte weiter aufmerksam die Route.

Aber die Art, wie er dieses „Nein" gesagt hatte, veranlasste sie nun doch, häufiger zu ihm hinüberzuschauen. Und genau, wie sie es sich gedacht hatte, klopfte er immer wieder auf dieselbe Anzeigenskala.

„Was ist los, Trevor? Du kannst es mir ruhig sagen. Ich bin auf alles vorbereitet."

„Nichts Bedrohliches. Diese Anzeige hier macht mir schon seit einem halben Jahr Kummer. Ich habe sie zwar schon zweimal auswechseln lassen, aber ihre Angaben bleiben einfach ungenau."

„Hast du nicht gesagt, das Flugzeug wäre zuverlässig?"

„Ist es ja auch."

„Du hast doch behauptet, du könntest spüren, wenn etwas nicht stimmt, noch bevor es angezeigt würde. Und? Spürst du, dass etwas nicht stimmt?"

„Nein", erklärte er sachlich. „Die Maschine fliegt einwandfrei. Aber ich habe dir auch gesagt, dass ich ein zuverlässiger Pilot bin, und deswegen muss ich mich um diese falsche Anzeige kümmern. Wir gehen runter." Er bewegte den Gashebel und zwei andere Schalter, und schon verlor das Flugzeug an Höhe.

„Runter? Aber wohin?" Jenna, die bis dahin bemerkenswert gefasst gewesen war, wurde zusehends nervöser. „Alles, was ich sehen kann, ist Wasser."

„Wir kommen gleich zu einer Insel." Er deutete in die Richtung. Seine Hand war dabei völlig ruhig. „Dort hinten. Siehst du sie?"

In der Ferne konnte sie schemenhafte Umrisse erkennen. „Das ist eine Luftspiegelung."

„Nein, eine Insel. Nördlich von Bimini. Schwer zu sagen, welche es nun genau ist. Wusstest du, dass es in den Bahamas siebenhundert Inseln gibt, von denen aber nur dreißig bewohnt sind?"

Jenna schwante Furchtbares. „Gehe ich richtig in der Annahme, dass du damit etwas Bestimmtes andeuten möchtest, Trevor?"

Er grinste. „Kann gut sein. Ich versuche dir gerade beizubringen, dass ich auf einer Insel landen werde, falls es dort ein einigermaßen annehmbares Stück Strand gibt. Und wenn wir dort gelandet sind, ist es durchaus möglich, dass wir die einzigen Menschen da unten sein werden."

„Wir landen auf einer unbewohnten Insel?" Sie schluckte. „Wo es keine Landebahn gibt?"

„Ein Strand ist eine hervorragende Landebahn."

„Trevor", jammerte sie, dabei hätte seine merkliche Gelassenheit sich eigentlich auf sie übertragen müssen. Doch ihre schlimmsten Albträume schienen wahr zu werden, und mit ihrer Ruhe war es vorbei.

„Es ist doch gar nicht so schlimm, mein Engel. Uns kann überhaupt nichts passieren. Wenn alle Stricke reißen und ich den Defekt nicht selbst beheben kann, habe ich immer noch ein Funkgerät. Sieh es doch einmal als Abenteuer. Stell dir vor, was du deinen Enkelkindern eines Tages davon erzählen kannst."

„Hör bloß auf", sagte Jenna mit letzter Kraft. Plötzlich bildete sie sich ein, alle möglichen Motorengeräusche zu hören. Sie glaubte zu bemerken, dass das Flugzeug erheblich an Geschwindigkeit verlöre und sie gleich ins Wasser stürzten, wo es sicherlich von Haien nur so wimmelte.

„Geht's noch?", erkundigte sich Trevor.

„Was bleibt mir denn anderes übrig?", entgegnete sie matt. „Sind diese Landungen sehr kompliziert?"

„Nein. Der reinste Spaziergang."

Jenna schickte ein stummes Stoßgebet gen Himmel. Das war das Einzige, was sie im Augenblick tun konnte. Eine andere Möglichkeit wäre höchstens noch gewesen, Trevor lautstark für sein fahrlässiges Verhalten zur Rechenschaft zu ziehen. Doch das wäre im Moment nicht sehr klug. Er sollte sich lieber auf die Landung konzentrieren. Danach konnte sie ihm immer noch Vorwürfe machen.

„Okay", sagte er und atmete aus, „das wird jetzt genauso ablaufen wie in Savannah." Er brachte die Maschine in eine Kurve und flog einen großen Bogen, bis sie parallel zum Strand lagen. Locker plauderte er dabei weiter, wie er es auch in Savannah getan hatte.

Jennas Herz raste. Sie dachte an ihre Freunde und Mitarbeiter. Was wurde nun aus dem McCueschen Warenhauskonzern? Sie dachte an ihr ungeborenes Baby und an den lebenslustigen Trevor. Wenn sie nicht vor Angst wie gelähmt gewesen wäre, hätte sie vor Trauer geweint.

Das Flugzeug ging die letzten dreihundert Meter hinunter und überflog den Strand noch einmal vor der endgültigen Landung. Zwei-, dreimal hüpfte es über den Sand, bevor es schließlich stand.

Jenna saß starr wie eine Statue auf ihrem Sitz.

„Du kannst jetzt wieder atmen", sagte Trevor sanft. Er löste ihren Gurt und zog sie trotz ihrer Starrheit in die Arme. „Tut mir leid, mein Engel. Ich weiß, dass es ganz schön hart für dich war."

„Hart?", fragte sie schwach. Doch dann kehrten ihre Lebensgeister zurück. „Hart? Es war grauenvoll!", schrie sie. Sie befreite sich aus Trevors Armen und funkelte ihn an. „Wie konntest du mir das nur antun, Trevor Smith? Du wusstest genau, wie ich mich in kleinen Flugzeugen fühle. Du hättest mich gar nicht erst in diese Mausefalle hineinlocken dürfen!" Sie öffnete die Tür, kletterte über die Tragfläche hinaus und stapfte wütend durch den Sand.

„Wo willst du denn hin?", rief Trevor und folgte ihr.

„Wo kann ich hier denn schon hin?", rief sie zurück und beschleunigte ihren Schritt. Sie musste unbedingt Distanz zu diesem verwünschten Flugzeug bekommen, um klar denken zu können, steuerte eine Gruppe von Felsen an, bestieg den größten und wandte Trevor und dem Flugzeug den Rücken zu. Dann setzte sie sich hin und schaute zornig aufs Meer hinaus.

Etwas später hatte Trevor sie eingeholt. Er setzte sich klugerweise auf einen entfernteren Stein. Wäre Trevor in ihrer unmittelbaren Nähe gewesen bei dem, was er nun sagte, sie hätte ihn sicher geohrfeigt.

„Es gibt ein Problem", begann er.

Sie stützte das Kinn in die Hände und biss die Zähne fest zusammen.

„Die Störung liegt in der elektrischen Anlage. Als ich den Motor abgestellt habe, ist durch die defekte Anzeige ein größerer Kurzschluss entstanden. Jetzt ist noch mehr kaputt. Sieht so aus, als würden wir nicht so schnell wieder starten können. Das ist die gute Nachricht." Er machte eine winzige Pause. „Die schlechte ist, dass mir die nötigen Ersatzteile fehlen, um den Schaden beheben zu können. Das heißt, wir können erst wieder starten, wenn sie uns jemand bringt."

Jenna atmete einmal tief durch. „Und wie lange dauert das?"

„Das kommt darauf an, wann wir gesichtet werden", sagte er so zögernd, dass sie hochfuhr.

„Was soll das heißen, ‚wenn wir gesichtet werden'? Kannst du nicht einfach einen Notruf funken?"

Er schüttelte den Kopf. „Die elektrische Anlage ist unbrauchbar, und das Funkgerät ist ein Teil davon."

Sie starrte ihn an. „Unbrauchbar?"

„Defekt, ruiniert, kaputt."

„Mit anderen Worten, wir sitzen hier fest."

„Ich fürchte ja."

„Und wie lange dauert es, bis jemand unser Flugzeug entdeckt haben wird?"

Er zuckte die Schultern. „Keine Ahnung. Einen Tag oder zwei. Womöglich auch länger."

„Länger?"

„Eine Woche. Oder mehr."

Oder mehr? Aber sie war doch schwanger! Und weit und breit kein Arzt!

„Können wir hier denn überhaupt überleben?", fragte sie beunruhigt.

Trevor wirkte nicht die Spur nervös. „Problemlos. Wir haben genügend Nahrung, wir haben Unterschlupfmöglichkeiten. Wir haben Kleidung und sogar Handtücher und Decken."

„Aber jetzt ist doch Hurrikansaison. Was ist, wenn es Sturm gibt?"

„Dann warten wir eben, bis er wieder vorbei ist. Diese Insel hat schon mehr Stürme überstanden, als wir beide zählen können."

Jenna überlegte, ob sie ihm gestehen sollte, dass sie schwanger war. Eigentlich hatte er ein Recht, das zu erfahren. Er musste die Verantwortung für das Wohlergehen des Kindes mittragen. Nein, das musste er keineswegs! Fast hatte sie es vergessen: In der Kanzlei ihres Anwalts lag doch bereits ein von ihr unterschriebener Vertrag. Schließlich hatte sie von Anfang an versprochen, dass Trevor sich um nichts zu kümmern brauchte, wenn sie erst einmal schwanger wäre. Und dieses Versprechen wollte sie auch halten.

Also würde sie ihm nichts von ihrer Schwangerschaft erzählen. Erstens war er nicht verantwortlich, zweitens würde es nichts an ihren Chancen für eine Rettung ändern, und drittens hatte sie keine Lust, dass er jetzt auch noch wütend auf sie wurde, weil sie ihn belogen hatte.

„Ich hätte einen Linienflug nehmen sollen", murrte sie.

„Ja, und dann hättest du tagelang in meiner Wohnung auf mich gewartet, und ich wäre immer noch auf dieser Insel. Was ist denn nun besser" – er stand auf – „allein da unten auf mich zu warten oder mit mir hier festzusitzen." Er schlenderte zum Flugzeug zurück.

In einem Wutausbruch, der zweifellos mit dem Schrecken der Landung zusammenhing, brüllte sie ihm nach: „Da unten, Trevor, ich wäre tausendmal lieber da unten! Und wenn du wirklich so arrogant bist, das nicht zu glauben, dann machst du dir etwas vor."

Sie sprang auf. „Du und dein verdammtes Flugzeug habt zehn Jahre meines Lebens auf dem Gewissen. Ewig werden mich Albträume von ungeplanten Landungen verfolgen, wenn ich überhaupt überlebe und gerettet werde. Das eine kann ich dir sagen, wenn dieses Rettungsflugzeug kommt, ist es mir so etwas von egal, ob es die Ersatzteile an Bord hat, die du brauchst. Ich werde in jedem Fall mit den Rettern zurückfliegen!"

Jenna schnappte nach Luft, als Trevor einfach weiterging. „Du bist nicht nur arrogant, du bist sogar hinterhältig. Du hast mich reingelegt, als du mich dazu gebracht hast, mit dir zu fliegen. Ich habe dir vertraut, und was habe ich jetzt davon?"

Sie musste noch lauter werden, damit er sie überhaupt noch hören konnte. „Ich sitze auf einer einsamen Insel mitten im Ozean fest, in Gesellschaft eines Mannes, der sein Leben damit verbringt, seinen Jugendträumen hinterherzurennen! Werde doch endlich erwachsen, Trevor Smith! Das Leben besteht nicht nur aus spanischen Galeonen, glitzerndem Gold und erotischen Abenteuern, das kannst du mir glauben!"

10. KAPITEL

*W*ährend Jenna atemlos und angespannt auf ihrem Felsen verharrte, war Trevor nun doch stehen geblieben. Er hatte den Kopf in den Nacken gelegt, und es dauerte eine Weile, bis er sich herumdrehte. Langsam, aber zielsicher ging er zurück, und je näher er kam, desto stärker wurde Jennas Unbehagen. Er sah sehr grimmig und furchterregend aus. Sie war froh, dass sie auf diesem Felsen stand. Der bot ihr wenigstens einen kleinen Größenausgleich.

Ihr Stolz verbot es ihr zurückzuweichen. Sie war schließlich Jenna McCue, Aufsichtsratsvorsitzende und Direktorin eines riesigen Warenhauskonzerns, eine reife Frau und bald Mutter eines Kindes. Seines Kindes. Sie würde sich nicht vor ihm ducken. Entschlossen hob sie das Kinn und begegnete seinem Blick, so mutig sie konnte.

Trevor hatte ihren Felsen erreicht. Und ehe Jenna sich versah, griff er nach ihr und warf sie über die Schulter. Überrumpelt rang sie nach Luft, während er schon wieder schnurstracks zum Flugzeug zurückging.

„Lass mich runter! Trevor, was fällt dir ein! Lass mich sofort runter!"

Er ging weiter.

Das Blut stieg ihr in den Kopf. „Ich meine es ernst, Trevor!" Mit beiden Händen hielt sie sich an seinem Hemd fest, um nicht bei jedem Schritt hin und her zu schaukeln. „Du sollst mich runterlassen!"

Er hatte den Arm unnachgiebig um ihre Kniekehlen gelegt, sodass sie weder hinunterrutschen noch ihn treten konnte. Aber das hätte sie sowieso nicht getan. Ihre Wut ging plötzlich in eine ganz andere Richtung. Sie regte sich über das defekte Flugzeug auf, darüber, dass sie nicht einmal SOS funken konnten, darüber, dass Trevor wütend war und dass sie ihm so schreckliche Dinge an den Kopf geworfen hatte. Und sie war verzweifelt, dass sie ihr Baby einer so gefährlichen Situation ausgesetzt hatte. Es war allein ihre Schuld. Wenn sie Trevor nicht angelogen hätte, wäre sie jetzt nicht hier.

Ihr war schwindlig, und sie fühlte sich total überfordert. Sie presste die Wange an Trevors Rücken und begann zu weinen. „Bitte … Trevor … es tut mir leid."

Sie hatte kaum ausgesprochen, da ließ er sie auch schon von seiner Schulter gleiten. Als er ihre Tränen sah, fluchte er. Er hob sie auf seine Arme und trug sie landeinwärts zum Rand des Strands. Hohe Palmen mit großen Wedeln boten Schutz vor der Sonne, ihre Stämme waren in Bodennähe so gebogen, dass man sich bequem auf sie setzen konnte. Trevor tat es und zog Jenna zwischen seine Beine. Dann legte er einen Arm um sie und hielt sie ganz fest.

Nicht weinen, mein Engel", sagte er dann. „Ich kann es nicht ertragen, wenn du weinst. Schsch. Hör auf, Jenna. Eigentlich bin ich doch derjenige, der allen Grund hätte, aufgeregt zu sein. „Ich bin beschimpft worden, nicht du."

„Ich weiß." Jenna wischte sich die Tränen aus dem Gesicht. „Entschuldige, Trevor." Erneut füllten sich ihre Augen mit Tränen. Sie barg das Gesicht an seiner Brust, damit er es nicht sehen konnte.

Seine Stimme klang immer noch unwirsch. „Es gibt überhaupt keinen Grund, sich aufzuregen. Wir sind wahrscheinlich nur knapp zweihundert Kilometer von Miami entfernt, und wir haben genügend Vorräte."

„Aber für wie lange? Oh, Trevor, nur wegen mir hängst du hier fest."

„Unsinn. Ich war doch in New York und hätte sowieso fliegen müssen."

„Aber wenn du allein gewesen wärst, hättest du diese ungenaue Anzeige ignoriert. Das Flugzeug war völlig in Ordnung, bis du gelandet bist und den Motor abgestellt hast. Und das alles nur, um mir zu beweisen, was für ein zuverlässiger Pilot du bist."

„Trotzdem ändert das nichts daran, dass wir nun einmal hier sind. So schlimm finde ich das übrigens gar nicht."

„Und wenn wir nun für immer hierbleiben müssen?" Jenna

sah sich im Geiste schon hilflos mit einsetzenden Wehen am Strand umherirren.

„Das kann gar nicht geschehen", wies Trevor sie zurecht. „Ich kenne diese Inseln. Ständig fliegen Flugzeuge über sie hinweg, ständig kreuzen Jachten in diesen Gewässern, und Charterboote fahren diese Inseln an, weil die Touristen hier gern Grillpartys veranstalten."

„Und was ist mit unseren Leuten daheim? Sicher werden sie denken, wir wären abgestürzt. Kannst du dir vorstellen, wie Caroline und deinen Eltern zumute sein wird?" Jenna seufzte.

Trevor drückte sie an sich. „Jetzt mach die Sache doch nicht schlimmer, als sie ist, mein Engel. Niemand erwartet uns früher als in zwei Wochen zurück. Ich bin schon zu oft verschwunden und lebendig wieder aufgetaucht, als dass sich meine Familie oder meine Freunde noch Sorgen machen würden. Und Caroline weiß ja, dass du bei mir bist." Jenna hatte ihr gesagt, dass sie eine Weile zusammen wegfahren würden. „Sie wird bestimmt denken, dass ich auf einer verlassenen Insel gelandet bin, um zwei Wochen mit dir ungestört verbringen zu können."

Jenna trocknete ihre Tränen mit seinem Hemd. „Ich wollte, du würdest so etwas nicht sagen."

„Warum denn nicht?"

„Weil es zu nett klingt. Und du bist eigentlich gar nicht nett, sondern ein unverfrorener Draufgänger."

Er lockerte seine Umarmung. „Tut mir leid, dass ich dich enttäuscht habe, mein Engel. Hey, warum begleitest du mich nicht auf einen kleinen Spaziergang? Ich möchte wissen, wo wir hier überhaupt sind. Kommst du mit?"

Jenna sah ihn an. Er machte wirklich keinen übermäßig besorgten Eindruck. Er wirkte vielmehr so, als sei er auf dieser Insel nur gelandet, um einen angenehmen Nachmittag zu verbringen.

Um Trevor eine Freude zu machen, willigte sie ein. „Okay."

Jenna und Trevor gingen landeinwärts, bis sie schließlich in einen Wald gelangten. Nur das Summen der Insekten und der vereinzelte Ruf eines Vogels waren zu hören. Als sie auf eine Lichtung kamen, grinste Trevor. „Ich wusste doch, dass es hier Wasser gibt. Ich habe es die ganze Zeit schon gerochen", erklärte er siegesbewusst. Und wirklich, durch die Lichtung floss ein kleiner Bach.

Jenna schaute Trevor verwundert an. Doch er kniete sich unbekümmert hin, schöpfte eine Handvoll Wasser und trank gierig. Mit den Augen gab er ihr ein Zeichen, es ihm gleichzutun.

Sie folgte seinem Beispiel und trank von dem kühlen Nass. Dann befeuchtete sie sich das Gesicht, Hals, Nacken und die Arme. Es war ein himmlisches Gefühl.

Trevor beobachtete sie. „Es ist unerträglich schwül hier. Komm, wir gehen zurück zum Strand. Außerdem habe ich Hunger. Du nicht?"

„Ein bisschen." In Wirklichkeit war sie hungrig wie ein Wolf. Ob das wohl mit dem Baby zusammenhing? Sie hoffte nicht, denn ihre Lebemittelsvorräte waren sicher begrenzt. Aber wenn sie etwas achtgab, konnte dem Baby auch nichts passieren, sollten sie bald nur noch auf Bananen und Fisch angewiesen sein.

Als sie wieder am Flugzeug waren, erklärte sich Trevor zum Küchenchef. Er meinte, bestimmte Nahrungsmittel würden sich ungekühlt nur kurz frisch halten, und bereitete zwei mehr als reichlich belegte Schinken-Käse-Sandwiches. Für den Nachtisch holte er einen Schokoladenkuchen aus seiner Kühlbox, in der sich noch mehrere Sechserpackungen Bier, Mineralwasser und Saft befanden.

„Alle Achtung", sagte Jenna. „Wenn du schon Robinson spielst, dann wohl nur mit Stil." Und stilvoll aßen sie auch. Sie saßen auf einem Strandtuch im Schatten einer Palmengruppe. Die Palmenwedel rauschten sanft im Seewind, und die Wellen des Meeres brachen sich am Strand. Jenna schloss die Augen und lauschte diesen beruhigenden Geräuschen. Fast hätte sie vergessen können, dass sie auf einer einsamen Insel gelandet war und eine ungewisse Zukunft vor sich hatte.

Aber auch nur fast. Denn dass Trevor gleich nach dem Essen einschlief, regte sie wieder auf. Er lag entspannt auf dem Rücken, seine Schulter berührte ihre Schenkel. Seine Atemzüge waren ruhig und gleichmäßig.

Je länger Jenna diesen Inbegriff der Zufriedenheit betrachtete, desto wütender wurde sie. Trevor hatte nicht einmal den Versuch gemacht, das Flugzeug zu reparieren oder ihre Lebensmittel zu rationieren oder einen Unterschlupf zu bauen. Aber sie brachte es auch nicht fertig, ihn zu wecken.

So brütete sie weiter vor sich hin. Bis jetzt hatte sie auch weder ein Flugzeug noch ein Schiff gesehen, die sich der Insel genähert hätten. Und sie waren immerhin schon drei Stunden hier.

Irgendetwas musste sie einfach unternehmen. Entschlossen stand sie auf, ging den Strand entlang und sammelte Treibholz für ein Signalfeuer. Sie schichtete das Holz auf dem höchsten Fleck in der Nähe des Flugzeugs auf, wo das Wasser es nicht erreichen konnte. Dann fiel ihr ein, dass es vielleicht regnen könnte, und sie schleppte das Holz unter die Maschine. Sie wollte es erst kurz vor dem Anzünden herausholen und daneben aufschichten. Mittlerweile waren ihre Shorts schmutzig, der Nagellack von zwei Fingernägeln abgeblättert, die Haare lösten sich aus ihrer Steckfrisur, und sie schwitzte. Aber einer muss die Sache ja in die Hand nehmen, dachte Jenna.

„Jenna!"

Jenna wirbelte herum, als plötzlich Trevors dröhnende Stimme die Stille der Insel zerschnitt.

„Was machst du da?" Er sprang auf, seine Augen blitzten. „Nur weil die Elektronik nicht funktioniert, brauchst du noch lange nicht das ganze Flugzeug anzuzünden!"

„Ich will es ja gar nicht anzünden", fauchte Jenna zurück. „Obwohl das keine schlechte Idee wäre, nachdem, was es uns angetan hat. Ich lagere das Holz nur unter der Maschine, damit es nicht nass wird. Wenn hier irgendjemand vorbeikommen sollte, können wir wenigstens ein Signalfeuer anzünden."

Trevors Wut verrauchte so schnell, wie sie gekommen war. Er fuhr ihr durchs Gesicht, dann durch die Haare. „Ein guter Gedanke." Er musterte Jenna. Ein schwaches Lächeln umspielte seine Lippen. „Wirklich, das war ein sehr guter Gedanke. Ich bin stolz auf dich, Jenna."

Ihr gefiel sein Lächeln nicht. Er schien wohl zu erwarten, dass sie jetzt nur noch von Baum zu Baum springen und sich von Bananen ernähren würde. „Irgendjemand muss hier ja die geistige Arbeit übernehmen." Sie wies auf das Strandtuch. „Du schlägst dir den Magen voll, bis du beinahe platzt. Dann legst du dich hin und schläfst so tief, dass man ein ganzes Bataillon benötigt, um dich wieder wach zu bekommen. Und in der Zwischenzeit kommen unsere Retter und sehen uns nicht einmal. Ein Feuer anzuzünden ist doch das Mindeste, was wir tun können."

„Aber doch nicht am helllichten Tag! Außerdem habe ich ein Gewehr mit Leuchtkugeln an Bord. Ein einziger Schuss wird ausreichen, um auf uns aufmerksam zu machen, falls jemand kommt."

Es verschlug ihr fast die Sprache. „Du hast also Leuchtkugeln dabei. Ich rackere mich den halben Nachmittag ab, um Holz zu sammeln, und der Herr hat Leuchtkugeln im Flugzeug. Das ist wirklich großartig!" Sie fuhr herum und marschierte zu einer Palme. „Das hättest du mir ruhig sagen können, ich kann Geheimnisse für mich behalten." Sie ließ sich auf den Palmenstamm fallen.

„Mensch, Jenna, jetzt beruhige dich doch endlich. Du hast mich ja nicht danach gefragt, und ich war zu müde, mich mit dir über jedes Teil, das im Flugzeug ist, zu unterhalten. Davon geht die Welt doch nicht unter." Er knöpfte sein Hemd auf.

Ihr Blick fiel auf seine entblößte Brust. „Was hast du denn nun schon wieder vor?"

„Ich gehe schwimmen. Falls du es noch nicht bemerkt haben solltest, es ist ziemlich warm hier."

„Ja, und du hast ja auch so schwer gearbeitet."

„Ich arbeite nur hart, wenn es wirklich einen Anlass gibt. Und jetzt und hier gibt es keinen." Er zog das Hemd aus und warf es zur Seite. „Wenn du so scharf auf überflüssige Arbeit bist, bitte, ich hindere dich nicht daran." Er stieg aus seinen Shorts und streifte den Slip herunter. „Aber lass mich da heraus." Splitternackt stand er vor ihr, die Hände auf den Hüften. „Ich bin wirklich der Erste, der sich bereit erklärt zu kochen oder einen Unterstand baut. Aber ich halse mir keine unnötigen Dinge auf. Ich will keinen spießigen Alltagstrott. Wenn ich schon mal hier festsitze, dann versuche ich wenigstens, das Beste daraus zu machen."

Jenna schluckte und bemühte sich vergebens, den Blick auf sein Gesicht zu richten. Doch das, was tief darunter lag, zog ihre Aufmerksamkeit an wie ein Magnet. Sie hatte ihn dort schon berührt. Sie wusste, wie er sich anfühlte, wenn er erregt war, und kannte die eigentliche Weichheit der Haare unter seinem Bauchnabel.

„Mach schon", spornte er sie an. „Ich geniere mich doch auch nicht."

„Das ist nicht zu übersehen", meinte sie, zwang sich aber, in seine Augen zu schauen. Doch sein Blick war ebenso beunruhigend wie das, was sich unterhalb seiner Gürtellinie tat. Seine blauen Augen schienen zu glühen. Unaufhaltsam kam er näher, beugte sich etwas vor und legte die Hände auf ihre Hüften.

Sanft fächelte sein Atem ihre Wange. „Ich will, dass du mich ansiehst." Mit den Lippen zupfte er an ihrem Ohrläppchen.

Jenna konnte nicht widerstehen und schaute an ihm herab. Sie war neugierig, und was sie sah, faszinierte und erregte sie. Trevor richtete sich langsam auf und ging einen Schritt zurück.

„Ich will", erklärte er mit tiefer, heiserer Stimme, „dass du dich auszieshst und mit mir schwimmen gehst." Sein Gesichtsausdruck war genauso fordernd, wie seine Worte es waren. „Ich will dich nackt vor mir sehen."

Ihr Herz raste. Sie war hin- und hergerissen zwischen der Angst vor dem fremden Gewässer und heftigem Verlangen. Jenna schluckte und sah Trevor mit großen Augen an.

Trevor zwinkerte ihr lässig zu und ging in Richtung Meer. „Du weißt, wo du mich findest", rief er ihr über die Schulter zu.

Zitternd saß Jenna auf dem Palmenstamm und folgte Trevor mit den Blicken. Zwar hatte sie ihn schon nackt gesehen, aber nicht im strahlenden Sonnenlicht, das glitzernd von Wellen reflektiert wurde. Sein schlanker, athletischer Körper, seine bronzene Hautfarbe, ließen ihn wie eine antike Heldenstatue erscheinen. Sein Anblick raubte Jenna den Atem.

Gewaltsam riss sie sich von diesem Bild los, rutschte vom Stamm und schlenderte Richtung Strandtuch. Obwohl es ihr nicht leichtfiel, gab sie zu, dass Trevor recht hatte. Sie war es stets gewohnt, sofort zu handeln, sobald sie die Situation erkannt hatte. Doch was konnte sie hier schon Sinnvolles tun, außer abwarten. Außerdem war diese Insel mit ihrem schneeweißen Sand, den hohen Palmen und dem türkisen Wasser ein paradiesisches Gefängnis, ruhig und friedlich.

Die größte Gefahr, die ihr hier drohte, war, dass sie Trevor nach diesem Abenteuer wahrscheinlich noch mehr lieben würde, als sie es ohnehin schon tat. Um mit ihm zusammen zu sein, hatte sie, die Lügen verabscheute, gelogen und ihm ihre Schwangerschaft verschwiegen. Sollte das alles umsonst gewesen sein? Oder sollte sie ihm noch einmal vertrauen und die Zeit mit ihm auf dieser Insel genießen?

Sie schaute zurück zum Wasser. Trevor schwamm parallel zur Küste und drehte sich auf den Rücken. Er war völlig entspannt und schien viel Spaß zu haben. Und das wollte sie jetzt auch. Wieder daheim wären diese Erinnerungen das Einzige, was ihr von Trevor noch bliebe. Und deshalb sollten diese Erinnerungen so schön wie möglich sein.

Jenna zog sich aus. Nachdem sie ihre Kleider sorgfältig zusammengelegt hatte, ging sie zum Meer. Die Sonne streichelte ihre Haut und machte ihr ihre Nacktheit erst so richtig bewusst. Schnell beeilte sie sich, ins schützende Nass zu gelangen. Das Wasser war angenehm warm. Sie tauchte kurz, und als sie wieder hochkam, hatte sich ihre Frisur gelöst. Die Haare lagen auf ihrer Schulter. Langsam schwamm sie vom Ufer fort, dann paddelte sie auf der Stelle und blickte suchend nach Trevor. Mit kräftigen Zügen bewegte er sich auf sie zu und ließ sie dabei keinen Moment aus den Augen.

Schließlich war er nur noch eine Armlänge von ihr entfernt. Er ließ die Beine sinken und schwamm ebenfalls auf der Stelle. Er sprach kein Wort, sah sie nur fragend an. Scheinbar suchte er die Antwort unter Wasser, denn er senkte den Blick.

Zielstrebig schwamm er näher und fuhr mit den Händen über ihre Schultern bis zu ihrem Po. Als er entdeckt hatte, dass sie noch nicht einmal einen Tanga trug, funkelten seine Augen wie das sonnendurchflutete Meer. Jenna hielt seinem Blick stand, und Trevors Erregung übertrug sich auf sie.

„Halt dich an meinen Schultern fest", forderte Trevor Jenna auf, legte sich aufs Wasser und zog sie auf sich. Dann schwamm er auf dem Rücken in Richtung Strand. Jenna klammerte sich fest an ihn und schaute ihm unverwandt in die Augen.

Er schwamm, bis er stehen konnte, stellte sich hin und zog sie sofort wieder an sich. Ihre Füße berührten nicht den Boden.

Fest schlang sie die Arme um seinen Hals und schloss die Augen. Das war es, was sie wollte, wofür sich ihre Lüge gelohnt hatte – seine Nähe spüren, seinen männlichen Körper, seine starken Arme. Sie fühlte sich sicher und begehrt. Begehrt als die Frau, die sie war, bedingungslos.

Unbeirrt ging Trevor weiter, bis ihm das Wasser nur noch bis zur Taille reichte. Er löste ihre Arme von seinem Nacken und ließ Jenna vorsichtig zu Boden. Ihre Brüste, die kurz über der Wasseroberfläche waren, nahmen seinen Blick gefangen, und unverhohlenes Verlangen lag auf seinem Gesicht,

Zart berührte er die sanft gerundeten Hügel. Mit den Fingerspitzen fuhr er über ihre nasse Haut, rieb mit dem Daumen über die harten Knospen und nahm ihre Brüste dann ganz in die Hände. Er massierte und liebkoste sie so lange, bis Jenna lustvoll aufschrie.

Trevor sah sie an, wie ein Mann eine Frau ansieht, die ihn erregt. Er berührte sie, wie ein Mann die Frau berührt, die er begehrt. Seine Hände glitten auf ihre Hüften, als er Jenna langsam vor sich herschob, bis ihr Bauchnabel über dem Wasserspiegel lag. Dann blieb er stehen und beobachtete fasziniert, wie sich die Wellen an ihrem Körper brachen. Er strich ihre Taillenlinie entlang und ließ Jenna noch ein paar Schritte zurückgehen. Als das Wasser ihre Schenkel freigab, schaute er wie gebannt auf das dunkle Dreieck ihres zarten Vlieses. Nach einer Weile suchte sein Blick ihre Augen.

„Versteck dich nie wieder vor mir. Hörst du, Jenna?", sagte Trevor leise. „Du bist eine viel zu schöne Frau, um das nötig zu haben."

Jenna hätte nicht geglaubt, dass Worte Stolz und Erregung hervorrufen konnten, aber sie war beides, stolz und erregt; sie vermochte nicht zu sprechen, vermochte nicht, den Blick von seinem zu lösen. In diesem Blick lag alles, was sie sich je von einem Mann gewünscht hatte. Sie wusste, dass dies alles vorbei sein würde, sobald sie die Insel verlassen würden. Deswegen wollte sie jede Sekunde ihres Glücks auskosten, und sie stellte sich auf die Zehenspitzen und begann seinen Körper mit wilden, feuchten Küssen zu bedecken, beugte sich tiefer und liebkoste ihn, bis er sich stöhnend in die Brandung kniete und sie auf seinen Schoß zog.

Er drang in sie ein und erfüllte sie mit seiner pulsierenden Kraft. Die Wellen umspülten ihre Beine, und sie liebten sich ungestüm und mit hemmungsloser Lust, konnten nicht genug voneinander bekommen und gaben sich alles.

Und als sie gemeinsam einen alles versengenden Höhepunkt erreichten, ihr erregtes Stöhnen langsam verebbte und sie sich vollkommen befriedigt in den Armen lagen, wusste Jenna, dass sie um nichts auf der Welt diesen Tag hätte missen wollen.

Hier ist das Paradies, dachte Jenna einige Nächte später. Trevor hatte ein Bett aus Farnblättern gemacht, über die er Handtücher als Laken gelegt hatte. Einige zusammengerollte Decken dienten als Kissen. Er hatte sogar eine Zeltplane zwischen Rumpf und Tragfläche des Flugzeugs gespannt, damit sie geschützt waren, falls es nachts einmal regnen sollte.

Am Nachmittag war ein kurzer Schauer heruntergegangen, typisch für diese Inseln. Doch sie waren Hand in Hand durch den Regen geschlendert, anstatt sich unter die Plane zu verkriechen. Als ihre Kleider durchnässt waren, zogen sie sie einfach aus und gingen nackt weiter. Jenna hatte so etwas noch nie getan, aber sie genoss diese Freiheit und war sich sicher, dass sie das Gefühl der Regentropfen auf ihrer nackten Haut nie vergessen würde.

Doch im Moment sah es nicht nach Regen aus. Ein weiß schimmernder Halbmond stand am Himmel und spiegelte sich im Wasser. Die Brandung rauschte sacht und leise. Es war eine stille Sommernacht.

Sie saßen vor den Resten des Feuers, auf dem sie ihr Abendessen bereitet hatten. Trevor hielt sie fest im Arm, sie schmiegte die Wange an seine Brust.

Noch nie hatte sie sich so ausgeglichen und zufrieden gefühlt. Und das, obwohl weit und breit kein Schiff oder Rettungsflugzeug zu sehen war.

„Ich kann immer noch nicht verstehen, dass es noch keinem tollen Burschen gelungen ist, dein Herz im Sturm zu erobern", brach Trevor das Schweigen und sah sie nachdenklich an.

Jenna lachte. „Die tollen Burschen sitzen eben nicht in der Stadt herum und schnorren Essen in teuren Restaurants, indem sie alles als Spesen abrechnen. Diese Burschen findest du im Himalaja auf der Suche nach der Arche Noah oder bei Arktisexpeditionen." Sie zwickte Trevor neckend in die Seite.

Er lachte nicht. Ernst fragte er sie: „Was macht diese Männer denn so begehrenswert?"

„Sie sind sie selbst, halten sich nicht ängstlich an irgendwelche Regeln. Sie sind einfach interessant." Sie seufzte. „Und sie sind unerreichbar, aber das macht sie nur noch anziehender. Sie sind wie der Wind, man kann sie nicht einfangen. Sie für sich haben zu wollen, ist, als würde man einen wilden Vogel in einen Käfig sperren." Und wie eine Vogelfängerin kam sie sich auch vor, denn sie war Hals über Kopf in Trevor verliebt. Doch nie würde sie auch nur versuchen, ihn anzuketten. Sie wusste, was ihm seine Abenteuerreisen bedeuteten.

Jenna machte sich keine Illusionen. Dass sie ihn liebte, hieß noch lange nicht, dass er mehr als Zuneigung oder erotisches Interesse für sie empfand.

Sie seufzte erneut. „Ist ja auch egal. Ich habe dir ja von Anfang an gesagt, dass ich keinen Mann brauche. Ich habe mein Leben fest im Griff."

Trevor schwieg einen Augenblick. „Ich bin ja mal gespannt, ob wir es diesmal schaffen mit dem Baby. Wir haben alle deine Regeln außer Acht gelassen."

„Ich weiß." Sie liebten sich, wann und wie sie Lust hatten. Als Trevor sie darauf angesprochen hatte, warum sie denn kein Thermometer mitgenommen habe, hatte sie ihm erklärt, sie sei davon ausgegangen, dass sie sowieso oft mit ihm schlafen würde, und deswegen sei es unwichtig, nach dem günstigsten Zeitpunkt zu suchen. Wenn sie richtig gerechnet hatte, war sie nun in der vierten Woche schwanger.

„Du scheinst dir diesmal keine Sorgen zu machen, dass es nicht klappen könnte, stimmt's?", fragte er.

„Es wird schon klappen."

Wieder schwieg er. „Denkst du eigentlich viel über das Baby nach? Ich meine jetzt nicht, ob du schwanger wirst, sondern über das Kind selbst?"

Jenna freute sich über sein ehrliches Interesse. „Ich denke sehr viel darüber nach", erklärte sie ihm ernst.

„Möchtest du lieber einen Jungen oder ein Mädchen?"

Sie beugte den Kopf ein wenig zurück, um Trevor in die Augen schauen zu können. „Ich glaube, das ist mir egal. Hauptsache, das Kind ist gesund."

„Hast du dir schon einmal überlegt, ob es dir wirklich ausreicht, ein Kind zu lieben? Hast du nie von der großen Liebe geträumt?"

Sie war erstaunt, dass ein Mann wie Trevor über Liebe sprach. Für die meisten Männer war das kein Thema. Doch Trevor suchte ein ernsthaftes Gespräch. Deshalb glaubte sie auch, ihm eine ernsthafte Antwort schuldig zu sein.

„Natürlich habe ich mir immer gewünscht, die Liebe meines Lebens zu finden", sagte sie ruhig. „Ich habe auch oft davon geträumt. Aber da es sich nun einmal nicht ergeben hat, habe ich mir gesagt, dann muss ich eben ohne auskommen."

„Kannst du das denn?"

„Ich muss es können, oder?", sagte sie und lachte gezwungen. Trevor sagte nichts dazu, er sah sie nur forschend an. „Und wenn du nun doch noch die große Liebe finden würdest, würdest du dann gern mehr als ein Kind haben?"

Ihre Antwort kam ohne Zögern. „Ja. Dann würde ich mindestes zwei oder drei Kinder haben wollen. Denn wenn ich einen Mann wirklich lieben würde, wäre ich bestimmt auch manchmal gern mit ihm allein, und ich möchte nicht, dass sich mein Kind so einsam fühlt, wie ich es oft getan habe. Nicht, dass ich meine Eltern kritisieren wollte, sie haben mich immer in guter Obhut zurückgelassen, aber wenn ich Geschwister gehabt hätte, hätte ich die beiden wahrscheinlich nicht so schrecklich vermisst." Jenna atmete tief durch. „Doch das steht ja alles nicht zur Debatte. Ich bin schon mit einem Kind zufrieden, wir werden uns dann eben gegenseitig Gesellschaft leisten."

Einige Tage später saßen Jenna und Trevor nebeneinander in der Brandung und zeichneten Bilder in den feuchten Sand. Trevor trug eng anliegende Boxershorts, die seinen muskulösen Körper wirkungsvoll unterstrichen. Jenna begnügte sich mit einem knappen Bikinislip. Zum Schutz gegen die Sonne hatte sie seine Baseballkappe aufgesetzt. Obwohl er sie jetzt schon unzählige Male nackt gesehen hatte, vermittelte er ihr nie das Gefühl, sein privates Freiwild zu sein. Er genoss vielmehr ihre Freude darüber, dass sie ihren Körper und ihre Lust entdeckt hatte.

„Es ist schön, wie du für mich sorgst", sagte sie, als er ihr den Rücken mit Sonnencreme einrieb.

Geschickt verteilte er die Creme auf ihren Schultern, ihrem Nacken und widmete sich dann ausgiebig ihren Brüsten. Plötzlich hielt er inne.

„Ist irgendetwas, Trevor?", brachte sie nur mühsam heraus. Die leichteste Berührung seiner Hände, seiner Lippen oder seiner Zunge entfesselte ihre Leidenschaft, sich seiner männlichen Kraft hinzugeben. In der Zeit auf dieser Insel hatte sie gänzlich alle Hemmungen verloren.

Er strich noch einmal an der Unterseite ihrer Brüste entlang und hob sie dabei leicht an. „Komisch, ich weiß ja, dass sie fest sind, aber irgendwie kommen sie mir plötzlich größer und schwerer vor."

Kein Wunder, dachte Jenna. Doch ihr Bauch war noch flach, sodass Trevor keinen Verdacht schöpfen konnte. Wenn sich in zehn Tagen nichts tun würde, dann allerdings würde er wissen, dass sie schwanger war. Das war früh genug. Und den genauen Zeitpunkt der Geburt würde er ja nicht erfahren.

Denn bis dahin würde das Kapitel Trevor endgültig abgeschlossen sein.

„Durch deine Berührung allein wird mir ganz warm", sagte sie sanft. „Du brauchst nur in meiner Nähe zu sein, und schon schwellen meine Brüste an."

Er presste die Lippen auf ihre Halsbeuge, ließ die Hände sanft kreisend über ihren Rücken und ihren Bauch gleiten. Nach einer Weile atmete er zitternd ein. „Himmel …"

Irgendetwas an seinem Tonfall irritierte sie. Es war etwas in seiner Stimme, aus dem nicht nur Erregung sprach. Sie schaute ihn an. „Was ist denn los?"

Seine silberblauen Augen glitzerten. „Ich will dich. Ständig. Immerzu. Ich sollte das eigentlich nicht, aber ich schaffe es einfach nicht, das zu ändern. Irgendwie komme ich damit nicht klar."

Dieses Geständnis, die Bestürzung in Trevors Stimme ließen Jenna auf Wolken schweben. Verwirrung und Unsicherheit waren Dinge, die sie noch nie bei ihm erlebt hatte. Aber seltsamerweise fühlte sie sich geschmeichelt und begehrt wie eine heiß umworbene Geliebte.

Am liebsten hätte sie Trevor gesagt, wie sehr sie ihn liebte. Doch sie wagte es nicht, schließlich wollte er von so etwas nichts wissen. Doch es wäre schön gewesen, wunderschön, wenn er sich ebenso nach ihren Liebeserklärungen gesehnt hätte wie nach ihrem Körper.

Am nächsten Tag schnitt Trevor erneut das Thema „Baby" an. Jenna und er lagen auf dem großen Strandtuch auf ihrem Lieblingsplatz in dem kleinen Inselwald. In der Nähe stürzte ein Wasserfall einen steilen Fels hinunter, die Vegetation war üppig, und es war angenehm kühl.

„Hast du dir schon einmal überlegt, wie unser Kind aussehen wird?", fragte Trevor.

Jenna war nicht in der Lage, sofort zu antworten. Unser Kind? Zwar hatte Trevor schon ein erstaunliches Interesse an diesem Kind an den Tag gelegt, wenn man bedachte, dass er eigentlich gar keine Kinder wollte. Aber er hatte noch nie „unser Kind" gesagt.

„Es wird bestimmt Locken haben", meinte sie. „Ich habe auch Locken. Als ich klein war, waren es sogar noch mehr. Junge oder Mädchen, die lockigen Haare sind ihm sicher. Und die dunklen Haare. Wir haben schließlich beide dunkle Haare. Und eine zarte, hell schimmernde Haut."

„Meine Haut ist nicht zart und hell schimmernd."

„Doch."

„Wo denn?"

Sie sah ihn keck an. „In deiner Leistengegend."

„Die hast du dir aber genau angeschaut."

„Ja, ja." Genau angeschaut war noch stark untertrieben. Sie nahm an, dass sie Trevors Körper mittlerweile besser kannte als ihren eigenen. Versonnen cremte sie sich die Beine ein.

„Wie stellst du dir das eigentlich vor, wenn du das Baby irgendwohin mitnehmen willst? Es könnte doch ständig anfangen zu schreien. Auf meinen Reisen könnte ich jedenfalls kein Kind gebrauchen."

Sie cremte sich die Arme ein.

„Ich könnte dort auch keine Frau gebrauchen", fügte er hinzu. „Manchmal bin ich kilometerweit von jeglicher Zivilisation entfernt. Keine Telefone, keine Badezimmer, keine Betten. Von Apotheken und Restaurants ganz zu schweigen."

„Das scheint ja ein ziemlich anstrengendes Leben zu sein."

Hatte sie sich getäuscht, oder klang das wirklich nach einer Rechtfertigung für seinen unabhängigen Lebensstil?

„Sie könnte ein Kind noch nicht einmal stillen, wenn sie mit mir unterwegs wäre. Diese Expeditionen würden sie völlig auslaugen." Er schnaubte lautstark. „Kannst du dir vorstellen, wie sich dann erst eine Frau in den letzten Wochen ihrer Schwangerschaft dabei fühlen würde?"

Sie sah ihm fest in die Augen. „Natürlich kann ich mir nicht vorstellen, wie sich eine Frau in den letzten Wochen ihrer Schwangerschaft fühlt, egal, was sie nun tut. Das ist doch für mich das erste Mal, dass ich schwanger bin." Sie hatte es kaum ausgesprochen, da begann ihr Puls zu rasen. Himmel! Ob es Trevor aufgefallen war, dass sie sich verplappert hatte?

Er wirkte leicht verwirrt, und als er nicht antwortete, wich sie seinem Blick aus. Ihr Herz klopfte lauter.

Er erhob sich. „Wann weißt du denn, ob du schwanger bist?"

„In fünf oder sechs Tagen", antwortete sie hastig. Jenna war froh, dass er eben nichts gemerkt hatte und offenbar auch nicht nachrechnete. Denn ihr Zeitgefühl hatte sie mittlerweile im Stich gelassen. Hier auf der Insel ging ein Tag in den anderen über, einfach so, ohne Termine, ohne Verpflichtungen.

Trevor nickte und ging wortlos zum Strand zurück.

Am folgenden Morgen ging es Jenna schlecht. Schon beim Aufwachen war ihr übel gewesen. Nach dem Frühstück hatte sie sich glücklicherweise einigermaßen erholt, sodass Trevor nichts auffiel. Er war nicht bei bester Laune gewesen, als sie gestern Abend zum Flugzeug zurückgekehrt waren. Obwohl er sie nachts fest in den Armen gehalten hatte und jetzt am Morgen ausgeglichener wirkte, wollte sie nichts riskieren und tat, als ginge es ihr bestens.

Am späten Nachmittag wurde ihr wieder schlecht, und sie half sich, indem sie eine Handvoll trockener Cracker aß.

Doch am nächsten Morgen war nichts zu machen. Sie schaffte es gerade noch, den Schlafplatz zu verlassen. Auf halbem Weg zu der von Trevor angelegten Toilette musste sie sich in die Büsche schlagen.

Als sie zum Flugzeug zurückging, begegnete ihr Trevor. „Was ist denn mit dir los?"

„Mir geht's nicht besonders", sagte sie. Rasch drängte sie sich an ihm vorbei und eilte zum Meer. Sie hatte das dringende Bedürfnis, das Gesicht zu waschen und den Mund auszuspülen.

Trevor heftete sich an ihre Fersen. „Hast du dich übergeben?"

„Ja."

„Hast du etwas Schlechtes gegessen?"

„Keine Ahnung."

„War dir diese Nacht auch schon übel?"

„Nein."

Ihre Schritte wurden größer. Als sie am Wasser war, sank sie auf die Knie und benetzte ihr Gesicht mit Wasser. Er hockte sich neben sie. „Jenna?"

„Lass mich einen Moment in Ruhe", murmelte sie schwach. Sie fühlte sich immer noch hundeelend, obgleich ihr Magen mittlerweile völlig leer war.

„Es ist doch noch viel zu früh für morgendliche Übelkeitsanfälle, oder?"

Sie antwortete nicht. Auf einmal war sie dieser ganzen Geheimnistuerei überdrüssig.

„Oder, Jenna?"

„Ich weiß nicht."

„Du hast mir doch selbst erklärt, dass das frühestens in der fünften oder sechsten Schwangerschaftswoche beginnen würde. Das hast du mir gesagt, bevor du nach Hongkong geflogen bist, erinnerst du dich?"

Sie nickte. Das Wasser half ihr, erfrischte sie. Sie schöpfte mehr auf ihre Stirn, Mund und Nacken.

„Wenn du schwanger geworden wärst, während wir hier auf der Insel waren, dann kann das höchstens eineinhalb Wochen her sein."

„Vielleicht bin ich ein Ausnahmefall."

„Vielleicht warst du auch schon schwanger, bevor du einen Fuß in mein Flugzeug gesetzt hast. Das würde auch erklären, weshalb mir deine Brüste größer vorkommen."

Nochmals kühlte sie ihr Gesicht mit Wasser und barg es dann in den Händen.

„Jenna?"

Sie wusste nicht, was sie sagen sollte.

„Verdammt noch mal, Jenna", grollte er warnend. Sie schwieg.

„Es stimmt, hab ich recht?" Er packte ihre Handgelenke und zog ihre Hände vom Gesicht. „Bist du schwanger oder nicht?"

Jenna konnte nicht länger schweigen oder lügen. „Ja, ich bin schwanger", gab sie zu und sah Trevor in die Augen, um seine Reaktion einzuschätzen.

Er schaute auf ihren Bauch, dann wieder in ihr Gesicht. „Es ist in Washington geschehen, nicht wahr?"

Sie nickte.

„Aber du hast es doch bestritten."

„Ja."

„Warum?"

Jetzt schlug die Stunde der Wahrheit. „Ich war einfach selbstsüchtig", bekannte sie. Die Schuld lastete schwer auf ihr, besonders nun, als sie Trevors bestürzten Gesichtsausdruck sah. „Ich wollte noch einmal mit dir zusammensein. Ich wusste genau, es würde das letzte Mal sein, und außerdem würde niemandem dadurch auch nur der geringste Schaden zugefügt werden."

„Kein Schaden zugefügt werden?", brüllte er. Wutentbrannt funkelte er sie an, umschloss ihre Handgelenke noch fester. „Du bist in mein Flugzeug gestiegen, obwohl du genau wusstest, dass du höllische Angst haben würdest, dass dieser Flug traumatische Folgen …"

„Nicht traumatisch …"

„Dass dieser Flug schlimm genug für dich sein könnte, um dein Baby zu verlieren. Du hast mir nichts gesagt. Auch dann nicht, als ich dich quer über die Insel geführt habe und im strömenden Regen mit dir spazieren gegangen bin. Du hast auf dem nackten Boden geschlafen und trockene Kekse gegessen. Und das alles, wo du eigentlich in ärztliche Obhut gehörst und gesunde, vitaminreiche Kost zu dir nehmen solltest." Seine Finger gruben sich in ihre Haut. „Und ich dachte, du wolltest dieses Baby!"

„Ich will es ja auch. Es bedeutet einfach alles für mich. Und das Spazierengehen und das Essen, das hat mir nicht das Geringste ausgemacht. Aber was hätte ich denn davon gehabt, wenn ich es dir gesagt hätte? Du wärst dann genauso wütend geworden wie jetzt. Doch alle Wut kann uns nicht von dieser Insel fortbringen! Daran kannst selbst du nichts ändern, Trevor!"

Trevor sah Jenna lange und unerbittlich an. „Und ob ich das kann!"

Trevor ließ Jennas Handgelenke los und stapfte zum Flugzeug. „Komm schon, wir brechen gleich auf", rief er ihr über die Schulter zu.

„Jetzt? Aber wie denn?"

„Mit meinem Flugzeug."

„Ich denke, du brauchst Ersatzteile, damit es wieder fliegt."

„Ich habe gelogen."

„Was?"

„Ich habe gelogen!"

Jenna ging langsam durch den Sand. „Wieso gelogen?"

„Das Flugzeug ist gar nicht defekt. Wir können fliegen."

„Nicht defekt? Auch nicht die Elektronik? Und auch nicht die Funkanlage?"

„Richtig."

„Das glaube ich dir einfach nicht."

Von mir aus kannst du glauben, was du willst. Du musst vor allen Dingen etwas essen, während ich hier alles zusammen-räume. Du gehörst nach Hause in eine zivilisierte Gegend. Und du musst dich unbedingt untersuchen lassen."

Das war Jenna im Moment alles vollkommen unwichtig. „Du hast mich also belogen, Trevor?"

„Ja, ich habe dich belogen."

Sie stellte sich vor ihn. „Du hast also nur so getan, als ob wir eine Panne gehabt hätten. Und das, obwohl du genau wusstest, dass meine Eltern bei einem Flugzeugabsturz ums Leben ge-kommen sind! Schämst du dich nicht?"

Trevor kletterte ins Flugzeug. „Es war höchste Zeit, dass du dieses Angstgefühl überwindest. Außerdem habe ich alles genauestens geplant. Ich bin hier schon Dutzend Mal gelandet, denn diese Insel gehört einem meiner Freunde. Er weiß, dass wir hier sind. Deswegen ist hier auch kein Mensch aufgetaucht."

„Du wusstest genau, dass wir kein Signalfeuer brauchen würden und dass Rettungsflugzeuge überflüssig waren? Wie ich dich kenne, hast du bestimmt auch Caroline über alles informiert, bevor wir abgeflogen sind."

„Natürlich. Ich wollte doch nicht, dass man sich um ums Sorgen macht." Trevor warf Jenna eine Packung Fruchtsaft zu. In einer Reflexbewegung fing sie sie auf und schleuderte sie wütend zurück. Der Karton verfehlte Trevor traf die Flugzeugtür und fiel zu Boden.

„Alles durchorganisiert, alles fein säuberlich geplant." Sie hätte es eigentlich wissen müssen! Bei seinen Expeditionen überließ er auch nichts dem Zufall. Davon konnte schließlich sein Leben abhängen. „Und ich habe dir vertraut!"

„Ich dir auch!"

„Moment, Trevor. Das ist etwas anderes. Ich habe dich nie richtig belogen: Ich habe nie behauptet, dass ich nicht schwanger bin. Ich habe dich bloß nicht korrigiert, als du gemeint hast, ich wäre nicht schwanger. Aber du hast ein ganzes Lügengebäude aufgebaut, eine Lüge an die andere gereiht. So etwas ist unverzeihlich." Sie funkelte ihn an. „Spätestens in fünf Tagen hättest du die Wahrheit von selbst herausgefunden", sagte sie matt. Ihr Magen begann erneut zu rebellieren. „Ich hatte mir vorgenommen, dir dann alles zu gestehen. Und wann wolltest du mir die Wahrheit sagen?"

„Eigentlich schon vor Tagen." Er grinste. „Ich hätte nie gedacht, dass du es hier so lange aushalten würdest. Ich hatte eigentlich damit gerechnet, dass du schon nach einer Woche die Nase voll haben würdest von dem Sand, den Mücken, der Hitze. Aber du warst besser als jeder Pfadfinder, mein Engel." Er reichte ihr einen Schokoriegel. „Hier, iss das."

„Ich will nicht!" Sie wandte sich ab. „Mir ist schlecht." Hilflos wankte sie durch den Sand. Sie ging zu derselben Felsgruppe, auf der sie kurz nach der Landung gesessen hatte.

Trevor folgte ihr und reichte ihr ein paar Cracker. „Ich hätte hellhörig werden sollen, als du anfingst, an diesen Dingern herumzunagen", murmelte er. „Wie lange geht das schon so mit deiner Übelkeit?"

„Zwei Tage."

Fluchend drückte Trevor Jenna die Kekse in die Hand. Dann ging er zurück zum Flugzeug.

Jenna starrte auf die Cracker in ihrer Hand. Sie würden ihren Magen beruhigen, konnten aber ihren Kummer nicht beseitigen. Das war es dann wohl. Trevor würde sie jetzt nach Hause bringen, und dann würde sie ihn nie wiedersehen. Ihre gemeinsame Zeit war jetzt endgültig vorüber.

Sie vergrub das Gesicht in den Händen und weinte hemmungslos. Sie wusste, dass Trevor das nicht mochte, aber sie konnte gegen ihre Gefühle nicht ankämpfen. Schluchzend schaute sie aufs Meer hinaus.

Es würde auch sein Gutes haben, wieder daheim zu sein. Ein heißes Bad, eine Haarpackung, ordentliche Kleider, das waren Dinge, die sie schon vermisst hatte. Aber Trevor, ihn würde sie nicht nur vermissen, er würde ihr fehlen. Zwar hatte sie gewusst, dass dieses Problem auf sie zukommen würde, doch sie hatte es unterschätzt. Liebe konnte man nicht einfach wegdiskutieren, und Trevor zu vergessen war ihr unmöglich.

Sie hatte einen Kloß im Hals. Aber es hatte alles keinen Zweck. Das Leben ging weiter. Jenna atmete tief durch und setzte sich gerade hin. Mit Weinen war niemandem geholfen, sie würde die Trennung von Trevor schon überstehen. Sie musste! Und da war ja auch noch das Baby.

Außerdem, wer wollte schon einen Abenteurer? Abenteurer mochten ja ganz aufregend sein, aber sie waren nie da, wenn man sie brauchte. Sie verlor sich ganz in ihren Tränen. Und sie waren hinterhältige Lügner.

Langsam knabberte Jenna ein paar Cracker, die restlichen zerdrückte sie in der Hand und warf sie den Seeschwalben zu.

Dann erhob sie sich von ihrem Felsen. Sie wusste, dass sie nun die schmerzlichsten Stunden ihres Lebens vor sich hatte.

Trevor war schon fertig mit Packen, als Jenna zum Flugzeug kam. „Geht es dir jetzt besser?", erkundigte er sich mit finsterem Gesicht.

„Ja", antwortete sie.

„Dann steig ein." Mit einer ungehaltenen Kopfbewegung deutete er auf das Flugzeug.

Vielleicht ist es besser so, dachte Jenna. Ihre Gefühle füreinander waren zu stark, als dass sie jetzt noch Freunde sein könnten. Wenn sie sich schon nicht lieben konnten, dann mussten sie sich wohl hassen. Wer weiß, vielleicht ist es gut so, sagte sie sich.

Trevor kletterte nach ihr in die Maschine. Er befestigte seinen Gurt und startete.

„Mistkerl", fauchte sie.

„Danke."

Sie biss die Zähne fest zusammen und starrte angestrengt aus dem Fenster.

Sie wollte jetzt nur noch nach Hause. In eineinhalb Stunden würden sie in Savannah sein und dann noch einmal zweieinhalb Stunden bis Rhode Island benötigen.

„Was ist das denn für eine Landmasse unter uns, Trevor?"

„Florida", entgegnete er kurz angebunden.

„Wenn wir nach Norden fliegen, wieso liegt es dann bitte schön auf meiner Seite?" – „Wir fliegen nach Süden."

„Aber ich wohne doch im Norden."

Statt einer Antwort verkrampfte er die Kiefermuskeln. Er wirkte angespannter, als sie ihn je gesehen hatte. Und wütend, sehr wütend sogar. Na ja, warum sollte es ihm besser gehen als ihr. „Ich habe geglaubt, du würdest mich nach Hause fliegen."

„Tue ich ja auch."

„Zu mir nach Hause, meine ich."

Seine Gesichtsmuskeln waren zum Zerreißen gespannt.

„Jetzt reicht es, Trevor", erklärte sie entschlossen und saß kerzengerade auf ihrem Platz. „Du hast entschieden, dass wir auf diese Insel fliegen, okay, das haben wir gemacht. Jetzt bin zur Abwechslung einmal ich an der Reihe, etwas zu entscheiden. Und ich entscheide, dass du mich sofort zurück nach Rhode Island bringst."

„Das werde ich nicht tun", fuhr er sie an. „Ich muss nachdenken. Ich brauche Zeit. Ich weiß einfach nicht, was ich tun soll."

„Ich sage dir, was du tun sollst. Du bringst mich nach Rhode Island und lässt mich in Frieden."

„Das kann ich nicht."

„Warum nicht?"

„Weil wir noch nicht fertig miteinander sind."

Jenna war völlig verwirrt. „Aber natürlich sind wir das! Du hast dein Versprechen gehalten, ich bekomme bald ein Kind. Jetzt hast du nichts mehr mit der Sache zu tun. Ich habe extra deswegen einen Vertrag aufsetzen lassen und unterschrieben."

„Aber ich, verdammt noch mal, ich habe keinen Vertrag unterschrieben!", donnerte Trevor. „Und von mir aus kannst du deinen Vertrag verbrennen oder sonst was damit machen! Ich werde mich einen kalten Rauch darum kümmern!"

Jenna starrte Trevor ungläubig an.

Er redete sich noch mehr in Rage. „Ich habe dir doch gesagt, dass mir das Probleme bereiten würde. Ich habe dir gesagt, ich könnte kein Kind in die Welt setzen und mich hinterher nicht darum kümmern. Das alles habe ich dir prophezeit, aber du hast diesen verfluchten Vertrag anscheinend für einen absolut sicheren Schutzschild gehalten. Aber das ist er nicht! Ich kann meine Augen nun mal nicht vor der Tatsache verschließen, dass das Kind, das da in dir heranwächst, genauso mein Kind ist! Ich kann doch nicht einfach davonlaufen und das vergessen! Verdammt, glaubst du etwa, ich würde nicht auch oft darüber nachdenken, wie es wohl aussehen wird?" Er fuhr sich mit einer Hand durchs Haar. Mit der anderen zerquetschte er fast den Steuerknüppel.

Jenna wurde mit jedem Wort unruhiger. Was wollte er ihr denn noch alles entgegenschleudern?

Trevor knirschte mit den Zähnen. „Mit dir zusammen zu sein hat mich regelrecht verrückt gemacht. Mich vorher darauf zu freuen und das Danach zu genießen, so etwas habe ich bei keiner anderen Frau empfunden. Und bei dir wollte ich es eigentlich auch nicht. Und trotzdem habe ich diesen Plan mit der vorgetäuschten Notlandung ausgeheckt. Ich konnte einfach nicht widerstehen. Selbst die Vorräte einzukaufen hat Spaß gemacht. Das erste Mal in meinem Leben hatte ich das Gefühl, etwas wirklich Sinnvolles, Vernünftiges geplant zu haben. Kannst du dir das vorstellen?"

Es klang, als würde er es selbst kaum begreifen. Jenna drückte nervös den Handrücken vor den Mund.

Trevor fluchte leise und schüttelte den Kopf. „Es war wundervoll, einfach wundervoll. Du hast dich nicht beschwert, alles hat dir ebenso viel Spaß gemacht wie mir." Seine Stimme drohte zu versagen. „Ich werde nie vergessen, wie du in der Brandung gesessen hast und weiter nichts anhattest als einen Bikinislip und meine Baseballkappe. Was ich meine … also … das berührt die innersten Gefühle." Wieder fluchte er. „Ich hätte für immer auf dieser Insel bleiben können. Verstehst du das? Ich glaube, ich habe es in den letzten dreiundzwanzig Jahren nirgendwo länger als sechs Monate ausgehalten. Aber auf der Insel hätte ich ewig bleiben können."

Jenna wollte etwas sagen, aber ihre Kehle war wie zugeschnürt. Die Dinge nahmen eine dramatische Wende. Das konnte sie kaum so rasch verarbeiten.

„Und jetzt weiß ich nicht, was ich machen soll", platzte er heraus. „Schön und gut, ich bringe dich jetzt wieder in die Zivilisation zurück, aber wenn das heißen soll, dass ich dich nie mehr wiedersehen werde … das halte ich nicht aus … das halte ich wirklich nicht aus. Ich empfinde zu viel für dich. Ich begehre dich zu sehr. Da kann ich dich doch nicht einfach zu Hause absetzen und mich aus dem Staub machen. Und das hängt nur zum Teil mit dem Baby zusammen. Das meiste hat mit dir zu tun. Als ich mit dir geschlafen habe, habe ich nicht an das Kind gedacht. Und als du mir gesagt hast, du wärst nicht schwanger, war ich überhaupt nicht traurig. Es hat mir nur deinetwegen leidgetan. Es hätte mir auch nichts ausgemacht, es monatelang weiterzuversuchen, denn dann hätte ich wenigstens ausreichend Zeit gehabt, Klarheit zu gewinnen über mich und meine Gefühle. Aber du bist jetzt schon schwanger, und deswegen fehlt mir diese Zeit. Ich weiß wirklich nicht, was ich jetzt tun soll."

„Was würdest du denn am liebsten tun?" Jenna wagte kaum, ihn das zu fragen.

Er sah sie an, als würde er sich vor sich selbst fürchten. „Dich heiraten. Hast du schon einmal so etwas Verrücktes gehört? Ich meine, ich, der es nie lange irgendwo ausgehalten hat, der feste Bindungen scheut wie die Pest, will dich heiraten. Ich will, dass du zu mir gehörst, vor dem Gesetz und in aller Öffentlichkeit. Ich möchte mich darauf freuen können, dass du auf mich wartest, wenn ich nach Hause komme. Und ich will dir wieder Blumen schicken, dich eincremen, deine Bücher und deine Taschen tragen. Ich möchte dir wieder meine Krawatte ins Haar binden. Ich möchte, dass unser Kind meinen Namen trägt."

Er schaute sie wieder an, sichtlich aufgewühlt von seinen eigenen Worten. „Aber du willst ja von alldem nichts wissen, und ich kann dir auch keinen Vorwurf machen. Du bist eine tüchtige Frau. Du hast deinen eigenen Konzern, dein eigenes Haus und jetzt auch dein eigenes Baby. Du brauchst mich nicht." Als er sie diesmal ansah, runzelte er die Stirn. „Schnall dich wieder an, Jenna."

Jenna hatte ihren Gurt gelöst und kletterte zu Trevor. Halb auf seinem Schoß, schlang sie die Arme um seinen Nacken. „Du irrst dich, du irrst dich. Das ist alles gar nicht wahr", flüsterte sie und begann zu weinen. „Ich … ich brauche dich. So … sehr."

„Himmel, Jenna. Bitte nicht weinen." Seine Stimme klang brüchig. „Du weißt ja nicht, was du mir da antust." Er legte einen Arm um sie und hielt sie mit aller Kraft fest an sich gepresst.

„Ich liebe dich", schluchzte sie.

„Jenna, mein Engel."

„Ich liebe dich … und ich habe auch noch bei einer anderen Sache gelogen. Ich habe dir gesagt, das Baby würde mir alles bedeuten. Das war zwar einmal so, aber es stimmt jetzt nicht mehr. Du bedeutest mir genauso viel wie das Kind, Trevor … aber ich kann dich doch nicht anketten. Wenn ich das tun würde, wärst du auf mich ebenso schlecht zu sprechen wie auf deine Eltern. Das könnte ich nicht ertragen, es würde mir zu wehtun."

Er zog sie dichter zu sich heran. „Oh, Jenna."

„Ich liebe dich", hauchte sie. Nachdem diese Worte einmal über ihre Lippen gekommen waren, konnte sie sie nicht oft genug sagen. „Ich liebe dich."

Trevor stöhnte auf, als wäre eine schwere Last von ihm genommen worden. „Mein Engel." Er strich ihr eine Haarsträhne zur Seite und berührte ihr Ohr mit den Lippen. „Ich will nicht meinen Jugendträumen hinterherlaufen, bis ich alt und grau bin. Mein Lebensinhalt soll mehr sein als spanische Galeonen, glitzerndes Gold und erotische Abenteuer."

„Es war gemein von mir, so etwas zu sagen."

„Du hast schon recht gehabt."

„Aber dein Leben ist doch so aufregend und faszinierend."

„Das reicht mir nicht mehr. Ich bin immer unterwegs, deswegen merke ich nicht gleich, wenn ich etwas vermisse. Doch jetzt ist mir klar geworden, was mir fehlt. Ich sehne mich nach Wärme, mein Engel. Ich will endlich ein Zuhause. Ich will dich bei mir haben."

Jenna hätte nie geglaubt, einmal solche Worte aus Trevors Mund zu hören. Ihre Augen füllten sich erneut mit Tränen. „Was sollen wir denn bloß tun?"

„Nachdenken. Wir sollten nachdenken. Und du solltest dich wieder anschnallen. Du machst mich ganz nervös." Er küsste die Tränen von ihren Wangen. Seine Stimme klang unglaublich zärtlich, sein Blick war warm und sanft. „Wir haben einen großen Vorteil, Jenna. Wir lieben uns. Wir werden schon einen Ausweg finden."

Trevor würde wohl sein Leben lang nicht verstehen, wie einfach es gewesen war, diesen Ausweg zu finden. Er hatte eben noch nie wirklich geliebt.

Jenna hatte darauf bestanden, die Direktion ihres Konzerns an ihren Stellvertreter abzugeben. Trevor hatte zwar protestiert, aber sie hatte erklärt, dass sie das nach der Geburt sowieso getan hätte. Sie wollte mehr Zeit für ihre Familie haben, und außerdem saß sie ja immer noch im Aufsichtsrat und war Hauptaktionärin.

Am Thanksgiving-Wochenende hatten sie geheiratet. Trevors Eltern freuten sich wie die Schneekönige über die Wahl ihres Sohnes, waren aber entsetzt, als sie erfuhren, dass Trevor direkt nach der Hochzeit drei Monate mit Jenna in die Südsee reisen wollte. Sogar Caroline war etwas verschnupft. Sie beschwerte sich, dass sie jetzt auch noch ihre beste Freundin verlieren würde, anstatt den Bruder wiederzubekommen. Aber Jenna bestand auf diese Flitterwochen. Sie sagte, dies sei der beste Zeitpunkt dafür, denn Trevor würde seine Galeone sowieso erst nach der Geburt des Kindes bergen können. Den Prozess hatte Trevor gewonnen, aber wie erwartet war die Bergung wegen des Wetters noch nicht möglich.

Und Trevor war immer der Meinung gewesen, er wäre derjenige, der Fernweh habe! Jenna war mindestens genauso begeistert gewesen wie er von allem, was sie auf ihrer Reise gesehen hatten. Selbst ihr immer runder werdender Bauch beeinträchtigte sie kein bisschen.

Und nun waren sie wieder daheim. Zuerst hatten sie in Rhode Island nach dem Rechten gesehen und sich dann ein Landhaus an der Küste von Maine gemietet. Es war weit genug von Trevors Eltern entfernt, sodass er sich nicht eingeengt und kontrolliert fühlte, lag aber dennoch in der Nähe einer erstklassigen Klinik, falls das Baby zu früh kommen sollte.

Es war gegen Ende März, und draußen war es noch ziemlich kühl. Trevor hatte den Kachelofen geheizt und saß auf dem Boden vor dem Sofa. Jenna hatte sich rittlings auf seinen Schoß gesetzt und die Arme um seinen Hals geschlungen.

„Sie sind ein attraktiver Mann, Mr Smith", sagte sie lächelnd. „Trotz der Narbe?"

„Sie fuhr mit den Fingerspitzen darüber. „Trotz der Narbe."

„Weißt du eigentlich, was mich mit als Erstes an dir beeindruckt hat? Du warst nicht fixiert auf diese verdammte Narbe."

„Sie fällt mir gar nicht mehr auf."

„Habe ich dir schon gesagt, woher sie stammt?"

„Nein, aber ich weiß es trotzdem. Von einem Jeep-Unfall in Kenia."

„Normalerweise erzähle ich den Frauen immer, ich wäre von einem Elefanten angegriffen worden. Das klingt aufregender."

Sie verdrehte die Augen. „Ich finde dich auch so schon aufregend genug." Zärtlich streichelte sie sein Haar. „Ich kann immer noch nicht glauben, dass du jetzt zu mir gehörst."

Trevor nahm ihre Hand und küsste den diamantbesetzten Ehering, den er ihr geschenkt hatte. „Zu dir allein." Er betrachtete ihr Bäuchlein. In sechs Wochen sollte ihr Kind zur Welt kommen. Von hinten sah Jenna so schlank und rank aus wie früher, aber ihr Bauch war schon von immensem Umfang. „Alles in Ordnung?"

Jenna nickte. „Ich fühle mich großartig. Es ist sehr schön hier in diesem Haus."

„Finde ich auch. Wir könnten nach der Geburt wieder herkommen, Jenna."

Sie schüttelte den Kopf. „Wir müssen in den Süden. Dein Schiff wartet auf uns. Ich freue mich schon richtig darauf. Ich habe noch nie mit einer Bergungsmannschaft zusammengearbeitet."

„Du wirst auch nicht mit meiner Mannschaft zusammenarbeiten, Jenna. Wie oft soll ich dir das noch sagen?"

„Ich weiß, ich weiß. Ich bleibe auf deinem Schiff beim Kapitän. Aber wir bleiben doch in der Nähe der Bergungsschiffe, oder? Ich möchte doch gerne sehen, was die Männer finden."

„Keine Sorge." Trevor legte eine Hand auf ihren Bauch. „Hey, es bewegt sich!"

Jenna lachte. „Dein Gesichtsausdruck ist wirklich nicht mit Gold zu bezahlen!" Dann wurde sie wieder ernst. „Trevor?"

Er schaute auf. „Was ist denn, mein Engel?"

„Ich bin froh, dass du bei mir bist."

„Wo sollte ich denn sonst sein? Ich bin doch dein Mann."

„Ja, aber als ich schwanger wurde, warst du es noch nicht. Und ich habe dir mehr als einmal versichert, ich würde schon alles allein schaffen. Ich habe mich geirrt. Es wäre nur halb so schön, wenn du nicht bei mir wärst und jedes Erlebnis mit mir teilen würdest."

Trevor küsste sie innig und hielt sie zärtlich umschlungen. Er schloss die Augen, als sie glücklich seufzte.

Wenn er jetzt an irgendwelche Expeditionen dachte, suchte er gleich nach einer Möglichkeit, wie er sie mit Jenna gemeinsam machen konnte. Und natürlich mit dem Baby. Er dachte sogar daran, seine Reisen mit einem Studium zu verbinden und die Universität zu besuchen. Stundenlang hatte er mit Jenna über seine Erfahrungen und Eindrücke gesprochen, die er bei den Indianern im Amazonasgebiet gesammelt hatte. So war der Wunsch entstanden, Anthropologie zu studieren und zu promovieren. Dann könnte er eines Tages unterrichten. Er würde den Unterricht mit Expeditionen verbinden und so auflockern. Sein Leben würde spannend und abwechslungsreich sein, und dennoch beständig genug für seine Frau und sein Kind. Und für weitere Kinder.

All das wünschte sich Trevor, und was ihm noch wichtiger war, Jenna wünschte es sich auch. Und ihr Glück und ihre Zufriedenheit gingen ihm über alles. Sie war sein kostbarster Schatz, und jetzt, da er sie gefunden hatte, würde er sie nie wieder gehen lassen.

– ENDE –

Cindy Gerard

Kann ich dir jemals widerstehen?

Roman

Aus dem Amerikanischen von
Jana Jaeger

MIRA®

1. KAPITEL

*E*s war Liebe. Heiße Liebe, die einem Herzklopfen bescherte und weiche Knie. Verliebte Frauen verhielten sich oft schändlich, taten unverzeihliche Dinge – aus lauter Liebe.

Tonya Griffin ging im Schatten des Waldes in Deckung und hoffte, dass der scheue Damien nicht ahnte, dass sie ihn beobachtete. Und gleichzeitig dankte sie dem Himmel, dass sie ihm endlich wieder begegnet war. Als sie ihn vor einer Woche zum ersten Mal gesehen hatte, war es um sie geschehen gewesen. Seitdem ging er ihr nicht mehr aus dem Kopf, und sie sehnte sich nach seinem Anblick.

Es war Liebe, und deshalb hatte sie keine Schuldgefühle, seine Arglosigkeit auszubeuten und in seine Intimsphäre einzudringen. Sie blickte durch den Sucher ihrer Kamera, stellte die richtige Schärfe ein und nahm das Objekt ihrer Begierde, das sich ihr jetzt im milden Licht der Septembersonne darbot, ins Visier.

„Habe ich dich erwischt, du kaltschnäuziger Teufel", flüsterte sie und schlich auf der Suche nach unverstellter Sicht vorsichtig um eine Fichte herum.

Damien merkte nichts von der Verfolgung und ahnte nichts von ihrem Vorhaben – noch nicht. Aber ihr war klar, dass er ihre Nähe bald spüren würde, daher beeilte sie sich, um die guten Lichtverhältnisse auszunutzen und nicht in das angekündigte Unwetter zu geraten. Denn wenn Damien ihr auf die Schliche kam, würde er blitzartig verschwinden, so viel stand fest. Es würde ihm gar nicht gefallen, dass sie ihn eingefangen hatte, und sei es auch nur mit der Kamera.

Nicht böse sein, Damien, bat sie innerlich, ohne ihn aus dem Auge zu lassen, und zoomte ihn näher heran.

Die klare Auflösung der Naheinstellung sandte ihr einen kalten Schauder über den Rücken, obwohl der Spätsommertag warm war. Damien war einmalig schön mit seinen funkelnden Augen, die ebenso dunkel waren wie seine üppige Brustbehaarung. Außerdem war er groß – eindeutig weit über eins achtzig.

Und natürlich brachte er auch das entsprechende Gewicht auf die Waage.

„Groß, dunkel und gefährlich", murmelte sie mit einem liebevollen Lächeln. „Der Herr des Universums, nicht wahr, mein Junge?"

Damien drehte den markanten Kopf in ihre Richtung. Als er Tonya erblickte, reagierte er mit einem tiefen Knurren. Und wenn ein Bursche seines Formats knurrte, konnte das gar nicht anders als bedrohlich wirken.

„Oh!" Tonya ließ die Kamera sinken und hatte plötzlich Mühe zu atmen, denn sie erkannte, dass plötzlich sie die Rollen getauscht hatten und nun sie die Gejagte war.

Ihr Puls beschleunigte sich rapide, ihr brach der kalte Schweiß aus bei dem Gedanken. Ihr Herz raste. Das Geräusch hallte in ihren Ohren wider wie die Brandung am etwa hundert Meter entfernten felsigen Seeufer.

Er ist gefährlich.

Wie ein Warnschuss hallte dieser Satz in ihrem Kopf nach. Dennoch hob sie erneut die Kamera und machte hastig mehrere Aufnahmen von Damien.

Von den wütenden Bewegungen seines wuchtigen Körpers erbebte der mit Blättern und Tannennadeln bedeckte Boden des Waldes, und eine eigenartige Spannung schien plötzlich in der Luft zu liegen, so als würde gleich ein Gewitter losbrechen. Regungslos, ja fast wie erstarrt stand Tonya da, während Damien auf sie zustürmte, um klarzustellen, wer hier das Sagen hatte. Und um ihr unmissverständlich zu zeigen, dass sie zu weit gegangen war.

Dies könnte ihr Tod sein. Wochenlang würde niemand sie vermissen. Plötzlich fühlte sie sich sehr allein und hatte große Angst. Aber trotz all ihrer Panik verspürte sie einen Stich von Wehmut wegen all der Dinge, die sie im Leben noch vorhatte. Wegen aller Erlebnisse, die ihr entgehen würden. Und dann setzte ihr Denken aus, denn Damien machte einen weiteren Schritt auf sie zu.

Sie hielt den Atem an, ihr Herz pochte zum Zerspringen,

und sie wappnete sich gegen den Hieb, der sie zweifellos treffen würde. Doch plötzlich, wie durch ein Wunder, blieb Damien stehen und wandte sich ab.

Erleichtert atmete Tonya auf, als er im dichten Unterholz der Fichten und Birken verschwand. Ihre Finger begannen zu prickeln, so fest hielt sie die Kamera umklammert. Und der Druck auf ihre Blase zeigte, wie stark der Stress sie mitgenommen hatte.

Nervös lachte sie auf.

„Er liebt mich", murmelte sie, lächelte zitterig und machte sich auf den Rückweg zur Hütte.

Es muss Liebe sein, sinnierte sie. Sonst hätte er sie ganz sicher angegriffen. Ein verspäteter Adrenalinstoß brachte sie auf Trab, sie sprintete los und erblickte bald den dünnen Rauchfaden aus dem Kamin der Hütte, die auf einer Lichtung in etwa fünfhundert Metern Entfernung von ihrem jetzigen Standort stand. „Es kann nicht anders sein, oder ich wäre jetzt tot, anstatt mich zu fragen, ob ich es bis zur Toilette schaffe, bevor ich in die Hose mache."

Trotz der ausgestandenen Ängste lachte sie vor Freude über den glücklichen Zufall, Damien auf freier Wildbahn gestellt zu haben, wo sie ihn in seiner ganzen Herrlichkeit hatte fotografieren können. Ohne Zweifel war er der größte, bedrohlichste und schönste Schwarzbär in ganz Koochichin County, Minnesota. Und einen Moment lang hatte er ihr, der Fotografin Tonya, gehört.

„Unglaublich", sagte Webster Tyler leise, als die laut lachende Frau an ihm vorbei durch den Wald stürmte. Tonya Griffin würdigte ihn keines Blickes aus ihren hellblauen Augen.

Zumindest glaubte er, dass es sich bei diesem seltsamen weiblichen Wesen um die einsiedlerische Miss Griffin handelte. Er war ihr nie persönlich begegnet. Allerdings hatte er Fotos der preisgekrönten Naturfotografin gesehen – die meisten in körnigem Schwarz-Weiß und in irgendeinem entlegenen Winkel des Erdballs aufgenommen. Er kannte ihre Arbeiten sehr gut. Wer je eine Ausgabe von National Geographic oder ähnlichen Zeitschriften aufgeschlagen hatte, merkte sich ihren Namen. Ihr Talent war überragend.

Deshalb war er jetzt hier. Tonya Griffin war die Beste ihres Fachs. Und da Webster das Beste brauchte, hatte er zähneknirschend die Zivilisation und sein weiches Bett hinter sich gelassen, in aller Herrgottsfrühe einen Flug vom Kennedy Airport in New York genommen, um sie aus den Wäldern zu locken und zu einem Vertrag mit dem Verlag Tyler-Lanier zu überreden. Und seitdem war alles schiefgegangen.

Angefangen hatte es damit, dass der Firmenjet nicht verfügbar war, sodass Webster einen Linienflug nach Minnesota nehmen musste. Seine Sekretärin Pearl hatte vergessen, ihm das mitzuteilen. Nach einem dreistündigen Aufenthalt in Minneapolis, der ihm schier endlos erschienen war, hatte ihn ein winziger Flieger in zwei Stunden nach International Falls, Minnesota, gebracht, eine Kleinstadt an der kanadischen Grenze. Da bei der einzigen Mietwagenfirma in diesem Provinznest alle komfortablen Limousinen ausgeliehen waren, musste er sich mit einem abgenutzten Kombi zufriedengeben.

Und als wäre das schon nicht schlimm genug, sagte man ihm, dass er das Bärenrefugium in den Wäldern, wo Tonya Griffin sich verbarg, in zwei Stunden erreichen könnte – vorausgesetzt, er verfuhr sich nicht. Was er prompt tat, und zwar gleich mehrfach. Erst nach einer wahren Odyssee von vier Stunden und siebenunddreißig Minuten gelangte er ans Ziel. Unterwegs war er irgendwo in ein riesiges Schlagloch geraten, seitdem gab der Wagen merkwürdige Geräusche von sich, was Webster jedoch ignorierte, da er ohnehin nichts dagegen unternehmen konnte. Er war kein Kraftfahrzeugmechaniker, ebenso wenig wie Pfadfinder oder Frischluftfanatiker.

Die Hände in die Hüften gestützt, schaute er sich grimmig um und konnte nur den Kopf schütteln über sich und seine Dummheit. Er befand sich Lichtjahre entfernt von seinem üblichen Terrain. Als eingefleischter Stadtmensch sehnte er sich von ganzem Herzen fort aus diesem Land der Elche und Mücken. Und während er so dastand, umgeben von Felsen, Bäumen,

318

weitem Himmel und der für ihn völlig ungewohnten Stille, fragte er sich, was er sich eigentlich dabei gedacht hatte, sich in diese Wildnis zu begeben.

Die Antwort war einfach. Er hatte einzig und allein ans Überleben gedacht. Genauer, an sein wirtschaftliches Überleben. Und an seinen guten Ruf als Verleger. Dafür brauchte er Tonya Griffin – ob sie wollte oder nicht.

Er stieß die Luft aus und sah Tonya nach, wider Willen von ihr fasziniert. Sie musste ihn doch bemerkt haben, wie er hier am Rand der Lichtung stand, oder? Es war verwirrend, ja ärgerlich, dass sie ihn ignoriert hatte, dennoch lächelte er über die beharrliche Konzentration, mit der sie an ihm vorbeigeschossen war, als wäre er mit seinen eins dreiundachtzig praktisch unsichtbar.

Anstatt sich bemerkbar zu machen, verhielt er sich still und schaute ihr nach, wie sie auf die alte Blockhütte am Rand der Lichtung zueilte.

„Was wäre gegen ein kurzes Hallo einzuwenden?", murmelte er, während sie im Innern verschwand.

Eine Weile starrte er die geschlossene Tür an. Okay, du kleine Hexe, und was jetzt? dachte er.

Jetzt musste er offenbar warten. Es war am klügsten, diplomatisch vorzugehen. Sein Ruf in der Wirtschaftswelt, ja die Zukunft des Verlages hing davon ab.

Er sagte sich, dass er hier war, um Tonya Griffins Sympathie zu gewinnen, und nahm sich vor, an der Exzentrik dieser als Einsiedlerin bekannten Frau keinen Anstoß zu nehmen.

Er war doch tolerant. Immerhin kam er ihr sehr weit entgegen, oder nicht? Er war bereit, eine Frau zu umgarnen, die ohne jeden Zweifel ein rechtes Ekel war.

Er bückte sich und hob die Mütze mit Tarnzeugmuster auf, die ihr beim Laufen vom Kopf geflogen war. Jawohl, dachte er, während er eine auf seinem Hals sitzende Mücke erschlug, ich bin äußerst tolerant. Vor allem, wenn mir gar nichts anderes übrig bleibt.

Eine Tür klappte, Webster wandte den Kopf und richtete den Blick auf die Blockhütte. Der Anlass für seine Pilgerreise ins

Herz der Wildnis stand an der Treppe und starrte ihm ungehalten direkt ins Gesicht. Tonyas hellblaue Augen hatten sich verdunkelt und wirkten plötzlich so drohend wie ein Gewitterhimmel.

„Sie befinden sich auf Privatbesitz", erklärte sie.

Was in diesem Fall offensichtlich mit Feindgebiet gleichzusetzen ist, schoss es ihm durch den Kopf. Dennoch brachte er ein Lächeln zustande. Im Grunde fiel es ihm nicht schwer, Tonya anzulächeln. Es war nie schwierig, einer Frau zuzulächeln, und obwohl diese Frau keine strahlende Schönheit war, hatte sie doch eine angenehme Ausstrahlung und einen natürlichen Charme.

„Sie sind nicht gerade leicht aufzuspüren", stellte er fest.

Sie verschränkte die Arme, was seinen Blick auf ihre Brüste lenkte, und musterte ihn misstrauisch. „Offenbar immer noch zu leicht."

Er trat vor und streckte ihr die Hand hin. „Ich bin Webster Taylor."

Sie kam ihm kein bisschen entgegen. Sie gab ihm auch nicht die Hand, sondern riss ihm die Mütze weg, die er aufgehoben hatte. „Das weiß ich."

„Großartig", gab er ein wenig überrascht zurück. „Dann brauche ich Ihnen ja meinen Lebenslauf nicht herunterzubeten. Und Sie werden lachen, ich weiß auch, wer Sie sind."

Tonya verzog keine Miene. Sie betrachtete ihn nur schweigend und stieß dann sichtlich gereizt die Luft aus. „Was wollen Sie, Tyler?", fragte sie kurz angebunden.

Am liebsten ganz woanders sein, Schätzchen, hätte er beinahe geantwortet. „Wie wär's mit einer Tasse Kaffee, für den Anfang?"

Sie lehnte sich mit der Hüfte ans Verandageländer und wies mit dem Kinn auf das, was man nur mit einigem Wohlwollen als Straße bezeichnen konnte. „Da müssen Sie schon ins Driftwood Café gehen", erwiderte sie ungnädig. „Etwa zwanzig Meilen an dem Weg, den Sie gekommen sind, auf der linken Seite. Es ist nicht zu verfehlen. Sie haben dort auch ganz guten Kuchen."

Das stimmte vermutlich. Wahrscheinlich war es gar nicht zu verfehlen, zumal er auf seiner Irrfahrt bereits drei Mal an der Kreuzung gelandet war, wo das Driftwood Café stand. Unwillkürlich lachte er über seine Unbeholfenheit, über die ganze unmögliche Situation und über Tonyas finsteren Gesichtsausdruck. „Sie halten wohl nicht viel von Gastfreundschaft, wie?"

„Ich bin beschäftigt, Mr Tyler. Es dauert mindestens noch fünf Stunden, bis ich Feierabend mache."

„Schön." Ganz auf seinen männlichen Charme setzend, zwang Webster sich zu einem neuerlichen gewinnenden Lächeln, als sie die Stufen herunterkam und zum zweiten Mal an diesem Tag an ihm vorbeiging. „Ich warte, bis Sie fertig sind, damit wir uns unterhalten können."

Tonya blieb stehen und blickte ihn über die Schulter an. „Wie Sie wollen."

Wie gebannt stand er da und beobachtete sie bei ihren diversen Tätigkeiten. Die Spätnachmittagssonne zauberte goldene Glanzlichter in ihr hellblondes Haar, das sie achtlos zu einem dicken, langen Zopf geflochten hatte. Ein paar Strähnen hatten sich gelöst und umspielten ihre Wangen und ihren Hals. In den geflochtenen Haaren steckten Blätter und kleine Zweige, fast so, als wären sie in einem feinen Spinnennetz gelandet. Bestimmt haben sich in ihrem Zopf auch ein paar Spinnweben verfangen, dachte Webster missbilligend und ging hinüber zur Verandatreppe.

Er ließ sich auf der untersten Stufe nieder, faltete die Hände und stützte die Ellbogen auf die Knie. Er würde warten. Irgendwann musste sie ja Zeit für ihn haben.

Er schaute sich auf der Lichtung um, doch immer wieder ging sein Blick zu Tonya. Schließlich gab er es auf, sich etwas vorzumachen, und konzentrierte sich ganz auf sie. Er schrieb es seiner Langeweile zu, denn diese Frau hatte absolut nichts an sich, das einen Mann zu näherem Hinsehen veranlassen könnte.

Ja, die Langeweile war schuld daran, dass er sich so verhielt. Keine zwei Stunden hatte er an diesem gottverlassenen Fleck verbracht, und schon fühlte er sich gründlich angeödet. Alles war langweilig: die Bäume, die Einsamkeit, die beängstigende Stille der Wälder, der frühherbstliche Himmel, der herbe Duft der Bäume und Gräser. Er sehnte sich nach New York, dem Pulsschlag der Großstadt, den Lichtern, dem Tempo. Er hätte sogar lieber die ungesunde abgasreiche Stadtluft geatmet als die klare Luft hier draußen. Verdammt! Er konnte es sich nicht leisten, seine Zeitschrift so lange zu vernachlässigen. Andererseits – laut Pearl – konnte er es sich auch nicht leisten, diese Reise zu unterlassen; er musste die unvergleichliche Tonya Griffin persönlich in seine Netze, sprich, in seinen Verlag locken.

Er hörte sie in einem kleinen Schuppen rumoren, und als sie wieder auftauchte, beladen mit Näpfen, die gefüllt waren mit etwas, das nach Hundefutter aussah, fand er ihren Anblick zu seinem eigenen Erstaunen reizvoll. Es war lächerlich. Warum sollte ausgerechnet diese seltsame Frau ihn erregen? Schließlich war sie ganz und gar nicht sein Typ. Er fragte sich sogar, wessen Typ sie überhaupt sein mochte.

Welcher Mann, überlegte er, würde sich für diese halbe Portion interessieren, eine Fotografin, die sich lieber mit vierbeinigen Raubtieren als mit Männern umgab und deren Garderobe nur eine Farbe zu kennen schien: Kaki. Mit höchstens einem T-Shirt in Tarnfarben als minimalem Farbtupfer. Und dazu diese hässlichen schlammfarbenen geschnürten Wanderstiefel. Echt abturnend, diese martialische Kluft!

Er streckte die Beine lang aus, schlug die Füße übereinander, stützte die Ellbogen hinter sich auf die nächsthöhere Stufe und bereitete sich auf eine längere Wartezeit vor. Allerdings gelang es Tonya nicht, ihre Weiblichkeit vollständig zu verbergen. Wenn er die Augen zusammenkniff, gewahrte er ein interessantes Wippen unter ihrem Shirt, während sie sich eifrig bewegte. Intelligent, wie er war, schloss er daraus, dass Miss Griffin einen Busen hatte. Vielleicht sogar einen hübschen, doch sie war eindeutig nicht auf Bewunderung aus.

Mit schräg gelegtem Kopf begutachtete er ihre Beine. Die waren auch nicht übel, wenn man sich die Beulen von den Mückenstichen, die Kratzer und Risse und die Schmutzstreifen an den Knien wegdachte. Und dann ihr Po ... Webster musste zugeben, ihr Po war perfekt mit seiner prallen Form, die an einen knackigen Apfel erinnerte. Nicht einmal die weiten Shorts konnten das verbergen.

Verbergen schien ohnehin Tonya Griffins Hauptinteresse neben dem Fotografieren zu sein. Er kannte sie zwar nicht persönlich, aber er wusste einiges über sie. Alles an dieser Frau mit dem hübschen Busen, dem erstklassigen Po und dem glänzenden blonden Engelshaar verkündete, wie sehr sie drauf bedacht war, ihre Reize zu verbergen. Offenbar versuchte sie, ihre Weiblichkeit zu leugnen. Und sie vergrub sich weit weg von der Zivilisation in einsamen Wäldern, die für einen Großstädter der pure Horror waren, weil dort alle möglichen Gefahren in Gestalt von wilden Tieren lauerten. Von giftigem Efeu und anderen reizenden Pflanzen ganz zu schweigen.

Keine Frage, mit einer Frau, die sich freiwillig in eine solche Umgebung begab, konnte er nicht viel anfangen. Natürlich war sie auf ihre Art attraktiv. Sie hatte schöne blaue Augen – die vermutlich niedlich funkelten, wenn sie lachte. Er hatte jedoch nur ein umwölktes Blau gesehen, wie ein Gewitterhimmel. Ihre vollen Lippen waren sinnlich geschwungen; außerdem hatte sie eine hübsche, zierliche Nase, eine hohe Stirn und Wangenknochen, die jedem Model zur Ehre gereicht hätten. Mit ein wenig Make-up könnte sie ein ganz anderer Mensch sein.

So wie die Frauen aus seiner Welt. Frauen, die ihre Vorzüge durch ein geschicktes Make-up betonten, Designerkleidung trugen und perfekt geschnittenes Haar hatten. Oh ja, er kannte sich mit sorgfältig manikürten Nägeln, aufreizendem Verhalten und Stilettoabsätzen aus. Er mochte Raffinesse, Ehrgeiz und die Spielchen, die in der Großstadt zwischen Männern und Frauen abliefen.

Was er nicht begriff, war eine Frau, die nach Insektenspray roch und deren einziger Luxus in der teuren Kamera bestand, die sie bei sich hatte, als sie wie die Feuerwehr aus dem Wald gestürmt kam. Er verstand diese Frau nicht, die nicht einmal den Versuch machte, mit ihm zu flirten, sondern sich ausgesprochen kratzbürstig gab. Sie ging ihm bereits mächtig auf die Nerven, obwohl sie nur wenige Worte miteinander gewechselt hatten.

Eine halbe Stunde verging. Allmählich verlor er die Geduld und beschloss, ein Gespräch mit ihr anzufangen – so oder so.

Er wollte ihre Unterschrift, und dann würde er schnellstens verschwinden. Doch kaum war er aufgestanden und hatte sich den Staub vom Hosenboden abgeklopft, als sich seine Nackenhaare sträubten.

Er fühlte sich beobachtet. Von wem, wusste er nicht, aber da hier außer Tonya niemand wohnte, wie er in Erfahrung gebracht hatte, waren die Möglichkeiten begrenzt.

Langsam wandte er den Kopf. Und erstarrte.

Keine zwei Meter von ihm entfernt stand ein gewaltiger Schwarzbär auf den Hinterbeinen – ein wahres Monster und vermutlich sehr, sehr hungrig. Mit einem einzigen Tritt oder Prankenhieb könnte dieser Riese ihn umbringen. Und er gab ein tiefes Knurren von sich, das nichts Gutes verhieß.

Jeder Muskel in Websters Körper spannte sich. Nur weg hier! sagte sein Instinkt. Je schneller, desto besser. Er wollte gerade lossprinten, als er jemanden hinter sich spürte.

„Nicht bewegen", sagte seine unfreundliche Gastgeberin mit leiser, ruhiger Stimme direkt hinter ihm. Er hatte weder sie noch den Bären kommen hören.

Jetzt hörte er ohnehin nichts anderes als das drohende Knurren des Tieres und das Rauschen des Bluts in seinen Ohren. Und obwohl sein erster Impuls Flucht gewesen war, musste er nun erkennen, dass er unfähig war, sich zu rühren. Der Bär mit seinen furchterregenden Zähnen und messerscharfen Krallen musterte ihn mit seinen großen kohlschwarzen Augen und schnüffelte laut.

„Haben Sie etwas Essbares bei sich?"

Ohne den Blick von dem schwarzen Ungeheuer zu nehmen, das in ihm offensichtlich die Vorspeise zu seinem Abendmenü sah, versuchte Webster nachzudenken. „Nein. Oh ja, doch. After Eight." Er hatte die Packung am Flughafen aus einem Automaten gezogen.

„Holen Sie sie ganz, ganz langsam heraus. Keine hastigen Bewegungen. … Ja, so ist es gut. Und jetzt werfen Sie sie ein paar Meter weit weg. Gut. Heben Sie nun langsam die Hände, die Handflächen nach außen, damit er sieht, dass sie leer sind."

Webster gehorchte schweigend. Der Bär schnüffelte ein letztes Mal, dann trabte er davon, um sich die Leckerei zu holen. Erstaunlich geschickt riss das Tier die Packung auf, verschlang die dünnen Schokoladenplätzchen und trottete einen Pfad entlang zu einem der Näpfe mit Hundefutter, die Tonya am Rand der Lichtung platziert hatte.

Erst jetzt konnte Webster wieder Luft holen. Er brachte sogar ein Lächeln zustande. „Überlebenslektion Nummer eins", erklärte er und schaute in Tonyas düstere Miene. „Nie zwischen einem Bären und seinem Pausensnack stehen. Außer, man möchte der Snack sein."

Der Scherz entspannte ihn, aber bei Tonya blieb er wirkungslos.

„Lektion Nummer zwei: Lektion eins wird nicht wiederholt." Sie ging um ihn herum und die Treppe zur Veranda hinauf, wobei sie in Richtung Straße wies. „Oscar ist der Erste aus der Bärentruppe, die sich innerhalb der nächsten Stunde ihren Abendimbiss holen wird. Nicht alle sind so freundlich wie er. Wenn ich Sie wäre, würde ich mich aus dem Staub machen, solange ich noch kann. Zur Schnellstraße und zur Zivilisation geht es dort entlang."

Webster starrte die zufallende Tür an. Er fuhr sich durchs Haar und stellte beschämt fest, dass seine Hand zitterte.

„Amüsieren wir uns nicht prächtig, Tyler?", murmelte er und stapfte ebenfalls die Treppe hoch, nachdem er sich hastig überzeugt hatte, dass der Bär sich in die andere Richtung davongemacht hatte.

Nein, er amüsierte sich überhaupt nicht. Man hatte ihn aus New York weggescheucht, er war stundenlang in einem Müllkübel auf Rädern in fremder Landschaft umhergeirrt, um dann auf eine schlecht gelaunte Frau in Wanderstiefeln zu stoßen, die ihn widerstrebend vor einem hungrigen Bären gerettet hatte.

Das war alles andere als lustig. Während er zunächst nur leicht irritiert war, hatte er jetzt endgültig die Nase voll. Es lag nicht allein daran, dass er sich hier nicht in seinem Element fühlte. Auch nicht daran, dass Miss Wildnis so abweisend war und nicht einmal sein Angebot hören wollte. Es lag an der Tatsache, dass sie diejenige war, die das Kommando führte. Das war er nicht gewohnt.

Das ging ihm gewaltig an die Substanz.

Dies war ihr Terrain, so viel stand fest. Führungsetagen, Schlafzimmer, elegante Restaurants, die Börse – das war sein Gebiet. Unbefestigte Landstraßen, Blockhütten, Wald, so weit das Auge reichte, das alles interessierte ihn nicht, und lebendige Bären schon gar nicht. Oder barsche Absagen.

Und hier war Miss Griffin im Irrtum. Er mochte kein Nein hören. Besonders dann nicht, wenn er noch nicht mal seinen Vorschlag unterbreitet hatte.

Zwar fühlte er sich hier draußen nicht wohl, und er war Ablehnung nicht gewohnt. Aber er dachte nicht daran, sich wie ein kleiner Junge sagen zu lassen, er solle seine Spielsachen einsammeln und nach Hause laufen. Tonya Griffin hatte erwähnt, dass sie wusste, wer er war. Wenn sie ihn wirklich kannte, musste sie wissen, dass er vielleicht nicht immer fair spielte, aber stets auf Sieg setzte. Und dieses Spiel war noch längst nicht vorüber.

Er würde einen Weg finden, Tonya Griffin nach New York zu locken. Die Vorstellung, der widerspenstigen Fotografin ein paar von den Tannennadeln abzubürsten, brachte ihn sogar zum Lächeln – es war das Siegerlächeln, das ihm so oft in Aufsichtsräten Stimmen einbrachte, jedenfalls von den weiblichen Mitgliedern.

Im Geist rieb er sich bereits die Hände, als er die Treppe hinaufging. Er würde die Sache trotz des misslungenen Auftakts mit Bravour hinter sich bringen und verschwinden.

Okay, das Spiel beginnt, Miss Griffin.

2. KAPITEL

*I*n dem Moment, als Webster die Hand hob, um an die Tür der Blockhütte zu klopfen, meldete sich sein Handy. Er holte es aus der Tasche, las den Namen auf dem Display und musste erst mal tief durchatmen.

„Ja, Pearl?", fragte er und betete um Geduld.

Er setzte sich auf die oberste Treppenstufe und lauschte Pearl Reasoners Stimme. Pearl war eine Magnolie aus Stahl, wie sie im Buche stand. Sie erkundigte sich nach seinem Flug und dem Wetter und ob er Tonya Griffin aufgespürt habe. Pearl war nicht nur seine Privatsekretärin, sondern auch noch seine Patentante. Und gerade jetzt war sie auch der Grund für den pochenden Schmerz in seiner rechten Schläfe.

Er hatte seine Büroleiterin, Miss Price, herschicken wollen, oder seinen Stellvertreter, Hawkins. Aber Pearl hatte darauf bestanden, dass er selbst nach Minnesota in die Wildnis fuhr und Tonya Griffin überredete, einen Exklusivvertrag zu unterschreiben, damit sein neuestes Projekt, die Zeitschrift „Abenteuer Natur", ein Erfolg wurde.

Der gestrige Auftritt mit Pearl in seinem Büro lief vor seinem geistigen Auge noch einmal ab, während sie sich am Telefon über Ruhe und Erholung ausließ, über die wohltuende frische Luft und die Schönheit klarer Bergseen. Nord-Minnesota war eine andere Welt als die Büros des Tyler-Lanier-Konzerns im 58. Stock an der Sixth Avenue. Dennoch war sein Argument, dass er Verleger und kein Holzfäller sei, bei Pearl auf taube Ohren gestoßen.

„Als Verleger musst du dich voll einsetzen", hatte sie ausgeführt. „Wenn du den Werbeetat von C.C. Bozeman haben willst, brauchst du Tonya Griffin. Wenn ihre Fotos nicht in der ersten Nummer von ‚Abenteuer Natur' zu sehen sind, bucht Bozeman keine Anzeigenseiten. Wenn wir den Auftrag für Bozemans Freizeitmode und Sportartikel verlieren, ist das Projekt zum Scheitern verurteilt."

Als Webster einwandte, er habe keine Zeit für ein Abenteuer

in der Natur, hatte Pearl nur geseufzt und auf seine momentane körperliche Verfassung hingewiesen.

„Mein Junge, du bist ausgebrannt. Denk nur an all die Umstrukturierungen im Haus nach der Firmenübernahme. Eine kleine Auszeit wird dir guttun." Und dann hatte Pearl begeistert ausgeführt, wie schön es wäre, wenn er sich einen Urlaub gönnte und angeln ginge.

Er starrte in das Dickicht und versuchte, sowohl Pearl zu ignorieren – die er trotz ihrer ständigen Einmischung in sein Leben herzlich liebte – als auch die Erinnerung an das Gesicht zu verdrängen, das ihn jeden Morgen im Spiegel anblickte. Er gefiel sich selbst nicht mehr. Der Blick seiner braunen Augen wirkte leer. War es Ernüchterung? Überdruss? Eine Mangelerscheinung? Gewiss, er arbeitete hart. Und die Jagd nach Erfolg hatte viel von ihrem anfänglichen Reiz verloren. Mit seinen fünfunddreißig Jahren war er mehr als wohlhabend, doch er hatte das Gefühl, dass es da noch etwas anderes geben müsste.

Er bildete sich nicht ein, dieses andere in Nord-Minnesota zu finden. Schon gar nicht, indem er einer Fotografin nachlief, die nicht nur für ihr Werk berühmt war, sondern auch für ihre Abneigung gegen das Leben in der modernen Zivilisation.

„Ich nehme an, du hast gehört, was Jimmy Lawler aus der Buchhaltung passiert ist", sagte Pearl nun.

Er sah sie im Geist vor sich, wie sie an seinem unbesetzten Schreibtisch stand. Sie war siebzig, doch sie gab nur achtundfünfzig Jahre zu. Mit ihren wachen grünen Augen, dem kunstvoll gestylten rotbraunen Haar und dem tadellosen Make-up konnte sie das auch locker behaupten.

„Er war erst vierzig", fuhr sie fort und machte eine Pause, um Websters volle Aufmerksamkeit zu bekommen. „Letzte Woche brach er tot zusammen. Herzschlag. Soll ich dir sagen, was garantiert *nicht* auf seinem Grabstein stehen wird? *Ich wünschte, ich hätte mehr gearbeitet.*"

Webster dachte an Tonya Griffin in der Blockhütte.

„Webster …"

„Ich bin hergefahren, okay?" Manchmal war es klüger nachzugeben. Und letztlich hatte Pearl recht. Er brauchte Tonya Griffin für sein neues Projekt. „Kannst du dich nicht einfach damit zufriedengeben?"

„Nur wenn du versprichst, endlich einmal richtig abzuschalten und mindestens zwei Wochen dort zu bleiben. Dann ist immer noch genügend Zeit übrig, um Tonya nach New York zu bringen, die Fotos zu entwickeln und unseren Termin für die erste Nummer zu halten. Ich habe ein paar Prospekte in deine Reisetasche gesteckt. Hast du sie schon gefunden?"

Allerdings hatte er sie gefunden. Es waren Hochglanzfotos eines rustikalen Hotels nahe der kanadischen Grenze. Bilder von glücklichen Anglern, sonnengebräunt und mit Baseballkappen auf dem Kopf. Und alle Angler hielten prächtige Fische in die Kamera.

„Zum letzten Mal, Pearl, ich bin kein Angler. Ich will auch keiner werden. Himmel noch mal, hier gibt es so große Mücken, dass man sie für Vampire halten könnte. Und Bären, Pearl. Echte Bären mit Zähnen und Krallen und viel Appetit auf Fleisch und Schokolade. Vor fünf Minuten hätte mich fast einer gefressen. Ich komme zurück, sobald ich dieser Frau die Unterschrift unter den Vertrag abgerungen habe."

„In zwei Wochen und keinen Tag eher", gab Pearl in jenem Ton zurück, der ihn als kleinen Jungen das Fürchten gelehrt und nichts von seiner Wirkung verloren hatte. „Außerdem hast du jede Menge passende Kleidung dabei."

Er strich sich über das Gesicht. Oh ja, er war perfekt ausgerüstet. Pearl hatte sich erlaubt, den halben Laden von C.C. Bozeman leer zu kaufen und die Sachen in sein Apartment bringen zu lassen. Als er gestern Abend nach Haus gekommen war, hatte alles schon bereitgelegen. Er hatte kaum einen Blick darauf geworfen, als sie die Sachen in die ebenfalls neue Sporttasche von C.C. Bozeman gepackt hatte.

„Eine Woche", gab er zurück. Schließlich war er der Boss – jedenfalls solange Pearl ihm die Illusion gestattete. „Und ich schwöre, wenn du noch ein Wort darüber sagst, werde ich ..."

„Schon gut. Sei nicht gleich beleidigt, Webster. Du bist bei ihr, richtig? Dann haben wir für den ersten Tag genug erreicht."

„Wir haben überhaupt nichts erreicht. Du dagegen …"

„Ich weiß, mein Lieber, ich habe das Unmögliche möglich gemacht. Und glaub mir, es war eine Leistung."

Nun ja. Sie hatte es geschafft, ihn auf Trab zu bringen, das konnte er nicht leugnen. Aber jetzt musste er das Unmögliche versuchen und die kratzbürstige Miss Griffin auf Trab bringen, sonst konnte er sein neues Projekt vergessen.

Zunächst jedoch lief er hastig die Treppe hinauf, weil er einen weiteren Bären erblickt hatte, der auf einen Futternapf zusteuerte.

Verflixt, wie hielt Tonya dieses Leben nur aus? Webster würde es lieber mit einem Straßenräuber aufnehmen als mit einem dieser Giganten der Wildnis. Bei Ersteren kannte er wenigstens das Motiv: Sie wollten Geld. Bei wilden Bären wusste man jedoch nie, worauf sie aus waren. Die würden einen Mann glatt für ein After Eight umbringen.

Pearl konnte den zweiwöchigen Urlaub vergessen. Spätestens um Mitternacht würde er im Flugzeug sitzen, den unterschriebenen Vertrag in Händen – vorausgesetzt, er hatte seine beiden Hände dann überhaupt noch.

Tonya hielt einen angeschlagenen Teekessel aus Kupfer unter das spärliche Rinnsal aus dem Wasserhahn und versuchte, das Zittern ihrer Hände zu ignorieren. Webster Tyler war der allerletzte Mensch, mit dem sie hier draußen gerechnet hätte. Überhaupt der letzte Mann, den sie jemals zu sehen erwartet hätte. Zumal sie alles daransetzte, Männern wie ihm aus dem Weg zu gehen.

Okay, gestand sie sich ein, während sie mit einem Streichholz den alten Gaskocher entzündete und den Kessel daraufsetzte, sie war speziell ihm aus dem Weg gegangen.

Webster Tyler war der Enkel Fulton Tylers und Inhaber des berühmten Tyler-Lanier-Verlags in New York. Außerdem war er ihr ehemaliger Chef und der Anlass für einen den peinlichsten Momente ihres Lebens.

Sie schaute über die Schulter zur Tür der Hütte. Verflixt, sie hatte immer noch Herzklopfen. Reiß dich zusammen! sagte sie sich. Denk nicht an die Kränkung, dass er dich nicht wiedererkannt hat.

„Ich hinterlasse eben keine bleibenden Eindrücke", murmelte sie, während sie in dem winzigen Küchenschrank nach einem Kaffeebecher suchte. Dabei fiel ihr Blick auf ihr Spiegelbild in der Fensterscheibe über dem Ausguss, und ihr wurde ganz anders.

Zwölf Jahre dachte sie. Das ist ein halbe Ewigkeit. Vor zwölf Jahren hatte sie Webster Tyler zum letzten Mal gesehen. Da er Zeitschriften herausgab und sie ihre Fotos an alle möglichen Blätter verkaufte, war damit zu rechnen gewesen, dass sie ihm eines Tages wieder begegnen würde, auch wenn sie noch so sehr versuchte, das zu vermeiden. Mehr als ein Mal hatte sie sich die Szene vorgestellt. In ihrer Fantasie lief es immer gleich ab: Sie wäre perfekt gestylt, der Inbegriff der erfolgreichen Frau, und er wäre total verblüfft von ihrer Verwandlung.

Schön, sagte sie sich, verblüfft war er jetzt auch. Sie klaubte sich ein Blatt aus dem Haar. Ein winziger Zweig kam gleich mit. Unwillig warf sie beides in den Mülleimer, dann wischte sie sich mit dem Geschirrtuch den Schmutz vom Kinn. Sie überlegte, ob sie ihre Beine noch säubern sollte, aber da warf sie buchstäblich das Handtuch. Was sie gebraucht hätte, war ein Tag auf einer Schönheitsfarm. Und ein kleines Wunder, um all die Kratzer und Abschürfungen verschwinden zu lassen.

Zögernd trat sie ans Fenster, hob die verblichene Gardine ein wenig an und spähte hinaus. Webster stand an der Treppe und telefonierte. Er wirkte entschlossen, ja fast hart – ganz der Mann, den sie hatte vergessen wollen.

Umwerfend sah er aus. Wenn die verstrichenen Jahre bei ihm Spuren hinterlassen hatten, dann nur solche, die ihn noch attraktiver erscheinen ließen. Seine braunen Augen besaßen heute mehr Ausdruckskraft, ebenso wie seine Gesichtszüge. Die Ausstrahlung, die er mit Anfang zwanzig gehabt hatte, war nun, mit Mitte dreißig, noch intensiver. Und dass er aus heiterem Himmel hier aufgetaucht war, sie regelrecht überfallen hatte, als sie sich in einem Zustand befand, den man nur noch als „nicht vorzeigbar" bezeichnen konnte, machte ihr sehr zu schaffen. So sehr, dass sie sich feige in der Hütte versteckte, obwohl sie doch sonst nie einer unangenehmen Situation auswich.

Der Teekessel begann zu pfeifen. Sie eilte zum Kocher und stellte das Gas ab. Dann atmete sie tief durch und wandte sich zur Tür. Vermutlich würde er nicht weggehen, ohne sein Anliegen vorgebracht zu haben, und jetzt, da sie ihren ersten Schock überwunden hatte, schämte sie sich für ihre Feigheit.

Außerdem wurde sie allmählich neugierig. Was wollte Webster Tyler – der allgewaltige Verleger, Stadtmensch durch und durch, Gebieter über Heere fähiger Mitarbeiter – mitten in dieser Wildnis? Und warum hatte er sich solche Mühe gegeben, sie aufzuspüren?

Er steckte sein Handy in die Brusttasche seines Hemdes und hob gerade die Hand, um anzuklopfen, als Tonya die Tür aufriss.

„Oh", sagte er erschrocken. Er schien sich nicht besonders wohl in seiner Haut zu fühlen. „Nochmals hallo."

„Wenn Sie mit Tee zufrieden sind", erwiderte Tonya ohne Umschweife, „kann ich Ihnen eine Tasse anbieten. Es ist allerdings Kräutertee", setzte sie herausfordernd hinzu.

„Hört sich gut an."

Sie warf ihm einen Blick zu, der so etwas wie „das will ich meinen" vermitteln sollte, ihm jedoch nur ein Grinsen entlockte, was sie wiederum so nervös machte, dass sie sich wortlos umdrehte und ihn an der Tür stehen ließ.

Sie versuchte, nicht auf ihn zu achten, und nahm einen zweiten Becher aus dem Schrank. Rasch wischte sie ihn aus und füllte heißes Wasser in die Tassen.

„Aha", bemerkte er, während sie die Becher auf einen kleinen, verkratzten und mit Brandflecken übersäten Resopaltisch stellte, „dies ist also Ihr reizendes Heim."

„Momentan, ja." Sie nahm zwei Teelöffel aus der Schublade eines Schränkchens, das auf klebrigen Rollen stand. Mit der Hüfte stieß sie die Schublade zu und verfolgte, wie Webster sich in der kleinen Hütte umschaute. Plötzlich sah sie alles wieder so, wie es auf sie bei ihrer Ankunft vor fast einem Monat gewirkt hatte.

Man konnte es als rustikal bezeichnen oder aber als spartanisch. Wie die meisten dieser Hütten bestand auch diese aus einem Raum, wenn man das winzige Badezimmer nicht mitrechnete, das später angebaut worden war. Ursprünglich war die Hütte um 1930 errichtet worden.

Die Wände bestanden aus knorrigem Fichtenholz, das mit der Zeit einen warmen goldbraunen Ton angenommen hatte, der an Honig erinnerte. Auch die Dielen bestanden aus Fichtenholz. Sie waren dunkelbraun, hatten Risse und Schrammen. Ein großer geflochtener Teppich in gedämpften Rost-, Grau- und Blautönen bedeckte fast die gesamte Fläche der ungefähr zwanzig Quadratmeter.

Die Küchenzeile – wenn man sie so nennen wollte – enthielt einige Hängeschränke aus Holz, die jemand vor vielen Jahren in Königsblau gestrichen hatte, ein kleines gusseisernes Waschbecken, einen ramponierten kleinen Gasherd, den man mit einem Streichholz anzünden musste, sowie einen geräumigen Kühlschrank aus den späten sechziger Jahren des vorigen Jahrhunderts, der ein Mal in der Woche abgetaut werden musste.

Mitten im Raum stand der Esstisch, an dem Webster Tyler nun saß. Vor ein paar Tagen hatte Tonya einen bunten Strauß aus Wildblumen in leuchtendem Gelb, Orange und Weiß gepflückt. Jetzt zeugten die traurigen Reste nur noch davon, wie sehr ihre Arbeit sie inzwischen in Anspruch genommen hatte. Desgleichen das ungemachte Doppelbett an der Nordwand, das bei Bedarf als Couch diente. Da Tonya gewöhnlich von früh bis spät arbeitete und sich kaum jemand so tief in Charlie Ericksons Wald hinauswagte, gab es selten Bedarf dafür. An der gegenüberliegenden Wand stand auf einem gemauerten Sockel ein kleiner gusseiserner Ofen, in dem noch ein bisschen Glut glomm.

Ja, es war spartanisch. Aber es gab Elektrizität und ein funktionierendes Telefon, falls die Leitungen nicht gerade unterbrochen waren. Insofern war es fast ein Palast im Vergleich zu so mancher Lehmhütte, die Tonya auf ihren Reisen um die Welt als Unterkunft gedient hatte. Webster Tyler jedoch, der an italienischen Marmor, Perserteppiche und Designermöbel gewöhnt war, mochte das anders sehen.

Sie zog einen abgewetzten Stuhl an den Tisch und öffnete die Blechdose, in der sie ihre Teebeutel verwahrte.

„Rotbusch, Brombeerblätter, Verbenenkraut, Kamille, Pfefferminze, Fenchel, Süßholz und Zimt", zählte sie auf.

„Hört sich lecker an."

Bei seinem nachsichtigen, um Wohlwollen bemühten Ton musste sie beinah lächeln. „Wie haben Sie mich gefunden?", fragte Tonya, während Webster seinen Teebeutel ins dampfende Wasser tauchte wie ein vornehmer englischer Gentleman, der mit seiner unverheirateten Tante Tee trank. „Und warum haben Sie nach mir gesucht?"

„Nicht ich habe Sie gefunden, sondern meine Sekretärin. Ihr Agent hat Ihren Aufenthaltsort verraten. Damit komme ich zum Warum. Ich habe einen Auftrag für Sie, falls Sie interessiert sind."

„Bin ich nicht." Sie zog ihren Teebeutel durchs Wasser in ihrem Becher und griff nach dem Zucker. „Ich bin voll ausgelastet."

Webster lehnte sich zurück, einen Arm lässig über die Stuhllehne gelegt. Seine Haltung drückte Selbstsicherheit und Überlegenheit aus. „Ich zahle das Doppelte von dem, was Sie momentan bekommen."

Sie grinste breit.

Webster legte den Kopf schräg und musterte sie. „Was ist daran so lustig?"

Sie gab etwas Zucker in ihren Becher und rührte mit einem Teelöffel darin herum. „Es ist lustig, weil nichts mal zwei immer noch nichts ergibt. Wenn ich auf Geld aus wäre, würde ich Modefotos machen oder in der Werbung arbeiten."

„Aber Sie brauchen doch ein Einkommen, oder? Warum hören Sie mich nicht erst einmal an, bevor Sie die Tür zuschlagen?"

Sie trank einen Schluck Tee und sah Webster dann in die Augen. „Hören Sie, Mr Tyler ..."

„Webster."

„Also gut, Webster", wiederholte sie nach kurzem Zögern. Sie fragte sich, wie viele Frauen er vor ihr mit dieser Stimme betört hatte – einer Stimme, die wie edler Whisky war: Mit jedem Jahr steigerte sich die Qualität.

Und sie, Tonya, hätte mit den Jahren klüger werden sollen.

„Wenn es um eine konkrete Fotostrecke geht, sprich mit meinem Agenten." Sie duzte Webster kurzerhand. „Er wird mit dir verhandeln, wenn er meint, es könnte mich interessieren. Du hättest dich gleich an ihn wenden sollen, anstatt die weite Reise nach Minnesota zu machen."

„Es geht nicht um eine Fotostrecke", entgegnete er entschieden, „sondern um mehr. Und ich bin persönlich gekommen, weil ich dir einen Exklusivvertrag anbieten möchte."

Langsam nahm sie noch einen Schluck. Zusammen mit dem Kräuterduft nahm sie Websters ganz persönliche Duftnote wahr, die sich nur als eine angenehme Mischung aus Mann und Macht beschreiben ließ. In letzter Zeit hatte Tonya nichts außer frischer Luft, Fichtennadeln und Mückenspray gerochen. Noch länger war es her, seit sie an erlesenes Rasierwasser auf Männerhaut gedacht und sich nach körperlicher Nähe gesehnt hatte. Aber dies war ganz bestimmt nicht der richtige Zeitpunkt für solche Sehnsüchte. Jetzt musste sie … Moment, was hatte er da gesagt?

„Wie bitte?"

Webster beugte sich vor und tippte abwesend mit dem Daumen an den Rand seines Bechers. „Ein Exklusivvertrag mit Tyler-Lanier. Du hast richtig gehört."

Ihr Blick glitt von seinen Augen – wunderbare Schattierungen von Braun, Zimt und Mokka – zu seinen ebenso faszinierenden kräftigen Händen. Sie ließ das unglaubliche Angebot auf sich wirken. Früher hätte sie begeistert zugegriffen. „Tut mir leid, du hast deine Zeit verschwendet. Ich bin und bleibe selbstständig. Ich schließe mit niemandem Exklusivverträge."

Webster runzelte die Stirn, als könnte er ihre Ablehnung nicht fassen. Jeder Fotograf der westlichen Welt hätte das Angebot zumindest überdacht – außer ihr.

„Auch nicht, wenn du alle Freiheiten bekommst?" Seine Stimme klang sachlich, doch er beugte sich weiter vor. „Ein unbegrenztes Spesenkonto? Bei festem Jahresgehalt?" Er nahm ein Notizbuch aus der Brusttasche seines nagelneuen blauen Safarihemdes und schrieb eine Zahl auf. Dann riss er das Blatt heraus und schob es ihr über den Tisch zu.

Als Tonya die Summe las, blieb ihr fast das Herz stehen. „Das ist nicht dein Ernst!"

„Und ob."

„Das verstehe ich nicht", stieß sie hervor. „Warum gerade ich?"

Webster betrachtete die Frau ihm gegenüber, wie sie in ihrer Pseudo-Militärkleidung an ihrem Tee nippte. Sie hatte sich ein wenig hergerichtet, wie er feststellte. Offenbar war die eigenbrötlerische, abweisende Miss Griffin doch nicht ganz frei von weiblicher Eitelkeit. Das ließ ihn wieder hoffen. Und er bemerkte ein Grübchen in ihrer linken Wange, das ihm bisher entgangen war.

„Warum ich gerade dich will? Weil du gut bist. Ich brauche ganz einfach die Beste ihres Fachs. Es ist ein großzügiges Angebot, Tonya."

Da sie weiterhin die Stirn runzelte, hielt er inne. Wie sollte er vorgehen, ohne seinen Vorteil zu verspielen? Er hatte gehört, dass sich hinter Tonya Griffins rauer Schale ein ehrlicher, ungekünstelter Mensch verbarg. Winkelzüge lagen ihr nicht. Das hieß jedoch nicht, dass sie Tricks nicht durchschaute und ihn nicht aufs Kreuz legen würde, sollte er so etwas versuchen.

Er entschied sich für Offenheit. „Du würdest exklusiv für eine neue Zeitschrift arbeiten, die wir in einem halben Jahr auf den Markt bringen wollen: ‚Abenteuer Natur' ist der Titel. Jede einzelne Ausgabe wird ausschließlich Fotos von Tonya Griffin enthalten."

Sie runzelte so stark die Stirn und bemühte sich so sehr, ein strenges, grimmiges Gesicht zu machen, dass es ihn rührte. Denn es passte überhaupt nicht zu ihren sanften blauen Augen mit den seidigen Wimpern und zu der zarten, leicht gebräunten Haut, die ohne die Schmutzflecken weich wie ein Blütenblatt wirkte.

„Ich begreife es noch immer nicht." Sie zog die schmalen Augenbrauen zusammen. „Es gibt so viele gute und erfahrene Fotografen, die der Zeitschrift weit mehr zur Ehre gereichen würden."

Okay, sie hatte also keine Starallüren, und das gefiel ihm außerordentlich. Er beschloss, den bekannten Tyler-Charme einzusetzen. „Ich will keinen anderen Fotografen, ich will dich. Tyler-Lanier hat genug eigenes Renommee, Tonya. Ich brauche deinen Blickwinkel. Ich mag deine Arbeiten, und deshalb möchte ich dich."

Sie stand auf, ging zur Tür und öffnete sie. Die Hände in den Gesäßtaschen, die Beine verschränkt, schaute sie hinaus.

Ihre Haltung betonte die langen, schlanken Beine. Ihre Shorts waren über dem Po straff gespannt und zeigten jede Einzelheit der reizvollen Rundungen. Er verspürte einen scharfen Stich des Begehrens, und das schockierte ihn.

Sie war eine Wildkatze, die in den letzten Klamotten herumlief. So unnachgiebig, eigensinnig und kratzbürstig, wie sie war, konnte er sich beim besten Willen keine Romanze mit ihr vorstellen. Am besten dachte er gar nicht erst an so etwas. Es ärgerte ihn ziemlich, dass er in der letzten Stunde mehr als ein Mal Fantasien gehabt hatte, die in diese Richtung gingen.

Unsinn. Er hatte nichts mit ihr im Sinn. Hätte C.C. Bozeman nicht auf Tonya Griffin bestanden und gedroht, sonst seinen Werbeauftrag zurückzuziehen – und C.C. Bozeman war der wichtigste Anzeigenkunde –, wäre Webster gar nicht hier, um diese kleine Hexe zu umgarnen.

„Versteh mich bitte nicht falsch", sagte sie schließlich, „ich fühle mich geschmeichelt und verstehe eure Situation, aber ich kann euch nicht helfen. Ich möchte mich nicht durch einen Exklusivvertrag binden." Sie warf ihm einen Blick über die Schulter zu, ein wenig bedauernd, doch entschlossen, und schaute wieder auf die Lichtung hinaus. „Es tut mir leid, aber ich bleibe bei meinem Nein." Dann ging sie nach draußen und ließ ihn sprachlos zurück.

„Diese Frau ist störrisch wie ein Esel", murmelte er.

Aber mit Dickköpfen kannte er sich aus. Sein Großvater war einer gewesen. Zwar hatte es immer eine Weile gedauert, doch letzten Endes hatte Webster den alten Herrn unweigerlich dazu gebracht, das zu tun, was er wollte.

Verärgert starrte er auf die Tür und verabschiedete sich von der Hoffnung auf einen mitternächtlichen Heimflug.

Okay. Bis morgen würde er die Sache geregelt haben. Irgendwie würde es ihm schon gelingen, Tonya zur Vernunft zu bringen. Er musste sich nur ein unschlagbares Argument einfallen lassen. Jeder Mensch war käuflich, da würde sie keine Ausnahme machen. Allerdings, da weder Geld noch totale künstlerische Freiheit als Lockmittel bei ihr Wirkung gezeigt hatten, fragte er sich, welches ihr Preis war.

Er stand auf und trat hinaus auf den Treppenabsatz. Es war Abend geworden. Draußen war es jetzt kühl geworden, und bald würde die Sonne untergehen. Wind war aufgekommen. Von Westen näherte sich eine gewaltige dunkle Wolke. Das gefiel Webster gar nicht. Er hatte schon Schwierigkeiten gehabt, bei Tageslicht seinen Weg zu finden. In einem Unwetter und im Finstern nach International Falls zu gelangen würde eine noch härtere Prüfung bedeuten.

Vielleicht hätte ich doch zu den Pfadfindern gehen sollen, dachte er übellaunig.

Bei den Futternäpfen, die sich in einiger Entfernung vom Haus befanden, leckten sich die Bären die Tatzen. Manchmal ging einer zu einem Baum, um sich das Fell zu schaben. Zwischen zwei Jungtieren war ein Gerangel entstanden. Es endete rasch, als ein älterer Bär ein tiefes, drohendes Knurren in ihre Richtung verlauten ließ.

Sie wirken noch immer hungrig, dachte Webster. Die Aussicht, im Dunkeln die Viertelmeile zu seinem Mietwagen laufen zu müssen, erfüllte ihn mit Unbehagen – nach seiner Begegnung mit dem gar nicht kuscheligen Teddy vorhin. Vielleicht lauerten noch mehr von diesen zotteligen Monstern im Wald und warteten sehnsüchtig auf Süßigkeiten aus seinen Taschen.

Apropos Hunger – ihm knurrte der Magen. Den Mücken offenbar auch. Er erschlug eine in seinem Nacken. Je dunkler es wurde, desto zahlreicher schienen sie zu werden. Er schaute blinzelnd in das schwindende Tageslicht. Seine Gastgeberin wider Willen kam aus einem kleinen Schuppen, beladen mit Feuerholz.

„Du solltest dich allmählich auf den Weg machen." Mit gesenktem Kopf stapfte sie an ihm vorbei. „Die Fahrt dauert zwei Stunden, und da dies die letzte Woche der Angelsaison ist, wirst du es schwer haben, in der Stadt ein Zimmer zu bekommen. Und wenn das Unwetter ausbricht, wird das Fahren mühselig … gelinde gesagt."

Auf keinen Fall würde er im Dunkeln zurück in die Stadt finden. „Ich habe auf dem Weg hierher ein paar Gasthäuser gesehen."

„Die sind ausgebucht. Du kannst es nur in International Falls versuchen."

Das konnte ja heiter werden. Nur wegen ihres Starrsinns saß er in dieser Wildnis fest. Ob ihr eigentlich klar war, welchen Anteil sie an seinem Dilemma hatte?

„Tja", sagte er, als das erste Donnergrollen im Westen zu hören war und die Windböen zweifelsfrei das nahende Gewitter ankündigten, „wenn ich dich wirklich nicht überreden kann …"

„Kannst du nicht", versicherte sie. „Schade, dass du vergeblich gekommen bist."

„Es war den Versuch wert", entgegnete er galant. „Außerdem kann ich jetzt erzählen, dass ich Minnesota gesehen habe und fast von einem Bären gefressen wurde."

Sie schaute von ihm weg zu den Bären und fragte zögernd: „Soll ich dich zum Auto begleiten?"

Sein männlicher Stolz kämpfte mit feiger, jämmerlicher Furcht und gewann. „Nicht nötig." Er würde sich nicht hinter Tonya Griffin verstecken, selbst wenn er dann ungehindert ihren sexy Po betrachten konnte.

Sie schien kurz zu überlegen, dann zuckte sie die Schultern. „Wie du meinst. Halt dich strikt an den Pfad, und du bekommst keinen Ärger mit den Eingeborenen."

Mit einer knappen Kopfbewegung wies sie auf die wenigen Bären, die noch bei den Futternäpfen verweilten, bevor sie in der Hütte verschwand und die Tür hinter sich zuknallte.

Nachdenklich betrachtete Webster den Pfad zu dem Parkplatz, wo sein Wagen stand. Er fragte sich, was für ein Empfang ihn wohl erwarten würde, wenn er am nächsten Tag bei Tonya mit neuen Argumenten auftauchte.

Der Donner wurde lauter, bedrohlicher. Webster schaute zum finsteren Himmel auf, die letzten blauen Flecken waren von grauen Wolken verschlungen worden. Ein dicker Regentropfen traf ihn mitten zwischen die Augen.

„Na, großartig", murmelte er verstimmt und begann, den Pfad hinunterzulaufen.

Eins musste er zugeben. In der Wildnis war es nicht langweilig, sondern höchst aufregend. Was das Gefahrenpotenzial anging, konnte so ein einsamer Wald locker mit New York konkurrieren ...

3. KAPITEL

*T*onya hatte geduscht und sich mit Hautcreme eingerieben – Letzteres vergaß sie oft aus Gedankenlosigkeit – und hatte sich einen kuscheligen rosafarbenen Trainingsanzug und warme Socken angezogen. Soeben hatte sie im Ofen Holz gegen die beginnende Kälte nachgelegt, als der erste Blitz die Fenster der kleinen Hütte erleuchtete.

Während sie ihre Haare mit einem Badetuch abrubbelte, zählte sie gewohnheitsmäßig die Sekunden zwischen Blitz und Donner. „Einundzwanzig, zweiundzwanzig, dr…"

Wäre das Geschirr nicht bereits gehörig angeschlagen gewesen, hätte der markerschütternde Donnerschlag das besorgt.

„Das war knapp." Sie schaute zum Dach hoch und horchte auf das Trommeln des Regens. Eine Badekabine aus Metall war nicht der richtige Aufenthaltsort bei so einem Gewitter, und so war sie froh, dass sie sich nach Websters Aufbruch mit dem Duschen und Haarewaschen beeilt hatte.

Sie reckte sich, um die Öllampe auf dem hölzernen Bücherregal, das mit Westernromanen des einstmals sehr beliebten Schriftstellers Zane Grey und uralten Bauernkalendern gefüllt war, zu erreichen. Charlie Ericksons Bücherschatz war zwar begrenzt, aber heiß geliebt, nach dem Zustand der Bände zu schließen.

Anstatt sich um Webster Tyler zu sorgen und sich zu fragen, ob er es geschafft hatte, noch vor Ausbruch des Unwetters die Hauptstraße zu erreichen, dachte sie an Charlie. Wie mochte es ihm gehen? Der Regen prasselte auf seine Hütte, der Sturm zerrte an den verwitterten Balken, peitschte die Fichten und Eschen.

Äste schlugen aufs Dach. „Das Haus hat schon viele Stürme überstanden", sagte sie laut zu sich selbst. Das Licht flackerte, doch erstaunlicherweise hielt die Stromleitung stand.

Tonya stellte die Lampe auf den Tisch und dachte an Charlie, der sechzig von seinen achtzig Jahren in dieser Hütte zugebracht hatte, lange bevor die Strom- und Telefonkabel gelegt worden waren. Er liebte die Einsamkeit, die Natur und vor allem seine

Bären. Er hatte die Bären mit Nüssen, Beeren und Hundefutter auf sein Grundstück gelockt, um sie vor Jägern und Wilderern in Sicherheit zu bringen.

Gestern hatte sie ihn im Krankenhaus angerufen und ihm versichert, dass sie sich um alles kümmerte. Er hatte ihr versprechen müssen, sich Ruhe zu gönnen und auf den Arzt zu hören. Zwar hatte er den Herzanfall vor drei Wochen überlebt, aber um vollständig zu genesen, musste er sich schonen.

Inzwischen trommelte der Regen in Strömen auf das Schindeldach und schoss über die Gauben herunter. Es war nicht das erste Unwetter, das Tonya seit ihrer Ankunft erlebte. Minnesota war ein Land der Extreme. Es gab extreme Hitze und extreme Kälte, und manchmal, so wie heute, beides am selben Tag. Und es war wunderschön und zuweilen extrem einsam.

Gut, dass Charlie es in seinem Klinikbett in International Falls warm und bequem hatte. Eine ältere Frau namens Helga sah täglich nach ihm, umsorgte ihn hingebungsvoll und munterte ihn mit ihrer guten Laune auf.

„Sie ist bloß eine Bekannte", hatte Charlie Tonya bei ihrem Besuch vor zwei Tagen versichert.

„Wenn du es sagst, Charlie", hatte sie erwidert und dabei gelacht.

Ein neuer Donnerschlag, heftig wie ein Peitschenknall, erschütterte die Hütte.

Tonya beschloss, lieber auf Nummer sicher zu gehen, und suchte nach Streichhölzern für den Fall, dass das Licht ausging. In der Besteckschublade fand sie eine Schachtel Streichhölzer und eine Kerze. In dem Moment, als sie ein Hölzchen anstrich, flackerte das Licht und ging aus, gefolgt von einem grellen Blitz.

„Glück gehabt", sagte Tonya zu sich selbst, während sie den Glaszylinder der Lampe abnahm, um den Docht entzünden zu können. Dann stülpte sie den Zylinder über die Flamme, und der sanfte Lichtschein erhellte die Hütte. Der leichte Kirschduft des Lampenöls mischte sich mit dem Duft des regennassen Waldes und Tonyas Shampoo.

„Und ich führe schon wieder Selbstgespräche", setzte sie

hinzu. Da sie so viel allein war – entweder auf Fotosafari in entlegenen Weltgegenden oder zur Erholung in ihrer Freizeit –, bekam sie oft nur ihre eigene Stimme zu hören.

Charlie hatte das verstanden. Das alte Raubein war ihr sehr ähnlich. Und er ähnelte seinen Bären. Ein mürrischer, aber harmloser Geselle, der in seinem geliebten Wald umherstreifte und das Gebiet kannte wie seine Hosentasche. Genau wie Tonya war er ein Einzelgänger und glücklich damit. Allerdings war er keineswegs ungesellig, wie es manche Tonya unterstellten. Er hatte das Zusammensein mit ihr genossen und sie ohne Zögern zum Bleiben aufgefordert, als sie mit ihrer Fotoausrüstung, ihren Campingutensilien und der Bitte um Erlaubnis zum Fotografieren seiner Bären bei ihm angekommen war.

Wieder zerriss ein Blitz die Finsternis. Der Donner folgte diesmal so schnell, dass Tonya zusammenzuckte. Unwillkürlich legte sie die Hand auf ihr pochendes Herz.

„Meine Güte!", stieß sie hervor. „Der hat bestimmt in einen Baum eingeschlagen."

Interessehalber nahm sie den Telefonhörer ab. Wie erwartet, war die Leitung tot. Die Drähte führten meilenweit über unbewohntes Land, und so beschädigte ein abgebrochener Ast oder ein umgestürzter Baum sie oft, dazu brauchte es mitunter nicht einmal ein Unwetter wie dieses.

Erneut dachte sie automatisch an Webster Tyler. Aus irgendeinem Grund behagte es ihr nicht, ihn bei diesem schrecklichen Unwetter allein da draußen zu wissen.

„Er ist ein erwachsener Mann, er kann selbst auf sich aufpassen."

Zumindest in der Stadt konnte er das. Hier in der Wildnis war er eindeutig im Nachteil. Tonya schüttelte den Kopf bei dem Gedanken daran, wie tadellos seine teure Freizeitkleidung gesessen hatte. Eben der typische Städter, der in jeder Situation passend angezogen sein möchte. Aber auch wenn er in einem alten T-Shirt und löcherigen Jeans aufgetaucht wäre, hätte ein einziger Blick auf seinen perfekten Haarschnitt und die gepflegten Fingernägel genügt, um den Stadtmenschen zu erkennen.

Ihr jedenfalls hatte ein Blick genügt. Selbst jetzt ging ihr Puls schneller, und das keineswegs wegen des Gewitters.

Seit zwölf Jahren redete sie sich ein, ihre Schwärmerei für Webster überwunden zu haben. Offenbar hatte sie sich die ganze Zeit etwas vorgemacht. Dabei erinnerte er sich nicht einmal an sie. Es wäre zum Lachen, wenn es nicht so traurig wäre. Fast hätte sie tatsächlich gelacht, doch in diesem Augenblick sprang die Hüttentür auf, schlug mit einem Knall gegen die Wand und jagte ihr einen Schreck fürs Leben ein.

Ein paar Herzschläge lang stand sie wie erstarrt da, die Augen weit aufgerissen, während ein tropfnasser, sehr zorniger Mann im Türrahmen erschien wie eine Gestalt aus einem Gruselfilm.

Die schlammbedeckte Gestalt schloss die Tür und knurrte: „Danke für den herzlichen Empfang. Ich komme gern herein."

Tonya wusste nicht, sollte sie vor Erleichterung lachen, weil es kein Axtmörder war, oder sollte sie mit ihrem Schicksal hadern, weil es Webster Tyler wieder auf ihre Türschwelle geweht hatte.

Eine Stunde lang hatte Webster Rot gesehen. Jetzt sah er nur Rosa. Rosa Socken, rosa Wangen, rosa Lippen. Die wilde Tonya Griffin in Pink war anbetungswürdig. Das feuchte Haar fiel ihr auf die Schultern und den Rücken, sie sah sanft und feminin aus und … Ach, verflixt, jetzt war nicht der passende Moment für romantische Anwandlungen.

Durchnässt und durchgefroren, war er heilfroh, dieser Sintflut draußen entronnen zu sein. Seine Reaktion auf Tonya würde er später analysieren, wenn seine Stiefel nicht mehr voller Schlamm waren und seine Zähne nicht mehr aufeinanderschlugen. Wenn sein Gehirn wieder wie gewohnt funktionierte und er Tonya als das sah, was sie war – ein Problem, das er mit Geschick und Überredungskunst zu bewältigen hatte. Und das möglichst schnell, damit er wieder in die Zivilisation zurückkehren konnte, wo Bären nur im Zoo herumspazierten und „Nachtwanderungen" für ihn nicht mehr bedeuteten als einen Gang in die nächste Bar.

Vorerst wäre er jedoch zufrieden mit trockener Kleidung und ein paar Litern von dem heißen Kräutertee, den Tonya ihm vor dem Gewitter serviert hatte. Alles wäre ihm recht, solange es nur die schreckliche Kälte aus seinen Gliedern vertrieb.

„Alles in Ordnung?", erkundigte sich Tonya zögernd.

„Abgesehen davon, dass ich mich gerade noch mit Ach und Krach aus meinem zerquetschten Mietwagen befreien konnte, nachdem ein Baum darauf gestürzt war, ja."

„Allmächtiger!"

Webster brummte nur etwas, das sie nicht verstand, denn ein heftiger Schauer durchfuhr ihn.

Nun machte sie sich doch Sorgen. „Du frierst. Du musst aus den nassen Kleidern heraus und etwas Trockenes anziehen."

Er ließ seine Segeltuchtasche, die er über der Schulter getragen hatte, auf den Boden fallen. Wasser rann heraus. „Falls du nicht etwas in einer großen Männergröße hier hast, werde ich wohl weiter leiden müssen."

„Ich werde schon etwas auftreiben", erwiderte sie leichthin. „Zieh erst mal das Hemd aus."

Bei jeder anderen Frau hätte er das als Einladung zu mehr verstanden. Bei dieser Frau war es lediglich ein nüchterner Befehl ohne jeden sexuellen Unterton.

„Was ist passiert?", fragte sie. Seine eiskalten Finger waren steif wie Schraubenzieher, ungeschickt zerrte er an den Knöpfen.

„Fast hätte es mich erwischt", begann er. Ein neuer Kälteschauer jagte ihm über den Rücken. „Als ich durch eine Bodendelle fuhr, ging der Motor aus."

„Eine tiefe Delle?"

„Oh, der Wasserspiegel war ungefähr einen Meter hoch."

Sie murmelte etwas vor sich hin – er hörte etwas wie „Narr" und „sträflicher Leichtsinn, auf überfluteten Straßen zu fahren". Da sie seine Schwierigkeiten erkannte, schob sie seine Hände sanft weg und knöpfte ihm das Hemd selbst auf.

„Ja, die Welt ist voller Narren", bestätigte er. Er zitterte so sehr, dass er die Zähne zusammenbeißen musste, damit ihm nicht die Füllungen herausfielen. „Ich konnte gerade noch meine Tasche schnappen und aussteigen, bevor ich ein lautes Krachen hörte. Es war wie ein Erdbeben."

„Wie ein umstürzender Baum."

„Mitten auf das Auto", setzte er hinzu. Plötzlich machte es ihm sehr zu schaffen, dass sie ihm das Hemd aus dem Bund zog, es über seine Schultern herunterstreifte.

„Ein großer Baum?"

„Kaliber Urwaldriese."

Sie warf ihm einen fragenden Blick zu.

„Okay, stell dir vor, du stehst da und schaust hoch, und ein Baumwipfel kommt auf dich zu. Dann hast du garantiert dasselbe Gefühl. Immerhin war er so groß, dass das Auto jetzt flach wie ein Pfannkuchen ist."

Tonya erstarrte. „War es so schlimm? Ist es noch fahrtüchtig?"

„Fahrtüchtig? Honey, es ist nicht mehr zu sehen."

Die schmalen Finger, sanft und heiß, wie Feuer auf seiner unterkühlten Haut, zögerten. Dann glitten sie unerwartet sinnlich über seine Schulterblätter, während sie ihn herumdrehte und seinen Rücken untersuchte.

„Au." Webster zuckte zusammen, denn sie hatte eine empfindliche Stelle berührt.

„Der Baum hatte es augenscheinlich auf dich abgesehen", bemerkte Tonya.

„Ich weiß, etwas traf mich, aber ich habe mich nicht damit aufgehalten, nachzusehen, was es war."

„Setz dich", befahl Tonya und rückte ihm einen Stuhl am Tisch zurecht.

„Ich werde alles schmutzig machen."

„Morgen kommt die Putzfrau", entgegnete sie trocken. Dann ging sie ins Bad und kehrte mit mehreren Handtüchern zurück.

„Dies ist eine Blockhütte", erläuterte sie, als er noch immer am Fleck stand. „Eine alte. Der Fußboden hat schon mehr erlebt als ein bisschen Schmutz und Wasser. Und jetzt komm her, damit ich deine Schulter bei Licht betrachten kann."

Von sanften Tönen hielt sie offenbar nichts. Er streifte seine Stiefel und die triefend nassen Socken ab, ließ sie zusammen mit seinem durchweichten Hemd in einem Häufchen an der Tür liegen und ging steifbeinig zum Tisch.

Dankbar nahm er ein Handtuch entgegen, trocknete sein Gesicht und rubbelte sich die Haare ab. Inzwischen nahm Tonya die Lampe vom Tisch und untersuchte seinen Rücken.

„Tut das weh?" Sie drückte auf sein Schulterblatt.

Er schüttelte den Kopf. Ihre Hände waren warm auf seiner nackten Haut, und wieder erschauerte er, aber diesmal nicht vor Kälte.

„Und das?"

„Au! Ja!", schrie er, als sie stärker drückte. „Ist das die Reaktion, die du wolltest? Es schmerzt höllisch. Zufrieden?"

„Teilweise", erwiderte sie barsch, doch sie wurde vorsichtiger.

Sie beugte sich über ihn, um die Lampe wieder auf den Tisch zu stellen. Dass ihre Brüste dabei seinen Rücken streiften, war Zufall. Sie waren warm und fest, und es erregte ihn, obwohl er sich wie ein Eiszapfen fühlte.

Behutsam hob sie seine Arme, bewegte sie in verschiedene Richtungen, prüfte die Funktionsfähigkeit.

„Es ist nur eine Prellung", stellte sie schließlich fest und ließ von ihm ab. „Eine starke zwar, aber es ist offenbar nichts gebrochen."

Er ließ die Schulter kreisen und unterdrückte einen Aufschrei. „Tut mir leid, dass ich dich enttäuschen muss."

Schweigend ging sie zu einem Schrank und holte eine Flasche kanadischen Whisky heraus. Ihm kamen vor Dankbarkeit fast die Tränen, als sie ein Glas damit füllte und es ihm reichte.

„Der wird dich aufwärmen."

Webster genoss den ersten Schluck wie bisher selten etwas. Derweil wühlte sie in einer Kommode und förderte einen Stapel Kleidung zutage.

„Dies gehört Charlie." Sie gab ihm ein dickes Flanellhemd, eine weiche, abgetragene Jeans und warme Socken. „Die Sachen werden dir zu groß sein, aber sie sind warm, und das brauchst du jetzt dringend. Zieh sofort die nassen Hosen aus. Das Bad ist dort."

Webster war so steif vor Kälte, dass er sich fühlte wie achtzig anstatt fünfunddreißig, als er aufstand. Er meinte sogar, seine Gelenke knacken zu hören. Barfüßig, mit blau gefrorenen Zehen, schlurfte er ins Bad.

Er sollte sich wohl bedanken oder sich für die Unannehmlichkeiten entschuldigen, aber trotz seines desolaten Zustands war er wach genug, um zu erkennen, dass dies seine große Chance war, sein Ziel doch noch zu erreichen. Nachdem er seine erste und hoffentlich letzte Sintflut überlebt hatte, befand er sich in einer ausgezeichneten Verhandlungsposition. Er war Tonya Griffins Wohngenosse. Zumindest für eine Nacht. Gewiss, absichtlich wäre er nie so weit gegangen für eine Gelegenheit, noch ein Mal mit ihr zu sprechen. So verzweifelt war er wirklich nicht, um sich halbwegs zu ertränken und sein Auto von einem Baum vernichten zu lassen, aber da es nun mal passiert war, konnte er die Situation getrost ausnutzen. Ein guter Geschäftsmann verließ sich ebenso auf Glück wie auf Raffinesse. Und ein guter Geschäftsmann war er, daran gab es keinen Zweifel.

Zwar war er kein Überlebensexperte in der Wildnis, doch so weit kannte er sich aus, um zu wissen, dass die Straße zur Zivilisation blockiert war. Niemand würde aus diesem Waldstück heraus- oder hineingelangen, heute nicht und wahrscheinlich auch in den nächsten Tagen nicht. Das bedeutete, Tonya musste sich mit seiner Gegenwart abfinden. Das wiederum bedeutete, sein Publikum konnte nicht entrinnen.

Es war eine hervorragende Chance, sie zu überreden. Mit Chancen konnte er umgehen. Dieses Spiel beherrschte er. Sollte er nicht in der Lage sein, eine starrköpfige, in Bären vernarrte, ungesellige Fotografin dazu zu bringen, reich und berühmt zu werden, würde er das Handtuch werfen.

„Hier", sagte sie hinter ihm, als er gerade die Badezimmertür schließen wollte. Er drehte sich um, und Tonya reichte ihm eine brennende Kerze. „Die wirst du brauchen, sonst siehst du nichts."

Er streckte die Hand aus, und sie sahen beide, wie stark sie zitterte. Trotz des Whiskys kam er sich vor wie ein Eiswürfel. Tonya langte an ihm vorbei und stellte die Kerze auf eine kleine Kommode.

„Ich wünschte, ich könnte dir eine heiße Dusche bieten. Aber da die Stromleitungen unterbrochen sind, funktioniert die Wasserpumpe nicht. In ein paar Minuten habe ich einen Topf Wasser auf dem Herd erwärmt, damit kannst du dich wenigstens waschen. Der Regen hat den meisten Schmutz ohnehin abgespült."

Damit schloss sie die Tür.

Webster schaute sich im flackernden Kerzenschein um – und erblickte zu seiner Überraschung ein pinkfarbenes Spitzenhöschen mit passendem BH über der Stange, an der der Duschvorhang angebracht war.

Selbst in seinen kühnsten Träumen hätte er sich nicht vorgestellt, dass Tonya Griffin unter ihrem militärisch anmutenden Outfit das Gefühl von Spitze auf der Haut schätzte. Oder dass ihn der Anblick ihrer Dessous dermaßen erregen würde.

Er konnte nicht umhin, er streckte die Hand aus und berührte das seidige Nichts.

Es war feucht. Wahrscheinlich hatte sie die Sachen heute gewaschen.

Dann begann er wieder heftig zu zittern. Langsam streifte er seine durchnässte Hose ab und legte sie in die Duschwanne. Jetzt trug er nur noch seine feuchten Boxershorts. Er wärmte sich die Hände über der Kerzenflamme und starrte auf die verführerischen pinkfarbenen Spitzendessous, als er ein leises Klopfen an der Tür hörte.

„Warmes Wasser", verkündete sie.

Als er die Tür öffnete, war Tonya nirgends zu sehen, nur ein Topf mit Wasser stand am Boden.

Begierig griff er danach und musste lachen über seine Vorfreude auf die paar Tropfen heißen Wassers.

„Wie tief bin ich gesunken", murmelte er und dachte an sein luxuriöses Apartment mit dem atemberaubenden Blick auf New Yorks Skyline, mit dem Whirlpool, so geräumig, dass man ein mittleres Schlachtschiff darin versenken könnte.

„Sagtest du etwas?", fragte Tonya von draußen.

„Ich sagte Danke", gab er zurück. Er tauchte seine halb erfrorenen Finger ins warme Wasser und stöhnte wohlig.

„Gern geschehen."

„Und du bist geliefert, Spatz", fügte er leise hinzu. Während er erneut ihre Dessous betrachtete, verspürte er lediglich einen Hauch schlechten Gewissens wegen des Plans, den er sich sorgfältig zurechtlegte. Er musste ihre Unterschrift unbedingt unter den Vertrag bekommen. Das war sein oberstes Ziel.

Warum sollte er sich deswegen schuldig fühlen? Letztlich tat er ihr einen Gefallen. Erstens war es ein äußerst großzügiges Angebot. Zweitens sahen die Männer vermutlich nur ihre Leistung. Bestimmt hatte ihr schon lange kein Mann mehr gesagt, wie hübsch und anziehend sie war und wie talentiert außerdem.

Ja, es muss lange her sein, sonst wäre sie bestimmt nicht so abweisend, dachte er. Nun, er würde dafür sorgen, dass sich das bald änderte. Er tauchte einen Waschlappen ins warme Wasser. Er würde die raue Schale dieses Wesens mit dem seidigen blonden Haar und den himmelblauen Augen knacken. Er würde sich zuvorkommend verhalten, sich für ihre Arbeiten interessieren und ihr immer wieder zu verstehen geben, dass er auch an ihr als Frau interessiert war. Es wäre ein kleiner, harmloser Flirt. Um sie daran zu erinnern, dass sie nicht nur eine einsiedlerische Fotografin war.

Sie war eine Frau. Das musste man ihr in Erinnerung bringen. Eine Frau mit weiblichen Wünschen, weiblichen Bedürfnissen, weiblichen Schwächen – für Spitze und Kerzenschein und männliche Bewunderung. Und er wusste genau, wie man auf diese Schwächen einging …

Nach geschlagener Schlacht würde sie sich entschieden wohler in ihrer Haut fühlen, und er hätte ihre Unterschrift unter den Vertrag. Das würde niemandem schaden – im Gegenteil, sie würden beide davon profitieren.

Noch immer frierend, schlüpfte er in das Flanellhemd. Wie sie angekündigt hatte, war es ihm zu groß. Nein, es war riesig, aber der Flanell war warm und weich. Ebenso die Socken.

Er stand mit dem Rücken zur Duschkabine und musterte die Jeans, als ihn etwas am Kopf traf. Er langte hin und hatte ein winziges, feuchtes Etwas in der Hand – Tonyas Slip.

Er konnte sich nicht beherrschen – immerhin war er ein Mann – und rieb den Slip zwischen den Fingern. Der Stoff fühlte sich glatt, sinnlich an. Und dann hob er den Slip ans Gesicht, atmete den blumigen Duft nach Seife ein und dachte an die Frau, die dieses zarte Dessous trug.

Zum ersten Mal seit dem Betreten der Hütte wurde ihm richtig heiß.

Am Gasherd rührte Tonya mit einem Kochlöffel in einem Topf mit Hühnersuppe vom Vortag, als sie die Badezimmertür aufgehen hörte.

Es war albern, aber sie schwankte zwischen kaltblütiger Gelassenheit und tiefer Verlegenheit, wenn sie an ihre Unterwäsche dachte, die sie im Bad zum Trocknen aufgehängt hatte. Hätte sie doch nur daran gedacht, sie wegzuräumen!

Ach was, sagte sie sich dann, ich trage nun einmal pinkfarbene Slips. Manchmal auch rote, blaue, pfirsichfarbene und, wenn mich die Lust ankommt, schwarze. Webster hat bestimmt schon viel heißere Dessous gesehen – und sie den Frauen ausgezogen. Es gibt keinen Grund, sich verrückt zu machen.

Trotzdem, es war ihr zu intim. Vorhin hatte sie ihn quasi ausgezogen. Sie hatte seine nackten breiten Schultern gesehen, die festen Muskeln seines Brustkorbs, hatte seine Haut gespürt.

Vor zwölf Jahren hatte sie heillos für Webster geschwärmt. Noch jetzt besaß er die Macht, ihr dummes Herz zum Rasen zu bringen. Und er erinnerte sich nicht mal an sie. Was für eine Null sie doch war!

Als sie ihn zum Ofen gehen hörte, bekam sie vor Verlegenheit rote Ohren. Sie atmete tief durch und überlegte, was sie sagen könnte. Doch er kam ihr zuvor.

„Wer ist dieser Charlie? Er ist nicht zufällig mit King Kong verwandt?"

Tonya rührte weiter in der Suppe und warf ihm einen Blick zu. Sie musste lächeln. „Jetzt kommst du dir wohl ganz klein vor, du großer Verleger, wie?"

Er schaute an sich herunter und lachte. Die Hemdsärmel

hatte er ein paarmal umgekrempelt, den Hosenbund hielt er krampfhaft umklammert, sonst wäre ihm die Jeans glatt heruntergerutscht. Die Hosenbeine hatte er aufgerollt, dennoch schleiften sie auf dem Boden. Er war fünfunddreißig und einer der mächtigsten Männer in der internationalen Verlagsszene, aber nun fühlte er sich wie ein kleiner Junge in den Kleidern seines Daddys.

Tonya drehte die Flamme kleiner und legte den Kochlöffel hin. „Warte mal, ich glaube, ich hab da etwas, um dein neues Outfit zu verbessern." Sie ging zur Kommode, wühlte kurz darin herum und fand einen Gürtel sowie rot und blau gestreifte Hosenträger. Aus purer Bosheit entschied sie sich für die Hosenträger.

„Hier."

Sein Blick sagte: „Das darf doch nicht wahr sein!" Laut bemerkte er: „Fehlt bloß noch die Axt. Ab sofort bin ich Holzfäller."

„Nicht wirklich", gab sie mit einem prüfenden Blick zurück.

„Stimmt. Nicht alle Kleider machen Leute."

Leider doch, dachte Tonya und erinnerte sich daran, wie sie Webster zum ersten Mal in einem seiner Maßanzüge erblickt hatte. Da war es auf der Stelle um sie geschehen gewesen.

„Hast du Hunger?", fragte sie und verscheuchte die unwillkommenen Erinnerungen.

„Was, du bekochst mich sogar? Dafür könnte ich dir die Füße küssen."

„Im Klartext: Du hast einen Bärenhunger." Sie lachte leise. „Setz dich. Wenn dir noch immer kalt ist, nimm dir die Decke vom Schaukelstuhl und wickle dich ein."

„Danke, mir ist schon wärmer. In den letzten Stunden kam ich mir vor wie ein Schneemann. Ich weiß nicht, ob ich jemals so gefroren habe."

„Magst du Milch?"

„Aber ja. Oh Mann, das duftet ja himmlisch." Er trat hinter sie und schnupperte hingerissen.

Sie schnupperte ebenfalls. Eine Frau roch nach dem Duschen

nach Blumen und Zitrusfrüchten. Ein Mann nach dem Duschen roch nach … Mann. Dieser hier zumindest tat es. Sie fand seine persönliche Duftnote so schön, dass ihr die Kehle eng wurde.

Es war lange her, seit sie dermaßen heftig auf einen Mann reagiert hatte. Es wühlte sie so sehr auf, dass ihre Hände zitterten, als sie das Gas abdrehte.

„Es ist eine ziemlich normale Hühnersuppe", erklärte sie und begab sich außer Reichweite der verführerischen Düfte. Sie nahm eine Suppentasse aus dem Schrank. „Leider kann ich dir nicht die raffinierte Küche bieten, die du aus der Stadt gewohnt bist."

„Okay, ich möchte etwas klarstellen." Webster legte ihr die Hände auf die Schultern und drehte sie zu sich herum. „Ich bin es nicht gewohnt, vor hungrigen Bären in Deckung zu gehen, auf überfluteten Straßen zu fahren, umstürzenden Bäumen auszuweichen und bei Unwetter einen Unterstand zu suchen. Oder mich irgendwo selbst einzuladen. Besonders, wenn meine Gesellschaft unerwünscht ist, ich aber trotzdem gewärmt, mit trockenen Sachen versorgt und verpflegt werde." Er machte eine kleine Pause. „Tonya", fuhr er fort und drückte leicht ihre Schultern, „glaubst du wirklich, ich würde nach alldem über das Essen meckern? Essen, das so köstlich riecht wie früher bei meiner Mom?"

Seine Augen waren dunkel im trüben Licht der Gaslampe und der Kerze, die er aus dem Bad mitgenommen hatte. Er wirkte vollkommen aufrichtig. In verblüfftem Schweigen schaute Tonya in sein freundliches Gesicht, das einen leicht amüsierten Ausdruck hatte. Seine bisherige Lockerheit war verflogen.

Sie verspannte sich am ganzen Körper. Diesen Blick kannte sie. Vor zwölf Jahren hatte sie ihn schon einmal bei ihm gesehen. Es war am Abend der Weihnachtsparty bei Tyler-Lanier, und sie hatte mit ihm auf dem Rücksitz eines Taxis gesessen. Er hatte angeboten, sie nach Haus zu bringen. Für sie war es wie im Märchen, wenn der Prinz um die Bauerntochter warb. So etwas passierte Tonya, die sich in eleganten Kleidern immer unwohl fühlte, sonst nicht. Doch dieses Mal war sie wie verzaubert. Dass er sie ständig Tammy nannte, verstimmte sie kaum, angesichts der Tatsache, dass er sie überhaupt wahrnahm. Außerdem hatte sie genügend Champagner getrunken, sodass sie beschloss, ihre Verliebtheit endlich einmal auszuleben.

Berauscht von seinem Lächeln hatte sie sich ihm im Taxi in die Arme geworfen und ihn zu ihrer beider Überraschung geküsst. Einfach so, ohne von ihm dazu ermutigt worden zu sein.

Es war wunderschön gewesen. Alles, was sie sich von seinem Kuss erträumt hatte, wurde wahr. Ein zartes Verschmelzen ihrer Lippen. Sanfte Glut, die das Feuer erahnen ließ, wenn er seiner Leidenschaft freien Lauf ließ.

Bis er den Kuss beendete – und damit ihre Euphorie im Keim erstickte. Sein Blick, als er ihre Arme von seinem Nacken löste, war derselbe gewesen wie jetzt.

Freundlich.

Wohlwollend.

Amüsiert.

*D*u hast nach Charlie gefragt", sagte Tonya abrupt. Sie wollte sowohl die Erinnerung an jene längst vergangene Weihnachtsparty verdrängen als auch diesen Moment der intensiven Nähe möglichst schnell beenden. Sie wandte sich wieder ihrem Suppentopf zu. Ihre Hände zitterten noch immer, als sie eine große Portion in eine Schale füllte und sie Webster reichte.

„Die Hütte gehört Charlie Erickson. Und die Bären auch."

Sie horchte auf das weiche Tappen seiner Schritte in den Socken, während Webster zum Tisch ging. Draußen tobte der Wind, der Regen schien nicht nachlassen zu wollen.

„Die Bären gehören Charlie?"

Sie stellte ihm ein Glas Milch und eine Blechdose mit Crackern hin und legte einen Löffel neben die Suppenschale. „Sozusagen. Charlie lebt hier seit sechzig Jahren und reichert ihre natürliche Nahrung an mit Nüssen, Beeren, Hundefutter und allem, was ihm Läden und Lokale schenken. In Koochichin County leben ungefähr hundertfünfzig Bären, vierzig bis sechzig davon kennen Charlies Refugium und versammeln sich hier morgens und abends."

Er aß einen Löffel Suppe. „Refugium?"

„Hier sind sie sicher vor Jägern. Nächste Woche beginnt die Jagdsaison, daher lockt Charlie die Bären mit Futter an, in der Hoffnung, sie aus der Schusslinie zu bringen. Wahrscheinlich hast du die Schilder mit der Aufschrift ‚Jagen verboten' auf der Herfahrt bemerkt."

Webster nickte und trank einen Schluck Milch.

Es gefiel Tonya, dass er kräftig zulangte und nicht geziert wie ein Städter aß. Er genoss die Mahlzeit sichtlich.

„Und wo ist Charlie momentan?"

„Er erholt sich im Krankenhaus von International Falls von einem Herzschlag."

Den Löffel auf halbem Weg zum Mund, hielt Webster inne. „Das hört sich aber nicht gut an."

Sie wischte mit dem Geschirrtuch am Gasherd herum. „Dafür, dass er achtzig ist, hält er sich wacker. Seit seinem Herzanfall sind zwei Wochen vergangen, es war glücklicherweise kein sehr schwerer. In ein, zwei Wochen darf er sicherlich wieder nach Hause."

Webster stützte die Ellbogen auf den Tisch und musterte sie. „Und du kümmerst dich solange um seine Bären."

Tonya zuckte mit den Schultern. „Das finde ich nur gerecht, nachdem er mir erlaubt hat, sie zu fotografieren."

Ein weiterer langer Blick folgte, dann widmete Webster sich wieder seiner Suppe. Bis auf die Geräusche des Unwetters war es still in der Hütte, während er aß. Das schummerige Licht und das Toben der Elemente draußen schufen eine heimelige Atmosphäre und schirmten sie beide vor der Außenwelt ab – nicht jedoch vor ihren Gedanken.

Mit neunzehn war Tonya aus der Kleinstadt Manchester, Iowa, nach New York gekommen. Sie hatte einen Abschluss vom örtlichen College in der Tasche, den Kopf voll großer Träume sowie ein beachtliches Talent, das nur den letzten Schliff brauchte. Ihren ersten Job bekam sie als Foto-Assistentin bei Tyler-Lanier. Es war zugleich ihr letzter Job in einer Großstadt. Man sprach von einer generellen Verschlankung des Unternehmens, doch für Tonya war es der Schock schlechthin. Sie hatte sich Hoffnungen gemacht, dass dieser Job ihr Einstieg zu einer glänzenden Karriere wäre. Die Kündigung kam am Heiligabend, dem Tag nach der Weihnachtsparty. Dem Tag, an dem sie sich bis auf die Knochen blamiert hatte, indem sie sich Webster an den Hals warf.

„Wie hast du von dieser Hütte erfahren?" Websters tiefe Stimme holte sie zurück in die Gegenwart und weg von ihren trüben Betrachtungen.

„Wie hören Fotografen von solchen Gelegenheiten? Von Kollegen. Ich habe die Jesups bei einem Auftrag begleitet", erklärte sie. Das berühmte Ehepaar und Kamerateam hatte sie vor einigen Jahren unter seine Fittiche genommen und ihr so manchen wichtigen Kontakt vermittelt.

„Sie erzählten mir, dass sie vor etwa dreißig Jahren eine Bildreportage über Bären in Minnesota gemacht hatten. Charlie war ihnen unvergesslich geblieben. Sie berichteten so begeistert von ihren Erlebnissen, dass ich Lust bekam, mir die Bären selbst anzusehen." Tonya trug den Suppentopf zum Tisch und füllte nach. „Nachdem ich im vergangenen Monat mit meinen Fotos im australischen Outback fertig war, blieb mir noch Zeit bis zu meinem nächsten Auftrag, und ich beschloss, hierherzukommen."

„Und jetzt weißt du, was die Jesups hier so faszinierte."

Sie warf Webster einen Blick zu. Wie schön, dass er sie verstand. „Ja, jetzt weiß ich es."

„Und hat es sich gelohnt?" Erneut stützte er die Ellbogen auf, das Milchglas in den Händen.

Tonya konnte nicht umhin, seine Hände zu betrachten. Es waren keine Arbeiterhände, doch sie waren kräftig, mit schmalen, langgliedrigen Fingern. Unwillkürlich stellte sie sich vor, wie er sie mit diesen Händen streichelte, sie an ihren intimsten Stellen berührte. Hitze durchströmte sie, und sie spürte, dass ihr das Blut in die Wangen schoss.

Hastig schaute sie weg. Sie schob die Gardine ein wenig beiseite und blickte aus dem Fenster. Es war stockdunkel, das Einzige, was sie sah, waren die Regentropfen, die der Sturm mit unverminderter Wucht gegen die Scheibe prasseln ließ. „Ob es sich gelohnt hat, die Bären zu fotografieren?"

„Nein, das einsame Leben und das Nomadentum. Fehlt dir die Stadt nicht?"

Tonya ließ die Gardine an ihren Platz zurückfallen. Da sie sich rastlos fühlte, ging sie zum Ofen und machte sich am Abzug zu schaffen. Es missfiel ihr, dass Webster einen wunden Punkt bei ihr berührt hatte. Ja, manchmal war sie einsam. Sehr sogar. Doch darüber wollte sie gerade mit ihm nicht reden.

„Ich bin in einer Kleinstadt aufgewachsen, die weniger als zehntausend Einwohner hat. In Großstädten fühle ich mich nicht sehr zu Hause", erwiderte sie ausweichend, denn ihre wahren Gefühle mochte sie ihm nicht gestehen.

„Für mich ist die Großstatatmosphäre ein wahres Lebenselixier." Webster lehnte sich zurück und kippelte mit dem Stuhl. „An einem Ort wie diesem würde ich auf Dauer wahnsinnig werden."

„Nun ja …" Tonya wandte den Blick vom Ofen zu ihm. „Du könntest Gelegenheit bekommen, das zu testen."

„Richtig." Er kam mit dem Stuhl wieder auf den Boden. „Das dachte ich mir fast, als der Baum auf den Wagen krachte. Ich sagte mir, wenn ich überhaupt überlebe, werde ich wohl ein paar Tage lang hier festsitzen. Die Straße ist völlig blockiert."

„Hast du schon einmal einen Bobcart gefahren?"

Er lachte. „Sind das nicht diese kleinen traktorähnlichen Dinger?"

Mit übertriebener Nachsicht bestätigte sie: „Genau, diese kleinen traktorähnlichen Dinger."

„Ich habe sie in Anzeigen in unseren Zeitschriften gesehen. Zählt das etwa nicht? Aber wird denn nicht ein Straßenarbeitertrupp den Weg freiräumen?"

„Es ist keine öffentliche Straße, sondern Charlies Privatzufahrt. Die Nachbarn helfen sich gegenseitig bei der Instandhaltung."

„Nachbarn?" Er fuhr fort, seine Suppe zu essen.

„Mach dir nicht zu viele Hoffnungen. Der nächste Nachbar wohnt fünf Meilen entfernt."

„Das heißt also, wir beide müssen notgedrungen eine Weile miteinander auskommen."

„Scheint so."

„Das tut mir aufrichtig leid."

„Na ja, solange du keinen Hüttenkoller bekommst, können wir es sicher miteinander aushalten. Wir haben genug Essensvorräte für mindestens eine Woche, und Wasser ist in der Nähe eines Sees kein Problem."

„Es gibt hier auch einen See?"

Tonya zwinkerte ihm zu. „Hallo, wir sind in Minnesota, dem Land der tausend Seen."

„Oh, das hatte ich ganz vergessen. Das Land der tausend

Seen – wo die Männer nach Fisch riechen und aussehen wie Bären, stimmt's?"

Sie musste lachen. Das hatte sie oft selbst gedacht, wenn sie die raubeinigen, aber freundlichen Männer hier sah. Die meiste Zeit angelten sie oder gingen auf die Jagd. Mit Rasierer oder Seife kamen sie dagegen nur selten in Berührung. „Nun ja, auf einige trifft das schon zu."

„Und was machst du abends so?" Webster sah sich prüfend in der Hütte um. „Langweilst du dich denn hier nicht entsetzlich?"

„Ich lese oder entwickle meine Filme. Im Bücherregal gibt es auch ein paar Puzzles."

„Sonst nichts?"

Leicht gereizt zuckte sie die Schultern. „Sonst nichts."

„Ein echter Männertraum."

„Das ist wohl ironisch gemeint?"

„Allerdings." Er stand auf, reckte sich und begann, in der Hütte herumzuwandern wie ein Tiger im Käfig. „An E-Mail ist vermutlich nicht zu denken."

Sie würdigte ihn keiner Antwort.

„Das habe ich mir gedacht."

Sie versuchte, Webster zu ignorieren, während er sich unruhig umschaute, Dinge in die Hand nahm, sich die Hände am Ofen wärmte. Dabei war es nicht leicht, diesen aufregenden Mann zu ignorieren, zumal auf beengtem Raum, ohne Fernseher, ohne Radio und andere Ablenkungen.

„Möchtest du nicht deine Kleidung aus der Reisetasche nehmen und zum Trocknen aufhängen?", schlug sie vor, denn in Charlies Sachen schien Webster sich nicht sehr wohl zu fühlen. „Ich habe eine Wäscheleine in der Ecke gespannt."

Ungeschickt machte er sich daran, die feuchten Sachen mit Hilfe von Wäscheklammern und Kleiderbügeln aufzuhängen. Zu Hause hatte er bestimmt eine Haushälterin. Tonya bekam fast Mitleid, aber auf keinen Fall würde sie seine privaten Sachen anrühren. Die waren ihr einfach zu ... privat. Und sie war keine Haushälterin. Allerdings trug sie seine Stiefel, die bestimmt ein Vermögen gekostet hatten, zum Ofen, damit sie trocknen konnten. Natürlich nur, weil sie es hasste, wenn etwas Edles verhunzt wurde ...

„Gibt es hier keine Spielkarten?", erkundigte Webster sich, nachdem er sich ziemlich lustlos mit seinen Kleidern befasst hatte.

„Ich glaube, ja." Sie suchte in einer Schublade und fand tatsächlich einen abgegriffenen Satz Karten. Sie warf sie auf den Tisch. „Hier. Schlag dich selbst."

„Wenn ich einen Hammer hätte, würde ich das vermutlich tun."

Sie wandte ihm den Rücken zu, um ihr Lächeln zu verbergen. „Sieh es doch als Chance, zu dir selbst zu finden. Es gibt genügend Leute, die ein Heidengeld für Selbstfindungskurse und solches Zeug ausgeben."

Webster seufzte frustriert und griff nach den Karten. „Was für ein entsetzlicher Gedanke! Das ist garantiert großer Humbug."

„Ja, in den meisten Fällen ist es die reinste Abzocke", bestätigte sie und wusch das wenige Geschirr von ihrer Mahlzeit ab – sie hatte ja früher gegessen. Webster begann indessen, die Karten zu mischen.

„Wie wär's mit einem kleinen Gin?"

„Tut mir leid, Charlie trinkt nur Whisky."

„Und einen verflixt guten, muss ich sagen. Aber ich meinte Gin Rummy, das Kartenspiel. Du könntest ein Vermögen gewinnen, wenn du mit mir um Geld spielst. Beim Kartenspiel bin ich genauso schlecht wie im Überleben in der Wildnis."

„Dann verzichte ich lieber. Es wäre unfair, deine Lage auszunutzen", gab sie zurück.

Webster lächelte und mischte weiter. „Legt man bei einer Patience sechs oder sieben Reihen aus?"

„Sieben."

„Ich hab doch geahnt, dass du das weißt."

Tonya meinte, einen spöttischen Unterton herauszuhören. „Was soll das heißen?", fragte sie mit deutlicher Schärfe.

Webster blickte auf, sah ihre finstere Miene und hob beschwichtigend die Hände. „Überhaupt nichts. Ich dachte nur, weil du bei deinen Fotosafaris viel allein bist, langweilst du dich vielleicht manchmal. Patience hilft enorm gegen Langeweile, oder?"

Sie hörte sich seine Bemerkungen stumm an, nahm den Schürhaken und schichtete die Holzscheite in dem gusseisernen Ofen um.

„He, wirklich. Ich habe nichts anderes damit gemeint. Ich fragte nur aus Neugier – was sollte ich wohl sonst gemeint haben?"

Dass sie so uninteressant war, dass niemand mit ihr zusammen sein wollte. Wenn ein Mann mit ihr und einem Kartenspiel irgendwo eingeschlossen wäre, würde er sich lieber mit den Karten beschäftigen, als mit ihr ins Bett zu gehen ...

Himmel, warum war sie plötzlich so empfindlich? Okay, sie hatte zwei unglückliche Beziehungen hinter sich, und das hatte ihr Selbstwertgefühl als Frau nachhaltig untergraben.

Nach dem Fehlschlag in New York war sie wild entschlossen, Erfolg zu haben. Darunter hatte ihr Liebesleben stark gelitten. Die beiden lockeren Beziehungen danach waren im Sande verlaufen. Ihre beruflichen Reisen führten sie oft über mehrere Monate ins Ausland. Auf die Entfernung war es schwierig, einander innerlich nah zu bleiben. Natürlich würde sie gern den Richtigen kennenlernen, doch war ihr noch niemand begegnet, der gern die zweite Geige spielte. Außerdem hatte sie ihre Fantasien über Webster nie ganz aufgegeben. Noch immer übte er eine gewisse Faszination auf sie aus.

Dennoch mochte sie ihren Lebensstil, auch wenn sie bei ihrer vielen Arbeit kaum jemanden treffen würde, der dieses Leben mit ihr teilen wollte. Den Fehlschlag in New York hatte sie überwunden und das Beste daraus gemacht. Doch an Webster Tyler hatte sie ein wenig zu oft gedacht und mit ein wenig zu viel Wehmut.

Und plötzlich war er hier, aus heiterem Himmel und in den strahlenden Farben des wirklichen Lebens. Und auf einmal hinterfragte sie ihre Einstellung. Der Mann erinnerte sie an ihre schwerste berufliche Niederlage sowie an einen der peinlichsten Momente ihres Lebens, und kaum tauchte er wieder auf, stürzte er sie in eine Gefühlskrise, als wäre sie eine naive Neunzehnjährige. Wie ärgerlich, dass ihr dieser dumme Kuss noch immer so nachging. Zum Glück hatte er sie nicht erkannt – kein Wunder, damals war sie zehn Kilo schwerer gewesen. Außerdem hatte sie eine Brille getragen, und ihr Haar war kurz und stachelig gewesen. Trotzdem …

Unwillig warf sie ein paar Scheite ins Feuer, richtete sich auf und wischte sich die Hände an ihrer Jogginghose ab. Webster wollte einfach reden, er langweilte sich. Und sie war mürrisch. Ihr beharrliches Schweigen musste auf ihn wirken, als käme sie von einem anderen Stern.

„Gin Rummy?" Sie nahm sich einen Stuhl und setzte sich ihm gegenüber, um sich zu beweisen, dass sie mit der Situation fertig wurde, und um ihn aufzumuntern.

Er lächelte überrascht – es war ein zufriedenes, aufreizendes Lächeln, das sich auf sie übertrug.

„Ich muss dich warnen, ich bin ein schlechter Verlierer."

Daran zweifelte sie keine Sekunde. „Das passt, denn ich bin eine grausame Gewinnerin."

Er schob ihr den Kartenstapel hin. „Abheben?"

„Nein, gib nur."

„Wie viele Punkte gibst du mir Vorsprung?" Sie beobachtete seine Hände, als er selbstsicher und geschickt die Karten austeilte, und fragte sich, ob er sie nicht doch hinters Licht führte. „Dies ist nicht Golf, Tyler. Du bekommst kein Handicap."

„Aha, so eine bist du also."

Sie prüfte ihr Blatt, während er seine Karten zurechtsteckte. „Was für eine?"

„Unerbittlich."

„Bloß weil ich dir keinen Vorsprung gebe?"

Er lachte. „Weil du eine hinreißende Frau bist, aber du hast etwas Gefährliches an dir. Du wirst mich nach Strich und Faden fertigmachen, stimmt's?"

„Nur, wenn du schummelst." Dabei schummelte er bereits,

indem er sie mit Schmeicheleien ablenken wollte. *Hinreißend.* So hatte sie sich nie gesehen, und sie bezweifelte sehr, dass er das ernst meinte.

„Ich bin zwar durchtrieben, aber schummeln? Niemals." In seinen Augen saß ein kleiner Teufel, der verhieß, dass er vor keinem schmutzigen Trick zurückschrecken würde, solange der Einsatz reizvoll genug war. Bei ihm musste sie auf der Hut sein.

Seine Augen blitzten, als sie eine Karte zog und sie abwarf. Mit kaum verhülltem Triumph schnappte er sich die Karte.

Tonya musste lachen. „Also, für einen Geschäftsmann hast du nicht gerade ein Pokerface."

„Ein Glück, dass wir Gin Rummy spielen und nicht Poker. Außerdem ist dies kein Geschäft." Er warf ihr einen Blick zu, der zu sagen schien: „Ist das dein Ernst?", als sie seine abgelegte Karte aufnahm. „Dies ist pures Vergnügen", fügte er mit leiser Stimme hinzu.

Sie sah in seine Augen, doch zuvor hatte sie unwillkürlich zum Bett geschaut.

Oh nein, er hatte es bemerkt! Plötzlich lagen Neugier und Nachdenklichkeit in seinem Blick, was nur bewies, dass ihm nichts entging. In seiner Gegenwart musste sie ständig auf der Hut sein, sonst würde sie sich gründlich blamieren.

„Ziehst du nun, oder was?", zischte sie und wusste genau, es war nicht richtig, dass sie ihren Ärger über sich selbst an ihm ausließ.

„Soso, ungeduldig bist du auch noch", bemerkte er leichthin und zwinkerte ihr zu. „Das mag ich bei Frauen."

Tonya überlegte noch, ob sie das als erotische Anspielung auffassen sollte, da legte er ganz ruhig sein gesamtes Blatt auf den Tisch und warf die letzte Karte ab. „Gin."

Sie starrte mit offenem Mund auf das Blatt. „Unmöglich. Nicht so bald."

Wieder lächelte er, und kein bisschen hämisch. „Beim nächsten Mal gewinnst du bestimmt."

Sie blieb skeptisch. Hatte sie sich von ihrem kleinen Geplänkel ablenken lassen? Jedenfalls flirtete er definitiv. Schweigend zählte sie ihre Punkte und schrieb sie auf. „Mal sehen."

Beim nächsten Mal, wenn er sie zu Spiel und Spaß aufforderte, sollte sie ihrem Instinkt folgen und ablehnen, anstatt diesen armen Stadtmenschen zu bemitleiden, der sich in unförmigen Kleidern lächerlich vorkommen musste. Doch wenn dem so war, sah man es ihm nicht an. Selbst in seinem abgetragenen Holzfälleroutfit war er schlicht umwerfend. Und selbstsicher, entspannt.

In dieser Stille, der Dunkelheit und Abgeschiedenheit wirkte er sogar ein bisschen gefährlich. Nicht, dass er ihr etwas antun würde, aber er könnte ihrem Herzen schaden. Und das durfte nicht noch einmal passieren. Mit Herzschmerz hatte sie leider genügend Erfahrung.

„Ich finde, wir sollten es ein bisschen spannender machen", sagte er. Sie teilte sieben Karten aus, legte den restlichen Stapel auf den Tisch und deckte die oberste Karte auf.

Sie sah ihn an, und da war so viel Hitze in seinem Blick, dass sie an sehr ungewöhnliche Einsätze denken musste. Sofort schämte sie sich für ihre unsinnigen Fantasien.

„Wir können einen Penny pro Punkt einsetzen."

Er hob die Augenbrauen. „Ist das nicht ziemlich wenig?"

„Mag sein. Aber wenn du denkst, du könntest um meinen Vertrag spielen, höre ich auf."

Seine schuldbewusste Miene sagte ihr, dass er genau das geplant hatte.

„Das wäre mir nie in den Sinn gekommen."

„Soso. Was dann?"

„Nun, dass du mich morgen mit auf deine Fototour nimmst, wenn ich gewinne."

Sie schob ihr Blatt zusammen und warf ihm einen misstrauischen Blick zu. „Ich laufe den ganzen Tag durch die Wälder, immer auf der Suche nach Bären. Da gibt es unangenehme Dinge wie Matsch und Mücken und Blasen an den Füßen."

„Zugegeben, das hört sich lustiger an, als wahrscheinlich gut für mich ist. Trotzdem möchte ich es wagen."

Kopfschüttelnd fragte sie: „Warum?"

Er zuckte die Schultern. „Aus purer Neugier."

„Neugier? Worauf? Etwa auf Bären? Tut mir leid, aber das nehme ich dir nicht ab."

„Die Bären interessieren mich schon ein wenig. Allerdings interessiert mich mehr, weshalb eine schöne, intelligente Frau ihre Zeit damit verbringt – und zwar ihre ganze Zeit, wie ich erfuhr –, sich in dunklen Wäldern, im schwülen tropischen Dschungel und auf eisigen Bergeshöhen herumzutreiben. Ganz zu schweigen von mit Schlangen bevölkerten Seitenarmen des Amazonas und Wüsten voller Sandflöhe, wenn sie stattdessen bequem in klimatisierten Studios zickige Models fotografieren könnte. Und das alles in einer Stadt mit Tausenden von hervorragenden Restaurants, die man zu Fuß erreichen kann."

Nach „schöne, intelligente Frau" hatte Tonya kaum noch hingehört. Das und „hinreißend" vorhin.

Es gab zwei Gründe, weshalb Webster diesen Ton anschlug. Entweder hielt er sie für schön und intelligent, oder er wollte, dass sie *dachte*, sie sei schön und intelligent. Die erste Möglichkeit sollte sie nicht weiter berühren. Doch das tat sie. Viel zu sehr, das verriet ihr plötzliches Herzklopfen deutlich genug.

Die zweite Möglichkeit schien jedoch plausibler, wenngleich weniger aufregend. Dennoch blieb die Frage: warum? Was hatte er vor?

Vielleicht war er immer noch darauf aus, sie zur Mitarbeit bei seinem neuen Projekt zu überreden, und bildete sich ein, dass er mit Schmeicheleien noch am ehesten etwas bei ihr erreichte. Wirkte sie so ausgehungert nach Komplimenten? Mehr noch, wirkte sie wie eine Frau, die auf eine so plumpe Masche hereinfiel? Oder war dies nur allgemein sein Umgangsstil mit Frauen im Geschäftsleben?

Nein, so ungeschickt war er nicht. Die meisten Frauen, die Tonya kannte, waren zu clever, um auf solche Spielchen hereinzufallen. Aber wenn es das nicht war, was hatte er vor?

Vielleicht interessierte er sich wirklich für die Bären und schämte sich, es zuzugeben. Von einem weit gereisten, erfahrenen Mann wie ihm erwartete man keine Begeisterung für schlichte Schwarzbären.

Sie verwarf diese Möglichkeit. Wenn er sich wirklich für Bären interessierte, hätte er anders reagiert, als Oscar plötzlich aufgetaucht war und ihm die Pfefferminzschokoladeblättchen stibitzt hatte.

Aber der Gedanke, er könnte sie tatsächlich für schön halten, war zu weit hergeholt, und doch ging er ihr nicht aus dem Kopf. Das ärgerte sie enorm. Sie wollte nicht von männlicher Bewunderung abhängig sein.

„Du möchtest wirklich mitkommen? Kein Problem. Wir gehen morgen zusammen, ganz gleich, ob du gewinnst oder verlierst."

„Um was spielen wir dann?"

Sein Grinsen wirkte entschieden triumphierend. So sehr, dass sie beschloss, bei diesem Spiel keine Gnade walten zu lassen. „Der Verlierer muss die Fotoausrüstung schleppen."

„Abgemacht."

„Damit du es nur weißt, ich werde Hackfleisch aus dir machen, Tyler."

Sein Lächeln zeigte, dass ihm ihr Kampfgeist gefiel. „Nur zu, Griffin. Und vergiss nicht, du hast einiges wettzumachen."

Da war er wieder, dieser typische Webster-Tyler-Charme. Oh nein, sie würde ihm nicht in die Falle gehen.

Selbst wenn er sie noch so oft schön und intelligent nannte. Oder hinreißend.

Selbst wenn er überraschend entspannt und harmlos aussah in Charlies großem Hemd. Mochte er noch so vergnügt mit seinem Stuhl kippeln, noch so ernsthaft sein Blatt studieren.

Auch wenn sie trotz allem davon träumte, wie sie beide in Charlies altem Bett auf der klumpigen Matratze lagen, während die rostigen Sprungfedern lustig quietschten und sie, Tonya, auch ein paar Geräusche von sich gab.

Sie war sich gar nicht bewusst, dass sie versonnen das Bett betrachtete, als Webster sich räusperte.

„Spielst du jetzt, oder was?", fragte er, indem er ihre vorherige Ungeduld nachahmte.

Sie seufzte innerlich. Welcher ungute Stern hatte ihn zu ihr geführt? Welcher Teufel hatte dafür gesorgt, dass ihm dieser Baum aufs Auto fiel? Und wie sollte sie es schaffen, bei alldem einen kühlen Kopf zu bewahren?

Tonya hatte Webster nach allen Regeln der Kunst geschlagen. Von drei Spielen hatte sie drei gewonnen. Und er war in der Tat ein schlechter Verlierer, der jedes Mal Zeter und Mordio schrie.

Trotz allem und trotz seiner schmerzenden Schulter grinste Webster, als er später in seinem Schlafsack vor dem Ofen lag und in die Dunkelheit starrte. Wenn es nach Tonya gegangen wäre, hätte sie auf dem Boden gelegen und er hätte das Bett bekommen.

„Muss ich wirklich erst den Macho herauskehren?", hatte er mit gespieltem Unwillen gefragt. „Der Mann bin ich. Du bist die Frau und somit das zartere, schwächere Geschöpf. Meine Aufgabe ist es, auf der harten Erde zu schlafen und anschließend einen Elch oder ein Karibu fürs Frühstück zu erlegen, während du Feuerholz sammelst und Tierhaut weich kaust – oder sonst irgendetwas machst, was seit Urzeiten Aufgabe der Frauen ist."

Darauf hatte sie ihm einen ihrer strafenden Blicke zugeworfen, die ihm inzwischen so vertraut waren.

„Muss ich mir diesen Quatsch anhören, weil ich dich besiegt habe?", bemerkte sie und rollte den Daunenschlafsack vor dem Feuer aus.

„Du musst es dir schon gefallen lassen. Während ich im Bad war, bist du im Regen zum Schuppen gerannt, um deinen Schlafsack zu holen, obwohl ich gesagt habe, dass ich das mache."

„Deine Stiefel sind noch nass", hatte sie entgegnet. „Meine nicht. Außerdem habe ich einen Regenmantel. Da ich zum schwachen Geschlecht gehöre, denke ich an so etwas."

„Du schläfst *nicht* auf dem Boden", hatte er bekräftigt.

Ob sie nun einfach nicht streiten wollte oder ob sie seinen wild entschlossenen Blick richtig deutete – jedenfalls hatte sie nachgegeben. „Bitte sehr. Mach es dir bequem."

Dann war sie ins Bad gegangen. Als sie nach ein paar Minuten herauskam, sah sie in ihrem weiten, verblichenen roten Schlaf-shirt, das er am Haken an der Badezimmertür bemerkt hatte, aus wie eine Sechzehnjährige. Aber er war innerlich so sehr mit ihrem zum Trocknen aufgehängten Spitzenslip beschäftigt ge-wesen, dass er auf das Shirt nicht sonderlich geachtet hatte.

Sie steuerte direkt auf das Bett zu, bat ihn, noch etwas Holz aufs Feuer zu legen, und löschte die Lampe, noch bevor er sich hingelegt hatte. Sie zog sich die Bettdecke bis ans Kinn hoch, und das war's dann.

Das war über eine Stunde her. Das Unwetter schien wei-tergezogen zu sein. Der Regen hatte nachgelassen, der Wind sich etwas gelegt. Im Innern der Hütte jedoch war die Luft noch immer elektrisch aufgeladen. Wahrscheinlich war das Ge-witter zum Teil verantwortlich für die erotische Spannung im Raum, ebenso wie für die absurde Situation, in der Webster sich befand.

Webster Tyler, der machtvolle Unternehmer, Leiter eines der angesehensten und reichsten Verlagskonzerne der Welt, der mit Prominenten auf Du und Du stand, der mit wichtigen Persön-lichkeiten dinierte und in den prachtvollsten Villen übernach-tete, lag auf den Dielen einer schäbigen Hütte wie ein Pfadfinder. In einer weiten grauen Jogginghose, in der zwei Männer seiner Größe Platz gehabt hätten – und überlegte, wie er Tonya mit in diese Hose bekam. Oder wenigstens aus ihrer heraus.

Wie tief war er gesunken!

Da half es auch nichts, dass sie höchstwahrscheinlich auch wach lag. Die Bärenliebhaberin war ebenfalls unruhig, wie das wiederholte Quietschen der alten Sprungfedern bewies. Aus der Richtung des Betts kamen keine regelmäßigen Atemzüge, ganz zu schweigen von leisem Schnarchen, nachdem sie ihren Körper in die Horizontale gebracht hatte.

Und was für einen sexy Körper sie hatte! Der Schein des Feuers war zu schwach, um den Raum zu erhellen, aber man konnte die Silhouette eines sanft gerundeten Frauenkörpers in einem verwaschenen Shirt ausmachen. Mit einem geübten Blick hatte er die aufregenden Kurven unter dem Shirt erspäht, als sie vorhin aus dem Bad gekommen war und die Bettdecke zurückgeschlagen hatte.

Webster drehte sich auf den Rücken, unterdrückte ein Stöhnen, als die Schramme an seiner Schulter sich schmerzhaft bemerkbar machte, und verschränkte die Hände hinterm Kopf. Der mit Daunen gefüllte Nylonschlafsack raschelte leise, und den Falten entströmte erneut Tonyas Duft. Webster versuchte, ihn zu ignorieren, ebenso wie sein Fantasiebild von ihren Brüsten unter dem dünnen Shirt. Brüste, die wie sanfte Hügel waren – verlockend in ihrer Prallheit – und sich ganz sicher wunderbar weich anfühlten, wenn er sie in die Hände nahm …

Himmel, der Schlafsack duftete nach ihr. Ein femininer, unglaublich erotischer Hauch nach Blüten, mit einer Spur von Mückenspray.

Webster unterdrückte ein Lachen bei dem Gedanken, dass ihn Insektenspray erregte. Es war einfach zu kindisch.

Er starrte auf die tanzenden Schatten, die der Feuerschein vom Ofen an die Decke warf. Er konnte es nicht begreifen, dass er sich auf einmal für Tonya interessierte.

Zum hundertsten Mal sagte er sich, dass sie nicht sein Typ war. Zudem war sie nicht auf eine Beziehung aus. Er übrigens auch nicht. Er war zu beschäftigt, um sich auf eine Romanze einzulassen. Auf die wiederum Tonya sich sowieso nicht einlassen würde.

Tonya Griffin war eine reine Geschäftspartnerin. Gewiss, er war entschlossen, an ihre weibliche Eitelkeit zu appellieren, damit er sein Ziel erreichte. Aber darüber sollte es nicht hinausgehen.

Wieder knarrte das Bett. Unwillkürlich wandte er den Kopf in ihre Richtung. Sie drehte sich zur Wand, weg von ihm. Ihr Haar war getrocknet, die weichen Locken breiteten sich über ihren Rücken aus, und er musste an Engelshaar denken. Sinnlich glänzend wie flüssige Seide ergoss es sich über die Kissen und lud zum Streicheln ein.

Die sanfte Kurve ihrer Hüfte bildete einen lockenden Hügel unter der alten Steppdecke, die Einbuchtung ihrer schmalen

Taille war wie ein reizvolles Tal. Genauso reizvoll wie Tonyas Verwandlung von der harten Outdoor-Lady im Militärlook zur Trägerin von sexy rosafarbenen Dessous, die etwas Mädchenhaftes an sich hatten. Es machte sie plötzlich weicher, verletzlicher.

Du bist gar nicht so hartgesotten, wie du dich gibst, Darling, oder? dachte er. Und ich bin dir nicht so gleichgültig, wie du mir weismachen willst.

Doch hier ging es ums Geschäft, nichts weiter.

Ich bin ja auch nicht wirklich scharf auf sie, sagte er sich und drehte sich ebenfalls zur Wand. Es ist nur diese merkwürdige Situation, die Langeweile, diese tödliche Stille. Und die Notwendigkeit, ihre Unterschrift unter den Vertrag zu bekommen.

Warum lächelte er dann vor sich hin, während er dalag und Tonyas tiefen Seufzer hörte? Er wusste es beim besten Willen nicht. Dies war nicht seine Welt, dieses pionierhafte einsame Leben in einer Blockhütte mitten im Wald. Eines musste er jedoch zugeben: Nachdem er sich vorhin aufgewärmt und etwas in den Magen bekommen hatte, war es ihm richtig gut gegangen. Er hatte den Abend genossen, sich entspannt. Zum ersten Mal seit – verflixt, er konnte sich nicht einmal erinnern, seit wann. Das gab ihm doch sehr zu denken.

Auch hatte er seinen Sinn für Humor wiederentdeckt, den er so lange unter Verschluss gehalten hatte. Und das in einer Holzhütte im tiefsten Wald, ohne Strom, ohne Taxis, die draußen durch die Straßen jagten – ja, ohne Straßen –, ohne Polizeisirenen, ohne die Neonlichter vom Broadway. Sogar das Telefon war tot, und er hatte sein Handy bei dem beinahe tödlichen Abenteuer mit dem umstürzenden Baum verloren.

Jawohl, er hatte sich gut amüsiert. Beim Kartenspiel mit Tonya Griffin, die ein bisschen zu viel Spaß daran hatte, „Hackfleisch aus ihm zu machen", wie sie ganz ungeniert gesagt hatte.

Ungeniert und unverfälscht, so war sie. Sie war durch und durch echt, energiegeladen und für alle Eventualitäten gerüstet. Was man von ihm nicht behaupten konnte. Zumindest nicht, was den heutigen Tag anging.

Ich muss endlich einschlafen, sagte er sich. Morgen wird ein harter Tag.

Er würde ausgeruhte Muskeln brauchen, denn morgen würde er den Packesel spielen müssen. Er hatte den starken Verdacht, dass Tonya ihm nichts ersparen würde.

Es war dumm gelaufen.

Warum lächelte er dann noch immer, als er schließlich einschlief? Und warum fühlte er sich so entspannt und behaglich auf einem Dielenboden, der so hart war wie der Asphalt auf den Straßen von New York?

*T*onya öffnete die Hüttentür. Der Morgenhimmel war blau und klar, im Gegensatz zu dem finsteren, wolkenverhangenen Himmel vom Abend zuvor. Leise stahl sie sich hinaus, um ihren Gast nicht zu wecken.

Vogelgezwitscher empfing sie wie Klänge einer romantischen Windharfe, als sie die nassen Stufen herunterkam. Auf dem Weg zur Vogelfutterstelle, wo auch eine Schale mit Zuckerwasser stand, schwirrten zwei Kolibris so dicht an ihr vorbei, dass sie ihren Flügelschlag wahrnahm.

„He, was war das denn?", fragte eine tiefe, sinnliche Stimme hinter Tonya.

Sie fuhr herum. Webster stand in Socken auf der obersten Stufe der kleinen Treppe, die von der Veranda herunterführte. Er hatte Charlies Flanellhemd übergezogen, und da es offen stand, ließ es die nackte Brust sehen. Die graue Jogginghose, die Tonya ihm als Schlafanzug angeboten hatte, saß bedrohlich tief, als wollte sie ihm jeden Moment von den schlanken Hüften rutschen. Tonya sah viel mehr gebräunte Haut und viel mehr seidiges Brusthaar, als für ihren Seelenfrieden gut war. Mit dieser Figur könnte er ohne Weiteres Werbung machen für ein Fitnesscenter – oder für Designerwäsche.

Verflixt, wenn sie zu wenig Sex-Appeal hatte, so hatte dieser Mann einfach zu viel. Ihr wurde heiß bei dem Anblick, und sie wusste vor Verlegenheit nicht, wo sie hinsehen sollte.

Hastig wandte sie sich ab, um die Kolibris zu beobachten, doch ihr Puls flatterte so heftig wie die Flügel der kleinen Vögel. Aber war das ein Wunder? Ein solches Prachtexemplar von einem Mann schneite einem schließlich nicht jeden Tag ins Haus.

Webster sollte nicht so gut aussehen in Charlies abgetragenen sackartigen Sachen. Er war verschlafen, sein Haar war zerstrubbelt, er hatte Druckstellen vom Kissen auf den Wangen, die einen leichten Bartschatten aufwiesen, und sein Blick war noch leicht verhangen. Und dennoch wirkte er durch und durch maskulin, geradezu urig in dieser wildromantischen Umgebung. Die kühle

Luft hatte dafür gesorgt, dass seine Brustwarzen hart waren wie kleine Perlen. Wie gern hätte Tonya sie zärtlich gerieben und gestreichelt …

Leider war Webster auch der Grund, warum sie in der letzten Nacht fast kein Auge zugetan hatte. Durch sein plötzliches Auftauchen hatte er all ihre lange verdrängten, beunruhigenden Gefühle wieder aufgerührt. Von Ausgeglichenheit und Ruhe war sie weit entfernt.

„Kolibris“, erklärte Tonya schließlich und versuchte, sich wieder zu fangen. Auf keinen Fall durfte er merken, welch überwältigende Wirkung er auf sie hatte. „Um diese Zeit ziehen sie nach Süden. Eigentlich hätte ich ihnen kein Futter mehr geben sollen.“ Sie zuckte mit den Schultern. „Ich konnte mich nicht dazu überwinden. Sie sind so hübsch. Ich beobachte sie gern, wenn sie pfeilschnell auf den Futterplatz zusteuern und dann wieder in den Fichten verschwinden.“

Sie wusste, sie würde vielem aus Charlies Waldgebiet nachtrauern, wenn sie abgereist war. Es gab unzählige schöne Momente und Überraschungen. Doch im Grunde wollte sie mit ihrem Reden nur vermeiden, dass sie wie eine Närrin Websters Brust anstarrte. Seine Muskeln. Seine Lippen, die sie zu gern auf ihren gespürt hätte. Sogar seine Bartstoppeln fand sie sexy. Sie verliehen ihm etwas Verwegenes und Gefährliches, und sie fragte sich, wie gnadenlos er wohl sein konnte, wenn er etwas durchsetzen wollte.

Er gähnte und rieb sich den Schlaf aus den Augen. Wie schön, dass wenigstens einer von ihnen beiden einen gesunden Schlaf gehabt hatte. Sie würde für die durchwachten Stunden schwer büßen. Aber sie hatte bereits beschlossen, sich an Webster dafür zu rächen, sobald sie die Bären, die sich am Rand der Lichtung versammelten, gefüttert hatte.

„Aha, der Sturm aufs Frühstücksbuffet setzt ein“, bemerkte Webster dicht hinter ihr.

„Die sind schon lange da und haben geduldig gewartet.“

Ein großer Bär stellte sich auf die Hinterbeine, blickte in ihre Richtung und knurrte laut.

„Dein Begriff von Geduld deckt sich absolut nicht mit meinem. Du willst doch nicht wirklich da hingehen, oder?"

„Die Bären und ich, wir haben eine Abmachung", versicherte Tonya und ging auf den Schuppen zu, in dem Charlie das Futter lagerte. „Ich füttere sie, dafür fressen sie mich nicht. Es funktioniert prima. Aber du bleibst besser hier."

„Wenn du darauf bestehst."

Sie grinste. Er würde sich keinen Schritt von der Tür wegwagen, solange die Bären zu sehen waren, das wusste sie.

„Hungrig, Jungs?", fragte sie laut, als sie zwei kleine Bären in einem Baum erblickte. Sie schnalzte mit der Zunge, so ähnlich, wie es Bärenmütter taten. „Das sind Jenna und Barbara Bush. Nein, schau höher. Es ist Lauras Frühjahrswurf. Sie hat sie nach oben geschickt, bis sie ihnen Entwarnung gibt."

„Das beantwortet wohl meine Frage."

„Die wäre?"

„Hätten mich die Bären nicht für Futter gehalten, wenn ich auf einen Baum geklettert wäre?"

Tonya verbarg ihr Lächeln, stellte einen Eimer auf die Erde und schüttete Charlies Futtermischung hinein. „Siehst du die großen Tiere, die am Rand der Lichtung Wache halten? Die beiden dort sind Eisenhower und Nixon. Der mit der Narbe an der Schnauze ist Agnew. Es sind lauter alte Herren."

„Verstehe. Charlie ist ein offenbar überzeugter Republikaner."

Wieder lächelte sie. „Allerdings. Ah, da kommen Bush senior, Bush junior und Cheney."

Webster lachte. „Das wird langsam zur Parteiversammlung. Und warum halten sich die anderen zurück? Lauert da irgendwo ein heimlicher Clinton-Anhänger?"

„Keines von den Tieren fängt an zu fressen, bevor die Alten das Okay geben. Ich kenne das Signal nicht, aber die Bären kennen es genau." Tonya begann, die Näpfe zu füllen und sie auf mehrere Baumstümpfe und Felsen zu verteilen.

„Wirklich eindrucksvolle Tiere, nicht?", meinte Webster, als Tonya nach ungefähr zehn Minuten zum Schuppen zurückkehrte, um ihn abzuschließen.

Eindrucksvoll wie du, schoss es Tonya durch den Kopf. Immer wenn sie ihn ansah, entdeckte sie einen weiteren faszinierenden Zug an ihm. Im Augenblick war es sein Gesichtsausdruck, während er sich ans Treppengeländer lehnte, die Füße gekreuzt. Er wirkte wie ein kleiner Junge in Disneyland. Er war so versunken in die Betrachtung der Bären, dass er gar nicht daran dachte, seine Begeisterung zu verbergen. Deutlich sah sie sein Staunen, seine Bewunderung und auch seinen Respekt vor der Schönheit dieses Naturschauspiels.

„Genau", gab sie leise zurück.

Verwirrt schaute er sie an. „Genau was?"

„Was du gerade empfindest. Genau deshalb durchstreife ich Wälder und Dschungel und erkunde mit Schlangen bevölkerte Flüsse. Es berührt mich tief drinnen. Es ist eher eine Leidenschaft als ein Beruf."

Nachdenklich nickte er. „Okay, das kann ich nachvollziehen – wenn man ein Mensch ist, der auf gewisse Standards verzichten kann, wie Elektrizität, Klimaanlagen, E-Mails … oder Fernsehen."

Da war sie wieder, seine spöttische Überlegenheit, hinter der er sich normalerweise verschanzte. Doch einen Moment lang hatte er ehrfürchtiges Staunen empfunden und hatte ihre Leidenschaft für die Natur verstanden. Und das vereinfachte die Situation für Tonya nicht gerade, denn es machte ihn menschlicher, sympathischer und damit noch verführerischer.

„Ich koche Tee und suche etwas fürs Frühstück", erklärte sie, ging die Stufen hoch und an Webster vorbei. „Danach ziehen wir los."

Webster betrachtete sie, während er ihr folgte, und seufzte. Was ihre Wandlungsfähigkeit anging, war diese Frau ein echtes Phänomen.

Er seufzte erneut schwer und rief sich zur Ordnung. Die hübsche blonde Sexbombe in Rosa vom Abend zuvor war verschwunden. An ihre Stelle war die Waldläuferin im Tarnanzug getreten. Sie trug jetzt eine weite Cargo-Hose und ein grünes

Kapuzenshirt gegen die morgendliche Kühle. Und natürlich ihre Stiefel, die vermutlich Stahlkappen hatten.

Aber ich kenne dein süßes Geheimnis, kleine Miss Salatgrün, dachte er, innerlich triumphierend. Du hast eine Schwäche, die verrät, dass du auch weiche, feminine Seiten hast. Und vielleicht hatte sie auch noch mehr Schwächen, doch darüber wollte er jetzt nicht nachdenken, denn es erschien ihm zu gefährlich.

Es genügte ihm, eine ihrer Schwächen entdeckt zu haben: ihre Vorliebe für Dessous aus zarter Spitze und Seide. Und da ihre sexy Wäsche am Morgen nicht mehr in dem primitiven Bad gehangen hatte, konnte es gut sein, dass sie den BH und den Slip heute angezogen hatte.

Mit diesem Gedanken befand er sich erneut auf gefährlichem Terrain.

Es waren die Gegensätze in ihrem Wesen, die er so erotisch fand und die ihn ständig von seinem Ziel ablenkten. Er fand Tonya extrem anziehend. Und irgendwie funktionierte er in dieser Umgebung nicht wie sonst. Vielleicht hatte der umstürzende Baum ihn gestern doch am Kopf getroffen.

Kaffee! meldete sich eine kleine Stimme in ihm. Ja, er brauchte eine ordentliche Dosis Koffein, um einen klaren Kopf zu bekommen. Und er musste Tonya ein wenig umschmeicheln, sonst würde sie den Vertrag nie unterschreiben.

Entschlossen folgte er ihr in die Hütte.

Sie hatte den alten kupfernen Teekessel bereits aufgesetzt. Doch Brombeerblätter, Rotbusch & Co. würden ihm heute Morgen nicht genügen. Er überlegte, ob man von Koffeinmangel auch Entzugserscheinungen bekommen konnte. Im Moment neigte er dazu, die Frage zu bejahen.

Er betastete seine Kleidung, die er zum Trocknen aufgehängt hatte, auf Reste von Feuchtigkeit. Zum Glück waren sie trocken, weitgehend zumindest, und die Stiefel ebenfalls.

Tonya hatte offenbar Mitleid mit ihm, denn als er aus dem Bad kam, mit seinen eigenen Sachen bekleidet, stand ein altmodischer Kaffeekocher aus Metall auf dem Herd.

Webster schnupperte und stöhnte dankbar auf. „Oh Tonya,

dafür könnte ich dich lieben."

„Sag das Charlie", korrigierte sie ihn. „Das sind seine Vorräte."

„Aha. Der Mann gefällt mir. Aber noch mehr gefällst du mir."

Tonya drehte sich zu ihm um und schenkte ihm ein bezauberndes Lächeln, bei dem sich ihr Grübchen zeigte. Sie war so hübsch, dass er sie hingerissen betrachtete und zunächst gar nicht merkte, dass sie ein Lachen zu unterdrücken versuchte.

„Was ist denn?", fragte er irritiert und schaute an sich herunter, ob etwa seine Hose offen stand.

„Das ist wirklich ein starkes Outfit. Hast du auch einen Stetson und spitze Schlangenlederstiefel zu Hause im Kleiderschrank, für den Fall, dass du dich als Cowboy verkleiden willst?"

„Na, hör mal", gab Webster in beleidigtem Ton zurück. Allerdings kam er sich in seiner topmodischen Sportkleidung reichlich lächerlich vor: eine Leinenhose und ein Safarihemd mit unzähligen Taschen mit Klettverschlüssen, beide nagelneu. Er hätte lieber sein altes Sweatshirt mitgenommen, aber Pearl hatte für ihn gepackt. „Das trägt der Mann von Welt heute, wenn es ihn zurück zur Natur zieht."

„Soso." Tonya reichte ihm einen Becher mit Kaffee.

„C.C. Bozeman würde es überhaupt nicht schätzen, dass du dich über seine Kollektion lustig machst."

„Schön, solange du dich darin wohlfühlst, habe ich kein Recht, dich zu kritisieren."

„Und ich bin so glücklich über den Kaffee, dass ich den Schlag gegen mein Ego locker verkraften kann."

„Übrigens, du solltest deine Stiefel einfetten, wenn sie länger halten sollen."

Webster grinste, als sie völlig unbeeindruckt sein Outfit begutachtete. „Sollte ich länger bleiben und ein paar Bäume fällen wollen, werde ich deinen Rat vielleicht beherzigen."

„Oh, da fällt mir etwas ein. Wie geht es eigentlich deiner Schulter?"

Sie schmerzte noch ein bisschen, doch es war erträglich. „Es ist nett, dass du fragst. Meiner Schulter geht es gut, sie ist nur ein bisschen steif. Und zu deiner Information, für die Kleidung ist meine Sekretärin verantwortlich."

Tonya zog die Augenbrauen hoch.

„Sie ist außerdem meine Patentante und nimmt ihre Arbeit sehr ernst."

„Hauptsache, du nimmst dich selbst nicht zu ernst in dem Kostüm."

„Wirklich nicht. Ich komme mir vor wie ein Jemand, der in einem billigen Film einen Abenteurer spielen soll. Es fehlt bloß noch der Tropenhelm, und dann gehe ich auf die Suche nach einem vom Aussterben bedrohten Indianerstamm am Amazonas."

Sie lächelte wieder, doch diesmal wirkte ihr Lächeln etwas gezwungen. „Aber nicht hier."

„Da hast du auch wieder recht." Verwundert stellte Webster fest, dass Tonya ihn trotz aller Selbstermahnungen noch genauso fesselte wie am Abend zuvor. „Hier suche ich nur nach dir, um dir meinen Vertrag anzubieten. Aber darüber will ich jetzt nicht reden", fügte er rasch hinzu, als er ihre unwillige Miene sah.

Der Kaffee schmeckte so gut, wie er duftete. Webster trug seinen Becher zum Tisch, um beim Trinken heimlich Tonya zu beobachten, die sich an Herd und Ausguss zu schaffen machte. Er gestand sich ein, dass das ziemlich machohaft war, aber es war so ungewöhnlich, dass eine hübsche Frau für ihn kochte. Und hübsch war sie, trotz der zu einem strengen Zopf geflochtenen Haare und des üblichen Militär-Looks.

Verflixt, ich habe meine Ansichten total geändert, obwohl ich ihr erst gestern begegnet bin, schalt er sich. War es wirklich erst vor zwölf Stunden?

Er kratzte sich am Stoppelbart und überlegte. Tonya war attraktiv mit ihrer selbstsicheren, energischen, gesunden Art. Und es stand außer Zweifel, dass sie eine strahlende Schönheit sein konnte, wenn es angezeigt war.

Er stellte sie sich in seidenen Designermodellen vor. Vielleicht in Blau, passend zu ihren Augen – etwas Schulterfreies, eng Anliegendes. Oder in ihrer Lieblingsfarbe Pink. Etwas Winziges mit Spitze, in dem sie viel von ihrer zarten Haut und ihrem sexy Körper zeigte, den sie normalerweise so erfolgreich verhüllte.

„Kann ich irgendwie helfen?", erkundigte er sich abrupt. Er musste sich von diesen gefährlichen Gedankengängen ablenken.

Tonya warf ihm einen überraschten Blick zu. „Klar. Du kannst Saft einschenken und den Tisch decken, wenn du möchtest. Und sag mir, wie du deine Eier zubereitet haben möchtest."

„So, wie du sie machst, ist es okay."

Während sie am Herd stand, suchte er Teller, Gläser und Bestecke zusammen und arrangierte alles auf dem Tisch. Zu seiner Überraschung fühlte er sich locker und entspannt, keineswegs unbehaglich oder fremd, wie es zu erwarten gewesen wäre. Eigentlich hätte er Heimweh nach seiner komfortablen Wohnung haben müssen.

Doch er fühlte sich rundum wohl, zusätzlich zu seinem Interesse an Tonya. Er holte tief Luft und ermahnte sich, dass er nicht zum Ausspannen hier war, auch wenn Pearl sich das gewünscht hatte. Er wollte den Vertrag abschließen, egal, mit welchen Methoden. Seiner Lieblingskandidatin für den Posten, den er anzubieten hatte, ein wenig näher zu kommen lag genau auf dieser Linie. Nebenbei konnte er sich ja ein bisschen entspannen, das half vielleicht sogar.

„Normalerweise nehme ich kein so üppiges Frühstück zu mir", erklärte Tonya, während sie zwei Teller mit Rührei auf den Tisch stellte. „Aber ich sollte die Vorräte aus dem Kühlschrank besser verbrauchen, falls der Strom noch länger ausbleibt."

„Hältst du das für möglich?" Webster machte sich über die Eier her.

Tonya zuckte mit den Schultern. „Das hängt davon ab, wie schwer die Schäden sind und wie schnell die Elektriker sie finden. Übrigens, wir sollten nachsehen, ob wir dein Auto wieder flott bekommen."

„Es ist ein Totalschaden", bemerkte er. „Wie hast du diese Eier zubereitet? Sie sind köstlich."

„Das kommt von der frischen Luft, die macht Appetit."

„Das bezweifle ich. Wo hast du kochen gelernt?"

„Pure Notwendigkeit und spärliche Zutaten. Ich habe immer meine eigenen Gewürze dabei."

„Wirklich köstlich." Wie du, fügte er im Stillen hinzu, als ihre Wangen sich leicht röteten. Wer hätte das gedacht? Sie war Komplimente nicht gewöhnt. Aber es gefiel ihr, und das war gut für ihn. Außerdem verschaffte es ihm eine kleine Pause. Sie wirkte so jung ... Ihm kam plötzlich eine Erinnerung, verschwommen zunächst, doch dann völlig klar.

Verblüfft lehnte er sich zurück, während das Bild Gestalt annahm. „Ich werd verrückt!"

„Was ist?", fragte sie beunruhigt.

„Ich kenne dich von früher. Meine Güte, die ganze Zeit über kamst du mir irgendwie vertraut vor, ich wusste nur nicht, woher ich dich kannte. Du hast mal bei uns gearbeitet, richtig?"

Tonya saß da wie vom Donner gerührt. Die Röte wich aus ihren Wangen. Ohne ihn anzusehen, legte sie ihre Gabel hin und stand auf. „Möchtest du noch Kaffee?"

„Es ist ein paar Jahre her", fuhr er fort. Er war seiner Sache zunehmend sicher. „Sag schon, habe ich recht?"

Sie atmete hörbar aus und füllte seinen Becher nach. „Du hast ziemlich lange gebraucht, um darauf zu kommen."

Ihr Ton war nicht erfreut. Mehr noch, ihre Stimme drückte überhaupt keine Emotion aus.

Webster dagegen wurde immer aufgeregter. „Du hattest kurzes Haar, trugst eine Brille und ... war dein Name nicht Tammy oder so ähnlich?"

Sie lächelte bitter. „So hast du mich bloß genannt, weil du meinen Namen vergessen hattest."

„Die Weihnachtsparty!", fuhr er aufgeregt fort. „Rosa Pulli, schwarzer Rock."

„Und zu viel Weihnachtsseligkeit", setzte Tonya hinzu, während er versuchte, sich weitere Einzelheiten in Erinnerung zu rufen.

Sie spülte das Geschirr und stapelte es im Ausguss, und er erlebte die Szene im Geiste noch einmal. Er war spät auf der Weihnachtsparty eingetroffen. Er war gereizt und wollte einer gewissen Juristin, die in der Rechtsabteilung arbeitete und ihn seit Wochen nervte, aus dem Weg gehen. In der Menge hatte er von weitem Tammy – nein, Tonya – ausgemacht. Der festlich geschmückte Raum hallte wider von lautem Gelächter und Partylärm, der Champagner floss in Strömen. In den vergangenen Monaten war er der neuen Foto-Assistentin ein, zwei Mal auf dem Flur begegnet. Sie war niedlich mit ihrer rührenden Schüchternheit, und offensichtlich schwärmte sie für ihn.

Und auf der Party, nun ja … Die Neue war hübsch, und sie tat ihm ein wenig leid, als sie ihm hoffnungsvolle Blicke zuwarf. Er hatte alle Mühe, die bewusste – wie hieß sie doch gleich? Rebecca, genau, Rebecca mit den zu kurzen Röcken und den zu eifrigen Händen – zu meiden. Er musste vor Rebecca gerettet werden ebenso wie Tonya vor dem Champagner.

Folglich ignorierte er Rebeccas anzügliche Angebote und bot stattdessen Tonya an, sie nach Haus zu bringen. Damit schlug er zwei Fliegen mit einer Klappe, wie er sich sagte: Er entging einer drohenden Klage wegen sexueller Belästigung, und die schüchterne Tonya entging den Nachstellungen des schleimigen William Wycoff, der sie seit fast einer Stunde belagerte.

Sie war so süß. Hochrote Wangen und Anbetung im Blick, aber wohl zu schüchtern, um auf ihn zuzugehen.

Wie gründlich er sich da getäuscht hatte!

Das Taxi hielt vor ihrem Haus, er sagte ihr Gute Nacht, und im nächsten Moment lag die kuscheligste, anschmiegsamste und am besten duftende Frau aller Zeiten in seinen Armen. Trotzdem hatte er sich gezwungen, den Kuss schon bald zu beenden und Tonya mit einem freundlichen, amüsierten Lächeln zu verabschieden.

Noch Monate später dachte er an diese Nacht, und immer wieder versuchte er sich einzureden, der Kuss habe nichts zu bedeuten. Dass die Explosion der Gefühle bei der Berührung ihrer Lippen nichts als Einbildung gewesen war.

Aber Tatsache war, dass ihm das Ganze unter die Haut gegangen war. Dieser unschuldige, gefühlvolle Kuss hatte ihn beinah dazu gebracht, Tonya in ihr Apartment zu folgen. Und was dann passiert wäre, hätte ihn eine Nacht lang unbeschreiblich glücklich gemacht und ihm am nächsten Morgen Gewissensbisse beschert. Ebenso wie ihr.

Erstens war sie sehr jung. So schien es zumindest. Zweitens hätte er ihre Naivität ausgenutzt. Doch der wahre Grund war, dass der Kuss ihn zutiefst erschüttert hatte.

Er war gerade dreiundzwanzig, aber er hatte bereits einige Erfahrung. Er konnte unterscheiden zwischen Küssen, die sagten: „Ich möchte eine heiße Nacht mit dir verbringen" und „Ich möchte mein Leben lang mit dir zusammen sein". Tonyas Kuss gehörte zu der letzteren Sorte, das hatte er instinktiv geahnt.

Es war ein kurzer, verrückter Moment, doch er hatte Angst bekommen.

Auch jetzt verspürte er Angst, als er ihre steifen Bewegungen sah.

„Warum hast du nichts davon gesagt?", fragte er mit ehrlicher Neugier.

„Da muss ich direkt überlegen. Warum habe ich nicht einen der peinlichsten Momente meines Lebens angesprochen?"

„Peinlich? Ich fühlte mich sehr geehrt."

„Du hast Hals über Kopf das Weite gesucht", entgegnete sie heftig und warf sich das Geschirrtuch über die Schulter. Sie lehnte sich an den Ausguss und sah Webster ins Gesicht.

„Du warst … wie soll ich es behutsam ausdrücken?"

„Beschwipst?", schlug sie vor.

„Ja, vielleicht ein bisschen. Ich wollte die Situation nicht ausnutzen. Und du warst so jung."

„Dumm war ich."

„Aber du hattest einen guten Geschmack bei Männern." Er hoffte, ihr ein Lächeln zu entlocken.

Sie verzog unwillig den Mund. „Klar, Arroganz hat mich schon immer angeturnt."

„Na bitte."

Zu seiner Freude bekam Webster jetzt doch noch ein Lächeln von ihr. „Was ist danach geschehen? Ich wollte dich nach den Feiertagen sprechen, um sicherzugehen, dass alles okay war, und man sagte mir, du wärst nicht mehr bei uns beschäftigt." Er hatte so oft an den Kuss gedacht, dass er zu dem Schluss gekommen war, es gäbe für ihn nur einen Weg, um herauszufinden, ob er mehr hineininterpretiert hatte, als eigentlich da war: Er würde Tonya noch einmal küssen. Ein Teil seines Ichs hoffte inständig, sein erster Eindruck würde sich nicht bestätigen.

„Ich wurde gefeuert."

„Nein, wirklich?"

Sie nickte. „Das soll in großen Unternehmen vorkommen."

„Richtig, ich erinnere mich. Wir hatten ein schwieriges Jahr."

„Und ich hatte nichts in die Waagschale zu werfen."

Stumm starrte er sie an. Die begehrte Tonya Griffin, eine der besten Fotografinnen in der Branche, war dieselbe Frau, die ihm damals einen solchen Schreck eingejagt hatte.

Und er war damals so schockiert gewesen, dass er ihren süßen, intensiven Kuss und seine Gefühle dabei nie vergessen hatte. Gefühle, die ihn seitdem beschäftigten. Gefühle, die er niemals wieder empfinden würde, das war ihm klar geworden. Das Gefühl, jemand ganz Besonderem begegnet zu sein. Einem Menschen, den er anschließend aus den Augen verloren hatte, der jedoch sein Leben verändert hatte.

Damals hatte er sich eingeredet, es wäre besser so. Mit dreiundzwanzig war er ebenso wenig bereit, sich zu binden, wie heute. Er hatte das Leben und die Frauen genossen, und er hatte die eine nicht gefunden, die es wert war, für sie seine Freiheit aufzugeben. Die Frau, die ihn so sehr berührte wie die süße kleine Tonya, die so viel Gefühl in ihren Kuss gelegt hatte.

Zudem hatte er einer Frau wie ihr nicht genug zu bieten. Vor zwölf Jahren mochte das noch ein wenig anders gewesen sein. Mit den Jahren war er zynisch geworden, seine Emotionen waren abgestorben, er hatte keine tieferen Beziehungen zu Frauen. Er brauchte nur seine eigenen Eltern anzuschauen, um zu wissen, dass Liebe nicht ewig währte.

Dennoch musste er eine Geschäftsbeziehung zu Tonya Griffin aufbauen. Sie war lebenswichtig für seine neue Zeitschrift. Ohne sie würde er den Bozeman-Etat nicht bekommen. Und ohne

Bozeman würde „Abenteuer Natur" zum Scheitern verurteilt sein.

Tonya räusperte sich, und er merkte, dass sein Schweigen ihr Unbehagen bereitete. „Und danach", sagte er mit erzwungener Munterkeit, „hast du dich selbstständig gemacht."

„Was blieb mir anderes übrig? In New York fand ich keine Arbeit, weil ich zu wenig Erfahrung hatte. Nach unzähligen Absagen und als mir das Geld ausging, kehrte ich nach Hause zurück und leckte meine Wunden."

„Und dann?"

„Dann wurde ich wütend. Ich wollte fotografieren, also tat ich das. Ich machte Fotos bei Hochzeiten, Geburtstagspartys, mit einem Wort, ich tat alles Mögliche, um mich über Wasser zu halten. Nebenbei wanderte ich in die Natur, fotografierte Tiere, Pflanzen, Landschaften." Tonya holte einen Rucksack aus der Ecke und begann zu packen. „Ich schickte meine Arbeiten an verschiedene Verlage und verkaufte mit der Zeit immer mehr. Eines Tages klingelte mein Telefon, und eine kleine Zeitschrift in Wisconsin gab mir meinen ersten Auftrag zu einer Bildreportage."

„Und der Rest ist Geschichte, wie es so schön heißt." Seit Webster wusste, dass Tonya die Frau gewesen war, die ihn damals auf der Weihnachtsparty so hinreißend geküsst hatte, fühlte er sich seltsam verunsichert.

„Okay, ich finde, du hast dich lange genug in Erinnerungen ergangen. Wenn wir nicht bald aufbrechen, ist auch dieser Tag Geschichte." Sie verschloss den Rucksack. „Wir haben eine Menge zu tun, bevor ich zur Kamera greifen kann."

Die nicht zu leugnende Spannung zwischen ihnen schien sie genauso nervös zu machen wie ihn. Offenbar wollte sie Abstand.

Und er auch.

Er musste erst mal die plötzliche Erkenntnis verarbeiten, dass er nun tun konnte, was er sich vor all den Jahren fest vorgenommen hatte: Tonya zum zweiten Mal zu küssen, damit er vergleichen und seine Erinnerungen ad acta legen konnte. Das machte ihm ein weiteres Problem bewusst. Er wollte Tonya nicht nur küssen, sondern in seinem Bett haben.

Er strich sich übers Kinn, fluchte im Stillen und folgte ihr nach draußen. Die kommenden Tage würden schwierig werden.

Kaum stand er vor der Tür, stach ihn eine Mücke in den Nacken. Ja, schwierige Tage standen ihm bevor. In mehrfacher Hinsicht.

*I*hre erste Aufgabe bestand darin, nach Websters Mietwagen zu sehen. Tonya entdeckte ein paar Meter vom Autowrack entfernt ein silberfarbenes Objekt im Schlamm. Sie ging hin und zog es mit spitzen Fingern heraus.

„Danke", sagte Webster, als sie es ihm reichte. „Die jämmerlichen Reste meines Handys." Er versuchte, es anzuschalten, aber selbst die ausgefeilteste Technologie war so viel Wasser nicht gewachsen.

Seufzend warf er das Handy durch die zersplitterte Windschutzscheibe in den Wagen.

„Das ist ein Totalschaden", bemerkte Tonya, die Hände auf die Hüften gestützt.

„Ich glaube, das sagte ich bereits."

„Und die Straße", fuhr sie kopfschüttelnd fort, „wird bestimmt noch tagelang unpassierbar sein."

„Auch das erwähnte ich schon."

Ja, das hatte er. Aber sie hatte insgeheim gehofft, er hätte übertrieben. Jetzt, wo sie die Schäden mit eigenen Augen sah, erstarb ihre Hoffnung, Webster würde bald wieder verschwinden.

Für die nächste Zukunft war er im Wald gefangen. Und sie mit ihm.

Anfangs schien es erträglich, als er sich noch nicht erinnert hatte, wer sie war und dass sie sich dermaßen vor ihm blamiert hatte. Doch jetzt wusste er es wieder, und er hatte ihre rosa Dessous gesehen, hatte auf ihrem Fußboden geschlafen, mit ihr gegessen. Sie hatte ihm das Hemd ausgezogen, seine nackte Haut berührt – konnte es noch schlimmer kommen? Wie glatt seine Haut war, wie kräftig seine Muskeln sich anfühlten! Ganz davon zu schweigen, wie gut er geduftet hatte. An den Kuss im Taxi vor Jahren durfte sie erst gar nicht denken, es machte sie schwindelig, und ihr Puls raste, als wäre das alles erst gestern passiert.

Außer dass sie jetzt eine erfolgreiche Fotografin war, hatte sich nichts geändert. Webster war noch immer so distanziert wie früher, ein kühler Zyniker und amüsierter Beobachter, und

Welten trennten ihn von ihr. Dass er momentan auf ihre Hilfe angewiesen war, änderte nichts an den grundsätzlichen Unterschieden zwischen ihnen.

„Na schön", sagte sie entschlossen. Die Straße würde irgendwann freigeräumt sein, und dann würde Webster sofort abreisen. „Brauchst du etwas aus dem Auto?"

„Nein. Bis auf das Handy hatte ich alles in meiner Reisetasche."

„Dann lass uns zum See gehen und nach Charlies Boot sehen, bevor ich anfange zu fotografieren. Vielleicht hat es bei dem Sturm Schaden genommen."

„Du bist der Boss", sagte Webster und trottete folgsam hinter ihr her.

Das passte ihr nun auch wieder nicht. Bislang hatte sie sich kaum darum gekümmert, wie sie aussah, jedenfalls nicht in den letzten Jahren nicht mehr. Sie zog sich bei ihrer Arbeit in der freien Natur nur praktische Sachen an. Bei ihren Streifzügen durch die Wälder konnte sie sich nicht mit irgendwelchem Modeschnickschnack abgeben. Jetzt ärgerte es sie, dass Webster sie nur als verträumte Neunzehnjährige und als Waldläuferin mit Schrammen an den Knien und Schmutz im Gesicht in Erinnerung behalten sollte. Und ihren Po, den sie am wenigsten von allen Teilen ihres Körpers mochte, hatte er sozusagen direkt vor der Nase.

Wenn man ihn gefragt hätte, welchen Körperteil von Tonya er am hübschesten fand, hätte Webster vermutlich ihren Po genannt. Ihr Po war einsame Spitze – und möglicherweise sein Untergang. Seit er die knackigen Rundungen zum ersten Mal in den weiten Shorts erblickt hatte, fantasierte er davon, wie er sie mit beiden Händen umfasste.

Natürlich besaß Tonya noch andere körperliche Pluspunkte. Zum Beispiel das Haar. Zwar fand er heute sogar den Zopf sexy, aber am Abend zuvor hatte es ihm noch besser gefallen – feucht, zerzaust und seidig. Oder ihre Augen, blau wie der Frühlingshimmel, und ihr Mund, so weich und sinnlich wie sein Lieblingsobst, Pflaumen. Unwillkürlich stellte er sich vor, wie er in eine Pflaume biss und ihren süßen Saft schmeckte.

Verflixt, wenn er nicht aufpasste, würde er in ihren Po hineinrennen, und dann wäre es um ihn geschehen.

Er ging langsamer.

Diese vielen Bäume, diese Stille. Es gab nichts zu tun, außer an Tonya zu denken. Bäume, Stille und Muße – der direkte Weg in den Abgrund.

Vor zwölf Stunden hätte er sich glücklich geschätzt, mit Tonya in einer solchen Lage zu sein, um sie in Ruhe zu umgarnen. Jetzt musste er an sich halten, um sie nicht zu verführen.

„Wie weit ist es noch?", knurrte er, wütend auf sich selbst.

Sie seufzte wie eine Mutter, die mit einem quengelnden kleinen Kind unterwegs war. „Wie oft willst du mich das noch fragen?"

„Bist du sicher, dass wir uns nicht verlaufen haben?"

„Also darauf gebe ich dir wirklich keine Antwort."

„Erklär mir doch mal, woher du weißt, wo wir sind. Hier gibt es keine Straßenschilder, ja nicht einmal Straßen. Nicht einmal Brotkrümel sind hier gestreut, Gretel. Es gibt bloß Felsen und Bäume und einen See." Sie waren auf eine Lichtung gelangt, die zum Seeufer führte.

„Bist du jetzt endlich zufrieden?"

„Das kommt darauf an. Zufrieden, dass wir uns nicht verlaufen haben, ja. Zufrieden, dass das Boot dort drüben zwischen den Felsen steckt, nein."

„So etwas hatte ich befürchtet." Tonya holte tief Luft. „Der Sturm hat so daran gezerrt, dass sich das Tau, mit dem es am Liegeplatz festgemacht war, losgerissen hat. Gut, dass das Boot wenigstens wieder an Land gespült wurde. Charlie hängt sehr daran."

Webster musterte das Boot. Zugegeben, er kannte sich mit Booten nicht aus. Aber dies war eindeutig kein schickes Motorboot, denn es hatte weder ein Steuer noch einen Motor oder eine Windschutzscheibe. Nein, bei diesem ungefähr sechs Meter langen Exemplar von einem Wasserfahrzeug handelte es sich um ein ganz schlichtes Ruderboot, das unbedingt mal einen neuen Anstrich brauchte. Und alt war es dazu.

„Wie kann man an einem so jämmerlichen Kahn hängen?", fragte er. Misstrauisch beobachtete er, wie Tonya ihre Stiefel und Socken auszog. „Du hast doch nicht etwa vor …"

„Charlie und das Boot haben eine gemeinsame Vergangenheit", erklärte sie und krempelte ihre Hosenbeine hoch.

„Ich frage mich nur, ob sie auch eine gemeinsame Zukunft haben", sagte er mit einem Blick auf das ramponierte Ruderboot.

„Genau das will ich feststellen." Im nächsten Moment ging sie von einem schmalen, verwitterten Steg aus ins flache Wasser.

Er würde es bereuen, das wusste Webster, aber sein männlicher Stolz zwang ihn, sich zu erkundigen: „Brauchst du Hilfe?"

Sie drehte sich um und blinzelte in die Sonne. „Kannst du schwimmen?"

„Ziemlich gut."

Sie musterte ihn, grinste und schaute weg. „Ich rufe, wenn ich dich brauche, okay?"

Das war ihm sehr recht. Es war ein warmer Tag, aber hier im Norden war das Wasser im September bestimmt reichlich kalt.

Die Hände in die Seiten gestemmt, sah Webster zu, wie Tonya durch das knietiefe Wasser die circa dreißig Meter zum Boot watete. Er brauchte sich keine Vorwürfe zu machen, fand er, denn alles in ihrem Verhalten drückte aus, dass sie diese Sache als ihre Aufgabe betrachtete.

„Wie sieht's aus?", rief Webster, nachdem sie sich einen ersten Überblick verschafft hatte.

„Der Bug liegt sicher an Land, doch das Heck schleift über die Steine am Ufer. Es ist leicht angeschlagen, aber ansonsten okay. Aber ich muss das Boot erst ausschöpfen, bevor ich es bewegen kann."

Sie durchs Wasser waten zu sehen, das ging für ihn in Ordnung. Sie ein Boot ausschöpfen zu lassen und es mit Muskelkraft wieder flottzumachen, während er sich von Mücken stechen und von der Sonne die Nase verbrennen ließ, nicht. Also biss er in den sauren Apfel und streifte den Rucksack ab. Er zog Stiefel und Socken aus, krempelte die Hose hoch und beäugte das Wasser.

„Was sein muss, muss sein", sagte er sich. „Uh!", schrie er auf, als er das eiskalte Wasser an den Fußsohlen spürte.

Webster konnte nur hoffen, dass seine Beine schnell taub würden. Wie hielt Tonya das nur aus? Steifbeinig stakste er über die Kiesel, sie fühlten sich an wie Eiswürfel, scharfkantig und glitschig. Allein sein Stolz hielt ihn aufrecht. Wenn Tonya nicht klagte, würde er auch nicht jammern.

Nein, war das kalt! Er biss die Zähne zusammen und kämpfte sich vorwärts.

Tonya verkniff sich das Lachen, das wusste er, ohne hinzusehen. Er jedenfalls würde herzlich lachen über das erbärmliche Bild, das er abgab.

„Alles okay?", fragte sie, als er gegen die Bordwand des Bootes taumelte.

„Könnte gar nicht besser sein", stieß er grimmig hervor. „Was soll ich tun?"

„Ich habe schon das meiste Wasser ausgeschöpft. Aber dummerweise klemmt das Boot fest. Kannst du mir helfen, es aus der Felsspalte zu schieben?"

„Klar." Immerhin würde er so aus dem Eiswasser kommen. Leider wollten ihm seine Beine, die mittlerweile völlig gefühllos waren, nicht gehorchen. Doch seine Fußsohlen waren keineswegs taub, er spürte jeden Stein, als er zum Bug hüpfte.

„Bei drei schiebst du." Tonya packte die Steuerbordseite.

Er nahm seinen Platz backbords ein und wartete auf ihr Signal. Bei drei schob er mit voller Wucht.

Das Positive war, dass das Boot wie geölt aus dem Felsspalt glitt. Negativ dagegen wirkte sich aus, dass er seine ganze Muskelkraft eingesetzt und sich dabei grausam verschätzt hatte.

So sauste er dem Boot hinterher, zumindest seine obere Hälfte. Die Füße blieben fest am Boden. Folglich fiel er kopfüber ins Wasser.

Prustend und Wasser schluckend platschte er wie ein Irrer im eiskalten See. Im Geist hörte er bereits seinen Nachruf: „Multimillionär und Verleger unter höchst seltsamen Umständen ums Leben gekommen. Er ertrank in knietiefem Wasser mit einem Boot in Reichweite."

Er spürte Hände an seinen Schultern zerren, wurde hochgezogen, auf den Rücken gedreht und in Sitzhaltung gebracht.

„Alles okay?"

Er brauchte einen Moment, um zu Atem zu kommen, und etwas länger, um seine Würde wiederzufinden. Er sah in zwei blaue Augen, die bei weitem nicht so viel Besorgnis verrieten, wie er für richtig hielt.

Er wischte sich das Wasser aus dem Gesicht und bemerkte ihr kaum verhohlenes Grinsen. „Freut mich, dass du deinen Spaß hattest."

Tonya hielt sich die Hand vor den Mund, um ihr Lachen zu verbergen, und hatte gleichzeitig Gewissensbisse.

Da dämmerte es ihm. „Das verdammte Boot war gar nicht eingeklemmt, stimmt's?"

Sie zuckte die Schultern. „Kann sein."

Er nickte langsam. „Du wolltest mir eine Lehre erteilen." Er brachte ein gequältes Lächeln zustande. „Das ist dir gelungen."

Zögernd erwiderte sie sein Lächeln. „Du verstehst hoffentlich Spaß."

„Aber immer. Hilf mir mal hoch."

Er streckte ihr die Hand hin, und schon war sie geliefert. Mit festem Griff packte er ihr Handgelenk, zog kräftig daran und sagte: „Jetzt bist du dran, Spatz."

Mit einem Schrei landete sie auf ihm. Er warf sie auf den Rücken, sodass sie mit dem Po im Wasser saß.

„Hör auf!", schrie sie. Doch er packte ihren Kopf und gab ihr die wohlverdiente Strafe für ihren gemeinen Streich: Er tauchte sie unter.

Unter Lachen, Keuchen und Spucken kam Tonya hoch. Sie setzte sich auf und strich sich das Haar aus dem Gesicht. Webster neben ihr zitterte vor Kälte, doch er grinste triumphierend.

„Okay", sagte sie. „Das hatte ich wohl verdient."

„Und ob."

Sie wusste selbst nicht recht, weshalb sie ihm den Streich gespielt hatte. Nein, das stimmte nicht ganz. Sie fühlte sich ihm unterlegen, weil er die Geschichte ihrer Blamage vor zwölf Jahren in New York wieder ausgegraben hatte. Also hatte sie ihre kleine Rache gehabt.

„Jetzt bist du ein echter Nordländer", erklärte sie, während er sich mühsam aufrichtete. Eine bessere Ausrede fiel ihr nicht ein.

Hilfsbereit streckte er ihr die Hand hin. „Aha, das Gegenstück zur Äquatortaufe", gab er mit deutlichem Sarkasmus zurück. „Willst du so die Verantwortung für die Lungenentzündung abwälzen, die mir droht?"

Tonya packte seine Hand und wollte sich aufrichten, als sie plötzlich wieder im Wasser saß. Er hatte sie losgelassen.

„Oh, tut mir leid. Meine Hand war wohl noch glitschig oder so." Doch in seiner Stimme lag keine Spur von Reue. „Versuchen wir's noch mal?"

Erneut hielt er ihr die Hand hin, und zu seiner Überraschung ergriff sie sie kommentarlos. Gleichzeitig hakte sie den Fuß hinter sein Knie und zerrte kräftig.

Es klatschte laut, und wieder lag Webster mit dem Gesicht nach unten im See.

Hüfttief im Wasser sitzend, funkelten sie einander an.

„Das war ein hübscher Bauchklatscher", lobte Tonya ihn fröhlich.

„Das fängt allmählich an, Spaß zu machen." Webster strich sich das Haar aus der Stirn, an seinen dichten Wimpern hingen dicke Tropfen. „Aber wenn du das noch ein Mal machst …"

„Was dann? Lässt du mich hier sitzen und ganz allein den Rückweg zur Hütte finden?"

Die Drohung war so klar wie das eiskalte Wasser, das dafür sorgte, dass ihr Shirt an ihren Brüsten klebte. „Verstehe." Er schaute sie forschend an. „Du willst es mir richtig zeigen, wie?"

„Sagen wir mal so, ich weiß meinen Vorteil sinnvoll zu nutzen."

Tonya wollte aufstehen, doch Webster packte ihren Arm und zog sie zu sich herab. „Auch ich erkenne meine Vorteile, Spatz."

Seine Stimme war tief, er hatte den Blick gesenkt. Tonya schaute an sich herunter. Ihr nasses Shirt überließ nichts der Fantasie, alles zeichnete sich ab, einschließlich ihrer harten Brustknospen. Und das lag nicht nur an der Kälte, sondern zum größten Teil an Webster Tyler.

Sie schluckte und zwang sich, ihm in die Augen zu sehen. Und da zog er sie an sich und küsste sie.

Es ist ein Fehler, und zwar ein großer. Die Warnung schoss Webster durch den Kopf wie ein Blitz, aber im Moment war es ihm egal. Er war so wütend auf Tonya, so durchgefroren und so erregt, dass er nicht einmal die scharfen Felskanten im Rücken spürte. Er gab einfach seinem spontanen Drang nach.

Und wie gut sie sich anfühlte! Ihre Hüften waren nass und glatt, ihre Brüste mit den harten Spitzen drückten gegen seinen Oberkörper. Ihre Lippen waren eiskalt und anfangs fest geschlossen. Doch als Webster ihr Kinn umfasste und mit der Zunge in ihren Mund vordrang, spürte er nichts als Glut und Entgegenkommen.

Dann setzte sein Denken aus, und er zitterte nicht mehr.

Mit einem lustvollen Stöhnen hob er Tonya hoch, setzte sie auf seinen Schoß und vergaß das kalte Wasser. Es war ein wilder, unkontrollierter freier Fall, und seine Gefühle wirbelten durcheinander.

Webster dachte nicht mehr an Vergeltung. Er schob die Finger unter ihren nassen Zopf, umfing ihren Hinterkopf und zog Tonya noch fester an sich, sodass sie spürte, wie sehr sie ihn erregte.

Als sie leise stöhnte und voller Begeisterung auf sein heißes Zungenspiel einging, hatte seine tiefe Befriedigung nichts mit Rache zu tun, dafür umso mehr mit ihrer leidenschaftlichen Reaktion.

Sie war so süß. Er hatte es gewusst, hatte sich all die Jahre immer wieder an ihre rückhaltlose Hingabe erinnert. Deshalb war sein irrationaler Wunsch, dies alles wieder zu spüren, nie erloschen.

Und jetzt war es noch schöner, als er es sich im geheimsten Winkel seines Herzens erhofft hatte. Tonya reagierte ganz spontan auf ihn und vertiefte den Kuss – entweder würden sie gleich beide nackt und extrem glücklich sein, oder sie würden ertrinken. Oder erfrieren.

Jemand musste Vernunft beweisen. Wahrscheinlich er, denn sie hatte beide Arme um seinen Hals geschlungen und stöhnte verlangend.

Mit heftig pochendem Herzen beendete er den Kuss und hob den Kopf. Tonya wollte Webster nicht gehen lassen, doch er strich ihr zärtlich über den Hals und legte seine Stirn an ihre. „Sollten wir das nicht lieber in der Hütte beenden?"

Sie atmete zitterig ein, schaute ihn benommen unter ihren feuchten Wimpern an und sprang plötzlich von seinem Schoß.

„Allmächtiger, was war das denn?", rief sie entsetzt. Wasser spritzte auf, sie strich sich übers Haar und zerrte zu seiner Enttäuschung das nasse Shirt von ihren Brüsten weg.

„Ich glaube, das nennt man einen Kuss." Verwirrt über ihren abrupten Sinneswandel stand Webster auf und starrte sie an.

Ihre Augen blitzten vor Zorn, als wäre er über sie hergefallen, und da kochte auch seine Wut wieder hoch. „He, ich fand, du warst ziemlich willig."

„Ich rudere das Boot zurück an den Steg", fauchte sie und watete ins Wasser.

Die Hände in die Hüften gestemmt, sah Webster zu, wie sie an Bord kletterte und zu rudern begann.

„Mach dir keine Gedanken um mich", knurrte er hinter ihr her. „Ich fühle mich pudelwohl hier und finde allein zurück."

Was hatte sie bloß auf einmal? Sie hatte seinen Kuss erwidert, sie war weit mehr als einverstanden.

Wütend stolperte er zum Steg und spürte kaum die scharfen Kiesel. Wütend, dass er es hatte so weit kommen lassen. Wütend auf Tonya, weil sie auf ihn wütend war. Wütend, weil er bei einer Frau gestrandet war, für die er Vergangenheit war und es offenbar auch dabei belassen wollte.

Das Ganze war Pearls Schuld. Sobald er wieder in New York war, würde er ihr gehörig die Meinung sagen.

Er wollte Tonya nicht mögen, ihre Courage nicht bewundern. Nicht die emotionale Anziehung eingestehen, die ihn all die Jahre gehindert hatte, ernsthafte Beziehungen einzugehen.

Auf gar keinen Fall wollte er mit ihr schlafen.

Sein unrasiertes Kinn fühlte sich an wie Sandpapier, als er sich übers Kinn strich. Natürlich begehrte er sie, aber an dem Vertrag lag ihm noch mehr. Das redete er sich zumindest ein, und das würde ihn von jetzt an bei der Stange halten.

Schluss mit Küssen.

Schluss mit Fantasien, sie in dem breiten, quietschenden Bett zu lieben.

Er würde keine weiteren Fehler machen.

*D*en Weg zur Hütte legten Tonya und Webster in tiefem Schweigen zurück. Sie würde es nie zugeben, aber sie zitterte nicht vor Kälte in ihren nassen Sachen, es war die Reaktion auf den Kuss. Und der Zorn über ihre eigene Dummheit.

Er hatte sie geküsst, der verflixte Kerl.

Sie hatte den Kuss erwidert, doppelt verflixt.

Und ihr dummes Herz pochte wie verrückt, wenn sie daran dachte.

Warum musste er aber auch so unwiderstehlich sein? Dieser schöne, sinnliche Mund, der so gut küsste. Diese zärtlichen und erfahrenen Hände, bei deren Berührung sie dahinschmolz. Sie hatte die Arme um seinen Nacken geschlungen, sich an ihn geklammert wie eine Ertrinkende an einen Rettungsring, um nicht unterzugehen im Meer des Verlangens.

Sie musste auf Abstand gehen, sonst würde sie am Ende noch selbst vorschlagen, das Begonnene in der Hütte zu beenden.

„Ich habe beschlossen", sagte sie, als sie die Hütte erreichten, „allein auf meine Fototour zu gehen."

„Gut."

Er schaute weg, und sie wusste nicht, ob er grinste oder verärgert war.

Egal, das war sein Problem. *Er* war ihr Problem, und sie brauchte Zeit und Abstand, um mit sich ins Reine zu kommen.

Rasch zog sie trockene Sachen an, schulterte Kamera und Rucksack und marschierte los. Es ist ja alles so albern, sagte sie sich, während sie über einen gefällten Baumstamm kletterte. Und es war ihre eigene Schuld. Sie hatte ihn gelockt, ihn gedemütigt und dann gezetert, als er Rache nahm.

„Ich habe es nicht anders verdient", murmelte sie und zwang sich, langsamer zu gehen, denn in ihrer Wut verursachte sie zu viel Lärm.

Sie würde mit der Erinnerung an diesen unbeschreiblichen Kuss leben müssen. Und mit Websters Vorschlag, in der Hütte

weiterzumachen. Und sie würde ihm am Abend wieder gegen-
überstehen und wissen, dass sie sehr wohl weitergehen wollte.

Die Zeit, das Alleinsein und der Abstand von Webster taten ihre
Wirkung. Als Tonya mehrere Stunden später zur Hütte zurück-
wanderte, hatte sie einen klaren Kopf. Zwar hatte sie nur wenige
Fotos gemacht, aber sie war ruhiger.

Der Zwischenfall am See hatte nichts zu bedeuten. Eine momentane Entgleisung, mehr nicht.

Wahrscheinlich bereute er den Ausrutscher ebenso wie sie.
Sie würde sich bei ihm entschuldigen, und dann würden sie das
Ganze vergessen.

Sie durfte nicht mehr daran denken, wie heiß und hungrig sein
Mund gewesen war, wie kräftig seine Nackenmuskeln sich unter
ihren Händen angefühlt hatten und wie hart …

Sie stöhnte. Wenn sie doch nur aufhören könnte, daran zu
denken. Sie hätte längst über diesen lächerlichen Zwischenfall
hinweg sein müssen.

„Genau wie über den Kuss vor zwölf Jahren, was?", schimpfte
sie laut. Den hatte sie ja leider nie vergessen können.

Sie war unverbesserlich.

Und er war – ja, was eigentlich? Unerreichbar? Verbotenes
Terrain?

Genau das.

Hatte sie denn nichts dazugelernt? Männer wie Webster
Tyler nahmen Frauen wie sie nicht ernst. Überhaupt nahmen
Männer sie nicht ernst. Jedenfalls die Typen, die sie bisher
kennengelernt hatte. Selbst die beiden Manner, die sich wirklich für sie interessiert hatten, waren ganz selbstverständlich
davon ausgegangen, dass sie ihre Träume aufgab und nicht
mehr durch die Welt reiste, auf der Suche nach spektakulären Motiven für ihre Fotos. Sie hatten Tonya nicht als gleich-
berechtigt betrachtet, ihre Arbeit nicht für voll genommen,
und das hatte wehgetan. So weh, dass sie sich lieber ganz
auf ihren Beruf konzentrierte und weitere Kränkungen dieser Art vermied.

Zum Beispiel das, was sich mit Webster abzeichnete. Und da war einiges am Kochen, kein Zweifel.

Apropos Kochen … Wenige Meter vor der Hütte blieb sie stehen und schnupperte. Kochte da jemand?

Sie schlich ans offene Fenster. In der Septemberbrise bauschten sich die Vorhänge. In der Kochecke brannte Licht.

Licht?

Sie hatten also wieder Strom. Immerhin etwas Positives. Wahrscheinlich würde die Straße auch bald wieder passierbar sein. Webster würde wieder nach New York abreisen, wo er in seinem Element war, und sie könnte sich erneut ihrer Arbeit widmen. Allein. Das wollte sie doch, oder?

Richtig, sagte sie sich und ignorierte das leise Bedauern, das sich bereits in ihr regte.

Innerlich gewappnet für einen unangenehmen Wortwechsel, ging sie die Treppe hoch. Sie holte tief Luft und öffnete die Tür.

Vom Fenster aus beobachtete Webster Tonya, die aus dem Dickicht auftauchte wie eine Waldnymphe in Kampfstiefeln. Als er merkte, dass er lächelte, ließ er hastig die Gardine los und versuchte, das Vergnügen zu ignorieren, das ihr Anblick ihm bereitete. Solche Gedanken waren der falsche Weg. Der Kuss war ein Fehler gewesen. Sie wusste es, er wusste es, basta. Tonya Griffin war verbotenes Terrain.

Auf diese Weise hatte er sich den Nachmittag über gestählt. Er brauchte ihre Unterschrift unter den Vertrag und keine heiße Liebesnacht, obwohl er ahnte, dass es eine höchst beglückende Nacht sein würde.

Folglich hatte er sich anderweitig beschäftigt, und er war sehr stolz auf seine Leistungen. Er hatte einige Überraschungen für Tonya parat. Nicht etwa, weil er sie beeindrucken wollte, oh nein, er wollte ihr nur beweisen, wie kompetent er war.

Schnell setzte er sich mit dem alten Western, den er im Bücherregal entdeckt hatte, an den Tisch. Lässig, mit übergeschlagenen Beinen und scheinbar total in seine Lektüre vertieft saß er da, als die Tür aufging.

„Da bist du ja", sagte er freundlich und blickte betont langsam auf.

Mit gerunzelter Stirn nahm Tonya den Anblick in sich auf, der sich ihr bot. Dann schloss sie die Tür und legte ihre Kameraausrüstung auf den Boden.

„Was soll das bedeuten?" Misstrauisch musterte sie den Tisch, der für zwei Personen gedeckt war, komplett mit einer Kerze und einem frischen Strauß Wildblumen.

„Betrachte es als Versuch einer Wiedergutmachung für heute Morgen." Webster lächelte mit genau dem richtigen Maß an Betretenheit.

Tonya war offenbar noch nicht ganz besänftigt, aber er hatte ja noch mehr in petto.

„Seit wann ist der Strom wieder da?"

„Also die Leitungen sind noch nicht repariert." Mit gespieltem Interesse wandte er sich seinem Buch zu und bemerkte wie nebenbei: „Ich habe im Schuppen einen Generator gefunden und ihn angeworfen."

Den ganzen Nachmittag lang hatte er sich auf diese Szene gefreut. Als hätte er nicht drei Stunden lang mit dem verflixten Gerät gekämpft und sich dabei fast Blasen an den Händen geholt.

„Was, hier gibt es einen Generator? Wo?"

„Er steht im Schuppen. Hinter dem Feuerholz." Webster genoss Tonyas Verblüffung.

Sie stand noch immer an der Tür, ihr war sichtlich unbehaglich. Dieser neue, fähige Webster war ihr höchst verdächtig. „Du kannst mit einem Generator umgehen?"

Vorher hatte er es nicht gekonnt, und er hoffte inständig, nie wieder vor eine so knifflige Aufgabe gestellt zu werden. „Klar doch", meinte er, als wäre das selbstverständlich. Was er nicht sagte war: „Schließlich bin ich ein Mann, oder?"

Tonya schlüpfte aus ihren Stiefeln und stellte den Rucksack auf den Tisch. „Was hast du überhaupt im Schuppen gewollt?"

„Das Feuerholz ging zur Neige, also suchte ich nach einer Axt. Ich habe gleich noch ein bisschen Holz gehackt." Männlich, wie ich bin, fügte Webster im Stillen hinzu.

Tonya schaute zum Ofen, wo ein ordentlicher Stapel Holz lag. „Übrigens, ich habe auch Futter für die Bären ausgeteilt. War das okay?"

Sie war gerade dabei, eine Wasserflasche aus dem Rucksack zu nehmen, und hielt inne. „Du hast die Bären gefüttert?"

Schulterzuckend sah er erneut in sein Buch. „Ich dachte mir, du würdest müde sein vom vielen Wandern. Und vom Rudern." Er blickte auf und lächelte unschuldig.

So viel Entgegenkommen verwirrte sie sichtlich. Genau das hatte er beabsichtigt. Endlich hatte er mal die Oberhand.

„Dann habe ich noch gekocht. Der Fisch im Gefrierschrank war schon angetaut, bevor ich den Generator fand. Ich habe den Fisch gebacken, wenn's recht ist."

„Gebacken", wiederholte Tonya entgeistert.

„Mit Petersilie und Zitronenbutter. Ich habe ein wenig mit deinen Gewürzen experimentiert. Das ist dir doch hoffentlich recht?"

„Oh ja, natürlich. Ich glaube, ich dusche mal schnell." Damit verschwand sie im Bad, eine Duftwolke von Mückenspray hinter sich herziehend.

Webster hätte am liebsten einen Siegestanz aufgeführt, doch dann hätten die Bodendielen gebebt, und Tonya hätte besorgt nachgefragt, was los wäre. Wie er diese Situation genoss! Er hatte gern alles unter Kontrolle. Und er hatte Tonya tatsächlich aus der Fassung gebracht. Es war einfach herrlich.

Jetzt würde er den Vertrag zur Sprache bringen. Bei dem Fischgericht, das so verführerisch duftete.

Oh ja, er hatte alles unter Kontrolle. Keine Ablenkungen mehr, keine Küsse, keine Fantasien über Tonyas sinnlichen Körper, die Flut goldfarbener Locken, über diesen Mund, der zum Küssen geschaffen schien …

Abrupt rief er sich zur Ordnung. Schluss damit, sofort! Es stand zu viel auf dem Spiel.

Als Tonya fünfzehn Minuten später die Tür des Badezimmers öffnete, wusste Webster, dass er sich zu viel vorgenommen hatte.

Ihr blumiger Duft erfüllte den Raum, ein feenhafter Hauch

von Zartheit und Süße. Webster spürte, dass er es schwer haben würde, bei so viel weiblicher Verführungskraft vorzugehen wie geplant.

Tonya trug das feuchte Haar offen, ihr hübsches sonnengebräuntes Gesicht strahlte vor Sauberkeit, und Webster glaubte immer mehr, den Boden unter den Füßen zu verlieren.

Sie hatte eine alte, ausgeblichene Jeans an, die sich wie eine zweite Haut an ihre weich gerundeten Hüften schmiegte. Dazu trug sie einen roten Rollkragenpulli, der ebenso eng wie die Jeans war und ihre herrlichen Brüste erahnen ließ, die sich unter dem weichen Material verbargen.

Webster wusste, wie es sich anfühlte, wenn sie sich an ihn drückten. Er kannte die weiche Fülle, die Form ihrer Knospen, wenn sie sich vor Kälte zusammenzogen. Er wollte sie berühren, wollte spüren, wie sie unter seinen Fingerspitzen hart wurden und sich aufrichteten.

Und wenn er ins Bad ginge, würde er die gewaschenen rosafarbenen Dessous auf der Stange sehen, an der der Duschvorhang befestigt war. Was mochte sie wohl jetzt unter ihren Jeans anhaben? Spitze oder Seide? Einen Taillenslip oder einen String-Tanga, der ihren süßen Apfelpo in zwei gleiche Hälften unterteilte? Was für eine Farbe hatte sie gewählt? Rot wie der Pulli? Pink wie ihre Lippen? Schwarz wie die Nacht?

Es war unerträglich. Sein Verstand, auf den Webster doch immer so stolz gewesen war, wurde völlig außer Kraft gesetzt durch die pure Präsenz dieser Frau. Tonya wirkte so sanft und zugänglich – und verunsichert. Gerade das machte sie noch reizvoller.

Der Vertrag, sagte er sich. Es geht um dein wichtigstes Projekt. Um die Zukunft des Verlags. Du musst die Kontrolle behalten.

„Fühlst du dich jetzt besser?“, erkundigte er sich höflich.

„Viel besser.“

Sie holte eine Bürste aus einer Schublade und begann, sich das Haar zu bürsten.

Fasziniert sah er zu. Sein Blick glitt über das lange, üppige, feuchte Haar, folgte den Rundungen ihrer Brüste, wenn sie die

Arme hob. Er bewunderte die graziöse Linie ihres Rückens und die Kurve ihres Pos, als sie sich vorbeugte und das Haar nach vorn fallen ließ.

Was war mit ihm los? Er hatte viele Frauen gehabt. Frauen, die im Gegensatz zu Tonya alle weiblichen Tricks beherrschten und genau wussten, wie man einen Mann reizte. Frauen, die nichts gegen eine kurze Affäre hatten. Eine Affäre, die er *nicht* mit Tonya haben würde.

„Ich glaube, der Fisch ist fertig." Keine Panik, sagte er sich. Ich will nur ihre Unterschrift unter den Vertrag. „Ich habe auch einen Salat gemacht und ein paar Kartoffeln in die Röhre geschoben."

Sie richtete sich auf, und ihr herrliches Haar fiel ihr in schimmernden Kaskaden über den Rücken. Sie sah ihn mit deutlichem Argwohn an. „Was soll das alles, Webster?"

Er stellte die Salatschüssel auf den Tisch. „Wie meinst du das?"

Sie wedelte mit der Hand. „Dies alles. Dass du Holz gehackt, die Bären gefüttert und für mich gekocht hast. Das ist doch nicht dein tägliches Brot."

„Den Ausdruck habe ich schon lange nicht mehr gehört", sagte er und grinste.

Allerdings war dies nicht sein tägliches Brot. Bis auf das Kochen war ihm alles so fremd wie seine beunruhigenden Gefühle. Er steckte die Hand in einen alten Küchenhandschuh, der mehrere Brandflecken hatte, und holte den Fisch sowie die Kartoffeln aus dem Backofen.

Dann sah er Tonya lächelnd an. „Stimmt, das Einsiedlerleben ist nicht mein Ding, aber Kochen kann ich wirklich. Es begann vor Jahren mit Recherchen für ein Kochmagazin, das mein Verlag damals neu herausbrachte. Dabei habe ich meine ersten Erfahrungen gesammelt. Seitdem ist Kochen mein Hobby."

„Mag sein …"

„Aber …?" Webster stellte die Kasserolle mit dem Fisch auf den Tisch und rückte Tonya galant den Stuhl zurecht. Insgeheim wünschte er, sie würde sich stattdessen auf seinen Schoß setzen. „Aber weshalb all das andere?"

Ihr Schweigen war ihm Bestätigung.

Er setzte sich und füllte beide Teller. „Es mag dich überraschen, aber ich fühle mich nicht gern nutzlos und unterlegen. Davon werde ich reizbar, wie heute Morgen, als ich dich untertauchte. Auf diese Weise stelle ich meine Selbstachtung wieder her und bitte dich um Entschuldigung. Es war nicht fair von mir."

Sie schaute auf ihre Hände im Schoß herunter. „Ich war auch ein wenig in meinem Stolz verletzt."

Okay, jetzt sollte er wohl nachsichtig lächeln und ein anderes Thema anschneiden. Zum Beispiel den Vertrag und die traumhaften Konditionen, die er ihr bot. Aber sein Puls raste, seit Tonya ihm gegenübersaß. Er brauchte bloß die Hand auszustrecken, dann könnte er die Hände in ihrem seidigen, feuchten Haar vergraben. Was alles andere als klug wäre. Doch klug zu sein fiel ihm zunehmend schwer. Ohne nachzudenken, stellte er die Frage, die er sich wahrlich hätte verkneifen müssen. „Soll ich mich auch für den Kuss entschuldigen?"

Tonya hob ruckartig den Kopf. Sie wirkte ebenso verspannt, wie Webster sich fühlte. Und wenn ihn nicht alles täuschte, erregte sie die Erinnerung an den Kuss genauso wie ihn. Sie schluckte, befeuchtete die Lippen mit der Zunge und senkte dann den Blick. „Der Fisch sieht wirklich köstlich aus."

Er starrte auf ihren Scheitel und sagte sich, dass sie recht hatte. Über den Kuss sollten sie lieber schweigen.

Dennoch verspürte er eine innere Leere, als er nach seiner Gabel griff. „Guten Appetit."

Am nächsten Morgen war Tonya wie gewöhnlich bei Tagesanbruch aufgestanden. Das war jetzt drei Stunden her. Sie hatte die Bären gefüttert und anschließend in ihrer provisorischen Dunkelkammer in Charlies Garage Filme entwickelt – und an den vergangenen Abend gedacht.

Webster hatte sich tadellos verhalten. Er hatte sogar das Geschirr abgespült, was sie sehr beeindruckte. Gut gelaunt hatte er hingenommen, dass sie ihn wieder beim Gin Rummy schlug.

Und er hatte kein einziges Mal mit ihr geflirtet, sondern ihr höflich eine Gute Nacht gewünscht und war dann in seinen Schlafsack gekrochen.

Das war auch gut so. Dennoch war sie schlecht aufgelegt.

Seufzend breitete sie die Abzüge auf dem Esstisch aus und hoffte, das kritische Betrachten der Fotos würde sie von den Gedanken ablenken, die sie hartnäckig verfolgten. Zum Beispiel die an Websters Kuss im See. Oder an seinen Vorschlag, in der Hütte fortzusetzen, was sie am See begonnen hatten.

„Soll ich mich auch für den Kuss entschuldigen?" Die Frage, die er beim Essen gestellt hatte, verfolgte sie noch immer. Ebenso wie ihr feiges Ausweichen.

„Vergiss es", murmelte sie und konzentrierte sich endlich auf die Fotos. Es waren die Bilder von Damien, die sie am Tag von Websters Ankunft aufgenommen hatte, und sie waren gut.

Sie war ganz in die Betrachtung ihrer Aufnahmen versunken, als Webster in die Hütte kam.

„Ich fürchte, wir müssen mit der Energie des Generators sparsamer umgehen", erklärte er und wischte sich die Hände an einem Papiertuch ab. „Gestern haben wir ein Drittel des Treibstoffs verbraucht, und wer weiß, wann …"

Er brach ab, als er hinter sie trat. Sie nahm seinen Duft nach Seife, Rasierwasser und Wald wahr. Und seine Körperwärme.

„Unglaublich!", stieß er hervor. Er hatte die Fotos entdeckt.

„Das finde ich auch. Er ist großartig, nicht?"

„Ich meinte eher die Fotos. Du bist wirklich Spitze. Wie du diese Szene eingefangen hast … Es ist einfach unglaublich."

„Damien weckt eben das Beste in mir."

„Damien?" Webster lachte leise, und sie hätte sich am liebsten an ihn geschmiegt. „Ich kenne keinen republikanischen Politiker mit diesem Namen."

„Charlie fand, dieser Herr bildet eine Klasse für sich." Tonya trat an den Herd, um ihren Becher mit heißem Wasser nachzufüllen – und um Abstand zu Webster zu gewinnen. Sie reagierte viel zu heftig auf ihn. „Ich habe Damien am Tag deiner Ankunft fotografiert."

„Moment mal – wie hast du die Bilder entwickelt? Verheimlichst du mir, dass du eine Digitalkamera und einen Computer hast?"

„Nein, keineswegs. Ich habe mir in Charlies Garage eine Dunkelkammer eingerichtet."

„Du bist eine ziemlich traditionell eingestellte Frau, wie?"

„Eigentlich schon." Eigentlich hatte sie auch ihre Gefühle stets unter Kontrolle. Doch seit dem Kuss am See war sie durcheinander und schwankte zwischen Abwehr und Nachgeben.

Ihm schien das Ganze nichts auszumachen. Sie musste es ihm gleichtun. Ihr Kopf war bereit dazu, sie musste nur noch ihr Herz davon überzeugen.

Der Gedanke schockierte sie. Ihr Herz? Was hatte ihr Herz damit zu schaffen? Gewiss, sie hatte einst für ihn geschwärmt, aber …

Was hatte es zu bedeuten, wenn eine Frau sich mit neunzehn verliebte und noch nach zwölf Jahren an denselben Mann dachte? Wenn ihr Puls sich beim Klang seiner Stimme beschleunigte, bei der leisesten Berührung, bei jedem Lächeln?

Bestimmt ist es nicht Liebe, sagte sie sich trotz der aufkommenden Panik. Es durfte nicht Liebe sein. Denn diese Liebe hätte keine Zukunft.

Sie beobachtete Webster, der die Fotos mit sichtlicher Bewunderung betrachtete. Sie sehnte sich danach, dass er sie, Tonya, mit der gleichen Bewunderung ansah. Aber dieser Wunsch würde sich wohl nie erfüllen. Hastig schaute sie weg.

Seine nächsten Worte brachten sie wieder zur Besinnung. „Deine Aufnahmen sind großartig, Tonya. Vergiss mein bisheriges Angebot. Ich verdopple es, wenn du den Vertrag unterschreibst."

8. KAPITEL

*M*it Websters erstaunlichem neuem Angebot ist es leichter, gefühlsmäßig auf Distanz zu gehen, sagte Tonya sich. In den nächsten zwei Tagen gelang ihr das auch. Webster hatte keine Romanze im Sinn, er wollte, dass sie den Vertrag unterzeichnete. Schließlich war er nur deshalb hier. Und der Kuss war ein bedeutungsloser Zwischenfall, geboren aus der Hitze des Augenblicks. Eine reine Unbesonnenheit.

Die finanzielle Sicherheit lockte natürlich, das gestand Tonya sich ein. Sie hockte hinter einem Wall aus Steinen und Fichtenzweigen an der Stelle, wo sie Damien zuletzt gesehen hatte, und hoffte, er würde sich wieder zeigen. Ja, das Gehalt war verlockend. Aber weil Websters Nähe noch mehr lockte, blieb sie standhaft.

„Du musst nicht hierbleiben", flüsterte sie, als Webster sich nervös bewegte. „Ich bin an das Warten gewöhnt, du nicht."

„Willst du mich loswerden, Griffin?", gab er leise zurück und grinste.

Seit einer Stunde hatte Tonya versucht, ihn abzuschütteln, doch er war beharrlich.

Die Beengtheit machte sie nervös. Sie konnte keinen Fuß rühren, ohne an Websters Knie zu stoßen, konnte sich nicht vorbeugen, ohne seine Schulter zu streifen. Und wenn sie den Kopf umdrehte, würde sie seine Nase berühren.

Immerhin brauchte sie nicht sein teures Rasierwasser einzuatmen, das so sinnlich-männlich roch. Sie hatte ihm unmissverständlich klargemacht, dass man auf einer Fotosafari in der Wildnis keine starken Düfte verströmen durfte.

„Das schreckt die Bären ab", hatte sie erklärt, obwohl – wenn sie ehrlich war – die Wirkung auf sie viel stärker war.

„Ich begreife es einfach nicht", murmelte er.

Die Sonnenstrahlen, die durch die Zweige fielen, malten tanzende Muster aus Licht und Schatten auf sein Gesicht. Tonya hätte ihn stundenlang ansehen können. Ihr Herz schlug schneller, und sie musste tief Luft holen, um sich zu beruhigen. „Was begreifst du nicht?"

„Wie man hier draußen leben kann. Sagtest du nicht, Charlie lebt schon seit vierzig Jahren hier?"

„Eher sechzig."

„Wie hält er es in dieser Einsamkeit aus? In dieser Stille? Allerdings erkenne ich inzwischen den Reiz der Landschaft. Es ist schön hier. Die Luft ist so rein, aber …" Webster schüttelte den Kopf. „Es ist so abgelegen. Wieso fühlt er sich nicht einsam?"

„Du solltest ihn kennenlernen", erwiderte sie. „Dann würdest du es verstehen. Charlie ist äußerst genügsam. Er erinnert mich an meinen Großvater mütterlicherseits. Er ist verantwortungsbewusst, voller Selbstvertrauen, ausgeglichen. Und er ist ja nicht völlig verlassen, es gibt Nachbarn. Er hat auch Verwandte, sie besuchen sich hin und wieder gegenseitig."

„Aber er ist an die Bären gebunden."

„Er liebt seine Bären, er empfindet sie nicht als Verpflichtung. Er betrachtet sie als seine Familie und genießt ihre Gesellschaft. Er braucht keine Ablenkungen und ist sehr anspruchslos."

„Ja, offenbar hat er keine weiteren Bedürfnisse außer genügend Essen."

„Und einem sicheren Hafen." Tonya schaute sich suchend um. Die Sonne ging unter und tauchte die Bäume und Felsen in ein fast unwirkliches weiches, warmes Licht. „Damien scheint nicht zu kommen. Wir sollten zur Hütte zurückgehen."

Sie packte ihre Fotoausrüstung ein und sah nun, dass Webster aufgestanden war und ihr seine Hand hinstreckte.

Es wäre albern gewesen, seine Hand zu ignorieren.

„Danke." Rasch ließ sie seine Hand wieder los, dennoch hatte die Berührung seiner warmen, festen Finger sie aus dem Gleichgewicht gebracht. „Den kann ich nehmen", sagte sie, als er nach ihrem schweren Rucksack griff.

„Es war abgemacht, dass ich den Packesel spiele", widersprach Webster lächelnd und schulterte den Rucksack. „Aber bevor ich abreise, schlage ich dich noch beim Gin Rummy, das schwöre ich dir."

„Da solltest du dich besser beeilen." Sie marschierte los. „Ich habe das Gefühl, dass die Straße in ein, zwei Tagen wieder frei ist."

Es wird auch langsam Zeit, sagte Tonya sich, während sie sich ihren Weg durch das Dickicht bahnten. Webster Tyler brachte ihr zu sehr zu Bewusstsein, was in ihrem Leben fehlte. Er war so anziehend, dass keine Frau ihm widerstehen konnte. Auch sie würde seinem Charme erliegen, sollte er beschließen, ihn einzusetzen.

Das würde er zweifellos tun, falls er der Meinung wäre, damit würde er sie zur Unterzeichnung des Vertrages bringen.

Webster saß auf dem Treppenabsatz vor der Hütte. Er hielt einen Becher mit lauwarmem Kaffee in der Hand und betrachtete den Abendhimmel. In Nord-Minnesota waren die Tage im September bereits ziemlich kurz, es dämmerte rasch und wurde schnell kühl. In der vergangenen Viertelstunde hatte sich am westlichen Himmel ein prachtvolles Farbenspiel von leuchtendem Apricot über Rotgold und Lavendel bis hin zu schimmerndem Perlgrau gezeigt.

Als sich schließlich die Tür hinter ihm öffnete und Tonya heraustrat, wurde es bereits dunkel.

Über den Baumwipfeln zeigte sich der Abendstern. Der abnehmende Mond schwamm auf fedrigen grauen Wolken und verströmte sein sanftes, zum Träumen einladendes Licht.

„Es ist so lange her, seit ich etwas anderes als den Himmel über der Großstadt gesehen habe. Ich hatte fast vergessen, wie schön ein Sonnenuntergang ist", sagte Webster und drehte sich zu Tonya um.

Sie verschränkte die Arme vor der Brust und schaute zum Himmel auf. „Das ist einer der Vorzüge meines Jobs."

„Ich erkenne das Zirpen der Grillen, aber was ist das, was man noch alles hört?"

Sie zögerte einen Moment. „Ich nenne es einfach Lieder der Nacht", sagte sie leise. „Denn es sind so viele Stimmen."

„Lieder der Nacht", wiederholte Webster nachdenklich. „Das klingt hübsch."

Er stand auf und stellte seinen Becher auf das Geländer der Veranda. Tonya wirkte so jung, und sie war so schön. Vor zwei Tagen hatte er seine Flirtspielchen aufgegeben, denn er wusste, es würde ihn in große Schwierigkeiten bringen. Folglich hatte er sich um professionelle Distanz bemüht, und Tonya hatte sich ebenso verhalten. Die Tatsache, dass es ihnen schwerfiel, war ihm deutlich bewusst – ebenso wie ihr.

Er sah, dass sie zitterte, und das nicht vor Kälte, sondern wegen der erotischen Spannung zwischen ihnen. In den letzten Tagen hatte es immer wieder klare Anzeichen dafür gegeben. Das Abwenden des Blicks, um sich nicht zu verraten. Das Zurückzucken bei zufälligen Berührungen. Lachen, das zu rasch kam und gezwungen klang und das Begehren überdecken sollte, das ständig unter der Oberfläche brodelte.

Sie hatten beide versucht, einander zu meiden.

Doch er hatte es satt, seine Bedürfnisse zu verleugnen. Er war es leid, Tonya aus dem Weg zu gehen. Er wollte nicht länger um seine wahren Wünsche herumtanzen. Für diese Nacht hatte er einen anderen Tanz im Sinn.

Ohne auf Tonyas erschrockenen Blick zu achten, nahm er sie bei der Hand und ging mit ihr die Stufen hinunter.

„Da die Nacht eine so schöne Musik spielt, sollten wir sie auch nutzen." Unten angekommen, trat er vor sie hin. „Darf ich bitten?"

Sie wollte ihn abweisen, das sah er ihr an. Doch er las auch Verlangen in ihrem Blick, und das war die Antwort, die er brauchte.

Bevor sie sich anders besann, nahm er sie in die Arme und begann, sich zu dem langsamen, wiegenden Rhythmus zu bewegen, der in seinem Kopf erklang. Tonya schien ihn ebenfalls zu hören, denn sie ließ sich bereitwillig von ihm führen und tanzte mit ihm, als hätten sie die Schritte seit Jahren zusammen geübt.

Minuten vergingen, während sie die gegenseitige Nähe spürten, die elektrische Spannung zwischen ihnen.

„Was machen wir hier eigentlich?", fragte sie nach einer Weile beunruhigt.

„Wir tanzen, Tonya. Mehr nicht. Vorerst."

Die Dunkelheit umschloss sie wie eine Hülle. Er zog Tonya fester an sich.

„Seltsam", sagte er leise und nahm ihre Hände, um sie um seinen Nacken zu legen. „Mein Leben lang habe ich mich auf klare, kalkulierbare Daten verlassen. Doch schon nach ein paar Tagen hier in dieser Einsamkeit ertappe ich mich dabei, wie ich mich mehr und mehr von meinen Gefühlen leiten lasse." Er schlang die Arme um ihre Taille und drückte Tonya fest an sich. Dann glitten seine Hände zu ihren schlanken Hüften.

„Vielleicht liegt es an der guten Luft?", erwiderte sie ebenso leise.

Er lachte und schmiegte die Wange an ihr seidiges Haar. „Das wäre eine Möglichkeit."

Aber eine unwahrscheinliche. Es war merkwürdig. Seit er auf Tonya gestoßen war, fühlte er sich so lebendig und jung wie schon lange nicht mehr. Er agierte nicht mehr wie ein Besessener in der Sixth Avenue, wo das Streben nach Geld und Macht ihn zu Höchstleistungen anspornte, und dennoch war er rundum zufrieden. Er bezweifelte sehr, dass dies nur der gesunden Landluft zuzuschreiben war.

„Ich glaube eher, es liegt an etwas anderem."

„So?"

Tonya war ganz anders, als er es sich vorgestellt hatte. Sie war witzig und intelligent und, obwohl sie es ständig zu verbergen suchte, schön. Er hatte sich alle Mühe gegeben, in ihr nichts als eine unscheinbare Frau in langweiliger Outdoor-Kluft zu sehen. Doch in Wahrheit hatte sie alle möglichen anziehenden Eigenschaften: Unabhängigkeit, Lebenslust, eine rührende Naivität – nein, er mochte sie. Sehr sogar.

Sie war faszinierend, sexy, klug, hilfsbereit und aufrichtig. Und sie hatte offenbar keine Ahnung, wie attraktiv sie war. Zudem war sie eine außerordentlich begabte Fotografin. Ihre Bilder von den Bären waren aufregend, packend und präzise, und sie enthüllten eine Menge von Tonyas Sensibilität.

Ja, er empfand viel mehr für sie als rein körperliches Verlangen.

Doch darüber wollte er jetzt nicht nachdenken. Er wollte nicht analysieren, den Zauber des Augenblicks nicht mit nüchternen Gedanken zerstören.

Ihre Haut schimmerte hell im Mondlicht. Er gab den Kampf auf und umfasste sanft Tonyas Kinn. „Du weißt, dass ich dich jetzt küssen werde, nicht wahr? Du weißt, dass ich das jetzt brauche."

Sein Puls raste fast schmerzhaft, als sie den Kopf in den Nacken legte und ihm in die Augen sah. Begehren lag in ihrem Blick und brachte sein Blut zum Kochen.

In diesem Moment war er verloren.

Es war, als ob in ihm Dämme brachen und eine Flut von Verlangen seine Vernunft überschwemmte. Er zog Tonya an sich und küsste sie leidenschaftlich.

„Wenn du es nicht willst, dann sag stopp", flüsterte er dicht an ihren Lippen, während er Tonya streichelte. „Sonst kann ich nicht mehr aufhören."

„Stopp", flüsterte sie, meinte aber das Gegenteil und drängte sich herausfordernd an ihn.

Webster stöhnte auf und berührte ihr Haar. Es fühlte sich noch viel weicher an, als er es sich vorgestellt hatte, und es duftete wunderbar. Vorsichtig löste er ihre Zopfspange und durchkämmte ihr Haar, bis es ihm locker durch die Finger glitt. Tonya seufzte leise und drängte sich noch dichter an ihn. Er strich über ihren süßen, straffen Po, dann hob er sie hoch, sodass sie die Beine um seine Taille schlingen konnte.

„Soll ich wirklich aufhören?", flüsterte er, während er ihren Hals mit Küssen bedeckte, bis er wieder bei ihrem Mund ankam.

„Nein", hauchte Tonya. „Mach weiter."

Er führte sie die Stufen empor und in die Hütte, wobei er sie wieder und wieder küsste. Nachdem er die Tür mit dem Fuß zugeschoben hatte, steuerte er auf das Bett zu.

„Bist du dir ganz sicher?", fragte er. Irgendwie konnte er es immer noch nicht glauben, dass er seinem Ziel so nah war.

„Ich bin sicher, dass du aufhören sollst zu reden." Tonya stieß einen kehligen Laut aus, krallte die Hände in sein Haar und zog seinen Kopf zu sich herunter. „Sei einfach still."

Das brauchte sie ihm nicht zwei Mal zu sagen. Ihre Hände, ihre Lippen waren ohnehin beredt genug. Und ihr übriger Körper ebenso.

Als sie mit den Knien ans Bett stieß und auf die Steppdecke sank, ließ Webster sich auf sie fallen, verlagerte jedoch sein Gewicht auf die Ellbogen, um Tonya mehr Bewegungsfreiheit zu geben. Die alte Matratze gab nach, die Sprungfedern quietschten, und er schob sich zwischen Tonyas Schenkel.

„Das ist Wahnsinn", murmelte er und schmiegte das Gesicht in ihre Halsbeuge. Ihr Haar kitzelte seine Wange.

„Du redest schon wieder." Ungeduldig zerrte sie sein Hemd aus dem Hosenbund. „Ich finde, du könntest etwas Besseres mit deinem Mund anstellen."

Webster rollte sich auf den Rücken und hielt Tonya dabei fest an sich gedrückt. Dann half er ihr, sein Hemd aufzuknöpfen. „Jetzt bist du dran", sagte er, nachdem er sein Hemd abgestreift hatte.

Rittlings auf ihm sitzend, das Gesicht von ihrem Haar umgeben wie von einer glänzenden goldenen Wolke, die Wangen gerötet, die Lippen geschwollen von seinen Küssen, bot Tonya einen betörenden Anblick.

Sofort zog sie sich den Pulli über den Kopf. Hitze durchzuckte Websters Lenden. Die ganze Zeit hatte er sich gefragt, welche Farbe ihre Dessous haben mochten. Jetzt wusste er es.

Kein Pink heute. Auch kein Weiß. Ihr BH war schwarz, ein winziges Etwas aus so feinem Material, dass es fast durchsichtig war. Ihre Brustknospen zeichneten sich deutlich unter dem zarten Gewebe ab, und sie waren nur Zentimeter von seinen Lippen entfernt.

„Süße Tonya", flüsterte er. Er konnte nicht länger an sich halten, hob den Kopf und nahm eine Brustspitze in den Mund.

Tonya gab einen erstickten Laut von sich und drängte sich ihm entgegen, bot ihm voller Verlangen ihre Brust. Er öffnete den Mund weit, strich mit den Zähnen über den dünnen Stoff, bevor er ihre Knospe mit den Lippen umschloss.

Tonya stöhnte leise auf. Langsam wich er zurück, ließ ihre Knospe jedoch nicht los. Mit einer kleinen Bewegung seines Kopfes forderte er sie wortlos auf, ihm die andere Brust zu bieten.

Sie tat es, hob sich auf die Knie und presste sich an ihn, sodass er ihre Brustspitze ganz in den Mund nehmen konnte. Es turnte sie an, das spürte er. Ihm gefiel es auch. Diese Wärme, die in seidige Spitze gehüllte weiche Fülle, diese pure Weiblichkeit – er genoss das alles unsagbar.

Tonya schrie auf, als er sanft zubiss. Dann griff sie nach hinten und hakte den BH auf. Webster packte das Körbchen mit den Zähnen und zog es beiseite, um ihre nackte Brustspitze an der Zunge zu spüren. Er wollte sie Haut auf Haut fühlen, überall, wollte, dass Tonya willig und entgegenkommend in seinen Armen lag.

Er beugte sich vor, setzte sich ganz gerade hin und drückte gegen ihre Schulterblätter, um sie näher zu sich heranzuziehen. Ihr Haar fiel ihm über das Gesicht, strich federleicht über seinen Handrücken. Ihre Haut war weich und glatt wie Samt, ein erotischer Gegensatz zu dem harten, fordernden Griff ihrer Hände an seinen Schultern.

Ihr Verlangen beflügelte ihn und erhitzte sein Blut. Er drehte sie auf den Rücken und kniete über ihr, sodass ihre Hüften zwischen seinen Schenkeln lagen, und betrachtete sie ausgiebig. Ihr Haar umhüllte sie wie ein heller Schleier, ihre Brüste glänzten feucht von seinen Küssen. Und mit ihren kleinen Händen griff sie nach seinem Gürtel.

Seit wann war Tonya so schön? Wann hatte sie sich in diese sinnliche, unglaublich verführerische Frau verwandelt? Und an welchem Punkt hatte er den Verstand verloren, sodass er nur noch sie begehrte?

Er wusste es nicht. Wollte es gar nicht wissen, denn sie knöpfte bereits mit ihren schmalen Fingern seinen Hosenbund auf und zog langsam den Reißverschluss herunter.

Webster stöhnte auf, als sie ihn durch die Boxershorts hindurch berührte. Er musste ihre Hand festhalten, als sie ihn umfasste.

„Du ahnst ja nicht", flüsterte Webster und gab ihr einen zärtlichen Kuss, „wie sehr es mir widerstrebt, aber ich muss hier kurz unterbrechen." Er stand auf und suchte nach seinem Reisenecessaire.

Zwar war er kein Pfadfinder, doch er hielt viel von dem Grundsatz „allzeit bereit". In diesem Moment war er froh darüber, dass er nie ohne Kondome unterwegs war.

Als er zum Bett zurückkehrte, war Tonya dabei, ihre Jeans auszuziehen.

„Nicht doch." Er kniete sich neben sie auf die Matratze. „Das ist meine Aufgabe."

Sie lächelte verschämt, zögerte kurz, gehorchte dann jedoch seinem Wunsch in einer Weise, die ihn mitten ins Herz traf. Sie legte die Hände mit nach außen gekehrten Handflächen neben ihren Kopf und hob die Hüften leicht an.

Er legte die Kondompackung neben ihre Hand, betrachtete ihren Körper und begann, langsam seine Jeans und die Boxershorts abzustreifen.

Dann griff er nach der Lasche am Reißverschluss ihrer Hose.

Websters Küsse, dachte Tonya, während sie das Bild des nackten Mannes über sich aufnahm, sind berauschend wie Wein. Und sie, die an Wasser gewöhnt war, wurde von einigen wenigen Schlucken bereits betrunken. Die Versuchung war zu groß, um ihr zu widerstehen. Das hatte sie schon vor zwölf Jahren festgestellt, und sie hatte es wieder gespürt, als er sie am See geküsst hatte.

Sie hatte es gewusst, als sie zur Hütte zurückkehrte und ihn am Tisch sitzen sah, obwohl sie sich den ganzen Nachmittag lang eingeredet hatte, dass sie nichts von ihm wollte.

Doch im tiefsten Innern hatte sie geahnt, dass sie sich etwas vormachte. Und nun, als er mit seinen starken Händen langsam ihren Reißverschluss herunterzog, die Lippen auf ihre heiße Haut drückte, mit der Zunge ihren Nabel umspielte und weiter nach unten glitt, wollte sie sich nicht mehr belügen.

Sie wollte alles von ihm. Wollte endlich all die Fantasien ausleben, die sie jahrelang gehegt hatte. Sie wollte die Empfindungen auskosten, die seine Liebkosungen in ihr auslösten, wollte all die Lust erleben, die er ihr gab. Es war so lange her, dass sie sich so etwas gegönnt hatte. Sie hatte ein Recht darauf. Nur dieses eine Mal wollte sie ihre Sehnsüchte ausleben. Es war beiderseitiges Begehren, und für diese Nacht genügte es ihr.

Sie hob die Hüften an, damit er ihr die Jeans herunterziehen konnte. Bereitwillig spreizte sie die Schenkel, als er den Kopf senkte und sie seinen heißen Atem auf ihrem winzigen schwarzen Spitzenslip fühlte.

Bei einem anderen Mann wäre es ihr peinlich gewesen, sich ihm auf diese Weise darzubieten, und sie hätte es ihm verweigert. Doch bei Webster konnte sie es genießen. Sie kannte ihn aus unzähligen Träumen und Fantasien. Ihm vertraute sie, bei ihm fühlte sie sich geborgen. Mit ihm konnte sie die Erfahrungen machen, nach denen sie sich schon lange gesehnt hatte.

Er küsste sie durch den Slip hindurch und reizte sie zu höchster Lust, zeigte ihr durch sein Aufstöhnen, wie sehr er ihre Hitze, ihre Sinnlichkeit mochte. Als er ihr endlich ihren Slip abstreifte und mit seinen breiten Schultern zwischen ihre Schenkel glitt, war sie kurz vor dem Höhepunkt.

Nur ein paarmal brauchte er ihren empfindsamsten Punkt mit der Zunge zu umschmeicheln, schon kam Tonya zum Höhepunkt. Es war ihr fast ein bisschen unbehaglich, dass es so schnell geschehen war.

„Webster …", flüsterte sie, noch ganz außer Atem von ihrem erotischen Höhenflug, und versuchte, ihn wegzuschieben.

Doch er ließ sich nicht abwehren. Er schob ihre Hände beiseite, packte sie um den Po und setzte sein süßes Spiel fort.

Es war ein berauschendes Gefühl, so zärtlich liebkost zu werden, und Tonya konnte nicht anders, als sich fallen zu lassen in ihre Lust. Webster trieb sie zu einem neuen Höhepunkt, der so intensiv und machtvoll war, dass sie aufschrie.

Ihr Herz pochte zum Zerspringen, sie war immer noch außer Atem, als er ihren ganzen Körper mit Küssen bedeckte, wobei er ihren Brüsten besonders viel Aufmerksamkeit widmete. Schließlich küsste er sie wieder auf den Mund, und von neuem wurde ihr schwindelig. Noch nie hatte Tonya beim Liebesspiel so lange tiefe Lust empfunden, noch nie hatte sie diese intime Nähe gespürt.

Schließlich beendete Webster den leidenschaftlichen Kuss und zog sich zurück, um das Kondom überzustreifen.

Dann kam er wieder zu ihr. Sie spürte seine starken Muskeln, seine glatte Haut. Mit einer langsamen Bewegung drang er tief in sie ein, und sie nahm ihn begierig in sich auf. Wieder trieb er sie zu ungeahnten Höhen der Lust, stärker noch als bei den ersten beiden Malen.

Sie flüsterte seinen Namen, klammerte sich an ihn, flehte: „Ja, Webster, ja … Bitte gib es mir."

Und dann hob sie erneut ab, dieses Mal mit ihm zusammen. Mit einem letzten, tiefen Stoß kam er zum Gipfel, barg das Gesicht in ihrem Haar und stieß ihren Namen hervor, als wäre sie das Wichtigste auf der Welt.

„Du lächelst." Webster strich über Tonyas nackte Hüften.

Sie wandte ihm das Gesicht zu. Das Feuer im Ofen, das sie irgendwann zwischendurch entfacht hatte, tauchte seine Züge in weiches rötliches Licht, ansonsten war es dunkel in der Hütte.

„Hast du mir vielleicht etwas zu sagen?", fragte er, als sie weiterhin lächelte.

Tonya fand, dass sie ihm bereits alles gesagt hatte, was es zu sagen gab. Sie hatten sich nach dem ersten gemeinsamen Höhepunkt wieder geliebt. Dann hatten sie etwas gegessen, waren erneut in das weiche, quietschende Bett gefallen und hatten noch einmal von vorn begonnen.

Eigentlich hätte sie zutiefst erschöpft sein müssen. Gewisse Dinge, die sie getan hatten, müssten sie verlegen machen. Nichts davon war zu spüren. Im Gegenteil, sie war in ihrem ganzen Leben noch nie so glücklich gewesen wie jetzt. Und deshalb lächelte sie.

Er erhob sich halb neben ihr, den Kopf auf die Hand gestützt. Mit der anderen Hand streichelte er sanft ihren Körper.

„Du willst es für dich behalten?"

„Du meinst, weshalb ich lächle?"

Webster nickte.

„Ich musste gerade an das Gefühl der Unzulänglichkeit denken."

Fragend zog er die Augenbrauen hoch, und sie lachte. „Kürzlich sagtest du, du fühltest dich nicht gern unzulänglich. Mir ist gerade aufgefallen, wie gut du bist."

Er kniff sie scherzhaft, und Tonya quiekte.

„Ich meine, jedenfalls im Bett", fügte sie hinzu.

Er ließ sich aufs Bett fallen, sodass die Sprungfedern quietschten, und hob in theatralischer Geste die Hände. „Das nenne ich ein nettes Kompliment."

Tonya berührte seine Schulter und ließ zärtlich die Hand zu seinem Kinn gleiten. „Du bist wirklich sagenhaft."

„Sagen wir, ich bin eben ein Mann." Er grinste. „Und was wir vorhin gemacht haben, beweist nur die Tatsache, dass Frauen Männer brauchen – jedenfalls in gewisser Hinsicht. Es gibt natürlich noch mehr gute Gründe."

Allerdings. Tonya fand, dass ihr dieser eine Grund durchaus genügte. Und das sagte sie ihm auch: „Mir reicht dieser völlig."

Er lachte. „Das habe ich mir schon gedacht – so wie du geschrien hast."

Sie wurde über und über rot.

„He." Er drehte ihr Gesicht zu sich herum. „Es war wunderschön. *Du* bist wunderschön." Er bettete ihren Kopf an seine Schulter und stützte das Kinn auf ihren Scheitel. Schweigend genoss er diesen friedlichen, entspannten Augenblick.

Tonya war schon halb eingeschlafen, als er erneut anfing: „Hast du an jenen Abend gedacht? Ich meine an den Abend der Weihnachtsparty?"

Sie öffnete die Augen und schluckte. Sie hatte an nichts anderes als an die Gegenwart gedacht, seit sie mit Webster im Bett war. Sie wollte an nichts anderes denken. Nicht in dieser Nacht. Morgen wäre es früh genug, sich der Realität zu stellen. Und die Realität war, dass es nach dieser Nacht zu Ende war. Es gab keine gemeinsame Zukunft für sie. Webster lebte in New York, sie reiste auf der Jagd nach guten Motiven für ihre Fotos rund um den Erdball. Und das war noch das geringste Problem.

„Ich habe daran gedacht", sagte er leise und mit rauer Stimme in ihre düsteren Betrachtungen hinein. Unter ihrer Wange spürte sie seinen Herzschlag. „Ich erinnere mich genau an jenen Abend. Es war bitterkalt – zu kalt für Schnee, und alles war mit Eis überzogen. Das Eis glitzerte wie deine Augen. Du hast so schöne Augen, Tonya."

„Wirklich?" Noch immer sah sie sich als das unscheinbare Mädchen mit Brille, obwohl sie vor fünf Jahren eine Laseroperation gehabt hatte.

Er küsste ihre Schläfe. „All die Jahre lang habe ich daran gedacht, wie du mich an jenem Abend angeschaut hast. Du hast dich in meinen Armen so warm und anschmiegsam angefühlt. Du warst etwas ganz Besonderes. Zwölf Jahre lang habe ich mir gewünscht, das noch einmal zu spüren."

„Du hast mich nicht einmal wiedererkannt", wandte sie ein.

Er lachte und hauchte spielerisch kleine heiße Küsse auf ihren Hals, die einen heißen Schauer in ihr auslösten. „Gut, aber du musst zugeben, du hast dich verändert. Sehr sogar. Außerdem hatte ich bei meiner Ankunft bestimmte Pläne, die mich ziemlich beschäftigten."

Sie verharrte regungslos. Ein hässlicher Verdacht regte sich in ihrem Kopf und kam ihr automatisch über die Lippen. „Wenn du nur wegen des Vertrags …"

„Halt!" Er hob ihren Kopf und sah ihr in die Augen. „Ich gebe zu, dass es mir anfangs nur um den Vertrag ging. Das will ich gar nicht leugnen. Die Bärenfütterung, das Holzhacken, das Kochen … bei alldem hatte ich den Vertrag im Sinn. Ob ich deine Unterschrift noch immer will? Und ob!" Er senkte den Kopf und küsste sie zärtlich. „Aber jetzt geht es nur um dich und mich und um eine reine Privatangelegenheit, die seit zwölf Jahren unerledigt ist."

Benommen von seinem Kuss, schaute Tonya blinzelnd ins Licht. „Du hast wirklich hin und wieder an mich gedacht?"

Webster lächelte erfreut, weil sie so leicht von dem heiklen

Thema Vertrag abzulenken war und weil ihn ihre Unsicherheit rührte. Ihre Arglosigkeit war berückend. Offenbar ahnte sie nicht, wie begehrenswert sie war. „Oh ja. Ich nahm mir vor, sollte ich dir jemals wieder begegnen, dich noch einmal zu küssen. Ich wollte mir beweisen, dass es kein zweites Mal so schön sein könnte wie an jenem Abend im Taxi."

Er sah die kleine Ader an ihrem Hals pochen. „Und, war es das?"

Plötzlich wurde ihm die Kehle eng, und als er endlich antwortete, klang seine Stimme eigenartig heiser. „Es war sogar noch schöner. Du bist einfach unbeschreiblich."

Sie schaute ihn mit ihren blauen Augen an, und in ihrem Blick sah er all die verhaltene Leidenschaft, die Sehnsucht, die er selbst empfand.

„Webster …"

Er legte ihr den Finger auf die Lippen. Sie waren sanft und feucht wie ihre Augen, wie ihre Fingerspitzen an seinem Handgelenk. „Wir sind noch nicht am Ende angekommen, das weißt du hoffentlich."

Sie nickte und überließ sich ganz ihren Empfindungen, als er sie erneut an sich zog.

9. KAPITEL

Als Webster das nächste Mal aufwachte, war es Morgen. Das vermutete er zumindest, denn er nahm Tageslicht wahr. Die Nacht war erfüllt gewesen von warmem Feuerschein auf seidiger Haut, von seligen Seufzern, von leidenschaftlichem Geben und Nehmen.

Und dies war der Morgen danach.

Webster rollte sich auf den Rücken, strich sich über den Stoppelbart und hoffte, dass er Tonyas zarte Haut damit nicht zu sehr strapaziert hatte.

Er dachte an die vergangene Nacht zurück. Am Bettlaken haftete noch ihr Duft. Selten wachte er morgens im Bett einer Frau auf. Darauf ließ er sich nicht ein. Natürlich hatte er sich ebenso wenig näher mit Frauen eingelassen, die von einem gemeinsamen Frühstück und zärtlichen Gesprächen träumten.

Allerdings war ihm in dieser Situation keine andere Wahl geblieben. Dennoch beschlich ihn der Verdacht, dass er ohnehin nicht gegangen wäre, selbst wenn er die Wahl gehabt hätte.

Er verdrängte den beunruhigenden Gedanken, setzte sich auf, schwang die Beine aus dem Bett und nahm den Duft von frisch gebrühtem Kaffee wahr.

Herrlich!

Er stieg aus dem Bett und reckte sich. Am Boden lagen seine Boxershorts, er zog sie an. Tonya war nirgends zu sehen. Während er sich Kaffee eingoss und den ersten belebenden Schluck trank, fragte er sich, ob ihre Abwesenheit etwas zu bedeuten hatte – und wenn ja, was.

Machte sie sich rar, weil ihr der Morgen danach ebenso unbehaglich war wie ihm normalerweise? Er lehnte sich mit der Hüfte an den Herd, kreuzte die Beine und starrte missmutig auf die Tür. Falls Tonya gereizt war, dann lag es daran, dass sie wenig Erfahrung mit solchen Situationen hatte, und nicht daran, dass sie ihn nicht sehen wollte. Da war er sich ziemlich sicher.

Die süße Tonya mit den hübschen Brüsten und den sinnlichen kleinen Schreien war trotz ihrer Genussfähigkeit und ihrer

Hemmungslosigkeit keineswegs sexuell erfahren. Sonst hätte sie gewiss nicht so spontan und heftig reagiert, sondern hätte manche Geste hingenommen wie eine Selbstverständlichkeit.

Er nahm den Kaffee mit ins Bad, denn er wollte unbedingt duschen. Einerseits machte es ihn sehr glücklich, der erste Mann zu sein, mit dem sie diese Freuden erlebte. Andererseits kam er sich wie ein elender Opportunist vor, der ihre Unerfahrenheit ausgenutzt hatte.

Sein erster Eindruck von ihr vor zwölf Jahren hatte sich völlig bestätigt. Sie war eine Frau, die nicht leichtfertig mit jemandem schlief, eine Frau, die eine feste Bindung suchte. Und er wollte sich nicht binden.

„Und warum ist mir das letzte Nacht nicht eingefallen? Warum habe ich mich nur von meiner Lust leiten lassen?", sagte er laut, plötzlich ernüchtert.

Verdammt, was hatte er getan? Wo hatte er sich da hineinmanövriert?

Denn ob mit oder ohne Vertrag, er würde seiner Wege gehen und sie ihrer, so viel stand für ihn fest. Er trat unter den heißen Wasserstrahl und senkte den Kopf. Hoffentlich würde sie nicht gekränkt sein. Ihr wehzutun war nie seine Absicht gewesen.

Er fluchte laut über sich selbst.

Aber es war nun einmal nicht zu ändern. Er wurde ganz nervös bei der Vorstellung, für alle Zeit an eine einzige Frau gebunden zu sein. Das lag ihm nicht. Keinem in seiner Familie war das jemals gelungen. Sein Großvater war zwar mit seiner Frau fünfzig Jahre verheiratet gewesen, doch er hatte nebenbei diverse Geliebte gehabt. Sein Vater hatte seinen vier – oder waren es mittlerweile fünf? – Ehefrauen ebenfalls nicht treu sein können. Immerhin hatte er sich jedes Mal erst scheiden lassen, wenn ein neues Objekt der Begierde aufkreuzte. Oder die Frauen hatten ihn verlassen. Webster wusste es nicht mehr so genau. Und seine Mutter hatte natürlich auch einige Ehemänner vorzuweisen, ob nun aus Spaß an der Freude oder um seinem Vater Konkurrenz zu machen. Vielleicht spielten beide Motive mit hinein.

Nein, es war den Tylers schlicht nicht gegeben, treu zu sein und ein Leben lang mit einem einzigen Partner auszukommen.

Er hörte, wie die Hüttentür aufging und wieder geschlossen wurde.

Er rieb den Wasserdampf von dem kleinen Spiegel und betrachtete sich. Gerade noch war er glücklich gewesen, jetzt fühlte er sich deprimiert. Du musstest sie ja unbedingt verführen, du Held, nicht? dachte er reuevoll.

Tief einatmend wickelte er sich das Handtuch um die Hüften und griff nach seinem Rasierzeug. Tonya würde sich fragen, ob er sie hatte kommen hören. Bestimmt war sie gespannt auf sein Verhalten an diesem Morgen und würde wissen wollen, wie er über sie beide nun dachte.

Genau das war das Problem. Es konnte keine feste Beziehung geben. Und ihm war beinahe schlecht vor Angst, denn er wusste absolut nicht, was er zu ihr sagen sollte.

Tonya hörte das Wasser im Bad laufen und atmete erleichtert auf. Zumindest bedeutete es einen vorläufigen Aufschub. Sie konnte die Situation nicht auf die leichte Schulter nehmen. In ihrem Leben hatte sie nicht oft einen Morgen danach erlebt, und mit Sicherheit keine Nacht wie diese.

Ihre Wangen schienen zu glühen, und Hitze breitete sich rasch bis in ihre Fingerspitzen und Zehen aus.

Sie hatte mit Webster Tyler geschlafen und sich gefühlt, als wäre es Liebe. Aber natürlich war es das nicht. Er war ein erfahrener Liebhaber, das war alles. Er wusste mit Frauen umzugehen.

Eine neue Hitzewelle durchströmte sie, als sie an seine zärtlichen Lippen dachte und daran, was er alles mit ihr angestellt hatte.

Es war nicht ihre Art, im Bett laut zu werden. Aber sie hatte ja auch noch nie zuvor mit Webster geschlafen. Er hatte gesagt, es sei wunderschön. Er hatte gesagt, dass *sie* schön war. Doch jetzt, im hellen, kühlen Tageslicht kam sie sich kindisch vor.

Kindisch, weil sie sich vor zwölf Jahren in ihn verliebt hatte. Kindisch, weil sie die ganze Zeit nicht darüber hinweggekommen war. Kindisch, weil sie sich in der vergangenen Nacht hingegeben hatte, auf einen bloßen begehrlichen Blick seiner funkelnden braunen Augen hin.

Noch kindischer wäre es, wenn sie sich noch einmal in ihn verliebte. Doch das wird nicht passieren, sagte sie sich und verspürte dabei einen leisen Stich in der Brust.

Seufzend trat sie an den Ausguss, um sich die Hände zu waschen. In dem Moment, als Webster die Tür des Badezimmers öffnete, klingelte das Telefon.

Erschrocken, weil es so lange keinen Laut von sich gegeben hatte, fuhr Tonya zusammen. Oder lag es an Websters Anblick, an der Erinnerung an die Nacht?

„Hier bei Charlie Erickson."

„Hallo, mein Mädchen."

Charlies raue Stimme klang viel lebhafter als beim letzten Mal. Offenbar hatte er sich wieder erholt.

„Charlie!" Erfreut, ihn bei guter Gesundheit zu wissen, umklammerte Tonya den Hörer mit beiden Händen. „Wie geht's dir?"

„Ich langweile mich zu Tode."

„Das ist ein gutes Zeichen."

„Was du nicht sagst. Ich bin fit wie ein Turnschuh, aber sie wollen mich erst in einer Woche herauslassen. Sie reden von Reha und erfinden tausend Ausreden, um noch mehr Geld von meiner Versicherung zu erpressen."

„Sie kümmern sich also gut um dich." Sie musste über sein Gejammer grinsen.

„Wie steht's da draußen? Hab lange nichts von dir gehört."

Sie berichtete von dem Unwetter und den beschädigten Leitungen.

„Ich hatte mir schon so etwas gedacht. Hast du den Generator gefunden und zum Laufen gebracht?"

Sie warf einen Blick zu Webster, der sich Kaffee einschenkte. „Ja, alles bestens. Hoffentlich brauche ich ihn bald nicht mehr. Da das Telefon wieder funktioniert, wird der Strom nicht lange auf sich warten lassen."

Sie unterhielten sich noch eine Weile über Charlies Hauptsorge, die Bären. Dann musste Tonya ihm versprechen, ihn zu besuchen, sobald die Straße frei war. Schließlich legte sie auf.

„Gute Nachrichten?", wollte Webster wissen.

„Ja, er klang gut."

Es war leichter, über Charlie zu sprechen als über die letzte Nacht. „Sie entlassen ihn vermutlich nächste Woche, wenn er weiter solche Fortschritte macht."

„In seinem Alter könnte er leicht wieder einen Herzanfall bekommen. Oder aber er erholt sich nicht völlig, wenn er hier draußen allein lebt."

Das war ihr klar, und es bereitete ihr Sorgen. „Ich denke, wir sollten es auf uns zukommen lassen."

„Hat er sich eigentlich überlegt, was auf lange Sicht aus den Bären werden soll?"

Tonya seufzte. Diese Frage beschäftigte auch sie sehr. „Ich glaube nicht. Und es ist wirklich ein Problem. Die Bären sind inzwischen auf ihn angewiesen und werden es sein, solange sie hier leben. Bären geben ihr Wissen über Generationen hinweg weiter. Mit anderen Worten", erklärte sie auf Websters fragenden Blick hin, „die Bären, die hier vor vierzig Jahren gefüttert wurden, übertragen ihre Gewohnheiten auf ihre Nachkommenschaft. Es ist ein ewiger Kreislauf."

„Folglich müssen sie weiterhin regelmäßig gefüttert werden?"

„Leider ja."

„Das heißt, sollte Charlie nicht zurückkommen oder sterben – ich weiß, ein trauriger Gedanke", fügte Webster rasch hinzu, als sie schmerzlich das Gesicht verzog, „aber er ist achtzig –, dann wären die Bären sich selbst überlassen."

„Nicht unbedingt", erwiderte sie ruhig und sprach damit aus, was sie sich schon lange überlegt hatte.

Seine erschrockene Miene bewies, dass er begriffen hatte. „Das ist nicht dein Ernst! Du willst doch nicht hier wohnen?"

Tonya zuckte die Schultern. „Bis mir etwas Besseres einfällt. Die Bären liegen mir auch am Herzen. Ich kann sie nicht umkommen lassen. Sie würden bei anderen Häusern Futter suchen und Schäden verursachen, denn sie haben keine Angst vor Menschen."

Webster fuhr sich durchs Haar. „Und die Bezirksverwaltung? Es gibt doch bestimmt eine Umweltabteilung, die da helfen könnte."

Tonya schüttelte den Kopf. „Nur wenn sie einen verletzten oder kranken Bären finden, behandeln sie ihn. Nein, die Tiere würden verhungern oder erschossen werden – entweder von Jägern oder von besorgten Einwohnern."

Webster verstand nicht, wie jemand so leben konnte – wie *sie* so leben konnte, das sah sie an seinem Blick. Und wahrscheinlich fragte er sich, wieso er mit ihr geschlafen hatte.

„Was letzte Nacht betrifft", begann sie und nahm all ihren Mut zusammen. „Es war schön, du hast mich sehr glücklich gemacht. Wir wollen die Dinge nicht komplizieren durch Reue oder Schuldgefühle, okay?"

Webster wusste nicht, ob er sie umarmen, sie schütteln oder einfach aus der Tür gehen sollte. Sie hatte ihm eine ähnliche Ansprache erspart, sie gab ihn frei. Da hätte er doch überglücklich sein müssen. Aber er war es nicht. Und von Tonya hatte er diese nüchternen Worte am allerwenigsten erwartet – Worte, die er selbst perfektioniert hatte.

Sie schickte ihn weg. Das wusste er, denn er hatte es mit anderen Frauen ebenso gemacht.

Bis jetzt.

Jetzt sagte ihm eine Frau diese Dinge ins Gesicht.

Er wollte es nicht hören. Nicht von ihr.

Wenn das keine Ironie des Schicksals war!

Die Frage war nur, weshalb tat Tonya das? Und warum ärgerte es ihn? Warum nahm er sie nicht in die Arme, dankte ihr für das Verständnis und freute sich, dass nicht er diese missliche Rede halten musste?

Weil du dich in sie verliebt hast, du Held!

Die Erkenntnis traf ihn mit voller Wucht.

Er war verliebt. Zum ersten Mal in seinem Leben.

Die Wahrheit war so bestürzend, dass er sich völlig hilflos

fühlte. Sein erster Impuls war, so schnell wie möglich von Tonya wegzukommen, um nachzudenken.

„Ich schaue mal nach dem Generator", stieß er abrupt hervor und stürzte zur Tür. Bloß raus hier! sagte er sich. Ich muss schnellstens einen klaren Kopf bekommen.

Das Blut rauschte ihm in den Ohren, sein Atem ging stoßweise. Sobald er den Schuppen erreicht hatte, musste er sich an die Wand lehnen, um nicht umzusinken.

„Wo habe ich mich da nur hineingeritten?", murmelte er vor sich hin und strich sich mit zitternder Hand über die Stirn. Er hatte sich tatsächlich in Tonya verliebt. Ausgerechnet er, der absolute Beziehungsvermeider.

Was sollte er jetzt tun?

Er hatte sich kaum wieder ein bisschen gefangen, als er Tonya schreien hörte: „Webster!"

Ihre Stimme war vor Angst so verzerrt, dass er sie kaum als die ihre erkannte.

Er stürmte aus dem Schuppen und sah Tonya Auge in Auge mit dem gewaltigsten Bären, den er je in freier Natur erblickt hatte.

„Es ist Damien!", rief Tonya, vor Schreck erstarrt.

Webster rannte zu ihr und stellte sich schützend vor sie, sodass sie sich außer Reichweite der gefährlichen Klauen und Zähne befand. Der Bär taumelte wie ein Betrunkener. Er stieß an einen Felsen, schlug wütend nach einem Futternapf, stellte sich auf die Hinterbeine und schmetterte ein Vogelhäuschen zu Boden.

Im Rennen hatte Webster sich einen Hammer gegriffen, das Einzige, was nach einer Waffe aussah. Jetzt schwang er ihn über dem Kopf in der Hoffnung, dem Bären ein paar kräftige Schläge versetzen zu können, sollte dieser angreifen. Zumindest würde er so Tonya die Flucht ermöglichen.

„Nicht!", rief sie und packte seinen Arm. „Tu ihm nichts. Er ist verletzt. Schau hin."

Im selben Moment, als sie hinter seinem Rücken vorkam, das Gesicht von Tränen überströmt, bemerkte Webster das Blut.

„Er ist angeschossen."

Danach sah es allerdings aus. Das dichte dunkle Fell klebte an der Schulter des Bären. Blut quoll aus einer klaffenden Wunde, während Damien sich auf alle viere fallen ließ und mit hängendem, schwankendem Kopf einige Schritte taumelte.

„Lauf zur Hütte", sagte Webster. „Schnell. Nimm Charlies Gewehr vom Haken an der Wand, und sieh zu, ob du Munition findest."

„Du darfst ihn nicht erschießen." Schluchzend umklammerte Tonya Websters Ärmel.

„Es widerstrebt mir sehr, aber er könnte gefährlich werden. Er hat Schmerzen und schlägt wild um sich. Ich will nicht, dass dir etwas passiert. Geh und hol das Gewehr."

Da sie zögerte, gab er ihr einen Schubs in Richtung Hütte. Den Bären nicht aus den Augen lassend, wich er langsam zurück. Das verletzte Tier brüllte laut vor Schmerz.

Kaum hatte Webster die Treppe erreicht, brach Damien mit einem lauten Schnaufen zusammen. Die Hüttentür klappte, Webster hörte Tonya herauskommen.

Trotz der kühlen Herbsttemperaturen war Webster der Schweiß ausgebrochen. Schweißperlen liefen ihm zwischen den Schulterblättern herab, als er vorsichtig auf das am Boden liegende Tier zuging.

Das Blut strömte in besorgniserregender Menge aus der Wunde. Der Bär lag im Sterben.

Auch Tonya sah es. „Wir dürfen ihn nicht sterben lassen."

Webster sagte sich, hier könnte nur ein Wunder helfen. Dann schaute er in Tonyas tränennasses Gesicht, sah den kummervollen Ausdruck in ihren Augen, und ihm wurde das Herz schwer.

Er ertrug den Anblick nicht.

„Sieh nach, ob Charlie irgendwo die Nummer eines Tierarztes hat. Er hatte bestimmt schon öfter mit verletzten Bären zu tun. Sag dem Notarzt, dass wir einen Hubschrauber brauchen. Und dass ich das doppelte Honorar zahle, wenn sie innerhalb einer Stunde hier sind."

Sie rannte in die Hütte. Als er sich dem Bär weiter näherte, hörte er sie telefonieren.

Was tut man nicht alles aus Liebe, dachte Webster. Plötzlich begriff er den Sinn der bekannten Redensart. Ein altes Sprichwort fiel ihm ein: „Die Welt ist voller Narren."

„Und ich bin der allergrößte", murmelte er. Jetzt befand er sich in Reichweite des Bären, der selbst in seinem geschwächten Zustand mit einem Hieb einem Menschen den Hals brechen konnte.

Damiens Atem ging flach und schnell. Er verlor ständig Blut. Falls man die Blutung nicht stoppte, würde der Bär tot sein, bevor der Arzt eintraf.

„Okay, großer Junge", sagte er leise. „Das machen wir zwei jetzt unter uns aus. Ich bin im Grunde ein Feigling. Große haarige Bestien sind nicht mein tägliches Brot."

Der Bär schnaufte, es klang fast wie das mühsame Atmen eines leidenden Menschen.

„Ganz ruhig." Das Herz klopfte Webster bis zum Hals, als er sich auf den Rücken des Bären kniete. „Kein Protest und keine heftigen Bewegungen, okay? Hoffentlich hast du inzwischen gemerkt, dass ich dir helfen will." Er streifte sein Hemd ab, knüllte es zusammen. Ein Adrenalinstoß durchfuhr ihn, als er sich über das Tier beugte, um das Knäuel in die Wunde zu pressen.

Der Bär ächzte, hob den Kopf und ließ ihn wieder sinken. Websters Magen krampfte sich vor Angst zusammen. Aber offenbar hatte Damien das Bewusstsein verloren. Tapfer hielt Webster die Stellung und presste das Hemd immer fester auf die Wunde, bis es von Blut durchtränkt war.

„Das Rettungsteam ist auf dem Weg", sagte Tonya leise hinter ihm.

Webster hatte sie nicht kommen hören. „Bring mir Handtücher", wies er sie an. Dann kniete er sich hin, um noch besser Druck ausüben zu können.

Auch jetzt hörte er sie weder gehen noch kommen. Als sie ihm von hinten ein zusammengerolltes Stoffbündel reichte, nahm er behutsam sein Hemd hoch und sah, dass der Blutfluss fast zum Stillstand gekommen war. Er ersetzte das nasse Hemd durch das saubere Handtuch.

Nun legte er sein ganzes Gewicht auf die Wunde und betete, dass der Bär bewusstlos blieb. Minuten später floss kein Blut mehr.

„Die Blutung hat aufgehört, nicht?", fragte Tonya besorgt.

„Ich glaube schon." Falls es so war, konnte das zweierlei bedeuten. Entweder hatte er die Blutung gestoppt, oder der Bär war bereits verblutet.

„Haben sie gesagt, wie lange sie brauchen?"

„Eine halbe Stunde. Nachdem ich das Honorar verdreifacht hatte. Ich komme für die Differenz auf", setzte sie rasch hinzu.

Webster konnte nicht umhin zu grinsen. Sein Grinsen schwand, als er den leblosen Bären betrachtete. Das Tier atmete zwar, doch das war das einzige Lebenszeichen.

„Hoffentlich kommen sie noch rechtzeitig", sagte er und drückte, bis seine Arme schmerzten.

„Soll ich dich ablösen?"

Webster wischte sich mit dem Arm den Schweiß von der Stirn. „Du bleibst, wo du bist. Damien kann jeden Moment wieder zu sich kommen und könnte dich verletzen. Außerdem müssen wir uns ja nicht beide schmutzig machen. Leg lieber mit Laken eine Landemarkierung für den Hubschrauber aus."

Eine Mücke summte an seinem Ohr, als er der davoneilenden Tonya nachschaute. Er ließ das Biest landen und zustechen, denn er wagte nicht, den Druck auf die Wunde zu verringern. Nach einiger Zeit begannen seine Arme zu zittern, und er schwitzte noch stärker als zuvor.

Endlich vernahm er das Knattern der Rotoren.

Doch erst als der Tierarzt und seine Helfer kamen, um ihn abzulösen, stand Webster auf. Seine Arme schmerzten, und er rollte die Schultern, um seine verspannten Muskeln zu lockern.

„Jetzt können wir nur warten", sagte er, während das Rettungsteam sich an die Arbeit machte.

Es sei riskant, hatte der Tierarzt erklärt, aber er würde sein Bestes geben. Er war mit dem Helikopter der Naturschutzbehörde gekommen, den ein Wildhüter flog. Nachdem sie Damiens Kreislauf stabilisiert hatten, half Webster ihnen, den Bären mithilfe eines Viehgurts in den Hubschrauber zu hieven.

„Wenn er durchkommt, dann nur, weil du so tapfer Erste Hilfe geleistet hast", sagte Tonya zu Webster. Sie blickten dem Hubschrauber nach, bis er hinter den Baumwipfeln verschwand. Er flog nach Minneapolis, wo das Team der Zooklinik in Bereitschaft stand.

Webster hob die Hand, um sein schweißfeuchtes Haar zurückzustreichen, und hielt inne, als er das getrocknete Blut daran sah. Auch seine Brust und seine Hose waren über und über mit Blut befleckt. „Wenn er es schafft, dann, weil er ein zäher Bursche ist."

„Der Arzt hat aber etwas anderes gesagt."

Tonya konnte noch immer nicht fassen, was Webster geleistet hatte. Er hatte sein Leben riskiert, um Damien zu retten. Ein verletzter Bär konnte zum Killer werden. Webster hatte nicht wissen können, ob Damien angreifen würde. Sie hatte in Panik und wie gelähmt dabeigestanden und kaum helfen können.

Webster zuckte mit den Schultern und ging auf die Hütte zu. „Der Mann von der Behörde – Jack heißt er, richtig? – meinte, sie könnten den Schützen feststellen, wenn sie die Kugel untersuchen."

Sie betraten die Hütte und schlossen die Tür hinter sich.

„Ich wünschte, sie würden den Kerl an die Wand klatschen."

„Ganz meine Meinung."

„Die Bären sind dir offenbar ans Herz gewachsen, nicht?", fragte sie leise. Sie war völlig aufgewühlt – die Nachwirkungen der Angst um Damien und Webster. Darin mischten sich Dankbarkeit und Zärtlichkeit. Und noch etwas Stärkeres. Ein Gefühl für Webster, das sie sich noch nicht eingestehen mochte.

Er schwieg eine Weile. „*Du* bist mir ans Herz gewachsen", erwiderte er schließlich und sah ihr in die Augen.

Tonya schwieg. Ihr wurde schwer ums Herz.

„Ich muss duschen."

Mit angehaltenem Atem blickte sie ihm nach, als er ins Bad ging.

„Du bist mir ans Herz gewachsen."

Ihre Hand zitterte leicht, als sie an den Herd trat, die vordere Flamme anzündete und den Wasserkessel aufsetzte. Der Tee würde ihre Nerven nicht beruhigen, aber so hätte sie wenigstens etwas zu tun, außer in die Luft zu starren und sich zu fragen, wie ernst sie Websters Aussage nehmen sollte.

Immerhin war sie endlich bereit zuzugeben, dass sie sich etwas aus ihm machte. Viel sogar. Sie liebte ihn. Das konnte sie nicht mehr leugnen. Und in diesem Moment der Nähe schienen alle Möglichkeiten offen zu stehen.

War es denn zu viel verlangt? Durfte sie nicht auf eine gemeinsame Zukunft hoffen?

Das Telefon klingelte in dem Moment, als der Kessel zu pfeifen begann, und bewahrte sie vor weiteren nutzlosen Überlegungen.

„Hier bei Charlie Erickson."

„Guten Tag", meldete sich eine Frauenstimme am anderen Ende der Leitung. „Ich bin froh, dass ich endlich jemanden erreiche. Ist Webster Tyler bei Ihnen?"

„Webster ist hier, aber er duscht gerade. Möchten Sie warten, bis er fertig ist? Oder möchten Sie mir Ihre Nummer geben, damit er zurückrufen kann?"

„Er kennt meine Nummer, aber ich warte lieber. Schließlich versuche ich seit Tagen, ihn zu erreichen. Sie sind Miss Griffin, oder?"

„Richtig."

„Wie schön, Sie einmal persönlich zu sprechen, meine Liebe. Ich bin Pearl Reasoner, Websters Sekretärin."

Und seine Patentante, setzte Tonya im Geist hinzu. Die muntere, herzliche Art der Frau gefiel ihr. „Webster hat mir von Ihnen erzählt."

Pearl lachte. „Das kann ich mir vorstellen. Wie geht es dem Jungen? Meckert er an allem herum, oder hat er meinen Rat beherzigt und entspannt sich ein wenig?"

„Beides, würde ich sagen." Tonya hörte, wie die Dusche abgestellt wurde. Sie musste an Websters letzte Bemerkung und seinen Blick dabei denken.

Sie drehte sich um, als die Badezimmertür aufging und Webster herauskam, ein Handtuch um die Hüften geknotet. Sein Haar war feucht, auf seiner Brust glitzerten Wassertropfen, und in seinen Augen stand etwas, das bei ihm zu sehen sie sich immer erträumt hatte.

„Für dich", sagte sie und hielt ihm den Hörer hin. „Deine Sekretärin."

Sie kehrte zu ihrem Tee zurück. Sie wollte nicht lauschen, konnte jedoch nicht vermeiden, seine Antworten mitzuhören. Sie lächelte über die aufrichtige Wärme in seiner Stimme, als er sich nach Pearls Befinden erkundigte. Sachlich und mit Bedacht gab er Auskunft über verschiedene Projekte, die er offenbar unerledigt gelassen hatte, während er sich in den Wäldern tummelte und sie, Tonya, zum Abschluss des Vertrages zu überreden versuchte.

Je länger er sprach, desto klarer wurde sich Tonya darüber, dass sie sich Illusionen hingegeben hatte. Er war der Inhaber eines großen Verlagskonzerns, ein Vollblutunternehmer, welterfahren und gewandt. Mit einer Fotografin, die heißen Asphalt unter den Füßen hasste und unberührte Natur zu ihrem Wohlbefinden brauchte, verband ihn nichts.

Es konnte keine gemeinsame Zukunft für sie beide geben.

Ein erdrückendes Gewicht schien sich auf ihre Schultern zu senken. Dies war die Realität. Von Anfang an hatte sie gewusst, dass sie aus unterschiedlichen Welten kamen und verschiedene Bedürfnisse hatten. Ebenso wusste sie, dass im wirklichen Leben die Liebe nicht alle Hürden überwand.

Sie huschte aus der Tür, während er sich mit Pearl über Personalfragen und Termine unterhielt, und riss sich tapfer zusammen, um nicht in Tränen auszubrechen.

10. KAPITEL

*W*ebster fand Tonya im Schuppen, wo sie Futternäpfe füllte.

„Nun hast du also auch Pearl kennengelernt."

„Sie scheint sehr nett zu sein." Tonya zwang sich zu lächeln, riss einen Beutel mit Futter auf und stieß eine Kelle hinein.

Sie war ungewöhnlich zurückhaltend, fand Webster. „Du hast doch etwas", bemerkte er in der Hoffnung, sie trösten zu können.

Sie schüttelte den Kopf. „Ich mache mir nur Sorgen."

„Wegen Damien?"

Eine Träne lief ihr über die Wange, bevor sie sich abwenden konnte.

Webster ging auf Tonya zu, nahm sie bei den Schultern und drehte sie zu sich herum. „Komm, es wird bestimmt alles gut. Damien ist kräftig. Das steht er durch."

Sie atmete zitterig ein und lehnte sich an seine Brust. „Ja."

Er hielt sie eine Weile im Arm, diese tapfere Frau, die wegen eines verletzten Bären ganz schwach wurde. Für diejenigen, die sie liebte, hegte sie starke Gefühle. Und er wusste, dass sie ihn liebte. Das hatte er fast von Anfang an gespürt. Was auch gut war, denn er liebte sie ebenfalls.

Er wollte es ihr sagen. Und er wollte die drei schicksalhaften Worte aus ihrem Mund hören. „Ich liebe dich, Tonya."

Sie erstarrte.

Er wartete schweigend. Nur ihr ungleichmäßiger Atem war zu hören und etwas, das entfernt nach Donner klang – doch das konnte nicht sein, denn der Himmel war strahlend blau.

Endlich löste sie sich von ihm, strich sich das Haar aus der Stirn und schaute zu Boden.

„Okay, vielleicht hast du mich nicht verstanden. Ich liebe dich und ..." Er brach ab, da sie betont langsam den Kopf schüttelte.

„Das ist doch unsinnig."

„Unsinnig?" Frustration stieg in ihm auf, gepaart mit Angst.

„Ich sage dir, dass ich dich liebe, und du erwiderst, das sei unsinnig?"

„Möchtest du hören, dass ich dich auch liebe?" Ihre Wangen waren rot vor Zorn. „Na gut, ich gebe zu, ich liebe dich. Aber wohin soll das führen?"

Er stieß ein unfrohes Lachen aus. „Also, ich hatte es mir ungefähr so vorgestellt: ,Und sie lebten glücklich bis an ihr Ende.'"

„Und wo soll dieses glückliche Leben stattfinden? In New York?"

Er runzelte die Stirn und begriff plötzlich. Er verstand, ohne dass sie es aussprechen musste.

„Dein Lebensstil verträgt sich nicht mit meinem, Webster", sagte sie leise. „Wir sind beide intelligente Menschen. Wir dürfen uns nicht einbilden, es gebe einen tragfähigen Kompromiss. Du fühlst dich in der Großstadt wohl, und ich hier draußen – an jedem Ort, der nicht umweltverschmutzt ist."

In ihren blauen Augen stand eine Bitte. Das eigenartige Geräusch wurde indessen immer lauter. „Versteh mich bitte. Wir sind einfach wesensverschieden. Wir leben in völlig unterschiedlichen Welten. Obwohl ich liebend gern einen Mittelweg sehen würde, bin ich nicht so unvernünftig, darauf zu hoffen. Du weißt ebenso wie ich, dass es aussichtslos ist."

Gegen die Wahrheit fehlten ihm die Argumente. Sie hatte recht. Dennoch wollte er nicht aufgeben.

„Hast du so wenig Vertrauen zu uns beiden?"

Sie wirkte traurig und resigniert. „Ich glaube nicht an die Kraft der Liebe. Oft genügt Liebe nicht. Und lass uns ganz offen miteinander sein – wir haben vier Tage zusammen verbracht, zwei davon in Zank und Streit. Was wir jetzt fühlen, was wir *glauben* zu fühlen, wird ganz anders aussehen, wenn wir erst wieder vernünftig sind."

Sie legte ihm die Hand an die Wange. „Es tut mir leid." Dann machte sie schnell die Schuppentür auf und ging hinaus.

Webster wusste nicht, was er sagen sollte. Sie hatte recht. In jeder Hinsicht. Nur in einem wichtigen Punkt nicht. Was er für sie empfand, würde sich nicht ändern. Er liebte sie.

Er liebte sie zu sehr, um sie unglücklich zu machen.

Als er ihr nach draußen folgte, fühlte er sich zerschlagen wie nach einem Kampf. Da erblickte er den Bulldozer und den traktorähnlichen Bobcart. Offenbar hatte man die Straße geräumt.

Würde er an ein Schicksal glauben, müsste er dies als Zeichen verstehen, dass ihre Worte richtig gewesen waren.

„In New York warten wichtige Entscheidungen auf dich", sagte Tonya so kühl, dass es ihm ins Herz schnitt. „Ich werde die Männer bitten, dich in den Ort mitzunehmen."

„Hör auf, mich zu bemuttern, Mädchen. Ich bin alt, aber noch lebe ich."

Charlie hatte recht, Tonya machte zu viel Aufhebens um ihn. Sie war sich dessen bewusst, aber sie konnte nicht anders. Seit vier Tagen war er jetzt zu Hause, und obwohl er täglich kräftiger wurde, musste sie immer daran denken, dass mit einem Herzanfall nicht zu spaßen war. Charlie hatte stark abgenommen und war noch blass vom Klinikaufenthalt. Außerdem ermüdete er rasch.

„Wenn ich dich nicht umsorgen würde, hättest du keinen Grund, dich dauernd zu beschweren. Das würde dir doch auch nicht passen, oder?"

Charlie schnaubte unwillig. „Ich frage mich langsam, wie ich all die Jahre allein überlebt habe, ohne dass ihr Frauen wie Glucken um mich herumgewuselt seid."

Mit seinem Gemurre versuchte er, Helga gegenüber sein Gesicht zu wahren. Tonya war es jedoch nicht entgangen, dass er insgeheim Helgas Fürsorge genoss, wenn sie ihn, beladen mit gehaltvollen Eintopfgerichten, Gemüse und Obst, besuchen kam.

Insgesamt stand alles zum Besten. Charlie war wieder zu Hause. Aus dem Zoo in Minneapolis kam die Nachricht, dass Damien die Operation gut überstanden hatte und sich auf dem Weg der Besserung befand. Das Hauptproblem war der Blutverlust gewesen, die Kugel hatte keine lebenswichtigen Organe getroffen. Nach einer gewissen Zeit würde man ihn zu Charlies Refugium zurückbringen. Zudem hatte die Behörde einen bestimmten Verdacht, wer da außerhalb der Saison auf die Jagd gegangen war.

Tonya hatte ihre Fotos an ihre Agentur gesandt. Inzwischen wurden die Arbeiten verschiedenen Zeitschriften angeboten und über das Honorar verhandelt.

Ja, das Leben war schön. Prachtvoll.

Und sie war todunglücklich.

Webster war vor zwei Wochen abgereist. Seitdem hatte sie täglich mit dem Gedanken gespielt, ihm nachzufahren. Ihm zu sagen, dass es ihr leidtat. Dass sie nur aus Angst vor ihren Gefühlen so reagiert hatte. Dass es allein an ihrer Unsicherheit lag. Irgendwie würden sie einen Kompromiss finden. Nachdem Charlie wieder da war und ihr berichtet hatte, was Webster bewirkt hatte, war sie sicher, es würde einen Weg geben.

„Er war mir völlig fremd, als er in die Klinik kam", hatte Charlie erklärt, während sie wie vom Donner gerührt seiner Geschichte zuhörte. „Er stellte sich vor und sagte, dass er mit dir in der Hütte war. Dann machte er mir ein Angebot, das ich auf keinen Fall ablehnen konnte."

Webster hatte Charlie das Zweifache dessen geboten, was sein Land wert war, dazu lebenslanges Wohnrecht und eine Planung für ein Naturschutzgebiet für die Bären.

Nicht zu fassen! hatte Tonya gedacht.

„Mach nicht so ein langes Gesicht, Mädchen", sagte Charlie jetzt und rief sie damit in die Realität zurück. „Geh los und schnapp ihn dir."

Verdutzt starrte sie den alten Mann an. Offensichtlich hatte sie seine Menschenkenntnis unterschätzt. Sie hatte kein Wort über Webster und ihre Beziehung verlauten lassen. Wahrscheinlich hatte sie ihre Gefühle doch nicht so gut verbergen können.

„Geh los und schnapp ihn dir", wiederholte Charlie. „Ich bitte Helga, zu mir zu kommen. Sie kann sich um die täglichen Dinge kümmern. Sobald ich ihre Predigten über gesunde Ernährung und Muskeltraining satt habe, schicke ich sie zum Teufel und habe endlich wieder meine Ruhe. Fahr los und bring die Sache mit deinem jungen Mann in Ordnung."

Charlie hatte recht. Sie musste die Sache in Ordnung bringen. Sie hoffte nur, dass es noch nicht zu spät war.

Sie umarmte ihn. „Du wirst Helga nirgendwohin schicken. Du weißt sehr gut, was du an ihr hast. Außerdem magst du sie."

Ein weiteres Schnauben war die Antwort.

Tonya lächelte. „Ich komme wieder", versprach sie. Dann rannte sie davon, um ihren Rucksack für die Reise zu packen.

Selbst im Schlaf glaubte Webster Mückenspray zu riechen. Allerdings hatte er in letzter Zeit oft große Mühe, nachts überhaupt zu schlafen.

Vor einer Woche war er aus Minnesota zurückgekehrt. Seit einer Woche versuchte er, sich einzureden, dass er heilfroh war, der unwirtlichen Wildnis entronnen zu sein. Überglücklich sollte er sein, dass die großartigste aller Städte wieder seinen Lebensrhythmus bestimmte, und nicht das Wehen des Windes oder der Aufgang von Sonne und Mond. Oder der Sirenengesang einer blauäugigen Blondine, die ihm nicht mehr aus dem Kopf ging.

Wenn er doch nur aufhören könnte, an sie zu denken! An das Verlangen in ihrem Blick, wenn sie in seinen Armen lag. An ihren weichen, biegsamen Körper, wenn sie sich liebten.

Und an den Geruch von Mückenspray, dachte er missgelaunt, den er schon wieder wahrzunehmen glaubte. Es war lächerlich, schließlich saß er an seinem Schreibtisch im achtundzwanzigsten Stock seines Büros an der Sixth Avenue.

Er hörte, wie die Tür aufging.

„Bitte jetzt nicht, Pearl", sagte er, ohne aufzublicken.

„Ich bin nicht Pearl. Und wenn ich störe, warte ich gern, bis du Zeit hast."

Er hob den Kopf. Da stand sie, die Frau seiner Träume in ihren bequemen Shorts, mit ihren zerkratzten Knien, und sie roch ganz schwach und hinreißend nach Mückenspray. Etwas so Schönes hatte er sein Leben lang nicht erblickt.

Da ist er, dachte Tonya, der Mann meiner Träume. An seinem Schreibtisch, in seinem Designeranzug, selbstsicher und überlegen und ein wenig müde wirkend. Etwas so Schönes hatte sie ihr Leben lang nicht erblickt.

„Wenn ich dich störe …"

„Nein, nein, überhaupt nicht." Er musterte sie, als wüsste er nicht, ob er aufstehen, wegrennen oder einfach sitzen bleiben sollte. Was er letztlich tat. Er saß da wie der Herrscher der Welt, der Gebieter über sein Reich.

Tonya dachte an Damien in seiner Wildnis. Beide waren sie starke Wesen, wenn auch aus verschiedenen Welten, die das Schicksal zusammengeführt hatte. Es müsste doch möglich sein, die Unterschiede zwischen ihr und Webster ebenfalls zu überbrücken.

„Du hast Charlies Land gekauft", begann sie ohne Umschweife. „Du hast ihn in der Klinik besucht, bevor du nach New York zurückgeflogen bist. Du hast ihm ein Angebot über den zweifachen Wert des Grundstücks unterbreitet und ihm ein Wohnrecht auf Lebenszeit eingeräumt. Du hast dafür gesorgt, dass es zum Naturschutzgebiet erklärt wird, und du hast ein Konto eingerichtet, von dem das nötige Personal bezahlt wird."

Webster schien verwirrt. „Ja, und?"

„Warum hast du das alles getan?"

„Ich nehme an, dass ich zu gegebener Zeit auch davon profitiere."

Tonya trat an seinen Schreibtisch und hoffte inständig, dass der Blick in seinen Augen noch immer Liebe bedeutete, denn sie brauchte seine Liebe mehr als alles andere im Leben. „Ich glaube, du hast es getan, weil du ein netter Kerl bist."

„Das ist üble Nachrede. Ich frage mich, wer so etwas verbreitet."

„Ich glaube, du hast es getan, weil du die Bären ebenso unwiderstehlich findest wie ich. Ich glaube, du hast es getan, weil du mich liebst."

Websters Herz schlug schneller. Worauf wollte Tonya hinaus? „Ich glaube, das hatte ich kurz erwähnt. Aber du hast mich abgewiesen."

Ihr Puls beschleunigte sich. „Na ja, ich habe nie behauptet, dass ich eine Intelligenzbestie bin."

Er lehnte sich in seinem Ledersessel zurück und legte die Fingerspitzen vor dem Mund zusammen. „Bist du gekommen, um mir das zu sagen?"

Er wollte sie offenbar ein wenig zappeln lassen. Na schön. „Ich bin gekommen, um dich um Verzeihung zu bitten."

„Wofür?"

„Dass ich mich bei einer so wichtigen Entscheidung von meiner Unsicherheit leiten ließ."

Webster zuckte mit den Schultern und bot ein Bild der Gleichgültigkeit. Doch etwas in seinem Blick sagte ihr, dass ihre Anwesenheit ihn keineswegs kalt ließ. In diesem Moment wurde ihr klar, wie sehr sie ihn verletzt hatte.

„Es tut mir leid. Es tut mir sehr, sehr leid, dass ich unsere Beziehung leichtfertig aufs Spiel gesetzt habe. Ich war so dumm. Ich hatte Angst, mich zu öffnen, Angst, du könntest mich nicht so akzeptieren, wie ich bin. Vor lauter Angst habe ich nicht gesehen, wer du wirklich bist – ein ehrlicher, zuverlässiger Mann. Ein Mann, dem ich vertrauen kann."

Er stieß einen Seufzer aus, der sehr nach Erleichterung klang. „Und ich war dumm, dass ich gegangen bin und nicht um dich gekämpft habe."

„Tja, dann sind wir also in Sachen Liebe beide dumm und unsicher. Ich liebe dich, Webster."

Er schloss die Augen, dann lächelte er ihr zu.

„Komm her und sag das noch mal."

Ohne zu zögern ging sie um den Schreibtisch herum. Webster schob seinen Stuhl zurück, und sie setzte sich auf seinen Schoß. Die Arme um seinen Hals geschlungen, sah sie lächelnd in seine mokkabraunen Augen.

„Wir finden eine Lösung, da bin ich mir sicher. Aber wir müssen uns beide anstrengen."

„Ich habe keinen Augenblick daran gezweifelt, dass wir eine Lösung finden." Er schwieg eine Weile. „Du musst wissen, ich habe genau solche Angst wie du. Vielleicht eigne ich mich nicht für ein ‚Für immer und ewig‘. Ich habe mich nie als jemand gesehen, der einer Frau eine sichere Zukunft bieten kann."

„Ich bin nicht irgendeine Frau."

Er lachte leise und legte seine Stirn an ihre. „Da hast du allerdings recht, Schatz."

„Und du bist nicht der besessene Geschäftsmann, den du gespielt hast, als du in Minnesota ankamst."

„Auch da hast du recht. Ich glaubte, das neue Zeitschriftenprojekt würde mich beflügeln, aber im Grunde brauche ich nur dich. Du kannst meine besseren Eigenschaften zum Vorschein bringen."

„Du bist schon der beste Mann, den es gibt."

Er zog sie fest an sich und vergrub die Hände in ihrem Haar. Alle Anflüge von Neckerei waren verschwunden. „Himmel, wie sehr du mir gefehlt hast."

Tonya kamen die Tränen, aber wie so oft wechselte er die Gangart und brachte sie wieder zum Lachen.

„Über meinen Charakter können wir später diskutieren. Jetzt will ich dich. Mit Haut und Haar." Er hob sie von seinem Schoß, nahm sie bei der Hand und ging mit ihr zur Tür. „Sag für heute einfach alle meine Termine ab!", rief er Pearl im Vorbeistürmen zu.

„Warum nicht auch die für morgen, wenn wir schon einmal dabei sind?", erwiderte Pearl und zwinkerte Tonya zu.

„Siehst du, deshalb ist sie meine Privatsekretärin", erklärte Webster lachend und drückte auf den Liftknopf. „Sie weiß immer eher als ich, was ich brauche."

„Ich weiß auch, was du brauchst", flüsterte Tonya, als die Lifttüren zuglitten und Webster sie leidenschaftlich küsste.

Tonya lachte, als Webster die Trennscheibe zum Fahrgastraum seiner Limousine hochschob und die Arme nach ihr ausstreckte. Die ganze Strecke über bis zu seinem Apartment in SoHo knutschten sie wie Teenager.

„Ein einziger Grund hält mich davon ab, dich hier und jetzt zu lieben", flüsterte er und glitt mit den Lippen über ihr Kinn.

„Die Fahrt ist zu kurz, und ich möchte mir mit dir alle Zeit der Welt lassen."

„Das trifft sich gut." Tonya genoss es, das butterweiche Lederpolster unter sich zu fühlen. Es gab ihr ein Gefühl herrlicher Dekadenz. Sie schob die Finger in Websters Haar und zog seinen Kopf zu sich herunter. „Denn ich habe alle Zeit der Welt."

Sie erreichten das Gebäude, und Webster führte sie hinein. In seinem Apartment angekommen, nahm Tonya flüchtig lebhafte Farben, blinkenden Chrom und hohe, schmale Fenster wahr. Und Websters Hand, die ihr das Shirt aus dem Hosenbund zerrte.

„Ich dachte, du wolltest dir Zeit lassen", sagte sie und lachte, während er an ihren Hemdknöpfen zerrte.

„Ich glaube, das nennt man Wortklauberei", gab er zurück. „Wir haben noch den ganzen Nachmittag. Und die Nacht dazu, um es langsam angehen zu lassen."

„Und den ganzen morgigen Tag."

„Und wir haben viel nachzuholen." Sein Blick wurde heiß und dunkel.

„Rosa – wie schön", sagte er, als er endlich den letzten Knopf geöffnet hatte und ihren BH entdeckte. „Soll ich dir sagen, wie oft ich an dich und an rosafarbene Spitze gedacht habe?"

„Wie oft?" Sie zog den Reißverschluss ihrer Shorts auf und schob sie herunter, sodass ihr kleiner Slip zum Vorschein kam.

„Zu oft." Er hielt den Atem an und streckte die Hand aus. „Komm zu mir."

Er küsste ihre nackte Schulter und zog Tonya in Richtung Schlafzimmer.

„Wie ich sehe, hast du hart gearbeitet", bemerkte er zwischen Küssen auf eine frische Schramme an ihrem Knie. Er drückte einen Kuss darauf. Und auf den Kratzer am Arm. „Hast du noch mehr Stellen, die ich mit einem Kuss heilen soll?"

„Ja, hier", flüsterte Tonya und zeigte auf einen Punkt direkt unter ihrem Kinn. „Da brauche ich dringend einen Kuss."

Eifrig machte er sich ans Werk.

„Und da?" Er drückte sie aufs Bett und legte sich auf sie. Er überzog ihren Hals mit Küssen und fuhr dann mit der Zunge unter den Rand ihres BHs.

„Oh ja, da ganz besonders. Ich habe übrigens auch viel an dich gedacht."

Sein Blick hielt ihren fest, während er ihren BH aufhakte. Dann senkte er den Kopf und nahm ihre Brustknospe in den Mund.

Von da an war alles nur noch Empfindung. So stark, dass es ihr den Atem nahm, so intensiv, dass alles andere in den Hintergrund rückte. Sie spürte seine Lippen, seine Hände überall auf der Haut.

„Ich liebe dich", flüsterte er und sog erneut ihre Brustspitze tief in den Mund. So tief, dass Tonya ein intensives Ziehen im Bauch verspürte.

„Ich brauche dich, Webster, bitte … Ich brauche dich in mir. Und vor allem musst du aus deinen Sachen heraus."

Er lachte über ihr Drängen. Und sie mochte den Klang seines Lachens, mochte seinen Gesichtsausdruck, als er sich hinkniete und sein Hemd abstreifte.

„Das", sagte er und langte nach ihrem Gürtel, „lässt sich durchaus machen."

„Das will ich dir auch geraten haben."

Sie half ihm mit dem Reißverschluss seiner Hose. Dann wartete sie, eine Ewigkeit, wie es ihr schien, bis er sich ganz ausgezogen hatte und wieder bei ihr auf dem Bett lag.

Endlich lagen sie nackt beieinander, Haut an Haut.

Mit den Fingerspitzen zeichnete sie seine kräftigen Rückenmuskeln nach, das stoppelige Kinn, nahm seinen Duft in sich auf.

„Du fühlst dich so gut an", flüsterte sie, den Mund ganz dicht an seinem Hals.

„Du dich noch viel besser."

Sie legte die Hände um seinen Kopf und zog Webster an sich, um ihn zärtlich und verlangend zu küssen.

Und dann lag er auf dem Rücken, und sie rollte sich auf ihn. Er berührte ihren empfindlichsten Punkt, reizte Tonya, bis sie vor Lust dahinzuschmelzen glaubte.

Als er in der Schublade des Nachtschranks nach einem Kondom suchen wollte, hielt sie seine Hände fest. „Ich möchte ein Kind von dir."

Die Liebe in seinem Blick trieb ihr die Tränen in die Augen, und als er tief in sie eindrang, spürte sie, dass nicht nur ihre Körper eins waren, sondern auch ihre Herzen.

Während sie sich in einem langsamen, genießerischen Rhythmus auf ihm bewegte, streichelte er ihre Brüste. Und da konnte sie die Worte nicht länger zurückhalten, die sie ihm schon so lange sagen wollte. „Ich liebe dich. Ich habe dich immer geliebt und werde dich immer lieben."

„Ich kann es kaum fassen, wie schön es hier oben ist."

Webster genoss Tonyas Begeisterung über seinen Dachgarten. „Das ist mein Beitrag zum Ökosystem."

„Dann hast du also doch einen Naturburschen irgendwo in dir versteckt."

„Ich denke, jeder Mensch hat etwas davon in sich", gab er zurück. Er trat zu ihr und nahm sie in die Arme. In seinem weißen Hemd sah sie anbetungswürdig aus. Darunter trug sie nur die nackte Haut, die er noch vor wenigen Minuten ausgiebig liebkost hatte. Doch er konnte nicht genug von Tonya bekommen.

Sie legte den Kopf an seine Schulter und seufzte vor Glück.

„Hast du eigentlich gewusst", fuhr er fort und drückte ihr einen Kuss aufs Haar, „dass es im Central Park über fünfhundert Tierarten gibt?"

„Davon habe ich gehört", erwiderte sie mit einem leisen Lachen. „Scheint eine Traumgegend für Naturfotografen zu sein."

Webster wurde abrupt ernst. Er hielt Tonya an den Oberarmen ein wenig von sich ab und sah ihr in die Augen. „Wir werden einen Weg finden, wie wir beide Welten miteinander vereinen können. Zwar werde ich dich nicht bei all deinen Fotosafaris begleiten können, aber ich will versuchen, so oft wie möglich bei dir zu sein."

Sie lächelte. „Da meine Aufträge von dir kommen, wirst du

immer als Erster wissen, wo ich gerade bin. Das heißt, falls dein Angebot noch gilt." Liebe stand in ihren Augen.

„Du musst mein Angebot nicht annehmen. Nicht meinetwegen."

„Ich tue es unseretwegen. Außerdem habe ich nicht mehr das Bedürfnis, Einzelkämpferin zu sein. Von jetzt an spiele ich im Team."

Er drückte sie so fest an sich, dass sie protestierte und behauptete, er würde ihr noch die Rippen brechen.

„Ich liebe dich", sagte er und küsste sie auf den Mund. „Und damit du es nur weißt, innerhalb der nächsten vierundzwanzig Stunden wäre ich bei dir aufgetaucht."

„Gut, dass ich dir zuvorgekommen bin, nicht?"

„Was hältst du von der Idee, eine hübsche kleine Hütte am See zu bauen? Für unsere Besuche bei Charlie und den Bären."

Ihre Augen wurden feucht. „Das ist eine Idee zum Verlieben. Wenn ich nicht schon in dich verliebt wäre."

„Und was hältst du von der Idee, wieder ins Schlafzimmer zu gehen, damit du mir zeigen kannst, wie verliebt du bist?"

Sie zeigte es ihm. Mehrfach, bis zum nächsten Morgen.

„Du bist ja unersättlich", sagte er und lachte. Erschöpft lag er auf dem Rücken auf dem Bett und sah zu ihr hoch. „Wo hast du nur mein Leben lang gesteckt?"

„Ich habe auf dich gewartet." In ihrem Blick las er, wie ernst sie das meinte.

Er strich ihr das Haar aus der Stirn. „Ich fürchte, du musst schon wieder eine Weile warten, mindestens eine halbe Stunde. Es sei denn …"

„Es sei denn?", fragte sie mit einem herausfordernden Blick.

„Es sei denn, du hast Mückenspray dabei."

Verwirrt sah sie ihn an. „Das ist wirklich eine neue Variante."

„Das will ich meinen. Immer wenn ich Mückenspray rieche, muss ich an dich denken und bei mir regt sich etwas."

Sie lachte. „Du bist ein verrückter Kerl, weißt du das?"

„Ja, verrückt nach dir. Wahnsinnig verliebt in dich. Was hältst du davon, wenn wir etwas total Verrücktes tun und heiraten?"

Sie stützte sich auf den Ellbogen. „Heiraten? Ist das dein Ernst?"

„Mir war es noch nie so ernst mit etwas."

„Und sobald du zur Besinnung kommst, ziehst du dein Angebot zurück?"

„Nicht in tausend Jahren."

Tonya lächelte, es war wie ein Sonnenstrahl. „Dann ist die Antwort: Ja! Ja! Ja!", rief sie und warf sich in seine Arme.

Vielleicht, dachte er, als er sie küsste, sind wir wirklich so verrückt, dass wir es schaffen, für immer und ewig miteinander glücklich zu sein.

– ENDE –

Beverly Barton

Gestern, heute, für immer?

Roman

Aus dem Amerikanischen von
Eleni Nikolina

1. KAPITEL

*A*llison ist meine Tochter!" Der Brief seiner Schwester fiel Spencer Rand aus den Händen, ohne dass er weiter darauf achtete.

Spencer starrte fassungslos aus dem Fenster, wo ein junges Mädchen auf der Terrasse saß. Konzentriert studierte er die Züge des Kindes, das er bis vor kurzem für die Tochter seiner Schwester gehalten hatte. Allison saß in einem riesigen Balkonsessel, in dem ihr schlanker Körper noch zerbrechlicher aussah. Sie trug eine schlichte Brille und las.

„Deine Tochter … und die von Pattie Cornell." Peyton Rand stand am anderen Ende des Arbeitszimmers und betrachtete den Gesichtsausdruck seines jüngeren Bruders.

Spencer hatte seiner Nichte die wenigen Male, die er sie in den letzten vierzehn Jahren gesehen hatte, nie besonders viel Aufmerksamkeit geschenkt. Hätte er so klar erkannt, was er jetzt sah, wenn er ihr mehr Zeit gewidmet hätte?

Allison versteckte ihren schmalen, mädchenhaften Körper unter einem weiten Kleid, aber schon jetzt war zu erkennen, dass sie bald eine schlanke, aufregende Figur wie ihre Mutter haben würde. Aber ihr Gesicht ähnelte seinem. Von ihren großen blaugrünen Augen bis zu ihren vollen Lippen war sie die Tochter ihres Vaters. Sie trug ihr braunes Haar in einem langen Pferdeschwanz, der ihr bis zur Taille reichte.

„Wie lange weißt du es schon?", fragte Spencer. „Wusste etwa die ganze Familie Bescheid? Du und Valerie und Vater?" Wie hatte er nur so blind sein können und die Ähnlichkeit zu ihm nicht schon längst entdeckt?

„Ich schwöre dir, ich hatte keine Ahnung", sagte Peyton. „Erst als Valerie und Edward mich baten, ein neues Testament für sie aufzusetzen, erfuhr ich davon. Sie ernannten dich zu Allisons Vormund, und ich war natürlich überrascht, um es milde auszudrücken."

„Und wann war das?"

„Vor drei Jahren."

Die widersprüchlichsten Gefühle kämpften in Spencer. Wut und Fassungslosigkeit mischten sich mit fast vergessenen Erinnerungen an seine erste Liebe. Bilder tauchten vor ihm auf von heißen, leidenschaftlichen Stunden mit einem Mädchen, das er seit über vierzehn Jahren nicht mehr gesehen hatte und das trotzdem wieder seine Sinne in Aufruhr versetzte, als hätte er sie nie verlassen.

Er dachte an den Brief seiner Schwester. Fragen über Fragen begannen sich in seinem Kopf zu bilden. Im Grunde wollte er, dass sein Bruder Valeries Worte abstritt. Er wollte nicht Vater sein, und er würde mit der Verantwortung, die ihm aufgebürdet wurde, nicht fertig werden. Sein Lebensstil ließ nicht zu, dass er ein Kind hatte. Er war ein Einzelgänger, den es nie lange an einem Ort hielt. Ein Mann, der in seinem Leben immer die Aufregung und das Abenteuer suchte.

„Was soll ich denn bloß mit ihr anfangen, Peyton? Ich bin der letzte Mensch, den sich ein kleines, sensibles Mädchen wie Allison zum Vater wünschen würde."

„Soll das heißen, dass du sie nicht willst?"

Schuldbewusst senkte Spencer den Blick und fuhr sich leise fluchend durchs Haar. Was für ein Mann wollte seine eigene Tochter nicht haben? Ein Mann, der weiß, dass sie ohne ihn viel besser dran sein würde, antwortete er sich selbst. Er hatte keine gute Hand, wenn es um Beziehungen ging. Irgendwie brachte er es immer fertig, die Menschen, die ihm etwas bedeuteten, zu verletzen. Selbst seine Mutter war bei seiner Geburt gestorben, und er war von Anfang an das schwarze Schaf der Familie gewesen.

„Was weiß ich schon davon, wie man eine Dreizehnjährige aufzieht? Allison wird in ein paar Monaten vierzehn. Ein Mädchen in dem Alter braucht eine Frau an ihrer Seite. Eine Mutter."

„Da gebe ich dir recht", sagte Peyton. „Aber Allisons leibliche Mutter glaubt, dass ihr Baby vor dreizehn Jahren starb. Pattie Cornell weiß nicht, dass sie ein Kind hat."

„Und das ist das Werk unseres Vaters. Was er getan hat, ist

wirklich unglaublich! Nur weil ich eine Enttäuschung für ihn war, hatte er noch lange nicht das Recht, Pattie dafür büßen zu lassen."

„Der Senator glaubte eben, er wüsste am besten, was für jeden gut ist, besonders für seine Familie. Er dachte nicht an Pattie Cornell, sondern an seine Enkelin."

„Ich kenne sein engherziges, egoistisches Motiv. Seine Tochter hatte gerade eine Totgeburt gehabt, und die Tochter seiner Haushälterin war von seinem ungeratenen Sohn schwanger, der die Stadt verlassen hatte. Was war da leichter, als den Arzt und diverses Krankenhauspersonal zu bestechen, damit sie die Babys austauschen? Pattie wurde mitgeteilt, dass ihr Baby gestorben sei, während es in Wahrheit kerngesund an Valerie weitergegeben worden war."

Jeder Muskel in Spencers Körper spannte sich vor Wut an. Er hatte sich nie mit seinem herrischen Vater verstanden und seine kühle, herablassende Art immer verabscheut, aber jetzt hasste er ihn. Voll hilfloser Wut ballte er die Fäuste und trat einen Schritt auf Peyton zu. Peyton zuckte nicht mit der Wimper. Spencer wünschte, er könnte seinen Vater für seine hinterhältige Intrige bestrafen, aber Marshall Rand war vor acht Jahren gestorben. Es gab nur Peyton.

„Wenn du dich dann besser fühlst, schlag zu", sagte der jetzt ruhig. „Aber ich schlage zurück."

Spencer senkte sofort die Fäuste und rieb sich seufzend die Stirn. Was war nur in ihn gefahren? „Wann willst du Pattie davon erzählen?"

„Ich, gar nicht." Peyton ging zur Bar seines verstorbenen Schwagers und goss sich ein Glas Whisky ein. „Einen Drink?"

Spencer schüttelte kurz den Kopf. „Was heißt das, du gar nicht?"

„Das heißt, es ist nicht meine Aufgabe, Pattie Cornell mitzuteilen, dass ihr tot geglaubtes Kind in Wirklichkeit am Leben ist."

„Aber sie muss es erfahren, Peyton."

„Dann sag du es ihr."

„Ich?"

„Ja, du. Immerhin bist du es, der sie geschwängert und dann verlassen hat."

„Ich wusste nicht, dass sie schwanger war." Spencer fuhr sich erneut durch sein schulterlanges braunes Haar. „Außerdem hatte ich Pattie gebeten, mit mir zu kommen, aber sie wollte ihre Leute nicht verlassen. Ich war damals sehr wütend, weil sie ihre Mutter und ihre Schwester mir vorgezogen hat. Es hat Jahre gedauert, bis ich es verstanden habe."

„Pattie lebt immer noch in Marshallton", sagte Peyton. „Du könntest hingehen, unser altes Haus wieder aufschließen und Allison mitnehmen."

„Wenn Pattie noch ein wenig wie damals ist, dann wird sie Allison haben wollen." Er war nicht fähig dazu, einen Teenager aufzuziehen, und ganz besonders nicht einen so schüchternen, wohlerzogenen Bücherwurm wie Allison Wilson. Wie war es nur möglich, dass dieses so ruhige in sich gekehrte Mädchen von ihm und Pattie Cornell abstammte? Sie waren beide wild und ungezähmt gewesen in ihrer Jugend. Wahrscheinlich war Valeries Einfluss die Erklärung. Seine ältere Schwester war ein Snob gewesen, voller Scheinheiligkeit und Prüderie.

„Allison hat in den letzten Wochen seit Valeries und Edwards Tod viel durchmachen müssen", sagte Peyton. „Sie hat von einem Tag auf den anderen beide Eltern verloren, oder genauer, die Menschen, die sie bis jetzt für ihre Eltern gehalten hat."

„Es wird nicht leicht sein, sie wieder aufzurichten." Spencer sah wieder zu seiner Nichte hinaus. Nein – zu seiner Tochter. Sie war ein so stilles, kleines Mäuschen. Ob es ihr wohl je erlaubt gewesen war, wirklichen Spaß zu haben? „Ich habe noch nie ein so schüchternes Kind gesehn. Was hat Valerie mit ihr gemacht? Ich bin nie so gewesen und Pattie auch nicht."

„Valerie hat Allison so erzogen, wie Großmutter sie erzogen hatte." Peyton grinste. „Und zwar zu einer kleinen Lady."

„Das arme Kind." Spencer empfand unwillkürlich Mitleid für das Mädchen. Er hätte niemals zugelassen, dass sie den verstaubten Vorstellungen seiner Großmutter ausgesetzt wurde, wenn er geahnt hätte, dass sie seine Tochter war.

Er und seine Geschwister waren unter ihrem strengen Regiment und dem seines Vaters aufgewachsen. Täglich war ihnen eingetrichtert worden, ihren privilegierten Platz in der Gesellschaft anzunehmen und die Verpflichtungen zu akzeptieren, die daraus erwuchsen. Aber er hatte dagegen rebelliert und seiner Großmutter das Herz gebrochen und den Zorn seines Vaters hervorgerufen.

„Ich beneide dich nicht, kleiner Bruder." Peyton nahm einen großen Schluck Whiskey. „Für einen Mann, der sein Leben lang vor der Verantwortung davongelaufen ist, bedeutet das Ganze wirklich Pech."

„Allison gehört zu Pattie, nicht zu mir." Irgendwie musste er Pattie und Allison für die schreckliche Tat seines Vaters entschädigen. Wenn er versuchte, dem Mädchen ein Vater zu sein, würde sie nur noch unglücklicher werden. Nein, sie brauchte keinen Taugenichts wie ihn. Sie brauchte einen Hoffnungsschimmer in ihrem Leben, einen Sonnenstrahl. Sie brauchte Pattie Cornell.

„Ich werde versuchen, es richtig anzupacken", überlegte er laut. „Allison und Pattie müssen sich erst näher kennenlernen, bevor ich ihnen die Wahrheit sage."

„Guter Einfall."

„So könnte es klappen. Und dann wird Pattie Allison zu sich nehmen. Sie wird eine großartige Mutter sein, und welches Kind könnte einem Wirbelwind wie Pattie widerstehen? Ich könnte Allison sogar hin und wieder besuchen, ihr Geschenke schicken und so weiter. Ist sie dann älter, kann sie mich besuchen kommen. Ich werde ihr die Welt zeigen. Wenn sie zwanzig ist oder so."

„Klingt, als hättest du dir das schon alles zurechtgelegt."

„Nicht ganz, aber ich arbeite daran." Spencer fühlte sich seltsam erleichtert. Er lächelte. Vielleicht würde es doch nicht so schwierig sein, ein Vater zu sein, solange er es auch aus der Entfernung sein konnte. Wie viel Schaden konnte er schon anrichten, wenn er über eintausend Meilen entfernt wäre?

Die Lösung zu seinem Problem hieß Pattie Cornell. Er hatte sie nie vergessen. Obwohl es mehrere Frauen nach ihr gegeben hatte, war sie seine erste Liebe gewesen, im Grunde sogar seine einzige Liebe. Sie war Jungfrau gewesen, als sie sich ihm heißblütig und unendlich begehrenswert hingegeben hatte. Keine Frau hatte ihn je so geliebt wie sie.

Er hatte die Erinnerung an sie tief in seinem Herz vergraben und nie damit gerechnet, Pattie je wiederzusehen. Aber das Schicksal hatte ihnen einen Streich gespielt und den Beweis dafür ans Licht gebracht, dass er und Pattie Cornell einst ein Liebespaar gewesen waren. Nun blieb ihm keine Wahl. Er musste Allison, ihre gemeinsame Tochter, nach Marshallton in Tennessee bringen. Heim zu ihrer Mutter.

„Wusstest du, dass Spencer Rand wieder in der Stadt ist?", fragte Sherry Daily.

Den Bruchteil einer Sekunde setzte Patties Herzschlag aus, um gleich darauf rasend schnell weiterzupochen. Sie wünschte, dass die bloße Erwähnung von Spencers Namen nicht diese Wirkung auf sie haben würde. Aber leider war es so, und wahrscheinlich würde sich das auch nie ändern. Er war ihr erster Liebhaber gewesen und so viel mehr als das.

„He, Mädchen, träumst du?" Sherry wedelte mit der Hand vor Patties Nase herum. „Hast du mich überhaupt gehört? Spencer Rand ist wieder auf Clairmont. Er und seine Nichte sind zurückgekommen, um hier zu leben."

„Seine Nichte?" Patties Stimme zitterte leicht.

„Du erinnerst dich doch an Valerie, Spencers ältere Schwester. Sie hat einen Arzt geheiratet und ist mit ihm nach Corinth gezogen. Vor etwa einem Monat sind sie bei einem Flugzeugabsturz ums Leben gekommen."

„Wer hat dir gesagt, dass Spencer Rand wieder hier ist?" Spencer war vor vierzehn Jahren weggegangen und hatte ihr nie geschrieben oder sie angerufen. Es hatte lange gedauert, bis sie es sich eingestanden hatte, dass er nicht zu ihr zurückkommen würde und es wahrscheinlich nicht einmal bereute, gegangen zu sein und sie zurückgelassen zu haben. Selbst jetzt tat der Gedanke sehr weh, dass sie ihm so wenig bedeutet hatte.

„Ich habe es von Myrtle Mae Marshall, aber die ganze Stadt

weiß bereits Bescheid. Clairmont steht seit dem Tod des Senators leer, da bedeutet es schon etwas, wenn jemand von der Familie dort wieder einzieht." Sherry holte sich einen Becher vom Ecktisch. „Hast du was dagegen, wenn ich jetzt schon Mittagspause mache? Es ist ja sowieso recht ruhig. Den ganzen Tag hat kein Kunde hereingeguckt." Sie schenkte sich heißen Kaffee aus der Kaffeemaschine ein.

„Bist du sicher, dass Myrtle von Spencer gesprochen hat?"

„Natürlich. Sie sagt, dass die Nichte im nächsten Monat hier zur Schule gehen wird, und ihr Onkel bleibt auch, weil er ihr Vormund ist."

„Dann ist es bestimmt Peyton Rand. Kein Richter, der bei Verstand ist, würde einem Mann wie Spencer Rand die Vormundschaft für ein Kind zusprechen." Obwohl sie Spencer seit vierzehn Jahren nicht gesehen hatte, wusste Pattie mehr über ihn, als sie wollte. Doch es wäre gar nicht zu verhindern gewesen. Marshalltons berühmter Sohn, der Rebell, wie er nur genannt wurde, hatte in den letzten Jahren mit seinen Abenteuerbüchern, die jedes Mal auf der Bestsellerliste standen, einige Berühmtheit erlangt.

„Es ist nicht Peyton", erklärte Sherry fest. „Myrtle Mae sagte Spencer, und sie muss es schließlich wissen. Sie sind doch irgendwie entfernt verwandt, oder?"

„Ja, die Marshalls und die Rands sind Vettern vierten Grades." Vor vierzehn Jahren war Myrtle Maes Nichte Leah Marshall der einzige Mensch in der Stadt gewesen, der bereit war, einem unverheirateten schwangeren Teenager ohne besondere Ausbildung einen Job zu geben.

Pattie wollte lieber nicht daran zurückdenken. Das alles gehörte der Vergangenheit an und war nicht mehr zu ändern. Doch sie war aus ihrem Unglück klug geworden und hatte erkannt, dass sie für das Heute leben und das Gestern vergessen musste und sich über das Morgen keine Sorgen machen durfte.

„Außerdem hat Peyton Rand eine große Anwaltspraxis in Jackson und steht kurz davor, sich zu verloben."

Das Geräusch von hastigen Schritten lenkte Sherry und Pattie ab. Jemand hatte das Geschäft betreten. Durch die offenstehende Tür des Büros, die in den Verkaufsraum des Möbelgeschäfts führte, konnten sie J. J. Carter sehen, der sich geschickt zwischen Sofas und Tischen hindurchschlängelte.

„Der Junge hat genügend Energie für ein halbes Dutzend Teenager in sich." Sherry setzte ihren Kaffeebecher ab. „Ich wette, er isst dir mit seinem Appetit die Haare vom Kopf. Er scheint von Tag zu Tag größer zu werden."

Pattie lächelte, während ihr Stiefsohn lässig auf sie zukam. Sherry hatte recht. Der sechzehnjährige J. J. war mit seinen eins fünfundachtzig einer der vielversprechendsten Footballspieler seiner Mannschaft.

„Wo ist unser Mittagessen?", fragte sie ihn. „Es ist zwei Uhr, und ich sterbe vor Hunger."

J. J. ließ eine braune Papiertüte auf ihren Schreibtisch fallen, der ein köstlicher Duft entströmte. „Tut mir leid, dass ich später dran bin, aber Leigh arbeitet heute, und ich habe ihr ein bisschen Gesellschaft geleistet."

„Du hast mit ihr geflirtet, willst du wohl sagen." Sherry holte zwei riesige Hühnerfleisch-Sandwiches aus der Tüte und reichte Pattie eins davon. „J. J., du bist wirklich eine Gefahr für Frauen, besonders für die unter zwanzig."

„Kann ich etwas dafür, wenn ich unwiderstehlich bin?" J. J. schenkte ihr ein schiefes Lächeln, das Pattie immer an Fred erinnerte.

„Er kann nichts für seinen Charme." Zärtlich sah sie ihn an und betrachtete seine lange, schlanke Gestalt, die ganz wie die seines Vaters war, des Mannes, den sie so sehr geliebt hatte und den sie plötzlich vor etwas über einem Jahr verloren hatte.

J. J. ließ sich in einen Sessel hinter dem Schreibtisch fallen und setzte die Füße auf eine offenstehende Schublade. „He, ich hab einen Typen im Barbecue Pig getroffen, der nach dir gefragt hat." Er hob vielsagend die Augenbrauen und sah Pattie frech an. „Er war ganz schön neugierig."

Patties Herz klopfte heftig, und sie errötete. „Wer hat nach mir gefragt?"

„Ein Typ namens Spencer Rand." J. J. steckte sich ein paar Pommes frites in den Mund. „Er wollte von Leigh wissen, wann dein Möbelgeschäft auf hat, wie lange es schon dir gehört und so 'n Zeug."

„Hast du mit ihm gesprochen?"

„Ja. Ich hab ihm gesagt, dass ich dein Sohn bin. Na ja, so ungefähr. Und dann meinte er, ihr beide seid alte Freunde von früher und dass er dich gern wiedersehen möchte."

„Ach, wirklich?" Sherry biss in ihr Sandwich.

„Und was hast du gesagt?", fragte Pattie.

„Dass er doch ruhig rüberkommen soll und dass wir an Samstagen bis sechs Uhr geöffnet haben." J. J. kaute geräuschvoll an seinen Pommes frites.

„Und … wird er rüberkommen?" Pattie betrachtete ihr Sandwich und hatte plötzlich überhaupt keinen Appetit mehr.

„Ja, ich soll dir ausrichten, dass er gleich reinschaut, sobald er und seine Nichte zu Ende gegessen haben." J. J. holte aus der Kühlbox an der Wand hinter ihm zwei Colaflaschen und reichte Pattie eine.

„Mann, seine Nichte ist vielleicht komisch. Sie hat die ganze Zeit kein einziges Wort gesprochen. Hat mich einfach nur ununterbrochen angestarrt."

„Wie alt ist sie denn?", fragte Sherry. „Wenn ich mich recht erinnere, ist sie ungefähr zur gleichen Zeit geboren wie …" Sie unterbrach sich und sah erschrocken zu Pattie.

„Echt schwer zu sagen." J. J. hatte den Blick nicht bemerkt. „Vielleicht zwölf. Vielleicht älter, vielleicht jünger. Sie hatte ein Kleid an. Könnt ihr euch das vorstellen? An einem Samstag mitten im August läuft die rum, als ob sie gleich zur Kirche müsste oder so was."

„Klingt nach der alten Lady Rand, was?" Sherry schüttelte lachend den Kopf. „Und Valerie war ganz nach ihr geschlagen. Ihr größter Wunsch war, die perfekte Lady zu sein. Sie hielt sich für zu gut für diese Stadt und fand, dass alle weit unter ihr standen. Ein richtiger Snob war sie."

„Ich erinner mich nicht an sie." J. J. nahm einen Schluck Cola.

„Von Senator Rand habe ich mal gehört, und Peyton Rand kennt ja wohl jeder."

„Unsere Pattie und Spencer Rand waren mal ineinander verliebt, als sie noch Kinder waren", verriet Sherry ihm. „Viele haben geglaubt, dass sie heiraten würden."

„Stimmt das, Pattie? Was ist denn dann passiert?"

„Nichts. Spencer ist eines Tages aus der Stadt verschwunden." Pattie konnte es nicht fassen. Nach all diesen Jahren war Spencer plötzlich wieder da. Warum war er zurückgekommen?

„Und du hättest ihn echt fast geheiratet?", fragte J. J. unschuldig und wusste nicht, welchen Schmerz er damit heraufbeschwor.

Unwillkürlich legte Pattie eine Hand auf die Brust, und ihre Finger umschlossen zwei Ringe, die sorgsam versteckt unter ihrer Bluse an einer feinen Goldkette hingen. Es waren der Verlobungsring, den Spencer ihr gegeben hatte, und der winzige Ring, den ihr kleines Mädchen nie getragen hatte. Sie hatte die beiden Ringe nie voneinander trennen können, ebenso wenig wie sie die Erinnerung an ihr Kind und den Vater ihres Kindes auslöschen konnte. Freude und Schmerz waren für immer untrennbar in ihrem Herzen verbunden.

„Wir waren doch noch Kinder, J. J. Und es ist sehr lange her. Ich habe Spencer seit vierzehn Jahren nicht mehr gesehen."

„Na ja, ich finde es jedenfalls echt interessant, dass meine Stiefmutter und Spencer Rand mal miteinander gegangen sind. Leigh sagt, er ist der Typ, der diese Abenteuerbücher schreibt." J. J. spähte in den Verkaufsraum. „Jetzt guckt sich der alte Pritchett schon zum fünfzigsten Mal den roten Sessel an."

„Mal sehen, ob ich ihn diesmal dazu bringen kann, ihn auch zu kaufen", sagte Sherry.

„Bleib hier und iss zu Ende", hielt Pattie sie zurück. „Ich kümmere mich um ihn. Ich habe ohnehin keinen großen Hunger."

Pattie war froh, dass sie eine Ausrede hatte, um J. J.s Fragen auszuweichen. Was machte es schon aus, wenn der alte Herr nur gern herumstöberte und am Ende wahrscheinlich doch nichts kaufte?

Als sie auf ihn zuging, nickte Mr Pritchett. „Ich brauche keine Hilfe, Pattie. Ich schau mich heute nur etwas um."

„Nehmen Sie sich Zeit, Mr Pritchett. Und wenn Sie mich brauchen, rufen Sie mich."

Pattie ging zu der Glastür hinüber, die auf die Vine Street führte. Das „Barbecue Pig" lag nur eine Straße entfernt. Gedankenverloren blickte sie hinaus und fragte sich, ob Spencer wirklich bei ihr vorbeischauen würde.

Mit zitternden Fingern griff sie wieder nach der Kette um ihren Hals und zog die Ringe unter ihrer Bluse hervor. Sie hielt sie in der Handfläche und sah starr auf sie hinunter. Warum hatte sie sie bloß aufbewahrt? Warum hatte sie sie nicht schon vor Jahren weggeworfen? Sie hatte sie außer Fred noch nie jemandem gezeigt. Er war der einzige, dem sie erklärt hatte, weswegen sie sie um den Hals trug. Und Fred hatte sie verstanden. Wie sehr sie ihn doch vermisste! Wenn er nur hier wäre! Dann hätte sie keine so große Angst davor, Spencer nach all diesen Jahren wiederzusehen. Aber sie hatte Fred verloren, so wie sie jeden verloren hatte, den sie je geliebt hatte.

Fred konnte sie jetzt nicht mehr beschützen. Niemand konnte sie vor Spencer Rand beschützen – nur sie selbst.

2. KAPITEL

*A*llison saß kerzengerade am Esstisch, ihre linke Hand lag exakt neben dem Teller. Jede ihrer Bewegungen war langsam und kontrolliert. Spencer hatte das Gefühl, seine Schwester Valerie vor sich zu haben, wie sie sich darin übte, die kleine tadellose Dame zu sein, zu der ihre Großmutter sie erzogen hatte.

Seit Spencer wusste, dass seine Nichte eigentlich seine Tochter war, hatte er viel nachgedacht. Was hätte er getan, wenn er vor vierzehn Jahren erfahren hätte, dass Pattie schwanger war? Damals war er entschlossen gewesen, Marshallton zu verlassen und aus dem Einflussbereich seines Vaters zu entfliehen. Er hatte es nicht ertragen, dass andere die Entscheidungen für ihn trafen und sein Leben mehr seinem Vater als ihm gehörte.

Er hatte Pattie gebeten, mit ihm zu gehen, und gewusst, dass sie es wollte. Aber sie hatte ihre Mutter und ihre jüngere Schwester nicht verlassen können.

Hatte sie zu diesem Zeitpunkt schon gewusst, dass sie schwanger war und es ihm nur nicht gesagt? Aber warum hätte sie ihm das verschweigen sollen? Wenn er doch nur die Wahrheit gewusst hätte! Irgendwie hätte er den Mut gefunden, sich vor seinem Vater zu behaupten. Er hätte Pattie Cornell geheiratet und ihrem gemeinsamen Kind seinen Namen gegeben.

Patties und sein Kind. Er versuchte, Allison nicht anzustarren. Schon die ganze Woche über hatte er sich dabei ertappt. Aber es war einfach faszinierend … Er hatte eine Tochter.

Früher hatte er nie einen Gedanken an Kinder verloren. Er war ganz damit beschäftigt gewesen, sein Leben zu leben, überall hinzugehen und jede neue Erfahrung auszukosten. Es gab nicht viel, was er in den vergangenen vierzehn Jahren nicht erlebt hätte, und er hatte geglaubt, dass sein Leben ausgefüllt sei. Er verdiente gutes Geld mit seinen Büchern, in denen er Männer beschrieb, die er auf seinen Reisen getroffen hatte und die ihm im Wesen so ähnlich waren.

Aber ob er es nun wollte oder nicht, er hatte eine Tochter,

und seine Tochter brauchte ihn.

„Es hat sehr gut geschmeckt, Onkel Spencer", sagte Allison und blickte ihn mit ihren blaugrünen Augen an, die genau wie seine aussahen. Sie neigte den Kopf leicht zur Seite und lächelte schüchtern.

Einen Moment raubte es ihm den Atem. Die kleine Kopfbewegung, der Klang ihrer Stimme, ja sogar das schüchterne Lächeln erinnerten ihn an Pattie. Vierzehn Jahre waren vergangen, aber er hatte nicht vergessen, wie Pattie aussah, wie sie sich bewegte und wie sie sprach. Und vor allem konnte er nicht vergessen, wie es gewesen war, sie in den Armen zu halten. Es war ein herrliches Gefühl gewesen.

„Onkel Spencer, stimmt etwas nicht?"

„Hm? Oh, nein, Kleine. Ich musste nur an etwas denken."

„Woran musstest du denn denken?"

„An ein Mädchen, das ich mal kannte. Jemand, den du gern haben wirst." Er plante, mit ihr einfach zu Patties Möbelgeschäft zu gehen, und hoffte nur, dass er das Richtige tat. Er war noch nie sonderlich geduldig gewesen, aber warum sollte er diesen Moment auch hinauszögern? Je eher Pattie und Allison sich kennenlernten, desto eher konnte er Pattie die Wahrheit sagen. Sobald sie erst einmal wusste, dass ihre Tochter noch lebte, würde sie ihr sicher eine Mutter sein wollen.

„Lebt sie hier in Marshallton?"

„Ja, ich habe die Kellnerin nach ihr gefragt und den Jungen, der sagte, dass er ihr Stiefsohn sei."

„J. J. Carter." Allison errötete.

„Stimmt." Er lächelte. Seiner so scheuen Tochter hatte J. J. offenbar gefallen. Das war ein gutes Zeichen. Sie war ohne Zweifel ein normales dreizehnjähriges Mädchen. Sie brauchte nur eine Mutter wie Pattie, damit sie zu sich selbst fand. „Seine Stiefmutter ist eine alte Freundin von mir. Pattie Cornell. Ich dachte, wir könnten bei ihr vorbeischauen und Guten Tag sagen."

„J. J. Carter sagte, sie besitzt ein Möbelgeschäft, nicht wahr?" Allison schien zu überlegen. „Ich nehme an, sie ist es wert, dass man sie kennenlernt, da sie doch Geschäftsfrau ist und so. Und wenn du und sie gute Freunde gewesen seid, kommt sie bestimmt aus guter Familie. Mutter war in dieser Hinsicht immer sehr eigen, weißt du. Ich könnte nicht einfach mit jedem Dahergelaufenen Freundschaft schließen, meinte sie."

Spencer stöhnte innerlich auf. Er hasste seine Schwester dafür, dass sie Allison in eine willenlose Kopie von ihr hatte verwandeln wollen. Und noch mehr hasste er sich selbst, weil er nicht gewusst hatte, dass er ein Kind hatte. Er schuldete seiner Tochter sehr viel. Er schuldete ihr Spaß.

„Sieh mal, Kleine, deine Mu… Valerie hatte ziemlich altmodische Vorstellungen, mit denen ich nicht ganz übereinstimme." Er gab sich Mühe, Valerie vor Allison nicht schlechtzumachen. „Aber ich denke nicht, dass man Menschen nach ihren Eltern oder Großeltern beurteilen sollte oder nach den Umständen ihrer Geburt."

„Nein?" Allison sah ihn nachdenklich an.

„Nein." Er winkte der Kellnerin, einem attraktiven Mädchen kaum älter als Allison, das Leigh hieß. „Willst du einen Nachtisch? Schokoladenkuchen vielleicht?"

„Aber das geht doch nicht. Süßigkeiten sind nur etwas für besondere Gelegenheiten und dürfen nicht zur Regel werden."

Diesmal hätte er fast laut aufgestöhnt. Die Umerziehung seiner Tochter würde wirklich nicht einfach werden. Aber irgendwo unter Allisons biederer, schüchterner Fassade musste doch auch etwas von der lebenslustigen Natur ihrer leiblichen Eltern stecken, oder?

„Das hier ist eine besondere Gelegenheit", erklärte er. „Du und ich, wir beginnen beide ein völlig neues Leben, also ist ein Nachtisch wohl angesagt." Er lächelte Leigh an, die sein Lächeln vergnügt erwiderte. „Zwei Schokoladenkuchen, bitte."

Erst als Leigh gegangen war, beugte Allison sich zu Spencer hinüber und flüsterte: „Ich mag Schokolade, aber … weil das doch eine besondere Gelegenheit ist, könnte … darf ich ein Stück Erdbeertorte haben? Das ist mein Lieblingsnachtisch."

Schlagartig stürmten Erinnerungen auf ihn ein. Er sah deutlich einen roten, feuchten Mund vor sich, der sich langsam öffnete, und weiße Zähne, die an reifen, roten Erdbeeren knabberten. Pattie liebte auch Erdbeeren, und er dachte an einen warmen Frühlingsabend, an dem sie am Fluss gepicknickt und sie sich stundenlang im Mondlicht geliebt hatten. Er hatte Pattie dabei mit Erdbeeren gefüttert, und sie hatte für sie beide ein herrlich sinnliches Erlebnis daraus gemacht.

„Stimmt etwas nicht, Onkel Spencer? War es unhöflich von mir, um einen anderen Nachtisch zu bitten? Wenn ja, tut es mir wahnsinnig leid. Ich möchte nicht …"

„Schon gut, Allison." Er rief Leigh die neue Bestellung zu, griff dann über den Tisch und nahm Allisons Hände in seine. „Du hast nichts falsch gemacht, Liebling. Ich bin Spencer, nicht Edward und nicht Valerie. Du musst dir, wenn du mit mir zusammen bist, nicht ständig Sorgen machen, dass du etwas Falsches sagen oder tun könntest. Ich möchte, dass du lernst, selbst zu entscheiden, was falsch und was richtig ist. Verstehst du, was ich meine?"

Allison war verwirrt, und ihre blaugrünen Augen füllten sich plötzlich mit Tränen. „Du bist so anders als Mutter und Vater. Warum, glaubst du, haben sie dich zu meinem Vormund ernannt und nicht Onkel Peyton?"

Was konnte er ihr darauf antworten? Ihre Frage stellten sich wahrscheinlich viele Menschen. Wenn seine Schwester vor drei Jahren nicht gewisse Anflüge von Gewissensbissen gezeigt hätte, hätte sie ihr Testament bestimmt nie geändert und ihm nie diesen Brief geschrieben. Und er hätte nie erfahren, dass er Vater war. „Würdest du lieber mit Onkel Peyton leben als mit mir?"

„Nein, eigentlich nicht." Allison wischte sich die Tränen weg. „Ich kenne ihn nur besser als dich, das ist alles. Ich mag dich, Onkel Spencer. Du bist in der vergangenen Woche in Corinth so nett zu mir gewesen. Aber es hat sich in meinem Leben so viel verändert. Das mit Mutter und Vater", sie schluckte, „dann bin ich von zu Hause weggezogen, von der Schule und meinen Freunden … Und nun lebe ich hier mit dir."

Er drückte ihre Hände. Vielleicht konnte er ihr so ein wenig von seiner Liebe und seinem Mitgefühl zeigen. „Es wird eine

Weile dauern, aber wir werden ein völlig neues Leben für dich aufbauen. Das verspreche ich dir. Ich werde mich um dich kümmern und aufpassen, dass dir niemand wehtut."

Allison kämpfte tapfer gegen die Tränen an, aber sie flossen trotzdem. „Du bist ein furchtbar netter Mann, Onkel Spencer."

Die Worte schnürten ihm die Kehle zu. Niemand hatte ihn je einen netten Mann genannt. Im Laufe der Jahre hatte er zwar einiges über sich zu hören bekommen, aber das meiste war nicht besonders schmeichelhaft gewesen. Doch sein kleines Mädchen hielt ihn für einen netten Mann. Himmel, wie sollte er es nur schaffen, sie nicht zu enttäuschen?

Nachdem sie die Erdbeertorte gegessen hatte, sah Allison fast glücklich aus. Spencer hatte sie mit Geschichten aus seiner Kindheit unterhalten – einigen wenigen glücklichen Erinnerungen aus einer weitgehend unglücklichen Zeit.

„Bist du so weit?" Er holte seine Brieftasche aus der Gesäßtasche seiner Jeans.

Allison trank den Rest ihrer Limonade und machte mit ihrem Strohhalm ein schlürfendes Geräusch, als das Glas leer war. Erschrocken riss sie die Augen auf und sah ihn schuldbewusst an. Er lächelte, und dann lachte er. Erleichtert erwiderte sie sein Lächeln.

Er holte einen Schein aus der Brieftasche, und während er auf das Wechselgeld wartete, fiel sein Blick auf die Ecke eines Schnappschusses, der hinter seinen Kreditkarten steckte. Er zog das alte Foto halb heraus. Warum hatte er es eigentlich behalten und nicht schon längst weggeworfen? Er sah zu Allison hinüber. Sie blickte ihn voller Erwartung und Vertrauen an.

Hastig schob Spencer das Foto zurück, nahm das Wechselgeld entgegen und legte den Arm um die Schultern seiner Tochter. „Komm, Allie, lass uns meine alte Freundin besuchen."

Pattie versuchte die Zahlenkolonnen auf der Rechenmaschine zusammenzuzählen, aber sie vertippte sich immer wieder. Sie konnte sich einfach nicht konzentrieren. Seit einer Stunde wartete sie und überlegte hin und her. Würde Spencer wirklich kommen? Und wenn ja, warum? Sie hatten sich zwar nicht als Feinde getrennt, aber sie hatten sich endgültig voneinander verabschiedet. Patties Erinnerungen an Spencer waren bittersüß. Die Faszination und das Glück der ersten Liebe, der Schmerz einer Schwangerschaft, die sie allein hatte durchstehen müssen, und die Verzweiflung, als sie ihr Baby verlor, gehörten untrennbar zusammen.

„Ich habe im linken Fenster die neue Dekoration aufgebaut." J. J. stand in der Tür und wischte sich mit einem gelben Tuch den Schweiß von der Stirn.

„Danke. Vielleicht wird das Queen-Anne-Schlafzimmer ein paar Käufer anziehen. Wir könnten sie gut gebrauchen." Pattie legte den Bleistift nieder und lehnte sich in ihrem Sessel zurück.

„Sherry hat gerade ein Pärchen am Wickel, das sich das Wasserbett ansieht." J. J. stopfte das gelbe Tuch in seine Jeans. „Komm und schau dir die Dekoration an."

„Okay. Ich kann mich sowieso nicht auf die Buchhaltung konzentrieren." Pattie folgte J. J. in den Verkaufsraum.

Da wurde die Ladentür geöffnet, und Pattie sah einen Mann und ein Mädchen hereinkommen.

Ihr Herz begann wie wild zu schlagen, und unbewusst fuhr sie sich mit der Zunge über die Lippen. Sie war noch nicht bereit für diesen Moment. Sie würde nie so weit sein, Spencer Rand mit Gelassenheit gegenüberzutreten.

„Kommen Sie ruhig herein", sagte J. J.

Sie holte tief Luft und betete insgeheim, dass man ihr ihre Gefühle nicht ansah. Dann blickte sie direkt in die grünblauen Augen ihres ersten Liebhabers. Gütiger Himmel! Aus dem Jungen von einst war ein umwerfend attraktiver Mann geworden.

„Hallo, Pattie." Spencer trat vor und hielt ihren Blick fest.

„Hallo, Spencer." Sie war überrascht, wie ruhig sie klang, während ein Sturm der Gefühle in ihr tobte.

„Es ist lange her." Spencer stöhnte innerlich auf. Was für eine originelle Bemerkung! Aber es fiel ihm schwer, die richtigen Worte zu finden.

„Über vierzehn Jahre." Um genau zu sein, fügte sie in Gedanken hinzu, vierzehn Jahre, vier Monate und zwölf Tage. Sosehr sie sich wünschte, zu vergessen, ihr Herz ließ es nicht zu. Sie würde sich immer an das letzte Mal erinnern, da sie Spencer gesehen hatte. Eine Woche später hatte sie gewusst, dass sie schwanger war.

„Bist du die ganze Zeit in Marshallton geblieben?" Sie war noch schöner als damals. Das Versprechen der Jugend hatte sich erfüllt. Pattie Cornell war noch sexyer und anziehender als mit achtzehn.

„Ja. Ich bin nach Westen nur bis Memphis gekommen und im Osten bis Atlanta." Ja, sie war in Marshallton geblieben. Zwei, drei Jahre hatte sie darauf gewartet, dass Spencer zurückkam und sie holte. Vergeblich. „Wie ich hörte, bist du in der Welt weit herumgekommen. Ich vermute, du hast das Leben geführt, das du dir immer vorgestellt hast."

J. J. räusperte sich. „Willst du 'ne Cola oder sonst was?", fragte er Allison.

„Nein, danke." Mit gesenktem Kopf sah Allison ihn unter langen, dunklen Wimpern an.

Für einen Moment hatte Spencer völlig vergessen gehabt, weswegen er zu Pattie gekommen war, weswegen er überhaupt in seine Heimatstadt zurückgekehrt und auf den verhassten Wohnsitz der Familie gezogen war.

„Allison, komm her, Kleine." Er nahm sie bei der Hand und zog sie ein wenig näher. „Pattie, ich möchte dir Allison Wilson vorstellen." Er brachte es nicht fertig, sie seine Nichte zu nennen oder gar Valeries Tochter. Aber er konnte natürlich ebenso wenig gleich mit der Wahrheit herausplatzen und sagen: Das hier ist deine Tochter, das kleine Mädchen, das bei der Geburt gestorben sein soll, das Kind, das mein Vater dir weggenommen hat, um es meiner Schwester zu geben.

Lächelnd streckte Pattie die Hand aus. „Hallo, Allison. Freut mich, dich kennenzulernen. Ich erinnere mich an deine Mutter. Sie war … eine wirkliche Dame."

„Es freut mich sehr, Ihre Bekanntschaft zu machen." Allison sah mit großen Augen zu Pattie auf. „Sie sind sehr hübsch."

Erschrocken schlug sie die Hand vor den Mund und errötete heftig.

„Danke für das Kompliment." Das Mädchen schien Pattie viel zu verlegen zu sein wegen ihrer spontanen Bemerkung. J. J. hatte recht. Allison war eindeutig zu schick angezogen für einen heißen Augustnachmittag, und sie war wirklich auffallend schüchtern und linkisch. Doch sie hatte wunderschöne Augen, selbst die dicken Brillengläser konnten das nicht verbergen. Sie waren blaugrün, genau wie die ihres Onkels. Spencers Nichte sah ihm ohnehin sehr ähnlich. Valeries Tochter war eindeutig eine Rand.

„Ich habe gesprochen, ohne zu überlegen", sagte Allison leise. „Mutter wäre sehr böse mit mir."

„Wir arbeiten an neuen Regeln und Vorschriften", erklärte Spencer. „Meine Vorstellungen stimmten nie besonders mit denen von Valerie überein, und Allie ist nicht sicher, was ich von ihr erwarte und was nicht."

„Ich verstehe." Pattie tat Spencers Nichte leid. Sie musste völlig verwirrt sein. Offensichtlich hatte Valerie die traditionelle Kindeserziehung ihrer Familie weitergeführt, eine Erziehung, die Spencer dazu gebracht hatte, zu rebellieren und mit zwanzig so schnell und so weit wie möglich zu fliehen.

„Ihr beide werdet wahrscheinlich über alte Zeiten reden wollen", sagte J. J. „Komm, Allie, ich zeig dir das Geschäft. Vielleicht siehst du etwas, was du gern kaufen möchtest."

Allison blickte ihren Onkel fragend an, und Spencer nickte zustimmend. „Geh nur, Schätzchen. Vielleicht findest du ja einen Fernsehapparat für uns. Der einzige, den wir im alten Mausoleum haben, ist ein schwarz-weißer aus Moses' Zeiten."

„In Ordnung." Allison folgte J. J., drehte sich aber plötzlich noch einmal um. „Wie wäre es mit einem Apparat mit extragroßem Bildschirm? Meine Freundin Katy in Corinth hat so einen, und der ist ganz toll."

„Also kaufen wir auch so einen." Allie scheint allmählich lockerer zu werden, dachte Spencer erleichtert. In wenigen Wochen würde sie ein völlig anderes Mädchen sein. Gemeinsam würden er und Pattie ihrer Tochter helfen, ein normaler Teenager zu werden, der Spaß am Leben hatte.

„Sie scheint ein sehr liebes Kind zu sein", sagte Pattie.

„Ja, das ist sie. Valerie hat sie nur völlig unterdrückt. Es macht mich so wütend, wie unglücklich Allison immer gewesen sein muss."

Pattie spürte, dass Spencer es ehrlich meinte. Er machte sich wirklich etwas aus seiner Nichte. „Bist du tatsächlich ihr Vormund?"

„Ja, verrückt, nicht?" Spencer blickte in Patties braune Augen. Einige Male in den letzten vierzehn Jahren hatte er von diesen braunen Augen geträumt, davon, wie sie ihn sehnsuchtsvoll und verlangend ansahen. Pattie hatte nie ihre Gefühle verbergen können. Sie zeigten sich immer deutlich in ihrem Gesicht. Und deshalb erkannte er genau, dass seine Anwesenheit in ihrem Geschäft sie störte.

„Warum hast du sie zurück in deine Heimatstadt gebracht? Du hasst es hier doch." Wie war es nur möglich, dass ein Mann so attraktiv war? Spencer Rand hatte herrlich breite Schultern, schmale Hüften und unendlich lange Beine. Er strahlte ungekünstelte Männlichkeit aus. Er musste sie nicht herausstellen, er war einfach so.

Spencer fiel auf, dass Patties Haar von einem helleren blond als damals war, aber sie trug es immer noch lang. Für einen Moment glaubte er erneut, ihre seidigen Strähnen auf seiner Haut zu spüren. Pattie hatte es immer sehr genossen, seine Brust vom Nabel bis zum Hals zu küssen. „Es war Peytons Idee, dass ich wieder auf Clairmont einziehe."

„Und du hast tatsächlich einem Mitglied deiner Familie zugestimmt?" Pattie sehnte sich danach, Spencers langes braunes Haar zu berühren. Ob es immer noch so dick und weich wie damals war? Vor vierzehn Jahren, als er gegangen war, hatte er es konservativ kurz getragen. Jetzt fiel es ihm bis auf die Schultern, als wollte er damit anzeigen, dass er immer noch ein Rebell war, der nicht daran dachte, sich anzupassen.

„Ich werde etwas Hilfe mit Allie brauchen. Schließlich habe

ich nicht die geringste Ahnung, wie man ein Kind behandelt." Spencer machte eine kleine Pause. „Ich hoffte da auf die Unterstützung einiger meiner alten Freunde ..."

„Meinst du damit mich?"

„Na ja, du bist eine alte Freundin, und du erziehst auch einen Teenager ..."

Pattie lachte amüsiert. „Ich bin erst seit kurzer Zeit eine Art Mutter für J. J. Sein Vater und ich waren verlobt und wollten vor über einem Jahr heiraten, aber Fred hatte einen schweren Herzinfarkt und ist gestorben."

„Das tut mir leid, Pattie. Aber nach dem, was ich von J. J. gesehen habe, hast du guten Erfolg mit ihm. Außerdem hast du schon immer Kinder haben wollen. Du hast immer davon geredet, dass wir einmal welche haben würden und ..."

Als er Patties schmerzerfülltes Gesicht sah, unterbrach Spencer sich sofort. Hatte er sie so sehr verletzt, als er sie damals verlassen hatte? Er hatte geglaubt, dass es zu spät sei, um noch zu ihr zurückzukehren und alles wieder einzurenken. Wie konnte er jetzt nur so unsensibel sein? Es war noch zu früh, die Vergangenheit heraufzubeschwören, besonders, da sie für Pattie offenbar zu viele bittere Erinnerungen barg.

„Allie und ich werden hier leben, zumindest für eine Weile, und ich würde mich gern wieder mit dir anfreunden. Ich wünsche mir, dass du unsere ... meine Allison kennenlernst. Es könnte ihr nichts Besseres passieren, als eine Freundin wie dich zu haben. Sie braucht ein Vorbild. Eine Frau, von der sie lernt, wie man das Leben wirklich genießt."

„Und du glaubst, ich wäre ein gutes Vorbild?"

„Pattie, ich habe nie eine liebevollere, lebenslustigere Frau kennengelernt. Wenn du einen Raum betrittst, erhellst du ihn mit deinem Lächeln. Selbst nach den wenigen Minuten, die ich heute mit dir zusammen bin, weiß ich, dass sich das nicht geändert hat." Wie hatte er je vergessen können, was für eine besondere Frau Pattie war? Ihm war zumute, als habe es diese vierzehn Jahre nie gegeben und er und Pattie seien wieder wie damals – jung und schrecklich verliebt ineinander.

„Ich bin nicht mehr das Mädchen von damals, und du bist nicht mehr derselbe Mann. Zu viel ist inzwischen passiert." Ich habe neun Monate lang unser Kind in mir getragen, und du hast es nicht gewusst, fügte sie im Stillen hinzu. Unser Baby starb, und man erlaubte mir nicht einmal, es zu sehen, und du hast es nicht gewusst. Ich habe meine Tochter neben meiner Mutter begraben, und du hast es nicht gewusst.

„Pattie, ich bin bestimmt nicht so dumm, zu glauben, dass ich einfach in dein Leben zurückkommen und dort weitermachen kann, wo wir aufgehört haben."

„Was erwartest du dann also von mir? Ich habe auf dich gewartet. Eine sehr lange Zeit. Aber schließlich gab ich es auf. Ich weine dir nicht mehr nach. Es hat seitdem Dutzende von Männern in meinem Leben gegeben."

Dutzende! Spencer fühlte sich, als habe er einen Schlag in den Magen bekommen. Doch weswegen sollte Patties Liebesleben ihm etwas ausmachen? Er hatte auch nicht gerade enthaltsam gelebt. „Ich weiß, dass wir nicht zurück können. Aber wir könnten neu anfangen, uns neu kennenlernen. Ich bitte dich nur um deine Freundschaft. Ich brauche dich, Pattie. Und Allie braucht dich auch."

Sollte sie es wagen, Spencer Rand wieder in ihr Leben hineinzulassen? Sie hatte schon genügend Probleme. Das Möbelgeschäft war nur mit Mühe und Not aus den roten Zahlen herauszuhalten. J. J. war mit seinen sechzehn Jahren ein Energiebündel an wachsender Männlichkeit, und Freds Cousine, Joan Stephenson, drohte ihr mit einem Kampf um J. J.s Vormundschaft, da sie sie nicht für fähig hielt, dem Jungen eine Mutter zu sein.

„Pattie?" Spencer legte die Hand an ihr Kinn. Ihre Haut fühlte sich wie warme Seide an, und er musste sich sehr zusammenreißen, um nicht ihren schlanken Hals zu streicheln.

Pattie stockte der Atem. Sie konnte es nicht ertragen, wenn er sie berührte. Es weckte zu viele Erinnerungen. Hastig trat sie zurück. „Ich halte das für keine gute Idee. Wir kennen uns nur, wie wir vor vierzehn Jahren waren. Jetzt sind wir uns im Grunde fremd."

„Wenn du es nicht für mich tun willst, dann tu es für Allie."
Warum machte sie es ihm so schwer? Er bat sie doch nicht um ein
Verhältnis, verlangte doch nicht, dass sie mit ihm ins Bett ging.
Sie sollte nur für ihre eigene Tochter eine Mutter sein.

„Warum sollte ich irgendetwas für deine Nichte tun,
Spencer? Ich habe das Mädchen noch nie gesehen. Außerdem
ist sie Valeries Tochter, und Valerie und ich konnten uns nicht
ausstehen!"

Spencer packte sie hart an den Schultern. „Pattie, hasst du
mich so sehr, dass du ein unschuldiges Kind dafür bezahlen
lässt?"

„Ich hasse dich nicht. Ich verstehe nur nicht, weswegen du
von allen Frauen dieser Welt ausgerechnet mich erwählt hast, dir
mit dem Kind deiner Schwester zu helfen."

Er lockerte seinen Griff und glitt mit den Händen an ihren
Armen entlang. „Weil du die einzige Frau bist, von der ich je ein
Kind haben wollte." Das waren die ehrlichsten Worte, die er in
seinem ganzen Leben gesprochen hatte.

„Oh, Spencer." Sie trat kaum merklich wieder auf ihn zu.

Er beugte sich leicht hinunter und lehnte die Stirn an ihre.
Spencer Rand, du bist ein Süßholzraspler, dachte sie und war
trotzdem immer noch so empfänglich für seine Überredungs-
künste wie damals. Vor fünfzehn Jahren war es ihm gelungen,
ihr ihre Jungfräulichkeit zu nehmen, doch obwohl sie manches
bedauerte, würde es ihr nie leidtun, dass er ihr erster Liebhaber
gewesen war.

„Ich habe den perfekten Fernseher gefunden!" Allison rannte
die Treppe aus dem Kellergeschoss herauf.

Pattie und Spencer sprangen auseinander wie zwei schuldbewusste Teenager, die man beim Knutschen ertappt hatte.

„Wir werden ihn aber erst am Montag liefern können", sagte
J. J., „Tiny und ich bringen ihn vorbei, bevor ich zum Football-
training gehe."

„Gut", erwiderte Spencer, während Pattie nachdenklich Allisons strahlendes Gesicht betrachtete. „Habt ihr, du und J. J.,
schon Pläne für heute Abend?", fragte er spontan.

Pattie war versucht, nein zu sagen. So gern würde sie die Gelegenheit nutzen, mehr Zeit mit Spencer zu verbringen und die alte Flamme wieder zum Glühen zu bringen, aber die Vernunft warnte sie davor. Sie hatte schon genug Schmerz in ihrem Leben ertragen. Spencer Rand sollte ihr nie wieder wehtun können.

„Ich habe eine Verabredung", antwortete J. J. „Und ich glaube, Pattie hat auch schon was vor, oder, Pattie?"

„Ja", murmelte sie. Und das war nicht wirklich eine Lüge. Sie hatte vor, es sich mit einem guten Buch, einer Schale Erdbeeren mit Sahne und einem Glas Weißwein bequem zu machen. Seit Freds Tod hatte sie kein besonders aufregendes Privatleben und vermisste auch nichts. Die meisten Abende verbrachte sie allein mit ihrem Cockerspaniel Ebony.

„Dann rufe ich Anfang der Woche an, und wir können etwas verabreden, bevor ihr wieder ausgebucht seid." Lächelnd legte Spencer einen Arm um Allisons Schulter. „Es war schön, dich wiederzusehen, Pattie, und ich freue mich sehr auf eine neue Freundschaft mit dir."

Bevor Pattie eine Antwort einfiel, waren Spencer und seine Nichte gegangen.

„Der Typ ist immer noch scharf auf dich, was?", meinte J. J.

„Was für ein eleganter Ausdruck, J. J." Sie gab ihm einen Kuss auf die Wange. „Machst du dir Sorgen um mich?"

„Klar tu ich das."

„Deine Fürsorge rührt mich, aber ich bin jetzt ein großes Mädchen und kann auf mich selbst aufpassen." Es war Unsinn, wegen Spencer beunruhigt zu sein. Er hatte sie bereits so sehr verletzt, wie es nur möglich war.

Spencer Rand war vielleicht immer noch der gleiche Charmeur wie damals, aber sie war nicht mehr das naive Mädchen, das ihr Herz und ihren Körper einem unreifen Jungen geschenkt hatte, der zu einer ernsten Beziehung nicht bereit gewesen war. Nein, sie wollte keine kurze Affäre mit einem ehemaligen Liebhaber. Sie wollte Liebe und ehrliche Versprechen und einen ebenbürtigen Partner an ihrer Seite. Sie brauchte keinen Mann wie Spencer Rand. Die meiste Zeit ihres Lebens war sie allein gewesen, und sie war vollkommen in der Lage, selbst mit ihren Problemen fertig zu werden.

Spencer schien zu glauben, dass er sie nur bitten musste und schon würde sie alles tun, was er wollte. Aber da würde er eine Überraschung erleben. Wie gut er auch aussehen mochte, wie sehr er ihren Körper auch in Aufruhr versetzen konnte und sosehr seine Nichte sie vielleicht brauchte, sie würde nicht zulassen, dass Spencer sie wieder ausnutzte. Sie war nicht so dumm, sich zwei Mal vom selben Feuer verbrennen zu lassen.

3. KAPITEL

*P*eyton Rand nahm einen Zug von seiner Havanna-zigarre und blies Rauchringe in die Luft. Er saß entspannt im großen Ledersessel seines Vaters, und seine Ähnlichkeit mit dem Senator verblüffte Spencer von neuem. Im Gegensatz zu ihm verkörperte sein älterer Bruder alles, was Marshall Rand von seinen Söhnen verlangt hatte.

„Wie kannst du nur dieses Zeug rauchen?" Spencer hustete dramatisch, um seinen Abscheu zu betonen. „Deine Zigarren werden dich noch mal ins Grab bringen."

Peyton klopfte die Asche ab. „Auch so eine der schlechten Angewohnheiten des Senators, die ich angenommen habe."

„Macht es dir eigentlich gar nichts aus, dass du ihm so ähnlich bist?"

Peyton sah Spencer amüsiert an. „Wir sind, was wir sind, kleiner Bruder. Und ich bin keine Kopie unseres Vaters. Wenn ich je Kinder haben sollte, habe ich nicht die Absicht, einen allmächtigen Gott in ihrem Leben abzugeben."

„Zum Glück." Spencer ballte die Fäuste. „Der alte Herr ist bereits seit acht Jahren tot, und trotzdem haben seine Machenschaften immer noch Einfluss auf mein Leben."

„Die Dinge mit Pattie Cornell laufen nicht ganz so, wie du erwartet hast, was?"

„Grins nicht so unverschämt."

„Entschuldige. Ich weiß nur, wie wenig du es gewöhnt bist, bei Frauen keinen Erfolg zu haben."

„Pattie ist vollkommen unvernünftig. Ich rufe tagtäglich an, ich schicke Blumen, und ich habe sie in den letzten zwei Wochen mindestens sechs Mal eingeladen. Und immer wieder richte ich es so ein, dass wir uns in der Stadt ganz zufällig über den Weg laufen …"

„Und sie zeigt dir die kalte Schulter." Peyton lachte.

„Sie ist immer höflich, sogar fast freundlich, aber sie hält mich eindeutig auf Abstand."

„Kann man ihr das übel nehmen? Sie wird wohl kaum vergessen haben, was sie als lediges, schwangeres Mädchen durchgemacht hat, das dann auch noch ihr Kind bei der Geburt verlor. Ihre Erinnerungen an euer Verhältnis können nicht so rosig sein."

„Aber ihr Kind ist am Leben!" Spencer ging nervös hin und her und blieb schließlich knapp vor Peyton stehen. „Verdammt, Peyton, meine Tochter braucht Pattie. Das Kind ist so verspannt und verwirrt, und ich habe Angst, dass ich alles falsch mache."

„Also hat Pattie nicht positiv auf Allison reagiert?"

„Nein, kannst du dir das vorstellen? Man sollte doch denken, dass es da irgendeine Art von Verbindung zwischen ihnen gäbe, oder?"

„Hast du etwa erwartet, dass Pattie sie als ihre Tochter erkennt?"

„Ja, das habe ich wohl. Dumm von mir, nicht wahr?"

„Ein wenig zu optimistisch, würde ich sagen. Und wie stehen die Dinge mit dir und Allison?"

„Ich sagte doch schon, ich habe keine Erfahrung mit Halbwüchsigen. Ich gebe einen miserablen Vater ab. Es ist fürchterlich für mich, mit ansehen zu müssen, wie unglücklich Allie ist. Sie weint sehr viel. Und in der Schule scheint sie sich auch nicht einzuleben."

„Allie?" Peyton lachte auf.

„Was ist so komisch daran?"

Peyton wich Spencers wütendem Blick nicht aus. „Valerie dreht sich wahrscheinlich gerade im Grabe um, weil du Allison einen Kosenamen gegeben hast."

„Das ist auch so eins der Dinge, die nicht in Ordnung sind mit meiner Tochter. Unsere Schwester hat sie einer regelrechten Gehirnwäsche unterzogen. Allie hat ununterbrochen Angst davor, etwas Falsches zu sagen oder zu tun. Was für ein Leben ist das für eine Dreizehnjährige?"

„Dann hilf ihr, sich zu ändern. Warte nicht darauf, dass Pattie ein Wunder vollbringt."

„Ich schaffe es nicht allein." Spencer ließ sich erschöpft in einen Sessel fallen. „Wenn es Hoffnung für Allie geben soll, müssen Pattie und ich zusammenarbeiten. Das arme Mädchen weiß nicht, was es anziehen soll, wie es reden und was es tun muss, um wie die Kinder seines Alters zu sein."

„Und wenn du Pattie nun die Wahrheit sagst? Ohne viel Drumherum, geradeheraus."

„Das kann ich nicht tun. Ich weiß nicht, wie sie reagieren würde. Womöglich geht sie sofort zu Allie, und mein kleines Mädchen ist noch lange nicht so weit, um die Wahrheit zu verkraften. Sie ist so zerbrechlich, so hilflos und verletzlich."

„Klingt ganz so, als ob du ‚dein kleines Mädchen' ins Herz geschlossen hast."

„Na ja, man gewöhnt sich an sie." Spencer mochte nicht einmal vor seinem Bruder zugeben, dass Allison sein Herz erobert hatte und dass er sie sehr liebte, obwohl er dagegen angekämpft hatte. Jetzt wollte er nur das tun, was für sie das beste wäre. Und sein Instinkt sagte ihm, dass das Beste Pattie Cornell war.

„Du solltest Allison, das heißt Allie, nicht erlauben, dich lieb zu gewinnen, wenn du sowieso vorhast, sie bei Pattie abzuladen und nicht bei ihr zu bleiben." Peyton stand auf, nahm seinen Mantel von der Couch und schlüpfte hinein.

„Ich lade sie nicht bei Pattie ab!", entgegnete Spencer vorwurfsvoll. „Ich möchte nur dafür sorgen, dass Allie sich geliebt und geborgen fühlt. Und wenn ich Pattie dazu bringen kann, mir noch eine Chance zu geben …"

„Pattie soll ausgerechnet dir noch eine Chance geben?"

„Ja. Nein. Verdammt, du bringst mich mit deinem Kreuzverhör ganz durcheinander."

„Ich habe nur eine ganz simple Frage gestellt. Willst du eine zweite Chance mit Pattie?"

„Ich möchte sie wieder näher kennenlernen, und zwar so sehr, dass Allie und ich ein Teil ihres Lebens werden können. Als Allies Eltern müssen wir die Dinge in Ordnung bringen."

„Heißt das, dass es keine Gefühle von früher mehr zwischen dir und Pattie gibt, dass du in Patties Nähe sein kannst, ohne an damals zu denken?" Peyton nahm seine Aktentasche. „Ich muss in einer halben Stunde im Gericht sein. Ich mache mich jetzt besser auf den Weg."

Spencer legte ihm rasch die Hand auf die Schulter, um ihn noch einen Moment aufzuhalten. „Ich habe bisher alles versucht, um an Pattie heranzukommen, außer sie zu entführen, und nichts hat geklappt. Sie scheint wirklich entschlossen zu sein, mich fernzuhalten."

„Du gibst doch nicht etwa auf? Vielleicht hast du bisher nur noch nicht die richtige Methode gefunden. Soweit ich höre, ist Pattie Cornell eine starke, selbstständige Frau. Womöglich ist die romantische Methode die beste, um sie zu gewinnen."

„Was schlägst du vor?", fragte Spencer.

„Nun, vielleicht hilft da wirklich nur eine Entführung, wenn alles andere versagt hat."

„Bist du verrückt?"

„Überleg es dir, kleiner Bruder."

„Und ich hielt mich für den einzigen Rebellen in unserer Familie."

„Vielleicht hast du dich da geirrt." Peyton klopfte Spencer auf die Schulter. „Ich sehe heute Abend noch mal bei dir vorbei, bevor ich wieder nach Jackson fahre."

„Ja, bitte tu das."

Nachdem Peyton gegangen war, brütete Spencer über den ausgefallenen Vorschlag seines Bruders nach. Wie sollte er Pattie denn entführen? Einfach ins Geschäft marschieren, sie sich über die Schulter werfen und mitten im hellen Tageslicht mit ihr hinausspazieren?

Was für eine verrückte Idee! Mit zwanzig hätte er es vielleicht auf diese Weise getan. Wenn er jetzt so etwas Idiotisches durchzöge, würde die ganze Stadt monatelang darüber tratschen. Das war ihm zwar völlig egal, und Pattie bestimmt auch, aber würde eine Entführung ihn überhaupt an sein Ziel bringen?

Es war zumindest einen Versuch wert.

„Wer war am Telefon?" Pattie schloss die Tür zu ihrem Büro hinter sich.

„Es war nur ein privater Anruf." Sherry glättete die weichen grauen Locken, die ihren Kopf wie eine enge Kappe umgaben.

Pattie sank in ihren Sessel und legte die Beine auf den Schreibtisch. „Was für ein fürchterlicher Tag. Der Streit mit Joan zerrt an meinen Nerven."

„Ich nehme an, das Treffen mit ihr und ihrem Anwalt hat nicht viel gebracht."

„Oh, doch. Es hat gebracht, dass ich mir jetzt auch einen Anwalt nehmen werde. Die Frau ist verrückt! Obwohl J. J. mit sechzehn Jahren das Recht hat, selbst seinen Vormund zu wählen, droht Joan mir immer noch, mich vor Gericht zu zerren und zu beweisen, dass ich nicht dazu tauge, Freds Sohn eine Mutter zu sein."

„Das kann sie gar nicht beweisen." Sherry setzte sich auf die Kante des Schreibtisches. „Sie blufft nur, weil sie sauer ist, dass Fred sein Geschäft und das Haus dir und J. J. vermacht hat statt ihr und J. J."

„Sie kann meine Vergangenheit zur Sprache bringen. Jeder in Marshallton weiß, dass ich vor knapp vierzehn Jahren ein uneheliches Kind zur Welt gebracht habe."

„Und keiner denkt deswegen schlecht von dir." Sherry schlug wie zum Nachdruck mit der Hand auf den Tisch. „Obwohl du den Namen des Vaters nie genannt hast, weiß jeder, dass es Spencer Rand war. Und Joan Stephenson weiß das auch. Sie hatte immer viel für ihn übrig, wie du dich sicher erinnerst."

„Sherry, ich möchte wirklich nicht über ..."

„Du solltest Spencer von dem Baby erzählen. Ich kann nicht verstehen, warum du ihm ausweichst, als ob er die Pest hätte. Er verdient es, die Wahrheit zu erfahren."

Entschlossen setzte Pattie die Füße auf den Boden. „Spencer verdient überhaupt nichts."

„Pattie Cornell, der Mann wusste nicht, dass er dich geschwängert hatte."

„Was würde sich schon ändern, wenn ich mich wieder mit Spencer einließe? Auf jeden Fall würde es nicht meine Probleme mit Joan lösen. Was vor vierzehn Jahren geschehen ist,

478

lässt sich nicht mehr rückgängig machen, und keinem von uns beiden wäre geholfen, wenn er von einem Kind erführe, das gar nicht existiert."

„Ihr empfindet immer noch etwas füreinander, das ist deutlich zu sehen."

„Ach was, wir ..."

„Leugne es nicht, ich kenne dich zu gut. Da gibt es immer noch etwas zwischen dir und Spencer. Du hast nur Angst, dass du wieder verletzt werden könntest."

„Ist das nicht verständlich? Ich habe jeden Menschen verloren, der mir je etwas bedeutet hat. Zuerst lief Spencer davon, dann starb meine Mutter ... und mein Baby." Patties Herz zog sich schmerzlich zusammen. Sie hatte nicht geweint, seit dem Tag, als man ihr gesagt hatte, dass ihr Kind gestorben war, nicht einmal, als sie Fred verloren hatte. „Und dann auch noch Trisha."

„Du hast alles für deine Schwester getan, was du konntest. Es ist nicht deine Schuld, dass sie drogenabhängig war."

„Wenn ich ihr nur irgendwie hätte helfen können, bevor es zu spät war. Es ist jetzt fast sechs Jahre her, dass sie starb. Und letztes Jahr Fred ..."

Bewegt ergriff Sherry Patties Hand. „Ich weiß, meine Kleine, das Leben ist sehr hart mit dir umgesprungen. Aber das ist noch ein Grund mehr, zu hoffen, dass sich jetzt alles zum Guten wenden wird und das wahre Glück auf dich wartet."

„Und dieses Glück soll Spencer Rand für mich sein?"

„Das wirst du nur erfahren, wenn du ihm eine Chance gibst."

„Siehst du denn nicht, was er will? Irgendwie hat Valerie ihm ihre Tochter aufgebürdet, und er weiß nicht, was er mit dem Mädchen anfangen soll. Also denkt er, dass ich ihm aushelfen kann."

„Warum denn nicht? Bei J. J. hast du doch Wunder bewirkt." Sherry lächelte, stand auf und ging zur Tür. „Du könntest Allie ein Beispiel sein und Spencer eins für J. J. Ihr könntet euch gegenseitig einen Gefallen tun."

„Zwei Wochen lang kämpfe ich jetzt gegen Spencers Annäherungsversuche, weil ich weiß, dass er mir nur Ärger machen wird. Ich werde diesen gut aussehenden Herzensbrecher nicht wieder in mein Leben lassen. Ich brauche ihn nicht, und ich will ihn nicht!"

Sherrys Lächeln vertiefte sich. „Oh, Pattie, es gibt keine Frau auf Erden, die Spencer Rand nicht haben will." Schnell schlüpfte sie hinaus, bevor Pattie etwas erwidern konnte.

Vielleicht hatte Sherry recht, dachte Pattie. Vielleicht wollte sie Spencer immer noch, und er wollte sie. Aber sie wagte es nicht, ihr Herz für einen Mann zu riskieren, der seine Freiheit immer mehr geliebt hatte als jeden Menschen.

Spencer parkte seinen weißen Porsche genau vor dem Möbelgeschäft. Auf dem Nebensitz war ein Picknickkorb aus einem der besten Speiselokale der Stadt. Nach einem letzten Blick in den Rückspiegel öffnete Spencer die Tür und stieg aus. Er war nicht mehr so nervös gewesen, seit er mit sechzehn sein erstes Rendezvous gehabt hatte. Aber er hatte ja auch noch nie eine Frau entführt.

Er hatte alles gut geplant. Das Verdeck seines Sportwagens war hochgezogen, damit niemand hineinschauen konnte. Der Platz, den er für ihr gemeinsames Picknick gewählt hatte, war romantisch und zauberhaft. Er hatte für Patties Entführung mehr Zeit und Gedanken verwendet als für irgendetwas sonst in den letzten Jahren, ausgenommen seine Romane. Sehr viel mehr stand jetzt auf dem Spiel als sein männlicher Stolz. Die Zukunft seiner Tochter hing von seinen Überredungskünsten ab. Er würde sehr sorgfältig und vorsichtig sein müssen. Und vor allem wollte er Pattie nicht wieder wehtun. Er wollte ehrlich zu ihr sein und ihr geradeheraus sagen, dass er für sich persönlich nicht auf der Suche nach einer festen Beziehung war.

Pfeifend trat er in das Geschäft, und sofort winkte ihm Sherry, seine Komplizin, zu. „Sie ist in ihrem Büro. Ich habe dafür gesorgt, dass sie nicht geht, bevor Sie kommen."

Spencer nahm die ältere, grauhaarige Dame herzlich in den Arm. „Sie sind ein Engel, Sherry. Danke für Ihre Hilfe."

„Behandeln Sie sie anständig, hören Sie? Bringen Sie wieder

ein Leuchten in ihre braunen Augen, das ist mir Dank genug."

„Ich werde mein Bestes tun."

Schnell ging er zu Patties Büro. Die Tür stand weit offen. Er guckte verstohlen hinein und sah, dass Pattie mit leerem Blick auf ihren Computerbildschirm starrte.

Sie trug eine helle Bluse, die ihre schönen, vollen Brüste wunderbar zur Geltung brachte. Ihre langen, schlanken Beine hatte sie lässig von sich gestreckt. Der grüne Rock war hochgerutscht und enthüllte ziemlich viel von den festen Schenkeln.

Er reagierte sofort heftig erregt auf das sinnliche Bild, das längst vergangene Momente zurückbrachte – Momente, in denen Patties junger, nackter Körper sich weich und verlangend an ihn geschmiegt hatte. Er fluchte innerlich über seine Schwäche und trat dann entschieden ein.

Erschrocken fuhr Pattie auf. „Was tust du hier, Spencer?"

„Ich wollte dich sehen."

„Ich fürchte, ich bin zu beschäftigt für einen Besuch."

Sie nahm einen Bleistift auf und spielte nervös damit.

„Zu viel Arbeit und zu wenig Spaß …"

„… machen eine erfolgreiche Geschäftsfrau aus."

„Ja, aber wer ständig arbeitet, muss auch mal ausspannen." Er kam versuchsweise noch einen Schritt näher.

„Hör zu, Spencer, ich bin nicht interessiert. In meinem Leben ist kein Platz für dich und deine Probleme."

Fast hätte er gekontert, dass sein Problem auch ihr Problem sei und dass Allison Wilson ihre leibliche Mutter brauchte. „Schaff etwas Platz für mich, Baby. Nimm dir etwas Zeit."

Spencer hatte sie früher immer „Baby" genannt, und es hatte ihr gefallen. Aber jetzt rief das Kosewort nur unerwünschte Erinnerungen in Pattie wach. „Das wird dir nicht weiterhelfen."

„Was wird mir nicht weiterhelfen?"

„Mich an die Vergangenheit zu erinnern."

„Du hast sie doch nicht vergessen, oder?" Spencer beugte sich vor und stützte sich mit einer Hand auf ihren Schreibtisch. „Keiner von uns könnte je vergessen, wie es zwischen uns gewesen ist."

Pattie kritzelte hastig etwas auf ihre Schreibunterlage. Spencer betrachtete sie und genoss ihren Anblick. Von ihrem goldbraunen Haar bis zu ihren hochhackigen Sandaletten sah Pattie einfach umwerfend aus. Sie war eine schöne Frau.

Nachdem sie aufgehört hatte zu schreiben, steckte sie das stumpfe Ende des Bleistifts in den Mund und tat, als würde sie sich auf ihre Zahlenkolonnen konzentrieren. Ihre vollen, pfirsichfarbenen Lippen schlossen sich um den Stift, und während sie ihn wiederholt hineinschob und wieder herauszog, starrte sie weiter auf den Bildschirm. Sein ganzer Körper spannte sich, und seine Fantasie gaukelte ihm erbarmungslos die erregendsten Bilder vor. Konnte sie diesen verdammten Bleistift nicht aus dem Mund nehmen? Wie sollte er bei so einem Anblick ruhig bleiben?

Pattie hatte nicht die geringste Ahnung, was sie las. Es war nutzlos, arbeiten zu wollen, solange Spencer Rand wie ein Falke über ihr lauerte.

Nervös beschleunigte sie die Bewegung des Bleistifts in ihrem Mund. Da schoss Spencer vor und riss ihn ihr aus der Hand. War der Mann verrückt geworden?

Spencer holte ein paarmal tief Luft, bis er sich wieder gefangen hatte. Auf Patties verständnislosen Blick antwortete er lieber nicht. Sollte er ihr etwa sagen, dass das Spiel ihrer Lippen mit dem Bleistift ihn wahnsinnig gemacht hatte?

Er kam so schnell um den Schreibtisch herum, dass Pattie überrascht aufkeuchte, als er sie aus ihrem Sessel hochzog.

„Was tust du denn da?" Sie wand sich in seinen Armen.

Er hob sie hoch, und sie hielt sich instinktiv an ihm fest.

Entschlossen drückte er sie an sich. „Ich entführe dich für einen Nachmittag voller Sorglosigkeit und Spaß." Himmel, roch sie gut! Am liebsten hätte er sein Gesicht an ihren Hals gepresst, um ihren Duft in sich aufzunehmen.

„Bist du wahnsinnig geworden? Setz mich sofort ab!"

Als sie zu zappeln begann, packte er sie fester und warf sie sich einfach über die Schulter. Wütend trommelte sie auf seinen Rücken und schimpfte wie ein Rohrspatz.

Sehr zufrieden mit sich trug er sie aus ihrem Büro und durch das Möbelgeschäft zum Ausgang.

„Lass mich runter, du Grobian, du Neandertaler!"

„Na, na, was sollen denn die Leute denken?"

„Es ist mir piepegal, was die Leute denken. Lass mich runter, sonst schrei ich die ganze Gegend zusammen!"

„Nur zu, Baby, aber ob du es nun willst oder nicht, diesen Nachmittag wirst du mit mir verbringen."

Nachdem er die Vordertür geöffnet hatte, blieb Spencer kurz stehen. „Sherry, pass auf das Geschäft auf. Ich bringe Pattie gesund und munter noch vor Einbruch der Dunkelheit zurück."

„Sherry, ruf die Polizei! Dieser Affe versucht, mich zu entführen!"

„Habt viel Spaß, ihr beiden, und streitet euch nicht die ganze Zeit", sagte Sherry nur.

„Sherry, du bist gefeuert!", schrie Pattie außer sich vor Wut und Hilflosigkeit.

*E*s war ein herrlicher, sonniger Septembertag. Mehrere Spaziergänger blieben stehen und starrten verwundert auf das Schauspiel, das Pattie und Spencer boten.

Spencer trug Pattie zu seinem Wagen und schob sie auf den Beifahrersitz. Als sie die Tür öffnen wollte, schüttelte er den Kopf. „An deiner Stelle würde ich nicht versuchen zu fliehen. Wie würde es denn aussehen, wenn ich gezwungen wäre, dir hinterherzujagen und dich zum Auto zurückzutragen?"

„Das würdest du nicht wagen!"

„Du kannst mich ja auf die Probe stellen."

Pattie blickte noch abwägend auf den Türgriff, da saß Spencer bereits neben ihr und zog vorsichtshalber ihren Sicherheitsgurt fest. Missmutig sah Pattie ihn an.

„Wenn du glaubst, dass deine Höhlenmenschenmanieren mich beeindrucken, hast du dich geschnitten, Freundchen."

„Freundchen?" Spencer lachte amüsiert und ließ den Motor an.

„Was willst du eigentlich? Den Supermachos in deinen Büchern nacheifern?"

Er reihte sich in den Nachmittagsverkehr ein, während eine kleine Gruppe von Zuschauern ihnen hinterhersahen. „Du hast meine Bücher gelesen?"

Pattie kreuzte die Arme vor der Brust und hob leicht das Kinn. „Eins oder zwei, aus reiner Neugier."

„Ich fühle mich geschmeichelt." Spencer suchte nach einem Hinweisschild zur alten River Road. „Und um deine Frage zu beantworten: Nein, ich eifere meinen Helden nicht nach. Ich bin nur ein hilfloser Mann, der am Ende seiner Weisheit ist. Ich habe alles versucht, mich mit dir zu treffen, und du hast mich jedes Mal eiskalt abblitzen lassen. Verzweifelte Männer verfallen auf verzweifelte Methoden."

„Jetzt gibst du mir auch noch die Schuld an deinem unmöglichen Benehmen." Pattie verzog die Lippen zu einem unwilligen Schmollen.

Spencer drosselte die Geschwindigkeit, beugte sich rasch zu Pattie hinüber und küsste sie auf ihren süßen, pfirsichfarbenen Mund. Pattie holte erschrocken Luft, aber der Kuss war so schnell vorbei, dass sie es nutzlos fand, zu protestieren.

Spencer lenkte den Wagen Richtung Tennessee River. Dort hatten er und Pattie viele glückliche Stunden im Flusshäuschen seiner Familie verbracht. Hier hatten sie sich zum ersten Mal geliebt. Ob Pattie Allison in dem alten Eisenbett empfangen hat? fragte er sich.

„Wo bringst du mich hin?" Pattie schubste den Picknickkorb etwas beiseite, um Platz für ihre Füße zu haben.

„Zum alten Häuschen am Fluss. Ich dachte, wir machen dort ein Picknick, wie in alten Zeiten."

„Es hat wohl keinen Zweck, dich zu bitten, mich zurück in die Stadt zu fahren?"

„Gib nur dieses eine Mal nach, Baby. Wenn wir am Fluss ankommen, schwöre ich dir, dass ich nichts tun werde, was du nicht wünschst."

Pattie warf ihm einen misstrauischen Blick zu. Spencer schenkte ihr ein kurzes, aber hinreißendes Lächeln und konzentrierte sich dann wieder auf die schmale Straße. Leise pfiff er vor sich hin.

Was soll ich nur tun? überlegte Pattie. Unter anderen Umständen hätte sie es genossen, von einem so attraktiven Mann für einen Nachmittag entführt zu werden. Aber es handelte sich hier nicht um irgendeinen attraktiven Mann – hier ging es um Spencer Rand. Obwohl sie sich lieber die Zunge abgebissen hätte, als es zuzugeben, war es nun einmal so, dass Spencer immer noch ein Teil ihres Herzens gehörte. Und das würde wahrscheinlich auch immer so bleiben. Er war ihr erster Liebhaber gewesen – und der Vater ihres Kindes.

Während sie zwischen vorherbstlichen, braungrünen Bäumen unter einem klaren Himmel dahinfuhren, entspannte Pattie sich allmählich. Sie wollte den Mann neben sich zwar nicht ansehen, aber gegen ihren Willen guckte sie doch ab und zu verstohlen hin. Er sah einfach zu gut aus. Seine Züge waren vollkommen, schmal und klassisch, fast wie gemeißelt, und sehr männlich.

Und erst sein Körper! Spencer war schon immer hochgewachsen und breitschultrig gewesen, aber der schlanke Jüngling hatte sich in einen großen, muskulösen Mann verwandelt. Pattie spürte einen Anflug von Erregung. Seit Freds Tod hatte sie sich sexuell zu keinem Mann hingezogen gefühlt, aber es überraschte sie nicht im Geringsten, dass sie Spencer begehrte. Das war schon immer so gewesen, seit dem ersten Mal, da sie ihn gesehen hatte. Sie war vierzehn gewesen, und ihre Mutter hatte als Haushälterin bei den Rands gearbeitet. Damals hatte sie dieses aufregende Prickeln in ihr noch nicht richtig deuten können, aber drei Jahre später hatten Spencer und sie die überwältigende Welt der Leidenschaft und der ersten Liebe entdeckt.

Spencer bog in den Weg ein, der zum Häuschen führte, und sofort überfielen ihn die Erinnerungen. Sie ließen sich nicht mehr zurückdrängen, und er dachte an die heißen Küsse, die immer zu noch heißerem Sex geführt hatten. Jenes erste Mal waren Pattie und er noch unerfahren gewesen, und eigentlich hätte es eine unbefriedigende Erfahrung sein müssen. Aber es war ganz anders gewesen. So viel Verlangen und so viel Liebe hatten sie erfüllt, dass es unvergesslich schön war. So wie jedes Mal danach.

Der Senator hatte nichts dagegen gehabt, dass sein Sohn sich die Tochter der Haushälterin ins Bett holte, wie er sich ausdrückte, aber er hatte deutlich gemacht, es nie zuzulassen, dass er sie heiratete. Ein Rand heiratete nicht unter seinem Stand.

„Es hat sich hier kein bisschen verändert." Pattie betrachtete die riesigen Bäume, die hoch über das Holzhäuschen hinausragten, und den Tennessee-River, der nur einige Meter weiter breit und mächtig entlangfloss.

Spencer stieg aus und öffnete ihr die Wagentür.

Sie sah ihn ernst an. „Ich werde nicht mit dir schlafen, Spencer."

Er nahm ihre Hand in seine und küsste sanft ihre Fingerspitzen. Er blickte ihr in die Augen und rieb ihren Handrücken an seiner Wange. Pattie erschauerte vor Erregung, als sie seine warme, leicht raue Haut berührte.

„Ich möchte dir nicht wehtun. Nie wieder."

Sie ließ sich aus dem Porsche helfen. „Du gehörst zu den Männern, die einer Frau gefährlich werden können, und das weißt du auch."

Er holte den Picknickkorb aus dem Wagen und legte ihr dann den Arm um die Taille. „Baby, ich bin nicht halb so gefährlich wie du, das wissen wir beide."

Pattie errötete leicht. Ebenso wenig wie Spencer konnte sie vergessen, wie heiß und hemmungslos ihre Leidenschaft gewesen war. „Vielleicht sind wir nicht gut füreinander."

„Doch, wir sind gut füreinander. Das heißt, wir waren es einmal. Und ich wette meinen Kopf, dass wir es immer noch sind." Er nahm eine Decke aus dem Kofferraum. „Ob unser Platz noch da ist oder ob der Fluss ihn überschwemmt hat?"

Pattie folgte ihm einen engen, kurvigen Pfad entlang. Schmale Sonnenstrahlen fielen durch die dichten Blattkronen der Bäume und malten goldene Muster auf den Boden. Pattie glaubte das Pochen ihres Herzens zu hören. Es war vierzehn lange Jahre her, dass sie mit Spencer zusammen gewesen war, und dennoch war es, als habe sich nichts verändert und sie sei achtzehn und sehr verliebt.

Sie versuchte, diese Gedanken zu verscheuchen und sich ganz auf die Gegenwart zu konzentrieren. Gedanken an die Vergangenheit würden sie nur in Schwierigkeiten bringen.

Spencer ging durch dichtes Gestrüpp und Buschwerk voraus. Und dann, nur ein paar Meter vom Fluss entfernt, glänzte ein großer, breiter und glatter Felsen in der Sonne.

„Immer noch derselbe Ort, was?" Spencer gab Pattie den Korb und breitete die Decke am sandigen Ufer aus.

„Er sieht vielleicht gleich aus, er ist es aber nicht. Nichts bleibt gleich." Pattie setzte sich auf die Decke und Spencer neben sie.

„Ja, du hast recht. Es ist wahrscheinlich dumm von mir, an die gute alte Zeit zu denken." Er öffnete den Korb. „Hier ist unser Mittagessen. Es gibt Käse und Wein. Und Erdbeeren. Nicht ganz wie damals, als wir das gebratene Hühnchen deiner Mutter mit Bier und Cola heruntergespült haben."

„Dein Geschmack hat sich anscheinend verfeinert", erwiderte

Pattie, während Spencer die Rotweinflasche entkorkte. „Du bist ein Mann von Welt geworden, aber ich bin immer noch ein simples Kleinstadtmädchen."

„An dir gibt es nichts Simples, Pattie, und hat es auch nie gegeben." Er reichte ihr ein Glas. „In all den Jahren habe ich keine kompliziertere Frau kennengelernt."

„Ich nehme an, das ist als Kompliment gemeint." Sie hielt ihr Glas hoch, und er schenkte ihr ein.

Dann hoben sie beide ihre Gläser zum Toast. Spencer lächelte. „Auf unsere neue Freundschaft."

Pattie hatte das Gefühl, dass ein schweres Gewicht auf ihrer Brust lag. „Können wir denn nur Freunde sein?"

Spencer blickte sie über den Glasrand an. Er wusste ebenso gut wie Pattie, dass nichts auf der Welt weniger möglich war als das. Es genügte, sie nur anzuschauen, und ihm wurde heiß vor Verlangen. Nichts hatte sich seit damals geändert. Und Patties Augen sagten ihm, dass sie sich ebenso verzweifelt nach ihm sehnte.

„Vielleicht nicht, Baby, aber ich brauche deine Freundschaft jetzt sehr dringend. Ich brauche dich mehr, als du dir vorstellen kannst."

Pattie leerte ihr Glas in einem langen Zug. „Brauchst du mich als Freundin oder als Geliebte?"

„Als Freundin." Spencer nahm ihr das Glas aus der Hand und stellte es mit seinem ab. Er rutschte näher, sodass ihre Schenkel und Schultern sich berührten, fasste sie um den Rücken und zog sie noch dichter zu sich. Ihre Gesichter waren nur wenige Zentimeter voneinander entfernt. „Aber ich wünsche dich mir zur Geliebten."

Pattie spürte, dass prickelnde Hitze in ihr hochstieg. Ihr Puls raste. Sie zitterte vor Erregung, und es fiel ihr schwer zu atmen. Immer noch reagierte sie so heftig wie früher auf Spencer Rand. Und der Himmel stehe ihr bei, aber sie sehnte sich nach ihm mit der gleichen alles überwältigenden Leidenschaft.

Als sein Mund sie berührte, durchströmte eine süße Schwäche sie. Langsam und zärtlich strich er mit den Lippen über ihre und nippte und saugte und leckte an ihnen. Er schloss die Hand um ihren Nacken, während sein Kuss immer hungriger wurde und nie mehr aufzuhören schien.

Impulsiv packte sie seine Schultern, und er drang mit der Zunge tief in ihren Mund. Aufstöhnend schob sie die Finger in sein dichtes, langes Haar. Er beugte sich weiter zu ihr und drückte sie langsam auf die Decke, und sie schmiegte sich an ihn und öffnete sehnsüchtig die Schenkel, als er sein Knie dazwischenschob. Während sie sich gierig weiterküssten, glitt er mit der Hand unter ihren Rock, und sie klammerte sich an ihn und strich wie im Fieber über seinen harten, breiten Rücken.

Erregt drängte er sich an sie, und das Verlangen, ihn ganz in sich zu spüren, überwältigte sie fast. Und als er sie dann zwischen den Schenkeln berührte, bog sie sich ihm entgegen und schrie leise auf.

„Baby", flüsterte er keuchend an ihrem Ohr, „ich hätte nicht geglaubt, dass wir wieder so schnell die Kontrolle verlieren. Es ist immer noch wie früher."

Er hatte recht. Es war immer noch heiß und wild zwischen ihnen, kaum dass sie einander berührten. Nur mit ihm hatte sie es je so erlebt. Aber er irrte sich auch. Etwas hatte sich verändert. Sosehr sie ihn auch wollte, sie würde sich ihm auf keinen Fall hingeben. Er war gegangen, ohne noch einen Gedanken an sie zu verschwenden. Sie würde es nicht zulassen, dass er ihr noch einmal so wehtat.

„Spencer. Wir können nicht." Sie schob ihn von sich. „Ich kann nicht."

Spencer lehnte schwer atmend die Stirn an ihre. Wie hatte er nur so ein Esel sein können? Er war zu schnell vorgegangen. Er hatte vor Erregung und Verlangen den Kopf verloren. Aber schon immer hatte Pattie eine solche Wirkung auf ihn gehabt.

„Tut mir leid, Baby, es ist meine Schuld. Ich habe die Dinge überstürzt." Er legte sich neben sie auf die Decke, verschränkte die Arme hinter dem Kopf und blickte in den blauen Himmel. „Früher oder später werden wir uns lieben, und das wissen wir beide. Aber erst, wenn du dazu bereit bist."

Pattie brannte vor Sehnsucht nach ihm, doch sie schloss die Augen und blieb still liegen, bis ihr Atem sich beruhigte und ihr nur noch von den Strahlen der Sonne warm war. Sie nahm Spencers Hand, und er drückte sie fest.

„Schon gut, Baby. Ich weiß."

„Wir dürfen nicht allein sein." Ihre Stimme zitterte ein wenig. „Wenn wir darauf achten, immer mit anderen Menschen zusammen zu sein, dann können wir vielleicht Freunde sein."

„Bis du dich entschließt, wieder mit mir zu schlafen?"

„Wir könnten etwas mit den Kindern unternehmen", fuhr Pattie fort, als habe sie seine Frage nicht gehört. „J. J. und Allie werden sehr gute Anstandsdamen abgeben." Halb erleichtert, halb unsicher lachte sie.

Allie! Wie habe ich sie auch nur einen Augenblick vergessen können? sagte sich Spencer bestürzt. Was war nur los mit ihm? Seine und Patties Tochter war doch der Grund, weswegen er in diese hinterwäldlerische Stadt zurückgekommen war. Er wollte Patties Freundschaft, damit Mutter und Tochter eine Gelegenheit bekamen, sich kennenzulernen.

Doch er hatte sich so sehr von Pattie und ihrem verführerischen Körper ablenken lassen, dass er sein Ziel ganz außer Acht gelassen hatte. Es war so schön gewesen, sie in den Armen zu halten und zu küssen. Es war wie früher gewesen, wenn nicht noch besser, denn heute waren sie älter und erfahrener.

Der Zwischenfall hätte eigentlich nicht passieren dürfen. Aber er war ein Idiot gewesen, zu denken, dass er Pattie wiedersehen konnte, ohne sie zu begehren. Pattie war die einzige Frau in seinem Leben, die er nie vergessen hatte. Deswegen trug er auch noch ihr Foto in seiner Brieftasche.

Pattie setzte sich auf und ordnete ihre Kleidung. „Spencer? Was hältst du von der Idee mit den Anstandsdamen?"

„Ich halte sie für großartig." Er würde darauf achten, dass Allie immer bei ihnen war. „Allie braucht eine weibliche Bezugsperson, der sie voll und ganz vertraut."

„Aber sicher nicht eine Frau wie mich. Valerie kann das nicht gewünscht haben. Und dein Vater wäre entsetzt gewesen."

„Keiner von ihnen hat jetzt noch den geringsten Einfluss auf Allies Leben." Wie gern würde er Pattie sagen, dass sie das größte Recht von allen darauf hatte, ein Teil von Allies Leben zu sein. Aber noch war es zu früh für die Wahrheit, und so erklärte er nur: „Ich bin ihr Vormund."

„Ich kann es immer noch nicht ganz begreifen, dass Valerie dich und nicht Peyton dazu bestimmt hat. Was war bloß in sie gefahren?"

„Das ist eine lange Geschichte. Ich erzähle es dir ein andermal", wich er aus, doch er gab dem Wunsch nach, ihre Wange zu streicheln. „Allie braucht uns beide. Wir müssen ihr zeigen, was es heißt, ein normaler Teenager zu sein und Spaß am Leben zu haben. Hilf mir dabei, Pattie, damit sie sie selbst sein kann."

„Warum glaubst du nur, dass ich dabei eine Hilfe wäre? Wenn Allie ihrer Mutter nur ein wenig ähnlich ist, wird sie mich verabscheuen."

Spencer lächelte über die versteckte Ironie in ihren Worten. „Vertrau mir, Allie mag so erscheinen, als ob sie nach Valerie geraten wäre, aber sie hat viel von ihrem Onkel Spencer."

„Stimmt, sie sieht dir wirklich ähnlich. Das ist mir gleich aufgefallen." Hätte unser kleines Mädchen dir auch so ähnlich gesehen? dachte Pattie traurig. „Was soll ich denn tun, um Allie zu helfen?", fragte sie dann.

„Verbring etwas Zeit mit ihr. Mit uns."

„Vielleicht wäre es nützlich, wenn auch J. J. dabei wäre. Er ist ein großartiger Junge. Er erinnert mich ein wenig an dich in dem Alter."

„Dann sollten wir ihn vielleicht besser von Allie fernhalten."

Sie lachten und dachten daran, dass es vom ersten Augenblick an zwischen ihnen gefunkt hatte. Doch damals waren sie noch zu jung gewesen, um die Gefahren der Liebe zu kennen.

„Wir spielen mit dem Feuer. Das weißt du, nicht wahr?" Pattie konnte beim besten Willen keinen vernünftigen Grund finden, weswegen sie Spencer nach all diesen Jahren wieder in ihr Leben lassen sollte. Sexuelle Anziehungskraft war kein vernünftiger Grund.

„Ich spiele gern mit dem Feuer. Und ich erinnere mich an eine Zeit, da ging es dir genauso, Pattie."

„Ich versuche, dagegen anzugehen. Außerdem müssen wir diesmal auch an andere denken. Es geht nicht nur um dich und mich. Jetzt betrifft es deine Nichte und meinen Stiefsohn. Es ist sozusagen eine Familienangelegenheit."

Familienangelegenheit. Die Vorstellung gefiel Spencer. Nichts wünschte er sich mehr, als dass Allie ein Teil von Patties Familie wurde. Er würde sein Leben viel beruhigter weiterführen können, wenn er wüsste, dass seine Tochter bei ihrer Mutter war.

Doch komischerweise spürte er bei dieser Vorstellung auch leises Bedauern. Bedauerte er es, dass nicht auch er Teil dieser Familie werden konnte und dass es keine gemeinsame Zukunft für ihn und Pattie gab?

Aber das wäre absurd. Er wollte ja gar keine feste Beziehung. Bisher war jede Beziehung in seinem Leben schiefgegangen. Seine Mutter war bei seiner Geburt gestorben, und für seinen Vater war er eine ewige Enttäuschung gewesen. Seine Großmutter hatte sich für ihn geschämt, und seinen Geschwistern hatte er nur Ärger bereitet. Pattie hatte er im Stich gelassen, als sie ihn am nötigsten gebraucht hatte, ohne auch nur daran zu denken, dass sie von ihm schwanger geworden sein könnte. Jede Frau nach Pattie hatte ihre Beziehung zu ihm verletzt beendet, weil er sich einfach unfähig fühlte, sich einem anderen völlig zu öffnen.

Er hatte Pattie versprochen, ihr nicht wehzutun. Also durfte er keine Versprechen machen, die er nicht halten konnte. Er würde nur so lange bleiben, bis Mutter und Tochter sich gefunden hatten. Dann würde er aus ihrem Leben verschwinden. Auf keinen Fall wollte er riskieren, Pattie das Herz zu brechen oder Allie zu enttäuschen.

Er kannte sich nur zu gut, und eins war ihm klar: Er hatte nicht das Zeug zu einem guten Familienvater und Ehemann.

5. KAPITEL

Obwohl Pattie der Kopf und die Füße wehtaten, hatte sie seit langem keinen Tag so genossen. Seit der Zeit vor Freds Tod. J. J.s Abwesenheit war der einzige Punkt, der einen kleinen Schatten auf ihr Glück warf. Er hatte sich geweigert, mit ihr zum Einkaufen nach Tupelo zu fahren. Seitdem sie in den letzten zwei Wochen ziemlich viel Zeit mit Spencer und Allie verbrachte, hatte sie eine Veränderung an ihrem Stiefsohn bemerkt. Zuerst war es kaum merkbar gewesen, aber dann nahm seine Feindseligkeit gegenüber Spencer zu, und Allie gegenüber wurde er fast grob.

Es war wohl das beste, J. J. etwas Zeit zu lassen, bis er einsah, dass ihre Freundschaft zu Spencer und Allie nicht ihre Liebe für ihn beeinträchtigte.

Sie blickte zu der Schlange am Buffet hinüber, in der Spencer stand. Während Allison und Leigh White in der Musikabteilung herumstöberten, hatten Spencer und sie die Gelegenheit ergriffen, eine kleine Pause einzulegen und etwas zu essen.

Pattie war dankbar, dass Leigh sich mit Allie angefreundet hatte. Spencers Nichte war ein so schüchternes, unsicheres Mädchen. Aber allmählich zeigte sich eine Veränderung bei ihr. Pattie hätte nicht sagen können, warum, doch sie war sehr froh darüber.

Endlich kam Spencer mit einem voll beladenen Tablett zurück. Er ließ sich auf den Stuhl ihr gegenüber sinken. „Es geht hier zu wie in einem Irrenhaus. Wie ist es nur möglich, dass ihr Frauen beim Einkaufen so viel Spaß habt?"

„Du hättest ja zu Hause bleiben können. Ich habe dich gewarnt, was es bedeutet, mit zwei Teenagern einkaufen zu gehen. Aber du wolltest ja unbedingt mit." Pattie verteilte die Servietten und bediente sich vom Tablett.

„Stimmt, ich hätte zu Hause lieber an Kapitel zehn weiterarbeiten sollen." Spencer reichte ihr einen Teller. „Hier, deine Pommes frites und Würstchen."

„Sieht lecker aus."

„Wie kannst du so ein Zeug essen und trotzdem so schlank bleiben?" Er betrachtete Patties wohlgeformten Körper von den zwei Goldketten an ihrem Hals bis zu den eleganten Pumps an ihren schmalen Füßen. Sie war eine hinreißende Frau – eine Frau, die er irgendwie wieder in sein Bett bekommen musste. Nichts war ihm je so schwergefallen, wie in den letzten zwei Wochen die Hände von ihr zu lassen.

„Keine Ahnung. Liegt wohl an meinem Stoffwechsel." Sie biss herzhaft ein Stück von ihrem Würstchen ab.

„Ich denke nicht, dass Allie je Gewichtsprobleme haben wird, was meinst du?" Eigentlich hatte er sagen wollen, dass ihre Tochter ebenso schlank und zart war wie sie, aber der Zeitpunkt für die Wahrheit war noch nicht gekommen. Obwohl es ihm immer schwerer fiel, sich zurückzuhalten und er ein paarmal schon fast damit herausgeplatzt wäre.

„Ich habe den Mann deiner Schwester nie kennengelernt, aber sie selbst war sehr dünn."

„Allie schlägt sehr nach unserer Seite der Familie, oder?" Spencer kaute gedankenverloren und überlegte seinen nächsten Schritt.

„Das kann man wohl sagen. Allie sieht dir so ähnlich, dass sie deine Tochter sein könnte."

Er verschluckte sich an seinem Bier, und sofort klopfte Pattie ihm hilfsbereit auf den Rücken.

„Bist du wieder in Ordnung?", fragte sie dann.

„Oh ja", antwortete er hastig, doch es klang ein wenig gepresst.

„Ist der Gedanke, du könntest Vater sein, so beängstigend für dich?" Pattie überlegte sich, ob sie Spencer irgendwann von ihrem kleinen Mädchen erzählen sollte, das bei der Geburt gestorben war.

„Stimmt genau, sehr beängstigend." Spencer trocknete sich die tränenden Augen. „Ich bin nicht sonderlich talentiert im Umgang mit Menschen. Gerade du solltest das wissen."

„Heißt das, dass du in all den Jahren keine einzige länger anhaltende Beziehung gehabt hast?"

„Keine einzige. Ich bin wohl der geborene Einzelgänger, und deshalb habe ich mir jetzt auch allein und weitab vom Rest der Welt ein Leben für mich aufgebaut."

„Aber es muss doch irgendjemanden gegeben haben …" Pattie konnte einfach nicht glauben, dass Spencer immer allein gewesen war.

„Sicher hat es Frauen gegeben. Aber gar nicht mal so viele. Und mit denen, die bei mir einzogen, ging die Beziehung besonders schnell in die Brüche."

„Warum?"

„Immer wenn ich versucht habe, eine ernsthafte Beziehung einzugehen, habe ich über kurz oder lang alles vermasselt. Ich bin egoistisch, Pattie. Ich will, dass alles nach meinem Kopf läuft, und ich will mich nicht ändern müssen." Spencer zögerte einen Moment und sah Pattie dann forschend an. Er suchte Verständnis und Mitgefühl bei ihr und war sicher, es zu finden.

„Du hast nie eine Frau getroffen, die dich nicht ändern wollte?" Oh, Spencer, dachte Pattie spontan, ich will dich nicht ändern, ich habe es auch nie gewollt. Ich liebte dich so, wie du bist. Und ich würde es wieder tun – wenn ich es zuließe.

„Ich sehe ja ein, dass ich nicht die Erfüllung aller Mädchenträume bin. Aber ich bin nun einmal der, der ich bin."

„Es ist nichts Falsches daran, man selbst zu sein. Ich habe auch nie vorgegeben, eine andere zu sein als die, die ich bin. Etwas zu laut, etwas zu auffällig …"

„Etwas zu sexy." Er lächelte.

Sie erwiderte sein Lächeln. „Ja, das vielleicht auch."

„Schau uns beide nur an, Liebling. Keiner von uns hat sich wirklich verändert. Du bist immer noch das hübscheste, süßeste, aufregendste Mädchen, das ich kenne."

„Und du bist der umwerfendste Mann in der ganzen Gegend." Impulsiv berührte Pattie seine Wange.

Spencer küsste ihre Handfläche. „Ich wollte dir nie wehtun. Das weißt du doch, oder?" Wenn er die Zeit doch bloß um vierzehn Jahre zurückdrehen könnte …

„Wir wollten doch nicht über die Vergangenheit reden. Lass

uns Schritt für Schritt vorgehen und Freunde sein." Pattie entzog ihm ihre Hand und sah ihn fast flehend an.

„Ich habe jedem wehgetan, an dem mir etwas lag. Angefangen mit meiner Mutter."

„Aber das war doch nicht deine Schuld."

„Sie starb bei meiner Geburt."

„Das passiert leider ab und zu."

„Und mein Vater? Und meine Großmutter? Ich habe sie nur verletzt und enttäuscht."

„Es war schwierig, ihnen etwas recht zu machen." Pattie ertrug es nicht, Spencer in so einer selbstquälerischen Stimmung zu sehen.

„Als mein Vater krank wurde, habe ich nicht einmal den Versuch unternommen, mich mit ihm zu versöhnen. Obwohl Peyton fast wöchentlich anrief und mich bat, nach Hause zu kommen."

Warum wärme ich das alles nur wieder auf? fragte Spencer sich. Weil es so gut war, mit Pattie zu reden und sich ihr anzuvertrauen. Bis jetzt hatte er noch keiner Frau sein Herz geöffnet und über sein Leben gesprochen.

„Du kannst die Vergangenheit nicht ändern, Spencer. Konzentrier dich auf die Gegenwart und auf die Chance, die Allie dir bietet. Du kannst dafür sorgen, dass diese Beziehung klappt. Wenn je ein kleines Mädchen einen Vater gebraucht hat, dann sie."

„Allie braucht vor allem eine Mutter."

„Sicher ist es am besten, wenn ein Kind beide Eltern hat. Aber du bist ohne Mutter aufgewachsen und ich ohne Vater. Das ist nun einmal so. Doch glaub mir, ein Mädchen braucht einen starken, liebevollen Vater, auf den sie sich verlassen kann und der für sie da ist."

Spencer lachte freudlos. „Ich fürchte, die Beschreibung passt nicht ganz auf mich. Oh, Pattie, ich lebe in dauernder Angst, dass ich Allie enttäuschen könnte."

„Du kannst nur dein Bestes geben."

„Und wenn ich versage? Als ich vor vierzehn Jahren diese Stadt verließ, dachte ich, das Beste wäre, ganz von vorn anzufangen. Ich trennte mich so gut es ging von meiner Familie. Weißt du, wie oft ich Allie gesehen habe, bevor Valerie und Edward gestorben sind? Ganze vier Mal!"

Pattie legte ihre Hand auf seine. „Warum tust du dir das an? Wenn Valerie dir ihre Tochter anvertraut hat, dann muss sie dich für die geeignete Person gehalten haben. Ich gebe zu, dass ich deine Schwester nicht gemocht habe, aber sie war eine kluge Frau. Vielleicht hatte sie erkannt, dass du Allie ebenso nötig hast wie sie dich?"

Spencer schluckte hart. Die Lüge, mit der er lebte, schnürte ihm fast die Kehle zu. Warum konnte er Pattie nicht einfach die Wahrheit sagen? *Allie ist deine Tochter, Pattie. Ich habe sie hergebracht, damit du sie liebst und dich um sie kümmerst, so wie nur du es kannst. Und versuch, mir zu verzeihen, dass ich nicht der Mann bin, den du brauchst. Ich bin nicht zum Ehemann und Vater geboren. Wenn ich hierbleibe, würde ich dir und unserer Tochter nur wehtun und euch enttäuschen.*

Es ging nicht. Er lächelte traurig. „Habe ich dir eigentlich schon gesagt, wie sehr du mir hilfst? Du bist einfach großartig mit Allie. Sie mag dich sehr."

„Mir liegt das Bemuttern eben. Ich bemuttere J. J. gern, obwohl er sich für zu alt dafür hält, und ich bemuttere Allie gern. Sie ist ein sehr liebes Kind, und ich … ich habe mir immer eine Tochter gewünscht."

Er konnte ihr in diesem Moment nicht in die Augen sehen und blickte auf seinen Teller. „Es tut mir leid, dass dir J. J. in letzter Zeit so viel Sorgen macht. Ich glaube, es ist meine Schuld."

„Er wird sich schon wieder beruhigen. Er musste mich nur seit Freds Tod mit niemandem teilen, und jetzt ist er ein bisschen eifersüchtig auf dich und Allie."

„Soll ich mit ihm sprechen und ihm klarmachen, dass dein Herz Platz für uns alle hat?"

„Das weiß J. J. Er wird es selbst wieder einrenken wollen, wenn er mit seinen Gefühlen ins Reine gekommen ist."

„Wie kommt es, dass du Kinder so gut verstehst?", fragte er und sah sie wieder an.

„Es ist wohl ein Naturtalent", antwortete Pattie lachend.

Allison und Leigh kamen an den Tisch und legten ihre Tüten und Päckchen ab.

„Ist Einkaufen nicht das Tollste?" Leigh zog sich einen Stuhl heran, schob ihn neben Allies und setzte sich.

Allison strahlte Spencer an. „Ich kann mich nicht erinnern, wann ich so einen Riesenspaß gehabt habe, Onkel Spencer. Bist du auch sicher, dass es dir nichts ausmacht, dass ich so viele neue Sachen eingekauft habe?"

„Natürlich macht es mir nichts aus. Du sollst haben, was du brauchst."

„Leigh und Pattie haben mir geholfen, Sachen auszusuchen, wie sie die anderen Mädchen in meinem Alter auch tragen. Mutter hätte alles abscheulich gefunden." Allisons Augen füllten sich mit Tränen.

„Ich wette, J. J. werden die superengen Jeans und der blaue Pullover gefallen", sagte Leigh.

Allison wurde feuerrot. „Leigh, bitte."

„Ach, was. Dein Onkel und Pattie wissen, dass du J. J. gern hast, und sie finden es doch okay, oder?" Das muntere, blonde Mädchen sah fragend von Spencer zu Pattie.

„Ich finde, Allie ist zu gut für J. J.", erklärte Pattie, um Allison etwas von ihrer Unsicherheit zu nehmen. „Besonders nach dem Benehmen, das er sich in letzter Zeit erlaubt."

„Du darfst ihm nichts sagen." Allie sah sie schüchtern an. „Er mag mich nicht, und ich würde im Erdboden versinken, wenn er wüsste, dass ich ihn gern hab."

„Dein Geheimnis ist bei mir sicher", beruhigte sie sie.

„Habt ihr Mädchen Hunger?", fragte Spencer.

„Ich bin am Verhungern." Leigh sprang auf und suchte in ihrer Hosentasche nach Geld.

Spencer schob sie auf den Stuhl zurück und stand auf. „Sag mir, was du haben willst. Und du, Allie?"

„Ein Hamburger, Cola und Pommes", sagte Leigh strahlend.

„Kann ich Würstchen haben, wie Pattie? Sie sehen so lecker aus." Allison spähte hungrig auf Patties Teller.

„Bin gleich zurück." Spencer ließ die drei allein.

„Gehen wir noch ins Kino?", fragte Leigh.

Pattie sah auf die Uhr. „Wenn ihr euch mit dem Essen beeilt, kommen wir noch rechtzeitig zur Sieben-Uhr-Vorstellung."

„Du und Onkel Spencer geht am besten in den Liebesfilm, und Leigh und ich sehen uns den Horrorfilm an." Allison senkte den Blick und errötete ein wenig. „Onkel Spencer hat dich echt gern, weißt du."

„Ich habe ihn auch sehr gern." Pattie konnte es sich nicht erklären, doch jedes Mal, wenn sie Allison ansah, geschah etwas mit ihr. Irgendetwas war an dem Mädchen, das sie tief in ihrem Innern ansprach. Allison hatte ein großes Bedürfnis, geliebt zu werden, und sie, Pattie, verspürte den Wunsch, ihr diese Liebe zu geben.

Und dann gab es da noch etwas, das sie ebenso tief, aber auf eine ganz andere Weise berührte. Sie sehnte sich danach, mit Spencer zu schlafen, das konnte sie nicht leugnen. Aber sie wollte ihm auch Liebe und Verständnis schenken. Er jedoch hatte nicht den Wunsch danach, und sie wollte nicht riskieren, sich auf eine Beziehung mit einem Mann einzulassen, der offen zugegeben hatte, keine ernsthafte Beziehung anzustreben.

Spencer erinnerte sich nicht, wann er das letzte Mal im Kino gewesen war. Er genoss es sehr. In der Dunkelheit konnte er Pattie zwar nicht genau sehen, aber er hatte jede aufregende, weibliche Kurve ihres schlanken Körpers vor Augen, die sich unter der engen Jeans und dem T-Shirt abzeichneten. Patties Geschmack in puncto Kleidung war eher sportlich und leger. Sie mochte helle Farben und zarten Goldschmuck. Die zwei Goldketten um ihren Hals, die immer unter ihren Blusen und T-Shirts verschwanden, schien sie nie abzunehmen, und er fragte sich, ob sie Fred Carters Ring an ihrem Herzen trug.

„Hör auf, das Popcorn zu horten", flüsterte Pattie und tastete nach der Tüte, die Spencer auf seinem Schoß hatte. Als sie dabei aus Versehen seinen Schenkel berührte, zog sie hastig die Hand zurück. „Tut mir leid."

„Mir tut es leid." Er beugte sich zu ihr, und seine Lippen berührten fast ihr Ohr. „Es tut mir leid, dass du dich lieber an dem Popcorn vergreifen willst als an mir."

Sie lachte leise. „Ich hätte aber trotzdem gern etwas Popcorn."

Bevor sie sich versah, schob Spencer ihr Popcorn in den Mund, bis sie seine Hand packte.

„Was ist denn?"

Mit noch halb vollem Mund konnte sie nicht antworten, doch sie drehte den Kopf weg und spülte eilig alles mit einem Schluck Cola hinunter. Dann stieß sie Spencer in die Seite. „Was sollte das?"

„Du hast doch Popcorn verlangt, also habe ich dich damit gefüttert."

„Ich brauche nicht gefüttert zu werden. Ich bin ein großes Mädchen und kann allein essen."

„Na ja, um die Wahrheit zu sagen, ich hatte gehofft, dass du die Butter von meinen Fingern lecken würdest."

Sie lachte auf. „Du bist unmöglich."

„Ja, und deshalb liebst du mich, oder?"

Eine Frau direkt hinter ihnen räusperte sich. Pattie versuchte, ein Kichern zu unterdrücken, aber sie schaffte es nicht, und prustete los.

Der Mann neben der Frau klopfte ihr mit der Hand auf die Schulter, während die Frau erbost zischte: „Wenn Sie beide sich wie Kinder benehmen wollen, würde ich es begrüßen, Sie verlassen das Theater. Wir wollen uns nämlich den Film anschauen."

Pattie brachte vor Lachen kein Wort heraus.

„Wenn Sie nicht sofort aufhören, rufe ich die Aufsicht", sagte die Frau.

Spencer drehte sich um und betrachtete die Frau hinter ihnen. Ihr Begleiter hatte sich still in seinem Sitz zusammengekauert, als ob er sich verstecken wollte. „Es tut mir wirklich unendlich leid, Madam. Ich kann einfach nirgendwo mit ihr hingehen. Immer und überall bringt sie mich in peinliche Situationen. Wir können von Glück sagen, dass sie nicht in einer ihrer romantischen Stimmungen ist, sonst …"

„Spencer, hör auf!" Pattie prustete erneut los.

„Dann setzt sie sich nämlich auf meinen Schoß", fuhr Spencer erbarmungslos fort, „küsst mich wie wild und versucht fieberhaft, mir das Hemd auszuziehen."

Die Frau zog schockiert den Atem ein. „Können Sie denn nichts tun? Bringen Sie sie doch endlich nach draußen."

Spencer reichte ihr die Popcorntüte. „Teilen Sie sich die mit Ihrem Freund, Madam. Und bitte nehmen Sie meine Entschuldigung an. Wir hatten sie unter ärztlicher Aufsicht, aber was hat das schon geholfen?" Er senkte die Stimme und beugte sich gefährlich nahe zu ihr nach hinten. „Sie haben sie eingeschlossen, aber sie schafft es immer wieder zu fliehen."

Die Frau wich zurück. „Jerome, nun tu doch etwas. Ich glaube, die sind beide verrückt."

Jerome versank noch tiefer in seinem Sitz. „Vielleicht solltest du sie lieber in Frieden lassen, meine Liebe."

Pattie kämpfte verzweifelt mit einem neuen Lachanfall. Sie konnte es kaum glauben, dass Spencer und sie gerade dabei waren, öffentliches Ärgernis zu erregen. So etwas hatten sie vor vierzehn Jahren getan.

Sie wollte sich entschuldigen, aber ein Blick in das empörte Gesicht der Frau brachte sie vollends um ihre Beherrschung.

Im nächsten Moment hatte Spencer sie auf die Arme gehoben und ging seelenruhig mit ihr aus dem Kinosaal. Keiner der Zuschauer achtete mehr auf die Leinwand, alle starrten auf das lebendige Schauspiel, das sich ihnen darbot.

Sobald die kühle Nachtluft sie traf, wand Pattie sich in Spencers Armen. „Lass mich runter!"

Spencer gehorchte ihr augenblicklich, ließ die Arme aber um ihre Hüften liegen. „Du hast ja eine ganz schöne Show abgezogen da drinnen. Was für ein Glück, dass kein Mensch in Tupelo uns kennt."

„Ich habe eine Show abgezogen?" Pattie befreite sich aus seiner Umarmung. „Du warst es doch, der behauptet hat, ich sei aus der Irrenanstalt entflohen."

„Irgendwie musste ich dein seltsames Betragen doch erklären."

„Und warum hast du mich hinausgetragen? Die haben inzwischen womöglich die Polizei gerufen."

„Ich halte dich eben gern in meinen Armen. Schon die ganze letzte Stunde habe ich nach einer Chance gesucht, um genau das zu tun." Er nahm ihre Hände und zog Pattie wieder zu sich. „Das Ganze ist ja überhaupt nur deswegen passiert, weil du mich berühren wolltest und es nicht gewagt hast."

Pattie schnappte empört nach Luft. „Ich wollte etwas Popcorn haben!"

Spencer rieb einfach nur wortlos seine Nase an ihrer.

„Hör auf damit! Wir sind mitten auf einer öffentlichen Straße."

„Gib zu, dass du mich anfassen wolltest." Er schmiegte das Gesicht an ihren Hals.

„Du glaubst, dass ich dein Bein absichtlich berührt habe und dass das Popcorn nur ein Vorwand war?"

„Ich glaube, dass wir uns gegenseitig wahnsinnig machen in den letzten zwei Wochen mit unserem Versuch, Freunde zu sein und Allie ein Vorbild zu geben."

„Aber es klappt doch, oder nicht? Allie scheint sich allmählich an ihr neues Leben zu gewöhnen."

„Allie macht sich sehr gut, aber sie hat noch viel zu lernen, um wie ein normales dreizehnjähriges Mädchen zu sein." Spencer strich langsam Patties Rücken hinunter und ließ seine Hand dann knapp über ihrem Po liegen. „Lass uns zum Auto gehen und schmusen. Was sagst du dazu?"

„Dass du der Verrückte von uns beiden bist."

„Was muss ich tun, damit du zugibst, dass du mich genauso willst wie ich dich?" Er streichelte ihre Hüften.

„Ich will dich, Spencer. Ich bin auch nur ein Mensch und habe Bedürfnisse. Aber …" Leise seufzend legte sie den Kopf auf seine Schulter. „Ich weiß nicht, ob ich mit einer kurzen Affäre fertig werde. Ich habe Angst, dass ich mich wieder in dich verliebe, wenn wir zusammen schlafen. Und das willst du doch nicht, oder?"

Doch, das wollte er! Er wollte, dass sie ihn liebte, und zwar ebenso leidenschaftlich und vollkommen wie damals. Er wollte das Paradies auf Erden wiederfinden, das sie ihm damals gezeigt hatte. Mit keiner anderen Frau hatte er eine solche Ekstase erlebt wie mit Pattie. Aber er hatte ja auch nie eine andere Frau außer ihr geliebt.

„Ich werde dir nichts versprechen. Das habe ich einmal getan, und dann …" Dann bin ich gegangen und habe dich allein gelassen, fuhr er im Stillen fort. Oh, Pattie, es tut mir so leid.

„Lass nicht zu, dass ich dir wehtue", flüsterte er rau.

Pattie sah ihm in die blaugrünen Augen. Er schien ihr etwas sagen zu wollen, brachte es aber nicht heraus. „Was ist los, Spencer? Sag es mir."

Die Kinotore wurden geöffnet, und ein Schwall von Menschen ergoss sich auf die Straße. Unter ihnen waren auch Leigh und Allison.

„Da sind sie", rief Leigh. „He, ihr beiden. Hat der Film euch nicht gefallen?"

Spencer drückte Allison liebevoll an sich. Er hielt seine beiden Frauen im Arm. Seine Tochter und ihre Mutter. „Wir machen uns am besten auf den Weg nach Marshallton, wenn wir vor Mitternacht zu Hause sein wollen."

Allison schmiegte sich kurz an ihn und lief dann mit Leigh voraus. Pattie nahm Spencers Hand, und schweigend gingen sie zum Wagen.

6. KAPITEL

s ist so unheimlich still da hinten", sagte Spencer. Pattie sah auf den Rücksitz, auf dem Allison und Leigh kauerten, und lächelte. „Sie schlafen. Es war ja auch ein anstrengender Tag für sie."

„Für uns aber auch", meinte Spencer. „Ich habe nicht geahnt, wie viel Energie nötig ist, um mit drei Frauen einkaufen zu gehen."

Pattie betrachtete immer noch Allison Wilson. Das Mädchen war in fast jeder Hinsicht eine Rand, bis auf ihre zarte Statur. Alle Rands waren kräftig und groß, selbst die Mutter des Senators war ein Meter achtzig groß gewesen.

„Stimmt etwas nicht, Pattie?"

„Nein, nein." Sie drehte sich wieder um. „Ich überlegte nur gerade, wie sehr Allie doch den Rands ähnelt, vor allem dir, und …"

„Ja?"

„Sag mal, war Valeries Mann eigentlich besonders klein?"

Spencer räusperte sich nervös. „Edward? Nein. Warum fragst du?" Dabei wusste er ganz genau, warum sie so irritiert war.

„Nun, Allie ist ziemlich zart und klein, da habe ich mich gefragt, wo sie das wohl her hat. Wahrscheinlich irgendein Vorfahre, was?"

„Kann sein."

Pattie lehnte sich entspannt zurück. „Eigentlich hatte ich befürchtet, dass Allie und ich nicht miteinander auskommen würden, weil sie doch Valeries Tochter ist, aber wir verstehen uns ausgezeichnet. Valeries Einfluss ist zwar unverkennbar, aber Allies eigene Persönlichkeit ist ganz anders als die deiner Schwester."

Spencer fuhr schweigend weiter. Wie lange würde er die Wahrheit noch für sich behalten können? Es war Pattie gegenüber nicht fair, sie ihr vorzuenthalten. Aber bevor er nicht sicher war, wie sie reagieren würde, musste er das. Und Allie war auch noch nicht so weit.

„Kann ich das Radio einschalten, Spencer? Nichts Lautes, das die Mädchen wecken könnte. Etwas Beruhigendes."

„Magst du immer noch Countrymusic?" Er selbst zog Jazz und harten Rock vor.

„Ja, immer noch."

„Wenn das so ist, dann kann ich es ja vielleicht für eine Weile ertragen", meinte er lächelnd.

Schnell fand Pattie einen Sender mit ihrer Lieblingsmusik und lehnte sich dann behaglich zurück.

Einige Minuten lauschten sie schweigend den Klängen der weichen Musik.

„Was magst du außer Countrymusic noch genau wie damals?", fragte Spencer dann leise. „Erdbeeren? Rosa Rosen? Dass du immer noch Tiere liebst, ist offensichtlich. Dein verwöhnter Cockerspaniel hält sich für den Nabel der Welt."

Pattie warf Spencer einen nachdenklichen Blick zu. Sie hatte ihm gesagt, dass sie einen neuen Anfang machen und die Vergangenheit vergessen wollte, und trotzdem brachte er immer wieder die Rede auf damals. „Ich bin mittlerweile eine erwachsene Frau und kann ganz gut für mich selbst sorgen. Aber es stimmt, etwas von dem Mädchen von damals existiert noch. Ich liebe immer noch Erdbeeren und rosafarbene Rosen. Dass du dich noch daran erinnerst, überrascht mich allerdings."

„Ich erinnere mich an alles, was dich angeht." Ohne den Blick von der Fahrbahn zu nehmen, tastete Spencer nach Patties Hand und hielt sie dann in seiner.

„Du hast immer die richtige Antwort parat. Dein Vater und du seid euch vielleicht nie einig gewesen, aber seine Wortgewandtheit hast du auf jeden Fall. Aus dir könnte ein fähiger Politiker werden."

Spencer zuckte fast unmerklich zusammen. „Aber im Gegensatz zu ihm meine ich auch, was ich sage."

„Ja?"

„Du bringst es einfach nicht über dich, mir zu vertrauen, nicht wahr? Das kann dir sicher keiner übel nehmen. Aber glaub mir bitte wenigstens eins: Ich wollte dir nie wehtun."

„Manchmal verletzen wir andere, ohne es zu wollen." Pattie wünschte, Spencer würde die Vergangenheit endlich ruhen lassen. Sie konnte sich nicht an die guten Tage erinnern, ohne dass ihr nicht auch die schlechten einfielen. Solange sie lebte, würde sie niemals den Tag vergessen, an dem sie ihr Baby begraben hatte und an dem ihr Spencers Halt und Trost so sehr gefehlt hatten.

„Du weist mich ab, weil du Angst hast, ich könnte dich erneut verletzen, nicht wahr?"

„Ich habe versprochen, dir mit Allie zu helfen, und genau das tue ich auch. Außerdem habe ich zugestimmt, dir eine gute Freundin zu sein, und das bin ich."

„Ja, das bist du, und ich hoffe, du weißt, wie wichtig mir das ist, aber …"

„Aber du willst mit mir ins Bett gehen. Für eine Weile. Solange du in Marshallton bist. Und wie lange wird das sein, Spencer? Du hast noch nicht einmal erklärt, weswegen du Allie überhaupt hierher, statt zu dir nach Kalifornien gebracht hast."

Wie sollte ich auch, dachte Spencer. Er hatte nie vorgehabt, Allie mit nach Kalifornien zu nehmen. Seine Tochter gehörte zu ihrer Mutter und sollte in dieser Kleinstadt im Süden aufwachsen, wo die Menschen sich beim Vornamen nannten und alles noch so unkompliziert war.

„Meine Pläne sind noch ziemlich unklar", erwiderte er. „Im Augenblick ist Allie meine Hauptsorge. Ich muss das tun, was das Beste für sie ist."

„Ich werde dir dabei ja auch helfen, aber ich kann keine weiteren Probleme in meinem Leben gebrauchen."

„Ich habe nicht bemerkt, dass dein Leben so problematisch ist."

„Vor vierzehn Monaten habe ich meinen Verlobten verloren. Das hat mein ganzes Leben verändert. Ich gebe mir Mühe, seinen Sohn großzuziehen – einen Jungen, der auf der Schwelle zum Erwachsenen steht. Freds Cousine droht mir, mich vor Gericht zu bringen, um mir die Vormundschaft streitig zu machen. Und ich muss mir große Mühe geben, um das Möbelgeschäft aus den roten Zahlen herauszuhalten."

Spencer fuhr durch die ruhigen Straßen von Marshallton, wo außer in der Hauptstraße schon überall die Ampeln abgestellt waren.

„Du hast recht, Pattie, du hast bereits genügend Probleme, ohne auch noch meine aufgebürdet zu bekommen. Deswegen weiß ich deine Hilfe auch so sehr zu schätzen."

Er bog auf Patties Auffahrt, stieg aus und öffnete den Kofferraum. Allison und Leigh schliefen immer noch tief und fest.

Pattie folgte ihm. „Da du nächste Woche sowieso mit deinem neuen Roman beschäftigt sein wirst, warum lässt du Allie nach der Schule nicht einfach zum Geschäft hinüberkommen." Sie nahm einige der Einkaufstüten.

„Ich bringe dich bis zur Tür." Er nahm die schwereren Tüten. „Dein Vorschlag gefällt mir. Ich stelle nur eine Bedingung."

„Und zwar?" Pattie trat auf die Veranda des großen Backsteinhauses, das sie und J. J. von Fred geerbt hatten.

„Ich komme kurz vor Ladenschluss vorbei und lade euch alle zum Essen ein." Er fasste sie um die Taille, und sie nickte lächelnd.

„Am besten, du bringst ein paar Hamburger oder Würstchen mit. J. J. und Allie werden so beschäftigt sein mit den Vorbereitungen für das Schulfest nächste Woche, dass sie kaum Zeit haben werden."

Der Himmel war klar und voll glitzernder Sterne, und Spencer nahm Pattie in die Arme. „Glaubst du wirklich, dass Allie bei dem Fest mitmachen wird?"

„Leigh wird schon dafür sorgen. Wir haben bereits darüber geredet." Pattie wusste, dass er sie küssen wollte, und trotz ihrer Angst, sich mit ihm einzulassen, konnte sie nicht widerstehen. Sie wollte diesen Kuss.

Langsam beugte er sich über sie, küsste sie zärtlich und sah ihr dann tief in die Augen.

Sie erwiderte seinen Blick wie hypnotisiert, und unbewusst lehnte sie sich dichter an ihn. Sie öffnete den Mund, um etwas zu sagen, da nutzte er den Moment und ließ seine Zunge zwischen ihre Lippen gleiten. Selbstvergessen klammerte sie sich an ihn, während sein Kuss immer tiefer und leidenschaftlicher wurde.

Gerade als er die Tüten auf die Veranda fallen ließ und sie um die Hüften packte, ging das Licht an und die Haustür wurde geöffnet. Erschrocken wich sie zurück, und Spencer ließ sie widerwillig los. J. J. stand in der Tür und war sichtlich missmutig. Ebony kam an ihm vorbeigeschossen und verlangte sofort ihre Aufmerksamkeit.

„Ich dachte, du wärst heute Abend verabredet, J. J." Sie streichelte Ebony und hob dann die Tüten auf.

„Es ist halb zwölf. Bethany musste um elf zu Hause sein." Mit einer deutlichen Warnung in seinem Blick sah er zu Spencer.

Spencer küsste sie zum Abschied kurz und hart auf den Mund, nickte J. J. zu und ging zum Auto zurück. Dort drehte er sich noch einmal um und winkte. „Vergiss nicht, nächste Woche essen wir jeden Abend zusammen. Und ich möchte, dass du mit mir zum Fest gehst. Ich bin nämlich einer der Anstandswauwaus."

„Was soll das heißen?", fragte J. J., kaum dass Spencer weggefahren war.

„Vermutlich hat man ihn gebeten, bei eurem Fest die Aufsicht zu haben", antwortete sie und ging ins Haus. Ebony und J. J. folgten ihr auf dem Fuß.

„Typen wie der haben nicht das Recht, uns zu beaufsichtigen. Er ist kein gutes Beispiel."

„J. J., was ist nur los mit dir? Als Spencer hierherkam, schienst du ihn doch zu mögen. Und jetzt kann er dir nichts recht machen."

„Er wird dir am Ende wieder wehtun. Das ist dir doch klar, oder etwa nicht? Ich will nicht, dass er dein Leben noch einmal verpfuscht."

„Was redest du denn da?" Entsetzt blickte sie J. J. an. Was hatte er über ihre Beziehung zu Spencer herausgefunden?

„Ich kenne die Wahrheit", platzte er heraus. „Oh, Pattie, du weißt, wie gern ich dich habe. Du bist wie eine Mutter für mich, und ich mache mir Sorgen um dich."

„Welche Wahrheit kennst du?"

„Joan hat mir gesagt …"

„Wann hast du denn Joan gesehen?" Sie würde ihm den Kontakt zu Freds Cousine zwar nie verbieten, aber wenn Joan Stephenson im Spiel war, dann erwarteten sie sicher schlechte Neuigkeiten. Denn wenn Joan eine Möglichkeit sah, ihr und J. J. zu schaden, dann würde sie sie auch nutzen.

„Ich treffe sie ab und zu."

„Und was hat sie dir über Spencer und mich erzählt?"

„Dass er dich geschwängert hat, als du achtzehn warst, und dann sang- und klanglos die Stadt verlassen und dich allein gelassen hat."

„Diese Hexe!"

„Aber es stimmt doch, oder? Er hat dir ein Kind gemacht, hat dich dann sitzen lassen, und dein Baby ist gestorben. Du musstest mit allem allein fertig werden." J. J. packte sie bei den Schultern. „Warum solltest du so einem Typen noch einmal eine Chance geben?"

Ja, warum sollte ich eigentlich? fragte Pattie sich.

Allison blickte kritisch in den Spiegel in Patties Schlafzimmer. Das schlanke, zarte Mädchen hob ihr dunkles, langes Haar und ließ es dann langsam auf die Schultern herabfallen.

Die Veränderung an Spencers Nichte war einfach erstaunlich, und Pattie war stolz darauf, die Zauberin gewesen zu sein, die ein eher farbloses Kind in eine wunderhübsche junge Dame verwandelt hatte. Es hatte dazu nur neuer Kleider, einer neuen Frisur und Kontaktlinsen gebraucht.

„Mutter hätte das nie gefallen. Der Rock ist viel zu kurz." Allison prüfte, wie viel von ihren schlanken Beinen plötzlich unter dem braunen Lederrock zu sehen war.

„Deinem Onkel Spencer gefällt es aber und mir auch", sagte sie. „Doch was viel wichtiger ist, gefällt es dir?"

„Ich finde es toll! Mein Haar, meine Sachen, überhaupt alles!"

Sie legte ihr eine Hand auf die Schulter. Im Spiegel konnten sie sich jetzt beide sehen, Seite an Seite, mit nur etwa zwei Zentimeter Größenunterschied, und erneut fragte sie sich, ob ihr kleines Mädchen heute auch so aussehen würde wie Spencers Nichte. Würde sie auch seine Gesichtszüge und ihre Figur haben?

„Ich kann es noch gar nicht fassen, dass ich heute tatsächlich auf das Schulfest gehen werde. Es ist wie ein Traum." Allison konnte den Blick nicht von ihrem Spiegelbild losreißen. „Ich bin ja hübsch, oder?"

„Du bist wunderschön." So schön, wie mein kleines Mädchen gewesen wäre.

„Oh, Pattie, und das alles habe ich dir zu verdanken. Du bist so lieb zu mir." Allison drehte sich um und schmiegte sich an sie.

Liebevoll drückte sie sie. „Ich habe nur die wahre Allison hervorgeholt, die unter den langweiligen Sachen, der Ponyfrisur und der Brille gesteckt hat."

„J. J. hat ja so ein Glück, dass du seine Mutter bist. Ich wünschte …"

„Was wünschst du dir?"

Allison errötete heftig. „Onkel Spencer hat mir gesagt, dass ihr einmal ein Liebespaar gewesen seid, und … na ja, ich wünschte, ihr beide würdet heiraten. Denn dann … weil doch Onkel Spencer jetzt irgendwie mein Vater ist … würdest du auch meine Mutter sein."

„Oh, Allie, das ist das Netteste, was man mir je gesagt hat. Und es wäre schön, wenn du meine Tochter wärst, aber …"

„Onkel Spencer hat dich sehr gern. Und du ihn doch auch, oder?"

„Natürlich habe ich Spencer gern. Aber das heißt doch nicht … Allie, Liebes, dein Onkel Spencer und ich werden nicht heiraten. Das ist ausgeschlossen, also mach dir da keine Hoffnungen. Okay?"

Allie ließ etwas den Kopf hängen. „Ich habe mich eben schlecht benommen, nicht wahr? Ich war schrecklich unhöflich. Es tut mir so leid. Ich wollte nicht …"

„Allie, hörst du bitte auf, dich zu entschuldigen!" Pattie hatte nicht laut werden wollen und bedauerte es sofort, als Allisons Augen sich mit Tränen füllten. „Oh, Kleines. Ich bin nicht böse.

Nicht auf dich. Du hast nichts Falsches gesagt. Und du warst nicht unhöflich."

Zaghaft sah Allison auf. „Ich war nicht unhöflich? Und du bist nicht böse auf mich?"

„Wenn du weinst", sagte sie warm, „wirst du dein Make-up verschmieren."

Allie zeigte einen Anflug von Lächeln. „Dass Onkel Spencer mir wirklich erlaubt, Make-up zu tragen, ist einfach toll. Mutter hätte mir niemals … Nein, ich muss wirklich aufhören, dauernd Vergleiche zu ziehen. Onkel Spencer hat mir schon so oft erklärt, dass seine Meinungen ganz anders sind, als es die meiner Mutter waren."

„Ich bin sicher, dass Valerie eine sehr gute Mutter war." Pattie erstickte fast an der Lüge. Sie hielt Valerie Rand Wilson nach wie vor für einen engstirnigen, selbstgerechten Snob, würde es deren Tochter aber nie sagen. „Außerdem trägst du gar nicht so viel Make-up. Nur ein wenig Lippenstift und Rouge. Und heute ist ja ein besonderer Anlass. Es ist deine erste Verabredung."

„Na ja, nicht wirklich eine Verabredung. Ich meine, Leighs Freund hat einen seiner Freunde dazu gebracht, mich heute Abend zu begleiten."

„Also ist es eine Verabredung. Und wie heißt der junge Mann?"

„Darren Henley."

„Nun, wenn Darren dich erst mal sieht, wird er wissen, was er für ein Glückspilz ist."

„Ich wäre am liebsten mit J. J. gegangen, aber der mag mich nicht und sieht mich wahrscheinlich gar nicht als Mädchen." Allison ließ sich aufs Bett fallen, seufzte tief und legte die verschränkten Hände in den Schoß.

Pattie setzte sich neben sie und nahm Allisons Hände zwischen ihre. „Wir können niemanden dazu zwingen, uns zu mögen. Aber gib J. J. etwas Zeit, Allie. Er sieht dich nicht als Mädchen, weil er in dir eine Rivalin sieht. Er ist eifersüchtig, weil ich so viel Zeit mit dir und Spencer verbringe, verstehst du?"

„Aber weiß er denn nicht, wie sehr du ihn liebst und was für ein Glück er hat, dass du seine Mutter bist?"

Sanft streichelte sie Allisons Haar und schob ein paar widerspenstige Locken nach hinten. „J. J. hat die neue, hübsche Allison Wilson noch nicht gesehen. Dein Anblick heute wird ihn umhauen, glaub mir."

„Meinst du wirklich?"

Sie wollte Allison keine falschen Hoffnungen machen, aber sie würde auf jeden Fall dafür sorgen, dass J. J. mindestens ein Mal mit ihr tanzte. „Er wird dir vielleicht nicht sagen, wie hübsch du bist, aber ich habe das Gefühl, dass er dich um einen Tanz bitten wird."

„Oh, Pattie, glaubst du wirklich? Ich werde bestimmt tot umfallen!" Allison sprang auf und wirbelte glücklich durchs Zimmer. Sie kicherte und sank dann atemlos in einen Sessel am Fenster. „Wie erkennt man, dass man verliebt ist?"

„Was?" Pattie zwang sich, nicht zu lachen. Immerhin war sie erst vierzehn gewesen, als sie sich in Spencer verliebt hatte. Es war Liebe auf den ersten Blick gewesen.

„Wie erkennt man, dass man verliebt ist?", fragte Allison beharrlich.

„Das ist schwierig zu sagen, und es gibt bestimmt nicht nur eine Antwort darauf, außer dass man es einfach weiß."

„Bin ich vielleicht in J. J. verliebt?"

„Gut möglich." Sie holte Allisons neue braune Pumps aus der Schachtel und ging zu ihr. „Zieh sie an. Du willst doch nicht barfuß sein, wenn Darren dich abholen kommt."

„Liebe ist doch seltsam, nicht?" Allison seufzte und schlüpfte geistesabwesend in ihre Pumps.

„Liebe ist nie gleich. Und man liebt nie zwei Menschen auf dieselbe Art." Ihre erste Liebe war Spencer gewesen, und sie hatte nie wieder jemanden so geliebt wie ihn. Sie hatte Fred geliebt und gehofft, ihr Leben nun mit ihm zu verbringen. Er war der gütigste Mensch gewesen, den sie je gekannt hatte. Aber sie hatte ihn nicht so geliebt wie Spencer.

„Hast du Onkel Spencer geliebt?"

„Ja. Ich habe ihn sehr geliebt."

„Er hat mir gesagt, dass er dich gebeten hatte, ihn zu heiraten und mit ihm von hier wegzugehen."

Pattie wurde von unangenehmen Erinnerungen überschwemmt.

Wenn man sich doch nur an das Glück erinnern könnte, dachte Pattie, und nicht auch ebenso an den Schmerz. „Ich wollte mit ihm gehen, aber ich konnte nicht. Meine Mutter hatte gerade einen Schlaganfall erlitten und konnte nicht mehr arbeiten. Ich musste mit der Schule aufhören und einen Job finden, um sie, meine jüngere Schwester und mich zu ernähren."

„Oh, Pattie, wie fürchterlich. Wie alt warst du da?"

„Achtzehn." Achtzehn, ohne Schulabschluss und schwanger.

„Onkel Spencer sagte, dass deine Mutter ihre Haushälterin war. Ich bin überrascht, dass seine Familie ihm erlaubte, mit dir auszugehen." Allison wurde feuerrot. „Oh, Pattie, es tut mir leid. Das klang so gemein. Aber ich meinte es …"

„Schon gut, ich weiß, was du meintest, Schätzchen. Deine Mutter hat dich gelehrt, die Menschen nach ihrer Herkunft zu beurteilen und nicht nach ihrer Persönlichkeit."

„Onkel Spencer sagt, dass sie unrecht hatte und dass er so was für Unsinn hält."

„Was halte ich für Unsinn?" Spencer tauchte in der Tür auf, die er mit seinen breiten Schultern fast ausfüllte.

„Onkel Spencer!" Sofort sprang Allison auf und tanzte quer durch den Raum. „Guck mal! Pattie hat mich hübsch gemacht!"

„Das bist du ganz von selbst", sagte Pattie und räusperte sich gerührt.

Spencer lächelte Pattie an und nahm jeden Zentimeter ihres herrlichen Körpers in dem rostroten Kleid in sich auf. Der Rock endete knapp über den Knien und zeigte viel von ihren schlanken Schenkeln. Das Oberteil war mit Perlen besetzt und öffnete sich am Hals zu einem aufregenden V-Ausschnitt.

„Was denkst du, Onkel Spencer", forderte Allison seine Aufmerksamkeit für sich. „Sehe ich hübsch aus?"

Spencer zwang sich, den Blick von Pattie loszureißen, und

betrachtete eingehend seine Tochter. Himmel! Sie war wirklich sehr hübsch! Pattie hatte aus dem mausgrauen kleinen Mädchen, das er vor sechs Wochen aus Corinth hierhergebracht hatte, wirklich etwas gemacht. Er war voller Stolz auf seine Tochter, doch es schmerzte ihn, dass Pattie nicht ahnte, an wem sie diese wundervolle Veränderung vollbracht hatte. An ihrem eigenen Kind.

„Allison Caldonia Wilson, du bist so ziemlich das hübscheste Mädchen, das ich je gesehen habe." Er warf Pattie einen Blick zu. „Ungefähr so reizend wie Pattie, als ich sie das erste Mal sah."

„Oh, Onkel Spencer, danke." Strahlend warf Allison sich in seine Arme.

Er presste sie an sich und genoss das Gefühl, ihr nah zu sein. Seine Tochter. Sein kleines Mädchen. Er hätte nie geglaubt, dass ein Mann so stolz und glücklich darüber sein könnte, ein Kind zu haben. Er hatte Allison nicht lieben wollen, aber es wäre unmöglich gewesen, es nicht zu tun. Sie war ein Teil von ihm und Pattie. Allison verband sie für immer.

Er nahm sie in den einen Arm und hielt den anderen für Pattie auf. „Darf ich meine beiden Damen in das Wohnzimmer begleiten?"

Sobald Pattie an seiner Seite war, drückte er sie und ihre Tochter an sich. „Ich bin der glücklichste Mann auf Erden. Ihr werdet die beiden hübschesten Frauen auf dem Fest sein."

„Oh, Onkel Spencer, du bist wirklich ein Schmeichler."

Pattie lachte. „Du hast ihn durchschaut, Allie. Spencer konnte mich schon immer zu allem überreden mit seinem Süßholzgeraspel."

„Das werde ich mir für nach dem Fest merken." Er lächelte sie vielsagend an.

Patties Vernunft schlug sofort Alarm, aber ihr Körper ignorierte ihn und sagte ihr, dass eine Nacht in Spencers Armen jedes Risiko wert war.

Wie süß war doch der Sieg! Die Marshallton Footballer überrollten ihre Gegner, die Weeden Tiger, mit zehn zu sieben durch ein Tor in der letzten Minute.

Pattie hatte ihren Stiefsohn und seine Kameraden angefeuert, bis sie heiser war. Nicht einmal Joan Stephensons Anwesenheit hatte ihre Begeisterung abschwächen können. Joan hatte sich an Spencers Arm gehängt und ihn nicht losgelassen, von dem Augenblick an, da sie ihn begrüßt hatte. Und Spencer, ganz Charmeur, hatte entgegenkommend reagiert. Obwohl Pattie die Frau am liebsten die Stadiontreppe hinuntergestoßen hätte, riss sie sich zusammen und rief sich ins Gedächtnis, dass sie keinen Anspruch auf Spencer Rand hatte.

Später waren sie gemeinsam in die Aula des Marshallton Gymnasiums gegangen, die die Kinder in einen Partysaal verwandelt hatten. Schwarzgoldene, glänzende Schlangen schmückten die Wände und ringelten von der Decke. Um die Tanzfläche standen unzählige Pflanzen, und an einer Wand waren Buffettische mit Fruchtbowle und leckeren Appetithäppchen aufgebaut. Ein lokaler Discjockey kümmerte sich um die Musik. Im Augenblick erfüllte ohrenbetäubender Rock den Raum.

„Ich kann mich nicht erinnern, dass die Musik zu unserer Zeit auch so laut war." Spencer brüllte es fast, um sie zu übertönen.

„Doch, das war sie. Sie klingt jetzt nur lauter, weil wir älter sind." Pattie und er bahnten sich einen Weg zu der Gruppe Erwachsener, die die Aufsicht hatten und in der Nähe der Bowle standen.

Spencer lachte leise. „Wie ich sehe, passt Mrs Newsome immer noch auf, dass niemand etwas in die Bowle tut."

„Ich weiß noch, wie du und Joe Don im letzten Jahr fast von der Schule geflogen wärt. Du hast Mrs Newsome zum Tanz gebeten, und inzwischen hat Joe eine Flasche vom besten Whisky seines Vaters in die Bowle geschüttet."

„Wir wären nie erwischt worden, wenn Denton Walters nicht

sein großes Maul aufgerissen hätte, um uns zu verpfeifen. Er hatte ziemlich viel für dich übrig, wusstest du das?"

Joan Stephenson, groß, schlank und sehr elegant, kam auf sie zu. „Ich würde ja so gern deine Nichte kennenlernen, Spencer. Sie ist doch heute hier, nicht wahr? Ich mochte Valerie sehr. Du erinnerst dich sicher, dass sie im Klub der kleinen Debütantinnen meine große Schwester war."

Pattie machte gute Miene zum bösen Spiel und sagte gelassen: „Oh, Allie ist hier. Sie und Leigh sind mit ihren Freunden gekommen."

Joan durchbohrte sie mit einem Blick. „Ist sie nicht etwas zu jung für eine Verabredung", bemerkte sie spitz und wandte sich dann wieder lächelnd an Spencer. „Allison ist doch erst dreizehn, soviel ich von J. J. weiß."

„Fast vierzehn", erwiderte Spencer. „Und ich halte es kaum für möglich, dass sie auf einem beaufsichtigten Schulfest in Schwierigkeiten gerät, meinst du nicht auch, Joan?"

„Du hast wahrscheinlich recht. Ich möchte sie nur so furchtbar gern kennenlernen." Joan berührte fast liebkosend Spencers Arm. „Ich wäre mehr als glücklich, dir dabei zu helfen, dass Valeries Tochter die richtigen Leute trifft. Und sicher kann ich etwas arrangieren, damit sie nächstes Jahr auf die Klubliste der kleinen Debütantinnen kommt. Ich bin eine der Sponsoren, musst du wissen."

„Das ist sehr freundlich von dir." Spencer spürte die Feindseligkeit zwischen Pattie und Joan und überlegte, wie er die unangenehme Situation beenden könnte.

„He, Pattie." J. J. trat zu ihnen und legte Pattie die Hand auf die Schulter. „Wie wäre es mit einem Tanz?"

„Nur zu", sagte Spencer erleichtert. So würden die beiden Frauen sich wenigstens nicht in die Haare geraten. „Ich suche inzwischen Allie …"

„Um sie Joan vorzustellen?" Pattie glaubte zu ersticken vor Wut. Dieser unmögliche Mann! Wie viele „weibliche Bezugspersonen" brauchte er eigentlich für seine Nichte? Aber vielleicht hatte er seine Meinung ja auch geändert und fand, dass Joan ein viel besseres Vorbild für Allison abgäbe als sie. Valerie jedenfalls hätte bestimmt Joan vorgezogen.

„Pattie …"

Aber sie entzog sich ihm. „Komm, J. J. Ich kann es kaum erwarten zu tanzen." Sie zerrte ihn fast hinter sich her auf die Tanzfläche. Ihre alten, tiefsitzenden Minderwertigkeitsgefühle waren wieder hochgekommen. Joan Stephenson und alle von ihrer Sorte brachten es regelmäßig fertig, dass sie sich unerwünscht fühlte.

J. J. sah sie besorgt an, aber sie bewegte sich möglichst entspannt zum Rhythmus der Musik und lächelte ihn nur freundlich an.

„Was ist los?", fragte er unbeirrt.

„Nichts ist los. Wo ist deine Verabredung?"

„Ich bin heute solo hier – damit alle Mädchen was von mir haben und nicht zu traurig sind."

Sie lachte. „Wie gütig von dir."

„Du bist wütend auf Spencer, was? Er hat wohl mit Joan geflirtet."

„Und wenn, ginge es mich nichts an. Er hat das Recht, jederzeit und mit wem er will zu flirten. Wir sind nur Freunde."

„Vielleicht ist Joan ja sein Typ. Immerhin ist sie auf alles Gesellschaftliche ganz versessen, und Sherry meinte doch, die Rands wären auch alle so."

J. J.s Bemerkung traf sie hart. Man musste sie nicht erst daran erinnern, wie wenig sie und Spencer zusammenpassten. Er war pures Gold, und sie war nur vergoldet. Er war das Rassepferd, sie war eine wilde, ungezähmte Stute. Sie biss sich auf die Lippen, kratzte den letzten Rest ihrer Selbstbeherrschung zusammen und reckte das Kinn.

Das Stück klang aus, und sie wollte die Tanzfläche verlassen, aber J. J. hielt sie am Arm fest. „Ich hab doch nur Spaß gemacht. Du weißt genau, wenn du Spencer Rand wirklich haben wolltest, würde Joan keine Chance gegen dich haben. Du bist die Beste."

„Ja, und du bist voreingenommen. Denn zufällig liebst du mich wie eine Mutter."

„Na gut, du hast recht. Aber vergiss nicht, ich würde alles für dich tun."

„Stimmt das?" Sie sah ihn schelmisch an. Sollte sie diese Gelegenheit nicht nutzen? Selbst wenn der heutige Abend für sie zu einer Katastrophe wurde, musste das für Allison noch lange nicht so sein.

„Oha, diesen Blick kenne ich. Was hast du vor?"

„Ich möchte nur, dass du Allie zum Tanzen aufforderst."

„Was?"

„Komm schon, J. J. Nur einen Tanz."

J. J. runzelte die Stirn. „Was werden die Jungs sagen, wenn ich mit so einem komisch aussehenden Ding tanze?", fragte er kläglich.

„Du hast Allie heute Abend ja noch gar nicht gesehen, oder?" Suchend blickte sie über die Menschenmenge.

„Nein, wieso?"

Allison stand in einer Ecke neben einem großen, schlanken Jungen mit Brille, der ebenso unglücklich wirkte wie sie.

„Sie ist in der Ecke da drüben, bei der Bowle."

J. J. schaute in die entsprechende Richtung und ließ seinen Blick dann weiterwandern. „Wo? Ich sehe sie nicht."

„Sie steht bei Darren Henley."

J. J. schaute noch einmal hin und stieß einen leisen Pfiff aus. „Wow! Das ist Allie Wilson? Was ist mit ihr passiert? Mann, was für ein klasse Girl!"

„Ich habe ihr ein paar Modetipps gegeben", sagte Pattie lächelnd und war mit J. J.s Reaktion hoch zufrieden.

„Du hast ein Wunder vollbracht." J. J. machte schon die ersten Schritte auf Allison zu, verharrte aber noch einmal und flüsterte: „Okay, einen Tanz. Aber nur, weil du mich darum gebeten hast. Sie sieht ja vielleicht besser aus, aber ich bin sicher, dass sie noch genauso seltsam ist wie vorher."

Gerade als J. J. Allison erreicht hatte, erklang die Melodie eines der schönsten Liebeslieder: „Only You". Für Pattie bedeutete es alte Erinnerungen, und sie musste hart schlucken. In der Nacht in dem Flusshäuschen der Rands, als sie sich Spencer zum

518

ersten Mal hingegeben hatte, hatten sie zu diesem Lied getanzt.

Mit verschleiertem Blick beobachtete sie, wie J. J. eine strahlende Allison auf die Tanzfläche führte und in seine starken, jungen Arme nahm.

Es scheint keine Bedeutung zu haben, dachte Pattie. Nur ein Tanz. Und doch würde er die Nacht für Allison in einen Traum voller Glück verwandeln. Niemals würde Allison diesen Tanz oder den Jungen vergessen.

Plötzlich spürte sie eine große Hand auf dem Rücken. Sie brauchte sich nicht umzuschauen, um zu wissen, dass es Spencer war. Trotz der anderen Frau hatte dieses vertraute Lied ihn zu ihr zurückgeholt, weil ihn die gleichen Erinnerungen überkommen hatten wie sie, und wie magisch angezogen drehte sie sich zu ihm.

Sie sah in seine blaugrünen Augen. Sie glühten vor Leidenschaft. Es war die gleiche Leidenschaft, die auch sie spürte. Spencer zog sie dicht an sich, und es stürzte sie sofort in einen Rausch des Verlangens, seinen kraftvollen, männlichen Körper zu fühlen. Einige Dinge änderten sich niemals. Spencer Rand begehrte sie immer noch so stark wie früher. Und – der Himmel stehe ihr bei – sie begehrte ihn auch.

Die Zeit schien stillzustehen, und vierzehn Jahre lösten sich in nichts auf. Jeder andere Liebhaber, jede andere Liebhaberin waren vergessen. Nichts und niemand existierte für Pattie und Spencer, nur das Klopfen ihrer Herzen und die Nähe des anderen.

Wie sehr hatte Pattie dieses überwältigende Glücksgefühl vermisst, das nur Spencer in ihr hervorrufen konnte. Sie hatte es bei anderen Männern gesucht, aber nie gefunden. Nur Spencer konnte sie wirklich glücklich machen.

Als das Lied zu Ende war und eine Rocknummer einsetzte, hörte Spencer auf zu tanzen, ließ Pattie aber nicht los. Sie versuchte, sich aus seinen Armen zu lösen, aber er hielt sie fest.

„Wir können dazu nicht eng tanzen." Ihre Stimme war leise und warm.

Spencer lockerte etwas den Griff, behielt seine Hand jedoch

um ihre Taille. „Wollen wir hinausgehen und ein wenig im Auto schmusen?"

Erregung durchströmte sie, als sie das Verlangen in seinen Augen sah. „Glaubst du nicht, dass wir dazu etwas zu alt sind?" In der Nacht seiner Schulabschlussfeier hatten sie die Hälfte des Abends in seinem Wagen verbracht und nicht die Hände voneinander lassen können.

„Also gut, bei dir oder bei mir?"

„Wie bitte?"

„Wenn du es lieber bequem hast, werden wir in dein oder mein Haus gehen müssen." Er führte sie bereits von der Tanzfläche.

„Hast du vergessen, dass du eine der Aufsichtspersonen bist?", fragte sie. „Außerdem wohnt keiner von uns allein."

„Es hat eindeutig seine Nachteile, ein Onkel zu sein."

„Hallo, ihr zwei." Allison war zu ihnen gelaufen. Sie strahlte über das ganze Gesicht.

„Amüsierst du dich?", fragte Spencer.

„Oh ja, wenigstens habe ich das für kurze Zeit getan." Dabei blickte sie verstohlen zu J. J. hinüber, der mit einem kurvenreichen Rotschopf tanzte.

„Wie wäre es mit einem Tanz mit deinem alten Onkel?" Spencer drückte Pattie noch einmal kurz an sich und bot dann seiner Nichte die Hand.

Pattie betrachtete die beiden beim Tanzen. Jeder könnte sie für Vater und Tochter halten. Die Ähnlichkeit war wirklich verblüffend. Es gab ihr einen leisen Stich, und sie musste an ihr eigenes Kind denken.

Aber sie hatte sich mit der Vergangenheit abzufinden. Nichts und niemand konnte ihr ihr Kind zurückgeben. Doch sie schien die Chance zu haben, eine Mutter für Allison Wilson zu sein, das kleine Mädchen, das am selben Tag wie ihr eigenes Baby geboren war. Sie hatte Allison bereits sehr ins Herz geschlossen. Doch durfte sie wirklich hoffen, dass es eine gemeinsame Zukunft für sie und J. J. mit Spencer und Allison geben könnte?

„Sie ist ein reizendes Kind, nicht wahr?", sagte Joan Stephenson mit honigsüßer Stimme.

Pattie holte erschrocken Luft. Sie hatte Joan gar nicht kommen sehen, sonst wäre sie ihr rechtzeitig aus dem Weg gegangen.

„Ja, Allie ist ein Schatz", antwortete sie.

„Und so ganz eine Rand, findest du nicht? Was für eine bemerkenswerte Ähnlichkeit mit Spencer."

„Wenn du mich entschuldigen willst ..." Pattie hatte nicht die Absicht, mit einer Frau Konversation zu betreiben, die sie verabscheute. Aber Joan hielt sie auf. „Du verschwendest deine Zeit, wenn du glaubst, Spencer würde dich heiraten. Er hat dich schon einmal sitzen gelassen, nachdem er bekommen hatte, was er wollte. Also wird er es wieder tun."

„Du weißt nicht, wovon du redest." Sie ging einfach weiter, aber Joan folgte ihr.

„Er will eine passende Mutter für seine Nichte." Abrupt blieb sie stehen. „Jeder in Marshallton weiß, dass du jahrelang hinter Spencer her warst und er dich links liegen ließ. Er liebte mich. Er wollte mich." Joan lachte geziert. „Oh, sicher, dich wollte er auch, aber nicht genug, um dich zu heiraten und deinem Bastard einen Namen zu geben. Du bist nur ein kleines Nichts, das meinen Cousin Fred verführt hat so wie x-andere Männer. Du bist ..."

„Was geht hier vor?" J. J. tauchte plötzlich auf und trat zwischen die beiden Frauen.

Pattie ballte die Fäuste und unterdrückte den Wunsch, Joan eine Ohrfeige zu geben. „Nichts Ernstes. Nur eine kleine Meinungsverschiedenheit."

„Joan", wandte J. J. sich an seine Tante. „Ich habe dir schon hundertmal gesagt, dass Pattie jetzt meine Mutter ist, und ich nicht will, dass du dich einmischst. Mein Vater hat für alles vorgesorgt. Er wusste, dass Pattie mir eine gute Mutter sein würde."

„Dein Vater wurde irregeleitet", erklärte Joan. „Aber Pattie und ich sprachen nicht über ihre Fähigkeit zur Mutter."

„Worüber dann?"

Aus den Augenwinkeln sah Pattie, dass Spencer und Allie auf sie zukamen. „Nichts, J. J.", sagte sie schnell. „Vergiss das Ganze, okay?"

„Ich habe Pattie nur gesagt, wie entzückt ich bin, dass Spencer für sich und seine Nichte meine Einladung zum Abendessen angenommen hat." Joan lächelte boshaft.

Pattie hatte das Gefühl, überall am Körper taub zu sein. Um so besser, dachte sie, dann kannst du auch keinen Schmerz fühlen. Doch warum sollte sie auch? Spencer und Allie gehörten nicht zu ihr. Sie konnten tun und lassen, was sie wollten, und sich mit jedem befreunden, den sie für richtig hielten, sogar mit Joan Stephenson. Sie hatte selber schuld, wenn sie Träumen nachhing. Spencer hatte ihr nichts versprochen.

Spencer hatte sie mit Allison nun erreicht und sah von Pattie zu Joan. „Warum geht ihr Kinder nicht wieder tanzen?", forderte er J. J. auf und hielt dann Pattie die Hand hin. „Wie wär's noch mal mit uns? Ich verspreche dir auch, dir nicht auf die Zehen zu treten."

Pattie starrte ihn fassungslos an. War er wirklich so gefühllos zu glauben, dass seine neue Freundschaft mit Joan sie völlig kaltlassen würde? Diese Frau war ihre Feindin. Sie wollte sie vor Gericht zerren und ihr J. J. wegnehmen. Dass Spencer ihre Einladung angenommen hatte, war wie ein Schlag ins Gesicht für sie.

„Ich bin ziemlich müde nach dem Spiel", erklärte J. J. „Pattie und ich, wir gehen besser nach Haus."

„Jetzt schon? Es ist doch noch nicht mal Mitternacht!"

Als sie nichts erwiderte, wollte er ihr den Arm um die Schultern legen, aber sie wich hastig zurück, weil sie befürchtete, in Tränen auszubrechen, wenn er sie berührte.

„Nun, wenn du wirklich gehen willst, fahre ich dich."

„Nein, das werden Sie nicht", fuhr J. J. dazwischen.

„Was ist denn passiert?" Irritiert sah Spencer sie an.

„Lassen Sie Pattie in Ruhe. Sie braucht Sie nicht. Es ging uns sehr gut, bevor Sie nach Marshallton gekommen sind." J. J. wollte sie mit sich ziehen, aber Spencer versperrte ihnen den Weg. „Warte, Pattie. Willst du mir nicht sagen, was los ist?"

„Pattie, bist du wegen irgendetwas böse auf mich?", fragte Allison zaghaft. „Habe ich etwas falsch gemacht?"

„Nein, natürlich nicht", beschwichtigte sie sie rasch. „Du bist ein Engel, Allie." Sie warf Spencer einen Blick zu. „Pass auf sie auf, und lass sie mich besuchen kommen, wann immer sie will."

„Pattie, wir müssen miteinander reden", erklärte Spencer.

„Nein, das müssen wir nicht." Sie zwang sich zu einem Lächeln und hoffte nur, dass sie es beibehalten konnte, bis ihr ein guter Abgang gelungen war. Sie hatte kein Anrecht auf Spencer, und sie hatte nicht vor, die Eifersüchtige abzugeben. Wenn Spencer glaubte, dass Joan das bessere Vorbild für Allison war, dann musste ihr das egal sein. Sie konnte nur froh sein, noch rechtzeitig die Wahrheit entdeckt zu haben, bevor die Beziehung zu Allison zu stark geworden wäre.

„Wir sehen uns sicher mal, Spencer", sagte sie knapp.

J. J. legte ihr den Arm um die Schultern, und gemeinsam gingen sie aus der Aula. Draußen holte sie ein paarmal tief Luft. Sie zitterte am ganzen Körper.

„Pattie?", fragte J. J. besorgt.

„Ist schon okay, J. J. Es geht mir gut."

Sie war ein Dummkopf gewesen, zu denken, dass sie eine zweite Chance mit Spencer Rand hatte. Er mochte sie noch begehren, aber er liebte sie nicht. Die heiße Liebe, die sie damals füreinander empfunden hatten, gab es für ihn nicht mehr. Bei ihr war das leider nicht so, auch wenn sie das nach dem Tod ihres Babys geglaubt hatte. Sie liebte Spencer noch genauso leidenschaftlich wie vor vierzehn Jahren.

rauen sind mir ein Rätsel, sagte sich Spencer, und besonders das Verhalten einer ganz bestimmten aufregenden Blondine war ihm unbegreiflich. Auf dem Schulfest letzte Woche hatte er geglaubt, dass Pattie und er etwas von ihrer früheren Beziehung wiedergefunden hatten. Er hatte versucht, Pattie näherzukommen und sie auf die Wahrheit über ihr Kind vorzubereiten.

Pattie und Allison hatten sich angefreundet, und Allison hatte sogar davon gesprochen, dass sie sich Pattie zur Mutter wünschte und sie doch alle zusammen eine Familie sein könnten. Das war zwar unmöglich, aber die Tatsache, dass Allison Pattie so ins Herz geschlossen hatte, würde ihr die Wahrheit leichter machen, wenn er Marshallton wieder verließ.

Er mochte zwar manchmal davon träumen zu bleiben und seine Vaterrolle anzunehmen, aber er durfte nicht riskieren, Allison und Pattie zu verletzen. Denn so wie er sich kannte, würde das mit Sicherheit geschehen. Er war jetzt vierunddreißig. Es war zu spät für ihn, sich zu ändern, selbst wenn er es wollte. Aber er hatte auch gar nicht die Absicht, ein anderer zu werden, nur um einer Frau zu gefallen.

Er hatte gedacht, dass Pattie ihn so mochte, wie er war. Alles schien so gut zu laufen, bis er diesen taktischen Fehler beging. Er hatte Joan Stephensons Einladung angenommen.

Zwar hatte er Pattie am folgenden Tag gesagt, dass er Joan nur milde stimmen wollte, damit sie ihr nicht mehr mit dem Gericht drohte, aber sie hatte ihm nicht geglaubt. Er hatte vergessen gehabt, wie unsicher sich Pattie ihrer sozialen Stellung in der Stadt war. Er war davon ausgegangen, sie längst davon überzeugt zu haben, dass sie gut genug war für ihn.

Sie war sogar viel zu gut für ihn und es war ihm vollkommen unverständlich, warum sie immer noch so empfindlich auf dieses Thema reagierte. Wie konnte sie es nur für möglich halten, dass er Joan Stephenson als Vorbild für Allison ihr vorzog? Joan erinnerte ihn viel zu sehr an seine Schwester und an seine Großmutter.

Irgendwie musste er die Dinge mit Pattie wieder einrenken. Er musste ihr die Wahrheit über ihr Kind erzählen.

Der Wecker klingelte. Es war halb sechs. Was für eine unmenschliche Zeit zum Aufstehen, dachte er und seufzte. Dabei war er schon seit einer Stunde wach. Er stellte den Wecker ab, stieg aus dem Bett und streckte sich. Dann schlüpfte er in seine Jeans und ging den Flur hinunter zu Allisons Zimmer. Sie wollte um halb sieben vor der Kirche sein, um von dort mit der Jugendgruppe der Stadt zu einem Wochenendausflug nach Memphis Mud Island aufzubrechen.

Er klopfte ein paarmal sanft an die Tür und trat dann ein. Das Licht vom Flur fiel auf das Bett. Warum schlug sein Herz nur jedes Mal schneller, wenn er sein kleines Mädchen ansah? Er hätte es nie für möglich gehalten, so viel für einen Menschen zu empfinden. Sie war so unschuldig und süß, wie sie schlafend dalag, so unglaublich kostbar und schutzbedürftig.

Er durfte sie nicht schutzlos lassen. Und deshalb musste er so schnell wie möglich mit Pattie ins Reine kommen. Allison und Pattie mussten zueinanderfinden, und es lag an ihm, dafür zu sorgen, dass das geschah.

Sechs Meilen von Spencer entfernt hob Pattie ihre Kaffeetasse an den Mund. Nichts schmeckte so gut wie der erste Schluck Kaffee am Morgen. Zwei Toastscheiben sprangen aus dem Toaster, und sie legte sie auf zwei Teller, die neben zwei Gläsern Orangensaft standen.

„J. J., beeil dich, bevor alles kalt wird. Außerdem müssen wir gleich los."

Sie fragte sich, ob sie Spencer vor der Kirche sehen würde. Sie wollte ihm nicht begegnen. Vergangene Woche hatte sie alles getan, um ihm aus dem Weg zu gehen, und seit drei Tagen hatte sie weder etwas von ihm gehört noch gesehen. Wenn J. J. sich nur endlich beeilen würde, dann könnte sie ihn frühzeitig vor der Kirche absetzen und unauffällig verschwinden.

Natürlich gab es die Möglichkeit, dass Spencer recht hatte und sie nicht. Vielleicht hatte sie tatsächlich zu empfindlich reagiert und er hatte sie tatsächlich vor Freds Cousine schützen wollen. Aber sosehr sie Spencer auch liebte – und sie liebte ihn wirklich –, sie war und blieb unsicher, ob sie ihm trauen konnte. Sie wollte nicht auf ihn bauen, weil sie Angst hatte, dass er sie erneut im Stich lassen würde.

Spencer hatte ihre Minderwertigkeitsgefühle nie ganz verstanden. Er hatte die Stadt verlassen und damit das aufgegeben, was sie sich für kein Geld der Welt kaufen könnte: einen sozialen Status in ihrer Heimatstadt. Ihr Vater war Mechaniker und ihre Mutter war Haushälterin gewesen. Sie war in einem alten, kleinen Haus aufgewachsen. Ihre Kleidung war nie modern oder teuer gewesen, und ihre Mitschülerinnen hatten sie das nie vergessen lassen.

Keiner war überraschter als sie selbst gewesen, dass Spencer Rand sich ausgerechnet in sie verliebte. Bei ihrer ersten Verabredung war sie vierzehn gewesen. An ihrem siebzehnten Geburtstag hatten sie sich zum ersten Mal geliebt, und kurz nach ihrem achtzehnten Geburtstag war er gegangen.

„Reich mir mal den Honig", bat J. J. und setzte sich ihr gegenüber.

„Achte ein bisschen auf Allie während des Ausflugs, okay?"

J. J. strich sich großzügig Honig auf seinen Toast. „Wieso bist du nur so wild darauf, die Mutti für dieses Mädchen zu spielen?"

Pattie umfasste ihre Kaffeetasse mit beiden Händen. „Sei nicht so, J. J., bitte. Ich dachte, darüber bist du hinweg. Meine Zuneigung für Allie Wilson nimmt dir nichts von meiner Liebe."

„Ja, ich weiß. Du hast mir schon klargemacht, dass ich mich wie ein Idiot benommen habe, aber ihr Onkel …"

„Was zwischen ihrem Onkel und mir ist oder nicht ist, hat nichts mit meinen Gefühlen für Allie zu tun. Sie ist ein süßes, junges Mädchen, das zu früh in ihrem Leben die Trauer kennengelernt hat. Sie braucht Freunde. Und ich bin ihre Freundin." Sie nahm einen Schluck Kaffee. „Das ist alles, was ich für sie tun kann, weil es für Spencer und mich keine gemeinsame Zukunft gibt."

„Ich bin froh, dass du ihn endlich durchschaut hast."

Nachdenklich sah sie J. J. an. „Allie mag dich, und sie braucht auch deine Freundschaft."

„Ich werde ein Auge auf sie haben, aber das ist alles. Ich will nicht, dass man sie für meine Freundin hält, oder so was." J. J. trank seinen Orangensaft fast in einem Zug und schenkte sich neuen nach.

„Das kann ich verstehen. Sie ist ja auch zu jung für dich. Du bist sechzehn, und sie wird erst nächstes Jahr vierzehn."

„Genau, sie ist zu jung und zu verschroben für mich. Wusstest du, dass sie Gedichte liest?" Plötzlich stutzte J. J. „He, woher weißt du, wann sie vierzehn wird? Hat sie dir ihren Geburtstag gesagt?"

„Äh … ja, das hat sie", stotterte Pattie. Sie würde dieses Datum nie vergessen, denn am selben Tag, als Spencers Schwester ihr Kind zur Welt brachte, wurde auch ihr Baby geboren. Am vierten Januar.

J. J. stand auf und trug das Geschirr zur Spüle. „Und viel Spaß mit Trainer Evans heute Abend. Er ist ein prima Kerl. Würde wahrscheinlich einen tollen Stiefvater abgeben."

„Gil Evans ist ein netter Mann, aber meine Verabredung mit ihm sollte dich nicht auf komische Gedanken bringen."

Monatelang hatte sie Gils Einladungen abgelehnt. Zu ihrer Schande, wie sie es sich auch eingestand, war der einzige Grund, weswegen sie diese nun angenommen hatte, Rache an Spencer. Sie hoffte nur, dass sie ihren kindischen Impuls nicht bereuen würde.

Um Punkt halb sieben fuhr der Bus vor der Kirche ab. Eine Gruppe von Eltern winkte ihren Sprösslingen hinterher. Dann stiegen sie, einer nach dem anderen, in ihren Wagen und fuhren wieder los. Gerade als Pattie die Tür ihres Autos öffnete, legte sich eine Hand auf ihre Schulter. Sie drehte sich um. Direkt hinter ihr stand Spencer.

„Können wir miteinander reden?"

„Worüber sollten wir denn noch reden, Spencer? Ich denke, dass wir das Thema unserer Beziehung so ziemlich ausgeschöpft haben."

Er packte sie am Arm. „Wir waren einmal Freunde, und wir waren ein Liebespaar. Ich dachte, dass wir es wieder miteinander versuchen könnten. Was ist geschehen?"

Ohne ihn anzusehen, sagte sie: „Joan Stephenson brennt darauf, deine Freundin und Geliebte zu werden. Warum verschwendest du deine Zeit mit mir? Mich hast du schon gehabt, woran du mich eben ja auch selbst erinnert hast." Sie kämpfte verzweifelt gegen die aufsteigenden Tränen an. Sie durfte jetzt nicht weinen. Nicht vor Spencer!

Er ließ sie los. „Verdammt, Pattie, du weißt genau, dass Joan nichts damit zu tun hat. Du benutzt sie nur als Vorwand, um etwas zwischen uns schieben zu können. Du hast Angst zuzugeben, dass du mich willst."

Sie sah sich um und war erleichtert, dass sie und Spencer allein waren. „Du hast recht. Ich habe Angst, weil ich weiß, dass du mir nur wieder wehtun wirst."

Was kann ich dagegen erwidern? dachte Spencer. Nichts. Ihre Worte sind wahr. „Joan ist nicht das Vorbild, das ich mir für Allie wünsche. Du bist es. Trotz deiner Gefühle für mich, entferne dich bitte nicht von ihr. Sie braucht dich."

Pattie holte tief Luft. „Ich werde mich nicht von ihr entfernen. Das habe ich ihr schon gesagt. Ich werde immer für sie da sein, wenn sie es möchte."

„Danke, Pattie. Das ist sehr, sehr aufmerksam von dir. Allie ist ein besonderes Mädchen, und sie braucht so viel mehr, als ich ihr je geben kann." Spencer senkte den Blick. „Sie braucht eine Mutter."

„Ihre Mutter kann ich natürlich nicht sein, nur ihre Freundin."

„Pattie …"

„Ich muss jetzt los." Pattie setzte sich hinters Steuer und knallte die Tür zu.

Spencer blieb regungslos stehen. Als sie dann davonfuhr, sah sie im Rückspiegel, dass er winkte. Sekundenlang schloss sie die Augen. Sie sehnte sich so sehr nach ihm! Aber sie durfte ihrer Sehnsucht nicht nachgeben.

Spencer bewegte sich noch eine ganze Weile nicht. Während

der kalte Oktoberwind durch sein dunkles Haar fuhr, sah er Pattie nach, bis sie außer Sichtweite war. Dann stieg er in seinen Porsche und fuhr zurück nach Clairmont.

Spencer wusste, dass er selbst schuld war an diesem fürchterlich langweiligen Abend. Aber er hatte Joan Stephensons Einladung zum Essen nun einmal angenommen. Als er mit Allison vor ein paar Tagen bei ihr gewesen war, hatte er das Thema auf J. J. bringen wollen, aber Joan war ihm sehr geschickt ausgewichen. Heute Abend war er sofort darauf zu sprechen gekommen. Joan hatte zwar immer noch um den heißen Brei herumgeredet, aber sie war sehr deutlich in ihrer Ansicht über Patties Charakter geworden.

Als er das Essen im teuersten Restaurant in Marshallton dann hinter sich gebracht hatte, hatte er Joan nur noch nach Hause bringen wollen, um sie endlich loszuwerden. Aber sie hatte einen anderen Einfall. Sie wollte mit ihm tanzen gehen. Weil er sie nicht unnötig reizen wollte, hatte er das „Pale Rider" vorgeschlagen, in der festen Überzeugung, dass sie es ablehnen würde, sich mit ihm in einer simplen Saloonbar zu zeigen. Aber da hatte er sich geirrt.

Nun traten sie in die verräucherte, schwach beleuchtete Bar, die so dekoriert war, als befände man sich in einem Stall. Überall auf dem Boden lag Stroh, und die Stühle sahen wie Strohballen aus. Etwa ein Dutzend Paare tanzten zur Musik einer Country-Band. Ein Spot wanderte von der Band zu den tanzenden Paaren.

„Ich bin noch nie in so einem Laden gewesen", sagte Joan und klammerte sich an seinen Arm, als fürchtete sie, von jemandem angegriffen zu werden.

„Ich kann dich ja nach Hause bringen", schlug er zuvorkommend vor.

„Unsinn. Wenn dir solche Orte gefallen, dann möchte ich es auch ausprobieren. Zumindest dieses eine Mal." Sie schnüffelte und war sichtlich unangenehm berührt von den scharfen, erdigen Gerüchen von Schweiß und Bier.

Während er sie zu einem der wenigen leeren Tische führte, empfing Joan einige scheele, gierige Blicke. Ihr Griff um seinen

Arm wurde noch fester. Sicher, sie war nicht unattraktiv, hochgewachsen, schlank und elegant, aber eindeutig falsch am Platz in dieser Bar. Die meisten Frauen waren leger gekleidet. Joan trug ein klassisches schwarzes Seidenkleid und Perlen an den Ohren und am Hals.

Als dann die Bedienung erschien, bestellte er ihnen zwei Bier. Er hoffte, dass Joan Bier nicht ausstehen konnte und ihn nun doch bitten würde, sie nach Hause zu bringen.

Im nächsten Moment hatte er Joan vollkommen vergessen, denn die Tanzfläche leerte sich, und er sah, dass Pattie Cornell und Gil Evans unter den Paaren gewesen waren.

Sie gingen zu einem Tisch, der nur wenige Meter von ihrem entfernt war. Was, zum Teufel, tat Pattie hier mit diesem muskelbepackten Erbsenhirn? Er mochte es gar nicht, dass sie sich mit anderen Männern traf. Und er war sich so sicher gewesen, dass sie sich immer noch etwas aus ihm machte, und er hatte sich solche Mühe gegeben, das Problem mit Joan für sie aus der Welt zu schaffen.

Jetzt kam er sich wie ein Idiot vor. Ausgerechnet er, der immer gewusst hatte, wie man Frauen verführte, hatte auf der ganzen Linie versagt. Joan hatte seinen Versuchen, sie einzuwickeln, widerstanden, und Pattie war mit einem anderen Mann ausgegangen, ohne offensichtlich einen Gedanken an ihn, Spencer, zu verschwenden.

„Wie ich sehe, hat Pattie wieder zu ihrem wahren Ich zurückgefunden", sagte Joan herablassend. „Bevor sie ihre Angel nach dem armen Fred auswarf, war sie an solchen Plätzen wie diesem hier zu Hause und hat sich immer mit Männern wie Gil Evans umgeben."

„Ach ja?" Er nahm nicht den Blick von Pattie und Gil.

Pattie hob gerade ihr Bierglas an den Mund. Er saugte ihren Anblick regelrecht in sich auf – wie ihre Lippen sich an das Glas pressten, wie ihr langes blondes Haar sich aus dem lockeren Knoten löste und ihr weich auf die Schultern fiel. Warum musste sie nur so wunderschön sein? Sie war jetzt sogar noch schöner als mit achtzehn.

„Du hast mehr Glück gehabt als mein Cousin Fred." Joan legte die Hand über seine. „Du hast sie vor all den Jahren durchschaut und die Stadt verlassen, bevor sie dir einreden konnte, schwanger von dir zu sein."

Er entzog ihr seine Hand. „Wie kommst du darauf, dass es nicht mein Kind war?"

Joan errötete und senkte den Blick. „Weil Pattie Cornell nie etwas anderes als eine kleine Hure gewesen ist."

Er kochte innerlich, sagte aber nur scharf: „Du sprichst wie mein Vater."

„Der Senator hatte recht."

Ihr Bier kam, und dankbar griff er nach seinem Glas. Beim Trinken brauchte er mit Joan nicht zu reden. Es war weder der Ort noch die Zeit, um die hochnäsige Frau zurechtzustutzen.

Die Band begann eine langsame Melodie zu spielen. Ihm krampfte sich der Magen zusammen, als er Gil aufstehen und Pattie die Hand reichen sah. Pattie erhob sich geschmeidig und lächelte zu Gil auf.

„Lass uns tanzen", sagte er knapp und zerrte Joan fast vom Stuhl hoch.

Atemlos stieß sie einen leisen Schrei aus. „Du meine Güte, hast du es aber eilig." Sie kicherte.

Auf der Tanzfläche fasste er sie dann um. Sie fühlte sich knochig an im Vergleich zu Patties weichen Kurven. Aber Pattie war nicht seine Partnerin, Pattie schmiegte ihren aufregenden Körper an einen anderen Mann. Er hasste diesen Kerl dafür.

Geistesabwesend drückte er Joans Hüften an sich.

Sie kreischte auf. „Sei nicht so vulgär, Spencer."

„Entschuldige." Er sah nur, dass Gils Hand besitzergreifend auf Patties Rücken lag.

„Nur weil diese Barbaren hier sich wie Tiere benehmen, ist das noch lange keine Entschuldigung für dich, das ebenso zu tun." Vorwurfsvoll fuhr sie fort: „Sieh dir bloß Pattie Cornell an! Wie diese Frau sich bewegt! Es ist beschämend!"

„Ja", knurrte er.

Spencer hatte ohnehin nur Augen für Pattie und wünschte,

er könnte damit aufhören. Aber sie war ihm noch nie so begehrenswert erschienen wie jetzt.

Als das Lied zu Ende war, flüsterte Gil in Patties Ohr: „Noch einen Tanz, okay? Dann bestellen wir neue Drinks."

Pattie lächelte seufzend und dankte ihrem Schicksal, dass Gil Evans so ein freundlicher, netter Mann war, der nicht mehr von ihr verlangte, als sie zu geben bereit war. „Okay."

Beim nächsten Lied betrachtete sie über Gils Schultern hinweg die anderen Paare auf der Tanzfläche. Plötzlich setzte sekundenlang ihr Herz aus. Nur wenige Meter von ihr entfernt stand Spencer und hielt Joan Stephenson in den Armen. Sie blieb wie angewurzelt stehen.

„Was ist los?", fragte Gil und drehte sich um.

Sie konnte nicht sprechen und sich nicht bewegen. Die Eifersucht zerriss sie fast. Was tat er hier mit Joan? Hatte Spencer sie also doch angelogen? Denn wenn er die Wahrheit gesagt hätte, warum ging er dann mit dieser schrecklichen Frau aus?

„Möchtest du dich lieber setzen?"

„Ich … entschuldige, Gil."

„Ich meine, wenn wir hier auf der Tanzfläche bleiben, dann fangen wir besser wieder an, uns zu bewegen. Es sei denn, du möchtest, dass Rand merkt, wie verstört du bist." Gil wiegte sie behutsam, bis sie lustlos mitmachte.

Doch sie war dankbar, dass Gil so verständnisvoll war. Gleichzeitig fühlte sie sich schwach und krank vor Schmerz und Wut, dass sie seine Führung überhaupt nötig hatte – und dass sie bei jeder Umdrehung erneut sehen musste, wie Spencer diese Frau in den Armen hielt.

Er war so groß und breitschultrig, so umwerfend männlich. Es war einfach unfair von ihm, dermaßen attraktiv auszusehen. Er hatte sein dunkles Haar nach hinten gebunden, trug ein schwarzes Hemd unter der Jeansjacke, schwarze Jeans und einen schwarzen Gürtel. Trotz seiner legeren Kleidung strahlte er Eleganz und Haltung aus. Und das war typisch für diesen Mann. Er war ein Rebell, aber ein Rebell mit Persönlichkeit und Prinzipien.

Sie versuchte, ihn und seine Begleitung zu ignorieren. Erfolglos. Warum tat sie sich das nur an? Spencer hatte ihr keinerlei Versprechungen gegeben. Von Anfang an hatte er klargemacht, dass er keine feste Beziehung wollte. Und seine alte Freundschaft mit ihr hatte er vor allem seiner Nichte zuliebe wieder aufleben lassen – und nicht, weil er sie, Pattie, immer noch liebte. Nun, und jetzt hatte er eben eine passendere Mutter für Allison gefunden.

Es dürfte sie eigentlich nicht treffen, aber das tat es. Was für ein Dummkopf sie doch war! Warum nur konnte sie nicht aufhören, diesen Mann zu lieben? Schlimmer noch, sie hatte sich sogar Hals über Kopf von neuem in ihn verliebt. Dabei hatte sie sich so bemüht, es nicht noch einmal dazu kommen zu lassen.

In diesem Moment sah Spencer ihr direkt in die Augen. Sie spürte seinen Blick durch und durch. Die Leidenschaft darin war so intensiv, dass sie am ganzen Körper zu zittern begann.

Mühsam riss sie sich von seinem Blick los und flüsterte Gil zu: „Ich könnte jetzt gut den versprochenen Drink gebrauchen."

Als Gil sie daraufhin von der Tanzfläche führte, blickte Pattie nicht zurück.

Spencer tanzte noch bis zum Ende des Liedes mit Joan weiter. Dann gingen sie zurück an ihren Tisch, er leerte sein Bier und bestellte sofort eine neue Runde.

Eins musste er Joan lassen. Sie versuchte in der nächsten halben Stunde wirklich tapfer, ihn in ein Gespräch über seine Familie zu verwickeln. Aber er antwortete nur einsilbig, seine ganze Aufmerksamkeit galt dem Nachbartisch.

Dann standen Gil und Pattie erneut zu einem Tanz auf, und er war gezwungen, ihnen zuzusehen. Schon bald erkannte er, dass es besser für ihn gewesen wäre, wenn er mit Joan die Bar längst verlassen hätte.

Er war sich kaum bewusst, dass Joan immer weiterredete. Nervös ballte er die Fäuste, sein Puls raste, Schweiß stand ihm auf der Stirn, während er beobachtete, wie Pattie sich weich und weiblich in ihrer engen Jeans zu den langsamen Rhythmen eines Liebesliedes wiegte. Dass Joan die Bedienung nach der Damentoilette fragte, sich entschuldigte und aufstand, merkte er gar nicht.

Er sah nur Pattie. Sie schien aufzugehen in der Musik und bewegte sich immer geschmeidiger, ausgelassener und gelöster. Ihr Tanz wurde immer sinnlicher und aufregender. Gil war zurückgetreten, und sie tanzte jetzt praktisch allein. Auch andere Paare machten ihr Platz oder blieben stehen und schauten ihr zu.

Ihr nur zuzuschauen machte ihn wahnsinnig vor Erregung. Diese Frau, die sich so ganz der Musik hingab, war die Frau, die er vor vierzehn Jahren geliebt hatte. Mit der er das Wunder der Leidenschaft entdeckt hatte.

Mit geschlossenen Augen drehte Pattie sich jetzt von Gil weg und streckte einladend die Arme aus. Spencer zweifelte nicht eine Sekunde, dass er der Mann war, den sie aufforderte. Wie in Trance stand er auf und ging zu ihr.

Pattie öffnete die Augen und ließ Spencer ihre Sehnsucht sehen. Sie brannte vor Verlangen, sie konnte ihm nicht mehr widerstehen. Nichts und niemand zählte, weder Gil noch Joan Stephenson. Für sie gab es nur ihn. Die Band hörte auf zu spielen, die Zuschauer rührten sich nicht und hielten gebannt den Atem an.

Spencer stand vor Pattie, und sie lächelte ihn an. Voller Begehren glitt sein Blick an ihr hinauf und hinunter, und sie befeuchtete mit der Zunge erregt die Lippen und wich seinem Blick nicht aus.

Die Band stimmte ein neues Stück an, und Spencer und Pattie traten den letzten Schritt aufeinander zu. Sie schmiegte sich an ihn, wie sie sich an keinen anderen geschmiegt hätte, und er presste sich fest an sie, dass ihr vor Erregung der Atem stockte. So war es immer zwischen ihnen gewesen. Überwältigend intensiv. Verzehrend.

Spencer wusste, dass er verloren war. In dem Augenblick, da ihre Körper sich berührten und er Patties weiche Kurven spürte, war ihm nichts mehr wichtig außer sie. Seine wunderschöne Pattic, die mit ihrer Sinnlichkeit eine solche Macht über ihn hatte. Seit er als unreifer Junge so verliebt gewesen war, dass er sich ein Leben ohne Pattie nicht hatte vorstellen können, hatte nichts ihn so verzaubert wie sie.

Er sah jetzt ganz klar, dass sein Leben leer gewesen wäre, hätte er nicht Patties Liebe und Leidenschaft erfahren. Die Erinnerung daran war ihm über alles kostbar, und niemand konnte sie ihm nehmen oder in den Schmutz ziehen.

Ohne Scham hielt Pattie ihn umschlungen und hielt sich gleichzeitig an ihm fest. In Spencers starken Armen zu sein war für sie der Himmel auf Erden.

„Komm mit mir, Pattie. Ich will dich." Spencer küsste ihren Hals. „Lass uns aufhören, uns etwas vorzumachen. Wir können unsere Gefühle nicht unterdrücken."

Zärtlich strich sie seinen Nacken entlang. „Wir werden uns nur neue Probleme schaffen …"

„Ich glaube nicht, dass ich in größeren Problemen stecken kann als in diesem Augenblick, Baby." Von ihrem seidigen blonden Haar bis zu den Spitzen ihrer Pumps war sie einfach hinreißend. Und wenn er sie nicht bald hier herausbekam, würde er sie vor all den Zuschauern lieben.

„Oh, Spencer, was sollen wir nur tun?" Obwohl nichts so ungewiss war wie eine Zukunft mit ihm, begehrte sie ihn unendlich, und nichts würde sie davon abhalten, diese Nacht mit dem Mann zu verbringen, den sie liebte.

„Wir müssen erst mal hier raus, bevor wir völlig die Kontrolle verlieren", sagte er mit rauer Stimme und zog sie von der Tanzfläche und hinter sich her.

Gil lächelte ihr zu und nickte, während Spencer sie, ohne innezuhalten, zum Ausgang schob. Joan Stephenson starrte ihnen mit aufgerissenen Augen und offenem Mund nach.

Kühle Nachtluft umfing sie und hauchdünner Regen. Arm in Arm liefen sie zu Spencers Porsche. Sobald sie eingestiegen waren, zog Spencer sie an sich, und ihre Lippen trafen sich in einem wilden, fordernden Kuss. Spencer versuchte erst gar nicht, Knopf für Knopf ihre Bluse zu öffnen, sondern riss sie aus den Jeans, schlüpfte mit den Händen darunter und streichelte hingebungsvoll ihre festen Brüste.

Pattie stöhnte lustvoll auf.

Keuchend löste er sich von ihren Lippen. „Wir können uns

hier nicht lieben, Baby, aber ich kann nicht mehr lange warten."

„Zu mir", hauchte sie heiser und rutschte auf den Beifahrersitz.

Als Spencer erneut die Arme nach ihr ausstreckte, schlug sie ihm lachend auf die Finger. „Die ganze Nacht liegt noch vor uns. Wir haben vierzehn Jahre gewartet – was sind da ein paar Minuten?"

Spencer ließ den Motor an, setzte zurück und drückte dann, kaum dass er den Parkplatz verlassen hatte, aufs Gas. Bis heute hatte er nie die Wahrheit erkannt. Es war unwichtig, wie viele Länder er gesehen, wie viele Abenteuer er erlebt oder mit wie vielen Frauen er geschlafen hatte. Ja, er hatte vierzehn Jahre lang gewartet, um wieder bei Pattie zu sein, um die einzige Frau in seinen Armen zu halten, die er je geliebt hatte. Die Mutter seines Kindes.

9. KAPITEL

*P*atties Finger zitterten, als sie versuchte, ihre Haustür aufzuschließen. Sie hörte Ebony zur Begrüßung kläffen und am Holz kratzen, während Spencer sich verlangend an ihren Rücken presste und ihren Nacken küsste, dass es ihr noch schwerer fiel, sich zu konzentrieren.

„Hör auf, sonst bekomme ich die Tür nie auf", murmelte sie lachend.

Endlich hatte sie den Schlüssel dann in die richtige Stellung gebracht, noch ein letzter Ruck, die Tür öffnete sich, und während Spencer sie weiter festhielt, ging sie hinein.

Ebony sprang aufgeregt auf und ab. „Ist ja gut, mein Mädchen. Du bist ein toller Wachhund gewesen. Aber jetzt kannst du beruhigt wieder ins Körbchen gehen."

Spencer hob sie ungeduldig auf die Arme, und Ebony folgte ihm eifersüchtig kläffend dicht auf den Fersen den Flur hinunter ins Schlafzimmer. Doch sobald sie hineingegangen waren, schien sie sich mit den Gegebenheiten abzufinden, rollte sich behaglich in ihrem Korb in der Zimmerecke zusammen und gab keinen Laut mehr von sich.

Spencer ließ Pattie neben dem Bett hinunter, legte die Hände um ihren weich gerundeten Po und presste sie an seine harten Schenkel. Dabei küsste er sie gierig auf die vollen Lippen, und sie erwiderte seinen Kuss mit dem gleichen wilden Hunger.

Sein Atem strich heiß über ihr Ohr, als Spencer an ihrem Ohrläppchen knabberte. „Ich wollte mich zusammenreißen und das Tempo etwas zügeln", sagte er heiser, „aber ich kann nicht."

„Ich auch nicht", flüsterte Pattie atemlos und zerrte ihm die Jacke von den Schultern.

„Es soll etwas Besonderes für dich werden." Er ließ sie kurz los, ließ seine Jacke fallen und zog Pattie dann sofort wieder in seine Arme. „Du sollst nicht glauben, dass unser Zusammensein nicht wichtig für mich ist."

„Uns bleibt noch die ganze Nacht, um es auszukosten …" Pattie knöpfte sein Hemd auf.

„Du ahnst gar nicht, wie sehr du mir fehlst, Baby. Ich brenne vor Sehnsucht nach dir." Er hakte ihren Gürtel auf und öffnete den Reißverschluss.

„Dann hör auf zu reden, Spencer Rand, und nimm mich. Sofort! Jetzt!" Seinen Gürtel hatte Pattie schon gelöst und schob nun ihre Finger unter den Hosenbund und streichelte Spencer herausfordernd.

Er stöhnte auf und drängte sie sanft aufs Bett. Sie schüttelte ihre Pumps ab, dass sie mit einem dumpfen Laut auf den Boden fielen, und geschickt zog er ihr die Jeans aus. Mit zitternden Händen berührte er ihren flachen Bauch.

„Ich kann nicht warten, Baby, es geht einfach nicht!" Damit riss er ihr den Slip herunter, beugte sich über sie und öffnete hastig den Reißverschluss seiner Jeans. Mit glühender Leidenschaft sah er Pattie an, und er las in ihren Augen die gleiche Begierde, die ihn verzehrte.

Sie fest um die Hüften packend, hob er sie an und war mit einem schnellen Stoß in ihr. Pattie schrie auf vor Vergnügen. Ihre Vereinigung war das Schönste, was sie beide je erlebt hatten. Es war die vollkommenste Erfüllung sinnlichen Glücks. Sekundenlang bewegte Spencer sich nicht, um es ganz auszukosten, tief in ihr zu sein. Aufreizend langsam zog er sich dann ein wenig heraus, und Pattie klammerte sich an ihn und flehte ihn an, wieder ganz in sie hineinzukommen. Erneut stieß er vor, und sie rief keuchend seinen Namen.

Seine Bewegungen wurden immer schneller und härter, und er flüsterte ihr lockende Worte der Lust ins Ohr. Sie begegnete seinen Stößen mit der gleichen ungestümen Gier, nahm ihn ebenso wild in sich auf, wie sie sich ihm hemmungslos hingab.

Mit brennender Intensität traf sie der Gipfel fast im gleichen Moment, und sie schrien vor Ekstase auf. Pattie grub die Fingernägel in seine Schultern, und er presste ihren Schoß an seine Hüften, während Schauer über Schauer sie durchströmten.

Schließlich legte Spencer sich neben sie, und Pattie schmiegte sich an ihn und lehnte den Kopf an seine Schulter. Er schloss sie fest in seine Arme, und in wenigen Minuten waren sie erfüllt voneinander eingeschlafen.

Ein paar Stunden später wachte Spencer auf. Der feine Nieselregen hatte sich in einen Regenguss verwandelt, und es stürmte. Spencer sah die Frau neben sich an, die er vorhin so hart und heftig geliebt hatte. Sie hatte es ebenso genossen wie er.

Er lächelte in Gedanken an die schamlosen Liebesworte, die sie sich im Rausch ihrer Lust zugeflüstert hatten. Pattie Cornell war eine Vollblutfrau, die die gleichen Begierden und Sehnsüchte hatte wie er. Sie hatte ihm nie die Scheue vorgespielt, sondern ihm ihren Hunger auf Sex mit ihm immer offen gezeigt. Sie wollte ihn hemmungslos lieben und ebenso hemmungslos von ihm geliebt werden. Sie hatte sich nicht geändert, und er wollte sie so sehr, wie er keine andere Frau je gewollt hatte. Nur Pattie Cornell gelang es, ihn so zu erregen und seine unbändige Sehnsucht dann auch zu stillen.

Er setzte sich auf, streifte sein Hemd ab und warf es auf den Boden. Schuhe und Socken, Jeans und Boxershorts folgten.

Pattie war bereits nackt, bis auf ihren kurzärmeligen Pullover und ihren BH. Er zog das Überlaken herunter, sodass er sie in Ruhe betrachten konnte. Sie drehte sich zur Seite und seufzte im Schlaf. Himmel, war es herrlich, sie anzusehen. Sie war die schönste Frau für ihn. Er berührte die weichen Locken zwischen ihren Schenkeln. Sofort war er erregt, und er wollte sie ebenso stark wie vorhin.

Behutsam schob er ihr den Pullover über den Kopf. Sie rührte sich und murmelte seinen Namen. Er lächelte und hoffte, dass sie ihn ansehen würde, aber sie behielt die Augen geschlossen und rekelte sich wohlig.

Er hakte den Vorderverschluss ihres BHs auf und streifte ihr das zarte Seidengebilde ab. Es landete bei den anderen Sachen auf dem Boden, und er widmete seine ganze Aufmerksamkeit ihrem verführerischen Körper, der ihn einzuladen schien, ihn mit Fingern und Lippen zu erkunden.

Da bemerkte er die Goldkette mit den zwei Ringen, die zwischen Patties vollen Brüsten hingen. Am liebsten hätte er diese Verlobungsringe aus der Zeit mit Fred Carter abgerissen und quer durchs Zimmer geworfen. Er wollte Pattie nicht lieben, während sie die Ringe eines anderen an ihrem Herzen trug.

Doch er tat es nicht, sondern hauchte ihr federleichte Küsse aufs Schlüsselbein. Dann sah er sich die Ringe genauer an, und ihm fiel plötzlich auf, dass sie verschieden groß waren. Der eine war ein Diamantring, aber der andere war kein Verlobungsring. Es war ein winziger goldener Babyring mit einem zarten eingravierten Muster.

Sein Puls raste, als er die Ringe zögernd in die Hand nahm. Himmel, den Diamantring hatte er selbst ihr gegeben, als er sie vor vierzehn Jahren gebeten hatte, ihn zu heiraten. Sie trug nicht Fred Carters Ring an ihrem Herzen, sie trug seinen!

Der kleine Ring passte nicht einmal auf die Spitze seines kleinen Fingers. Ein Schmerz, der tief aus seinem Inneren kam, schnürte ihm die Kehle zu. Diesen Ring sollte ihr Kind haben, ihre kleine Tochter. Pattie hätte ihn an Allisons Finger gesteckt. Stattdessen trug sie ihn jetzt all die Jahre an einer Kette um den Hals, zusammen mit seinem Verlobungsring, weil sie nicht wusste, dass ihr Kind lebte.

„Versuchst du, mich wach zu bekommen?" Pattie öffnete lächelnd die Augen.

Einen Moment lang konnte er nicht sprechen. Er schluckte nervös und holte tief Luft. „Du hast meinen Ring behalten. Nach all diesen Jahren hast du ihn immer noch."

Pattie nahm Spencer die Kette aus der Hand und setzte sich auf. Sie war ernst geworden, weil er auch den Babyring gesehen hatte. Würde sie jetzt schon die Kraft haben, ihm von ihrem Kind zu erzählen? Nein, es war noch zu früh.

„Ich musste ihn behalten, Spencer. Ich weiß, du kannst das nicht verstehen, aber es war alles, was mir von dir geblieben war. Den … den anderen Ring hast du auch gesehen?"

Spencer hörte die Angst in ihrer Stimme und kam Pattie zu Hilfe. Er hatte nicht das Recht, die Wahrheit von ihr zu verlangen, wo er selbst sie schon so lange anlog. „Es ist dein Babyring, nehme ich an", sagte er leichthin. „Du hebst ihn sicher für später auf, für deine eigenen Kinder."

„Spencer, ich …"

Er legte ihr den Finger auf die Lippen. „Lass uns nicht über Vergangenes oder Zukünftiges sprechen. Heute zählt nur, dass wir zusammen sind und eine unendliche Nacht vor uns haben, um uns zu lieben." Morgen war es noch früh genug, sich mit der Wirklichkeit auseinanderzusetzen. Jetzt wollte er Pattie nur zeigen, wie viel sie ihm bedeutete.

„Aber wir müssen miteinander sprechen. Ich muss dir da einiges sagen."

Er hob ihre Hand an die Lippen und küsste jeden Finger. Lächelnd und voller Verlangen sah er sie an, und sie erwiderte sein Lächeln. „Es kann doch sicher bis morgen warten, oder?"

Er presste ihre Hand an seine Brust und führte sie dann langsam immer tiefer bis zu seiner empfindlichsten Stelle.

Behutsam berührte sie ihn dort und seufzte sehnsüchtig auf. „Oh, Spencer, warum kann ich bei keinem anderen Mann so empfinden wie bei dir?"

Er rieb sacht über ihre Brustspitzen. „Ich weiß nicht, Baby. Ich weiß nur, dass du die einzige Frau bist, bei der es einfach perfekt ist." Damit beugte er sich über sie, nahm eine Brustspitze in den Mund und saugte daran.

Pattie bog sich ihm entgegen, während eine wundervolle Wärme sich in ihr ausbreitete. „Ja, perfekt", flüsterte sie und begann ihn mit der Hand verführerisch zu verwöhnen.

„Nicht, Baby", stieß er hervor. „Das ist zu viel." Er zog ihre Hand weg. „Wir wollen doch nicht, dass alles vorbei ist, bevor es richtig angefangen hat."

„Wir sind wie Dynamit mit sehr kurzen Zündschnüren, nicht wahr?" Sie wand sich lustvoll hin und her, während er ihren Bauch küsste und mit der Zunge ihren Nabel umkreiste.

„Ich werde dich lieben, bis du in Flammen stehst …" Und er glitt mit seinen Lippen zu der weichen Stelle zwischen ihren Schenkeln und liebkoste sie mit der Zunge.

„Spencer, oh, Spencer!" Überwältigt von Lust, die immer

brennender und brennender wurde, fuhr Pattie ihm durchs Haar und packte dann zitternd vor Erregung seine Schultern, als sie die erotische Tortur kaum noch aushielt.

Sie bäumte sich auf, und er senkte seine Zunge noch tiefer in sie hinein. Im nächsten Moment schienen die Flammen über ihr zusammenzuschlagen, und sie zerfloss wie glühende Lava.

Spencer küsste ihre geschlossenen Lider. „Ich liebe es, dich so zu erleben, Baby. Ganz heiß und befriedigt. Und es ist wunderbar zu wissen, dass ich dir diese Befriedigung gegeben habe."

Langsam öffnete Pattie die Augen und lächelte weich. „Und ich liebe dich, Spencer. Ich glaube, ich habe nie aufgehört, dich zu lieben. Die ganze Zeit über nicht."

„Oh, Pattie, du bist einzigartig, weißt du das?" Er stützte sich auf den Ellbogen und streichelte ihre Wange. „Ich habe andere Beziehungen gehabt. Aber ich habe keine dieser Frauen geliebt. Du bist die einzige."

„Oh, Spencer … Halte mich und liebe mich, und lass diese Nacht ewig dauern."

Er legte sich neben sie und zog sie fest an sich. Ebenso wenig wie sie wollte er, dass es Morgen wurde. Wie würde Pattie reagieren, wenn er ihr von Allison erzählte? Würde sie ihn hassen, weil er ihr nicht schon längst die Wahrheit gesagt hatte?

Er küsste Pattie mit einer Zärtlichkeit und Liebe, die er seit langer Zeit nicht gefühlt hatte. Seit damals, als er mit Zwanzig aus der Stadt verschwunden war. Jetzt war er wieder da, und sein Mädchen gab ihm eine zweite Chance. Doch er verdiente Pattie nicht. Er konnte keine feste Beziehung mit ihr eingehen, die sie bestimmt von ihm erwartete. Wie sollte er ihr nur verständlich machen, dass er zwar gern mit ihr und Allison zusammenbleiben wollte, aber Angst davor hatte, ihnen wehzutun?

Vielleicht war die heutige Nacht alles, was ihm von Pattie bleiben würde. Sobald sie die Wahrheit wusste und er ihr sagte, dass er wieder gehen müsse, würde sie sich ihm wohl kaum noch hingeben wollen.

„Komm her, Baby." Sanft setzte er sie auf sich. „Wir wissen beide, dass diese Nacht nicht ewig währen wird, aber sie kann eine Erinnerung werden, die wir nie vergessen."

Er streichelte sie lockend von neuem mit den Fingern, bis sie beide vor Erregung erschauerten.

„Vergiss niemals, wie viel du mir bedeutest", flüsterte er in dem Moment, als er in sie eindrang.

„Ich ... liebe dich auch", flüsterte Pattie zurück und ergab sich rückhaltlos ihrer steigenden Lust.

Spencer liebkoste ihre Hüften und die Taille. Ihre Haut war wie glühende Seide. Er überließ es Pattie, den Rhythmus zu finden, der ihr am meisten gefiel. Langsam und gedehnt ließ sie die Hüften kreisen, während er mit der Zunge über ihre Brüste strich und an den Spitzen saugte.

Nur mit großer Willensanstrengung konnte er sein Begehren zügeln, als sie kehlig seufzend mit ihren sinnlichen Bewegungen fortfuhr. Doch ihr Herz schlug immer wilder, sie schien vor Erregung zu vergehen, und dann endlich beschleunigte sie den Rhythmus.

Pattie spürte den Höhepunkt kommen, und mit einem kraftvollen Stoß brachte Spencer sie an das Ziel ihrer Sehnsucht. Als dann die Wellen der Lust sie überfluteten, fand auch Spencer den Gipfel der Erfüllung und verströmte sich in ihr.

Pattie ließ sich auf seine Brust sinken, und er zog die Decke über sie beide, legte die Arme um sie und drückte sie zärtlich an sich. Entspannt schlief Pattie ein.

Als sie erwachte, war Pattie allein im Bett. Sie blickte sich um und sah Spencer an der Tür stehen. Er trug nur seine Jeans und war gerade wieder ins Zimmer gekommen.

„Guten Morgen, meine Schöne." Er setzte sich zu ihr aufs Bett und reichte ihr einen Becher Kaffee. „Mit Sahne und Zucker, wie du ihn magst."

Genüsslich nahm Pattie einen Schluck. „Köstlich. Danke."

Sie setzte sich auf, ohne sich ihrer Nacktheit zu schämen. Das war eins der Dinge, die Spencer immer an ihr geliebt hatte. Sie gehörte nicht zu den Frauen, die am nächsten Morgen plötzlich schüchtern und zurückhaltend wurden.

„Ich bin kein besonders guter Koch, aber mein Kaffee ist nicht schlecht." Hingerissen schaute er sie an. Sie sah wunderschön aus, ob sie nun angezogen war oder nackt.

„Wir müssen miteinander reden", sagte sie.

„Ja, ich weiß." Er streichelte ihre Schulter. „Die Nacht ist nun vorbei."

Regelrecht mitfühlend sah sie ihn an, und er senkte schuldbewusst den Blick. Sie war so sicher, dass ihre Neuigkeiten ihn treffen würden, dabei war sie es, die ein Schock erwartete.

Sie lehnte sich an ihn und rieb ihr Gesicht an seiner Haut. „Du hast ja schon geduscht, du riechst so sauber. Ich liebe diesen Duft bei einem Mann." Sie küsste ihn auf die Schulter und gab ihm den Becher zurück. „Mach uns Frühstück, während ich dusche, okay?" Sie warf die Decke zurück. „Hat es aufgehört zu regnen?"

„Ja, aber es ist immer noch bewölkt."

„Wo ist Ebony? In der Küche?"

„Draußen. Ich habe sie schon gefüttert, als ich das Hundefutter unter der Spüle sah."

Pattie holte einen rot-weißen Morgenmantel aus ihrem Schrank und ging zur Tür. „Danke für diese Nacht, Spencer. Ich hatte vergessen, wie es ist, sich wirklich lebendig zu fühlen."

„Ich auch", sagte er rau und wünschte sich nichts sehnlicher, als sie wieder aufs Bett zu werfen und den ganzen Morgen zu lieben. Aber der Augenblick der Wahrheit war gekommen, und es war besser, ihn nicht noch länger hinauszuschieben.

Er stand auf und trank ihren Becher Kaffee leer. „Himmel, ist der süß."

Sie lachte, als er das Gesicht verzog. Doch dann wurde sie ernst. „Es gibt da etwas, das ich dir schon vor ein paar Wochen hätte sagen müssen. Aber lass uns erst frühstücken, bevor wir darüber reden. Okay?"

Er gab ihr einen Klaps auf den Po. „Mach dir keine Sorgen. Was immer du mir auch zu sagen hast, ich werde es bestimmt verstehen." Im Stillen flehte er darum, dass sie ihm das gleiche Verständnis entgegenbrachte.

Nach zwanzig Minuten hatte Pattie geduscht, sich angezogen, und sie hatten ihr Frühstück beendet. Sie schob ihren Teller zurück, legte die Hände in den Schoß und sah Spencer fest an.

„Als du mich damals gebeten hast, Marshallton gemeinsam mit dir zu verlassen, wollte ich mitgehen."

„Das weiß ich, Baby. Ich war nur noch nicht erwachsen genug, um zu begreifen, warum du es dann nicht getan hast. Du konntest deine Mutter und Trisha nicht allein lassen. Wenn ich ein Mann gewesen wäre und kein selbstsüchtiger Junge, wäre ich geblieben und hätte dir geholfen." Er reichte ihr die Hand, und sie legte ihre hinein.

„Oh, Spencer", sagte Pattie und war gerührt von seiner liebevollen Geste. „Wie hättest du denn bleiben können? Dein Vater hätte dir nie erlaubt, mich zu heiraten."

Als sie dann traurig weitersprach, verflocht er seine Finger mit ihren.

„Er ließ dich nicht dein eigenes Leben leben. Du musstest gehen, um dem Druck zu entfliehen, den er auf dich ausübte. Das wusste ich."

„Zum Teufel mit dem Senator. Um ihn geht es nicht mehr." Er strich mit dem Daumen über ihren Handrücken.

„Spencer, ich war … schwanger, als du weggingst."

Pattie wartete, und als er nicht antwortete, fuhr sie leise fort: „Ich habe es erst eine Woche danach bemerkt. Ich habe versucht, dich zu finden, aber keiner konnte mir sagen, wo du hingegangen warst."

„Oh, Pattie, es tut mir so leid, dass ich nicht hier war und dass du mit allem allein fertig werden musstest." Spencer sehnte sich danach, sie tröstend in die Arme zu nehmen, aber das würde sie vielleicht nicht mehr wollen, wenn sie erst seine Wahrheit erfahren hatte.

„Du fragst ja gar nicht, was mit unserem Baby geschehen ist. Willst du es denn nicht wissen?"

„Ich weiß es."

„Wie … woher? Hat Joan es dir gesagt?"

„Sie hat erwähnt, dass du ein Kind bekommen hast, das bei der Geburt gestorben ist."

„Woher weißt du, dass es unser Kind war?" Pattie löste ihre Hand aus seiner und lehnte sich zurück.

„Wessen Kind hätte es denn sonst sein sollen?" Spencer zögerte kurz und fügte dann hinzu: „Aber ich wusste von dem Kind schon, bevor Joan darüber sprach."

Fragend sah Pattie ihn an.

„Peyton hat es mir gesagt. Er hat mir viel gesagt – Dinge, die mich fassungslos machten und die ich nie für möglich gehalten hätte."

„Was meinst du damit?"

„Auch dir wird es sicher schwerfallen, es zu begreifen, Baby. Aber mein Vater hat uns sehr übel mitgespielt. Meine ganze Familie hat all die Jahre gelogen, selbst Peyton kannte die Wahrheit seit einiger Zeit und hat mir nichts gesagt."

„Was hat dein Vater mit unserem Kind zu tun?" Pattie schob ihren Stuhl zurück und stand auf. „Warte, Spencer. Erst muss ich dir erklären, wie es damals für mich war."

„Nein, Pattie. Zwing dich nicht, den Albtraum noch einmal zu durchleben." Spencer stand nun ebenfalls auf, ging um den Tisch herum und streckte die Arme nach Pattie aus. Wenn sie ihm doch nur erlauben würde, sie zumindest jetzt zu trösten. Vor vierzehn Jahren war es ihm nicht möglich gewesen.

Doch sie wich zurück. „Nein, lass mich. Jetzt nicht. Bitte."

Er akzeptierte das und berührte sie nicht.

„Niemand wollte mir Arbeit geben. Meine Mutter, Trisha und ich lebten von der Fürsorge, da meine Mutter sich von dem Hirnschlag nie mehr erholt hat. Erinnerst du dich an Leah Marshall? Sie ist eine entfernte Verwandte von dir."

Er nickte.

„Sie hatte einen kleinen Laden und bot mir einen Job an. Sie war die Einzige in der Stadt, die mir geholfen hat." Pattie zog ihre Goldkette aus dem Ausschnitt. „Leah gab mir auch diesen Ring für mein Baby."

„Pattie, ich kann dich nicht weiterreden lassen. Es ist nicht nötig, noch an jenes Kind zu denken." Eindringlich packte Spencer sie an den Schultern.

Sie entriss sich ihm. „Jenes Kind? Mein Kind, Spencer. Es war mein kleines Mädchen. Und deins."

„Nein, Pattie, du irrst dich. Das Baby, das damals starb, war nicht unser Kind." Verdammt, er hatte mit der Wahrheit nicht so herausplatzen wollen.

„Was sagst du da?", fragte sie ungläubig.

Er legte ihr wieder die Hände auf die Schultern und ließ es diesmal nicht zu, dass sie sich ihm entzog. „Ich hatte keine Ahnung, dass du schwanger warst. Ich wusste nichts über das Kind, bis Valerie und Edward starben."

„Ich verstehe immer noch nicht."

„Beruhige dich, Pattie, und hör mir zu." Er sah sie flehend an.

Pattie nickte. Plötzlich begann sie zu zittern, und sie war nicht sicher, ob sie hören wollte, was Spencer ihr zu sagen hatte.

„Am selben Tag wie du brachte auch Valerie ein Kind zur Welt."

„Ich weiß, dass Allie am gleichen Tag geboren wurde."

„Allie wurde an diesem Tag geboren, das ist wahr, aber Valerie war erst im sechsten Monat gewesen. Ihr Kind war eine Totgeburt. Sie hatte schon mehrere Fehlgeburten gehabt und sich dieses Kind sehr gewünscht." Spencer brachte es nicht fertig, Pattie in diesem Moment in die Augen zu sehen.

„Wie kann Valeries Kind eine Totgeburt gewesen sein, wenn Allie gesund und ..." Pattie wurde von einem heftigen Schwindelgefühl ergriffen.

„Sie sagten dir, dass unser Kind gestorben sei, nicht wahr?"

„Sie haben mir nicht einmal erlaubt, sie ein letztes Mal zu sehen. Bei der Geburt war sie so rund und rot im Gesicht gewesen und hatte so kräftig geschrien ..."

Patties Schmerz zerriss ihm fast das Herz. Er zwang sich, ihr in die Augen zu sehen. „Unser Baby ist nicht gestorben."

Pattie starrte ihn an. Was hatte Spencer da gesagt? Ihr dröhnte der Kopf von der Anstrengung, seine Worte zu begreifen.

„Wenn unser Kind nicht gestorben ist ... wessen Baby habe

ich dann begraben?" Sie versuchte, sich aus seinem Griff zu befreien, aber Spencer hielt sie fest.

„Mein Vater wusste, dass dein Kind von mir war. Er fasste einfach einen Entschluss, ohne Rücksicht auf dich oder mich. Wahrscheinlich war er sogar fest davon überzeugt, dass er das Recht hatte, seine Enkelkinder auszutauschen. Du hast Valeries Baby begraben, und Valerie hat unser Baby als ihr Kind ausgegeben."

„Allie? Allie ist meine Tochter?" Tränen liefen Pattie über das Gesicht, und sie bebte am ganzen Körper. „Sag schon! Verdammt, Spencer, ist Allie unser Kind?"

„Ja, das ist sie. Peyton gab mir einen Brief von Valerie, in dem sie mir alles erklärt hat."

„Du hast erst vor wenigen Monaten über Allie die Wahrheit erfahren?" Pattie war wie betäubt.

„Ja, deswegen bin ich dann doch nach Marshallton gekommen. Allie muss doch bei dir sein. Aber lass uns vorsichtig sein, Pattie. Sie hat so viel durchmachen müssen und ist so empfindsam ..."

„Glaubst du nicht, dass das Wohl meiner Tochter mir über alles geht?" Ihre Stimme war nur ein heiseres Flüstern. „Kein Wunder, dass sie dir so ähnlich sieht. Kein Wunder, dass wir uns so schnell nähergekommen sind. Allie ist nicht Valeries Tochter, sie ist mein Kind."

Patties Knie gaben plötzlich nach. Sie wankte und wäre gefallen, hätte Spencer sie nicht gehalten.

„Ich kann nicht ungeschehen machen, was mein Vater getan hat, Pattie. Ich kann dir diese dreizehn Jahre nicht zurückgeben. Aber ich habe dir Allie gebracht, weil du ihre Mutter bist. Sie braucht dich so sehr, Baby."

Pattie trocknete sich die Tränen. Langsam drang die Wahrheit in ihr Bewusstsein. Spencer Rand, der Mann, den sie immer geliebt hatte, war zu ihr zurückgekehrt. Aber er war nicht gekommen, weil er sie liebte, sondern weil er ihr ihr Kind bringen wollte.

„Sag etwas, Pattie. Sag mir, wie du dich fühlst." Sie war so still. Hat sie mich auch richtig verstanden? fragte Spencer sich unsicher.

„Was sollen wir tun, Spencer? Was soll ich tun? Wie soll ich Allie gegenübertreten, wenn sie und J. J. zurückkommen, und ihr nicht sagen, dass ich ihre Mutter bin? Wie? Weißt du darauf eine Antwort?"

*E*bony kam in die Küche gerannt und hopste fröhlich um das Paar herum, das sich schweigend in den Armen lag. Hinter ihr kam J. J. hereingeschlendert.

„Wir sind zurück", sagte er gelassen.

Pattie und Spencer drehten sich erschrocken um. Sie sahen J. J. unsicher an und brachten kein Wort heraus. Spencer ließ Pattie los, und sie traten einen Schritt auseinander.

„J. J., wie lange bist du schon hier?", fragte Spencer.

„Wenn Sie wissen wollen, ob ich gehört habe, dass Allie Patties Kind ist, dann, ja, ich habe es gehört." J. J. ließ seinen Rucksack auf den Boden fallen. „Und ich finde, sie verdient es, die Wahrheit zu erfahren. Die Erwachsenen haben kein Recht, uns Lügen aufzutischen, vor allem nicht die, die behaupten, dass sie einen lieben."

„Wo ist Allie?", fragte Pattie.

„Sie ist bei Leigh. Ich glaube, Leighs Mutter wollte sie nach Clairmont fahren." J. J. öffnete den Kühlschrank und holte sich etwas zu trinken heraus.

„Dann gehe ich besser nach Hause", sagte Spencer. „Damit ich dort bin, wenn sie kommt."

„Nein, Spencer, du kannst jetzt nicht gehen. Wir haben noch einige Entscheidungen zu treffen."

„Mich braucht ihr ja wohl nicht dabei. Ich gehe auf mein Zimmer." J. J. war schon halb draußen.

„Wir reden später. Okay, J. J.?" Pattie hatte bemerkt, dass ihr Stiefsohn viel bestürzter war, als er es sich anmerken lassen wollte. Er nickte kurz und verschwand nach oben.

„Was willst du tun, Pattie?", fragte Spencer.

„Wir müssen Allie mehr Zeit geben. Sie muss mich besser kennenlernen und erst verkraften, dass sie Valerie und Edward verloren hat. Für sie waren es ihre Eltern."

„Da gebe ich dir recht. Sie braucht noch ein oder zwei Monate. Doch sie möchte dich gern als Mutter haben. Sie hat mir auch gestanden, dass sie es schön fände, wenn wir beide heiraten würden." Er sah, dass Pattie blass wurde, und wusste, dass er das Falsche gesagt hatte.

„Aber wir werden nicht heiraten, nicht wahr?"

„Pattie ..."

„Beantworte mir eine Frage, und dann möchte ich, dass du nach Hause gehst und dich um unser Kind kümmerst." Sie hielt sich an der Lehne eines Stuhls fest.

„Was für eine Frage?" Er ahnte es, und sein Herz hämmerte hart gegen die Brust. Die Antwort würde sie verletzen, aber er schuldete ihr die Wahrheit.

„Wenn du nicht erfahren hättest, dass Allie unsere Tochter ist, wärst du dann nach Marshallton zurückgekommen ... und zu mir?"

Er holte tief Luft, wich ihrem Blick aber nicht aus. „Nein. Ich wäre nie nach Marshallton zurückgekommen. Ich wäre nicht zu dir gekommen."

Sie packte die Stuhllehne so fest, dass ihre Fingerknöchel weiß hervortraten. Dann setzte sie sich scheinbar ruhig.

„Bitte, versteh mich, Baby. Es ist nicht so, dass du mir nicht wichtig bist."

„Ich möchte, dass du jetzt gehst, Spencer."

„Pattie?"

Ihr kühler Blick machte ihm klar, dass es Zeit für ihn war zu gehen. Hätte er auch nur die geringste Hoffnung gehabt, dass eine Zukunft mit Pattie möglich wäre, wäre er geblieben. Aber so wie er sie jetzt enttäuscht und verletzt hatte, würde es wieder geschehen. So war es immer gewesen, gerade bei den Menschen, die ihm am meisten bedeuteten. Doch er musste die Kraft aufbringen, seine Tochter ihrer Mutter zuzuführen und dann zu verschwinden, bevor er noch größeren Schaden anrichtete.

Spencer parkte den Porsche in der runden Auffahrt von Clairmont. Einen Moment blieb er noch sitzen. Nachdem er Pattie verlassen hatte, war er nicht sofort nach Hause gefahren. Er hatte Zeit gebraucht, um nachzudenken und einigermaßen zur Ruhe zu kommen, bevor er Allison gegenübertrat. Sie würde ihn sicher fragen, wo er gewesen sei, und er hatte nicht die geringste Ahnung, was er ihr antworten sollte. Jedenfalls konnte er ihr nicht sagen, dass er die Nacht mit ihrer Mutter verbracht hatte und gerade die letzte Chance vertan hatte, mit der einzigen Frau, die er je geliebt hatte, ein neues Leben aufzubauen.

Ebenso würde er sich von seiner Tochter trennen müssen, wenn die Zeit gekommen war. Aber es ging nicht anders. Er war kein Familienmensch, seine Vergangenheit hatte das bewiesen.

Er stieg aus und ging langsam die Stufen zur Veranda hinauf. Der süß-herbe Geruch des Herbstes hing in der Luft, und er atmete ihn tief ein. Mit unsicherer Hand drückte er dann die Türklinke, trat zögernd ein – und blieb wie erstarrt in der Halle stehen.

„Ich glaube dir nicht!", hörte er Allison schreien. „Du hast dir diese fürchterliche Geschichte nur ausgedacht."

„Nein. Es ist die Wahrheit", entgegnete J. J. „Ich habe ihnen gesagt, dass du das Recht hast, alles zu erfahren, und dass sie dich nicht länger anlügen sollen. Aber sie wollten es dir nicht sagen, also muss ich es jetzt tun."

„Meine Eltern hätten mich nie angelogen. Sie haben mir beigebracht, dass es falsch ist zu lügen." Mit jedem Wort wurde Allisons Stimme lauter und drohte sich zu überschlagen.

„Nun, sie haben es aber getan, ebenso wie Spencer Rand. Er hat dich und Pattie angelogen. Er hat dich nur deswegen nach Marshallton gebracht, um dich bei Pattie abzuladen und dann sein sorgenfreies Junggesellenleben in Kalifornien fortzusetzen."

Spencer traute seinen Ohren nicht. Wie hatte J. J. zu Allison gehen können, um ihr dann eine so verfälschte Version der Wahrheit zu sagen?

Wie sollte er Allison jetzt alles erklären? Er hatte ja nicht geahnt, wie tief die Eifersucht des Jungen ging. Wahrscheinlich wollte J. J. sich bei Allison dafür rächen, dass sie ihm so viel von Patties Zeit gestohlen hatte. Begriff er denn nicht, dass er durch die Tochter ebenso die Mutter traf?

Er nahm all seinen Mut zusammen und trat ins Wohnzimmer. J. J. stand mit dem Rücken zu ihm, aber Allison sah ihn sofort.

„Onkel Spencer." Sie lief zu ihm. „J. J. hat mir die fürchterlichsten Lügen erzählt."

J. J. fuhr herum und blickte ihn mit einer Mischung aus Angst und Trotz an. „Sagen Sie ihr schon, ob es Lügen sind. Sagen Sie ihr, dass sie Ihr Kind ist. Ihres und Patties. Sie haben Pattie geschwängert und sind dann einfach abgehauen. Und Ihr alter Herr hat Pattie das eigene Kind weggenommen und ihr das tote Baby Ihrer Schwester untergeschoben."

Allison schlug die Hände vors Gesicht und schrie. Spencer nahm sie beschützend in die Arme, und sie ließ sich kraftlos gegen ihn fallen. Was sollte er nur tun? Wenn Pattie doch nur hier wäre.

„Allie, Schätzchen, hör mir zu."

Mit tränenüberströmtem Gesicht sah sie zu ihm auf. „J. J. hasst mich, nicht wahr? Er möchte mir nur wehtun, weil Pattie mich gern hat. Deswegen hat er sich das ausgedacht."

Er strich ihr ein paar Strähnen aus der Stirn und streichelte ihre Wangen. „Pattie liebt dich, Schätzchen. Sie liebt dich mehr als alles auf der Welt. Sie liebt auch J. J., und er bedeutet ihr sehr viel, aber …"

„Aber ich bin nicht ihr wirkliches Kind", fiel J. J. ein. „Du aber bist es."

„Warum lügt er?", flüsterte Allison gequält.

„Er lügt nicht. Pattie ist deine Mutter. Deine leibliche Mutter."

Allison schüttelte verständnislos den Kopf. „Aber Mutter und Vater …"

„Valerie und Edward liebten dich wie ihr eigenes Kind, aber J. J. hat die Wahrheit gesagt. Valeries Baby wurde tot geboren. Am gleichen Tag hatte Pattie dich zur Welt gebracht, doch dein Großvater, mein Vater, hat dich ihr weggenommen und Valerie gegeben."

„Wie kannst du das wissen?" Allison entzog sich seinen Armen.

„Valerie und Edward haben mich zum Vormund ernannt."

„Das bedeutet gar nichts!", schrie sie. „Du bist Mutters Bruder!"

„Valerie schrieb mir einen Brief. Du kannst ihn lesen, wenn du willst."

Spencer konnte Allisons Verwirrung und ihren Schmerz fast am eigenen Körper spüren. In seinem ganzen Leben hatte er sich noch nie so entsetzlich gefühlt. Doch jetzt war es zu spät, seine Tochter zu schonen. „Pattie hat all die Jahre geglaubt, dass ihr Baby gestorben sei. Sie wusste nichts von dir. Doch sie liebt dich und möchte dich zu sich nehmen."

J. J.s Lippen zitterten leicht, seine Augen waren voller Tränen, die er jedoch trotzig unterdrückte. „Ja, Pattie möchte dich schon haben, aber er nicht." Dabei wies er auf ihn. „Er hat dich und Pattie nie gewollt. Er hat sie sitzen lassen, als sie schwanger war, und hat sich nicht um sie gekümmert. Wenn er geblieben wäre, wäre alles ganz anders gekommen."

„J. J., ich glaube, du gehst jetzt besser." Der Junge litt und war deswegen so aggressiv zu ihm. Aber im Augenblick konnte er sich nicht mit J. J.s Problemen befassen. Er war vollauf damit beschäftigt, seine Tochter vor einem Zusammenbruch zu bewahren.

„Na klar." Verächtlich sah J. J. ihn an. Dann wanderte sein Blick zu Allison und wurde deutlich weicher. „Wenn du schlau bist, glaubst du ihm kein Wort."

Er drehte sich um und ging.

„War Pattie schwanger, als du von hier weggegangen bist?"

„Ja, aber ich wusste …"

„Hast du mich nach Marshallton gebracht, um mich an Pattie zu übergeben?"

„Ja. Ich wollte, dass du bei ihr bist. Sie ist deine Mutter, und ich war mir sicher, dass sie mit dir zusammen sein möchte." Er beantwortete jede Frage seiner Tochter wahrheitsgemäß, aber trotzdem klang nichts so, wie es wirklich war.

„Hast du vor, wieder nach Kalifornien zu gehen?" Ihre Stimme war von einer trügerischen Ruhe. Allison weinte nicht mehr. Bewegungslos stand sie da und sah ihn mit leerem Blick starr an.

„Nach einer Weile, ja." Er merkte, dass er sich mit jeder Antwort eine tiefere Grube grub, aber er konnte seine Tochter nicht länger anlügen.

„Dann hat J. J. also doch nicht übertrieben, oder?"

„Ich wusste damals nicht, dass Pattie schwanger war. Wenn ich es gewusst hätte, wäre ich geblieben und hätte sie geheiratet."

„Das ist nicht mehr wichtig", sagte Allison. „Jetzt ist alles egal."

Erschrocken trat er auf sie zu, aber sie wich vor ihm zurück.

„Allie, Liebling, lass mich erklären. Alles wird in Ordnung kommen."

„Nein, das wird es nicht! Nie wieder wird etwas in Ordnung sein. Ich hasse dich! Ich hasse euch alle! Meine Mutter und meinen Vater und dich und Pattie! Und J. J. Carter auch." Sie rannte hinaus und die Treppe hoch.

„Allie, bitte warte", rief er und lief ihr hinterher.

Auf der obersten Stufe holte er sie ein und wollte sie festhalten. Aber sie riss sich los, verschwand in ihrem Zimmer und schloss von innen ab.

„Allie, lass mich hinein. Bitte. Wir müssen miteinander reden."

„Geh weg. Ich will nicht mit dir reden. Ich will dich auch nicht mehr sehen. Nie wieder!"

Er seufzte und legte die Stirn an die Tür. Was sollte er jetzt tun? „Allie, was du auch denken magst, bitte glaub mir, dass ich dich liebe. Und Pattie liebt dich auch."

Es kam keine Antwort. Nur leises Weinen war zu hören. Nach einigen Minuten drehte er sich um und ging den Flur hinunter in sein Zimmer. Dort trat er ans Telefon, wählte und wartete, bis abgenommen wurde.

„Pattie, komm so schnell du kannst nach Clairmont. Allie weiß alles. J. J. hat ihr gesagt, dass wir ihre Eltern sind."

Zum ersten Mal, seit ihre Mutter hier Haushälterin gewesen war, trat Pattie wieder über die Schwelle von Clairmont. Das alte Herrenhaus kam ihr immer noch so kalt und abweisend wie damals vor. Fast glaubte sie, die Gegenwart des Senators zu spüren und die strenge Stimme seiner Mutter zu hören.

Doch entschlossen schüttelte Pattie die Gespenster der Vergangenheit ab. Sie würde nicht zulassen, dass das alte Gefühl der Unsicherheit sie davon abhielt, Allison beizustehen.

Dicht hinter Pattie folgte J. J. Er sah Spencer vorsichtig an. „Ich bin zurückgekommen, um mit Allie zu sprechen und ihr zu sagen, dass es mir leidtut. Pattie hat gesagt, dass nicht alles Ihre Schuld war, dass Sie nichts von der Schwangerschaft wussten und so."

„Allie hat sich in ihr Zimmer eingeschlossen." Spencer wies in den ersten Stock. „Sie sagt, sie hasst uns alle."

„Das tut sie wahrscheinlich auch." Pattie ging an ihm vorbei zur Treppe.

„Warte. Ich glaube nicht, dass sie mit einem von uns beiden reden möchte. Vielleicht sollte besser J. J. zu ihr gehen. Ihm hört sie vielleicht zu."

„Ich dachte, sie hasst uns alle? Schließt das J. J. nicht ein?", fragte Pattie.

„Sie wollte sich nur etwas Luft machen. Sie hasst keinen von uns", erwiderte Spencer. „Außerdem war es J. J., der ihr als Erster die Wahrheit gesagt hat, wenn auch nicht ganz korrekt. Aber ich denke, sie nimmt es ihm eher ab, wenn er die Sache jetzt ein wenig zurechtrückt. Dir und mir wird sie jedenfalls nicht glauben."

„J. J.?" Pattie winkte ihren Stiefsohn heran, und er beeilte sich, zu ihr zu laufen. Er war sichtlich begierig, alles wiedergutzumachen. „Geh und sieh, ob Allie mit dir sprechen will."

„Ich bringe sie bestimmt dazu, mir zuzuhören", beteuerte J. J. „Ehrlich, Pattie, ich wollte nicht so einen Mist bauen. Ich wollte dir nicht wehtun. Das weißt du doch, oder?"

Pattie legte den Arm um ihn. „Das weiß ich, Liebling, und ich bin auch nicht verletzt. Aber Allie macht im Augenblick viel durch, und deswegen kommt sie jetzt an erster Stelle. Verstehst du?"

„Ja. Und wie du es mir vorhin erklärt hast, bin ich ja auch dein Kind, und ... und ich werde es auch immer bleiben." J. J. musste schlucken.

„Genauso ist es. Und nun versuch, Allie klarzumachen, dass Spencer nicht der miese Kerl ist, als den du ihn hingestellt hast, und dass du und ich sie in unserer Familie willkommen heißen."

Pattie gab ihm einen sanften Schubs, und J. J. ging nach oben.

„Du kannst im Wohnzimmer warten, wenn du willst", schlug Spencer vor. „Ich mach uns einen Kaffee."

„Kaffee ist gut, aber ich gehe lieber mit dir in die Küche. Ich habe mich in diesem Haus immer nur in der Küche wohlgefühlt."

„Meine ganze Familie hat dich spüren lassen, wie unwillkommen du ihnen warst, nicht wahr?" Mit der Tochter der Haushälterin ins Bett zu gehen, war für seine Familie in Ordnung gewesen. Aber für eine Freundschaft mit dem Sohn des Hauses war sie ihnen bei weitem nicht gut genug gewesen. Wie waren sie doch dumm, dachte Spencer. Pattie verdiente damals wie heute einen viel besseren Mann als ihn. Einen Mann, der den Mut besaß, eine dauerhafte Beziehung einzugehen.

„Peyton hat mich gut behandelt", sagte Pattie. „Er kam zu mir, Weihnachten, vor der Geburt meines ... unseres Babys. Er hatte Semesterferien und hatte gehört, dass ich schwanger war."

„Peyton war bei dir?"

„Er fragte mich, ob es dein Kind sei. Und ich sagte ja."

„Und was wollte er?"

„Er bat mich, ihn zu heiraten."

„Er hat *was*?", rief Spencer.

„Du kennst deinen Bruder. Er ist ein Südstaatengentleman bis in die Knochen. Er wollte tun, was er für richtig und ehrenhaft hielt." Pattie würde jenen Tag nie vergessen, und sie würde Spencers Bruder immer dankbar sein.

„Als ich sein Angebot nicht annahm, bat er mich, wenigstens finanziell für mein Baby und mich sorgen zu dürfen."

„Und ich habe immer gedacht, er sei wie der Senator ..."

„Nachdem ich ... das Baby beerdigt hatte, kam er noch einmal zu mir und zahlte für den Grabstein."

„Peyton ist ein bemerkenswerter Mann. Ich habe mich wirklich sehr in ihm getäuscht." Spencer wünschte erneut, er könnte die vergangenen vierzehn Jahre auslöschen und zu jenem Tag zurückgehen, an dem er Marshallton verlassen hatte. Und er wünschte, er wäre nur ein halb so guter Mensch wie sein Bruder.

„Pattie! Spencer!", schrie J. J. vom ersten Stock herunter. „Kommt schnell. Allie ist weg!"

Spencer und Pattie liefen die Treppe hinauf und fanden J. J. vor der offenen Tür zu Allisons Zimmer.

„Was soll das heißen?", fragte Spencer und ging an ihm vorbei ins Zimmer.

„Ich habe ein paarmal angeklopft, als ich dann immer noch nichts hörte, bin ich reingegangen. Es war nicht abgeschlossen."

„Sie muss aber irgendwo hier oben sein. Ich habe sie nicht hinunterkommen sehen. Geh nach unten, J. J., und durchsuch alle Zimmer, während Pattie und ich uns noch mal hier oben umschauen."

Fünf Minuten später trafen sie sich in der Halle.

„Allie ist weggelaufen", sagte J. J. entschieden.

„Oh, Spencer, wo ist sie?" Pattie biss sich auf die Unterlippe und kämpfte gegen die aufsteigenden Tränen an.

„J. J., nimm meinen Wagen und sieh, ob du sie finden kannst." Spencer warf ihm die Wagenschlüssel zu. „Sie ist zu Fuß und kann nicht weit gekommen sein."

„Warum suchen wir sie nicht?", fragte Pattie.

„Wir suchen sie auch. Wir nehmen deinen Wagen und fahren in die andere Richtung. Wenn keiner von uns sie entdeckt, rufe ich Peyton an. Er hat genügend Beziehungen, um auch ohne offizielle Vermisstenanzeige die Polizei einzuschalten."

„Oh, Spencer, wir müssen sie finden. Unser kleines Mädchen ist ganz allein da draußen, und sie ist verwirrt und unglücklich, weil sie denkt, dass wir sie nicht haben wollen."

„Wir werden sie finden, Baby, und dann beweisen wir ihr, wie sehr wir sie lieben."

*S*echs Stunden später stiegen Spencer, Pattie und J. J. in Patties Wagen und fuhren nach Corinth in Mississippi.

„Es geht ihr gut, Pattie", sagte Spencer. „Der Albtraum ist zum Glück vorüber."

„Ist er das, Spencer?" Pattie sah ihn müde an. „Wie sollen wir all die Lügen wiedergutmachen bei Allie?"

Spencer hatte sie nur beruhigen wollen – und sich selbst. Er mochte nicht an den Augenblick denken, wenn sie in Valeries und Edwards Haus ankommen würden. Er war so erleichtert, dass Allison nichts passiert war. Wie er es erwartet hatte, war Peytons Einfluss groß genug, dass er ohne Aufhebens die Polizei hatte mobilisieren können, die Allisons Aufenthaltsort dann endlich herausgefunden hatte.

Pattie blickte nachdenklich auf die Straße. „Allie ist ein dreizehnjähriges Kind, dessen ganze Welt plötzlich auf den Kopf gestellt worden ist. Zuerst verliert sie ihre Eltern, und dann wird ihr gesagt, dass es gar nicht ihre wirklichen Eltern waren."

J. J. kreuzte die Arme vor der Brust und senkte den Kopf. „Wenn ich mich nicht so idiotisch benommen hätte, wäre Allie nicht weggelaufen. Es ist alles meine Schuld."

„Was geschehen ist, ist geschehen", sagte Pattie ohne Groll in der Stimme. J. J. war selbst fast noch ein Kind, und auch er hatte beide Eltern verloren und sich an den einzigen Menschen geklammert, dem er vertraute. „Du hast verantwortungslos gehandelt, aber Allies Verzweiflung ist nicht deine Schuld. Die Schuld trifft so viele andere. Ich wüsste gar nicht, bei wem ich beginnen sollte."

„Warum nicht bei mir?", warf Spencer ein.

Pattie brachte es nicht über sich, Spencer Vorwürfe zu machen. Sein Gesicht war blass, sie sah, wie sehr er litt. Vielleicht liebte er sie nicht und hatte es auch nie getan, aber er liebte seine Tochter.

„Es gibt Wichtigeres zu tun, als Schuld zu verteilen", sagte sie. „Bald wird es dunkel, und Allie ist ganz allein."

„Sie ist nicht allein", erinnerte J. J. sie. „Sie ist doch zu uns gegangen, während wir auf Clairmont waren, und hat Ebony mitgenommen. Deswegen glaube ich auch, dass sie im Unterbewusstsein will, dass wir sie finden und mit uns nehmen."

„Vielleicht hast du recht", erwiderte Pattie. „Doch wie auch immer, auf jeden Fall ist es ein Glück, dass die Polizei den Taxifahrer aufgespürt hat, der Allie nach Corinth gebracht hat."

Sie schwiegen, und jeder hing seinen Gedanken nach. Als Spencer dann vor dem Haus hielt, in dem Allison groß geworden war, waren die letzten Strahlen der Sonne bereits hinter dem Horizont verschwunden. Spencer ließ seinen Blick suchend über die Fenster wandern, doch er entdeckte keinen Lichtschimmer und fragte sich, warum Allison denn keine Kerzen angezündet hatte. Valerie hatte überall welche stehen gehabt. Die Vorstellung, dass sein kleines Mädchen jetzt ängstlich im Dunkeln saß, gefiel ihm gar nicht.

Pattie stieg aus, J. J. folgte ihr und streckte seine langen Arme und Beine. Spencer holte eine Taschenlampe aus dem Handschuhfach.

Natürlich, dachte Pattie, das Haus steht ja seit Monaten leer. Sicher hatte einer der Familie Rand längst den Strom gekündigt.

Sie machte ein paar Schritte Richtung Haus, zögerte und blieb dann stehen. „Wenn sie uns nun nicht sehen will?"

Spencer legte ihr einen Arm um die Schultern. „Wir müssen doch nachschauen, ob sie da ist und ob es ihr gut geht."

„Du weißt, dass es ihr nicht gut geht." Sie lehnte den Kopf an seine Brust. „Ich könnte es nicht ertragen, wenn sie mich hasserfüllt zurückweist."

„Das würde sie nie tun. Sie hasst dich doch gar nicht." Besänftigend streichelte Spencer ihr Haar. „Sie liebt dich, Baby."

„Bis sie erfahren hat, dass ich ihre Mutter bin."

„Hört mal, warum bleiben wir nicht bei unserer alten Idee?", schlug J. J. vor. „Lasst mich zuerst mit ihr reden. Ich kann sie auch besser einholen, wenn sie wieder wegläuft."

Pattie lächelte bei der Vorstellung, dass J. J. hinter Allison herjagte und sie festhielt, bis Spencer kam. „Nun gehen wir erst mal hinein, und wenn sie nicht mit uns sprechen will, bekommst du deine Chance. Okay?"

„Okay."

Die Haustür war nicht verschlossen. Drinnen herrschte völlige Finsternis. Spencer schaltete die Taschenlampe ein und leuchtete durch die Halle und über die Treppe.

„Dort drüben auf dem Sims liegen Kerzen." Er holte ein Feuerzeug aus der Tasche und warf es J. J. zu. „Zünd dir eine an." Dann tastete er nach Patties Hand und zog Pattie zur Treppe.

Ebonys Bellen war plötzlich zu hören und danach eine leise, beschwichtigende Stimme, die dem Cockerspaniel befahl, ruhig zu sein.

„Sie ist hier." Aufgeregt drückte Pattie Spencers Hand.

„Allie", rief er. „Geht es dir gut?"

„Wagt es ja nicht, hier heraufzukommen. Ich will euch hier nicht. Das ist mein Haus! Das Haus meiner Eltern."

„Oh, Spencer", flüsterte Pattie niedergeschlagen.

„Bitte, Allie, Liebling, lass uns miteinander reden, damit wir dir alles erklären können", versuchte Spencer es noch einmal. „Wir lieben dich, Allie."

„Ich liebe euch nicht. Keinen von euch." Ihre Stimme brach. „Und nenn mich nicht Allie. Ich heiße Allison."

„Hallo, Allison", schaltete J. J. sich ein und war mit einem Satz an der Treppe. „Mich kannst du wahrscheinlich auch nicht ausstehen, aber ich wünschte, du würdest mit mir sprechen."

„Was machst du denn hier?" Allison schniefte deutlich vernehmbar.

„Ich habe mir Sorgen um dich gemacht, weil ich … weil ich dich nämlich mag."

„Nein, das tust du nicht."

„Darf ich hochkommen und mit dir reden?"

Stille.

„Ich verspreche dir auch, dass ich allein in dein Zimmer komme."

„Na gut", kam es zaghaft zurück.

„Welches ist ihr Zimmer, Spencer?", fragte J. J. flüsternd.

„Das erste auf der rechten Seite."

Pattie und Spencer sahen J. J. nach, während er nach oben ging. Eine Tür wurde ihm geöffnet, Ebony lief heraus und flitzte die Treppe hinunter zu Pattie, der Schein von J. J.s Kerze verschwand.

Pattie nahm Ebony auf den Arm und ging leise die Treppe hinauf.

„Was tust du? Wir haben versprochen, nicht hochzugehen", wandte Spencer ein.

„Nein, wir haben versprochen, nicht in ihr Zimmer zu gehen."

Spencer zögerte, doch dann folgte er ihr. Auf der obersten Stufe erkannte er, was Pattie angezogen hatte. Allisons Zimmertür stand offen, und das Kerzenlicht erhellte das Bett, auf dem sie zusammengesunken saß. J. J. hatte sich neben dem Bett auf den Fußboden gekniet und hielt ihre zitternden Hände in seinen.

„Ich weiß, wie es ist, beide Eltern zu verlieren", sagte er leise. „Meine Mutter ist gestorben, als ich noch ganz klein war, und mein Vater war alles für mich. Als er dann auch noch starb … Ich weiß nicht, was ich ohne Pattie getan hätte."

„Ich war ganz allein", sagte Allison unglücklich. „Und dann kam Onkel Spencer. Ich habe ihm vertraut, ich habe ihn lieb gewonnen, und die ganze Zeit über hat er mich angelogen."

„Er glaubte, das Beste für dich zu tun."

„Aber warum sollte mein Großvater mich meiner wirklichen Mutter wegnehmen und mich meiner … meiner Tante geben?"

Spencer hatte fürsorglich die Arme um Pattie gelegt. Sie war ihm sehr dankbar dafür, doch sie sehnte sich schrecklich danach, ihre Tochter in die Arme zu nehmen und nie wieder loszulassen.

„Ich habe Spencers alten Herrn nie kennengelernt", erwiderte J. J., „aber er klingt ganz nach einem Typen, der glaubt, er habe immer recht, und der alle Menschen kontrollieren will."

„Es war schrecklich, was er getan hat."

„Ja, aber sieh es doch mal so. Du hattest zwei Eltern, die dich liebten, und nach ihrem Tod hast du das Glück, brandneue Eltern zu bekommen, die dazu auch noch deine richtigen Eltern sind."

Tränen liefen Allison über die Wangen. Vorsichtig wischte J. J. sie ihr mit den Fingern ab. „Wein nicht. Alles wird gut werden. Du hast Pattie zur Mutter. Ist dir überhaupt klar, was du für ein Glück hast?"

Allison weinte nur noch heftiger, und ihr schmächtiger Körper wurde von Schluchzern geschüttelt. „Ich möchte ... meine Mutter."

„Oh, Spencer." Pattie presste die Hand auf den Mund.

„Geh zu ihr", sagte er leise.

„Aber sie will nicht mich, sie will Valerie."

„Geh zu ihr, und finde heraus, ob das stimmt."

Pattie konnte sich nicht rühren. Sie hatte Angst. Sanft schob Spencer sie zur Tür.

„Ich kann nicht. Was ist, wenn ich hineingehe und sie mich nicht will? Ich könnte das nicht ertragen."

„Du musst. Allie zuliebe."

Pattie nickte und trat langsam in Allisons Zimmer. Mit leisen, zaghaften Schritten ging sie zum Bett. Allison hob ihr tränen-überströmtes Gesicht. Mutter und Tochter sahen sich sekun-denlang wortlos an. J. J. trat unauffällig zurück, und Pattie kam näher.

„Allie?" Pattie zögerte und wartete.

„Wie hast du sie genannt?", fragte Allison leise.

„Wen?"

„Das andere Baby. Von dem du gedacht hast, dass es deins war." Allison unterdrückte ein Schluchzen.

Pattie brachte im ersten Moment kein Wort heraus. Sie schluckte ein paarmal und holte tief Luft, um sich zu fassen. „Ich habe sie Patricia genannt. Meine Mutter hat den Namen so geliebt, dass sie mich Pattie und meine Schwester Trisha taufen ließ."

„Dann heiße ich in Wirklichkeit Patricia, nicht wahr?" Allison blinzelte ihre Tränen weg. „Meine Mutter ... Valerie hat mich Allison Caldonia Wilson genannt, aber das bin ich gar nicht. Ich bin Patricia Rand. Nein, ich bin ..." Ihre Stimme brach. „Mein wirklicher Name ist Patricia Cornell, oder? Das war doch der Name deines Babys?"

Pattie wagte nicht, Allison in die Arme zu nehmen, aber sie ging vorsichtig näher und setzte sich neben sie auf das Bett.

„Das Kind, das du beerdigt hast, hat doch diesen Namen auf dem Grabstein, oder? Aber wie kann ich dann Patricia Cornell sein? Ich bin niemand, nicht wahr?" Unglücklich blickte sie Pattie an. „Ich bin nicht Allison Wilson, und ich bin nicht Patricia Cornell. Wer bin ich?" Sie schluchzte auf. „Ich bin niemand. Ich ... ich existiere überhaupt nicht." Sie packte Pattie bei den Armen und schüttelte sie. „Wer bin ich? Bitte, sag mir, wer ich bin."

Pattie zog sie liebevoll an sich. Allison widersetzte sich nicht. Sie klammerte sich weinend an sie, und sanft strich Pattie ihr über das lange, dunkle Haar.

„Du bist mein kleines Mädchen", sagte sie leise. „Du bist meine Tochter."

„Oh, Mom ..." Mutter und Tochter hielten einander fest in den Armen.

Pattie wusste, dass nichts die Vergangenheit ändern konnte. Sie hatte vierzehn Jahre im Leben ihrer Tochter unweigerlich verloren. Ihr erstes Lachen, ihren ersten Zahn, ihr erstes Wort. Aber nun war Allison bei ihr, und niemand würde sie ihr wieder wegnehmen können.

Spencer kam ins Zimmer, J. J. folgte ihm auf dem Fuß. Spencer blieb ein paar Schritte vor den Menschen stehen, die er am meisten auf dieser Welt liebte. Mutter und Tochter hatten sich wiedergefunden, und er hatte nicht das Recht, an diesem kostbaren Moment teilzuhaben. Sie brauchten ihn nicht.

Ohne den Arm von Allisons Schulter zu nehmen, zog Pattie die Goldkette aus dem Ausschnitt ihres Pullovers.

Allison hob den Kopf von Patties Brust und sah sie fragend an.

Pattie ließ sie kurz los, um den Verschluss zu öffnen, und hängte ihr die Kette dann um den Hals. „Ich habe diese beiden Ringe so viele Jahre aufbewahrt und wusste eigentlich selbst nie so recht, warum. Jetzt weiß ich es. Ich habe sie für dich behalten, mein Liebling."

Sie legte die beiden Ringe auf ihre Handfläche. „Den größeren hat Spencer mir gegeben, als er mich bat, ihn zu heiraten, und dieser kleine ist dein Babyring."

Allison blickte gebannt auf die Ringe und berührte sie dann zaghaft. „Dein Verlobungsring und mein Babyring ...", hauchte sie mit zitternder Stimme.

„Namen sagen nichts über die Persönlichkeit des Menschen aus, der sie trägt. Ob du nun Allison Wilson oder Patricia Cornell heißt, ist gleichgültig. Auf jeden Fall bist du du selbst. Und du bedeutest uns so viel. Du wurdest in Liebe empfangen, voller Liebe in meinem Körper getragen, und als du geboren wurdest, habe ich dich mehr geliebt als das Leben."

Allison begann erneut zu weinen, und auch Pattie liefen die Tränen über die Wangen, aber sie gab sich Mühe weiterzureden.

„Du hast das Gesicht, die Haarfarbe und die Augen deines Vaters. Deine Figur hast du von mir. Du liebst Erdbeeren, genau wie ich, und du bewegst dich und redest wie ich. Und wenn du schmollst, verziehst du auf die gleiche störrische Art den Mund wie Spencer."

„Oh, Mom, ich wünschte, du wärst immer meine Mutter gewesen. Immer. Von dem Tag an, als ich geboren wurde."

„Das wünsche ich mir auch, mein Liebling."

Spencer hatte das Gefühl, als würde sich ein schweres Gewicht auf seine Brust legen. Wenn er vor vierzehn Jahren ein Mann gewesen wäre statt eines verantwortungslosen Jungen, dann wären Allison und Pattie nie getrennt worden. Alles, was er berührte, zerstörte er. Die Menschen, die er liebte, hatte er unverzeihlich verletzt und enttäuscht.

Niedergeschlagen drehte er sich um und floh aus dem Zimmer.

In diesem Moment sah Pattie auf und rief nach ihm. Aber Spencer hörte sie nicht.

Spencer kam aus der Dusche, trocknete sich ab und ließ das Badetuch auf den Boden fallen. Er schlüpfte in eine Boxershorts und betrachtete im Spiegel seinen Fünftagebart. Er sah einfach fürchterlich aus. Aber das war kein Wunder, er fühlte sich auch fürchterlich.

Pattie und er hatten Allison nach Marshallton zurückgebracht, und Allison war mit Pattie gegangen, ohne ihm auch noch einen Blick zu gönnen. Wahrscheinlich gab sie ihm für alles die Schuld, und das konnte er ihr nicht einmal verübeln. Damals war er ein junger Dummkopf gewesen, jetzt war er ein etwas älterer Dummkopf. Er hatte keine Verantwortung übernehmen wollen, jetzt wurde sie ihm abgenommen. Allison war aus seinem Leben gegangen, als sei es für sie völlig klar, dass er in Frieden gelassen werden wollte.

Aber jetzt standen die Dinge anders! Er hatte sich verändert. Allison bedeutete ihm sehr viel, und er hatte sich wieder in Pattie verliebt. Er hatte mit ihr geschlafen, und die sorgfältig zurückgedrängten Gefühle für sie waren wieder hervorgebrochen.

Trotzdem würde er verschwinden. Schließlich hatte er das Fliehen vor Verantwortung im Laufe der Jahre sozusagen zur Vollendung entwickelt. Die meisten Jahre seines Lebens hatte er mit Reisen und Abenteuern verbracht. Jetzt schrieb er über die Abenteuer, die andere Männer seines Schlages erlebten. Seine Welt war im Grunde also gleich geblieben, und er mied die Mühen des Alltags. Die letzten Wochen hatten ihm allerdings gezeigt, dass sehr viel mehr Mut dazugehörte, ein richtiger Vater zu sein, als das gefährlichste Abenteuer zu überstehen.

Spencer seufzte und seifte sein Gesicht mit Rasiercreme ein. In diesem Moment klingelte es an der Tür.

„Verdammt!" Er wischte sich die Creme ab und warf sich einen Bademantel über. Den ganzen Weg die Treppen hinunter läutete es. Jemand muss ja wohl an der Klingel festkleben, dachte er gereizt und riss die Tür auf.

Pattie stand vor ihm und sah frisch und glücklich und so wunderschön aus, dass es ihm den Atem nahm. Hastig machte er ihr Platz. „Komm herein." Wahrscheinlich war sie nur gekommen, um sich zu verabschieden.

„Danke. Warst du gerade unter der Dusche?"

„Ich war schon beim Rasieren. Lass uns ins Wohnzimmer gehen." Er ging voraus. „Eigentlich wollte ich ja bei euch vorbeikommen, bevor ich die Stadt verlasse."

„Schon, aber ich wollte vorher noch unter vier Augen mit dir reden, ohne Allie. Ich habe ihr noch nicht gesagt, dass du weggehst." Pattie setzte sich auf das weiche Ledersofa.

Spencer ließ sich in einen Sessel ihr gegenüber fallen. „Ihr ist es ohnehin wohl ziemlich egal, ob ich gehe oder bleibe."

„Du weißt, dass das nicht stimmt. Allie ist noch ganz durcheinander. Ich habe ihr die ganze Wahrheit gesagt, unter anderem auch die, dass du uns nie im Stich gelassen hast."

„Und jetzt liebt sie mich wie einen Vater, was?", murmelte er freudlos.

„Nein. Noch nicht. Aber sie wird uns lieb gewinnen – wenn du ihr etwas Zeit lässt."

Spencer beugte sich unruhig vor. „Ich bin für das Familienleben nicht geschaffen. Dafür war ich zu lange Junggeselle."

„Ich verstehe." Pattie hatte geglaubt, dass sie Spencer Allison zuliebe überreden wollte, nicht zu gehen. Aber nun, da sie bei ihm war, wurde ihr klar, dass sie ihn nicht verlieren wollte. Dafür liebte sie ihn viel zu sehr, auch wenn er ihre Gefühle nicht erwiderte.

„Du willst wieder davonlaufen, nicht wahr?", sagte sie geradeheraus. „Das letzte Mal wusstest du nichts von deinem Kind. Aber jetzt weißt du, dass du Vater bist. Die Vergangenheit kann Allie dir verzeihen, aber sie verzeiht es dir vielleicht nie, wenn du sie auch jetzt verlässt."

Spencer sprang auf. „Verdammt, Pattie, ich kann nicht in Marshallton bleiben! Ich habe ein eigenes Leben in Kalifornien. Eine Mutter braucht Allie, dich, aber sie braucht keinen unfähigen Vater."

„Du willst kein Teil von Allies Leben sein? Du willst nicht, dass sie dir schreibt, dich anruft und dich besucht?" Pattie glaubte Spencer kein Wort. Sich selbst konnte er ja vielleicht etwas vormachen, aber ihr nicht. Sie spürte deutlich, dass er seine Tochter liebte.

„Ich lasse sie nicht im Stich!" Spencer fuhr sich mit beiden Händen nervös durchs Haar. „Ich habe mit Peyton geregelt, dass sie alles bekommt, was sie braucht. Selbstverständlich werde ich für mein Kind sorgen!"

„Das ist sehr großherzig von dir, und ich bin sicher, dass Allie das zu schätzen weiß." Nachdenklich betrachtete Pattie ihn und wartete ab.

„Natürlich kann sie mir schreiben und mich anrufen, wann immer sie möchte. Ich werde auch gelegentlich nach ihr sehen."

„Ein Mädchen braucht den Vater ebenso, wie es die Mutter braucht. Wir beide wissen doch, wie es ist, mit nur einem Elternteil aufzuwachsen. Es ist immer ein Verlust."

„Was für einen Vater würde ich schon abgeben?", stieß Spencer rau hervor. „Ich würde ihr nur Kummer machen."

Pattie ging zu ihm und legte ihm eine Hand auf die Schulter. „Warum bist du so streng mit dir? Du darfst nicht an allem dir die Schuld geben. Ich selbst war mindestens ebenso schuldig wie du. Ich hätte damals mit dir gehen können. Oh, Spencer, wir waren noch so jung. Und jeder macht Fehler in seinem Leben."

Spencer drehte sich langsam zu ihr und sah Pattie an, als würde er sich von ihrem Anblick nie losreißen können. Er wünschte sich nichts sehnlicher als ihre Nähe. Doch würde sie die Arme für ihn öffnen und ihn akzeptieren, mit all seinen Fehlern und Eigenheiten?

„Warum bist du so großzügig?", fragte er.

„Ich bin nur realistisch. Ich möchte, dass du in Marshallton bleibst. Du gehörst ebenso wie ich zu Allies Leben."

Zärtlich streichelte sie seine raue Wange, und er schmiegte das Gesicht an ihre zarte Hand. Es gab keine Frau wie sie für ihn, und es würde nie eine geben. Sie kam zu ihm und bat ihn zu bleiben, obwohl ihr klar sein musste, dass sie es eines Tages sicher bereuen würde.

„Pattie, ich habe dich enttäuscht, als du mich damals brauchtest. Wie kannst du noch einmal das Risiko eingehen, mir zu vertrauen?"

„Dann enttäusche mich diesmal nicht", erwiderte sie schlicht.

Sie war einfach wunderbar, offen und ohne falsche Scheu. Hingerissen zog er sie an sich. „Weißt du, was ich möchte? Ich möchte mit dir schlafen, dort vor dem brennenden Kamin. Ich möchte mich in dir verlieren. Jedes Mal, wenn ich dich ansehe, sehne ich mich danach."

„Glaubst du, mir geht es nicht genauso? So ist es schon immer zwischen uns gewesen, nicht wahr?" Sie legte ihm die Arme um die Taille. „Wir müssen nicht heiraten, Spencer. Ich will dich nicht ein ganzes Leben an mich binden. Wir können ein Liebespaar sein, ohne irgendeine Verpflichtung, bis auf die für Allie."

„Und was soll das heißen?"

„Das heißt, dass ich bereit bin, deine Regeln zu beachten. Alles zu tun, was nötig ist, um dich hierzubehalten. Wir … Allie braucht dich, Spencer."

„Ich brauche sie auch, ich liebe sie und möchte Teil ihres Lebens sein. Aber ich habe fürchterliche Angst, sie zu verletzen oder zu enttäuschen."

Pattie stellte sich auf die Zehenspitzen und küsste ihn aufs Kinn und auf den Mund. „Weihnachten ist nicht mehr weit, und im Januar hat Allie ihren vierzehnten Geburtstag. Bleib bis dahin, das sind nur sechs Wochen. Und wenn du dann immer noch nach Kalifornien zurück willst, werde ich dich nicht aufhalten."

„Nur bis Allies Geburtstag? Und was ist mit uns?"

„Wir sind ein Liebespaar für sechs Wochen und ohne Verpflichtungen." Sehnsüchtig presste sie sich an seinen harten Körper. „Liebe mich, Spencer. Ich möchte keine Sekunde von diesen sechs Wochen verschwenden."

Er hob sie auf die Arme und trug sie vor den Kamin, in dem ein Feuer brannte. Dort ließen sie sich auf das flauschige Fell davor sinken und zogen einander zitternd vor Erwartung aus.

„Du hast den schönsten Körper, den ich je gesehen habe", sagte Spencer leise. „Du bist eine so sinnliche, aufregende Frau."

„Und für mich gibt es keinen männlicheren Mann als dich", flüsterte Pattie und begann ihn lockend zu streicheln.

Diesmal jedoch wollte Spencer sie wieder verführen, und er

rollte sie auf den Bauch und zog mit dem Mund eine Spur prickelnder Küsse von ihrem Nacken bis zu ihrem weichen runden Po. Dann glitt er mit der Hand zwischen ihre Schenkel.

Pattie seufzte und stöhnte vor Vergnügen, als er sie mit dem Finger kreisend streichelte.

„Ich könnte dich jede Stunde des Tages lieben und würde dich nur noch mehr begehren", flüsterte er ihr zu und strich zart mit der Zungenspitze über ihr Ohrläppchen.

Dann spreizte er ihre Schenkel und drang tief in sie hinein. Höher und höher trieben sie auf den Gipfel der Lust. In verzehrender Leidenschaft gaben sie sich einander hin, bis sie in einem Sturm der Ekstase versanken, der sie die Welt vergessen ließ.

Eine lange Zeit später hatte Pattie sich aufgesetzt und betrachtete Spencer, der schlafend neben ihr lag. Fünf Tage und Nächte der Sorge und Schlaflosigkeit hatten ihn völlig erschöpft, doch nun war sein Gesicht entspannt.

Liebevoll sah sie ihn an. Nie wieder würde ein Mann ihr so viel bedeuten wie er. Sie wünschte sich von ganzem Herzen, dass er für immer bei ihr blieb. Und bei Allison. Aber sie hatten nur sechs Wochen vereinbart, nicht mehr.

Doch in diesen sechs Wochen wollte sie Spencer beweisen, dass er ein guter Vater und Ehemann sein konnte.

12. KAPITEL

*P*attie hörte ein Auto auf ihre Auffahrt biegen. Türen wurden geknallt, und fröhliches Lachen erklang. Sie trat ans Fenster und sah, dass Spencer und J. J. das Seil lösten, mit dem der Weihnachtsbaum auf den Gepäckträger gebunden war. Allison gab ihnen dabei aufgeregt Anweisungen, damit die Tanne auch ja nicht beschädigt wurde.

Lächelnd ging Pattie auf die Veranda und winkte den dreien zu. Ein heftiger Dezemberwind wehte. Weihnachten war schon in einer Woche. Von den sechs Wochen, die Spencer ihr versprochen hatte, waren bereits drei vorbei. Doch schon jetzt hatten sie beachtliche Fortschritte als Familie gemacht. Besonders stolz war sie auf J. J. Er tat alles, um Allison zu zeigen, dass er nicht eifersüchtig auf sie war, und er gab sich sogar Mühe, mit Spencer gut auszukommen.

Allison nannte sie Mom, aber Spencer hieß immer noch „Onkel Spencer" für sie. Sie, Pattie, wusste, dass es ihn verletzte, er jedoch meinte nur, dass es besser sei, wenn Allison und er sich nicht zu sehr aneinander binden würden. Sie hätte ihn für diese Bemerkung am liebsten geohrfeigt, denn auch wenn die beiden es nicht zugeben wollten, war es offensichtlich, dass sie schon jetzt sehr aneinander hingen.

Spencer und sie selbst lebten jeden Moment mit besonderer Intensität. Tagsüber galt ihre ganze Aufmerksamkeit den Kindern, nachts waren sie ein Liebespaar, das sich ganz ihrer Leidenschaft hingab.

Ihr war klar, welches Risiko sie einging. Sie spielten ein gefährliches Spiel. Aber mit jedem Tag, der verging, kamen Spencer und Allison sich näher, und ihre Hoffnung wuchs. Allerdings wusste Allison nichts von Spencers Plänen, gleich nach ihrem Geburtstag abzureisen, und sie wagte gar nicht daran zu denken, was passierte, wenn Allison es erfuhr.

Allison ging Spencer und J. J. voraus. „Aus dem Weg, Mom", rief sie ihr zu, wirbelte an ihr vorbei und hielt die Haustür auf. „Kommt schon, Männer."

Vorsichtig trugen sie ihre Last ins Haus. Der riesige Baum passte gerade eben durch die Tür. Pattie holte die laut kläffende Ebony herein und schloss schnell die Tür gegen den schneidenden Wind. Als sie sich dann umdrehte, sah sie, dass die Spitze des Baumes gegen den Kronleuchter im Flur stieß.

„Passt auf!", rief sie.

Der Kronleuchter schwankte gefährlich hin und her, aber Spencer und J. J. zogen den Baum rechtzeitig herunter, bevor es womöglich einen Haufen Scherben gegeben hätte.

„Die beiden sind einfach hoffnungslos", meinte Allie. „Du hättest sehen sollen, wie sie sich beim Aufladen angestellt haben."

„Wenn du nicht die größte Tanne ausgewählt hättest, die es weit und breit gab, hätten wir auch nicht so lange gebraucht", bemerkte J. J., nachdem er und Spencer den Baum in den Fuß neben dem Fenster gesteckt hatten.

„Er steht ganz schief. Mehr nach links", mäkelte Allison.

„Immer herumkommandieren! So ein herrisches Weib!", empörte sich J. J. „Warum glauben Frauen eigentlich ständig, dass sie alles besser wissen und immer recht haben?"

„Weil wir immer recht haben." Lachend fuhr Pattie ihm durch das zerzauste Haar. „Allie hat recht. Der Baum steht schief."

„Na, wunderbar", brummte Spencer. „Das hat uns noch gefehlt, was, J. J. – zwei herrische Frauen, die sich auch noch einig sind."

„Ich möchte, dass der Baum richtig steht." Allison trat einen Schritt zurück und musterte die riesige Tanne. „Das ist unser Erstes gemeinsames Weihnachten, und alles soll perfekt sein."

Pattie und Spencer lächelten einander glücklich zu.

„Und wie ist das, Boss?", fragte Spencer scherzhaft, nachdem er den Baum geradegerückt hatte. „Kann ich die Schrauben jetzt zudrehen?"

„So ist es gut, Onkel Spencer." Allison drehte sich um und lief zum Wohnzimmertisch, auf den Pattie die Kartons mit den Weihnachtskugeln und dem übrigen Baumschmuck gestellt hatte.

„Ich kann es kaum erwarten, mit dem Schmücken anzufangen. Das ist das erste Mal für mich. Mutter … ich meine, Valerie hat immer jemanden bestellt, der das für uns gemacht hat. Und danach habe ich den Baum nie berühren dürfen."

„Wichtig ist eigentlich nur, dass die Kerzen nicht schief stehen, damit sie nicht umkippen und die ganze Pracht in Flammen aufgeht", meinte J. J.

Allie sprang aufgeregt auf und ab. „Okay, dann lass uns mit den Kerzen beginnen."

Pattie sah den beiden lächelnd zu. Aus der Stereoanlage erklang gerade Elvis, der samtweich „White Christmas" sang, da klingelte das Telefon. Pattie nahm ab. Wahrscheinlich war es Sherry, die heute ausnahmsweise einmal allein im Geschäft war.

„Pattie, hier spricht Ralph Whitlock."

Ein Schauder überlief sie. Warum rief Joan Stephensons Anwalt bei ihr an? „Hallo, Mr Whitlock."

„Leider sieht es so aus, als wäre Joan nun doch entschlossen, ihren Plan durchzuführen. Ich habe schon mit Richter Proctor gesprochen, und er hat einer Vorverhandlung für nächste Woche zugestimmt. Wir hoffen, zu einer Lösung zu kommen, die uns eine Verhandlung vor Gericht erspart. Das wäre für Sie und Joan und auch für J. J. besser."

„Ich verstehe."

„Wenn Sie sich keinen Anwalt genommen haben, Pattie, rate ich Ihnen, das zu tun, bevor wir zu Richter Proctor gehen."

„Wenn ich nun zustimme, Joan die Hälfte von allem zu geben, damit sie ihr Vorhaben aufgibt, mir J. J. wegzunehmen?"

Es war sehr still geworden im Zimmer. Nur Elvis' Stimme war leise im Hintergrund zu hören. Spencer trat zu Pattie, und dann fühlte sie seine starke Hand auf der Schulter.

„Was ist los, Baby?", fragte er.

J. J. und Allison tauschten einen besorgten Blick.

Ralph Whitlock räusperte sich. „Es tut mir leid, Pattie. Aber das wird Joan nicht reichen. Sie will unbedingt das Sorgerecht bekommen, weil sie überzeugt ist, dass Sie keine passende Mutter sind."

„Mein Anwalt wird sich mit Ihnen in Verbindung setzen."

Pattie legte auf und wandte sich um. „Wir haben nächste Woche eine Vorverhandlung vor Richter Proctor. Joan macht ihre Drohungen wahr."

„Ich hätte nie gedacht, dass sie dazu in der Lage ist!", rief J. J. wütend. „Sie ist nur eifersüchtig auf dich. Das muss der Grund sein."

„Sie kann dir J. J. gar nicht wegnehmen", sagte Allison. „Sein Vater wollte, dass er bei dir lebt, nicht bei ihr."

„Es ist Joan völlig egal, was Daddy wollte. Sie wird irgendwelche gemeinen Dinge über Pattie sagen und behaupten, dass sie keine gute Mutter sei." J. J. wandte sich an Spencer. „Ruf deinen Bruder an. Ich habe gehört, er soll ein ganz gewiefter Anwalt sein. Ich wette, er kann Joan die Suppe versalzen."

„Aber Pattie ist eine wundervolle Mutter", warf Allison ein. „Niemand kann da etwas anderes beweisen."

Pattie nahm sie zärtlich in die Arme. „Danke, mein Liebling. Aber ich fürchte, da gibt es Dinge, die Joans Anwalt herauskramen könnte, die uns allen wehtun würden."

„Das ist teilweise meine Schuld", erklärte Spencer. „Seit dem Abend, als ich Joan in der Saloonbar sitzen gelassen habe, sucht sie nach einer Gelegenheit, es uns heimzuzahlen."

„Das ist nicht der Grund, Spencer. Joan hat mich schon immer verabscheut. Früher oder später hätte es ohnehin Ärger mit ihr gegeben."

„J. J. hat recht. Am besten, ich rufe Peyton gleich an." Spencer ging zum Telefon.

Pattie hielt ihn zurück. „Wenn wir vor Gericht gehen, wird alles herauskommen. Dass ich schwanger von dir war, dass ich ein recht ungebundenes Leben geführt habe. Und die Wahrheit über Allie. Es wird einen Skandal geben, und Whitlock wird sicher betonen, dass du und ich auch heute wieder ein Verhältnis haben."

Spencer sah hastig zu Allison hinüber, aber die sagte lächelnd: „Ich bin doch nicht doof. Ich weiß längst, dass ihr beide miteinander schlaft."

„Wenn ihr sowieso heiraten werdet, was macht das für einen

Unterschied?", meinte J. J. „Allie und mich stört das nicht, was, Kleine?"

„Was soll mich denn daran stören? Schließlich sind sie meine Eltern."

„Okay, ruf Peyton an", sagte Pattie. „Und sag ihm, dass die Vormundschaft für J. J. eine Familienangelegenheit ist und wir gemeinsam darum kämpfen werden."

Spencer wählte die Privatnummer seines Bruders und hinterließ eine Nachricht. Wenn jemand Patties Rechte verteidigen konnte, dann Peyton Rand. Peyton war nicht nur „gewieft", wie J. J. es ausgedrückt hatte. Er war der beste Anwalt in ganz Tennessee.

Wie Pattie geahnt hatte, fasste Ralph Whitlock sie nicht mit Samthandschuhen an. Joan Stephenson hatte ihn zweifellos angewiesen, kein gutes Haar an ihr zu lassen. Nach seiner Darstellung war sie, Pattie, eine unmoralische Frau. Sie hatte keinen Schulabschluss, sie hatte ein uneheliches Kind zur Welt gebracht und dann einen Liebhaber nach dem anderen gehabt. Whitlock machte klar, dass es vor diesem Hintergrund sehr wahrscheinlich sei, dass sie Fred Carter nur seines Geldes wegen habe heiraten wollen.

Spencer war dankbar, dass die Vorverhandlung nicht öffentlich war, sonst hätte mit Sicherheit die ganze Stadt den Saal gefüllt.

„Ich denke, wir stimmen alle darin überein, dass Pattie Cornell keine Heilige ist. Sie hat ihren Teil an Fehlern begangen, wie wir alle in unserem Leben", sagte Peyton Rand und warf Joan Stephenson einen scharfen Blick zu. „Aber sie ist ebenso wenig das Luder, das Mr Whitlock uns glauben machen möchte." Er machte eine effektvolle Pause. „Ganz im Gegenteil. Pattie Cornell ist eine liebevolle, hingebungsvolle Frau, die bewiesen hat, dass sie J. J. Carter eine beispielhafte Mutter ist."

„Euer Ehren", unterbrach Ralph Whitlock ihn, „ich denke kaum, dass wir diese Bezeichnung auf Pattie Cornell anwenden können. Sie hat einen bestimmten Ruf in der Stadt, und zwar seit Jahren. Wenn Fred Carter sich von ihrer Schönheit nicht so hätte beeindrucken lassen, hätte er ihr nie seinen Sohn überlassen."

Peyton lachte geringschätzig. „Euer Ehren, diese Bemerkung ist lächerlich. Selbstverständlich fand Fred Pattie attraktiv. Ich möchte wagen, zu behaupten, dass Ralph und ich und Spencer – und selbst Sie – Pattie attraktiv finden."

Ein erbostes Flüstern von Joan verursachte eine kleine Störung, die Whitlock schnell zu ersticken versuchte. Peyton lächelte.

Aber Joan ließ sich nicht beruhigen. „Euer Ehren, diese Angelegenheit gehört vor ein ordentliches Gericht." Sie erhob sich anmutig und wies mit dem Finger auf Pattie. „Diese Frau ist nicht dazu geeignet, ein Kind aufzuziehen. Sie hat seit ihrem achtzehnten Lebensjahr die Männer gewechselt wie ihr Hemd, und jetzt hat sie wieder ein Verhältnis, während zwei unschuldige Kinder im selben Haus leben. Meine liebe Freundin, Valerie Rand, wäre erschüttert, wenn sie wüsste, dass Spencer Rand ihre Tochter in die Obhut einer Frau vom Schlage Pattie Cornells gegeben hat. Ich bitte Sie, Euer Ehren, ihre Mutter war die Haushälterin der Rands!"

„Setzen Sie sich, Joan", sagte Richter Proctor. „Spencer, leben Sie und Pattie zusammen?"

„Nein, Euer Ehren." Spencer hoffte inständig, dass Proctor ihn nicht auch fragen würde, ob sie ein Verhältnis hatten. Das wusste zwar die ganze Stadt, aber wenn es offiziell wurde, konnte das bedeuten, dass Pattie wegen ihm J. J. verlor. Und das würde er nicht ertragen.

„Und was ist das über Valeries Tochter und dass sie bei Pattie wohnt?"

Peyton schaltete sich ein. „Euer Ehren, es stimmt, dass Allison Wilson bei Pattie Cornell wohnt. Es gibt eine völlig logische Erklärung dafür, aber … Nun, das Ganze ist etwas delikat und kann nicht vor Miss Stephenson und ihrem Anwalt erörtert werden."

„Einspruch", rief Whitlock. „Wenn Mr Rand glaubt, er kommt mit solchen …

„Ach seien Sie ruhig, Ralph", unterbrach Richter Proctor ihn. „Wir machen jetzt eine Pause von zehn Minuten, in denen Mr Rand mir alles erklärt. Inzwischen können die beiden Damen sich überlegen, wie wir eine Lösung für ihr Problem finden."

Spencer ging mit Pattie in den Flur hinaus, wo J. J. und Allison warteten.

„Was ist passiert?", fragte J. J. „Wollen sie denn nicht mit mir reden und mich fragen, bei wem ich leben will?"

„Es ist noch nicht vorüber", sagte Spencer und legte Pattie einen Arm um die Schulter. „Proctor hat eine Pause eingelegt."

„Warum?", fragte Allison besorgt.

„Onkel Peyton will ihm erklären, weswegen du bei Pattie wohnst."

Allison atmete erleichtert auf. „Ist das alles? Warum tut er das denn nicht vor euch allen?"

„Weil … wenn Joan die Wahrheit erfährt, wird sie es in der ganzen Stadt herumerzählen", erklärte Pattie.

„Na und?", meinte J. J. „Allie ist es doch egal, wer es erfährt. Sie hat sogar vor, es nach den Weihnachtsferien jedem in der Schule zu sagen."

„Stimmt das?", fragte Spencer.

„Leigh und ihrer Mutter habe ich es schon erzählt. J. J. und ich haben viel über alles gesprochen, und wir möchten zu Patties Gunsten aussagen. Der Richter soll wissen, dass sie die beste Mutter der Welt ist."

Gerührt drückte Pattie sie und J. J. an sich. „Niemand kann euch mir wegnehmen, weil ich mit allen Mitteln um euch kämpfen werde."

Kurz entschlossen öffnete Spencer die Tür zum Gerichtssaal. „Entschuldigen Sie, aber wir möchten hereinkommen. Pattie und ich haben etwas anzukündigen."

Peyton starrte seinen Bruder fragend an und lächelte dann. „Euer Ehren?"

„Kommen Sie schon herein, mit den beiden Kindern." Richter Proctor seufzte und winkte sie dann zu sich.

Sobald alle versammelt waren, erklärte Peyton: „Mein Bruder

hat etwas zu sagen, das jedes Missverständnis über Allison Wilsons derzeitige Adresse aufklären sollte."

Spencer stand steif wie ein Stock da und brachte keinen Ton heraus. Verdammt, er war Schriftsteller. Worte waren sein Beruf. Warum suchte er dann krampfhaft nach den richtigen Worten?

„Pattie Cornell und ich waren beide sehr wild in unserer Jugend, aber Pattie hatte außer mir keine Liebhaber. Wir waren verlobt. Ich verließ die Stadt, ohne zu wissen, dass sie schwanger war. Das war vor vierzehn Jahren." Dieser knappe Telegrammstil zeichnete seine Bücher eigentlich nicht aus. Aber von der Sache her hatte er sich korrekt ausgedrückt.

„Das weiß jeder", sagte Whitlock. „Und was hat Patties illegitimes Kind damit zu tun, das bei der Geburt gestorben ist?"

„Unsere Tochter ist nicht gestorben", erklärte Spencer.

Absolute Stille herrschte. Alle Augen lagen auf ihm.

„Meine Schwester Valerie erlitt am selben Tag eine Fehlgeburt, an dem Pattie ein gesundes Mädchen zur Welt brachte, und mein Vater, in seiner selbstherrlichen Art, tauschte die beiden Babys einfach aus. Allison Wilson ist nicht Valeries und Edwards Tochter. Sie ist die Tochter von Pattie und mir."

„So eine hässliche, widerliche Lüge!", schrie Joan. „Wie kannst du das Andenken deines Vaters und deiner Schwester derart beschmutzen, Spencer Rand?"

„Spencer sagt die Wahrheit", erklärte Peyton. „Ich habe eine Kopie von Valeries und Edwards Testament und den Brief, in dem Valerie alles aufklärt."

„Ich glaube kein Wort davon!", rief Joan außer sich vor Wut.

Peyton achtete nicht auf sie. „Können wir davon ausgehen, dass Allison Wilson für unsere Angelegenheit keine Rolle mehr spielt, Euer Ehren?"

„Ja, das können Sie. Fahren Sie fort, Peyton."

„Pattie Cornell hat sie alle verhext", schimpfte Joan. „Wahrscheinlich schläft sie mit beiden Brüdern."

Spencer ballte die Fäuste. Doch bevor er reagieren konnte, trat J. J. vor und ging zu Joan. „Ich möchte lieber sterben, als bei dir zu leben. Pattie ist eine zehnmal bessere Mutter, als du es je sein könntest. Sie liebt mich wirklich. Und sie schläft nicht mit jedem, hörst du? Sie hat meinen Vater geliebt, und sie liebt Spencer Rand."

„Jetzt aber Ruhe!", befahl Richter Proctor. Er schüttelte den Kopf und räusperte sich. „Joan Stephenson, ich warne Sie davor, diese Angelegenheit noch einmal zum Thema zu machen. Sie können vielleicht einen Skandal in Marshallton verursachen, aber vor Gericht haben Sie keine Chance. Haben Sie mich verstanden?"

„Ich will …", begann Joan.

„Sie versteht, Euer Ehren", unterbrach Ralph Whitlock sie.

„Und was Sie angeht, Pattie Cornell, Sie sind vielleicht nicht die ideale Mutter, aber wenn Sie Schwierigkeiten vermeiden, haben Sie echte Chancen, Ihren Sohn und Ihre Tochter gut zu erziehen."

„Ich danke Ihnen, Richter Proctor", sagte Pattie.

„Und Sie, Spencer Rand", fuhr Proctor streng fort, „entweder Sie heiraten diese Frau, oder Sie verschwinden aus ihrem Leben. Das hier ist nicht Kalifornien, mein Junge, machen Sie sich das bitte bewusst."

Ralph Whitlock führte Joan so schnell wie möglich aus dem Saal, um noch mehr Auseinandersetzungen zu vermeiden. Peyton gab seinem Bruder die Hand, küsste Pattie auf die Wange und verabschiedete sich von Richter Proctor.

„Mann, bin ich froh, dass das vorbei ist", sagte J. J. „Wann heiratet ihr denn nun, du und Spencer?"

Pattie brachte kein Wort heraus.

„Ja, Daddy, wann heiratest du Mom?" Allison umarmte Spencer stürmisch.

Spencer hielt seine Tochter liebevoll im Arm. Er hatte einen Kloß im Hals und brauchte einen Moment, um zu antworten. „Deine Mutter und ich werden darüber reden und es euch dann wissen lassen."

„Wäre es nicht toll, wenn ihr an meinem Geburtstag heiraten würdet? Das ist schon in zwei Wochen. Wir vier können dann eine richtige Familie sein."

Allison und J. J. lächelten sich zu.

Spencer warf Pattie einen flehenden Blick zu. Sie sollte die Situation klären.

Er hat seine Meinung also immer noch nicht geändert, dachte Pattie. Was musste sie nur tun, damit er begriff, dass nichts sie mehr verletzen würde, als wenn er sie jetzt alle drei verließ?

13. KAPITEL

*S*pencer betrachtete den Geburtstagstisch, auf dem eine riesige Torte, diverse Kuchen und Süßigkeiten standen.

„Glaubst du, es wird ihr gefallen?", fragte Pattie ihn. „Das soll der schönste Geburtstag für Allie werden."

„Das wird er auch, Baby." Spencer drückte sie an sich.

„Hier hat Allie ein wahres Zuhause, mit dir und J. J." Spencer mochte nicht an morgen denken, an seine Abreise nach Kalifornien. Er machte sich nichts mehr vor. Er liebte Pattie und Allison über alles, und auch J. J. war ihm ans Herz gewachsen.

„Was ich mir immer gewünscht habe, sind ein Zuhause, einen Mann und Kinder." Pattie machte sich von Spencer los. Wie sollte sie nur ohne ihn leben? Und was würde Allison tun, wenn sie von der Abreise ihres Vaters erfuhr?

„Ich wünschte … es tut mir leid, dass ich nicht zum Familienvater tauge." Spencer sah Pattie nicht an. Warum versuchte sie nicht, ihn zum Bleiben zu überreden? Kein einziges Mal in den letzten sechs Wochen hatte sie das Gespräch auf dieses Thema gebracht.

„Mir tut es auch leid", sagte sie nur.

Ich habe alles getan, um ihm zu zeigen, dass sein Entschluss falsch ist, dachte Pattie, aber es hat nichts genützt. Sie warf einen Blick auf die Wanduhr. „Es ist fast drei. Die Kinder sind gleich aus der Schule zurück. Geh besser zum Auto und hol Allies Geschenke herein."

„Ja, in Ordnung." Spencer hielt seine innere Unruhe kaum noch aus und war dankbar für jede Beschäftigung.

Doch die quälenden Fragen ließen ihn nicht los.

Wie sollte es ihm gelingen, sich von den Menschen, die ihm so unendlich viel bedeuteten, morgen zu verabschieden? Das einzig Richtige wäre, zu Pattie zu gehen und ihr zu sagen, dass er sie nicht verlassen wollte. Sie sollte ihm noch eine letzte Chance geben, sich ihrer würdig zu erweisen.

Er wusste, dass sie ihn liebte. Sie hatte es ihm mehr als einmal gesagt, und sie zeigte es ihm jedes Mal von neuem, wenn er sie berührte. Sie ging in Flammen auf, wenn er nur in ihre Nähe kam, und ihm ging es mit ihr nicht anders. Aber er konnte es nicht übel nehmen, wenn sie ihm nicht ihre Zukunft anvertrauen wollte – und die ihrer Kinder.

Seufzend nahm er die Geschenkpakete aus dem Wagen und ging ins Haus zurück. Pattie war in der Küche. Er betrachtete sie von der Tür aus und wünschte, er hätte ein besseres Foto von ihr als das alte in seiner Brieftasche. Das alte Foto war jedoch der Beweis, dass er Pattie nie vergessen hatte. Aber es konnte sie ihm nicht ersetzen, wenn er fern von ihr in Kalifornien war.

„Wo sind die Geschenke?" Sie drehte sich um und lächelte ein wenig befangen.

„Auf dem Tisch neben der Torte."

„Schön." Sie nahm ein Tablett auf und reichte es ihm. „Bring das Eis hinein und stell die Musik an."

Pattie band sich die Schürze ab und folgte Spencer ins Wohnzimmer. Du musst dich zusammennehmen, sagte sie sich entschieden. Gleich würden die Kinder da sein, und sie sollten nicht merken, wie unglücklich sie war. Sie hatte vor vierzehn Jahren überlebt, als Spencer sie verlassen hatte, sie würde es auch jetzt überleben. So schwer es ihr auch fiel.

„Wann wirst du Allie sagen, dass du weggehst?"

Spencer schob eine Kassette in den Rekorder. „Ich komme morgen früh vorbei." Er trat zu Pattie und nahm ihre Hand in seine. „Ich weiß, dass ich ein Feigling bin, und sie wird mich dafür hassen, dass ich gehe."

„Besser jetzt als später, oder?" Pattie entzog ihm ihre Hand. „Da du dir so sicher bist, sie früher oder später ohnehin zu enttäuschen, warum dann nicht gleich, damit du es hinter dir hast? Geh jetzt fort, bevor du wieder alles verpfuschst."

Es tat höllisch weh, seine eigenen Worte aus Patties Mund zu hören. Er hätte am liebsten laut widersprochen und ihr entgegnet, dass er nicht mehr der verantwortungslose, egoistische Junge von damals war, der so viele Menschen verletzt hatte. Er war ein erwachsener Mann, der bereit war, die Verpflichtungen eines Familienvaters zu erfüllen, und der sich danach sehnte, nicht mehr nur ihr Liebhaber zu sein.

Du würdest nicht wollen, dass ich bleibe, nicht wahr, Pattie? Auch wenn er es nicht laut aussprach, sah sie es ihm denn nicht an, was er sich am meisten von ihr zu hören wünschte? „Ich meine, du denkst doch auch, dass ich euch enttäuschen werde, oder?"

„Ich habe jeden Moment in den letzten sechs Wochen genossen, obwohl ich wusste, dass du uns verlassen willst." Sie drehte ihm den Rücken zu und holte tief Luft.

„Und wenn du sechs Monate, ein Jahr oder den Rest deines Lebens bei uns bleiben würdest, würde ich wieder jeden Moment genießen."

Hatte er sie richtig verstanden? „Pattie?"

Die Türklingel unterbrach sie. Pattie fuhr zusammen, und Spencer fluchte leise.

„Ich sehe besser nach, wer es ist", murmelte Pattie. „Es könnten schon die ersten Geburtstagsgäste sein." Hastig eilte sie zur Tür.

Leigh stand auf der Schwelle. „Hallo, Pattie. Kann ich hereinkommen?"

„Ja, natürlich, du bist nur etwas früh dran. Unser Geburtstagskind ist noch gar nicht aus der Schule." Plötzlich fiel ihr auf, wie ungewöhnlich ernst Leighs Gesicht heute war. „Was ist los?"

„Ist Spencer da?"

„Ich bin hier." Er trat aus dem Wohnzimmer und blickte sie fragend an.

„Ich weiß nicht, wie ich es Ihnen sagen soll", begann Leigh zaghaft. „Ich habe versucht, es ihnen auszureden. Aber sie waren wild entschlossen."

„Von wem sprichst du?", fragte Pattie erschrocken.

„Von J. J. und Allie. Sie sind nach Alabama durchgebrannt, um … zu heiraten!"

„Was?", schrien Pattie und Spencer gleichzeitig.

„Allie hat bei einem Ihrer Gespräche mitbekommen, dass

Spencer nach ihrem Geburtstag nach Kalifornien zurückgehen will."

„Oh, nein!" Pattie blieb fast das Herz stehen.

„Was hat meine Abreise damit zu tun, dass sie durchgebrannt sind?"

„Na ja, sie sagten, wenn Sie und Pattie keine wirkliche Familie aufbauen können, dann wollten sie heiraten und so ihre eigene Familie gründen."

„Ich bringe den Jungen um", stieß Spencer hervor. „Allie ist erst vierzehn!"

„Und J. J. erst sechzehn", erinnerte Pattie ihn.

„Kein Mensch mit Verstand wird zwei Kinder verheiraten." Spencer fuhr sich mit beiden Händen durchs Haar. „Wohin genau in Alabama wollten sie denn? Weißt du das?"

„Ja, sie wollten nach Jonesville zu einem Friedensrichter", antwortete Leigh. „Es gibt dort nämlich keine Wartefristen", fügte sie leise hinzu.

„Wann sind sie abgefahren?", fragte Pattie nervös.

„Heute Morgen. Sie sind gar nicht zur Schule gekommen."

„Das heißt ja, sie könnten schon verheiratet sein, sollten sie tatsächlich einen Dummkopf gefunden haben, der sie traut. Oh, Pattie, das ist meine Schuld. Ich hätte mit Allie reden und ihr erklären müssen, warum ich gehe. Das habe ich ja mal wieder prima hingekriegt!"

Pattie sah ihn wütend an. „Hör auf mit dem Selbstmitleid. Es ist nicht deine Schuld. J. J. und Allie spielen uns nur einen Streich."

„Was meinst du damit?"

„Das ist ihre Art, unsere Aufmerksamkeit zu erregen. Sie können unmöglich eine Heiratslizenz bekommen, und keiner wäre bereit, sie zu trauen." Pattie holte ihre Mäntel aus dem Schrank. „Komm, lass uns nach Jonesville fahren und unsere beiden kleinen Verrückten suchen."

Nachdem Spencer und Pattie in Jonesville angekommen waren, dauerte es kaum zehn Minuten, bis sie das Haus des Friedensrichters gefunden hatten. Jonesville war eine kleine Stadt, und jeder kannte jeden. Das Teenagerpärchen in dem Porsche – J. J. hatte ihn sich von Spencer ausgeliehen – war natürlich nicht unbemerkt geblieben.

Spencer parkte Patties Wagen vor Carl Greenes Haus. Sie liefen die Verandastufen hinauf und klingelten Sturm. Eine attraktive dunkelhaarige Frau in mittleren Jahren öffnete ihnen.

„Hallo, Sie müssen Spencer und Pattie sein. Ich bin Norma Greene. Wir warten schon auf Sie. Kommen Sie herein."

Sie sahen sich verständnislos an.

„Wir haben schon alles vorbereitet. Uns fehlt nur noch Ihre Heiratslizenz." Norma bedeutete ihnen freundlich einzutreten.

Völlig verwirrt, aber neugierig folgten sie ihr durch den Flur in ein geräumiges Arbeitszimmer. Vor einem der schönen, hohen Fenster, die hinaus in den Garten führten, stand Allison.

Sie lief zu ihnen und nahm sie am Arm. „Ich dachte schon, ihr kommt überhaupt nicht mehr. Das sind unsere Eltern", stellte Allison sie Norma vor. „Spencer Rand und Pattie Cornell."

Ein hochgewachsener Mann in den Fünfzigern trat ins Zimmer. „Ist das unser Brautpaar?"

„Brautpaar?" Pattie sah ihre Tochter ernst an. „Allie, was geht hier vor?"

J. J., der lässig am Kamin gelehnt hatte, kam lächelnd näher. „Allie hat herausbekommen, dass Spencer ... ich meine, Daddy ... nach Kalifornien zurückwollte, und dass Pattie ihn nicht aufhält. Also haben wir die Sache in die Hand genommen, damit ihr nicht den größten Fehler eures Lebens begeht – zum zweiten Mal."

Allison lachte über Spencers und Patties fassungslose Mienen. „Ihr habt doch nicht wirklich geglaubt, dass wir durchgebrannt sind, oder?" Sie zwinkerte J. J. zu.

„Ich werde Allie doch nicht bitten, mich zu heiraten, bevor ich nicht mit der Schule fertig bin und einen guten Job hab." Während er das sagte, sah J. J. Spencer fest an, als wären seine Worte ein feierliches Versprechen.

Pattie stemmte die Hände in die Hüften. „Ich möchte eine

Erklärung, junger Mann, und zwar jetzt."

„Das Ganze war meine Idee, Mom", sagte Allison. „Daddy, ich konnte dich doch nicht gehen lassen. Du willst doch gar nicht wirklich nach Kalifornien zurück. Da bin ich mir ganz sicher."

„Von uns aus sind alle Formalitäten erledigt", warf Carl Greene ein. „Ihr Bruder Peyton hat für die Heiratslizenz gesorgt."

„Unfassbar! Selbst Peyton haben sie eingespannt." Pattie wusste nicht, ob sie weinen oder lachen sollte. „Allie, du kannst doch nicht so einfach eine Heirat für Spencer und mich arrangieren und von uns erwarten, dass wir mitmachen."

„Warum nicht? Einer von uns muss sich doch wie ein vernünftiger Erwachsener benehmen. Ihr seid dazu ja nicht in der Lage."

Allison sah Pattie streng an. „Liebst du Spencer Rand?"

„Was?"

„Liebst du meinen Vater, oder nicht?"

„Natürlich liebe ich ihn. Ich habe ihn immer geliebt."

Allison wandte sich an Spencer. „Und liebst du Pattie?"

Spencer zögerte nicht eine Sekunde mit seiner Antwort. „Ja, ich liebe deine Mutter. Sie ist die einzige Frau, die ich je geliebt habe."

Allison legte Spencers und Patties Hände ineinander. „Mom, willst du, dass Dad in Marshallton bleibt und dich heiratet und wir alle zusammen eine Familie sind?"

Pattie sah Spencer wie hypnotisiert an. „Ja."

„Und du, Dad? Willst du Mom heiraten und für immer bei uns bleiben?"

Jetzt oder nie, dachte Spencer. „Ja, ich möchte Pattie heiraten. Ich möchte sie nie wieder verlieren, und ich möchte dir und J. J. ein guter Vater sein."

Wenige Minuten später standen Spencer Rand, in blauem Hemd und Jeans, und Pattie Cornell, in weißen Hosen und rotem Pullover, vor dem Friedensrichter und wurden getraut. Als der Moment für die Ringe gekommen war, löste Allison die Goldkette von ihrem Hals und reichte Spencer den Ring, den er Pattie vor so langer Zeit gegeben hatte. Spencer steckte ihn

Pattie an den Finger, hob ihre Hand an den Mund und küsste sie zärtlich.

Carl Greene erklärte sie zu Mann und Frau, aber bevor er weiterreden konnte, nahm Spencer Pattie in die Arme und küsste sie stürmisch. Allison jubelte laut vor Freude, und J. J. stieß einen langen Pfiff aus.

Spencer blickte fest in Patties Augen, und sie sah ihn voller Liebe und Vertrauen an.

„Du machst kein besonders gutes Geschäft, Baby. Aber ich verspreche dir, mein Bestes zu geben und ein guter Ehemann und Vater zu sein. Irgendwie werde ich es schaffen, dich für alles zu entschädigen."

„Red keinen Unsinn. Die Vergangenheit ist vorbei. Was für uns zählt, ist das Heute und Morgen."

„Und du machst dir keine Sorgen um das Morgen?"

„Spencer Rand, du magst ja vielleicht denken, dass du nicht viel wert bist, aber ich finde dich wunderbar."

„Ich liebe dich, Mrs Rand. Dich und deine zwei hinterhältigen Rangen."

„Und ich liebe dich, Mr Rand." Pattie strahlte ihre Familie an. „Ich liebe euch alle."

Cornell Rand hielt mit der ganzen Würde seiner sechs Jahre das bestickte Kissen in den Händen, auf dem zwei Goldringe lagen, während seine vierjährige Schwester Leah rosafarbene Rosenblätter über den langen Gang der Kirche verteilte.

Pattie Cornell Rand, Mutter der Braut und Stiefmutter des Bräutigams, wischte sich ein paar Freudentränen von den Wangen, während ihre beiden jüngsten Sprösslinge ihren Platz vor dem Altar einnahmen.

Die Orgelmusik setzte aus, und die Glocken läuteten sieben Uhr ein. Der Organist stimmte den Hochzeitsmarsch an, und Pattie und alle Hochzeitsgäste drehte sich zum Eingang um.

Spencer Rand führte seine Tochter zum Altar. Allison Patricia Rand trug ein weißes Brautkleid aus Satin und Spitze, ein feiner Schleier bedeckte ihr schulterlanges braunes Haar.

Voller Zärtlichkeit und Leidenschaft schaute Pattie den Mann an, mit dem sie jetzt neun Jahre verheiratet war.

Als Reverend Lockwood fragte: „Wer gibt diese junge Frau ihrem zukünftigen Ehemann?", antwortete Spencer: „Ihre Mutter und ich." Er legte Allisons Hand in J. J.s, wandte sich um und ging zu seinem Platz neben Pattie.

Mit funkelnden Augen sah Spencer sie an. Er drückte sie kurz an sich und formte lautlos mit den Lippen: „Ich liebe dich."

Pattie strahlte vor Glück. Heute war der schönste Tag ihres Lebens.

– ENDE –

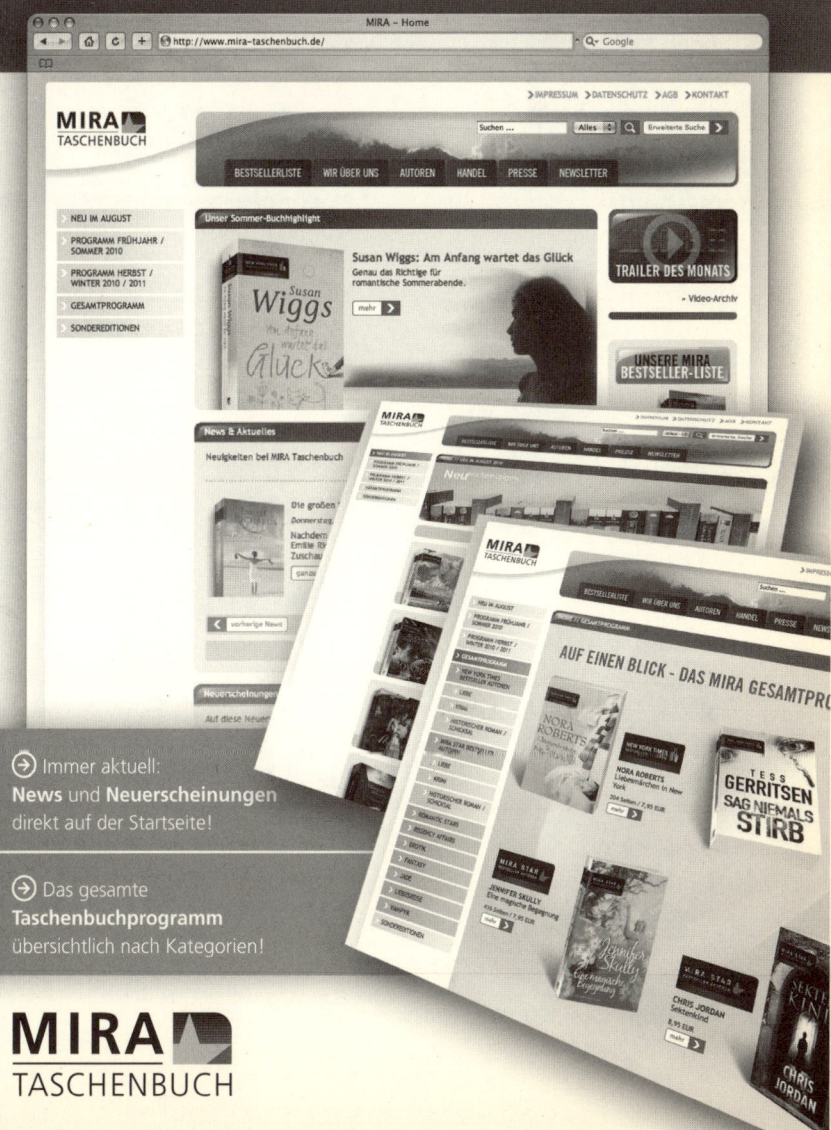

2 Romane in einem Band

Nora Roberts
Glamour & Love
Band-Nr. 25609
8,99 € (D)
ISBN: 978-3-86278-343-4
368 Seiten

2 Romane in einem Band

Nora Roberts
Summer Fever
Band-Nr. 25601
8,99 € (D)
ISBN: 978-3-86278-332-8
416 Seiten

Originalausgabe
3 Romane in einem Band

Pia Engström
Mittsommerherzen
Band-Nr. 25595
9,99 € (D)
ISBN: 978-3-86278-321-2
384 Seiten

Originalausgabe
3 Romane in einem Band

Pia Engström
Mittsommergeheimnis
Band-Nr. 25547
9,95 € (D)
ISBN: 978-3-89941-904-7
480 Seiten

Deutsche Erstveröffentlichung

Linda Howard
Am wilden Fluss
Band-Nr. 25607
8,99 € (D)
ISBN: 978-3-86278-341-0
304 Seiten

Deutsche Erstveröffentlichung

Susan Wiggs
Zerrissenes Herz
Band-Nr. 25606
8,99 € (D)
ISBN: 978-3-86278-340-3
eBook: 978-3-86278-436-3
432 Seiten

Deutsche Erstveröffentlichung

Linda Lael Miller
Die McKettricks aus Texas –
Über alle Grenzen
Band-Nr. 25605
8,99 € (D)
ISBN: 978-3-86278-339-7
eBook: 978-3-86278-434-9
336 Seiten

Deutsche Erstveröffentlichung

Emilie Richards
Gefährliches Vermächtnis
Band-Nr. 25587
8,99 € (D)
ISBN: 978-3-86278-312-0
eBook: 978-3-86278-400-4
464 Seiten

Robyn Carr
Zurück in Virgin River
Band-Nr. 25600
7,99 € (D)
ISBN: 978-3-86278-331-1
eBook: 978-3-86278-422-6
384 Seiten

Robyn Carr
Gemeinsam stark in Virgin River
Band-Nr. 25619
7,99 € (D)
ISBN: 978-3-86278-461-5
eBook: 978-3-86278-525-4
400 Seiten

Robyn Carr
Ein neuer Tag in Virgin River
Band-Nr. 25573
7,99 € (D)
ISBN: 978-3-89941-980-1
eBook: 978-3-86278-154-6
496 Seiten

Robyn Carr
Verliebt in Virgin River
Band-Nr. 25583
7,99 € (D)
ISBN: 978-3-86278-304-5
eBook: 978-3-86278-390-8
448 Seiten